MIRA®

Der Preis dieses Bandes versteht sich einschließlich der gesetzlichen Mehrwertsteuer.

Umwelthinweis:
Dieses Buch wurde auf chlor- und säurefreiem Papier gedruckt.

Jackie Collins

Lovers & Players

Roman

Aus dem Amerikanischen von
Katja Henkel

MIRA®

MIRA® TASCHENBUCH
Band 25208
1. Auflage: Juni 2006

MIRA® TASCHENBÜCHER
erscheinen in der Cora Verlag GmbH & Co. KG,
Axel-Springer-Platz 1, 20350 Hamburg
Deutsche Erstveröffentlichung

Titel der nordamerikanischen Originalausgabe:
Lovers & Players

erschienen bei: Simon & Schuster Inc.

Konzeption/Reihengestaltung: fredeboldpartner.network, Köln
Umschlaggestaltung: pecher und soiron, Köln
Redaktion: Claudia Wuttke
Illustration: Sándor Roszá, Köln
Autorenfoto: © by Firooz Zahedi
Satz: Buch-Werkstatt GmbH, Bad Aibling
Druck und Bindearbeiten: Ebner & Spiegel, Ulm
Printed in Germany
ISBN 3-89941-305-9

www.mira-taschenbuch.de

PROLOG

„Dein Vater will dich umgehend sehen."

„Hm?" grummelte Jett Diamond, rollte sich im Bett herum und ließ, als er in der Dunkelheit nach seiner Uhr tastete, beinahe den Hörer fallen.

In Mailand war es vier Uhr morgens. Vier Uhr morgens, es war kalt und regnete. Er konnte den Regen auf das Oberlicht im Badezimmer prasseln hören.

Das wunderschöne Mädchen neben ihm bewegte sich. „Wer ist das, *cariño?*" murmelte es und warf einen Arm quer über seine Brust.

„Schlaf weiter." Während er sich aufsetzte, griff er automatisch nach einer Zigarette.

Lady Jane Bentley, die langjährige Lebensgefährtin seines Vaters, war am Telefon, und ihre Stimme klang sehr ernst.

„Weißt du, wie spät es hier ist?" fragte er schroff, zündete sich die Zigarette an und nahm einen tiefen Zug.

„Ja, Jett", entgegnete Lady Bentley ruhig. „Wie gesagt, dein Vater will dich umgehend sehen. Am Empfang vom Hotel Four Seasons ist für dich ein Ticket nach New York hinterlegt. Sei bitte am Freitag um neun Uhr morgens bei uns im Haus." Eine lange, bedeutsame Pause folgte. „Und Jett, du darfst ihn *keinesfalls* enttäuschen. Du wirst es nicht bereuen."

Bevor er noch etwas entgegnen konnte, hatte sie bereits aufgelegt.

Himmel! Er hatte sie noch nie leiden können. Lady Jane Bentley mit ihrem gekünstelten britischen Akzent und den so genannten tadellosen Umgangsformen. Seit sechs Jahren lebte sie nun mit seinem Vater zusammen. Was für ein Skandal, dass sie ihren adligen englischen Ehemann Lord James Bentley wegen Red Diamond, dem rücksichtslosen, mächtigen, milliardenschweren und vier Mal geschiedenen Medienmogul verlassen hatte. Seinerzeit hatte das eine Menge hämische Schlagzeilen in der Presse verursacht.

Red Diamond. Jetts Vater.

Herr im Himmel! Was zur Hölle wollte er bloß?

Max Diamond war gerade auf einer Dinnerparty, als sein Mobiltelefon vibrierte. Max stellte sein Telefon niemals aus. Seine Mitarbeiter wussten, dass sie ihn jederzeit erreichen konnten. Sein Bauunternehmen war gerade finanziell schwer angeschlagen, er musste vierundzwanzig Stunden am Tag verfügbar sein, um diese Krise in den Griff zu bekommen.

Diskret schielte er auf das Display, um zu sehen, wer ihn nachts um elf anrief.

Lady Bentley. Die Geliebte seines Vaters. Was wollte *die* denn? Seit Monaten hatte er weder mit ihm noch mit ihr gesprochen, obwohl sie in derselben Stadt wohnten. Sie standen sich nicht gerade nahe.

Neugierig geworden entschuldigte er sich, eilte in die Bibliothek und rief Lady Bentley zurück.

Eines musste man ihr lassen, sie redete nie lange um den heißen Brei herum. „Dein Vater möchte dich sehen. In seinem Haus am Freitag um neun", sagte sie. „Es ist wahnsinnig wichtig, Max."

„In welcher Hinsicht?" hakte er nach.

„Das wirst du dann herausfinden."

„Ich schätze, das könnte ich schaffen", sagte er ein wenig widerwillig.

„Deine beiden Brüder fliegen auch her."

Nun, das klang in der Tat ernst. War der alte Herr vielleicht kurz davor, den Löffel abzugeben?

Das, dachte Max erbittert, wäre keine Sekunde zu früh.

Chris Diamond trainierte gerade im Fitnessstudio seines Hauses, als ihn der Anruf erreichte. Wenn man in Los Angeles keinen supermodern ausgestatteten Fitnessraum hatte, musste man sich unter die verschwitzten Leute im L.A. Sports Connection mengen, und das bedeutete, dass man es nicht geschafft hatte. Aber Chris Diamond hatte es als einer der gefragtesten Anwälte der Unterhaltungsbranche auf jeden Fall geschafft. Daher auch dieses Fitnessstudio mit dem spektakulären Soundsystem und den hoch auflösenden Fernsehern an drei Wänden, während die vierte Wand aus einem einzigen, riesigen Fenster bestand, durch das man die funkelnden Lichter von L.A. sehen konnte.

Das Haus auf dem Hügel von Coldwater Canyon hatte er wegen des unglaublichen Ausblicks gekauft. Er hatte es so lange umbauen lassen, bis es ganz genau seinen Vorstellungen entsprach. Chris war Perfektionist, er mochte es, wenn alles gut organisiert und an seinem Platz war. Das verschaffte ihm ein Gefühl von Sicherheit, etwas, was er in seiner Kindheit immer vermisst hatte.

„Neun Uhr am Freitag“, sagte Lady Bentley.

„Da kann ich nicht“, entgegnete er, sprang vom Ergometer, griff nach einem blütenweißen Handtuch und legte es sich um den Hals.

„Weshalb nicht?“

„Ich habe einen wichtigen Termin in Las Vegas, den ich nicht verschieben kann.“

„Das würde ich dir aber dringend empfehlen", sagte Lady Bentley gelassen. „Deine Brüder kommen auch, und dein Vater erwartet, dich zu sehen." Lange Pause. „Ganz sicher willst du ihn doch nicht enttäuschen."

Chris dachte über ihre Worte nach. „Ist er krank?" fragte er schließlich.

„Komm her, es wird zu deinem Vorteil sein", sagte sie geheimnisvoll und legte auf.

Red Diamond griff mit seinen von der Gicht steif gewordenen Fingern nach der dunklen Zigarette und zündete sie mit einem goldenen Dunhill-Feuerzeug an.

Er war neunundsiebzig Jahre alt und sah auch so aus. Sein zerklüftetes Gesicht war faltig. Seine tief liegenden blauen Augen wirkten blass und müde. Nur die Adlernase und das kantige Kinn deuteten noch an, wie eindrucksvoll er einmal ausgesehen hatte.

„Kommen sie?" fragte er mit mürrischer Stimme, als Lady Jane Bentley, perfekt hergerichtet wie immer, sein Schlafzimmer betrat.

Lady Jane nickte.

„Bist du sicher?" bellte er. Er blies den beißenden Rauch in ihre Richtung.

„Absolut." Sie wedelte genervt den Qualm weg.

„Alle drei?" fragte er mit kratziger Stimme.

„Ja", entgegnete sie kühl. „Ich habe alle drei angerufen, wie du es wolltest, und sie werden kommen."

„Sehr gut." Ein listiges Lächeln breitete sich auf seinem verwitterten Gesicht aus. „Dann kann es also losgehen ...", murmelte er mehr zu sich selbst.

Lady Jane nickte erneut. Wenn Red Diamond etwas wollte, traute sich kein Mensch zu widersprechen, nicht einmal sie.

Was hatte er vor?

Sie war neugierig, aber klug genug, nicht zu fragen, denn Red verriet nie etwas, bevor er es nicht für nötig befand.

Wie alle anderen musste sie abwarten.

1. KAPITEL

„Wie ist Ihr Name, meine Liebe?“ fragte der glatzköpfige Mann, aus dessen Ohren dafür umso mehr Haare wuchsen.

„Liberty“, sagte die junge Bedienung.

„Wie bitte?“ Er blickte sie prüfend an.

„Liberty“, wiederholte sie. *Das steht doch auf meinem Namensschild, Arschloch. Kannst du nicht lesen?*

„Was für ein Name soll das denn sein …?“

O bitte! Hast du eine Ahnung, wie oft ich dieses Gespräch schon geführt habe? Gwyneth Paltrow und Chris Martin haben ihr Kind Apple genannt. Courteney Cox und David Arquettes Kind heißt Coco. Was soll an Liberty um Himmels willen so ungewöhnlich sein?

Sie ignorierte seine Frage, schenkte ihm Kaffe nach und ging weg. *Schwachkopf! Woher nimmt er überhaupt das Recht, meinen Namen zu kommentieren? Der geht ihn verdammt noch mal überhaupt nichts an. Wenn ich erst mal eine berühmte Sängerin bin, werde ich nichts über die Namen anderer Leute sagen. Ich werde einfach verständnisvoll und höflich sein.*

Sie eilte hinter die Theke, noch immer kochend vor Wut. „Ich hab die Nase voll von dieser bescheuerten Bedienerei“, beschwerte sie sich bei ihrer Cousine Cindi, die ihr den Job in dem Coffeeshop in der Madison Avenue besorgt hatte und wie sie eine aufstrebende Sängerin war.

„Vergiss nicht, dass du damit deine Rechnungen bezahlen kannst, Mädchen.“ Cindi war eine dralle Dreiundzwanzigjährige aus Atlanta mit schimmernd schwarzer Haut, starken Fesseln, einem ausladenden Hintern, riesigen Brüsten und einem strahlenden, sympathischen Lächeln.

„Die sollten wir mit unserer Musik bezahlen können", rief Liberty. „Das ist es, was wir eigentlich tun."

„Wenn wir einen Gig an Land ziehen, werden wir das auch tun. Und bis dahin ..."

„Ich weiß, ich weiß." Liberty runzelte die Stirn. „Wir müssen ja von was leben. Die Miete bezahlen."

Die zusammengezogenen Augenbrauen taten ihrer Schönheit keinen Abbruch. Als Tochter einer schwarzen Mutter und eines – wie sie vermutete – halbschwarzen Vaters, über den ihre Mutter sich weigerte zu sprechen, war ihre Haut wie Milchschokolade. Sie hatte glänzendes, langes schwarzes Haar, mandelförmige grüne Augen, unglaublich lange Wimpern, ausgeprägte Wangenknochen, volle Lippen und eine gerade geschnittene Nase.

Cindi behauptete immer, sie sähe wie Halle Berry aus, was Liberty ärgerte. Schließlich betrachtete sie sich als Original, sie wollte nicht mit anderen verglichen werden – egal, wie wunderschön und erfolgreich sie auch sein mochten.

Sie war neunzehn. Sie hatte jede Menge Zeit.

Oder nicht?

Manchmal wachte sie mitten in der Nacht auf, in kalten Schweiß gebadet und mit rasendem Herzen. Was wäre, wenn sie niemals entdeckt würde? Wenn niemand sie singen hören wollte? Wenn sie wie ihre Mutter endete, die fremden Leuten den lieben langen Tag die Sachen hinterherräumte?

O Mann, sie war schon fast zwanzig, hatte bereits vor vier Jahren die Schule verlassen, und nichts Aufregendes war seither geschehen. Gut, sie hatte eine Demo-CD aufgenommen, ein paar Auftritte als Backgroundsängerin an Land gezogen, allerdings viel zu wenige. Und leider war nie ein Produzent auf sie zugekommen, um auszurufen: „Honey, du *bist* es! Ich gebe dir auf der Stelle einen Vertrag. Du wirst die nächste Alicia Keys oder Norah Jones, du wirst erreichen, was immer du willst!"

Wo zu Teufel steckten Clive Davis oder P. Diddy, wenn man sie mal brauchte?

„Miss!" Die laute Stimme holte sie wieder in die Realität zurück. Ein zorniger Gast versuchte offenbar schon länger, ihre Aufmerksamkeit auf sich zu lenken.

Sie schlenderte langsam zu dem betreffenden Tisch. Wenigstens hatte sie noch ihren Stolz, den konnte ihr niemand nehmen. „Ja?" fragte sie.

„Haben Sie eigentlich eine Ahnung, wie lange ich schon warte?" fragte die Frau mit ihrer hohen Stimme. „Wo bleiben meine Eier?" Sie trug das billige Imitat eines Armanikostüms und umklammerte eine ebenfalls unechte Vuittontasche auf ihrem Schoß.

Kein Stil, dachte Liberty. Wenn du dir das Original nicht leisten kannst, solltest du es besser ganz lassen.

Der Mann neben ihr hatte nichts zu sagen. Offenbar waren ihm die Eier nicht ganz so wichtig.

„Tut mir Leid", sagte Liberty mit ihrer gelangweiltesten Stimme. „Aber ich bin nicht ihre Ansprechpartnerin."

Sie weigerte sich, das Wort Bedienung in den Mund zu nehmen, das wäre erniedrigend gewesen, vor allem dieser blöden Kuh gegenüber.

„Nun, dann holen Sie meine *Ansprechpartnerin*", forderte die Frau sie auf. „Ich warte nun schon seit fünfzehn Minuten.

„Klar", entgegnete Liberty gedehnt.

Einen Moment lang starrten sie sich an. Diese Frau hasste sie wegen ihrer Schönheit. Das passierte ständig.

Wenn sie allerdings Beyonce Knowles oder Janet Jackson wäre, dann würde man sie nicht hassen, sondern um sie herumscharwenzeln wie um jeden Star.

Einmal hatte Mariah Carey mit ihrem kompletten Gefolge und zwei riesigen schwarzen Bodyguards, die nicht von ihrer Seite wichen, den Coffeeshop betreten. Die Leute flippten *aus.* Paparazzi versammelten sich vor dem Laden, und innerhalb von zehn Minuten drückten sich solche Menschenmassen gegen das Schaufenster, dass zu befürchteten stand, es würde zerbersten.

Der Besitzer des Ladens, Manny Goldberg, wurde ein wenig panisch, und seine Frau Golda befand, dass es klüger sei, Miss Cary und ihre Begleiter in die Küche zu lotsen, wo die Sängerin grünen Tee schlürfte, Autogramme verteilte und mit den Besitzern plauderte.

Liberty hatte kurz daran gedacht, sich ihr zu nähern, aber dann traute sie sich doch nicht. Cindi hingegen ließ sich ein Autogramm auf einer Serviette geben, die sie nun in ihrer Schublade mit der Unterwäsche und den Kondomen in allen erdenklichen Farben aufbewahrte. Cindi war gerne gut vorbereitet.

„Unfreundliche kleine Schlampe!“ zischte die Frau ihrem Begleiter zu, als Liberty vom Tisch wegging. „Was glaubt sie, wer sie ist?“

Liberty kümmerte das nicht, man hatte sie schon ganz anders genannt.

Gerade als sie wieder hinter die Theke gehen wollte, sah sie Mr. Hip-Hop persönlich hereinkommen.

Sie hielt kurz die Luft an, er kam nun schon das dritte Mal in dieser Woche in den Coffeeshop. Immer setzte er sich an einen ihrer Tische, gab ihr ungeheuer viel Trinkgeld, sprach aber von seiner Bestellung abgesehen kein Wort mit ihr.

Heute kam er mit einem zweiten Mann, einem Weißen, der sehr geschäftsmäßig aussah. Sie unterhielten sich angeregt und mit ausladenden Gesten.

Er hieß Damon P. Donnell, Chef von Donnell Records. Seine neuen Büros befanden sich nur einen Block entfernt, und offenbar hatte er diesen Coffeeshop zu seinem Frühstückscafé auserkoren.

Er war sechsunddreißig, hatte dunkle Haut, kurz geschorenes Haar und ein umwerfendes Lächeln. Wie immer trug er eine Designersonnenbrille, einen Diamantohrring, Turnschuhe von Nike und einen schicken Anzug mit einem schlichten T-Shirt darunter. Er war bekannt dafür, dass er neue Talente förderte – wobei es sich meist um Rapsänger handelte. Er war früher selbst Musiker gewesen, doch inzwischen trat er nur noch gelegentlich bei Benefizveranstaltungen auf. Er war verheiratet. *Mist!* Also keine Chance, ihn *so* 'rumzukriegen, Liberty ließ sich nie mit verheirateten Männern sein. Seine Frau war eine indische Prinzessin aus Bombay, sie lebten in einem Penthouse im sechsundsechzigsten Stock mit einem fantastischen Blick über die Stadt, und laut der Zeitschrift *Vibe* hatte seine Frau für sich drei komplette Zimmer als begehbare Schränke ausbauen lassen. Sie waren seit zwei Jahren verheiratet, hatten keine Kinder.

Als Liberty ihn das erste Mal sah, hatte sie keine Ahnung, wer er war. „Ich glaube, ich bin verliebt", flüsterte sie Cindi zu. „Der Typ ist der *Hammer!*"

Cindi, die alles über das Showbusiness wusste, klärte sie schnell auf. Cindi verschlang alle Ausgaben von *Essence, Rolling Stone, People, Us, The Star* und *The Enquirer.* Sie schaute sich jeden Tag im Fernsehen Access, E.T., Extra und E! an.

„Dieser Typ ist berühmt, verheiratet, reich und absolut unerreichbar. Vergiss es, Mädchen, der bemerkt dich nicht mal."

Cindi ging ihr manchmal mächtig auf die Nerven. Und deswegen beschloss Liberty, diesen Mann ihr gegenüber nie mehr zu erwähnen, was gar nicht so einfach war.

Gerade als sie zu seinem Tisch gehen wollte, tauchte Cindi auf und versetzte ihr einen Stoß. „Mr. Wunderbar ist da – schon wieder. Vielleicht hab' ich mich ja getäuscht, weil: Du könntest doch 'ne Chance haben. Wenn ich du wäre, würde ich's versuchen."

„Die Imitat-Königin von Tisch vier schreit nach ihren Eiern", entgegnete Liberty. „Du solltest lieber zu ihr gehen, bevor die Kuh noch einen Anfall bekommt."

„Schon dabei." Cindi war völlig unbeeindruckt. „Ich fürchte, ich hab' vergessen, die Eier zu bestellen. Ist das nicht *schrecklich!*"

Liberty näherte sich Damons Tisch.

Er sah nicht auf. „Kaffee", sagte er, während er die Karte studierte, als habe er sie noch nie zuvor gesehen. „Großer Orangensaft. Omelett aus Eiweiß, Speck dazu."

„Ich nehme dasselbe", erklärte sein Freund oder Geschäftspartner oder wer er auch immer war.

Sie zögerte einen Moment, um Damon die Chance zu geben, ihr wenigstens einen flüchtigen Blick zuzuwerfen. Was er nicht tat. Wobei der andere Typ sie mit seinen wachsamen, kleinen Augen von oben bis unten musterte.

„Natürlich, Mr. Donnell", sagte sie. Er sollte wissen, dass sie ihn erkannt hatte. „Kaffee und Orangensaft kommen sofort. Das Omelett mit Speck folgt. Knusprig gebraten, richtig?"

Endlich sah er auf, betrachtete sie, seine Augen, die man

durch die Sonnenbrille erkennen konnte, hefteten sich auf ihr handgeschriebenes Namensschild über ihrer rechten Brust. Aber noch immer sagte er keinen Ton, schenkte ihr bloß ein kaum wahrnehmbares Nicken.

Sie ging davon, um den Kaffee zu holen. Oder vielleicht ihre Demo-CD?

Nein! Viel zu früh! Ich muss erst eine Art Beziehung zu ihm herstellen. So eine coole Kunden-Bedienungs-Beziehung.

Tja, in diesem Fall macht mir das Wort Bedienung nichts aus.

Weil er keine meckernde weiße Frau ist, die sich für 'was Besseres hält.

„Bedienung!" kreischte die Frau jetzt. „Das kann doch nicht wahr sein. Wo bleiben meine Eier?"

Am liebsten hätte sie gerufen: „Die stecken in deinem ausgetrockneten alten Hintern, wo niemand sie finden kann."

Aber das tat sie nicht, weil Manny und Golda so etwas sicher nicht gutheißen würden, und sie wollte nicht gefeuert werden. Sie brauchte diesen Job, genauso wie Cindi. Wie immer hatten sie ihre Miete nicht rechtzeitig bezahlt, die Rechnungen stapelten sich.

Sie hatte schon die verschiedensten Jobs ausprobiert. Alle waren schrecklich gewesen. Bedienen war bisher das Beste, auch wenn die Schmerzen in ihren Füßen sie schier umbrachten. Normalerweise arbeitete sie tagsüber, damit sie abends Songs schreiben und mit ihren Freunden 'rumhängen konnte, unter anderem mit ihrem derzeitigen Freund Kev, einem Gitarristen. Mit ihm war sie seit ein paar Monaten zusammen, er war ein netter Kerl, aber es war nichts Ernsthaftes. Etwas Ernsthaftes konnte es sowieso nicht geben, bevor sie nicht Erfolg hatte.

„Sind auf dem Weg“, brüllte sie der verhassten Frau durch den Raum zu.

„Das will ich doch hoffen!“ meckerte die Frau zurück und zog die aufgemalten Augenbrauen in die Höhe, um zu betonen, wie verärgert sie war.

„Entschuldigen Sie, Liberty“, sagte ein älterer Stammgast, der allein an seinem Ecktisch saß. „Könnten Sie mir noch Kaffee nachschenken?“

Dieser Gast machte ihr nie Schwierigkeiten und gab ihr jedes Mal ein gutes Trinkgeld. Sie schenkte ihm ein Lächeln und das Wort, das sie hier ständig sagte: „Sofort.“

Dann schnappte sie die Kanne mit dem frisch gebrühten Kaffe, schenkte ihm ein und steuerte auf Damons Tisch zu. Doch bevor sie ihn erreichte, stolperte sie über einen kleinen Jungen, der auf dem Boden mit einem Plastikauto spielte. Sie stürzte, die Kanne zerbrach, der Kaffee verbrühte ihren Arm, sie verstauchte sich den rechten Knöchel.

Es wurde ganz still im Raum, als alle Gäste sich umdrehten und sie anstarrten. Nach wenigen Sekunden gingen die Gespräche weiter, während sie lang ausgestreckt auf dem Boden lag und sich wie eine Idiotin vorkam.

Einen Moment lang wusste sie nicht, was sie tun sollte, dann hörte sie die fürchterliche Frau höhnisch lachen. Sie riss sich zusammen, obwohl ihr Arm höllisch brannte und ihr Knöchel nachgab, als sie versuchte, sich aufzurichten.

Zum Glück eilten Cindi und der freundliche Gast herbei. Der Mann half ihr auf einen Stuhl, während Cindi begann, in aller Eile die Scherben und den verschütteten Kaffee aufzuwischen.

„Sind Sie in Ordnung?“ fragte der nette Gast ehrlich besorgt.

Sie nickte unter Tränen und warf einen Blick durch den Raum, um zu sehen, ob Damon sie beobachtete.

Nein. Er redete einfach weiter, wild gestikulierend, sein Diamantohrring blitzte im Neonlicht auf.

Sie zwang sich, nicht in Tränen auszubrechen. Ihr Arm schmerzte, ihr Knöchel pochte und Damon P. Donnell wusste nicht einmal, dass sie überhaupt existierte. Musste denn immer alles schief laufen?

Himmel, ihr Leben musste sich ändern, und zwar dringend.

2. KAPITEL

Jett Diamond hatte immer Erfolg bei Frauen gehabt, die ganz angetan waren von seinen blauen Augen, seinen wie gemeißelten Wangenknochen, seinen strubbelig lockigen, dunkelblonden Haaren, die ihm in die Stirn fielen, seinem athletischen Körper und seinem selbstsicheren Auftreten.

Jett nutzte sein gutes Aussehen schamlos aus. Es war kein Problem, die Frauen zu bekommen, die er wollte. Sie allerdings wieder loszuwerden war anstrengend. Sie kamen. Blieben. Und wollten mehr – während er nur wollte, dass sie hinterher brav seine Wohnung verließen, ohne sich in hysterische Wracks zu verwandeln.

Gianna verwandelte sich in nichts dergleichen, als er ihr sagte, dass er nach New York fliegen müsse. Gianna war ein italienisches Supermodel, stark und selbstbewusst, und davon überzeugt, dass er zurück sein würde, bevor sie ihn überhaupt vermissen konnte.

Jett war vor drei Jahren nach Italien gekommen. Damals war er pleite gewesen, Alkoholiker und drogenabhängig. In wenigen Monaten gelang es ihm, dank eines fantastischen Entzugsprogramms clean zu werden, er wurde von einer Modelagentur unter Vertrag genommen, und es dauerte nicht lange, bis er sich einen Namen gemacht hatte – mit Fernsehwerbung für Zigaretten und Alkohol und mit Zeitungsannoncen für so ziemlich alles, von teuren Autos bis zu Designermode. Die Mischung aus erotischer Ausstrahlung und einer gewissen gelangweilten Sorglosigkeit funktionierte, die italienischen Frauen reagierten auf sein Böse-Jungen-Image mit großer Begeisterung.

Natürlich war Modeln nicht gerade der männlichste Beruf

der Welt, doch auf diese Weise verdiente er anständig Geld und musste weder seinen geizigen, steinreichen Vater noch seine beiden Halbbrüder anbetteln.

Durch den Umzug nach Italien hatte Jett endlich genügend Distanz zu ihnen allen gewonnen. Niemand brachte ihn mit der Diamond-Familie in Zusammenhang – zumal er immer nur seinen Vornamen benutzte. Jett. Ein amerikanisches Model in Mailand.

Gianna brachte ihn in ihrer neuesten Errungenschaft, einem schimmernd gelben Lamborghini, zum Flughafen. Den hatte sie von einem glühenden Verehrer geschenkt bekommen. Sie und Jett führten eine offene Beziehung, was beiden entgegenkam. Sie wollten keine enge Bindung, wollten frei bleiben.

Bevor sie die Wohnung verlassen hatten, hatte Gianna ihm noch einen geblasen. Er hatte sich einfach zurückgelehnt und es genossen. Warum auch nicht? Mit ihren herrlich vollen Lippen und ihrer außergewöhnlich talentierten Zunge wusste sie ganz genau, wie man einen Mann dazu brachte, mehr zu wollen. Das musste man ihr lassen.

Er liebte sie nicht. Aber er liebte, was sie mit ihm anstellte.

Als er in das Flugzeug einstieg, überlegte er, was sein Vater wohl vorhatte. Seit drei Jahren hatten sie keinen Kontakt gehabt. Und dann rief plötzlich Lady Jane an.

Du musst da nicht hin, erklärte eine innere Stimme.

Wirklich nicht?

Wirklich nicht.

Aber, hey – ich bin neugierig.

Natürlich. Es geht schließlich um Red Diamond. Wenn er pfeift, tanzen alle an. Dich eingeschlossen.

So war es schon immer gewesen.

Der fünfjährige Jett war klug, aber nicht klug genug für seinen Vater.

Die Familie hatte sich im Garten des Bauernhauses in der Toskana versammelt. Seine atemberaubend schöne Mutter Edie, ein ehemaliges Model mit einem unglaublichen Körper, sein dreizehn Jahre alter Halbbruder Chris, der nur selten zu Besuch kam, und Red – ein Mann, vor dem Jett schon immer Angst gehabt hatte.

Jett war auf einen Baum geklettert und kam nicht mehr herunter. Kurz zuvor hatte das streng blickende Kindermädchen ihm genau das verboten, doch kurz darauf war Chris hinaufgeklettert, es hatte so leicht ausgesehen. Warum sollte er es nicht auch können?

Und nun saß er hier oben fest, umklammerte krampfhaft einen Ast und fürchtete sich. So sehr, dass ihm Tränen über die Wangen liefen und seine stämmigen Beinchen zitterten.

„Schick einen deiner Leute 'rauf", bettelte Edie und umklammerte ihr Martiniglas.

„Zum Teufel, nein", knurrte Red. „Er ist da allein 'raufgeklettert. Dann soll der kleine Mistkerl auch allein wieder 'runterkommen."

„Aber er könnte stürzen", protestierte Edie und nahm nervös einen Schluck von ihrem Drink.

„Das wird diesem ungehorsamen kleinen Scheißer eine Lehre sein."

„Er ist erst fünf." Edies zarte Hände zitterten so heftig, dass die Eiswürfel in ihrem Glas klirrten.

„Alt genug, um es besser zu wissen."

„Ich klettere 'rauf auf den Baum und hole ihn", bot Chris sich an. „Ist ganz leicht."

„Wer hat dich gefragt, du Trottel?" Red starrte seinen zweitjüngsten Sohn an.

Chris verzog sich, das war auf jeden Fall besser.

Eine Stunde verging. Es wurde dunkel, am Himmel zogen Regenwolken auf. Jett hing an seinem Ast und verlor beinahe das Gleichgewicht. Inzwischen hatte Red alle ins Haus geschickt und wollte gerade selbst hineingehen.

„Daddy!" schrie Jett voller Angst. „Geh nicht. Daddy! Ich hab' Angst. Daddy! Hilf mir! Bitte!"

Red drehte sich um und blickte hinauf zu dem kleinen Jungen mit den vor Schreck aufgerissenen Augen. „Lektion Nummer eins", brüllte er, „bring' dich nie in eine Situation, aus der du selbst nicht mehr 'raus kannst. Vergiss das nie, du kleines Stück Dreck."

Später am Abend, als Chris sicher war, dass alle schliefen, schlich er sich aus dem Haus, kletterte auf den Baum und half seinem schluchzenden Bruder hinabzusteigen.

Am nächsten Morgen verprügelte Red sie beide mit seiner Reitpeitsche, und kurz darauf wurde Chris in ein Flugzeug zurück nach Amerika verfrachtet.

Jett hätte sich gewünscht, dass sein Bruder immer bei ihm wäre, um ihn zu retten. Aber das war nicht der Fall.

Der Vorfall mit dem Baum war erst der Anfang.

Max Diamond konnte es kaum erwarten herauszufinden, was zum Teufel Red eigentlich vorhatte. Vielleicht war er unheilbar krank und wollte sich dafür entschuldigen, wie er seine drei Söhne all die Jahre über behandelt hatte.

Mit dreiundvierzig war Max inzwischen der erfolgreichste Baulöwe in New York. Er hatte es ohne die Hilfe seines Vaters geschafft. Es war sogar eher hinderlich gewesen, der Sohn von

Red Diamond zu sein. Als er sich selbstständig machte, gingen die Leute davon aus, dass er im Geld schwamm – dabei hatte er nie auch nur einen Cent von dem alten Herrn bekommen. Die harte Arbeit machte sich bezahlt, Max baute sich sein eigenes Imperium auf. Bis jetzt war er immer erfolgreich gewesen, doch auf einmal hatten sich zwei Banken aus einem riesigen Bauprojekt in Lower Manhattan zurückgezogen. Das millionenschwere Projekt brauchte umgehend eine Finanzspritze, sonst würde er alles verlieren, was er besaß.

Max war der Älteste der Diamondbrüder. Jett mit vierundzwanzig der jüngste, und dann gab es noch den zweiunddreißig Jahre alten Chris. Sie hatten jeweils andere Mütter. Max Mutter Rachel war kurz nach seiner Geburt gestorben. Chris Mutter Olivia war bei einem Flugzeugabsturz ums Leben gekommen. Und Jetts Mutter, die ehemals wunderschöne Edie, lebte jetzt in Montauk, wo sie sich mit Wodka und einer Reihe deutlich jüngerer Liebhaber betäubte.

Edie Diamond und ihre schlechten Angewohnheiten waren berüchtigt, jeder wusste davon. Und wer hatte sie zu dem gemacht, was sie heute war? Red Diamond natürlich. Der alte Herr hatte keinen Respekt vor Frauen und behandelte sie entsprechend schlecht. Seine Art war zu erobern, zu heiraten und zu zerstören. Und Edie hatte er zerstört.

Max selbst war auch einmal verheiratet gewesen. Seine Exfrau Mariska, eine in Russland geborene Blondine mit stahlblauen Augen, hatte sich nicht einfach abschieben lassen, trotz der horrenden Abfindung. Sie hatten ein gemeinsames Kind, Lulu, eine sehr hübsche ein wenig verzogene Fünfjährige. Mariska und Lulu lebten in einem luxuriösen Penthouse in einem der Diamond-Gebäude.

Max verbrachte die meisten Wochenenden mit seiner kleinen Tochter, die er vergötterte. Sie kamen wunderbar miteinander aus, unternahmen viel, flogen zum Beispiel in Max' Privatjet nach Disneyworld in Florida oder mal eben auf die Bahamas, um in Lulus Lieblingshotel The Atlantis auf der Wasserrutsche zu rutschen. Lulu genoss die gemeinsame Zeit genauso wie er.

Vor kurzem hatte er sich wieder verlobt. Das erboste Mariska fürchterlich, weil sie immer davon ausgegangen war, dass *sie* als Erste wieder heiraten würde. „Warum tust du das?" fragte sie ihn. „Du brauchst keine weitere Frau."

Doch er wollte wieder heiraten, und diesmal musste es funktionieren. Er hatte nicht vor, wie sein Vater zu enden, mehrere Exfrauen zu haben und drei Kinder, die ihn nicht im Geringsten interessierten, nie interessiert hatten.

Der sechzehnjährige Max war für den Abschlussball mit Rosemary verabredet, mit der er seit einem Jahr befreundet war. Sie trug ein pinkfarbenes Kleid, hatte Rosen im Haar und ein breites Lachen. Max war sich sicher – heute war die Nacht der Nächte. Sie waren nun schon lange genug zusammen, hatten oft darüber diskutiert, heute würde sie ihn bestimmt endlich ans Ziel lassen. Er packte Kondome ein, um vorbereitet zu sein.

Der Abschlussball war einfach toll. Sie tanzten die ganze Nacht, tranken jede Menge Alkohol, und auf der Heimfahrt ließ sie sich von ihm anfassen. Red und seine Stiefmutter Olivia waren nicht in der Stadt. Sie hatten seinen fünfjährigen Halbbruder Chris bei dem Kindermädchen gelassen, und so konnte er Rosemary mit nach Hause nehmen, anstatt mit ihr in ein billiges Hotel gehen zu müssen.

Sie begannen, sich in der Bibliothek zu küssen, während

Olivia Newton John und John Travolta You're The One That I Want *schmetterten. Max war bereits voll in Fahrt, es war ihm gelungen, das Oberteil von Rosemarys Kleid herunterzuziehen und ihren Rock hochzuschieben. Sie hatte volle, herrliche Brüste, in denen er sein Gesicht vergraben wollte, nun war es so weit, nun würde es geschehen, zum ersten Mal für sie beide.*

Gerade als Max mit dem Kondom kämpfte, platzte Red Diamond in die Bibliothek und knipste alle Lichter an.

„Dad!" stammelte Max und versuchte verzweifelt, seine Erektion wieder in der Hose zu verstauen. „Ich ... ich dachte, ihr wärt nicht hier."

„Das hast du also gedacht?" Red beäugte Rosemary, die so verlegen war, dass sie nicht wusste, ob sie zuerst ihre Brüste bedecken oder ihren Rock herunterziehen sollte.

„Ach, Mist, Dad!" murmelte Max. „Wir sind schon so gut wie weg. Ich ... ich wollte nicht ..."

„Schaff' deinen geilen Hintern auf dein Zimmer", unterbrach Red ihn, ohne Rosemary aus den Augen zu lassen. „Ich kümmere mich darum, dass die junge Dame sicher nach Hause kommt."

„Aber ..."

„Raus, du geiler kleiner Scheißer!" zischte Red. „Sofort!"

Zu seiner eigenen Schande ließ Max seine halbnackte Freundin allein mit seinem Vater und schlich auf sein Zimmer.

Am nächsten Morgen rief er bei Rosemary an. Sie weigerte sich, ans Telefon zu kommen. So ging das mehrere Tage, bis ihre angespannt klingende Mutter ihn darüber informierte, dass Rosemary für einen längeren Aufenthalt nach Europa aufgebrochen war. Er solle sie bitte nicht weiter belästigen.

Erst vier Jahre später, als er aufs College ging, traf er Rose-

mary zufällig auf einer Party wieder. Zuerst versuchte sie, ihm aus dem Weg zu gehen, doch schließlich fand er heraus, was in dieser fürchterlichen Nacht geschehen war. Wie Rosemary ihm erzählte, hatte Red sie mehrfach vergewaltigt, bis sie ohnmächtig wurde. Als sie wieder zu Bewusstsein kam, drohte Red ihr Gewalt an, falls sie irgendjemandem etwas verraten würde und setzte sie in ein Taxi. Trotzdem erzählte sie ihren Eltern umgehend alles, und ihr Vater stürmte in Reds Haus, um ihn zur Rede zu stellen.

Nach einer langen Auseinandersetzung erklärte Red sich bereit, Rosemarys Familie sehr viel Geld für ihr Schweigen zu bezahlen.

„Warum hast du mir das nicht erzählt?“ fragte Max. „Oder bist zur Polizei gegangen?“

Rosemary zuckte mit den Schultern, als ob es ihr egal sei, doch er konnte den Schmerz in ihren Augen sehen. „Wir wissen doch beide, dass es keinen Sinn gehabt hätte“, sagte sie. „Dein Vater hat die besten Beziehungen. Meiner nicht.“

So einfach war das.

Red Diamond hatte also eine Sechzehnjährige vergewaltigt und war davongekommen. Und es war nicht irgendein Mädchen gewesen, sondern Max’ erste wahre Liebe, seine feste Freundin.

Als er seinen Vater darauf ansprach, lachte der ihn aus. „Sie hat doch geradezu danach gebettelt, mein Sohn“, feixte er. „Die brauchte einen richtigen *Mann, nicht so einen nutzlosen Kerl wie dich.“*

„Aber sie war meine Freundin, Dad. Meine Freundin.“

„Das sollte dir eine Lehre sein“, erklärte Red. „Man kann Frauen niemals trauen. Niemals. Sie alle sind so oder so nur Huren. Das wirst du noch früh genug herausfinden.“

Danach sprachen sie nie mehr darüber.

Der wichtigste Mandant von Chris, Jonathan Goode, plante eine Europatournee, um seinen aktuellen Kinofilm zu lancieren, und so konnte Chris mit ihm im studioeigenen Flugzeug nach New York fliegen, von wo aus der Filmstar Richtung Europa weiterreisen wollte.

Jonathan Goode war ein ruhiger und angenehmer Mann Mitte dreißig, dem sein Ruhm nicht zu Kopf gestiegen war. Und doch wurde er von der üblichen Crew begleitet. Da gab es seinen Manager mit dem durchdringenden Blick, seine Agentin, eine überhebliche PR-Beraterin, einen muskelbepackten Fitnesstrainer, eine lesbische Stylistin, einen französischen Koch und zwei ungeheuer tüchtige Assistentinnen. Außerdem seine aktuelle Freundin, eine lockenköpfige armenische Schauspielerin, die nur sehr wenig Englisch sprach, aber dafür um so mehr lächelte, vor allem, wenn Kameras in der Nähe waren.

Gerüchte über Jonathans Privatleben gab es reichlich. War er schwul? Bisexuell? Oder interessierte ihn Sex einfach nicht?

Chris wusste es nicht, und es war ihm auch egal. Jonathan war ein netter, bescheidener Kerl, und es ging niemanden etwas an, was er im Bett tat oder nicht.

„Wieso diese Reise in letzter Sekunde?" fragte Jonathan und machte es sich in dem Ledersitz gemütlich, während zwei attraktive Flugbegleiter – ein Mann und eine Frau, persönlich von seinem Manager ausgewählt – sich über ihn beugten.

„Familienangelegenheiten", entgegnete Chris und schnallte sich an.

„Exfrau? Mutter? Schwestern?" Jonathan schien nicht wirklich interessiert, war aber wie immer höflich.

„Ich habe keine Exfrau", erklärte Chris. „Meine Mutter ist tot. Und Schwestern gibt es auch nicht."

„Ich habe drei ältere Schwestern.“ Jonathan grinste ironisch. „Die haben mir alles beigebracht, was ich über Frauen *nicht* weiß.“

Chris lächelte und verstand auf einmal, warum Jonathan Goode vergöttert wurde. Er hatte diese gewisse Jungenhaftigkeit gepaart mit einer heldenhaften Aura wie Kevin Costner oder Tom Cruise, und das fanden sowohl Frauen wie auch Männer anziehend.

„Entschuldige, Jonathan“, unterbrach ihn eine seiner Assistentinnen und reichte ihm ein Mobiltelefon. „Les Moonves ist dran, er möchte kurz mit dir sprechen.“

Jonathan nahm das Gespräch entgegen, und Chris schnappte sich ein Hochglanzmagazin mit einem außerordentlich durchtrainiert aussehenden Jonathan auf dem Cover, der gerade irgendeine Kampfsportart ausübte.

Der Filmstar hatte keinen blassen Schimmer, dass Red Diamond der Vater von Chris war. Nicht, dass Chris diese Tatsache zu verbergen versuchte – aber er erwähnte sie auch nie. Sobald die Leute neugierige Fragen stellten, wechselte er das Thema. Und nachdem er inzwischen einer der erfolgreichsten Anwälte der Filmbranche war, fragte auch niemand mehr nach.

Es war nicht leicht gewesen. Olivia hatte sich von Red scheiden lassen, als Chris zehn Jahre alt war. Sie konnte seine ständigen Affären nicht länger ertragen und zog nach Kalifornien, wo sie Peter Linden heiratete, einen reichen Anwalt, der sie zwar wollte, aber nicht ihren Sohn. Nach einigem Zögern entschied Olivia sich für ihren Mann. Chris wurde auf eine Militärschule geschickt, in der es so brutal zuging, dass er manchmal fürchtete, es nicht zu überleben. Danach besuchte er das College und studierte schließlich – auf Peters Anraten – Jura.

Er hatte nichts gegen Rechtswissenschaften, im Gegenteil, der luxuriöse Lebensstil seines Stiefvaters gefiel ihm sogar ganz gut. Er interessierte sich vor allem für die Unterhaltungsindustrie, nicht zuletzt, weil er beschlossen hatte, in Los Angeles zu bleiben. Hier war das Wetter fantastisch, die Frauen waren bildschön *und* willig. Seinen richtigen Vater, Red, sah er zwei Mal im Jahr. Das war mehr als genug.

An dem Tag, an dem er das Juraexamen in der Tasche hatte, starb Olivia bei einem Flugzeugabsturz. Sie war auf dem Weg zu ihm, um mit ihm seinen Erfolg zu feiern. Sein Stiefvater gab Chris die Schuld und brach kurz nach Olivias Beerdigung jeglichen Kontakt zu ihm ab. Doch seine Trauer hielt nicht allzu lange an, denn sechs Wochen später heiratete er eine unglaublich schöne, sehr prominente blonde Schauspielerin.

Einige Wochen nach Olivias Beerdigung rief Chris seinen Vater an.

„Was zur Hölle willst du jetzt?“ brüllte Red ins Telefon. „Geld? Zu dumm, denn von mir bekommst du keines. Ich habe jeden einzelnen Cent für deine Ausbildung gezahlt, das ist mehr als genug. Beweg deinen faulen Hintern und arbeite für deinen Lebensunterhalt, so wie ich es auch immer musste. Dir wird nichts auf dem Silbertablett gereicht. Bring erst mal was zustande, dann kannst du mich wieder anrufen.“

Typisch Red Diamond. Deine Mutter ist gestorben – na und? Beweg deinen faulen Hintern und arbeite.

Enttäuscht, aber nicht sonderlich überrascht, zog Chris mit drei Freunden aus dem College zusammen. Ein paar Monate später bekam er einen Job in einer Kanzlei und arbeitete sich langsam nach oben, entschlossen, seinen *beiden* Vätern zu zeigen, dass er auch ohne sie Erfolg hatte.

Seine Chance kam, als er eine kurze Affäre mit einer Mandantin begann. Sie war älter als er, fünfundvierzig, eine arbeitslose Schauspielerin und noch immer unerhört schön. Ein wenig erinnerte sie ihn an seine Mutter.

Es war eine große Herausforderung, ihre Karriere wieder in Schwung zu bringen, aber Chris liebte Herausforderungen. Zu jedermanns Überraschung, auch zu der der Schauspielerin, gelang ihm das Unmögliche. Er besorgte ihr eine Rolle in einer neuen Fernsehserie, die sich als *der* Hit des Jahres herausstellte. Mit einem Mal war sie in der Tat eine sehr wichtige Mandantin. Und, was noch mehr zählte, sie war *seine* Mandantin.

Danach waren seine Tage in der Wohngemeinschaft mit den drei Freunden gezählt. Ein Jahr später wurde er Juniorpartner der Kanzlei, und von dem Moment an ging es rasant nach oben. Chris hatte ein Händchen für die richtigen Mandanten, es dauerte nicht lange und ihm wurde die volle Partnerschaft angeboten.

Er war jung und in Hollywood angesagt. Und als er Red das nächste Mal anrief, konnte er so etwas wie widerwillige Anerkennung aus der Stimme des alten Mannes heraushören. Am liebsten hätte Chris gesagt: „Siehst du, ich habe es ohne dich geschafft."

Doch das sagte er nicht, stattdessen wartete er geduldig auf ein Lob aus dem Munde seines Vaters.

Dieses Lob wurde nie ausgesprochen. Er redete sich ein, es wäre ihm egal, aber das stimmte nicht.

Chris hatte seine Reise nach Vegas abgesagt. Roth Giagante, der Besitzer des Magiriano Hotels, war darüber nicht sonderlich begeistert gewesen. „Wir haben ausgemacht, dass du dieses Wochenende mit meinem Geld kommst", hatte Roth mit verärgerter Stimme gerufen. „Wir hatten verdammt noch mal eine Vereinbarung, und ich will nichts mit Leuten zu tun haben, die ihr Wort nicht halten."

„Es ist ein Notfall, ich muss nach New York", erklärte Chris. „Aber ich werde Sonntag in Vegas sein. Ich verspreche es."

„Dieses Versprechen solltest du besser halten. Oder das Wort Notfall bekommt für dich eine ganz neue Bedeutung. Kapiert?"

Ja. Er hatte kapiert. Roth Giagante gewährte ihm gewisse Privilegien, weil Chris so gute Kontakte zum Showbusiness hatte. Aber in den letzten drei Monaten hatte er eine Menge Verluste eingefahren, und jetzt wollte Roth sein Geld zurück. In bar. Sechshunderttausend um genau zu sein, und das war ganz schön viel Bargeld.

Roth würde sein Geld bekommen. Irgendwann. Wobei es Chris bisher nur gelungen war, zweihundertfünfzigtausend Dollar aufzutreiben. Er baute darauf, dass Roth ihm mehr Zeit einräumte, vor allem wenn er ihm versprach, dass einige seiner Starklienten demnächst in seinem Hotel übernachteten. Diese Typen in Las Vegas waren alle gleich – total wild auf Prominente.

Ja, Vegas war sein Ruin. Er hatte sehr viel Geld verdient und es in den letzten drei Monaten an den Spieltischen verloren.

Als Jonathan sein Telefonat beendete, befanden sie sich bereits in der Luft auf ihrem Weg nach New York. Jonathan stand auf, nickte seiner Freundin zu und gemeinsam gingen sie ins Schlafzimmer und schlossen die Tür.

Offenbar hatte der Filmstar keine Lust mehr auf weitere Gespräche.

Dafür war Chris ganz dankbar. Er hatte eine anstrengende

Woche hinter sich, in der er versucht hatte, das Geld für Roth aufzutreiben und zugleich seine Mandanten nicht zu kurz kommen zu lassen. Die waren ziemlich anstrengend, sie riefen ihn Tag und Nacht an, was seiner derzeitigen Freundin Verona nicht besonders passte. Verona, eine asiatische Pilatestrainerin, wollte unbedingt bei ihm einziehen. Bisher hatte Chris sich erfolgreich dagegen wehren können, er lebte *gerne* allein. Was war daran falsch?

Zum Glück war Verona keine Schauspielerin und entwickelte auch überhaupt keinen Ehrgeiz in dieser Richtung. Das kam Chris gerade recht, der erst vor kurzem eine destruktive Affäre mit Holly Anton beendet hatte. Holly war ein Serienstar und völlig irre. Ihretwegen hatte er mit dem Spielen begonnen. Holly liebte Vegas, die Stadt, in der sie aufgewachsen war, und sie hatten fast jedes Wochenende dort verbracht.

Er vermisste Holly nicht, sie hatte ihn mit ihrem unersättlichen sexuellen Appetit, ihren depressiven Phasen und Panikattacken bezüglich ihrer Karriere wahnsinnig gemacht. Er war vor ihren Stimmungsschwankungen ins Casino geflüchtet.

Schauspielerinnen. Nie wieder. Er war nur froh, dass er lebend aus diesem Drama herausgekommen war.

Die Diamondbrüder hatten eines gemeinsam: Sie sahen alle außergewöhnlich gut aus, waren über eins achtzig groß. Max war dunkel und grüblerisch, Jett der perfekte böse Junge mit dunkelblondem Haar und leuchtend blauen Augen, während Chris in etwa aussah wie George Clooney zurzeit von *Emergency Room.* Frauen verliebten sich in seinen selbstironischen Humor und sein herrliches Lächeln. Natürlich war es auch nicht gerade hinderlich, ein erfolgreicher Anwalt zu sein.

Wobei natürlich niemand wusste, welch horrende Spielschulden er hatte.

Er legte die Zeitschrift weg, schloss die Augen und versuchte, an nichts zu denken. Er konnte nur hoffen, dass diese Reise all seine Probleme löste. Wenn sein Vater sie zu sich rief, musste das doch einen guten Grund haben.

Nun, bald schon würde er wissen, was Red vorhatte.

Neugier war etwas Schreckliches.

„Dein Vater meint das nicht so", sagte Olivia um ihn zu trösten.

Diese Worte hörte Chris während er aufwuchs beinahe jeden Tag. Vielleicht glaubte sie sogar daran, aber Chris wusste, dass Red Diamond alles, was er sagte und tat, auch so meinte.

Am besten war es, ihm einfach aus dem Weg zu gehen, was aber nicht immer möglich war, wie Chris öfter als einmal erfahren musste.

Sein Vater wurde gerne handgreiflich. Wenn einer seiner Söhne in seinen Augen etwas Falsches tat, dann verdiente er eine anständige Tracht Prügel. Und wie es schien, bereiteten ihm diese Bestrafrungen selbst größtes Vergnügen.

Als Chris neun war, hatte er einmal eine Schachtel Pralinen leer gefuttert, die er neben Reds Bett gefunden hatte. Woher hätte er denn auch wissen sollen, dass es sich um teure, extra für seinen Vater gefertigte Pralinen von einem Meister-Chocolatier aus Belgien handelte?

Red war nicht eben erfreut, als er die leere Schachtel entdeckte. Sein wütendes Gebrüll konnte man im ganzen Haus hören.

„Wer hat verflucht noch mal meine Pralinen gegessen?" schrie er. Olivia versuchte ihn zu beruhigen, während Chris ängstlich vor der Schlafzimmertür kauerte.

Mae, die Köchin, kam aus der Küche gerannt und bot an, selbst Pralinen zu machen.

„Sind Sie wahnsinnig? Ich spreche hier von selbst gemachter Schokolade, nicht von dem Mist, den Sie fabrizieren.

Mae blitzte ihren Chef an und verzog sich murrend in die Küche.

„Wo ist Chris?“ schrie Red. „Wo ist dieser idiotische Nichtsnutz?“

„Er war es bestimmt nicht“, sagte Olivia beschwörend.

„Ach, er war es also bestimmt nicht?“ äffte er sie nach.

„Ich lasse dir diese Pralinen sofort besorgen“, sagte sie. „Ich kann ...“

Rumms! Chris hörte den Schlag, und ohne auch nur eine Sekunde zu überlegen, stürzte er ins Zimmer und begann, mit den Fäusten auf seinen Vater einzutrommeln.

„Ha!“ tobte Red. „Der Kleine hat also doch Eier in der Hose. Was für eine Überraschung!

Kurz spürte Chris einen Hauch von Zufriedenheit. Sein Vater hatte ihn tatsächlich gelobt!

Doch danach bekam er eine Abreibung, die doppelt so lange dauerte wie üblich und so heftig war, dass sogar Blut floss.

Eine Woche lang konnte er nicht richtig sitzen, aber wenigstens glaubte Red, er habe Eier in der Hose. Und selbst in seinem Alter wusste Chris, dass das eine gute Sache war.

Ein Jahr später ließen seine Eltern sich scheiden.

3. KAPITEL

Nancy Scott-Simon war eine dünne, zerbrechlich aussehende Frau mit scharfen Gesichtszügen und kohlrabenschwarzem Haar, das sie in einem festen französischen Knoten trug. Sie bevorzugte Anzüge von Oscar de la Renta, Handtaschen von Ferragamo, Guccischuhe und Ballkleider von Valentino. Außerdem zarten antiken Schmuck, den sie von ihrer Mutter bekommen hatte, Amys Großmutter, die mit neunzig noch immer so lebhaft wie ein Pudel war.

Nancy regierte von ihrem tadellos eingerichteten Stadthaus in der Nähe der Park Avenue aus. Fünf Etagen. Acht Schlafzimmer. Fünf Bedienstete, die im Haus wohnten.

Nancys Tochter Amy war wirklich ein sehr hübsches Mädchen. Eine New Yorker Prinzessin mit seidigem, blondem Haar (Naturfarbe), unschuldigem Gesicht, verträumten türkisfarbenen Augen, weichen Lippen, sonnengebräunter Haut und einem katzenhaften Körper, mit dem sie sich jederzeit auf dem Titelbild der *Sports Illustrated* hätte sehen lassen können, was sie natürlich nicht wollte.

Als reiches Mädchen – mit fünfundzwanzig sollte sie einen großen Batzen des Familienvermögens erben – war sie außerordentlich privilegiert aufgewachsen, umgeben von Kindermädchen, Chauffeuren und Leibwächtern. Sie hatte die besten Schulen besucht und Urlaube an den schönsten Plätzen der Welt verbracht. Einmal hatte es diesen Vorfall mit der Entführung gegeben. Nun, Nancy nannte es immer einen Vorfall, doch Amy erinnerte sich noch sehr genau an die entsetzliche Zeit. Vierzehn war sie gewesen, als sie achtundvierzig Stunden lang gefesselt und mit verbundenen Augen in einem Keller nur mit ein paar

Brocken trockenem Brot und einer Flasche Wasser gefangen gehalten wurde. Nicht zu wissen, was als Nächstes geschah, war einfach grauenvoll gewesen, jede Sekunde die reinste Qual – vor allem, als einer ihrer Entführer in den Keller kam und ihr Drohungen und Beleidigungen entgegenschleuderte.

Ihre Mutter hatte nicht die Polizei, sondern den Familienanwalt benachrichtigt, der schließlich das Lösegeld bezahlte. Aber niemand hatte für Amys Demütigung und ihr Leiden bezahlt.

Die Kidnapper packten Amy wieder in den Kofferraum ihres Wagens und setzten sie irgendwo in Brooklyn mitten in der Nacht einfach aus. Hysterisch schluchzend gelang es ihr, ein Telefon zu finden, woraufhin der Sohn des Anwalts sie abholte und nach Hause brachte.

Die Kidnapper wurden niemals gefasst. Sie kamen mit zwei Millionen Dollar Bargeld davon, und sie mit ihrem Leben.

War das ein fairer Tausch?

Sicher nicht, und doch war Nancy froh, denn sie hatte immerhin verhindern können, dass diese unschöne Geschichte in die Schlagzeilen kam. Dass sie das Leben ihrer Tochter aufs Spiel gesetzt hatte, kam ihr nie in den Sinn, genauso wenig wie die Tatsache, dass Amy nach diesem Erlebnis psychologische Unterstützung gebraucht hätte.

„Es ist vorbei“, verkündete sie nur mit dieser Lass-uns-nicht-mehr-darüber-reden-Stimme. „Du musst das alles vergessen.“

Doch es war nicht einfach vorbei, nicht für Amy, die unter Albträumen, den immer wieder auftauchenden Erinnerungen und dem Gefühl litt, nirgendwo wirklich sicher zu sein.

Über die Jahre gelang es ihr, diese Ängste zu überwinden. Nach dem College beschloss sie, aus dem Stadthaus ihrer Mutter auszuziehen, sich einen Job zu suchen und ihr eigenes Leben zu leben. Nancy wollte davon natürlich nichts wissen, doch Amy ließ sich nicht umstimmen.

Nach mehreren Wochen gelang es ihr, eine Stelle bei dem eleganten Modehaus Courtenelli zu bekommen, das von der schillernden italienischen Designerin Sofia Courtenelli geführt wurde. Amy kümmerte sich um die PR-Abteilung und hatte bedingt durch ihren Charme, ihre Ausbildung und ihr ansprechendes Äußeres schnell großen Erfolg.

Die Arbeit machte Spaß und war aufregend, weil sie auf diese Weise die unterschiedlichsten Menschen kennen lernte.

Das einzige Problem waren die Männer, die ständig hinter ihr her waren. Das machte sie wahnsinnig. Von den männlichen Models bis hin zu den Verkäufern, alle hatten nur eines im Sinn – die kleine Amy Scott-Simon rumzukriegen. Immerhin war sie eine reiche New Yorker Erbin.

Nachdem Amy überhaupt keine Lust auf sexuelle Abenteuer hatte, fiel es ihr leicht, den Angeboten zu widerstehen. Um genau zu sein, hatte sie nach einigen Versuchen in der High School und auf dem College beschlossen, sich für die Hochzeitsnacht aufzubewahren – oder zumindest für den richtigen Mann. Für jemanden, dem sie wirklich vertrauen konnte. Zudem waren da immer noch die Erinnerungen an die Entführung und die sexuelle Belästigung, die sie über sich hatte ergehen lassen müssen. Davon hatte sie nur ihrer besten Freundin Tina erzählt, niemandem sonst, nicht einmal ihrer Mutter, die einen hysterischen Anfall bekommen hätte. Sie war zwar nicht vergewaltigt worden, aber einer der Entführer hatte andere Dinge von ihr verlangt … Dinge, über die sie nicht nachdenken wollte. Sie hatte die Erinnerung daran verdrängt, das war besser so.

An einem denkwürdigen Abend war ihr auf einer Benefizveranstaltung Max Diamond vorgestellt worden, und obwohl er viel älter war als sie, fühlte sie sich sofort von seinem weltmännischen Auftreten und seinen guten Manieren angezogen. Max schien ein Mann zu sein, dem man vertrauen konnte, und zudem ein Gentleman. Und da er selbst ungeheuer reich war, hatte er es mit Sicherheit nicht auf ihr Erbe abgesehen.

Nach mehreren ruhigen gemeinsamen Abendessen und langen Gesprächen, wurden sie ein Paar. Dass er geschieden war und ein Kind hatte, störte sie nicht.

Schon zu Beginn ihrer Beziehung hatte sie ihm unverblümt erklärt, dass sie nicht mit ihm schlafen würde.

„Nie?“ fragte er verblüfft.

„Lach jetzt nicht“, sagte sie sehr ernst. „Aber ich bewahre mich für den Mann auf, den ich heiraten werde.“

„Das respektiere ich.“

„Wirklich?“ fragte sie erfreut.

„Ja. Ich finde deine Einstellung absolut lobenswert.“

Hm. Ein Mann, der sie verstand ... das war mal eine nette Abwechslung. Und in diesem Moment wusste sie, dass er der Richtige war.

Drei Monate später wurde – zu Nancys Freude – Verlobung gefeiert.

Nancy war ein echter Kontrollfreak. Für die Hochzeit ihrer Tochter Amy musste einfach alles perfekt sein, niemand durfte sich auch nur den kleinsten Fehler erlauben. Sie erwartete, dass Amy jeden Abend nach der Arbeit vorbeikam, um mit Lynda Colefax die Hochzeitsvorbereitungen zu besprechen. Lynda war eine herrschsüchtige Frau unbestimmbaren Alters. Nach und nach begann Amy, sich vor diesen Treffen zu fürchten. Sie konnte es kaum noch ertragen zu hören, wie sich Nancy und Lynda stundenlang über die Gästeliste unterhielten, über die Blumendekoration, die Sitzordnung, die Hochzeitstorte, das Hochzeitskleid, die Musik, die Tischwäsche. Das war so trivial.

„Mir ist das alles egal." Sie hätte am liebsten geschrieen. „Macht doch nicht so ein Theater. Ich hasse es, im Mittelpunkt zu stehen. Ich will es nur hinter mich bringen."

Harold, ihr Stiefvater, war ganz ihrer Meinung. „Zu viel Getue", brummte er. „Und viel zu teuer."

Selbstverständlich achtete Nancy nicht auf ihn.

Amys leiblicher Vater war in Venedig bei einem tragischen Bootsunfall ums Leben gekommen, als sie drei Jahre alt war. Ein Jahr später starb ihr Bruder an einer seltenen Knochenkrankheit. Sie konnte sich an keinen von beiden mehr wirklich erinnern, lebte aber mit dem ständigen Gefühl der Trauer und des Verlusts. Manchmal glaubte sie sogar, dass es nie zu dieser Entführung gekommen wäre, hätte ihr Vater noch gelebt.

Ihr Stiefvater war ein netter Mann, obwohl allgemein bekannt war, dass er keinen Mumm in den Knochen hatte. Nancy hatte ihn völlig im Griff. Sie bestimmte, was zu tun war. Sie besaß schließlich das Geld. Und Harold wagte es nie, zu widersprechen.

Als die Hochzeit näher rückte, bekam Amy Schlafstörungen. Sie lag wach im Bett und fragte sich, ob sie nicht einen riesigen Fehler machte. Ja, ihr künftiger Ehemann war ein erfolgreicher Geschäftsmann, er sah geheimnisvoll und sehr gut aus, zugleich war er freundlich und rücksichtsvoll und mochte sie wirklich. Nie hatte er sie unter Druck gesetzt, doch vor der Hochzeit mit ihm zu schlafen. Er überhäufte sie mit teuren Geschenken, darunter ein zehnkarätiger Diamant zur Verlobung.

Diese Geschenke bedeuteten ihr nichts, sie waren zwar ein Zeichen seiner Zuneigung, aber tief im Herzen sehnte sie sich nach etwas anderem. Sie sehnte sich nach ihrem Vater und ihrem Bruder, den fehlenden Männern in ihrem Leben.

Und in letzter Zeit hinterfragte sie mehr und mehr ihre Gefühle für Max. Liebte sie ihn wirklich? Er hatte eine Exfrau, er hatte ein Kind *und* er war dreiundzwanzig Jahre älter als sie – eine Tatsache, die außer ihr niemanden zu stören schien.

Als sie einmal ihre Zweifel gegenüber Nancy äußerte, zog ihre Mutter nur eine Augenbraue in die Höhe. „Was Besseres findest du nicht, Liebes. Wenigstens wissen wir, dass er nicht auf dein Geld aus ist. Er ist ein sehr, sehr vermögender Mann und *du* hast ihn dir geschnappt. Ist das nicht wundervoll?"

Wie gerne hätte sie einmal richtig mit ihrer Mutter gesprochen. Aber nein, mit Nancy war das unmöglich. Nancy Scott-Simon wusste ganz genau, wie sie Amy dazu brachte, alles zu tun, was ihre Mutter wollte.

Das war's also. Die Hochzeit würde stattfinden.

4. KAPITEL

Als Jett in New York ankam, überwältigte ihn ein nostalgisches Gefühl. Diese laute Stadt mit den schmutzigen Gehwegen war seine Heimat, hier war er aufgewachsen, hatte seine Erfahrungen gemacht – gute und schlechte. Als er im Taxi die Brücke überquerte, wurde ihm klar, wie sehr er New York vermisst hatte, auch wenn die Stadt ihm zum Schluss nicht viel Glück gebracht hatte: Zwei Festnahmen wegen Drogenbesitzes, eine Ex-Freundin, die ihn wegen Körperverletzung anzeigte – das blaue Auge hatte sie verdient, wobei er in nüchternem Zustand sicher niemals zugeschlagen hätte – ein Streit mit seiner Mutter und deren damaligem Freund um Geld.

Lady Bentley hatte ihm das Flugticket geschickt, aber nicht erwähnt, wo er übernachten sollte. Deshalb hatte er noch von Mailand aus seinen alten Freund Sam Lucas angerufen und ihn gefragt, ob er ein paar Nächte auf seiner Couch schlafen dürfe.

„Du kannst die ganze Wohnung haben“, verkündete Sam. „Ich habe einen Fernsehdreh in Los Angeles, also brauche ich sowieso jemanden, der meinen Briefkasten leert und meine Pflanzen gießt. Ist alles deins, Bruder.“

„Fantastisch“, entgegnete Jett, froh darüber, dass er kein Geld für ein Hotel ausgeben musste.

Zwar wurde er als Model gut bezahlt, aber er war trotzdem nie so flüssig, wie er es sich wünschte. Das Leben mit Gianna war kostspielig, sie bevorzugte die teuersten Restaurants und Clubs, und er ließ es niemals zu, dass sie bezahlte. Schließlich kam sie für die Miete und die Unterhaltskosten auf. Er hatte ihr angeboten, etwas beizusteuern, aber das wollte Gianna nicht. Sie war als Supermodel hoch bezahlt und hatte gerne alles unter

Kontrolle. Außerordentlich sexy war sie auch. Was konnte ein Mann sich Besseres wünschen?

Sam war ein guter Freund, der ihm damals im Grunde das Leben gerettet hatte. Er war es gewesen, der Jett ins Flugzeug nach Mailand setzte und dafür sorgte, dass er dort sofort in eine Entzugsklinik ging. Er schuldete Sam eine Menge, und eines Tages, wenn sein alter Herr das Zeitliche gesegnet hatte, wollte er ihm alles zurückzahlen. Wem sonst sollte Red Diamond seine Milliarden vermachen, wenn nicht seinen drei Söhnen? Sein Vermögen einem guten Zweck zukommen zu lassen, dazu war er zu geizig. Und nachdem Red Diamond Frauen als minderwertige Geschöpfe betrachtete, konnte sich Lady Bentley mit Sicherheit keine Chancen ausrechnen.

Nicht dass er scharf auf das Geld war. Aber eines Tages würde er eben sehr, sehr reich ein. Warum sollte er sich dagegen auflehnen?

Wenn es ums Geschäft ging, war Max Diamond geradezu besessen. Jeden Morgen stand er um fünf Uhr auf, trainierte mit seinem persönlichen Fitnesstrainer bis um halb sieben, dann las er sämtliche Zeitungen, nahm die Aktienkurse unter die Lupe und erledigte verschiedene Anrufe. Punkt sieben Uhr dreißig saß er an seinem Schreibtisch, hellwach und bereit, alles zu regeln.

Ein großes Immobilienunternehmen zu führen brauchte Zeit und einen sicheren Instinkt. Immer gab es Probleme und Krisen. Zwar hätte er mehr Aufgaben delegieren können, aber er zog es vor, sich vierundzwanzig Stunden am Tag um seine Geschäfte zu kümmern. Zumal jetzt, wo er so ein Theater mit den Banken hatte. Allerdings war er sicher, auch dieses Problem lösen zu können. Zwei wichtige japanische Banker wollten extra aus Tokio anreisen, um mit ihm zu sprechen, wahrscheinlich würden sie einspringen und das Projekt retten.

Clive Barnaby, sein Geschäftsführer, hatte ihm vorgeschlagen, die beiden zu seinem Junggesellenabend einzuladen, was nicht zuletzt der Grund war, warum er ihn nicht einfach sausen lassen konnte, sosehr er es auch wollte. Junggesellenabschiede waren nicht sein Stil, es handelte sich dabei nur eine erbärmliche Ausrede für verheiratete Männer, sich zu betrinken und einen Striptease anzusehen, oder, noch besser, einer Live-Sexszene zwischen zwei Frauen.

Die Arbeit war Max' Leidenschaft. Er wollte seinem Vater zeigen, dass er kein unglückseliger Versager war – als den Red ihn immer bezeichnete.

Als er noch mit Mariska verheiratet war, hatte sie sich darüber beschwert, dass er nie Zeit hätte, wenn sie ihn brauchte.

„Um was zu tun?“ hatte er gefragt. „Mit dir in die Oper zu gehen, ins Ballet, zu einer langweiligen Dinnerparty?“

„Wäre für dein geschäftliches Image bestimmt nicht schlecht, wenn du öfter mit deiner wunderschönen Frau gesehen werden würdest“, entgegnete Mariska. Bescheidenheit war nicht gerade ihre Stärke.

„Mariska, ich muss arbeiten. Und zwar damit du deinen Lebensstil beibehalten kannst, an den du dich so schnell gewöhnt hast.“

„Donald Trump arbeitet auch“, rief sie. „Und trotzdem ist er ständig irgendwo zu sehen.“

Wie üblich ignorierte er den Vergleich mit Donald Trump, den Mariska so gerne zog. Donald Trump führte ein Leben in der Öffentlichkeit, und das war auch sein gutes Recht. Max allerdings hatte kein Bedürfnis, ein Teil der gesellschaftlichen Szene New Yorks zu sein, ständig in Zeitschriften und Fernsehsendungen erwähnt zu werden. Publicity interessierte ihn nicht. Um genau zu sein tat er alles, um die Öffentlichkeit zu meiden.

Als er vor sechs Jahren Mariska kennen lernte, hielt er sie für ein einfaches Mädchen, das von Moskau nach Amerika gekommen war, um seine Träume wahr zu machen. Mariska besaß bereits die Green Card, weil sie eine, wie sie versicherte, Scheinehe mit einem Buchhalter eingegangen war. Sie hatte sich scheiden lassen, arbeitete als Physiotherapeutin und ging mit einem seiner Geschäftspartner aus.

Bei einer Dinnerparty saß er neben ihr und begann im Verlaufe des Gesprächs, sich über Schmerzen in der rechten Schulter zu beklagen.

„Das bekomme ich wieder hin", sagte sie und reichte ihm ihre Karte. „Rufen Sie mich an, Max Diamond. Ich sorge dafür, dass sie sich hinterher wie neu geboren fühlen."

Wenige Tage später vereinbarten sie einen Termin.

Mariskas Massagetechnik beinhaltete berauschende duftende Öle und starke europäische Hände. Seiner Schulter ging es danach deutlich besser, und kurz darauf lud er sie zum Mittagessen ein. Ihre slawischen Gesichtszüge, das glatte, weißblonde Haar und der charmante Akzent entzückten ihn. Zwar hatte er nicht viel Zeit für Frauen, aber Mariska war besonders faszinierend, also trafen sie sich zum Abendessen. Und bald sahen sie sich jeden Abend.

Sie behandelte ihn wie einen König, immer stand er an erster Stelle, sie machte ihm Komplimente, forderte nie etwas.

Max war kein besonders erfahrener Mann. Bevor er Mariska kennen lernte, hatte ihm die Missionarsstellung gereicht. Doch

Mariska nahm ihn mit an Orte, von denen er nichts gewusst hatte. Innerhalb weniger Monate bat er sie um ihre Hand, und sie sagte sofort ja.

Erst als der Ring bereits an ihrem Finger steckte begriff er, was für eine berechnende und geldgierige Frau sie in Wahrheit war.

Zu spät. Er hatte sie geheiratet, und sie war inzwischen auch schwanger.

Wegen Lulu blieb er bei seiner Frau, doch als seine Tochter vier wurde, konnte er es nicht länger ertragen. Er musste sich um des Seelenfriedens willen endlich aus dieser Ehe befreien.

Mariska wollte sich nicht scheiden lassen, sie kämpfte mit allen erdenklichen Mitteln, gab Interviews, sprach mit seinen Freunden, Geschäftspartnern, beschäftigte die teuersten Anwälte, die *er* letztlich bezahlen musste, und machte ihm einfach das Leben zur Holle.

Zum Schluss hatte er ihr eine riesige Abfindung gezahlt. Doch das war ihm seine Freiheit wert gewesen.

Und nun hatte er ein wunderbares junges Mädchen getroffen, das er heiraten wollte.

Dieses Mal würde es ganz sicher funktionieren.

Als das Flugzeug landete, wandte sich Chris an Jonathan: „Was haben Sie heute Abend vor?“ fragte er.

„Ich gehe so früh wie möglich ins Bett“, entgegnete Jonathan gähnend. „Ich bin morgen mit Matt Lauer in der Today Show. Dann noch ein paar Pressetermine und schließlich die David Letterman Show. Wahrscheinlich muss ich insgesamt dreißig Interviews geben.“

„Fünfunddreißig“, korrigierte ihn seine PR-Frau murmelnd.

„Ich muss ja was tun, um Ihre horrenden Rechnungen zu bezahlen.“ Jonathan grinste spitzbübisch.

Chris reagierte nicht darauf. Ja, seine Rechnungen waren hoch, aber verdammt, das verdiente er auch, keiner seiner Mandanten hatte Grund, sich zu beklagen. Er war Tag und Nacht für sie da.

„Und wie sehen Ihre Pläne aus?“ fragte Jonathan höflich nach.

Chris zuckte mit den Schultern. Er hatte sich noch keine Gedanken darüber gemacht, wie er den Abend vor dem Wiedersehen mit seinem Vater verbringen wollte. Man musste auf jeden Fall topfit sein, wenn man Red Diamond traf, also würde er sich vielleicht einfach aufs Hotelzimmer zurückziehen und sich das Essen aufs Zimmer bestellen.

Andererseits hatte er auch ein paar Mandanten in der Stadt, und wenn er schon mal in New York war, konnte er sich auch hier um seine Geschäfte kümmern.

Seiner jüngsten Mandantin Birdy Marvel hatte er eigentlich versprochen, zu ihrem Konzert zu kommen. Birdy Marvel war ein achtzehnjähriger Superstar, eine Sängerin, die regelmäßig große Probleme hatte. Wenn sie so weiter soff und Partys feierte, würde sie irgendwann wie Jett enden. Der war das letzte Mal, als Chris ihn sah, nur noch ein Wrack gewesen. Es stand so schlimm um ihn, dass er Jetts Freund angerufen und ihn gebeten hatte, irgendetwas zu unternehmen. Ein paar Tage später hatte Sam Jett in ein Flugzeug nach Italien verfrachtet. Ohne Jetts Wissen hatte Chris die Kosten für den Flug und die achtwöchige Entziehungskur übernommen.

„Vielleicht gehe ich auf das Konzert von Birdy Marvel“, sagte er.

„Wie herrlich!“ rief Jonathans lesbische Stylistin aus. „Sie ist so … wunderschön! Ich liebe es, wie sie ihre *Pompoms* tanzen lässt.“

„Unechte Brüste“, sagte Jonathans Manager. „Ich habe genug von diesen unechten Brüsten. Kann ich nicht leiden.“

Chris nickte, obwohl er sich bisher noch nie viele Gedanken darüber gemacht hatte, musste er dem Mann Recht geben.

Später, nachdem er im Four Seasons eingecheckt hatte, entschied er sich gegen das Konzert. Er hatte Birdy schon ein Dutzend Mal gesehen, er kannte ihre Bühnenshow beinahe besser als sie selbst. Wenn er hinterher zur Party ging und sie mit Komplimenten überschüttete, würde ihr das nicht mal auffallen.

Das war ein guter Plan. Duschen, ein paar Anrufe erledigen und später zu der Party gehen.

5. KAPITEL

Liberty fläzte sich auf dem braunen Sofa ihrer Mutter. „Das gefällt mir nicht", jammerte sie. Die Wohnung befand sich im Keller von Red Diamonds Haus.

„Nun, finde dich damit ab." Cindi wirbelte in dem Zimmer herum, stapelte Magazine neben der Couch und schüttelte die Kissen auf. „Ich kann mich nicht um dich kümmern, ich muss arbeiten, Kev ist nicht da, und der Arzt sagt, dass dein Verband jeden Tag gewechselt werden muss – du hast dir den Arm verbrannt, Mädchen. Das ist nicht witzig."

„Was du nicht sagst", murrte Liberty.

„Außerdem", fuhr Cindi streng fort, „darfst du deinen Knöchel nicht belasten. Also – wer könnte besser auf dich aufpassen als deine Ma?"

„Da fallen mir eine Menge Leute ein." Liberty war wütend auf sich selbst. Warum hatte sie auch so blöd stürzen müssen?

„Sind doch nur ein paar Tage. Dann kannst du wieder verschwinden."

„Na, besten Dank. Falls ich bis dahin noch lebe."

„Sag deiner Mama, sie soll für dich diese Honigrippchen braten, nach denen du so verrückt bist." Cindi leckte sich bei der Vorstellung die Lippen. „Dann wirst du nicht nur überleben, sondern auch endlich etwas Fleisch auf die Knochen bekommen. Wie oft muss ich dir noch sagen, dass Männer gerne was in der Hand haben."

„Jetzt klingst du wie meine Mutter", rief Liberty grimmig. „Ich bin nicht dünn."

„Du hast überhaupt keinen Hintern, Mädchen. Und Männer stehen auf Hintern."

„Dafür hast du genug für beide von uns."

„Haha!" Cindi grinste. „Und bin ich nicht außerordentlich begehrt?"

Obwohl sie über neunzig Kilo wog, war Cindi mit jeder Menge Selbstbewusstsein gesegnet, vor allem, was ihre Wirkung auf das andere Geschlecht betraf.

„Also gut, dann steh' ich das halt irgendwie durch", seufzte Liberty.

„Ich komme jeden Tag vorbei." Cindi zog sich die Jacke an.

„Wirst du nicht."

„Mädchen, ich werde es zumindest versuchen."

„Wirst du *nicht*", wiederholte Liberty. Sie wusste genau, dass ihre Cousine ihr reges Sexleben nicht einschränken würde, nur um sich um eine Kranke zu kümmern. Für Cindi war Geschlechtsverkehr in etwa wie ein Homerun im Baseball, sie führte sogar eine Punkteliste. Dieses Wochenende war sie mit Mosse verabredet, einem ein Meter neunzig großen Bodyguard, der einmal für Britney Spears gearbeitet hatte.

„Und vergiss nicht den Leutchen ihr Essen zu geben", sagte Liberty. „Nur weil ich nicht da bin, sollen die nicht verhungern."

Die Leutchen waren ein paar Obdachlose, die regelmäßig zur Hintertür des Coffeeshops kamen, um Reste einzusammeln.

„Ich kapier' nicht, warum du diese stinkigen Versager auch noch dazu animierst, bei uns rumzuhängen", beschwerte sich Cindi.

„Die hängen nicht rum", erklärte Liberty geduldig. „Sie kommen jeden Morgen um sieben, um sich das abzuholen, was sonst im Müll landet. Und sie riechen nur, weil sie keine Möglichkeit haben, zu duschen."

„Ha!“ Cindi schnaubte. „Wenn es nach dir ginge, würden diese Penner bei *uns* duschen.“

Liberty legte ein frommes Gesicht auf, weil sie genau wusste, wie sehr sich ihre Cousine darüber immer ärgerte. „Vergiss nicht, dass diese Leute auf mich angewiesen sind.“

„Kapiert.“ Cindi eilte zur Tür. „Und jetzt mach’ keine Dummheiten. Sei brav, kein Streit mit deiner Ma!“

„Ja, klar“, spöttelte Liberty. „Als ob das möglich wäre.“

„Lies schön ruhig die Zeitschriften, schau fern und gib auf gar keinen Fall freche Antworten“, befahl Cindi. „Du weißt doch, was sonst passiert.“

„Weiß ich.“ Aber natürlich war beiden klar, dass Streitereien unvermeidlich waren. Sie und ihre Mutter Diahann hatten eine außerordentlich schwierige Beziehung, sie verband die klassische Hassliebe.

Liberty liebte Diahann weil sie so warm und schön war und … nun, weil sie eben ihre Mama war.

Und sie hasste sie, weil sie seit zehn Jahren für Mr. Red Diamond als Haushälterin und gelegentlich auch als Köchin arbeitete. Es machte Liberty fuchsteufelswild, dass ihre Mutter ihre Karriere als Jazzsängerin aufgegeben hatte, um eine verdammte Dienstmagd für einen launenhaften, alten weißen Mann zu spielen. Sie konnte das einfach nicht begreifen. Warum? Diese Frage tobte immer und immer wieder in ihrem Kopf. Warum? Warum? WARUM?

Diahanns Erklärung war einfach. „Wir brauchten das Geld, mein Kind. Und einen Platz zum Leben, wo ich mich nicht jeden Monat wegen der Miete krumm machen muss. Mit dem Singen bin ich nicht weit gekommen, deswegen war es das Klügste, es aufzugeben.“

„Und was ist mit meinem Daddy?“ hatte Liberty gefragt. „Warum kümmert er sich nicht um uns?“

Diahann weigerte sich, den Namen ihres Vaters zu verraten.

Liberty war neun, als sie mit ihrer Mutter in Mr. Red Diamonds Haus zog. Es war furchtbar, alle Freunde in Harlem zurücklassen zu müssen. Besonders traurig war es, sich von Tony, dem zwölfjährigen puertoricanischen Jungen aus der Nachbarwohnung zu trennen. Tony hatte ihr bei den Schulaufgaben geholfen, ihr Gitarre spielen beigebracht und war mit ihr im Central Park Rollschuh gelaufen. Selbst mit neun begriff sie, dass er ein guter Junge war.

Manhattan war ihr völlig fremd. Alles war hier anders. Zwar hatten sie eine eigene, kleine Wohnung, aber die befand sich in einem großen, schrecklich dunklen Haus, in dem ein alter, reicher Mann lebte, um den ihre Mutter herumrannte wie ein aufgescheuchtes Huhn. In der neuen Schule, in die fast nur reiche, versnobte, weiße Kinder gingen, wurde sie wie der letzte Dreck behandelt. Erstes Problem: Ihre Mutter arbeitete als Haushälterin. Zweites Problem: Sie hatte keinen Vater. Drittes Problem: Auch wenn man es ihr nicht unbedingt ansah, war sie schwarz.

Die Kinder in der Schule ließen sie niemals vergessen, wer sie war und wo sie herkam.

Mr. Diamond selbst bekam sie sehr selten zu Gesicht, und wenn, dann nur aus großer Distanz. Mama hatte ihr erklärt, dass er keine Kinder um sich haben wollte, weshalb sie den Eingang im Keller benutze und nicht nach oben gehen durfte. Sie tat es natürlich doch, aber wenn niemand im Haus war. Außer ihrer Mutter gab es noch einen Butler, eine Köchin, eine Waschfrau und drei Hausmädchen, die vor allem die Böden schrubbten und andere Putzarbeiten übernahmen. Wenigstens *das* brauchte ihre Mutter nicht zu tun.

Nach und nach erkundete sie jeden Zentimeter des dunklen Hauses. Zunächst die riesige Küche voller Kupferkessel und Pfannen, die über dem gewaltigen Herd hingen, und riesiger Schränke, in denen verschiedene Porzellanservice aufbewahrt wurden. Es gab auch eine Speisekammer mit Hunderten Einmachgläsern, Dosen und Päckchen – genug für eine ganze Armee.

Dann erforschte sie das Speisezimmer – ein herrschaftlicher Raum mit handgeschnitzten Holzmöbeln, Kristalllüstern und einem Büffet voller Silber. Kerzenleuchter, Geschirr und Besteck füllten die Schränke.

Nach einiger Zeit traute sie sich sogar eine Etage höher und inspizierte Mr. Diamonds Schlafzimmer. Das war ein weiteres dunkles Zimmer mit zwei Kaminen und kaltem Parkettboden. Auf dem mächtigen Bett lag eine Kaschmirdecke. Ein Extrazimmer diente als Schrank. Darin hingen seine Anzüge in einer Reihe wie Soldaten. Über einhundert knisternd weiße Hemden. Pullover, Schuhe, Gürtel, Krawatten. Es sah aus, wie bei einem schicken Herrenausstatter. In seinem Badezimmer fand sie verschiedene Cremes, Lotionen und zahlreiche Pillendosen, die sie sich nicht zu berühren traute.

Manchmal saß sie in der mit Eichenholz getäfelten Bibliothek und betrachtete die ledergebundenen Bücher. Dann wieder versuchte sie, sich selbst Klavierspielen beizubringen. Am liebsten dachte sie sich Texte zu den Liedern aus, die sie eines Tages komponieren wollte. Musik war schon damals ihre Leidenschaft gewesen.

Eines Tages beschloss sie, es sich mitten auf seinem Bett gemütlich zu machen, nur um herauszufinden, wie es sich wohl anfühlte. Das Bett war wirklich sehr bequem und groß und weich. Sie zog die Kaschmirdecke über sich und schlief ein. Kurz darauf wurde sie von Mr. Diamond entdeckt.

„Was zum Teufel tust du da?“ brüllte er und stieß ihr seinen Gehstock in den Rücken. „Raus!“ Sein Gesicht war ganz rot. „Raus aus meinem Zimmer, du widerliches kleines Ding. Wie kannst du es wagen, in meine Privatsphäre einzudringen. Verschwinde, verflucht noch mal!“

Drei Jahre lebte sie bereits in diesem Haus, und dies war ihr erstes Zusammentreffen. Sie hüpfte vom Bett, streckte ihm die Zunge raus und rief: „Mir machst du keine Angst, alter Mann.“ Dann schoss sie aus dem Zimmer.

Am selben Abend sagte ihre bekümmerte Mutter, dass es wohl besser wäre, wenn Liberty für eine kurze Zeit bei ihrer Tante und Cousine Cindi unterkomme.

„Dort wird es dir gefallen“, sagte sie, ohne vom Boden aufzublicken. „Und du bleibst nur so lange, bis ich Mr. Diamond davon überzeugen kann, dass du wieder zurückkommen darfst.“

„Ist mir recht“, antwortete Liberty. Sie musste die Tränen zurückhalten, weil es ihr überhaupt nicht recht war, sie wollte nicht weggeschickt werden. „Ich hasse es hier. Es stinkt. Und ich hasse diesen schrecklichen Mann, für den du arbeitest. *Er* stinkt. Ich hasse alles!“

„In ein paar Monaten kannst du vielleicht zurückkommen. Mr. Diamond ist kein so schlechter Mensch, du wirst schon sehen.“

„Nein danke!“ rief sie heftig. Und sie meinte es so.

Ihre Tante Aretha, die nach dem Tod ihres Mannes von Atlanta nach New York gezogen war, war das komplette Gegenteil von Libertys Mutter, übergewichtig und lustig. Ihre Arbeit in einer Kuchenfabrik machte ihr offensichtlich Spaß, außerdem gab es jede Menge Süßigkeiten und Kuchen umsonst. Cindi war drei Jahre älter als Liberty und behandelte sie von Anfang an wie eine Schwester. Und zum ersten Mal seit langem hatte Liberty das Gefühl, eine Familie zu haben.

Das Beste aber war, dass sie wieder in Harlem lebte und in ihre alte Schule gehen konnte. Außerdem sah sie Tony wieder, der inzwischen fünfzehn und noch hübscher war. Leider hatte er eine Freundin, ein dürres weißes Mädchen mit strähnigem blondem Haar und einer Zahnlücke.

Als Liberty sich ihrer Cousine anvertraute, erklärte Cindi umgehend, dass diese Freundin kein Problem darstelle und man leicht etwas dagegen unternehmen könne. An Libertys dreizehntem Geburtstag half Cindi ihr, sich zu schminken und ihr Haar zu glätten. Dann zog Liberty ihr engstes T-Shirt und die knappsten Jeans an und lieh sich von Cindi hochhackige Sandalen, die ihr zwar zu groß waren, aber wen interessierte das? Zusammen schlenderten die beiden Cousinen schließlich in das Bowlingcenter, in dem Tony abends arbeitete.

Liberty war mit dreizehn bereits umwerfend schön, und geschminkt und frisiert sah sie wie mindestens sechzehn aus. Was Tony nicht verborgen blieb. Mit etwas Unterstützung von Cindi hatte Liberty kurz darauf ihren ersten Freund.

Unter anderem erklärte Cindi ihr, wie Oralsex funktionierte. „Du musst nicht mit ihnen schlafen“, sagte sie sachlich. „Gib ihnen nur ein bisschen von dem hier“, fügte sie hinzu und demonstrierte, was sie meinte, an einer Banane. „Wenn du es richtig anstellst, Mädchen, wird der Kerl so lange bei dir bleiben, wie du ihn willst.“

Ich will ihn für immer, dachte Liberty, also tat sie wie geheißen, und Tony hatte keine Einwände.

Leider beendete Tony ein Jahr später die High School und zog mit seiner Mutter nach Miami, was ein schwerer Schlag für Liberty war. Sie hatte es genossen, einen Freund zu haben, endlich jemandem etwas zu bedeuten.

Nachdem Tony gegangen war, gab es für sie kein Halten. Jungs zu bekommen war überhaupt kein Problem. Cindi hatte Recht, wenn man ihnen ein paar Minuten lang das gab, was sie am meisten mochten, dann blieben sie so lange, bis man ihrer überdrüssig wurde. Sehr schnell war sie Expertin darin, jedem Jungen, den sie mochte, Vergnügen zu bereiten. Oralsex war keine große Sache, selbst Präsident Clinton setzte die Nation darüber in Kenntnis, dass es sich dabei nicht wirklich um Sex handelte.

Erst mit sechzehn verlor sie ihre Jungfräulichkeit. Sie verliebte sich in einen weißen Rapper aus England, der Eminem nacheiferte. Knochendürr, mit stechendem Blick und coolem Auftreten, hatte er sie schnell in seinen Bann geschlagen – er ließ sie sogar manchmal in seiner Band singen. Außerdem ermutigte er sie, weiter Songs zu schreiben, was sie mit großer Begeisterung tat.

Wieder einmal glaubte sie, den perfekten Jungen gefunden zu haben.

„Vorsicht, Mädchen", warnte Cindi sie. „Der Kerl ist ein Weiberheld – ich kenn' mich da aus."

Liberty war es egal. Er brachte ihr Blut zum Kochen – in kreativer und anderer Hinsicht – und das war genug.

Letztlich behielt Cindi natürlich Recht. Er war einfach auch nur einer dieser Jungs, der sie mit Filzläusen ansteckte und sie dann wegen einer Stripperin mit riesigen unechten Brüsten sitzen ließ.

Sie kehrte nie mehr in das Haus von Mr. Diamond zurück, obwohl ihre Mutter sie oft darum bat. Ihr war es lieber, bei ihrer Tante zu bleiben, die sie offenbar sehr gerne um sich hatte.

Jeden Sonntag kam ihre Mutter zu Besuch. Manchmal hatte Liberty das Gefühl, dass es sich bei ihr nur um eine entfernte Verwandte handelte, eine Frau, die sie nicht sonderlich gut kannte. Aretha hingegen war fürsorglich und überschüttete beide Mädchen gleichermaßen mit Liebe.

Und jetzt, sieben Jahre nachdem sie aus dieser Wohnung ausgezogen war, lag sie mit einem verstauchten Knöchel und einem verbrannten Arm wieder in diesem voll gestellten Apartment.

Großartig! Sie konnte sich schon jetzt die Predigten vorstellen, die sie sich die nächsten Tage würde anhören müssen.

Das war einfach nicht fair.

Hatte sie sich nicht endlich mal eine Verschnaufpause verdient?

6. KAPITEL

In Sams Wohnung angekommen, erledigte Jett sofort einige Anrufe. Wenn er schon nach drei Jahren wieder in New York war, wollte er den ersten Abend nicht allein verbringen, schon gar nicht, nachdem ihm ein Treffen mit Red am nächsten Morgen bevorstand. Der gute alte Dad.

Einerseits fürchtete Jett sich ein wenig vor der Begegnung. Andererseits war er ja kein wimmernder kleiner Junge mehr, der nur darauf wartete, von seinem Vater verprügelt zu werden. Vergiss Red Diamond. Ich kann mit allem umgehen, was mein Vater mir auftischt, dachte er.

Er durchforstete sein Adressbuch, wollte aber keinen seiner alten Kumpels anrufen, die beim letzten Treffen genauso tief in der Drogenszene verstrickt gewesen waren wie er. Insofern hatte er nicht viele Möglichkeiten. Nach ein paar Versuchen erreichte er schließlich Beverly, eine bemerkenswerte Visagistin aus Guayana. Sie war eine Exfreundin von Sam und hatte ihm damals geholfen, Jett außer Landes zu schaffen.

„Mensch, wie geht es dir denn?“ Sie klang, als würde es sie wirklich interessieren.

„Gar nicht schlecht“, sagte er. „Dank deiner und Sam und ein paar anderen Leuten, denen es nicht egal war, ob ich krepiere oder nicht.“

„Hey, du warst dermaßen am Ende, dass wir dich einfach wegschaffen *mussten.*“

„Schon gut“, stöhnte er, nicht willens, alte Erinnerungen aufkommen zu lassen. Sie waren zu beschämend.

„Okay, okay.“ Beverly lachte. „Ich hör’ schon auf.“

„Danke.“

„Jedenfalls hört man, dass es für dich in Italien gut läuft."

„Ja, und das habe ich vor allem dir zu verdanken." Denn Beverly war es gewesen, die für ihn den Kontakt mit seiner italienischen Modelagentur hergestellt hatte.

„Ich bin froh, dass es funktioniert hat", sagte sie mit warmer Stimme.

„Ich schulde dir was, also dachte ich, ich könnte dich heute Abend vielleicht zum Essen einladen. So unter guten alten Freunden."

„Mich und meinen neuen Partner?"

„Du hast einen Neuen?"

„Honey, es gibt *immer* einen. Du wirst ihn bestimmt mögen."

„Meinst du?"

„Würde ich mich mit einem Idioten einlassen?" fragte sie lachend.

„Das kam schon vor."

„Woher willst *du* das wissen? Du warst doch die ganze Zeit dermaßen zugedröhnt …"

„Hey, Bev, das mag ja sein, aber es gibt bestimmte Dinge, die man nicht vergisst."

„Na gut", gab sie nach. „Vielleicht gab es da ein paar Versager."

„Ein paar?" Er brach in Gelächter aus.

„Danke, Jett. Aber glaub mir, der hier ist der Hammer."

„Gut, bring ihn mit. Wo möchtest du hingehen?"

„Wie wär's mit dem Il Cantinori?"

„Klar", sagte er kläglich. „Ich hoffe nur, die erinnern sich dort nicht an mich. Ich habe das ungute Gefühl, dass ich dieses Restaurant mal auseinander genommen habe."

„Hast du. Aber der Besitzer, Frank, ist ein netter Kerl, also keine Panik. Außerdem kommst du ja mit mir. Und alles andere ist Vergangenheit, du bist ein neuer Mensch. Nicht wahr, Baby?“

„Darauf kannst du wetten.“

Nach dem Gespräch überlegte er kurz, ob er Max oder Chris anrufen sollte. Aber warum? Seit dem fünfundsiebzigsten Geburtstag seines Vaters hatte er nichts von ihnen gehört. Vier Jahre war diese Feier her, auf der er völlig durchgedreht war und jeden mit seinem Verhalten in Verlegenheit gebracht hatte. Himmel! Wer, außer vielleicht Red selbst, würde mit einer minderjährigen puertoricanischen Prostituierten, die er auf der Straße aufgegabelt hatte, in eine dreistöckige Geburtstagstorte fallen? Und dazu noch mit heruntergelassenen Hosen?

Mittlerweile fand Jett die Anekdote ganz lustig, im Gegensatz zu seinen Brüdern.

Nun, jedenfalls würden alle erstaunt sein, wenn sie am nächsten Tag dem neuen, besonnenen, einigermaßen erfolgreichen Jett begegneten.

Ja. Er würde sie alle überraschen.

Max fragte sich, ob das von seinem Vater einberufene Treffen etwas mit seiner bevorstehenden Hochzeit zu tun hatte. Wahrscheinlich nicht. Er hatte sich korrekt verhalten und Red und Lady Bentley eine Einladung geschickt, bisher aber noch keine Antwort erhalten. Was ihn nicht überraschte. Red war ein unhöflicher Mensch, er hatte keine Manieren. Natürlich würde er kommen, es aber nicht für nötig halten, zu antworten.

Red Diamond war es immer gelungen, seine Ehefrauen in dem Moment loszuwerden, in dem sie ihn langweilten. Max machte sich oft über seine Mutter Rachel Gedanken. Sie war sechs Monate nach seiner Geburt im Schlaf an Herzversagen gestorben. Eine völlig gesunde, sechsundzwanzigjährige Frau. Er wusste nicht, ob er diese Geschichte glauben sollte. Warum war eine lebhafte junge Frau ohne Gesundheitsprobleme so plötzlich gestorben?

Manchmal befiel ihn spät nachts der Verdacht, dass Red womöglich für ihren Tod verantwortlich war, doch er verwarf solche Gedanken umgehend wieder. So böse war nicht einmal Red Diamond.

Oder doch?

Nach Rachels Tod hatte Red eine andere Schönheit geheiratet, Olivia, die Mutter von Chris. Was ihn natürlich nicht davon abhielt, weiter durch die Gegend zu schlafen. Schließlich ließ er sich von Olivia scheiden und heiratete Jetts Mutter Edie, aus der in Nullkommanichts eine hysterische Alkoholikerin geworden war.

Wenn Max ganz ehrlich war, hoffte er, dass Red bei seiner Hochzeit nicht auftauchte. Seine Braut hatte diese miese Schlange bisher noch nicht kennen gelernt und keine Ahnung, was da auf sie zukam.

Nancy Scott-Simon hatte sich fürchterlich über Red Diamonds schlechte Manieren aufgeregt. „Wie soll ich denn deinen Vater und Lady Bentley richtig platzieren?" fragte sie. „Und was ist mit dem Dinner vor der Hochzeit? Wird dein Vater das wenigstens bezahlen, nachdem ich mich schon um alles andere kümmere?"

„Kein Dinner", hatte Max zunächst gesagt. Aber als Nancy das auf keinen Fall akzeptieren wollte, beschloss er um des lieben Friedens willen, selbst eines zu organisieren. Er hatte einen Raum im Waldorf Astoria gemietet und einhundertfünfzig

Gäste eingeladen. Allerdings weder Red noch Lady Bentley, das hielt er nicht für nötig.

Und morgen Abend war sein Junggesellenabschied. Es gab kaum etwas, worauf er sich weniger freute.

Birdy Marvel war auf nichts sagende Weise hübsch. Gerade mal achtzehn Jahre alt war sie für sämtliche weibliche Teenager das Idol schlechthin. Ihre CDs verkauften sich millionenfach und ihre Fans folgten ihr treu überall hin. Es gab noch andere populäre junge Sängerinnen – Britney, Hilary, Lindsay und die Olsen-Zwillinge, aber aktuell stand Birdy Marvel an der Spitze.

Birdy hatte bereits mit acht Jahren angefangen zu singen und zu tanzen, und als der Erfolg kam, hatten ihre Eltern nichts Besseres zu tun, als ihr Vermögen zu verplempern. Chris sorgte dafür, dass sich das änderte und künftig zehn Prozent all ihrer Einnahmen an ihn gingen. Birdy hatte ihm geholfen, reich zu werden, er hatte ihr geholfen, Karriere zu machen.

Das Problem war, dass reich sein nicht mehr half, wenn man alles an einem Spieltisch in Vegas verloren hatte.

Und Birdy hatte ihre eigenen Probleme. Sie war eine kleine Kokserin, die es liebte, zu feiern und über die Stränge zu schlagen. Dazu kam noch ihr Hang, sich immer die falschen Männer zu suchen, nämlich die, die sie wie Dreck behandelten. Ihr aktueller Begleiter war Rocky, ein Motorradfreak, den sie am Strand von Santa Monica aufgegabelt hatte. Ihn hatte sie inzwischen zu ihrem Tourmanager gemacht und bestand darauf, dass er ein großzügiges Gehalt bekam.

Im Grunde sorgte Rocky nur dafür, dass sie immer ihre Ration Kokain bekam.

Rocky war überall, wo Birdy war. Mit seinem kahl rasierten Kopf, der schwarzen Lederkluft, Silberketten und von den Fingern bis zu den Schultern tätowierten, muskulösen Armen, sah er ziemlich bedrohlich aus. Die negativen Schlagzeilen in den Boulevardzeitungen überschlugen sich, doch Birdy war es egal. „Jede Werbung ist gute Werbung", trällerte sie und zitierte damit ihren hirnlosen PR-Manager, der zufällig auch ihr Cousin war.

Völlig aufgedreht begrüßte sie Chris auf der Party. Für eine Achtzehnjährige sah sie bereits ziemlich verlebt aus, sie trug einen ultrakurzen Rock, ein rotes Lederbustier, das wenig verdeckte, einen Diamant im Bauchnabel und weiße Stiefel. Ihr Haar war zerzaust wie immer, die Lippen glänzten pink, die Augen hatte sie dick mit Kajal umrandet und sie kaute Kaugummi – noch eine Sucht. Chris bemerkte, dass sie ein paar neue Tätowierungen hatte. Eine kleine Taube auf ihrer linken Schulter und einen Totenkopf mit gekreuzten Knochen auf ihrem Hüftkamm.

Chris musste sich jedes Mal in Erinnerung rufen, dass sie erst achtzehn war und irgendwann diese rebellische Phase hinter sich lassen würde. Er versuchte, sie so gut es ging zu beschützen, aber als Anwalt blieben ihm nicht allzu viele Möglichkeiten.

„Chris!" kreischte sie, rannte auf ihn zu und riss ihn an sich. „Ich bin ja so froh, dass du kommen konntest. War das Konzert nicht einfach *unglaublich?*"

„Unglaublich", stimmte er zu.

„Das Publikum war total aus dem Häuschen, findest du nicht?"

„Völlig aus dem Häuschen."

„Ich bin so froh, dass du da bist", gurrte sie und drückte seine Hand. „Wir müssen uns unterhalten."

„Jetzt?"

„Ja, aber es ist persönlich." Sie kam noch näher. „Das heißt, wir brauchen ein ruhiges Plätzchen."

Einen ruhigeren Ort zu finden war unmöglich, nachdem Birdy Marvel wie immer im Mittelpunkt des Interesses stand. Verschiedene Fotografen waren damit beschäftigt, jede ihrer Bewegungen festzuhalten, während Rocky immer in der Nähe herumlungerte und Chris argwöhnisch beäugte. Er mochte Chris nicht. Das Gefühl beruhte auf Gegenseitigkeit.

„Wo wohnst du?" fragte Chris.

„Trump International. Ach so, und ich überlege, mir eine Wohnung im Time Warner Gebäude zu kaufen. Das wäre doch irgendwie total cool, oder? Der Ausblick ist einfach zum Sterben schön."

Klar, dachte Chris, Rocky würde das bestimmt gefallen.

„Ich versuche, morgen Nachmittag vorbeizukommen", sagte er. „Dann kannst du mir in Ruhe erzählen, was los ist."

„Das wäre einfach fantastisch." Dann senkte sie die Stimme und fügte hinzu: „Aber kein Wort zu Rocky. Ruf mich auf dem Handy an, dann können wir einen Zeitpunkt ausmachen."

„Gibt's erste Probleme im Motorradhimmel?" fragte er hoffnungsvoll.

„Ach was, Dummerchen." Sie kicherte und rieb sich ihre Stupsnase. „Rocky ist echt der tollste Mann im Universum."

„*Ich* glaube dir das", sagte Chris trocken. „Aber Tausende anderer eher nicht."

„Sei nicht so gemein." Sie kicherte erneut. „Er ist echt heiß."

„Lass uns morgen reden." Chris hatte keine Lust, darüber zu diskutieren, wie heiß Rocky war.

„Versprochen?“ Sie zappelte wie ein aufgeregtes kleines Kind.

„Versprochen.“

Den nächsten Tag hatte er schon verplant. Zunächst morgens das Treffen mit Red. Dann Mittagessen mit einem Mandanten. Noch ein paar Treffen. Abendessen mit einem anderen Mandanten. Samstagmorgen wollte er früh zurück nach Los Angeles fliegen und am Sonntag nach Las Vegas.

7. KAPITEL

Da die Hochzeit bereits in einer Woche stattfinden sollte, waren Amys Kollegen der Meinung, dass sie zuvor noch mal so richtig feiern müsse. Sie versuchte, sich dagegen zu wehren, hatte aber keine Chance. „Du heiratest“, verkündete Yolanda, „das müssen wir feiern!“

„Eben“, fiel Dana ein. „Du kannst nicht ohne Junggesellinnenabschied heiraten. Das ist Tradition.“

„Du glaubst doch wohl nicht“, fuhr Yolanda fort, „dass dein Zukünftiger das nicht auch gebührend tun wird. Und diese Partys sind immer wild: Stripperinnen, Nutten, alle möglichen Schlampen“

„Schlampen?“ fragte Amy mit gerunzelter Stirn.

„Ja, Mädels direkt aus der Hölle!“ witzelte Dana. „Der Albtraum jeder verlobten Frau.“

„Ihr seid so zynisch.“ Amy schüttelte den Kopf. „Glaubt mir, Max ist nicht so.“

„Ja, klar“, riefen Yolanda und Dana gleichzeitig und verdrehten die Augen. „Er ist ein Mann, oder nicht? Er hat einen Schwanz, oder nicht?“

In diesem Moment trat Sofia Courtenelli ins Zimmer. Sofia, Anfang fünfzig, war ein Star in der heiß umkämpften Modebranche. Sie hatte blassrotes Haar, das zu einem strengen Bob geschnitten war, trug ein gekonnt dramatisches Augen-Makeup und eine dezente permanente Bräune. Denn obwohl sie hart arbeitete, richtete sie es doch so ein, die meisten Wochenenden entweder im Süden Frankreichs oder in den Hamptons zu verbringen, je nach Jahreszeit. Und sie liebte Partys.

„Amy!“ rief sie gebieterisch und schnippte mit den Fingern,

sodass sowohl ihr silberner Nagellack als auch ihre zahlreichen Diamantringe aufblitzten. „Kommen Sie mit."

„Gern, Miss Courtenelli", sagte Amy und folgte ihrer Chefin in deren luxuriös ausgestattetes Büro.

„Setzen Sie sich." Sofia deutete auf einen golden lackierten Stuhl mit kunstvoll geschnitzten Beinen.

Amy wunderte sich, denn mit der mondänen und durchaus einschüchternden Chefin war unter vier Augen zu sprechen war eigentlich nicht üblich.

„Stimmt es, dass Sie heiraten?" fragte Sofia. Amy nickte. „Max Diamond?"

„Das ist richtig."

„Hm …" Sofia nahm einen silbernen Cartierkugelschreiber in die Hand und klopfte damit ungeduldig auf die marmorne Schreibtischplatte. „Das ist ein ziemlich guter Fang, wie?"

Amy wusste nicht, was sie sagen sollte, deswegen murmelte sie nur schnell: „Danke."

„Ja, das ist gut", sagte Sofia und nickte.

„Äh … ja."

„Vielleicht komme ich ja zur Hochzeit", fuhr Sofia beiläufig fort, als ob ihr der Gedanke eben erst gekommen wäre.

Amy hatte ihr keine Einladung geschickt, aber jetzt hatte sie keine andere Wahl.

„Also, es wäre wundervoll, wenn Sie kommen könnten", log sie.

„*Bene.*" Sofia drehte an ihren schmalen Diamantarmreifen. „Ich werde Carlo mitbringen."

Jeder wusste über Sofias Lustknaben Bescheid. Sie hatte eine ganze Reihe von jungen Männern, mit denen sie bei verschiedenen Veranstaltungen auftauchte. Der zweiundzwanzig Jahre alte bisexuelle Carlo war augenblicklich ihr Favorit. Den Gerüchten nach interessierte sich Sofia ebenfalls sowohl für Frauen wie für Männer.

„Das ist schön." Amy versuchte, erfreut zu klingen.

O Gott, ihre Mutter würde sie umbringen, denn hiermit war Nancys wohldurchdachte Sitzordnung über den Haufen geworfen worden.

„Und wer entwirft Ihr Kleid?" fragte Sofia. In ihrer milden Stimme schwang ein klein wenig Verdruss mit.

„Also ... Valentino", murmelte Amy. „Meine Mutter ..."

„Sie müssen das nicht erklären." Sofia hob herrisch die Hand. „Wobei, wie soll ich sagen, was die Presse betrifft ist es schon unangenehm, dass Sie mich nicht gefragt haben."

„Meine Mutter ..." begann Amy erneut.

Sofia unterbrach sie wieder. „*Prego,* meine Liebe", sagte sie herablassend und deutete zur Tür. „Wir haben genug gesprochen."

Amy schlich hinaus. Natürlich hatte Sofia Courtenelli Recht, Amy hätte sie gleich zur Hochzeit einladen und bitten müssen, das Hochzeitskleid zu entwerfen. Aber Nancy hatte eben auf Valentino, einem guten Freund von ihr, bestanden.

Zu spät.

Amy konnte nur hoffen, dass dieser Fehler ihre Stellung nicht gefährdete. Bisher hatte sie mit Max noch nicht besprochen, dass sie nach der Hochzeit weiterarbeiten wollte, aber er würde sicher keine Einwände haben.

Später traf sie sich mit Tina, ihrer besten Freundin aus dem College, zum Mittagessen. Tina war schwanger und glühte geradezu vor Glück, wie so viele schwangere Frauen. Sie trafen sich bei Cipriani, und Amy erzählte ihr von dem unangenehmen

Gespräch mit ihrer Chefin und schließlich vom Junggesellinnenabschied, auf den sie überhaupt keine Lust hatte.

„Doch!" rief Tina und schlug mit der Faust auf den Tisch. „Das ist eine fantastische Idee. Du musst mal ein bisschen locker werden, du bist viel zu angespannt."

„Ich?"

„Ja, du."

Amy kräuselte die Nase. „Na, besten Dank."

„Komm schon Amy, jetzt mal ehrlich, du heiratest einen Mann, mit dem du noch nicht mal geschlafen hast. Das ist doch merkwürdig."

„Schrei doch noch etwas lauter." Amy blickte sich in dem Restaurant um. „Die Leute am hintersten Tisch haben dich noch nicht verstanden."

„Hör mal." Tina senkte die Stimme. „Was machst du, wenn Max im Bett eine Niete ist? Das kannst du doch nicht wissen."

„Doch, das kann ich wissen", entgegnete Amy. „Das weiß ich auf jeden Fall."

„Und woher?" Tina stemmte die Ellbogen auf den Tisch und starrte ihre beste Freundin an.

„Ich bin vielleicht die letzte Jungfrau in Manhattan, aber ich hatte auch so meine Erfahrungen."

„Bisschen fummeln ist was anderes, als es mal richtig zu treiben."

„Musst du immer so direkt sein." Noch einmal ließ sie unangenehm berührt ihren Blick durch den Raum schweifen.

„Du hast ja keine Ahnung, wie direkt ich wirklich sein kann." Tina brach in Lachen aus.

„O doch." Amy knabberte an einem Stück Brot. „Wir

haben auf dem College schließlich ein Zimmer geteilt, schon vergessen?"

„Wie könnte ich das jemals vergessen? Im ersten Jahr warst du 'ne totale Nervensäge."

„Du auch."

„Nein, war ich nicht." Tina schüttelte den Kopf. „Ich habe nur versucht, dich irgendwie zu verstehen. Du warst so introvertiert. Erst als du mir von der Entführung erzählt hast ..."

„Nicht", unterbrach Amy sie. „Das habe ich dir im Vertrauen erzählt, und ich will nie wieder darüber sprechen."

„Du hättest eine Therapie machen sollen. Ich verstehe deine Mutter nicht ..."

„Das macht nichts", sagte Amy, „die versteht keiner, mich eingeschlossen."

„Weißt du", sagte Tina und trommelte mit den Fingern auf den Tisch. „Ich bete meinen Mann an. Brad ist der Beste. Aber trotzdem wünschte ich mir manchmal, ich hätte vor meiner Ehe noch etwas mehr herumexperimentiert. Du weißt schon, es mal richtig krachen lassen."

„Wirklich?" fragte Amy überrascht. „Aber du und Brad, ihr seid ein wundervolles Paar. Ihr streitet nie, versteht euch wunderbar, ihr ..."

„Ja, ja." Tina deutete ein Gähnen an. „Wir sind einfach perfekt, und ich würde Brad nie betrügen. Trotzdem, du hast noch eine letzte Chance. Und in Anbetracht deiner sexuellen Erfahrungen – beziehungsweise nicht existierenden sexuellen Erfahrungen – ist es wichtig, dass du nicht völlig ahnungslos in eine Ehe schlitterst. Wenn du meine Meinung hören willst, ich würde an deiner Stelle noch ein schnelles Liebesabenteuer suchen. Solange du vorsichtig bist, hast du nichts zu verlieren."

„Das kann nicht dein Ernst sein." Amy runzelte die Stirn. „Das wäre ..."

„Ich rede ja nicht von einer ernsthaften Beziehung", unterbrach Tina sie. „Sondern von einem aufregenden One-Night-Stand."

„Tina! Du hast nicht alle Tassen im Schrank."

„Also bitte, Süße. Wenn du jetzt nicht mal was Wildes tust, wirst du es nie tun, und das wäre doch schade."

„Und was, wenn ich das gar nicht will? Was, wenn ich absolut zufrieden damit bin, wie die Dinge laufen?"

„Du könntest wenigstens mal drüber nachdenken. Wer weiß? Vielleicht würde es dir ja sogar Spaß machen."

Auf dem Weg zurück ins Büro musste Amy die ganze Zeit über Tinas merkwürdigen Vorschlag nachdenken. Eine kurze Affäre. Einen aufregenden One-Night-Stand. Das passte überhaupt nicht zu ihr. Und doch ...

Aber damit ihre Kollegen endlich Ruhe gaben, stimmte sie zu, ihren Junggesellinnenabschied zu feiern.

Am nächsten Abend würde es soweit sein.

Irgendwie fürchtete sie sich ein wenig davor.

Auf der anderen Seite – warum sollte sie nicht auch mal ein wenig Spaß haben? Wie Tina gesagt hatte, am Ende würde sie es sogar genießen.

8. KAPITEL

„Siehst gut aus, Mann“, rief Beverly. „*Richtig* gut.“

Jett grinste seine Freundin an. „Und du – was soll ich sagen – du bist noch immer die schärfste Braut in ganz New York.“

„Ja, gar nicht schlecht für so ’ne alte Tante“, sagte sie mit schiefem Lächeln. „Ich werde demnächst dreißig. Verdammte *dreißig!* Wie kann das nur sein?“

„Habe gehört, die Dreißigjährigen sind die Teenager von heute.“ Er zwinkerte ihr zu.

„Zugedröhnt oder nüchtern, du wusstest schon immer das Richtige zu sagen.“ Sie deutete auf ihren Begleiter, einen dünnen weißen Kerl mit Bart und langem Haar, das er zu einem Pferdeschwanz gebunden hatte wie in den Siebzigern. „Hier, das ist mein Freund, Chet, er ist Musiker.“

„Hallo.“ Jett streckte seine Hand aus.

Chet reagiert mit einem feindseligen Nicken.

Beverly lachte amüsiert. „Er glaubt, wir hätten mal was miteinander gehabt. Dabei erkläre ich ihm dauernd, dass das nicht stimmt.“

„Hey, Mann, ich schwöre, dass wir nichts miteinander hatten“, versicherte Jett, doch Chets Miene blieb undurchdringlich.

Beim Dinner brachten sie sich gegenseitig auf den neuesten Stand. Beverly wollte alles über sein Leben in Italien wissen, also klärte er sie bei einem guten amerikanischen Steak und Pommes Frites auf.

Chet schien nicht der gesprächige Typ zu sein. Er saß schweigend am Tisch, und erst als Jett begann, mit ihm über Musik zu diskutieren, taute er etwas auf. Wie sich herausstellte, hatte er schon mit Springsteen und den Stones gespielt. Zudem war er ehemaliger Alkoholiker, insofern hatten sie ein gemeinsames Thema, und als Beverly vorschlug, bei Gatsby's vorbeizuschauen – dem momentan angesagtesten Club – waren sie zwar nicht gerade Freunde, hatten sich aber zumindest etwas zu sagen.

Im Taxi änderte Jett seine Meinung. „Wisst ihr was, ich glaube, ich habe einen Jetlag." Er streckte die Arme aus und gähnte. „Amüsiert ihr beide euch. Ich hau mich aufs Ohr."

„Auf gar keinen Fall!" Beverly boxte ihn in die Seite. „Du kommst mit, darauf bestehe ich."

„Verschon mich. In Mailand ist jetzt fünf Uhr morgens. Davon abgesehen, dass meine Freundin mir zum Abschied ein *ziemlich süßes* Geschenk gemacht hat."

„Wie schön. Aber betrachte das hier als deine Begrüßungsparty. Du kannst jetzt nicht abspringen."

„Kann ich nicht?"

„Wie ich sagte, auf gar keinen Fall."

Er grinste und nahm sich eine Zigarette. „Dann muss ich wohl mitkommen."

Sie grinste zurück. „Glaube ich auch."

Beverly tanzte um den bedrohlich aussehenden Türsteher des Gatsby's herum, umarmte und küsste ihn, und er winkte sie an der langen Schlange vorbei. Das erinnerte Jett an die guten alten Zeiten, als er mit jedem Türsteher der Stadt auf du und du war. Alle hatten ihn gekannt. Aber nicht alle hatten ihn auch hereingelassen.

Mein Gott, er war aus mehr Bars rausgeflogen als …

Aber jetzt war alles anders. Er hatte sich im Griff, und das war zugegebenermaßen ein ziemlich gutes Gefühl.

Mariska nutzte jede Ausrede, um ihn anzurufen. „Lulu hat Fieber und will dich sehen", sagte seine Exfrau.

Max unterdrückte seinen Ärger. Es war spät, er hatte nicht die geringste Lust, das Haus noch einmal zu verlassen. „Dann komme ich morgen früh vorbei", sagte er steif.

„Das reicht nicht", zischte Mariska. „Deine Tochter will dich *jetzt* sehen."

Natürlich spekulierte Mariska darauf, dass er gerade mit seiner Verlobten im Bett lag. Es machte ihr Spaß, seine Beziehung mit Amy zu stören.

Tja, Pech gehabt, er lag nicht mit ihr im Bett. Er und Amy lebten nicht zusammen, sie hatten ja noch nicht einmal miteinander geschlafen. Amy wollte bis nach der Hochzeit warten, wofür er sie noch mehr respektierte. Ein Mädchen mit Moral, das war mal etwas ganz anderes, das hatte nichts mit diesen Piranhas zu tun, die hinter seinem Geld her waren.

„Okay", murrte er.

„Okay was?"

„Ich bin in einer Viertelstunde da."

„Das hoffe ich." Mariska hatte wieder diesen überheblichen Ton angeschlagen, den er so verabscheute. Für sie war es ungeheuer wichtig, immer das letzte Wort zu haben. Das störte ihn nicht sonderlich, denn er war daran gewöhnt, aber wenn er erst wieder verheiratet war, musste sich einiges ändern. Dann durfte es keine nächtlichen Anrufe mehr geben, von absoluten Notfällen einmal abgesehen. Seine Exfrau würde lernen müssen, dass er nicht länger verfügbar war.

Er rief unten in der Garage an, damit sein Wagen vorgefahren wurde. Er fand es nach wie vor unangenehm, das Haus verlassen zu müssen, machte sich aber um Lulu Sorgen. Vielleicht sollte er ja mit seinem Hausarzt sprechen, aber wahrscheinlich war es besser, sich Lulu erst einmal anzusehen. Verdammt, das passte ihm gerade überhaupt nicht.

Mariska öffnete in einem durchsichtigen Negligee und hochhackigen Sandalen die Tür. Sie war perfekt geschminkt wie immer, ihr schulterlanges, flachsblondes Haar schimmerte im Schein der Eingangslampe.

Max fiel auf, dass sie noch immer eine sehr attraktive Frau war, warum also konnte sie nicht endlich einen Mann finden, der ihm die Verantwortung abnahm? Das dürfte doch nicht so schwer sein.

Leider kannte er den Grund dafür nur zu genau. Sie hatte überhaupt keine Lust, sich auf einen anderen einzulassen, weil sie auf keinen Fall den Namen Mrs. Maxwell Diamond aufgeben wollte, der für sie wie ein Gütesiegel war. Gesellschaftliche Anerkennung war das Wichtigste für Mariska, und auch nur die ehemalige Mrs. Diamond zu sein, zählte für sie.

„Wie geht es Lulu?" fragte er, als er in den marmornen Empfangsbereich trat.

„Sie schläft", entgegnete Mariska unbeeindruckt. „Stör sie besser nicht."

„Was soll das heißen?" rief er. „Du sagtest, sie wollte mich sehen."

„Leider hast du zu lange gebraucht." Ihr Blick war stahlhart wie immer. „Es ist gut, dass sie endlich schläft."

Am liebsten hätte er sie geohrfeigt. Seinen Handabdruck auf ihrer cremeweißen Haut hinterlassen. Aber er riss sich zusammen. Das war so typisch für Mariska, dass es ihn eigentlich nicht überraschte. „Ich schau mal eben nach ihr." Er wollte an seiner Exfrau vorbeigehen.

„Nein." Mariska stellte sich ihm in den Weg. „Du wirst sie nur wecken. Du weißt doch, wie leicht ihr Schlaf ist."

„Natürlich weiß ich das", sagte er brüsk. „Sie ist immerhin meine Tochter."

Das war eine Feststellung, keine Frage. Und als Mariska leise „vielleicht" murmelte, war er schockiert.

„Was hast du gesagt?"

„Ich sagte, du solltest vielleicht nach Hause gehen." Sie wandte sich ab.

Doch der Schaden war angerichtet. Aufgebracht verließ Max die Wohnung, nagender Zweifel begann bereits in seiner Seele zu keimen.

Sobald es ging, verzog sich Chris von Birdys Feier und eilte zu Elaine's, wo er einen anderen Mandanten traf. Gregory Dark war Schriftsteller, ein Bär von einem Mann. Er schrieb saftige Krimis, die teilweise auf Tatsachen beruhten. Aus drei seiner Bücher waren erfolgreiche Filme entstanden, im Augenblick handelte Chris für ihn einen weiteren Vertrag mit Universal Pictures aus.

Gregory war Engländer, übergewichtig, knapp sechzig. Er hatte Triefaugen und eine verblüffend weiße Mähne. Die Hälfte des Jahres verbrachte er in Hollywood, wo er mit seiner blonden Freundin in einem Strandhaus in Malibu lebte, die andere in Manhattan in einer mit Büchern voll gestopften Wohnung mit seiner lesbisch veranlagten Frau.

Gregory war von der alten Schule, trank Jack Daniel's, rauchte kubanische Zigarren und protzte gern mit seiner umfangreichen Waffensammlung.

„Bestellen Sie sich was zu trinken", sagte er mit seiner whiskeygetränkten Stimme. Er saß mit ein paar Kumpels – einer davon ein ehemaliger Police Captain – in der Bar. „Wie läuft's denn so im beschissenen Kalifornien?"

Gregory machte keinen Hehl aus seiner Abneigung gegenüber Los Angeles, wobei es ihn nicht störte, auf der Dachterrasse seines Sechs-Millionen-Dollar-Hauses in Malibu zu sitzen, seine blonde junge Freundin im Arm, umgeben von jeder Menge Filmschauspielern.

„Es geht gut voran mit dem neuen Vertrag." Chris zog sich einen Stuhl heran. „In den nächsten Tagen werde ich Ihnen die Unterlagen wohl schicken können."

„Ich kann's kaum erwarten, alter Junge", verkündete Gregory sarkastisch. „Dieses Mal will ich einfach *alles.*"

„Das bekommen sie." Chris bestellte sich einen Scotch in einem großen Glas mit viel Eis. Er hatte inzwischen gelernt, wie er mit Gregorys Trinkerei mithalten konnte. Eis war das Geheimnis. Viel Eis.

„Wunderbar", dröhnte Gregory und wandte sich an seine Freunde. „Dieser Junge hier ist der Beste!"

Chris schätzte es nicht sonderlich, Junge genannt zu werden, aber so war Gregory nun mal. Außerdem war er einer seiner wichtigsten Mandanten, was sollte er sich also darum scheren?

Nach zwei Getränken verabschiedete er sich und fuhr mit dem Taxi zurück ins Four Seasons. Auf der Fahrt rief er einen seiner Assistenten in Los Angeles an, der ihm erzählte, was tagsüber im Büro passiert war. Es gab keine dringenden Probleme, und um alles andere konnte er sich nach seiner Rückkehr kümmern.

Morgen würde er seinen Vater treffen. Und wenn er New York wieder verließ, war er womöglich verdammt noch mal um einiges wohlhabender.

9. KAPITEL

In gewisser Weise fürchtete sich Diahann Dozier davor, das Wochenende mit ihrer Tochter zu verbringen. Denn immer, wenn sie zusammentrafen, brach zwangsläufig ein Streit vom Zaun. Liberty hatte ihr nie vergeben, dass sie ihre erfolglose Gesangskarriere an den Nagel gehängt und stattdessen eine feste Arbeit als Haushälterin angenommen hatte.

Liberty hielt den Job ihrer Mutter für erniedrigend und unter ihrer Würde. Andererseits war Liberty erst neunzehn, sie hatte keine Ahnung, worum es im Leben wirklich ging und wie hart es sein konnte. Früh genug würde sie herausfinden, wie schwer es war, als Frau für sich allein sorgen zu müssen, zumal, wenn ein Kind im Spiel war.

Diahann seufzte. Liberty war ein schönes Mädchen, atemberaubend um genau zu sein. Wenn sie also klug war, würde sie sich einen anständigen Mann suchen, eine Familie gründen. Den unsinnigen Traum, Karriere machen zu wollen, aufgeben. Sie wusste nur zu gut, wie hoffnungslos es war, ständig solch unerfüllbaren Wünschen hinterherzujagen.

Doch Liberty war dickköpfig, es war schwer, zu ihr hindurchzudringen. Natürlich war sie talentiert. Doch Talent allein reichte eben nicht. Es gab zu viele hübsche talentierte Mädchen, die bereit waren, alles für ihre Karriere zu tun. Glück und das richtige Timing, nur darum ging es. Den richtigen Mentor zu finden, der an einen glaubte und stetig am Erfolg mitarbeitete.

Und wieder seufzte Diahann. Mariah Carey war ein blendendes Beispiel für Glück und richtiges Timing. Wenn sie damals nicht Tommy Mottola getroffen und dieser mächtige Produzent nicht beschlossen hätte, eine neuen Star zu schaffen …

Diahann lief die Treppe zu ihrer Wohnung in Mr. Diamonds Keller hinunter. Natürlich freute sie sich über denn Besuch ihrer Tochter. Auf der anderen Seite fürchtete sie die schnippischen Bemerkungen. Es sei denn, Liberty hatte sich geändert, aber das war doch sehr unwahrscheinlich.

Es wäre so schön, wenn sie einmal nicht streiten würden. Doch Diahann machte sich keine großen Hoffnungen.

Der Nachmittag schleppte sich dahin. Liberty, die nicht gewöhnt war, nichts zu tun, langweilte sich. Sie überlegte, ob sie an einem ihrer Songs arbeiten sollte, es gab noch ein paar unfertige Textstellen. Aber sie musste in der richtigen Stimmung sein, es war unmöglich, einfach einen Stift zur Hand zu nehmen und etwas Magisches zu schaffen.

Wie blöd. Sie wünschte, sie wäre dazu in der Lage. Sie wünschte sich eine Menge Dinge. Zum Beispiel, dass sie einen Vater hätte.

Aber, laut ihrer Mutter, hatte sie keinen. Denn Mama weigerte sich einfach, über diesen Mann zu sprechen, egal, wie hartnäckig sie nachfragte. Selbst Aretha hatte keinen Schimmer, wer der Mann sein mochte. „Deine Mama hat mir nie was erzählt", hatte die Tante ihr erklärt. „Meine kleine Schwester ist mit sechzehn von zu Hause ausgezogen, weil sie irgendeinen Job als Sängerin in New York hatte. Und ein paar Jahre später, als sie sich hatte schwängern lassen, hat sie daheim in Atlanta niemandem was davon gesagt. Irgendwie ging es ihr wohl ganz okay, denn sie hat dich ganz alleine großgezogen, nun, bis zu dem Tag, wo sich dich zu mir geschickt hat. Sie hat nie geheiratet und offenbar auch nie einen festen Freund gehabt. Deine Mama behielt immer alles für sich, so ist sie einfach. Wir sind Schwestern, aber wir stehen uns nicht sehr nahe."

Liberty hatte damals aufmerksam zugehört, denn von Aretha erfuhr sie mehr, als ihre Mutter ihr jemals verraten hatte. „Warum hat sie alles aufgegeben und angefangen, als Dienstmädchen zu arbeiten?“ fragte sie.

„Was hat sie denn aufgegeben, Süße?“ fragte Aretha gereizt. „Soweit ich weiß, musste sie Woche um Woche kämpfen, um ihre Miete bezahlen zu können. In allen möglichen Spelunken hat sie gesungen. Ein fester Job mit einer Wohnung dazu muss verdammt angenehm für sie gewesen sein. Keine Miete. Keine Sorgen. Und um mal eines klarzustellen, sie ist nicht sein Dienstmädchen, sondern seine Haushälterin.“

„Ist doch dasselbe“, murrte Liberty.

„Ist es nicht. Sie muss ja nicht gerade auf Händen und Knien den Boden von dem alten Knacker schrubben.“

Liberty dachte oft darüber nach, wer möglicherweise ihr Vater sein könnte. Bevor sie bei Mr. Diamond eingezogen waren, hatte ihre Mutter mehrere Freunde gehabt. Sie konnte sich vor allem an einen Mann erinnern. Er hieß Leon, er war groß (sie auch), hatte schöne schmale Hände (sie auch) und war selbst Sänger. Er hatte als sie fünf war eine Weile bei ihnen gewohnt und sie wie seine eigene Tochter behandelt. Hatte lange Spaziergänge mit ihr durch den Central Park unternommen, war mit ihr in den Zoo gegangen, und jeden Samstagnachmittag durfte sie mit ihm all seine Lieblingsschallplatten anhören. Marvin Gaye, Smokey Robinson, The Temptations, Gladys Knight. Wie sehr sie das geliebt hatte. Mit sieben Jahren war sie mit allen Soulgrößen vertraut und konnte zur Belustigung der Erwachsenen Diana Ross oder Patti LaBelle perfekt imitieren.

Zu ganz besonderen Gelegenheiten sangen Mama und Leon ein Duett, dann saß sie da und lauschte völlig verzaubert. Die beiden waren so ein hübsches Paar und hatten so herrliche Stimmen.

Leon lebte ein paar Jahre bei ihnen, bis Liberty eines Nachts durch lautes Geschrei geweckt wurde. Am nächsten Morgen war Leon verschwunden.

Wenn sie jetzt darüber nachdachte, fiel ihr ein, dass Leons Haut sehr schwarz gewesen war, genauso wie die ihrer Mutter. Sie hingegen war hell, hell wie Milchschokolade, also konnte Leon doch nicht ihr Vater sein. Das machte sie traurig, aber es half ja nichts.

An einem denkwürdigen Tag, kurz bevor sie aus Mr. Diamonds Haus verbannt worden war, stellte Mama sie vor den Badezimmerspiegel und hielt ihr einen Vortrag über ihre Hautfarbe. „Schau dir dieses Gesicht ganz genau an", sagte sie streng. „Dieses Gesicht ist schwarz, Mädchen. Hörst du?"

„Ja, Mama." Liberty war über den Ton ihrer Mutter erschrocken.

„Es gibt eine Menge Vorurteile in der Welt, in der wir leben, man wird dich immer als schwarz betrachten, also gewöhnst du dich besser gleich daran."

„Das tue ich, Mama", wisperte sie.

„Dann sag es."

„Ich bin schwarz."

„Das stimmt, und vergiss das *nie!* Denn auch wenn deine Haut hell ist und du als Weiße durchgehen könntest, wenn du wolltest, wird die Wahrheit immer herauskommen."

„Ja, Mama."

„Du bist ein kluges Mädchen, du kannst alles erreichen, was du willst. Lass nie zu, dass deine *Hautfarbe* dir im Weg steht."

„Nein, das werde ich nicht."

An diesem Tag fasste sie sich noch einmal ein Herz, sie fand, sie hatte einfach das Recht dazu. „War mein Daddy ein Weißer, Mama?“ fragte sie und hielt die Luft an. Sie fragte das nicht zum ersten Mal, aber diesmal hoffte sie wirklich auf eine Antwort.

Diahann runzelte die Stirn, verdrehte die Augen, murrte, dass das doch überhaupt keine Rolle spiele, ihr Daddy nun mal nicht hier sei, nie hier gewesen sei und Liberty endlich aufhören solle, Fragen über ihn zu stellen.

Wunderbar! Ein Leben lang keine Antwort zu bekommen. Das war nicht fair, sie hatte ein Recht auf diese Information, und heute, wo sie in der Wohnung ihrer Mutter festsaß, war sie entschlossen, sie zu bekommen.

Schließlich war sie keine zwölf mehr. Sie war neunzehn, ihre Mutter hatte endlich zu respektieren, dass sie die Wahrheit erfahren musste.

10. KAPITEL

Amy tat voller Begeisterung all das, was sie normalerweise nicht tat, wie Haschisch rauchen, sich mit doppelten Martinis betrinken, die männlichen Stripper kreischend anfeuern und sich einfach gehen lassen.

Sonst war sie immer das „brave Mädchen", die zuverlässige Kollegin, ein Schmuckstück für ihre hoch angesehene Familie. Doch heute Nacht, da war sie wild, angestachelt von ihren Freunden. Heute Nacht wollte sie endlich diese Erinnerungen einmal vergessen, die sie immerzu im Hinterkopf hatte, und es richtig krachen lassen.

Die Stripper waren der Hit – drei muskelbepackte australische Kerle mit lüsternem Grinsen und Waschbrettbäuchen. Und zum Entzücken der Mädchen hatten sie überhaupt keine Hemmungen, wirklich alle Hüllen fallen zu lassen. Als einer von ihnen lasziv mit gespreizten Beinen direkt über Amys Schoß tanzte, schoss Tina ein paar Fotos. Die Mädchen brüllten vor Lachen. Amy ebenso. Sie amüsierte sich großartig, sie fühlte sich besser als in den letzten Monaten, in denen es immerzu um die Hochzeitsvorbereitungen gegangen war. Heute Nacht wollte Amy frei sein – grenzenlos frei.

Später schlug Yolanda vor, in einen brechend vollen Club namens Gatsby's weiter zu ziehen, wo Usher von Frauen und Sex und Betrug sang.

„Bestell dir noch was zu trinken", ermutigte Yolanda sie, als sie sich auf eine Ledercouch quetschten.

„Genau", stimmte Carolee zu, ein beängstigend dünnes Model. „Du musst dich betrinken, und zwar so *richtig.*"

„Ich bin betrunken", protestierte Amy mit einem kleinen

beschwipsten Kichern. „Noch ein Martini, und ich kotze hier irgendjemandem auf die Schuhe."

„Ihm vielleicht?" Dana warf einem furchtbar gut aussehenden Mann einen lüsternen Blick zu. Er stand neben einer großen schwarzen Frau und einem dünnen weißen Mann mit Pferdeschwanz.

„Wow!" flüsterte Tina, beugte sich vor und betrachtete ihn eingehender. „Also, der ist heiß!"

„Halt!" rief Amy mahnend. „Du bist verheiratet *und* schwanger, also beruhig dich wieder."

„Ich kann doch hinschauen, oder vielleicht nicht?" fragte Tina unschuldig. „Und ich dich möchte dich daran erinnern, dass du mehr darfst als nur schauen."

„Halt die Klappe!" Kichernd überlegte Amy, dass sie besser einen starken schwarzen Kaffee trinken sollte, bevor sie hier noch unter den Tisch fiel.

Andererseits – warum denn, wenn sie sich so prächtig amüsierte?

Jett fühlte sich bei Gatsby's wohl, und das ohne zu trinken oder Drogen zu nehmen. Beides war für ihn strengstens verboten – und doch war er entspannt und bester Dinge. Irgendwann musste man einfach kapieren, dass man gewisse Dinge nicht tun durfte. Er hatte seine Lektion auf die harte Weise gelernt, und nun vermisste er weder Alkohol noch Drogen. Natürlich war ihm klar, dass er für immer ein Abhängiger sein würde, deswegen musste er ganz und gar widerstehen. So einfach war das.

Er nippte an seiner Cola Light und sah sich um. Auf der Tanzfläche tummelten sich schöne, aufregende Frauen. Er warf Chet einen Blick zu, der ununterbrochen französische Zigaretten rauchte, während Beverly mit einer Gruppe Mädchen plauderte. Und kurz darauf mischte er sich selbst ins Gespräch ein.

Es war mal wieder ganz angenehm, sich mit so vielen Frauen zu unterhalten, die auch tatsächlich seine Sprache verstanden. Drei Jahre Italien – das war eine lange Zeit, und um ehrlich zu sein, vermisste er Amerika und alles, was es zu bieten hatte.

Nach einiger Zeit fiel ihm auf, dass vor allem ein Mädchen immer wieder seine Aufmerksamkeit erregte. Sie war umwerfend schön wie Reese Witherspoon oder Gwyneth Paltrow. Dasselbe schimmernd blonde Haar, dasselbe schüchterne Lächeln. Und aufregend türkisfarbene Augen. So amerikanisch. So hübsch. So nett.

Während der Abend voranschritt, fühlte er sich mehr und mehr zu ihr hingezogen. Sie trank zwar ebenso viel wie ihre Freundinnen, und doch war etwas an ihr anders. Nicht nur, dass sie wahnsinnig hübsch war, sie hatte auch einen fantastischen Körper, und mit fantastischen Körpern kannte er sich aus.

Es dauerte nicht lange, bis sein Jetlag vollkommen vergessen war, er beugte sich vor und fragte, ob sie tanzen wolle.

Bevor sie ablehnen konnte, gab eine ihrer Freundinnen ihr einen Schubs. Er packte ihre Hand, zog sie zur Tanzfläche, und sie begannen, zu tanzen. Wie bestellt legte der Disc Jockey nach Outcast eine Ballade von Marc Anthony auf. Die Gelegenheit ließ Jett sich nicht entgehen. Er zog sie an sich.

„Also … warum seid ihr Mädels allein unterwegs?“ fragte er und atmete ihren Duft ein, eine Mischung aus frischer Seife und dem verführerischen Parfüm Angel. „Geht ihr heute Nacht ohne eure Freunde aus?“

„Jemand heiratet“, murmelte Amy, die sich überraschend wohl in seinen Armen fühlte.

„Ich hoffe, nicht du“, scherzte er und zog sie noch enger an sich.

Und sie lächelte.

Nachdem sie lange Zeit eng umschlungen getanzt hatten, gelang es ihm endlich, sie auf die andere Seite des Clubs zu ziehen, weg von ihren Freundinnen. Er drückte sie in eine Ecke und begann, sie leidenschaftlich zu küssen.

„Das solltest du besser lassen.“ Sie versuchte, ihn von sich wegzustoßen.

„Weshalb? Küsst du nicht gerne?“

„Ich … äh …“

Er küsste sie wieder. Diesmal schob sie ihn nicht weg.

Sie hatte weiche Lippen. So weich und einladend, dass er schon vom Küssen eine Erektion bekam.

Amy war genauso erregt wie er. Sie hatte einen Joint geraucht, zu viel getrunken, ihre Hemmschwelle war gefährlich niedrig. Davon abgesehen sah dieser Typ so unglaublich gut aus mit seinem zerzausten blonden Haar und den hypnotisierenden blauen Augen. Vielleicht hatte Tina Recht, eine letzte Liebesnacht bevor …

„Lass uns hier verschwinden“, flüsterte er ihr ins Ohr, nachdem sie sich etwa zwanzig Minuten lang leidenschaftlich geküsst hatten.

„Ich … ich kenne dich doch gar nicht.“ Sie war verwirrt und nervös und wurde von Minute zu Minute erregter.

„Hey – ich kenne dich auch nicht.“ Er streichelte durch ihr blondes Haar. „Aber glaub mir – ich würde dich gern besser kennen.“

„Ja?“ Amy zitterte ein wenig.

„Darauf kannst du wetten.“ Er küsste sie wieder.

Ihr war schwindlig. Bald würde sie eine verheiratete Frau sein. Für immer treu. Dann gab es keine solchen Gelegenheiten mehr.

Aber jetzt, jetzt war sie noch frei, sie musste niemandem gegenüber Rechenschaft ablegen, das war vielleicht ihre letzte Chance, etwas völlig Verrücktes zu tun.

Tina hatte wirklich Recht, eine heiße Liebesnacht, bevor sie in den Ehestand trat und eine gute, treue Frau wurde, wäre schön.

„Wohin bringst du mich?“ flüsterte sie, ein wenig benommen und zugleich mutiger denn je, als er sie zum Ausgang schob.

„Da fällt mir schon noch was ein.“ Besitzergreifend schlang er einen kräftigen Arm um ihre Hüfte.

Auf der Straße winkte er nach einem Taxi.

„Wohin gehen wir?“ fragte sie atemlos.

„Keine Angst, ich werde dich nicht entführen“, sagte er ironisch.

„Das ist nicht witzig.“ Sie ließ sich in den Ledersitz zurückfallen und drängte mit aller Kraft die Erinnerungen zurück, die sie zu übermannen drohten.

Er kapierte es nicht. Natürlich nicht, er hatte ja keine Ahnung, wer sie war. Das arme kleine reiche Mädchen. Das arme kleine *verlobte* Mädchen. Woher sollte er das wissen …

Er küsste sie die ganze Fahrt lang bis zu Sams Loft in Soho.

Sie sprachen nicht. Kein Wort.

Ihr war vollkommen klar, dass sie zu viel getrunken hatte, in ihrem Kopf drehte sich alles, aber es störte sie nicht. Sie *wollte* es, es war ihre Entscheidung, niemand zwang sie zu irgendetwas.

Als sie ankamen, bezahlte er den Fahrer, dann drückte er sie an die Hauswand und begann erneut, sie zu küssen.

Sie bekam kaum noch Luft.

Hast du den Verstand verloren? zischte eine innere Stimme.

Ja! feuerte sie zurück. *Und ich habe nicht vor, aufzuhören.*

Solltest du aber.

Sagt wer?

Er schloss die Haustür auf und zog sie hastig hinein. In dem winzigen Aufzug drängte er sie in die Ecke. Innerhalb von Sekunden waren seine Hände überall.

Ihr war klar, dass sie ihn jetzt bitten sollte, aufzuhören, ihm gestehen, in welcher Situation sie sich befand und sich dann schnell aus dem Staub machen. Denn wenn sie es jetzt nicht tat, gab es kein Zurück mehr.

„Du bist so verdammt schön“, flüsterte er, als er sie in seine Wohnung führte. „Das weißt du, nicht wahr?“

Nein, sie wusste es nicht. Max sagte nie so etwas. Max war höflich und korrekt, immer ein perfekter Gentleman. Max überschüttete sie mit teuren Geschenken, die sie nicht brauchte und auch nicht wollte. Dieser Mann war das Gegenteil.

Nach einiger Zeit begann Jett, sie auszuziehen, erst ganz langsam, dann immer hastiger.

Sie zerriss sein Hemd und zog seinen Reißverschluss auf.

Sie kämpften mit ihren Kleidern und lachten, bis er sie auf den Arm nahm, als ob sie federleicht wäre, und in Sams Schlafzimmer trug, wo er sie sanft aufs Bett legte.

Jetzt ist es soweit, dachte sie. Jetzt ist es soweit. Nun kann ich nur noch bleiben oder weglaufen.

Doch bevor sie eine Entscheidung treffen konnte, küsste er sie erneut, saugte an ihrer Unterlippe, wanderte dann weiter zu ihren Brüsten, streichelte ihre Haut, die so weich war wie feinstes Kaschmir. Er legte die Lippen um ihre Brustwarze, und sie warf den Kopf zurück und glaubte, vor Lust sterben zu müssen. Sie wollte nicht, dass er jemals aufhörte.

Und als er sich auf sie legte, seufzte sie lang und tief und öffnete sich ihm.

Er begann, in sie zu dringen, und begriff plötzlich, dass sie noch Jungfrau war. „Verdammt!“ murmelte er und zog sich abrupt zurück.

„Hör nicht auf.“ Sie streckte eine Hand nach ihm aus. „Bitte, hör nicht auf.“

„Hey“, flüsterte er, über sich selbst überrascht. „Du hast ein bisschen viel getrunken und ... nun ... ich will nichts tun, was du morgen früh vielleicht bereuen könntest.“

„Wer sagt, dass ich irgendetwas bereuen könnte?“

„Das wäre doch dein erstes Mal, oder nicht?“

„Natürlich nicht“, log sie und wünschte, er würde einfach weitermachen, denn auch wenn der Raum sich ein wenig drehte, so war es genau das, was sie jetzt brauchte, nichts würde sie nun mehr davon abhalten. „Bitte liebe mich“, sagte sie leise. „Ich möchte dich in mir spüren.“

Guter Gott, sie war so hinreißend, er war so erregt, warum sollte er aufhören?

Also beugte er sich wieder über sie und liebte sie, stundenlang, wie es schien, bis sie schließlich in seine Arme gekuschelt einschlief, warm und zart und wunderbar.

Noch nie im Leben hatte er einen so tiefen Frieden verspürt. Innerhalb von Minuten schlief auch er ein, ihren süßen Duft in der Nase, vollkommen zufrieden.

Als er am nächsten Morgen aufwachte, entdeckte er Blutspuren auf dem Laken, und das Mädchen, mit dem er die Nacht verbracht hatte, war verschwunden.

Erst da fiel ihm auf, dass er nicht einmal ihren Namen kannte.

11. KAPITEL

Max konnte nicht schlafen. Das war Mariskas Schuld, sie hatte ihn vorsätzlich in ihre Wohnung gelockt, behauptet, dass Lulu krank sei, und das nur, um ihm den Abend zu verderben. Ganz bestimmt hatte sie gedacht, dass er ihn mit Amy verbringen würde.

Falsch gedacht. Wie immer.

Und was genau hatte dieses „Vielleicht" zu bedeuten, das sie murmelte, als er sagte: „Sie ist immerhin meine Tochter."

Nicht einmal Mariska würde so tief sinken, einfach aus Spaß zu behaupten, Lulu wäre vielleicht nicht sein Kind.

Obwohl. Mariska war eine Hexe, zu allem fähig. Diese Frau würde alles tun, um seine Aufmerksamkeit zu erregen.

Er verabscheute sie zutiefst, und zwar aus gutem Grund. Vor einigen Wochen war ein Mann in seinem Büro aufgetaucht, ein heruntergekommener Mann mit offensichtlich schwarz gefärbtem Haar und einem dünnen Schnurrbart. Er trug einen schlecht sitzenden Anzug, abgetragene, unechte Krokodillederschuhe und roch nach billigem Parfüm. Er hatte seiner Assistentin, Mrs. Barley, aufgelauert und behauptet, eine sehr persönliche und heikle Information bezüglich der ehemaligen Mrs. Diamond zu haben. Max könne ihn entweder empfangen oder am nächsten Tag alles darüber im *National Enquirer* lesen.

Max beschloss, ihn zu empfangen. Und was für eine Geschichte er sich dann über seine Exfrau anhören musste!

Dieser Mann, Vladimir Bushkin, behauptete, dass Mariska – deren wirklicher Name Paulina Mari Kuchinova wäre – mit gefälschten Papieren nach Amerika gekommen sei. Woher Vladimir das wisse? Nun, angeblich sei er ihr Ehemann. Und sowohl ihre Hochzeit mit dem unglückseligen Buchhalter und die mit Max waren ein Akt der Bigamie.

Zuerst glaubte Max ihm kein Wort, die Geschichte klang zu grotesk. Doch dann holte Vladimir Fotos und Dokumente hervor – unter anderem die Heiratsurkunde. Die Frau auf den Hochzeitsbildern war auf jeden Fall eine jüngere, nicht annähernd so zurechtgemachte Mariska, und der Name auf der Urkunde lautete Paulina Mari Kuchinova.

„Sie war Prostituierte", verkündete Vladimir beiläufig, als wäre diese Nachricht nicht sonderlich interessant. „Und ich ihr Zuhälter."

„Grundgütiger!" brach es aus Max heraus, der sich die Schlagzeilen schon bildlich vorstellen konnte.

„Sie hat mich hintergangen", fuhr Vladimir fort. „Hat sich einen dummen Amerikaner in einer Hotelbar in Moskau geangelt. Hat ihm einen geblasen und ihn dazu gebracht, sie zu heiraten. Sie hatte immer falsche Papiere bei sich, dieses durchtriebene Miststück hatte wohl schon länger geplant, Moskau zu verlassen. Als ich eines Tages aufwachte, war sie weg. Ich habe mir geschworen, sie aufzustöbern. Das war nicht leicht, aber hier bin ich nun."

„Was wollen Sie?" Max drehte sich der Magen um.

„Eine ganze Menge", entgegnete Vladimir mit einem bösen Lachen. „Was immer ich verdiene, damit ich meinen Mund halte."

Max war klar, dass er in der Falle saß.

Chris hatte gut geschlafen und stand früh auf, um seinem Vater gegenüberzutreten. Normalerweise schlief er in Hotels nicht sonderlich gut. Immerzu hatte er Angst, einmal in einem brennenden Gebäude eingeschlossen zu sein, und so ein Hochhaus in Manhattan war ja geradezu prädestiniert, vor allem nach dem 11. September. Bis heute konnte er die Bilder der Menschen nicht vergessen, die aus den Fenstern des World Trade Centers gesprungen waren. Dieser Albtraum holte ihn immer wieder ein.

Während des Frühstücks las er die *New York Post,* was ihn entspannte, bis er einen Artikel über eine seiner Mandantinnen entdeckte. Lola Sanchez, der lateinamerikanische Superstar, war offenbar mit ihrem jungen, blonden Filmpartner knutschend im Gatsby's gesehen worden.

Das war keine gute Neuigkeit, nachdem Lola mit dem Oscar-gekrönten Filmregisseur Russell Savage verlobt war. Chris seufzte. Er kannte Lola, sie würde alles abstreiten und darauf bestehen, die Zeitung zu verklagen, wovon er ihr abraten müsste, weil vermutlich alles stimmte. Lola Sanchez war verrückt nach Männern, sie konnte einfach nicht anders. Sie verschlang ihre Filmpartner zum Mittagessen, Abendessen und Frühstück.

Es war noch zu früh, um sein Büro in Los Angeles anzurufen, deswegen beschloss er, sich zunächst keine weiteren Gedanken zu machen.

Ein paar Zeilen tiefer entdeckte er eine Rätselfrage, mit der garantiert Birdy Marvel gemeint war.

Welcher singende Teenager mit den besten körperlichen Voraussetzungen hat sich gerade an einer sehr intimen Stelle ein Piercing stechen lassen? Und welcher Freund des singenden Teenagers hat das Ganze bis ins kleinste Detail gefilmt?

Sehr schön. Es würde wohl kaum lange dauern, bis dieses spezielle Filmchen im Internet auftauchte.

Lernten diese Mädchen denn nie dazu? Er wusste jetzt schon, was Birdy sagen würde: „Paris Hilton oder Pamela Anderson hat das doch auch nicht geschadet, oder?"

Er versuchte, Birdy auf ihrem Handy zu erreichen, um ihr zu sagen, falls es wirklich ein entsprechendes Video gäbe, solle sie es unter Verschluss halten und dafür sorgen, dass niemand daran käme – vor allem Rocky nicht.

Ihr Roadmanager informierte ihn darüber, dass Birdy noch schlief und er sie nicht stören könne.

Er aß sein Omelette aus Eiweiß auf, unterschrieb die Rechnung und verließ das Hotel. Es wäre nicht gut, Big Daddy warten zu lassen.

Jett spazierte gedankenverloren die Park Avenue entlang zum Haus seines Vaters. Er konnte nicht aufhören, an die vergangene Nacht zu denken und an das Mädchen mit dem seidigen, blonden Haar. Er hatte sie nicht einmal nach ihrem Namen gefragt. Sie war so unglaublich gewesen, er liebte sie oder begehrte sie oder etwas in der Art.

Jedenfalls konnte er nicht aufhören, dümmlich zu grinsen, und das war der Beweis, dass es sich hier nicht um einen dieser One-Night-Stands handelte, von denen er weiß Gott genug gehabt hatte.

Im Gegenteil, er hatte den strengen Verdacht, dass sie die Richtige sein könnte. Und das bedeutete, egal wie verrückt er nach ihr war, er wollte ihr einen oder zwei Tage Zeit geben, in denen sie über ihn nachdenken und sich auch ein wenig wundern konnte.

Vielleicht hatte er sie ja überrumpelt, denn sie war Jungfrau gewesen, egal, was sie behauptete. Himmel, nein, sie hatte ihn genauso sehr gewollt wie er sie. Davon abgesehen hatte er sich wie ein Gentleman benommen, ihr angeboten, aufzuhören, wovon sie aber nichts wissen wollte.

Und jetzt? Es würde nicht allzu schwer werden, sie aufzuspüren, irgendjemand in dem Club wusste bestimmt, wer sie war. Und wenn nicht, dann würde Beverly es für ihn herausfinden, denn Beverly kannte so gut wie jeden. Er rief sie auf ihrem Handy an und hinterließ eine Nachricht. Danach überlegte er, ob er sich bei seiner Mutter melden sollte, beschloss aber, das bis nach dem Treffen mit seinem Vater zu verschieben. Wer wusste schon, was der alte Herr zu verkünden hatte? Und Edie – falls sie nüchtern genug war – würde jedes Detail wissen wollen. Außerdem ahnte sie nicht einmal, dass er wieder in der Stadt war, also hatte es sowieso keine Eile.

An seine Mutter zu denken war deprimierend. Sie war so lebendig und schön gewesen, bevor Red sie in eine neurotische, arme Alkoholikerin verwandelte. Nicht dass er seine Mutter kritisieren wollte, er selbst war schlimmer gewesen als sie, aber wenigstens hatte er Freunden erlaubt, ihn zu retten. Edie aber war alles egal. Nachdem ihr gemeinsames Leben mit Red endete, zog sie nach Montauk, suchte sich einen Liebhaber nach dem anderen, ernährte sich von Zigaretten und Wodka und richtete ihre Schönheit zugrunde.

Jett war dreizehn, als seine Eltern sich trennten. Wie schon seine Brüder vor ihm, war er auf eine Militärschule geschickt worden, eine Schule, die er hasste. Er war ein paarmal weggelaufen, irgendwo aufgegriffen und dann von Red bestraft worden. Schließlich verfrachtete man ihn in ein Camp für schwer erziehbare Jungen in Arizona. Nach zwei Jahren war er am Ende. Nicht eine Sekunde lang überlegte er sich, aufs College zu gehen. Er wollte nur noch frei sein, und an seinem siebzehnten Geburtstag erlaubte seine Mutter ihm zu tun, was immer er wollte. New York wartete auf ihn, er war bereit.

Sex, Drogen und Rock'n'Roll.

Aber er wollte jetzt nicht über Edie nachdenken. Lieber träumte er noch ein wenig von dem Mädchen.

Alles passierte so schnell, er war erst seit ein paar Stunden wieder in Amerika und hatte bereits jemand sehr Spezielles getroffen. War das nicht unglaublich?

Aber vielleicht sollte es ja genau so sein. Schicksal. Ja, Schicksal. Es war kein Zufall gewesen, dass er gestern in diesen Club ging.

Zwar war er nicht gerade religiös, aber am Ende gab es doch einen Gott, der ihm sagen wollte: „Du hast es gut gemacht, hier ist deine Belohnung. Geh sorgsam damit um."

Jetzt musste er sie nur noch finden.

12. KAPITEL

Als Amy die Augen aufschlug, hatte sie einen höllischen Kater. Aber viel schlimmer war dieses überwältigende Schuldgefühl. Was hatte sie nur getan? Wie irrsinnig hatte sie sich benommen?

Die Bettdecke fest unter das Kinn gesteckt, ging sie in Gedanken noch einmal die letzte Nacht durch. Erst der Junggesellinnenabschied, die Drinks, der Joint. Gefolgt von noch mehr Drinks und schließlich dem engen Tanz mit diesem wahnsinnig aufregenden und attraktiven Mann, mit dem sie in seiner Wohnung Sex gehabt hatte. Großartigen Sex. Überwältigenden Sex. Die Art von Sex, die sie eigentlich mit Max in der Hochzeitsnacht haben sollte.

O Gott, sie hatte mit einem völlig Fremden geschlafen. Ihre Jungfräulichkeit bei einem Mann verloren, den sie gerade erst kennen gelernt hatte. Und so weit sie sich erinnern konnte, hatte sie es zutiefst genossen!

Warum hatte sie das getan? Wie hatte sie Max auf diese Weise betrügen können? Es war einfach falsch.

Von Gewissensbissen geplagt ging sie unter die Dusche und dachte daran, wie sie um vier Uhr morgens ihre Klamotten geschnappt hatte und aus seinem Apartment geeilt war. Unten im Foyer hatte sie schnell auf den Briefkasten geschaut. Apartment 10A. S. Lucas.

Was bedeutete das S? Steven? Sonny? Scott? Sie hätte wenigstens gern seinen Namen gewusst.

Auf der Straße hielt sie ein Taxi an und kauerte sich in den Rücksitz. Wieder sicher in ihrer Wohnung riss sie sich die Kleider vom Leib und kroch ins Bett.

Vier Stunden später hatte sie schreckliche Kopfschmerzen.

Nie wieder werde ich trinken, schwor sie sich. Nie wieder! Das war's für mich.

Aber rückgängig machen konnte sie nichts mehr.

Kaum kam sie aus der Dusche, da rief auch schon Tina an, die genau wissen wollte, was passiert war.

„Nichts", antwortete sie müde, das Telefon in einer Hand, das Handtuch in der anderen.

„Du lügst!" Tina klang begeistert. „Du bist mit diesem heißen Typen verschwunden."

„Bin ich nicht!"

„O bitte!" Tina schnaufte verächtlich. „Ich habe euch doch gesehen. Ich habe mir Sorgen gemacht."

„Und warum hast du mich dann nicht aufgehalten?"

„Weil du ein großes Mädchen bist. Und wir haben doch darüber gesprochen, schon vergessen?"

„Nein, ich erinnere mich", sagte sie kläglich.

„Also? Was ist geschehen?"

„Er hat mich nach Hause gebracht, das ist alles."

„Ich bin schwanger, nicht doof", sagte Tina scharf. „Ich hole dich um eins ab, wir gehen bei Serendipity mittagessen, und du erzählst mir alles."

„Ich habe keine Lust, zu essen und schon gar nicht, zu reden."

„Wieso nicht?"

„Dank meiner so genannten Freunde habe ich einen fürchterlichen Kater."

„Was für ein Pech!" rief Tina aufgekratzt. „Wir gehen trotzdem essen."

„Muss das sein?" Amy wäre am liebsten zurück ins Bett gekrochen, um alles zu vergessen.

„Ja, das muss sein. Bis nachher."

Seitdem Tina kurz vor der Niederkunft stand, hatte es keinen Sinn, mit ihr zu streiten, das war die Mühe nicht wert.

Amy zog sich langsam an und dachte über die Konsequenzen ihres Handelns nach. Es war einfach nicht in Ordnung. Überhaupt nicht. Sie hatte einen Fehler gemacht und verdiente es, dafür bestraft zu werden.

Und weshalb hatte sie dann dieses Lächeln im Gesicht? Verdammt! Warum zum Teufel lächelte sie?

Kaum betrat sie das Büro, als Yolanda schon über sie herfiel und alle Details wissen wollte.

„Was für Details?" fragte sie schwach, eilte zu ihrem Schreibtisch und wünschte nur, endlich in Ruhe gelassen zu werden. „Es ist nichts passiert."

„Klar. Du glühst ja geradezu. Es muss etwas passiert sein."

„Eben nicht." Amy startete ihren Computer, in der Hoffnung, dass Yolanda einfach verschwinden würde.

„Eben doch! Wir alle haben doch gesehen, wie ihr zusammen gegangen seid."

„Ich kenne nicht mal seinen Namen", sagte sie, in der Hoffnung, dass Yolanda ihr vielleicht einen Tipp geben könnte.

Doch da klingelte Yolandas Handy, worauf das Gespräch beendet war.

Hmm ... im Grunde interessierte sie sein Name gar nicht. Schließlich würde sie ihn ja nie wieder sehen.

Dieser aufregende Fremde war ihr Geheimnis – dieses lustvolle Erlebnis vor ihrer Hochzeit durfte sie niemals mit irgendjemandem teilen, nicht mal mit Tina.

Max Diamond war der Richtige für sie.

Alle waren dieser Meinung.

Jett kam als Erster am Haus in der 68. Straße an. Den Butler, der die Tür öffnete, kannte er nicht. Früher hatte es mal einen englischen Butler gegeben, dieser hier war ein Deutscher und recht stoisch, er begleitete Jett in die Bibliothek und ließ ihn alleine.

Jett spazierte durch den Raum und stellte wieder einmal fest, wie unpersönlich dieses Haus wirkte. Keine Familienfotos, keine Trophäen oder irgendwelche Nippes, keine Zeitschriften, nur eine unberührte Ausgabe des *Wall Street Journal* auf einem Tischchen neben der dunkelbraunen steifen Ledercouch.

Nichts hatte sich verändert. Red Diamond hielt nicht viel von Erinnerungsstücken. Dieser Raum war wie Red. Kalt, modrig, abweisend.

Nach ein paar Minuten setzte er sich auf die Couch und schnappte sich die Zeitung. Während er auf die Buchstaben starrte, kam ihm wieder dieses Mädchen in den Sinn. Es war einfach wunderbar. Schön und wunderbar. Von so einem Mädchen hatte er immer geträumt.

Und er würde sie wiedersehen, bald … sehr bald.

„Wie war es?“ fragte Max.

Amy umklammerte mit schweißnassen Fingern das Telefon. Hatte ihr Verlobter etwas herausgefunden? Wie konnte das möglich sein? O Gott, was sollte sie denn jetzt sagen? Wie sollte sie ihm diese wahnsinnige Nacht erklären? Das war einfach unmöglich!

„So schlimm kann es doch nicht gewesen sein, Süße“, sagte Max liebevoll. „Du und die Mädels, ihr habt euch doch bestimmt amüsiert?“

Erleichterung erfasste sie. Natürlich, er fragte sie nach dem Junggesellinnenabschied.

„Ich habe zu viel getrunken“, stieß sie hervor.

„Ist doch klar“, sagte er verständnisvoll. „Die haben dich sicher quasi gezwungen, du konntest gar nichts dagegen tun.“

„So ungefähr.“

„Genau das steht mir heute Abend auch bevor“, brummte er. „Junggesellenpartys sind so verdammt albern, ich wünschte, ich müsste da nicht hin. Eins sag ich dir, wenn sie eine Stripperin engagiert haben, haue ich sofort ab, versprochen.“

„Du musst mir überhaupt nichts versprechen.“ Ihr schlechtes Gewissen wurde unerträglich.

„Wieso?“ Er klang amüsiert. „Willst du, dass ich mich mit einer Stripperin vergnüge?“

„Nein, nein, natürlich nicht.“ Sie stotterte beinahe. „Es ist nur … nun ja … an so einem Abend darf man alles tun, es zählt nicht. Wie auch immer“, fügte sie lahm hinzu, „das habe ich zumindest gehört.“

„Sweetheart, ich liebe dich.“ Er lachte.

„Ich dich auch, Max“, entgegnete sie automatisch.

„Du bist das süßeste Mädchen, das ich je getroffen habe.“

NEIN! BIN ICH NICHT! ICH HABE DICH BETROGEN UND KANN ES NICHT MEHR RÜCKGÄNGIG MACHEN.

„Danke.“ Sie schluckte.

„Ich stehe direkt vor dem Haus meines Vaters“, sagte Max. „Ich melde mich später wieder.

Sie legte auf. Wenn er jemals herausfand, was sie getan hatte …

O Gott, der Gedanke war zu grauenvoll.

Jett blieb nicht lange allein, Max tauchte kurz nach ihm auf. Die beiden begrüßten sich ein wenig distanziert.

„Du siehst gut aus", sagte Max. „Auf jeden Fall besser als das letzte Mal."

Na klar, dachte Jett, so eine Anspielung musste ja kommen.

„Als du mich das letzte Mal gesehen hast, war ich krank", stellte er fest.

„Nein. Wenn ich mich recht erinnere, warst du mehr als stockbesoffen."

„Alkoholismus ist eine Krankheit". Jett fragte sich, warum sein Bruder ihm von der ersten Sekunde an auf den Wecker gehen musste. „Ich bin seit drei Jahren trocken."

„Tatsächlich?" Max klang, als glaubte er kein Wort.

„Tatsächlich."

Bevor sie zu streiten anfangen konnten, platzte Chris ins Zimmer. Mr. Los Angeles, braun gebrannt mit George-Clooney-Lächeln. Er trug einen leichten, weißen Armanianzug und sah fit und gesund aus.

„Jungs!" rief Chris. „Ist lange her. Ihr seht beide großartig aus. Muss in der Familie liegen, was?"

Jett fühlte sich Chris weit enger verbunden als Max. Max hatte etwas Einschüchterndes, mit ihm war nicht gut Kirschen essen. Chris war viel wärmer, netter, auch wenn die beiden älteren Brüder sich ziemlich ähnlich sahen. Zwei klassisch gut aussehende, dunkelhaarige Männer, ganz anders als Jett mit seinem schmutzigblonden Haar und den stechenden, blauen Augen. Als sie Kinder waren, hatte Chris ihn immer „kleiner Surfer" und „Zwerg" genannt. Natürlich hatten sie sich nicht oft gesehen, aber wenn, dann hatte Chris sich immer um ihn gekümmert.

„Hey“, sagte Jett nervös. „Weiß irgendjemand, warum wir hier sind?“

„Keinen Schimmer.“ Chris zuckte mit den Schultern. „Womöglich ist der alte Herr krank und erinnert sich endlich an seine drei Söhne.“

„Das bezweifle ich“, sagte Max grimmig.

„Was bezweifelst du?“ fragte Chris. „Dass er krank ist oder dass er sich an uns erinnert?“

„Nun, das werden wir bald herausfinden“, antwortete Max.

Ein Zimmermädchen trat ein und fragte, ob sie eine Erfrischung wünschten. Chris bat um Kaffee, Max ebenso. Jett wollte eine Flasche Wasser.

Nachdem das Mädchen wieder gegangen war, wandte sich Chris an seinen jüngeren Bruder. „Wo wohnst du? Ich hätte dich gestern Abend angerufen, hatte aber keine Ahnung, wo du steckst.“

„Ein Freund hat mir freundlicherweise seine Wohnung zur Verfügung gestellt.“

„Glückspilz.“ Chris setzte sich auf die Couch und streckte die langen Beine aus. „Wann bist du angekommen?“

„Gestern.“

„Wie ich höre, läuft es für dich gut in Italien“, bemerkte Chris, während er Nachrichten auf seinem Palm checkte.

Jett nickte. „Ich bin trocken, falls du das wissen willst.“

„Das ist toll, aber ich sprach von deiner Modelkarriere. Habe dein Foto in einem italienischen Modemagazin von einer meiner Freundinnen gesehen. Sie war ganz schön beeindruckt, als ich ihr sagte, dass du mein kleiner Bruder bist.“

„Modellkarriere?" unterbrach Max mit missbilligendem Blick. „Du modelst?"

„So ist es. Für Magazine und Fernsehwerbung."

„Ich dachte immer, alle Models wären schwul."

„Jetzt klingst du wie unser alter Herr." Chris lachte.

Das Mädchen kam mit zwei Tassen Kaffee und einer Flasche Wasser zurück.

Chris steckte seinen Palm ein und trank einen Schluck.

Max schaute auf die Uhr. „Es ist viertel nach neun", sagte er verärgert. „Ich sollte um neun hier sein."

„Wir alle sollten um neun hier sein", meinte Chris.

„Himmel!" Max trommelte mit den Fingern auf der Tischplatte. „Wann hört das endlich auf?"

„Wann hört was auf?" fragte Jeff.

„Dieses blöde Manipulieren", entgegnete Max harsch. „Dieser Kontroll-Mist. Er scheint zu glauben, dass er uns noch immer behandeln kann, als wären wir zwölf."

„Glaubst du, dass er sich jetzt noch ändert?" fragte Chris.

„Zumindest kann er uns nicht mehr verprügeln", bemerkte Jett. „Mann, der war immer schnell mit einem Stock zur Hand. Ich habe noch immer Striemen auf meinem Hintern."

„Ich werde jetzt mal herausfinden, was hier eigentlich los ist." Max sprang auf und ging zur Tür. „Ich habe Termine, eine geschäftliche Krise. Ich kann es mir nicht leisten, hier Zeit zu verschwenden."

„Und ich muss zurück nach Los Angeles. Da warten eine Menge ungeduldige Mandanten auf mich." Chris zwinkerte Jett zu. „Was ist mit dir, kleiner Surfer?"

„Hey, du bist derjenige, der in Kalifornien lebt." Jett grinste.

„Was auch sehr angenehm ist. Besuch mich doch mal, ich

habe ein tolles Haus, du bist immer willkommen. Ich würde dich gern öfter sehen, ganz ehrlich."

„Danke, aber ich habe vor, ein paar Wochen in New York zu bleiben." Jett konnte es kaum erwarten, jemandem von letzter Nacht zu erzählen. „Weißt du, ich habe da ein Mädchen getroffen …"

Bevor er weitersprechen konnte, wurde die Tür geöffnet. Lady Bentley, elegant wie immer. Sie trug Chanel und Perlen, einen Hauch von Make-up, das kastanienbraune Haar hochgesteckt, ihre Augen blickten frostig, ihr Lächeln war angespannt.

„Guten Morgen Jungs." Sie wollte offenbar eine Art Mutterrolle einnehmen. „Euer Vater und ich sind froh, dass ihr gekommen seid."

Jett konnte sich kaum an sie erinnern. Er war ihr ein paarmal entweder völlig betrunken oder mit Drogen vollgepumpt begegnet.

Chris hatte sie ein paarmal getroffen, am lebhaftesten erinnerte er sich an einen Besuch von ihr und ihren beiden Nichten. Sie wohnten im Peninsula Hotel, und Lady Bentley erwartete, wie eine Adlige behandelt zu werden.

Dumm gelaufen. In Hollywood wurden höchstens Filmstars oder Millionäre wie Adlige behandelt. Ansonsten kümmerte sich jeder um seine eigenen Angelegenheiten.

Nachdem sie in derselben Stadt lebten, kannte Max sie am besten. Er hielt sie für einen kalten Fisch, die Art von Frau, die sein Vater verdient hatte.

Lady Jane beäugte Reds drei Söhne und wünschte, dass sie gar nicht existierten. Auch wenn Red so gut wie nie von ihnen sprach – trotzdem waren sie seine Familie und deshalb eine Bedrohung. Lady Jane rechnete damit, das Red sie schließlich doch noch heiraten würde, obwohl er ihr immer, wenn sie ihn darauf ansprach, ins Gesicht lachte. Sein Spott gefiel ihr gar nicht, denn sie war es gewöhnt, zu bekommen, was sie wollte. Genau wie er. Doch sie hielt durch, schließlich wurde er immer älter und schwächer, sie würde eines Tages die vierte Mrs. Diamond werden. Und dann konnten sie alle zum Teufel gehen.

„Ich hoffe, ihr alle hattet eine gute Anreise", fuhr Lady Jane fort. „Heutzutage ist das ja recht anstrengend. Es gibt keine erste Klasse mehr, man wird behandelt wie Vieh. Wenn man nicht mit dem Privatflugzeug fliegt, ist es einfach fürchterlich."

Sie ist nicht nur eine eiskalte Hexe, sie ist auch noch völlig versnobt, dachte Chris. Weshalb er noch weniger verstand, warum sie sich mit dem alten Red abgab, der fluchte und furzte und sich niemals entschuldigte.

Nun ja, Geld, Geld, Geld. Warum sonst.

„Ich bin mit Jonathans Goodes Flugzeug gekommen", verkündete Chris. „Schätze, du hast Recht. Privatflugzeuge sind das einzig Wahre."

Lady Jane war nicht beeindruckt. Vermutlich gehörte sie zu den ganz wenigen Frauen in Amerika, die keine Ahnung hatten, wer Jonathan Goode war.

„Wo ist Red?" fragte Max.

„Tut mir Leid, wenn ich euch enttäuschen muss", sagte Lady Jane kühl. „Euer Vater fühlt sich heute nicht so gut, deswegen kann er euch leider nicht treffen."

„Wie bitte?" rief Max entrüstet.

„Wie auch immer", fuhr Lady Jane fort. „Er erwartet euch alle drei am Montagmorgen um dieselbe Zeit. Ich hoffe, das bereitet euch keine Umstände."

„Ist das dein *Ernst?*“ fragte Chris. „Ich kann auf keinen Fall in New York herumsitzen. Ich bin extra für dieses Treffen her geflogen.“ Er schenkte ihr einen langen, harten Blick. „Das ist doch Schwachsinn!“

„Sprechen Anwälte in Los Angeles so?“ fragte Lady Jane und kräuselte die Lippen. „Kein Wunder, das ist eine Stadt voller Barbaren.“

Jett begann zu lachen, er konnte nicht anders. Diese Situation war so grotesk. Sie alle waren nur aus einem Grund hier: Um herauszufinden, ob der alte Herr ihnen Geld hinterließ. Er konnte Unterstützung gut gebrauchen, aber die beiden anderen schwammen doch im Geld, warum machten sie das alles überhaupt mit? Das ergab doch keinen Sinn.

„Was ist mit Red los?“ wollte Max wissen. „Wie krank ist er?“

„Ich rate euch, am Montag um neun Uhr herzukommen und es von eurem Vater selbst zu hören“, sagte Lady Jane. Dann fügte sie knapp hinzu: „Es wird nicht zu eurem Nachteil sein.“

„Herr im Himmel!“ murrte Chris.

„Ich komme.“ Jett war ganz froh, dass er nun noch einen Grund hatte, in New York zu bleiben. Er musste ja dieses Mädchen finden.

„Sieht so aus, als hätte ich keine Wahl“, sagte Chris. Er hielt es nicht für klug, wenn er der Einzige war, der nicht zu dem Treffen kam.

„Dann sehen wir uns am Montag“, sagte Lady Jane und verließ den Raum.

„Was glaubt ihr hat er?“ fragte Jett.

„Keine Ahnung“, sagte Max. „Ich habe ihn vor ein paar Monaten gesehen, da war er ekelhaft und laut wie immer.“

„Und wie sah er aus?" fragte Jett und trank einen Schluck Wasser.

„Alt. Aber stark wie der sprichwörtliche Gaul."

„Tja ...", sagte Chris. „Dann sitze ich wohl für das Wochenende fest. Hat jemand später Lust, zu Abend zu essen?"

„Auf mich kannst du immer zählen, wenn es nichts kostet", sagte Jett schnell. „Nachdem ich nicht mehr trinke, wird's auch nicht zu teuer."

„Ich kann nicht", sagte Max schroff. „Bestimmt wisst ihr, dass ich heirate, und heute Abend haben ein paar Freunde – nun, eher Geschäftspartner – beschlossen, meinen Junggesellenabschied zu feiern."

„Sind wir eingeladen?" fragte Chris.

„*Ich* wusste nicht, dass du heiratest", erklärte Jett. „Ich dachte, du hast bereits eine Frau. Und ein Kind. Das ich bei Gelegenheit gerne mal kennen lernen würde, nachdem ich ja zweifelsfrei sein Onkel bin."

Max fühlte sich in die Enge getrieben. Als ob er nicht schon genug Probleme hätte, jetzt hatte er auch noch seine beiden Brüder am Hals. Das passte überhaupt nicht in seine Pläne.

Auf der anderen Seite gehörten sie irgendwie ja doch zur Familie, er hatte schließlich außer Lulu niemanden.

„Natürlich seid ihr eingeladen", sagte er steif. „Zwar freue ich mich nicht sonderlich drauf, aber ihr seid herzlich willkommen."

„Das will ich keinesfalls verpassen", sagte Chris und zwinkerte Jett zu.

„Ich auch nicht", bestätigte Jett. „Seit ich das gute alte Amerika vor geraumer Zeit verlassen habe, habe ich keinen anständigen Lap Dance mehr erlebt."

„Ich hoffe, dass es keine Stripperinnen gibt“, verkündete Max. „So eine Party wird das nicht.“

„So ein Unsinn.“ Jett grinste. „Ohne Stripperinnen ist es kein Junggesellenabschied.“

Die Brüder verließen das Haus, blieben dann noch eine Weile auf dem Gehsteig stehen, um sich zu unterhalten und ohne zu ahnen, dass Red sie aus einem Fenster im ersten Stock beobachtete.

Der alte Mann gackerte schadenfroh, während er seine Söhne betrachtete. Was für einen Spaß es machte, Menschen zu manipulieren. Da war er, fast achtzig Jahre alt, und wenn er sagte springt! – dann sprangen sie. Das war sehr unterhaltsam, und er musste dafür nicht mal das Haus verlassen.

Red Diamond war ein Mogul im wahrsten Sinne des Wortes. Ein Emporkömmling aus einer armen polnischen Immigrantenfamilie. 1926 als Jana Polanska in Amerika geboren, verließ er bereits mit fünfzehn die Schule. Sein Vater, ein Metzger, der ihm bei der geringsten Provokation die Seele aus dem Leib prügelte, schmiss ihn irgendwann mitten in der Nacht aus dem Haus. Seine Mutter, eine blasse, ängstliche Frau wagte es nicht, etwas dagegen zu unternehmen.

Verbittert und wütend gelang es ihm, sich durchzubeißen – sein Herz war für immer versehrt durch den körperlichen und seelischen Missbrauch. Ein paar Monate lebte er auf der Straße, bis er bei einer sexbesessenen älteren Frau einzog, die von ihm erwartete, dass er sie zweimal am Tag befriedigte. Als er ihrer überdrüssig wurde, besorgte er sich einen Job als Anzeigenverkäufer in einer angesehenen, aber nicht sonderlich erfolgreichen Zeitschrift, die wöchentlich erschien.

Mit zwanzig änderte er seinen Namen in Red Diamond und heiratete die Tochter seines Chefs, Miriam, eine einfache, zehn Jahre ältere Frau. Inzwischen war er Experte darin, älteren Frauen gefällig zu sein, er wusste genau, was sie brauchten – einen harten Schwanz und zwar so oft wie möglich.

Es dauerte nicht lange, bis er die Leitung der Zeitschrift übernahm, die nach einigen Jahren beträchtliche Erfolge aufzuweisen hatte. Daraufhin brachte Red noch weitere Magazine auf den Markt. Er verdiente gutes Geld, lernte schnell alles, was man über Investitionen wissen musste und verwandelte sich in ein regelrechtes Finanzgenie. Aus irgendeinem Grund machte er nie einen Fehler.

Mit dreißig hatte er ein kleines Vermögen angehäuft und kaufte mehrere Radio- und Fernsehstationen auf, die er nach wenigen Monaten mit immensem Gewinn verkaufte.

Als Miriams Vater starb, änderte Red Diamond seine Strategie. Er brachte die Anzeigenkunden dazu, mehr denn je zu bezahlen. Er ließ über Themen berichten, die zuvor als tabu gegolten hatten. Er engagierte die besten Fotografen, Autoren und Models.

Mit der Zeit langweilte ihn das Zeitschriftengeschäft, und er begann, kleine Unternehmen zu kaufen und mit großem Profit wieder abzustoßen. Wenn ihm dabei jemand im Weg stand – Pech für ihn.

Über die Jahre erschuf er ein Medienimperium, bereits mit fünfunddreißig war er auf dem besten Weg, Milliardär zu werden.

Zudem war er ein berüchtigter Schürzenjäger. Miriam ertrug seine Affären jahrelang, doch zwei Wochen nach ihrer zweiten Fehlgeburt nahm sie sich das Leben.

Was Red nicht daran hinderte, nur noch erfolgreicher zu

werden. Ein Jahr nach ihrem Tod heiratete er die Mutter von Max, Rachel, eine wunderschöne Frau aus einer guten Familie.

Am Tag der Hochzeit wurde Rachel von ihrer Familie verstoßen, woraufhin Red alles daran setzte, ihren Vater zu ruinieren. Als sie ihn bat, das nicht zu tun, lachte er ihr nur ins Gesicht.

Niemand verärgerte Red Diamond, ohne dafür bezahlen zu müssen.

Niemand.

Am liebsten hielt sich Red in seinem Haus in New York auf. Schon vor langem hatte er sein elegantes Apartment in Monte Carlo verkauft, ebenso die prachtvolle Villa in Marbella mit zwei Swimmingpools und einem Tennisplatz, das luxuriöse Penthouse in London in der Nähe des Buckingham Palace und das riesige Farmhaus in der Toskana, das Edie unbedingt hatte haben wollen.

Red reiste nicht mehr gerne, und seit dem 11. September verließ er New York so gut wie gar nicht mehr. Er hatte alles erlebt und gesehen, für ihn gab es nichts mehr zu entdecken.

Lady Jane versuchte ihn oft zu überreden, etwa mit ihr auf einen Ball in Venedig zu gehen oder zu einem wichtigen Dinner in Washington. „Geh du", bestimmte er dann. „Ich bewege mich hier nicht weg."

Das brauchte er auch nicht. Seine Geschäfte erledigte er per E-Mails, Videokonferenzen und Telefon. Er hatte handverlesene Mitarbeiter, die sich um alles kümmerten, und wenn einer von ihnen einen Fehler machte, erfuhr er es sofort. Red Diamond hatte überall gut bezahlte Spione.

Er stellte sich vor, was seine drei Söhne wohl dachten. Wahrscheinlich stellten sie sich vor, dass er im Sterben läge, sich mit ihnen aussöhnen und ihnen einen riesigen Batzen Geld vermachen wollte.

Von wegen. Die konnten nur froh sein, dass er sie mit harter Hand erzogen hatte. Nur deswegen waren aus ihnen richtige Männer geworden.

Red liebte Herausforderungen, Hindernisse. Seine beiden ältesten Söhne waren erfolgreich, und ihn interessierte, wie sie mit richtigen Problemen umgingen.

Zunächst war da Max. Max machte sich gut als Immobilienmakler, aber um wirklich weiterzukommen, musste er mal eine richtige Pleite erleben. Und eine solche hatte Red zu seinem eigenen Vergnügen arrangiert. Es war kein Zufall, dass diese beiden Banken sich aus Max' milliardenschweren Bauunternehmen zurückgezogen hatten.

Und dann gab es Chris, der sich in Las Vegas in Schwierigkeiten gebracht hatte. Pure Dummheit. Spielen war etwas für Trottel. Red mit seinen weit reichenden Beziehungen war fest entschlossen, dass sein Sohn eine ordentliche Lektion bekommen musste.

Und was Jett betraf ... nun, es war nicht weiter überraschend, dass er ein Versager war. Mit dieser betrunkenen Nutte Edie als Mutter war doch von Anfang an klar gewesen, dass er im Leben nicht viel erreichen würde. Und doch ... offenbar hatte der Junge seine schlechten Angewohnheiten abgelegt. Was ja nicht bedeutete, dass man ihn nicht mal auf die Probe stellen konnte.

Jedenfalls konnte Red kaum erwarten, die Gesichter der drei zu sehen, wenn er ihnen den *wahren* Grund dafür nannte, warum sie hier waren. Die würden sich in die Hosen machen.

Nun, Pech. Aber Red Diamond behielt immer das letzte Wort.

14. KAPITEL

Als Diahann am Freitagmorgen eilig die Wohnung verließ, um Mr. Diamond das Frühstück zuzubereiten, schlief Liberty noch. Vor kurzem erst hatte ihr Chef bestimmt, dass nur noch sie sein Frühstück machen durfte, worüber sich Mae, seine Köchin, nicht gerade erfreut gezeigt hatte. Zumal Mae, eine große, ältere schwarze Frau, am längsten von allen hier arbeitete. „Was soll'n der Mist?“ hatte Mae gefragt und mit dem Fuß aufgestampft. „Is' mein Essen vielleicht nich' gut genug für den alten Depp?“

Mit aller Mühe gelang es Diahann, sie wieder zu beruhigen. Sie wussten schließlich beide, was für ein anstrengender und tyrannischer Mann Red Diamond war, er behandelte alle Menschen mit derselben Grobheit und ohne jeglichen Respekt.

Diahann hatte oft das Gefühl, dass sie ihn besser verstand als irgendjemand sonst. Jedenfalls mit Sicherheit besser als diese weiße Frau mit dem knochigen Hintern, die vor einigen Jahren in sein Leben getreten war. Lady Jane Bentley. Diesen Titel hatte sie nur, weil sie einen tattrigen alten Engländer geheiratet hatte, der zufällig Lord war. Niemand in der Belegschaft konnte Lady Bentley leiden, diese Frau hatte den Angestellten eigentlich nichts zu sagen und führte sich auf, als hätten sie alle ausschließlich ihr zu Diensten sein.

In der Küche wurde wie immer mit Begeisterung getratscht, und normalerweise ignorierte Diahann die ununterbrochenen Meckereien, doch heute war die Rede von Red Diamonds drei Söhnen, und da konnte sie nicht anders, als zuzuhören.

„Die sind auf jeden Fall sehr attraktiv“, seufzte Letty, das junge irische Dienstmädchen, das ihnen die Getränke serviert hatte. „Sie sehen ganz anders aus als der Herr.“

„Liegt nur daran, weil Mr. D. immer mit schönen Frauen zusammen war", erklärte Mae und zerteilte sorgfältig das Obst mit einem scharfen Messer. „Ich hab' all seine armen Ehefrauen miterlebt. Wirklich bemerkenswert! Hab' sie kommen und gehen sehen, und glaub' mir, er hat sich immer nur die schönsten 'rausgesucht."

„Wie lange arbeitest du denn schon hier, Mae?" fragte Letty und stibitzte sich ein Stück Apfel.

„Den Großteil meines verdammten Lebens." Mae schlug dem Mädchen auf die Hand. „Hab' für die Jungs gekocht, als sie noch klein waren. Die waren damals sehr süß, vielleicht sollt' ich ja mal in die Bibliothek gehen und schauen, was aus ihnen geworden ist."

„Lady Bentley ist bei ihnen", sagte Letty.

„Was hat *die* denn mit ihnen zu reden?" fragte Mae, als hätte sie ein Recht darauf, es zu erfahren.

„Ich blieb nicht lange genug, um das zu hören."

Diahann begann unwillkürlich, über die drei Söhne nachzudenken. Ihr war klar, dass keiner der drei es einfach gehabt haben konnte.

Nachdem sie seine Eier genau so zubereitet hatte, wie er es mochte, stellte sie den Teller aufs Tablett und bat Letty, es dem alten Herrn ins Schlafzimmer zu bringen und ihm zu sagen, dass Diahann wieder in ihre Wohnung musste.

„Und weshalb?" fragte Mae, neugierig wie immer. „Geht's dir nicht gut?"

„Nein, Mae", erklärte Diahann geduldig. „Meine Tochter ist über's Wochenende bei mir."

„Die kleine Liberty!" rief Mae aus, während sie gekonnt eine Ananas zerteilte. „Wie geht's denn der hübschen kleinen Miss?"

„Sie hat sich den Knöchel verstaucht. Ansonsten geht's ihr gut."

„Wird Zeit, dass ihr beide mal etwas mehr Zeit miteinander verbringt", sagte Mae. „Es war nicht richtig von dir, sie rauszuwerfen."

„Ich hab' sie nicht *rausgeworfen.* Du weißt, dass ich keine Wahl hatte."

„Ich will das Mädchen sehen", fuhr Mae fort und wischte sich die Hände an der Schürze ab. „Liberty war was Besonderes, hat hier im Haus immer gesungen und getanzt. Ich vermisse diese kleine Schönheit."

Diahann blieb still. Sie behielt ihr Privatleben lieber für sich und hatte keine Lust zu hören, was Mae zu sagen hatte, schon gar nicht über Liberty.

Liberty hatte bisher noch nicht die Gelegenheit gefunden, mit ihrer Mutter zu sprechen. Am Abend zuvor war Diahann hereingestürzt, hatte schnell den Verband gewechselt, ihr eine Gemüsebrühe gekocht, dann rannte sie wieder los, um sich um Mr. Diamonds Abendessen zu kümmern. Als sie wieder nach unten kam, war Liberty bereits eingeschlafen.

Typisch, dachte Liberty verstimmt, wie immer kommt Mr. Diamond zuerst. So war es schon immer.

Im Fernsehen lief *The View,* und sie fiel beinahe von der Couch als der Moderator den nächsten Gast ankündigte: Princess Tashmir Donnell, die Frau des Hip-Hop-Moguls Damon P. Donnell.

Mist! Was zum Teufel hatte Damons Frau im Fernsehen zu suchen? Er war doch der Prominente.

Sie starrte auf den Bildschirm. Das war wirklich nicht ihre

Woche. Wenn Tashmir jetzt auch noch zu singen anfing, würde ihr das den Rest geben.

Tashmir Donnell stolzierte in einem exotischen indischen Sari ins Studio. Wie sich herausstellte, hatte sie eine eigene Schmuckkollektion entworfen.

Ha! dachte Liberty. Damons Frau verkauft also Schmuck. Wie albern ist das denn!

Auf dem Tisch vor den vier Moderatoren waren Ketten, Ringe und Ohrringe ausgebreitet, alle mit Rubinen, Diamanten und Smaragden besetzt.

Als ob sich irgendjemand diesen Kram leisten könnte, dachte Liberty, konnte den Blick aber nicht vom Fernseher losreißen.

Nach ein paar belanglosen Sätzen legte Joy Behar los: „Wie viel kostet denn dieser kleine Spaß?“ fragte sie und hob ein glänzendes Kettchen in die Kamera.

„Oh, das“, antwortete Tashmir vage, „acht oder neun.“

„Hundert?“ hakte Meredith Viera nach und lehnte sich in ihrem Stuhl nach vorne.

„Tausend“, erklärte Tashmir blasiert.

Aus dem Publikum hörte man ein Murren, es wurden noch mehr Fragen zu den Schmuckstücken gestellt, und dann kam Star Jones endlich zur Sache und fragte, wie es wäre, die Frau von Damon P. Donnell zu sein.

Tashmir antwortete: „Mein Mann hält mich ganz schön auf Trab. Damon hat so ungeheuer viel Energie. Ich folge ihm einfach und versuche, es mit seinem Tempo aufzunehmen.“

Könnte ich wetten, dachte Liberty. Du folgst ihm, nachdem du dein Apartment, das Millionen gekostet hat, mit den drei begehbaren Schränken verlassen hast und in den dunkelblauen, extra für dich angefertigten Bentley gestiegen bist.

Sie hasste diese Frau. Aber das war unberechtigt, oder? Wie konnte sie Tashmir hassen, nur weil sie mit dem Mann verheiratet war, der etwas für Libertys Karriere tun könnte. Hmm … vorausgesetzt natürlich, dass er irgendwann mal überhaupt ihre Existenz bemerkte.

Dann dachte sie: Was für eine Karriere? Ich sitze hier in der Wohnung meiner Mutter fest, erbärmlicher geht es ja gar nicht.

Sie tat nichts anderes, als diesem Mann sein Omelette und seinen Kaffee zu servieren. Er hatte sie niemals singen hören, warum sollte er sie also überhaupt bemerken? Was ihn betraf war sie nichts mehr als eine Bedienung. Ihm fiel vermutlich nicht einmal auf, dass sie bei der Arbeit fehlte.

Unvermittelt nahm sie die Fernbedienung und stellte den Fernseher ab. Warum sollte sie sich das länger antun? Sich diese gekünstelte Pseudoprinzessin anzusehen vermieste ihr den Tag nur noch mehr.

Wenige Minuten später kam Diahann zurück. „Wie geht es dir?" fragte sie und hob eine Decke vom Fußboden auf.

„Beschissen." Verärgert starrte Liberty ihre Mutter an, die so hübsch aussehen könnte, wenn sie sich mal etwas zurechtmachen und ein paar Kilo abnehmen würde. „Mein Arm brennt noch immer, aber meinem Knöchel geht es besser, zumindest kann ich schon auftreten." Sie warf Diahann einen wachsamen Blick zu. „Keine Sorge Mama, am Montag bin ich verschwunden."

„Keine Eile." Diahann schüttelte ein Kissen auf. „Ich freue mich, dass du hier bist."

„Aber klar. Liege hier auf der Couch rum und vermiese dir das Wochenende. Du bist bestimmt begeistert."

„Cindi meinte, sie würde dich, wenn es dir besser geht, am Montagmorgen vor der Arbeit abholen." Diahann räumte die leeren Gläser vom Couchtisch ab. „Müsste bis dahin nicht auch dein Freund zurück sein?"

„Ja, Kev kommt Sonntagnacht."

„Vielleicht lerne ich ihn dann ja kennen."

„Wozu?" Liberty kniff ihre grünen Augen zusammen. „Ich will den Kerl ja nicht heiraten."

„Ihr seid aber schon eine Weile zusammen, oder nicht?"

„Hey", rief Liberty streitlustig, „wenn das hier eine Fragestunde werden soll, dann fällt mir auch einiges ein."

Geht das wieder los, dachte Diahann und atmete tief durch, um sich zu wappnen. „Natürlich", sagte sie ruhig, „ich hatte gehofft, dass wir uns unterhalten könnten."

„Tatsächlich?" fragte Liberty ungläubig.

„Ja. Ich habe das Gefühl, dass wir uns so gut wie gar nicht mehr sehen."

„Ist nicht *mein* Fehler."

„Nun", sagte Diahann vorsichtig. Sie wollte ihre Tochter nicht verärgern. „Die letzten beiden Treffen hast *du* jedenfalls abgesagt."

„Ich hatte zu tun."

„Das verstehe ich, aber ..."

„Mama", unterbrach Liberty sie, entschlossen, endlich die Wahrheit herauszufinden. „Ist es nicht an der Zeit, dass du mir sagst, wer mein Vater ist? Ich kann nicht länger so tun, als ob es keine Rolle spielt. Du verstehst doch bestimmt, dass ich es einfach wissen muss."

So, nun war es raus. Nun lag es an ihrer Mutter.

Diahann setzte sich auf den Rand der Couch und seufzte schwer. „Es gibt einen Grund, warum ich es dir nie gesagt habe, Libby." Sie kaute auf der Unterlippe. „Es ist ... schwierig."

„Wie schwierig kann das schon sein, Mama? Ich habe ein Recht darauf, es zu erfahren."

Diahann nickte stumm.

„Ganz lange habe ich geglaubt, es wäre Leon", fuhr Liberty fort. „Doch dann wurde mir klar, dass das nicht sein kann. Also begann ich zu grübeln, was ich eigentlich bin. Schwarz, wie du mir immer gesagt hast? Halb schwarz? Was *bin* ich, Mama? Du kannst das nicht länger vor mir geheim halten. Ich bin neunzehn, du weißt, dass es höchste Zeit ist."

„Ich war sogar noch jünger, als ich mein Zuhause verlassen habe."

„Diese Geschichte habe ich schon tausend Mal gehört", rief Liberty ungeduldig.

„Mit hundert Dollar in der Tasche und unendlich viel Ehrgeiz stieg ich in New York aus dem Bus. Ich war siebzehn, und ich glaubte, die nächste Anita Baker zu werden."

„Hättest du werden können, wenn du nicht aufgegeben hättest."

„Nein, hätte ich nicht."

„Doch." Liberty blieb hartnäckig. „Du bist eine wirklich gute Sängerin, und dieses Talent kann dir niemand nehmen."

„Aber ich war nicht gut genug."

„Warum musst du dich selbst immer klein machen?" fragte Liberty wütend. „Ich weiß noch, wie du mich früher in diesen Jazzclub 'reingeschmuggelt hast, in dem du aufgetreten bist. Du warst unglaublich."

„Was wusstest du denn schon? Damals warst du ein Kind – sieben oder acht Jahre alt."

„Hey – woher glaubst du habe ich mein Talent?"

„Aus mir ist nie was geworden, Liberty", sagte Diahann.

„Weil du aufgegeben hast."

„Nein. Es hat *mich* aufgegeben. Nach so vielen Jahren in irgendwelchen Nachtclubs und Aufnahmestudios musste ich einfach einsehen, dass ich es nicht schaffen würde. Davon abgesehen musste ich an dich denken."

„Tut mir Leid", zischte Liberty, „ich habe nicht darum gebeten, auf die Welt zu kommen."

„Du weißt, dass ich das so nicht gemeint habe. Ich habe dich immer geliebt, Libby, aber mit der Zeit wurde es einfach zu schwer. Es war kurz vor deinem neunten Geburtstag. Ich wachte eines Morgens auf und wusste einfach, dass ich mehr Sicherheit in unser Leben bringen musste. Ich konnte doch nicht einmal sicher sein, ob ich genug Geld für die Miete aufbringen würde."

„Warum hast du dann nicht einen deiner Freunde geheiratet? Wenn ich mich recht erinnere, gab es da einige."

„Ja, es gab einige, und jeder einzelne von ihnen stellte sich als verdammter Versager heraus. Das Angebot einer festen Arbeitsstelle war zu verlockend, um es nicht anzunehmen. Und ich habe diese Entscheidung nur ein einziges Mal bereut, nämlich als ich gezwungen war, dich zu meiner Schwester zu geben."

„Wegen Mr. Diamond", sagte Liberty geradeheraus. „Weil dieser fiese alte Bastard mich loshaben wollte."

„Mr. Diamond hat mich von Anfang an gewarnt, dass er kein Kind um sich tolerieren würde. Ich versprach ihm, dass er dich nicht zu Gesicht bekommen würde."

„Toll! Das unsichtbare Kind."

„Du warst ziemlich wild, Libby. Ich konnte nicht jede Sekunde auf dich aufpassen, und bei der geringsten Chance bist du im Haus herumgegeistert."

„Mama, das war alles, was ich hier zu tun hatte“, rief Liberty hitzig. „Wir wohnten in der falschen Gegend. Du hast mich von all meinen Freunden weggezerrt, mich auf eine schicke neue Schule geschickt, wo ich nie akzeptiert wurde.“

„An dem Tag, an dem Mr. Diamond dich in seinem Bett erwischt hat, war er so aufgebracht, dass ich nichts tun konnte, um dich vor seinem Zorn zu retten.“

„Doch.“ Libertys Augen funkelten. „Du hättest kündigen können.“

„Hörst du mir eigentlich nicht zu? Wir brauchten das Geld! Was würdest du denn tun, wenn du ein Kind hättest und deine Karriere nicht läuft?“

„Jedenfalls hätte ich keine Arbeitsstelle als Dienstmädchen angenommen“, rief Liberty vorwurfsvoll.

„Haushälterin.“

„Haushälterin, Dienstmädchen, was ist schon der Unterschied? Ich würde es hinbekommen ... irgendwie.“

„Ich habe getan, was ich konnte“, sagte Diahann sanft. „Ich habe Aretha jede Woche Geld geschickt, und nachdem du dort ganz glücklich warst, habe ich nicht darauf bestanden, dass du zurückkommst, obwohl ich nach einiger Zeit Mr. Diamond dazu brachte, es zu genehmigen.“

„Aretha hat mir nie erzählt, dass du ihr Geld gegeben hast.“

„Du hast doch nicht etwa geglaubt, ich würde dich einfach so wegschicken? Was meinst du, wer deinen Gesangs- und Tanzunterricht bezahlt hat?“

„Ich ... ich habe nicht darüber nachgedacht. Aretha hat es nie erwähnt.“

„Natürlich nicht. Sie nahm gern meine Stelle als deine Mutter ein.“ Eine lange Pause entstand. „Hast du eine Vorstellung davon, wie ich mich an den Sonntagen gefühlt habe, wenn ich euch besuchte und du mich wie eine Fremde behandelt hast?"

„Ich schätze, das muss ziemlich hart gewesen sein", gab Liberty zögernd zu.

„Das kannst du wohl glauben."

„Gut. Aber jetzt zu meinem Dad ... war er auch einer von den Versagern? Hast du mir deshalb nie von ihm erzählt?"

„Nein", entgegnete Diahann. „Er war kein Versager."

„Aber *wer* war er?" Liberty erhob die Stimme. „Warum sagst du es mir nicht?"

„Die Wahrheit ist, dass ich ihn kaum kannte."

„Was soll das denn jetzt bedeuten?"

„Ich war achtzehn und tourte durch Europa als Backgroundsängerin für Isaac Hayes."

„Du hast mir nie erzählt, dass du in Europa warst."

„Ich weiß noch, wie ich damals dachte, das ist es – jetzt geht es los mit meiner Karriere." Diahann zögerte, dann fuhr sie fort: „Eines Abends lernte ich in Berlin bei einer Studioaufnahme einen Schlagzeuger kennen. Er sah gut aus, hatte eine deutsche Mutter und einen schwarzen Vater. Er war witzig und nett, und so verbrachten wir die Nacht zusammen."

„Ja?" Liberty hing an den Lippen ihrer Mutter.

„Am nächsten Tag haben wir Berlin verlassen." Diahann wandte sich ab. „Ein paar Wochen später bemerkte ich, dass ich schwanger war."

„Mit mir."

„Ja, mit dir." Ein weiteres tiefes Seufzen. „Ich hatte so eine Angst. Ich versuchte, Kontakt mit ihm aufzunehmen, aber es war zu spät."

„Zu spät wofür?"

„Es gibt einen Grund, warum ich dir nie davon erzählen wollte, Libby."

„Wovon?"

„Ich ... ich habe herausgefunden, dass er einen Tag, nachdem ich Deutschland verlassen hatte, bei einem Autounfall ums Leben kam."

„Du meinst ... er ist tot?" stammelte Liberty, in ihrem Kopf drehte sich alles. „Mein Vater ist *tot?* Das hast du mir all die Jahre verheimlicht? Er ist tot!"

„Es tut mir so Leid, Baby." Diahann griff nach der Hand ihrer Tochter.

„Mein Gott, Mama!" Liberty entriss ihr die Hand. „Wieso hast du mir das all die Jahre verheimlicht?"

„Meinst du, es ist einfach für mich, dir zu erzählen, dass du das Resultat eines One-Night-Stands bist? Ich wollte mehr für dich, Baby. Ich glaubte wirklich, es wäre besser, wenn du es nicht wüsstest."

Libertys grüne Augen blitzten vor Wut. „Das hätte meine Entscheidung sein müssen, nicht deine", schrie sie.

„Du hast Recht." Diahann senkte den Kopf.

„Wie war sein Name?"

„Das ist doch nicht wichtig."

„Vielleicht nicht für dich", schoss Liberty zurück.

Eine weitere lange Pause. „Mervyn."

„Mervyn *und weiter?*"

„Brown."

Mervyn Brown. Wenigstens kannte sie jetzt den Namen ihres Vaters. Aber warum hatte ihre Mutter so ein Geheimnis daraus gemacht? Das war nicht fair, Liberty hätte schon vor Jahren davon erfahren müssen.

„Wie sah er aus?“ Sie zwang sich, nicht zu weinen.

„Das habe ich dir doch schon gesagt, er sah gut aus.“

Liberty schwieg eine Weile, während sie versuchte, diese Neuigkeit zu verdauen. Ja, sie hatte einen Vater. Einen *toten* Vater.

„Ich möchte ein Foto von ihm sehen“, sagte sie schließlich.

„Tut mir Leid …“

„Komm schon.“ Liberty wurde wieder zornig. „Kein Foto, nichts?“

„Tut mir Leid.“

„Hör auf, dich zu entschuldigen.“

Diahann zuckte hilflos mit den Schultern.

„Er muss doch Familie haben. Hast du ihnen je von mir erzählt?“

„Nein.“

„Wieso nicht?“

„Der Mann war verheiratet, Libby. *Verheiratet.*“

„Oh, das wird ja immer besser.“

„Ich fand, dass seine Familie schon genug mit der Trauer zu tun hatte. Wieso sollte ich ihnen noch mehr wehtun?“

„Himmel, Mama, das ist auch meine Familie.“ Liberty unterdrückte Tränen der Wut und Enttäuschung. „Das bedeutet, dass ich Großeltern habe. Ich sollte Kontakt mit ihnen aufnehmen.“

„Vergiss es.“

„Warum? Warum zum Teufel?“

„Wenn du die ganze Geschichte hören willst, gut: Ich habe sie angerufen.“

„Und?“

„Sie nannten mich eine schwarze amerikanische Hure und sagten, ich solle nie wieder Kontakt mit ihnen aufnehmen.“

„O Gott!"

„Jetzt weißt du es. Mehr kann ich dir nicht sagen."

Liberty schüttelte ungläubig den Kopf, sie fühlte sich leer. Aus irgendeinem Grund hatte sie immer an das Märchen geglaubt, dass ihr Vater irgendwo auf sie wartete, ein Mann, der sie lieben und stolz auf sie sein würde.

Dieser Traum war endgültig ausgeträumt.

Verdammt, aber davon durfte sie sich nicht unterkriegen lassen. So oder so, sie würde Erfolg im Leben haben.

Niemand würde sie aufhalten.

15. KAPITEL

Sie standen vor Red Diamonds Haus. Drei Brüder, die sich fragten, was für ein Spielchen ihr Vater diesmal mit ihnen spielte.

„Ich muss gehen", sagte Max ungeduldig und ließ seine Knöchel knacken. „Ruft meine Sekretärin an, die sagt euch dann Genaueres wegen heute Abend."

„Lust auf Mittagessen?" fragte Jett, sobald Max gegangen war.

„Ich muss ein paar Anrufe erledigen und Mandanten treffen." Chris überlegte, was er Roth Giagante sagen sollte, der – sicher nicht gerade geduldig – in Las Vegas auf ihn wartete. Doch als er den enttäuschten Gesichtsausdruck seines Bruders sah, entschied er, dass es nicht schaden konnte, noch etwas Zeit mit ihm zu verbringen. Denn schließlich – was Familie betraf – hatte er doch nur Max und Jett. Red konnte man nun wirklich nicht mitzählen. Sein Vater hatte sich noch nie für irgendjemanden außer sich selbst interessiert. „Ich sag dir was", fügte er hinzu. „Wir treffen uns gegen eins in meinem Hotel, essen einen Happen im Restaurant und danach muss ich bei Birdy Marvel vorbei."

„*Die* Birdy Marvel?" fragte Jett beeindruckt.

„Sie ist meine Mandantin."

„Mann, die ist echt scharf."

„Du hast dich nicht geändert." Chris lachte. „Immer geht's nur um Frauen."

„Um genau zu sein habe ich mich geändert", erklärte Jett mit einem Mal ernst. „Gestern habe ich ein Mädchen kennen gelernt ..."

„Das kannst du mir später erzählen." Chris winkte einem vorbeifahrenden Taxi. „Jetzt muss ich erst einmal die Anrufe erledigen."

Jett blickte Chris nach, wie er in das Taxi sprang und davonbrauste. Es war ein gutes Gefühl, ihn wiederzusehen, vielleicht konnten sie jetzt, wo er wieder in New York war, ja etwas mehr Zeit miteinander verbringen. Zwei Brüder, die zusammen um die Häuser zogen. Wieso nicht?

Sein Handy klingelte, er schaute aufs Display: Gianna.

Oje ... er hatte sein italienisches Supermodel und ihre fantastische Art und Weise, ihm einen zu blasen, vollkommen vergessen.

„*Ciao, bella!*"

Gianna klang aufgekratzt wie immer. „Warum hast du mich gestern nicht angerufen und gesagt, dass du gut angekommen bist?"

Da war schon das erste Problem. Dabei war ihm gar nicht in den Sinn gekommen, dass sie seinen Anruf erwartete.

„Wie geht es dir, Baby?" Er rief sich in Erinnerung, dass sie auf gewisse Weise seine feste Freundin war, auch wenn sie sich normalerweise überhaupt nicht so verhielt.

„*Perfecto!*" schnurrt Gianna.

„Schön, dass du dich ohne mich amüsierst."

„Hör mal, *carino*", sagte sie mit ihrer kehligen Stimme. „Ich habe gute Neuigkeiten."

„Hey", rief er erfreut. „So was kann ich immer brauchen."

„Es geht um einen tollen Job. Du und ich. Zusammen. Mein Agent hat großartig verhandelt. Ich fliege am Sonntag nach New York. Montag ist die Anprobe. Dienstag dann das Fotoshooting für die neue Courtenelli-Kollektion. Sofia Courtenelli wollte mich, und ich habe dich vorgeschlagen. Sie hatten eigentlich an Mark Vanderloo oder Brad Kroenig gedacht, aber ich sagte nein! Du sollst es sein!“ Sie machte eine triumphierende Pause. „Also, du siehst, molto bene. Capisce?“

Klar hatte er verstanden. Gianna kam nach New York. Was sollte er nun tun?

Max ging direkt in sein Büro, wo er entsetzt feststellen musste, dass Vladimir Bushkin am Empfang herumschlich. Hatte er nicht schon genug Probleme? Weswegen war dieser Mistkerl dieses Mal gekommen? Wollte er mehr Geld? Max hatte ihm doch wohl schon genügend gegeben, damit er den Mund hielt.

Er ignorierte den Mann und marschierte in sein Büro, dessen Tür hinter sich zuknallte.

Mrs. Barley meldete sich umgehend über die Sprechanlage. „Hier ist ein Mr. Bushkin für sie.“ Sie klang ein wenig nervös. „Er hat keinen Termin, ist aber äußerst hartnäckig.“

„Kann ich mir vorstellen.“

„Wollen Sie ihn empfangen, Mr. Diamond?“

Hatte er denn eine andere Wahl? „Schicken Sie ihn rein“, sagte er schroff.

Wenige Sekunden später drückte sich Vladimir ins Zimmer wie die miese Ratte, die er war. Unrasiert und mit verschlagenem Blick setzte er sich unaufgefordert auf einen Stuhl.

Max war nicht in der Stimmung, sich noch weitere Forderungen anzuhören.. „Was wollen Sie?“ fragte er kalt.

„New York ist ein ziemlich teurer Ort“, erklärte Vladimir.

„Dann reisen Sie ab.“

„Das sind aber keine guten Manieren“, entgegnete Vladimir. „Sie und ich, wir haben doch eine Vereinbarung, oder nicht?“

„Die Vereinbarung lautete, dass ich zahle und Sie verschwinden. Warum zum Teufel sitzen Sie jetzt in meinem Büro?“

„Das ist gar nicht nett, Mr. Diamond.“

„Hören Sie, Vladimir, sagen Sie mir einfach, was Sie wollen, und dann raus.“

„Ich will nur, was mir zusteht“, sagte Vladimir großspurig.

Meine Güte! Diesen kleinen Scheißer würde er wohl nicht so bald loswerden. „Zusteht, von wegen!“

„Stillschweigen ist teuer. Aber Sie sind ein reicher Mann, Sie können es sich leisten. Nicht?“

In diesem Augenblick wurde Max klar, dass er das Problem von Anfang an falsch angegangen war. Er hätte sofort seinen Anwalt einschalten und dafür sorgen müssen, dass dieser russische Mistkerl einen niet- und nagelfesten Vertrag unterschrieb. Stattdessen hatte er aus lauter Angst, dass jemand die Wahrheit über seine Ehe und damit uneheliche Tochter herausfinden könnte, Vladimir eine Menge Bargeld bezahlt.

„Wie viel diesmal?“

„Ich bin kein gieriger Mann …“ begann Vladimir.

„Lassen Sie den Mist“, unterbrach Max ihn. „Wie viel?“

„Ich brauche fünfhunderttausend für ein Geschäft, in das ich …“

„Fünfhunderttausend!“ explodierte Max. „Das ist doppelt so viel, wie ich Ihnen das letzte Mal gezahlt habe. Auf gar keinen Fall kann ich …“

„Kein Problem.“ Vladimir stand unvermittelt auf. „Ich habe ganz diskret Erkundigungen eingezogen. Boulevardzeitungen zahlen viel für eine gute Story. Für eine *pikante* Story.“

„Sie verdammter Erpresser!“

Vladimir schlurfte zur Tür. „Ich habe Interviews von Ihnen

gelesen. Sie sagen immer, Geschäfte stehen an erster Stelle. Ich bin derselben Meinung. Das ist … nur ein Geschäft."

Chris rief Roth Giagante in Las Vegas an. Dessen Assistent informierte ihn darüber, dass Mr. Giagante niemals vor Mittag aufstehe. Mehr als erleichtert, nicht mit ihm sprechen zu müssen, hinterließ er die Nachricht, dass er wegen eines Krankheitsfalls in der Familie noch in New York bleiben müsse und erst am folgenden Wochenende nach Las Vegas reisen könne.

Danach fühlte er sich besser. Damit hatte er etwas Zeit gewonnen, um das Geld zu beschaffen, vielleicht würde es ja am Montag, wenn das Treffen mit Red endlich stattfand, eine angenehme Überraschung geben. Er glaubte nicht, dass er viel erben würde, vielleicht ein paar Millionen, aber im Augenblick wäre er mit allem zufrieden.

Und wenn er erst mal seine Schulden bei Roth Giagante abbezahlt hatte, war Schluss mit der Spielerei. Er hatte hart für jeden Cent gearbeitet, warum also alles auf den Kopf hauen in der Hoffnung, nur ein einziges Mal richtig Glück zu haben?

Andererseits war Atlantic City weniger als eine Stunde von hier entfernt, und er hatte alle Zeit der Welt, um genau zu sein, das ganze Wochenende …

Nein! rief er sich zur Ordnung. Kein Glücksspiel mehr!

Nach einigen weiteren Telefonaten traf er Jett zum Mittagessen im Hotel. Als sein Bruder das Restaurant betrat, drehten die Frauen die Köpfe nach ihm um. Jett hatte dieses gewisse Etwas, diesen jungenhaften Charme auf den alle Frauen ansprangen. Colin Farrell, Qwen Wilson, Brad Pitt – Jett sah besser aus als sie alle zusammen. Und das Liebenswerteste an Jett war, dass er nichts davon zu wissen schien.

„Du hättest Schauspieler werden sollen", bemerkte Chris nur halb im Spaß. „Vielleicht sollte ich dich mit einem Hollywood-Agenten bekannt machen."

„Hey ..." Jett zog sich einen Stuhl heran. „Ich tue alles, wofür man Geld bekommt."

„Bist du pleite?"

„Nicht direkt, aber ich meine ... wer will nicht viel Kohle verdienen?"

„Wem sagst du das." Chris studierte mit flüchtiger Aufmerksamkeit die Speisekarte.

„Meine Freundin fährt einen Lamborghini, den nicht etwa *ich* bezahlt habe." Jett griff nach einem Brötchen.

„Du hast eine feste Freundin?"

„Nun ja. Wir wohnen sozusagen zusammen in ihrem Apartment."

„In ihrem Apartment?"

„Gianna ist ein Topmodel in Italien. Wir ... also ... wir haben eine Abmachung."

„Was bedeutet?"

„Dass sie mit Männern vögeln darf, die ihr Lamborghinis schenken, und ich kann mietfrei bei ihr wohnen."

„Klingt nach einem Geschäft."

„Ja. Nur dass es darum nicht gehen sollte, richtig?"

„Was immer gut für dich ist, Brüderlein." Chris winkte dem Ober und bestellte ein Steak.

„Das war es." Jett entschied sich für den Lachs. „Bis gestern Nacht."

„Was ist gestern Nacht passiert?"

„Ich habe ein Mädchen kennen gelernt. Ein sehr spezielles Mädchen."

„Hör sich das einer an!“ Chris lachte. „Du bist gerade mal seit vierundzwanzig Stunden in der Stadt.“

„Ja, aber so was kommt vor, oder?“

„In deinem Fall – ja.“

„Sie ist etwas Besonderes. Ich glaube, nun wird für mich alles anders.“

„Ein One-Night-Stand, und alles ist anders.“ Chris hob zynisch eine Augenbraue. „Klar.“

„Ich meine das ernst, Chris.“

„In diesem Fall habe ich ein paar Fragen.“

„Zum Beispiel?“

„Zum Beispiel: Wer ist sie? Und fährt sie einen Lamborghini, denn deine Lamborghini-Freundin hört sich nach einer echt guten Partie an.“

„Du meinst also, ich habe den Verstand verloren.“

„Sprich einfach weiter, ich bin Anwalt, ich bin so was gewöhnt.“

„Nun, es ist so: Ich kenne nicht einmal ihren Namen.“

„Aha.“

„Ich habe sie in einem Club getroffen, wir sahen uns an und das war’s, sie kam mit mir nach Hause.“

„Sie scheint schwer ’rumzukriegen zu sein, was?“ Chris grinste. „Wahrscheinlich ist sie aus Los Angeles.“

„So war das nicht.“

„Natürlich nicht. Hast du sie gevögelt?“

„Es war eher … wir haben uns geliebt. Und jetzt kommt der Hammer. Es stellte sich raus, dass sie noch Jungfrau ist.“

„Du meinst, dass sie noch Jungfrau *war.*“

„Sie wollte es genauso sehr wie ich. Ich habe sogar angeboten, aufzuhören, aber sie …“

„Erspar mir die Details", sagte Chris trocken. „Eine Nacht mit einer Jungfrau, und schon hast du dich in ein Mädchen verliebt, das vergessen hat, dir seinen Namen zu nennen. Das ist toll."

„Ich sag doch – sie ist 'was Besonderes, Chris. Und ich werde sie finden."

„Und warum sitzt du dann hier herum, anstatt sie zu suchen?"

„Sie braucht Zeit ..."

„Himmel, Brüderlein, hörst du dir eigentlich selbst zu?" Chris schüttelte den Kopf. „Du bist nicht mehr in der High School. Bleib lieber beim Lamborghini, das klingt eher nach dir."

„Du kapierst es nicht."

„O doch, und ob. Kenne ich alles."

„Mit diesem Mädchen ist es aber anders."

„Hey – wenn sie dir so wichtig ist, dann solltest du sie schleunigst ausfindig machen."

„Das werde ich."

„Tu mir nur einen Gefallen."

„Welchen?

„Mach ihr keinen Heiratsantrag, bevor du nicht wieder bei Verstand bist."

„Ich bin zwar verrückt, aber so verrückt nun auch wieder nicht." Jett grinste. „Ich werde erst mal sehen, wie es läuft."

„Du trinkst vielleicht nicht mehr, aber du spinnst noch immer." Chris schüttelte wieder den Kopf.

„Und wie läuft es in *deinem* Liebesleben?"

„Ich habe eine Regel", entgegnete Chris. „Zuerst die Arbeit. Dann das Vergnügen."

„Das ist bitter, Mann."

„Nein, Brüderlein. Das ist clever."

16. KAPITEL

„Raus damit." Tina hakte Amy freundschaftlich unter, als sie zusammen zu Serendipity liefen.

„Womit?" fragte Amy, nach wie vor von Gewissensbissen geplagt und zugleich seltsam aufgeregt.

„Raus damit", wiederholte Tina. „Hab Erbarmen mit dieser armen, schwangeren, *fetten* Frau und erzähl mir alles."

„Du weißt hoffentlich, dass du einen sehr schlechten Einfluss auf mich hast", murrte Amy.

„Ich?" fragte Tina unschuldig.

„Ja, du." Amy seufzte.

„Was bedeutet, du hast es getan!"

„Hab ich nicht!"

„O ja, hast du. Es steht dir deutlich über's ganze Gesicht geschrieben."-

„Sag das nicht", stöhnte Amy.

„Wieso? Das ist doch nichts Schlimmes", sagte Tina sachlich. „Das war deine letzte Chance, und du hast sie ergriffen. Und deswegen sage ich dir: Als deine beste Freundin und Ratgeberin bin ich stolz auf dich."

„Bist du?" fragte Amy verunsichert, als sie das Serendipity betraten und vom Ober zu einem Tisch geführt wurden.

„Ja." Tina nahm die Speisekarten von der Bedienung entgegen, die gleich die Getränke aufnahm. Sobald sie gegangen war, beugte sich Tina über den Tisch, offenbar fest entschlossen, nun alles zu erfahren. „Die intimsten Details, bitte", sagte sie. „Ich darf jetzt so 'was nur noch aus zweiter Hand erleben."

Amy blickte sich in dem halb besetzten Restaurant um. „Ich weiß nicht, wovon du die ganze Zeit sprichst", sagte sie.

„O bitte! Du musst darüber reden und nicht alles in dich hineinfressen. Das tut dir überhaupt nicht gut."

„Meinst du?" Amy wich dem durchdringenden Blick ihrer Freundin aus.

„Ja, meine ich."

Amy wurde langsam weich. Sie wollte ja so gern über ihn sprechen – über den Fremden, Mr. S. Lucas, Apartment 10 A. Sie hatte sein Bild ständig im Kopf. Sein Gesicht. Er war so attraktiv mit diesem verwuschelten blonden Haar, das ihm in die Stirn fiel, diesem Mund, diesen blauen Augen, diesen Händen, diesen … einfach alles.

„Ich … ich weiß wirklich nicht, wie das passiert ist", begann sie zögernd. „Ich fürchte, ich habe zu viel getrunken, ich … ich habe über das nachgedacht, was du gesagt hattest, und …"

„Und er war sooo heiß, dass du einfach nicht anders konntest", half Tina ihr aus. „Du hast diesen berauschenden Moment erlebt, wenn es kein Zurück mehr gibt. Hab ich Recht?"

„Genau so war es", erklärte Amy atemlos. „Das war fast wie eine außerkörperliche Erfahrung. Ich konnte einfach nicht nein sagen."

„Und das wolltest du auch nicht."

„Nein", gestand sie. „Das wollte ich nicht."

„War es toll?" Tinas Augen glänzten.

„Hm?" Amy zerbrach ein Stück Brot, obwohl sie nicht hungrig war. Allein beim Gedanke an Essen drehte sich ihr der Magen um.

„Na toll!" rief Tina. „Ich sterbe vor Neugier!"

„Wie bitte?"

„Ich wiederhole meine Frage. Und zwar ganz langsam und deutlich: War es toll mit ihm?"

„Ich kann darüber nicht sprechen. Ich meine – was soll ich tun, wenn Max davon erfährt?"

„Er wird nichts erfahren", versicherte Tina.

„Und wenn doch?" Amy dachte über die Konsequenzen nach.

„Nur, wenn du dumm genug bist, ihm davon zu erzählen." Tina reichte ihr ein Glas Wasser.

„Das würde ich niemals tun."

„Gut", sagte Tina. „Ich hoffe, ihr habt Kondome benutzt."

Nun gesellte sich auch noch Panik zu ihren Schuldgefühlen. Wer dachte denn schon an Kondome in einem derart leidenschaftlichen Moment? Er jedenfalls nicht, und sie auch nicht.

„Natürlich", log sie, beschämt und doch, trotz allem, noch immer erfüllt von diesem warmen Gefühl, das einfach nicht verschwinden wollte.

„Kluges Kind", sagte Tina, und dann folgte ein lautes: „Autsch!"

„Was ist los?"

„Dieses Baby hat vielleicht einen Fußtritt." Tina hielt sich den Bauch. „Ich sag' dir, der kleine Lümmel wird mit Sicherheit der größte Footballspieler der Welt. Oder so ein kranker Typ, der seine Frau schlägt."

Am Nachmittag rief Max wieder an. Amy war sofort auf der Hut, normalerweise rief Max nicht mehrmals am Tag an. Hatte er es irgendwie herausgefunden?

„Ich bin mit Lulu zum Tee im Plaza verabredet", sagte er. „Ich fände es schön, wenn du auch kommst."

„Heute?" fragte sie zögernd.

„Ja, heute."

„Nun …“ Sie versuchte, Zeit zu gewinnen. „Ich bin bei der Arbeit.“

„Na schön, aber du hörst ja sowieso bald auf zu arbeiten, dann ist es doch egal, wenn du heute mal früher gehst.“

Hatte Max etwa den Eindruck gewonnen, dass sie sofort nach der Hochzeit ihren Job aufgeben wollte? Von wegen!

„Sieh mal“, fuhr er fort. „Ich hatte einen schrecklichen Tag, ich möchte einfach die Frau um mich haben, die ich liebe.“

Heftigste Schuldgefühle nagten an ihr. Er würde sie kaum so sehr lieben, wenn er wüsste, was sie in der letzten Nacht getan hatte.

„Ich … also … ich muss eigentlich zu meiner Mutter. Heute ist das große Treffen mit der Hochzeitsplanerin.“

„Aber doch erst später, oder?“

„Äh, ja.“

„Vier Uhr. The Peninsula. Oh, und vielleicht kannst du für Lulu irgendwas von Hello Kitty besorgen.“

Das war das Letzte, was sie jetzt brauchte. Max und seine heiß geliebte fünfjährige Tochter. Lulu hatte die Angewohnheit, sie mit Schmollmund und vorwurfsvollem Blick anzuschauen. Offenbar hatte Mariska ihrer Tochter beigebracht, wie sie sich der Feindin gegenüber zu benehmen hatte – der bösen Frau, die ihr den Daddy wegnehmen wollte.

Sie starrte gedankenverloren auf den Computerbildschirm und überlegte, ob sie S. Lucas bei Google finden könnte. Wie war nur der Vorname dieses Mannes? Steven? Simon? Dachte er auch an sie?

Verdammt! Sie konnte ihn einfach nicht vergessen. Und dabei würde sie ihn doch niemals wiedersehen.

Sie heiratete Max Diamond, und das war's. Fall erledigt.

17. KAPITEL

Obwohl sein Bruder so herablassend über seine große neue Liebe gesprochen hatte, beschloss Jett, doch mit ihm zu Birdy Marvel zu gehen. Sie war immerhin unglaublich berühmt – warum also nicht?

Die Pop-Prinzessin empfing die beiden in ihrer Penthouse-Suite. Sie trug ausgefranste Hotpants und ein knappes T-Shirt mit dem Aufdruck: KISS MY ASSETS. Um sie sprangen ihre Mitarbeiter herum, alle etwa Mitte zwanzig, die sich um ihre Haare, ihr Make-up und ihre Outfits kümmerten und über ihre Witze lachten. Was für Schleimer, dachte Chris, während er Jett vorstellte.

Birdy reichte ein einziger Blick. „Wo hast du den denn die ganze Zeit versteckt?" Sie lutschte in aller Seelenruhe an einem rosafarbenen Eis.

„Italien. Ich lebe in Mailand", sagte Jett und bemerkte, dass sie zwar ziemlich viele Pickel auf dem Kinn hatte, aber trotzdem süß war.

„Cool." Birdy leckte aufreizend an ihrem Eis. „Ich will irgendwann mal nach Venedig. Das soll echt toll sein."

„Jett wollte nur mal hallo sagen", meinte Chris. „Nachdem er das getan hat, wird er auch wieder gehen, und dann können wir uns unerhalten."

„Er kann gern auch hier bleiben", bot Birdy an, warf sich in einen Sessel und ließ die Beine über eine Armlehne baumeln. „Solange er nichts den Klatschblättern erzählt."

„Danke für das Angebot, aber ich muss los", sagte Jett. „Nett, Sie kennen zu lernen."

„Gleichfalls." Auf einmal schien sie ganz schüchtern. Jett

ging zur Tür. „Der ist echt scharf", verkündete sie hinter seinem Rücken.

„Superscharf", bestätigte ihre Stylistin, ein kleines, plumpes Mädchen, das von Kopf bis Fuß in rotes Leder gekleidet war, dazu passend rote Haare trug und dicke schwarze Augenbrauen – in einer trug sie ein Piercing in Form einer winzigen Taube.

„Okay, raus mit euch." Birdy entließ ihr Gefolge mit einer ungeduldigen Handbewegung. „Ich muss unter vier Augen mit meinem sexy Anwalt reden."

Gehorsam zogen sich alle zurück.

„Wo ist Rocky?" fragte Chris.

„Bei seiner Oma." Pinkfarbenes Eis tropfte auf ihre Finger.

„Rocky hat eine Oma?" Chris hob die Augenbrauen.

„Sie ist achtzig und so fit, dass sie noch immer auf einem Schwein reiten könnte." Birdy leckte sich einen Finger nach dem anderen ab.

„Das muss ein toller Anblick sein", sagte Chris trocken.

„Du magst Rocky nicht, oder?" Sie blinzelte Chris mit ihren leicht blutunterlaufenen Augen an.

„Solange du ihn magst, ist das doch egal."

„Genau."

„Und du magst ihn noch?"

„Klar." Sie leckte den letzten Rest Eis vom Stiel und warf ihn dann auf den Boden.

„Also, worüber wolltest du mit mir sprechen?"

„Über dies und das."

„Dann los."

„Ich bin schwanger und möchte Rocky heiraten", platze sie aufgeregt heraus.

„Wie bitte?"

„Und zwar dieses Wochenende, und deswegen musst du das arrangieren, Chris."

„Ich?" fragte er schockiert.

„Du bist mein Anwalt, du kümmerst dich um *alles.*"

„Ich bin Anwalt, kein Friedensrichter."

„Wie auch immer." Sie winkte ab. „Ich bezahle dich dafür, dass du Dinge für mich erledigst, also tu das bitte."

Birdys Manieren hatten sich in den letzten Jahren nicht gebessert, und wenn er nicht so viele Prozente von ihren Einnahmen bekommen würde, hätte er ihr erklärt, wohin sie sich ihre herrischen Befehle stecken konnte. Doch gerade jetzt konnte er es sich nicht erlauben, eine Mandantin zu verlieren, also nickte er.

„Dafür brauchst du einen Vertrag vor der Eheschließung." Er zog seinen Palm heraus, um sich Notizen zu machen. „Und Rockys Anwalt muss den erst durchsehen, bevor er unterschreibt. Also sprechen wir auf keinen Fall von diesem Wochenende."

„Wieso nicht?" jammerte sie.

„Das habe ich dir doch gerade erklärt."

„Wenn interessiert schon dieses blöde voreheliche Dingsda?" Sie stand auf und nahm eine Büchse Red Bull aus der Minibar.

„Dich."

„Rocky hat mich schon vorgewarnt, dass du so angenervt reagieren würdest." Sie verzog das Gesicht. „Deswegen haben wir etwas ausgearbeitet."

„Und was habt ihr ausgearbeitet?" Chris versuchte, die Fassung zu bewahren.

„Nun ... nachdem ich diejenige mit der ganzen Kohle bin, finden wir es nur fair, dass Rocky etwas bekommt, falls unsere

Ehe nicht funktioniert. Was sie natürlich wird, weil wir uns *total* lieben. Also – du musst einen Vertrag aufsetzen, dass er eine Million Dollar für jedes Jahr bekommt, wenn ich nicht fünf Jahre mit ihm verheiratet bleibe."

Bingo! Birdy enttäuschte einen wirklich nie. „Du machst Scherze, oder?" Er seufzte.

„Nein." Sie trank ein paar Schlucke aus der Dose.

„Das muss ein Scherz sein. Entweder das, oder du bist unzurechnungsfähig."

„Wie bitte?" Sie riss die Augen auf.

„Du redest wirres Zeug. Bestimmt erinnerst du dich doch noch daran, warum du unabhängig von deinen Eltern sein wolltest? Wir haben hart dafür gearbeitet, dass du allein die Kontrolle über dein Geld bekommen hast, und so sollte es auch bleiben."

„Ich weiß, Chris", sagte sie ernst. „Aber es ist so – Rocky ist einfach fantastisch."

„Wie lange kennst du ihn?"

„Ein paar Monate." Sie lächelte verträumt.

„Jetzt ist das alles noch ganz witzig. Aber wenn ihr erst mal eine richtige Beziehung habt, dann ändern sich die Dinge."

„Nicht bei uns."

„Ich sage ja nicht, dass du ihm gar nichts geben sollst. Ich kann einen Vertrag aufsetzen, der für euch beide gut ist, und wenn Rocky den nicht akzeptiert, dann solltest du ihn nicht heiraten."

„Och Chris", sagte sie schmollend. „Du bist so ein langweiliger Spielverderber."

„Ich will dich nur beschützen, Birdy", sagte er streng. „Ist dir klar, was das bedeutet? Wenn du ihm eine Million pro Jahr garantierst und er dich nach viereinhalb Jahren verlässt, dann verschwindet er mit fünf Millionen deines hart erarbeiteten Geldes. Ist dir das eigentlich klar?“

„Nur keine Panik, Chris. Rocky und ich werden fünfzig Jahre zusammenbleiben.“

„Dann gibt es doch auch kein Problem, oder?“

„Ich schätze nicht“, sagte sie plötzlich unsicher. „Also kann ich dieses Wochenende heiraten?“

„Das wird nicht gehen. Die Gesetze sind in New York anders als in Kalifornien.“

„Wieso?“

„Das ist eben so.“

„Mann, ich will aber unbedingt heiraten.“

„Habt ihr schon mal an Las Vegas gedacht?“ Chris hatte plötzlich eine Idee.

„Ich liebe Vegas“, flötete sie. Ihr Gesicht hellte sich wieder auf. „Vegas ist der Hit!“

„Gut, denn wenn ihr in Vegas heiratet“, sagte er und dachte dabei fieberhaft nach, „dann kann ich euch die Präsidentensuite im Magiriano besorgen, mit großem Empfang und allem Drumherum. Außerdem werden wir die Hochzeitsfotos exklusiv an *People* oder *Us* verkaufen, und du kannst die Hälfte des Geldes Rocky geben. Also, wenn er damit nicht zufrieden ist …“

„Oh, wow!“ Sie klatschte in die Hände. „Können wir das dann nächstes Wochenende machen?“

„Das könnte klappen.“ Und das würde ihm vor allem aus der Patsche helfen. Wenn Birdy in diesem Hotel heiratete, dann bedeutete das für Roth Giagantes eine Publicity, die mehrere Millionen Dollar wert war.

„Du bist der Beste, Chris“, quietschte Birdy, sprang auf

und warf ihm die Arme um den Hals. „Wir beide sind ein tolles Team. Ich bin total glücklich, dass du mein Anwalt bist."

„Ich auch. Aber vergiss nicht, ich bin derjenige, der für dich denkt, du musst nichts anderes tun, als auftreten." Sie nickte begeistert. „Und was die Schwangerschaft angeht", fuhr er fort, „bist du sicher?"

„Nicht ganz", entgegnete sie unbestimmt. „Meine Periode ist überfällig, weißt du, aber immer wenn ich auf Tour bin, ist das so."

„Ja?"

„Rocky sagt, es wäre einfach großartig, wenn wir ein Kind hätten."

Selbstverständlich sagte Rocky das, Rocky war dabei, sich seine Position bei einer der reichsten Frauen im Showbusiness zu sichern.

„Hat er schon Kinder?" fragte Chris und beschloss umgehend, intensive Nachforschungen zu betreiben, bevor dieser Witz von einer Beziehung noch weiterging.

„Mann!" rief Birdy entzückt. „Ich sag doch, du bist Hellseher. Woher weißt du das?"

„Reine Spekulation", sagte er ruhig. „Wie viele?"

„Nur ein kleiner Junge. Aber weißt du, ich stehe total auf Kinder, also werde ich mich auch um ihn kümmern."

„Wirst du, ja?"

„Klar."

„Alle Rechnungen bezahlen? Und auch für seine Ex-Freundin bezahlen?"

„Frau", korrigierte sie ihn, trank die Dose leer und schleuderte sie ebenfalls zu Boden.

„Frau?" fragte Chris.

„Exfrau“, sagte sie beiläufig.

„Hast du die Scheidungsurkunde gesehen?“

„Nein, aber ...“

„Besorg sie dir, Birdy. Ich kann nichts unternehmen, bevor ich die nicht gesehen habe.“

„Ach Chris“, quengelte sie. „Du verdirbst mir alles.“

„Nein, Birdy. Ich sorge nur dafür, dass dir niemand wehtut, vergiss das nie.“

Und dafür bekomme ich eine Menge Geld, dachte er zufrieden. Dafür, dass ich ihren Hintern rette, ganz zu schweigen von ihrem Vermögen.

Was konnte er nur tun, um Vladimir Bushkin ein für alle Mal zum Schweigen zu bringen? Max war klar, dass er ein Problem hatte, das mit Geld nicht zu lösen war. Natürlich konnte er ihm noch mehr geben, aber dann würde Vladimir bald mehr verlangen.

Und wenn er mit Abschiebung drohte, dann würde Vladimir aus Rache diese schmutzige kleine Geschichte an die Presse verkaufen.

Oder konnte er ... was? Was zum Teufel konnte er tun? Das hier war nicht irgendein Hollywoodstreifen, wo miese Kreaturen wie dieser Russe einfach ausgeschaltet wurden. So etwas passierte im richtigen Leben nicht.

Oder doch?

Natürlich. Etwas anderes zu glauben war naiv.

Was würde Red Diamond an seiner Stelle tun? Big Red, wie er von seinen Partnern genannt wurde. Big Red, für den es nur eine Lösung geben würde: Vladimir wie eine Laus zu zerquetschen.

Ja, Red Diamond würde genau wissen, was zu tun war, kein

Zweifel. Max aber wusste nicht mehr ein noch aus, selbst wenn er diesen erpresserischen Russen ausschalten wollte, wie sollte er das überhaupt anstellen?

Hör dir bloß selbst zu, dachte er. Du denkst darüber nach, jemanden umbringen zu lassen. Das ist doch Wahnsinn.

Das alles war Mariskas Schuld, diese heuchlerische, intrigante Hexe! Mariska. Die Mutter seines Kindes. Vielleicht sollte er doch einen Vaterschaftstest machen. Aber er liebte die kleine Lulu so sehr, es würde ihn umbringen, herauszufinden, dass sie nicht seine Tochter war.

Und doch musste er an seine Zukunft denken, an seine Zukunft mit Amy, der lieblichen Amy, die vollkommen entsetzt wäre, wenn sie von dieser schmutzigen Geschichte erfahren würde. Er hatte ihr noch nicht einmal etwas von seinen Problemen mit den Banken gesagt, was er besser bald tun sollte, denn jeden Moment konnte die Geschichte an die Öffentlichkeit gelangen. In allen Wirtschaftsteilen der Zeitungen würde davon zu lesen sein. Er hatte genug Feinde, die sich über nichts mehr freuen würden, als über sein Versagen. Er war schließlich Red Diamonds Sohn.

Er sah auf die Uhr. Es war Zeit, Lulu abzuholen.

Die Vorstellung, gleich Mariska gegenüberzustehen, erfüllte ihn mit brennendem Hass. Am liebsten hätte er sie so lange geschüttelt, bis sie ihm die Wahrheit sagte. Aber sie würde sowieso alles abstreiten.

Plötzlich kam ihm die Idee, dass sie sich doch um Vladimir kümmern sollte. Immerhin hatte sie mindestens genauso viel zu verlieren wie er. Was für eine Demütigung, wenn diese Geschichte ans Tageslicht kam, ihr gesellschaftliches Leben wäre sofort zu Ende, und es gab nichts, was Mariska wichtiger war als ihre verdammte Stellung in der High Society.

Ja, vielleicht war das die Lösung.

Er hatte dem Russen gesagt, er solle nächste Woche wiederkommen. „Dann habe ich das Geld. Und machen Sie vorher keine Dummheiten."

Dadurch hatte er in dieser brenzligen Situation wenigstens etwas Zeit gewonnen. Natürlich wäre es leichter, sich Gedanken zu machen, wenn ihm nicht noch diese Junggesellenparty bevorstehen würde, außerdem das Treffen mit den japanischen Bankern und die Hochzeit.

Andererseits war das Leben eben nicht leicht. Das hatte er unter anderem von Red gelernt.

Kaum hatte Jett Birdy Marvels Hotel verlassen, als er sofort bei Beverly anrief. Dieses Mal nahm sie ab.

„Wo warst du denn?" fragte er vorwurfsvoll. „Ich habe dir heute Morgen eine Nachricht hinterlassen."

„*Du* bist letzte Nacht einfach verschwunden und fragst, wo *ich* war? Du bist vielleicht ein Vogel, Jett."

„Hör mal, Bev, du musst mir einen Gefallen tun."

„Dann benimm dich besser."

„Das Mädchen, mit dem ich gestern Nacht verschwunden bin – wer war das?"

„Ich habe dich mit keinem Mädchen gesehen."

„Natürlich hast du, du hast gesehen, wie ich mich mit ihr unterhalten habe, danach haben wir getanzt und sind gegangen. Ich muss wissen, wer sie ist."

„Also, entschuldige mal", sagte Beverly. „Du bist mit ihr verschwunden, und ich soll herausfinden, wer sie ist? Schon mal was davon gehört, Adressen auszutauschen? Das kann sehr hilfreich sein, weißt du?"

„Freu dich doch einfach, dass ich wieder hier bin, drogenfrei und vielleicht – nur vielleicht – verliebt."

„Mister Romantik wieder! Du bist echt ein Original, das warst du immer. Drogenfrei oder nicht."

„Danke."

„Da fällt mir ein, solltest du nicht auch hier in der Stadt die Treffen der Anonymen Alkoholiker besuchen?"

„Nun gönn mir mal eine Pause, Bev", stöhnte er. „Ich bin doch gerade erst angekommen."

„Ich kann dir Treffen empfehlen, zu denen unendlich viele aufregende Frauen gehen – all die angesagten Models mit einem Kokainproblem, du wirst dich wie zu Hause fühlen."

„Klar." Er lachte angespannt. „Genau das brauche ich, eine völlig kranke Beziehung mit einem Model mit Kokainproblem. Kann's kaum erwarten!"

„Könnte mir Schlimmeres vorstellen."

„Nicht interessiert. Du musst nur den Namen des Mädchens 'rausfinden und mich zurückrufen."

„Für dich werde ich es versuchen."

„Streng dich an, es ist wichtig."

Er fuhr mit dem Taxi zurück in Sams Apartment. Die Putzfrau war nicht gekommen, das Bett war noch genauso zerwühlt wie zuvor. Er setzte sich auf den Rand und stellte fest, dass die Laken noch den Duft nach Sex und dem geheimnisvollen Mädchen ausströmten. Was für eine berauschende Mischung.

Jesus! So etwas hatte er das letzte Mal als Teenager gefühlt, als er eine Freundin seiner Mutter ihn verführt hatte. So viel zum Thema berauschend!

Er zweifelte nicht eine Sekunde daran, dass er sie finden

würde, es musste ihm nur gelingen, bevor Gianna in die Stadt kam, denn das würde alles nur komplizierter machen.

Er musste auf jeden Fall schnell eine Entscheidung treffen. Sollte er bei dem italienischen Supermodel bleiben und allem, was ihm dieses Leben zu bieten hatte? Oder sollte er das Risiko eingehen, sich richtig zu verlieben und noch mal ganz von vorne anzufangen?

Es wäre so viel einfacher, wenn er finanziell abgesichert wäre. Nun, vielleicht am Montag … vielleicht würde der alte Herr endlich etwas herausrücken.

Auf Wiedersehen, Gianna.

Hallo …, wie hieß sie nur?

Mit Beverlys Hilfe würde er es bald wissen.

18. KAPITEL

Cindi tauchte unerwartet am frühen Nachmittag auf und verkündete, dass sie sich den Rest des Tages freigenommen habe. In einem orangefarbenen Trainingsanzug, der ihre vollen Kurven betonte, grinste sie, als hätte sie im Lotto gewonnen.

„Und wie hast du das gemacht?“ fragte Liberty, noch immer erschüttert von dem Gespräch mit ihrer Mutter.

„Habe Manny erzählt, dass ich schreckliche Bauchschmerzen hätte, und er diskutierte nicht lange. War sowieso nicht viel los – und Mädchen, ich bin echt ’ne gute Schauspielerin“, prahlte Cindi, nahm sich eine Handvoll Erdnüsse aus der Schale und stopfte sie sich in den Mund.

„Aber ohne mich …“

„Ganz ruhig, wir haben unsere Jobs noch, das heißt, wenn wir sie wollen.“

„Warum sollten wir das nicht tun?“ Liberty runzelte die Stirn. „Wir brauchen das Geld, wir bezahlen unsere Rechnung sowieso immer viel zu spät.“

„Weil“, verkündete Cindi triumphierend, „ich einen zweitägigen Gig als Tänzerin für ein Musikvideo bekommen habe.“

„Im Ernst?“

„Ja, dreihundert pro Tag, morgen geht’s los.“

„Wie bitte?“

„Die drehen übers Wochenende, deswegen muss ich mir jetzt ein passendes Kostüm besorgen. Aber vorher wollte ich bei dir vorbeischauen und dir davon erzählen. Das ist ein Hammer, was?“

„Allerdings. Wie hast du das geschafft?“

„Da kamen so zwei Typen ’rein, ich habe ihnen Kaffee serviert. Und bevor ich's mich versah, haben sie mich von oben bis unten angeglotzt. Und dann sagten sie wie aus einem Mund, ich sei genau, was sie suchten, um in Slick Jimmys brandaktuellem Musikvideo mitzumachen."

„Was für Typen? Und wer ist Slick Jimmy?"

„Einer ist der Produzent, beim anderen weiß ich's nicht genau. Slick Jimmy ist ein Rapper. Wie man hört soll das 'ne ganz heiße CD werden. Das ist sein erstes Video, und Mädchen – ich bin drin!"

„Hast du zufällig erwähnt, dass du Sängerin und keine ausgebildete Tänzerin bist?"

„Hör mal, Cousinchen – ich kann mich doch bewegen." Cindi strich das orangefarbene Oberteil glatt, unter dem sich ihre riesigen Brüste abzeichneten. „Und die suchen keine Profis, also stell nicht solche Fragen. Ich komme ins *Fernsehen!* Die Leute werden *mich* sehen. Auf MTV, VH1 … überall!"

Liberty versuchte angestrengt, Begeisterung zu mimen, aber sie kapierte es einfach nicht. Auch wenn Cindi hübsch war, so war sie doch auch sehr mollig. Große Brüste, Speckröllchen um die Hüften und einen Hintern, der den von J-Lo dürr wirken ließ. So in etwa wie Queen Latifah und Carnie Wilson.

„Und, was willst du anziehen?" Liberty zwang sich, nicht neidisch zu sein.

„Die Typen sagten, das Video spiele in den zwanziger Jahren in Chicago, in so 'nem Nachtclub. Hmm … ich denke da an was Verführerisches, denn dieses Mädchen hier hat 'ne Menge vorzuweisen!"

„Das ist … toll. Ich freue mich so für dich."

„Darauf kannst du deinen Hintern verwetten, dass das toll ist – für uns beide, denn wenn's dir wieder besser geht, dann nehme ich dich mit. Wenn sie dich sehen, wollen sie dich vielleicht auch."

„Na klar! Eine humpelnde Idiotin mit einem verbrannten Arm. Das wird die bestimmt begeistern."

„Wie geht's dir überhaupt?" fragte Cindi. „Da red' ich die ganze Zeit nur von mir."

„Glaub mir", entgegnete Liberty mit Nachdruck, „ich kann's kaum abwarten, hier endlich wieder zu verschwinden."

„Ist deine Mama dir auf die Nerven gegangen?" Cindi nahm sich noch eine Handvoll Nüsse.

„Nein, ich bin ihr auf die Nerven gegangen. Jetzt muss ich hier raus."

„Du sollst dich erholen."

„Keine Chance. Ich komme mit dir, um das Kostüm auszusuchen, und dann gehen wir nach Hause. Ich kann nicht hier bleiben, dieses Haus macht mich krank. Ich hasse alles hier."

„Solltest du deiner Mom nicht wenigstens Bescheid sagen?"

„Ich habe ihr überhaupt nichts zu sagen."

„Wo ist sie eigentlich?"

„Was denkst du denn? Rennt mal wieder hinter Mr. D. her, wischt ihm vermutlich seinen runzligen alten Hintern ab. Weißt du was, Cindi? Sie ist die verdammte Sklavin von dem alten Kerl. Ich kann's nicht ertragen, wie sie ihn umsorgt, als wäre er eine Art König oder so was. Das ist ekelhaft."

„Liebe Zeit." Cindi seufzte und wedelte mit der Hand in der Luft herum. „Hier ändert sich aber auch nie was. Ihr beide werdet euch nie verstehen."

„Lass uns jetzt nicht darüber reden." Liberty suchte bereits ihre Sachen zusammen. „Wir sollten verschwunden sein, bevor sie zurückkommt."

„Willst du ihr vielleicht einen Zettel schreiben?"

„*Nein,* Cindi."

„Kannst du überhaupt laufen?"

„Mach dir keine Sorgen. Das geht schon."

„Wenn du meinst."

„Meine ich." Liberty humpelte zur Tür.

Eines war sicher, sie musste weg, und zwar schnell.

Der Kostümverleih befand sich im 5. Stock eines alten Gebäudes mitten im Garment District. Der Fahrstuhl war so winzig, dass sie sich nur mit Mühe zusammen hineinquetschen konnten.

„Wie irre!" rief Cindi begeistert. „Das ist doch tausendmal besser, als den ganzen Tag Kaffee zu servieren und einem Haufen undankbarer Kunden den Kuchen von gestern anzudrehen."

„Die sind nicht alle so schlimm", sagte Liberty und dachte dabei an Damon P. Donnell.

Cindi nahm einen kleinen Handspiegel aus ihrer Tasche und musterte ihr Gesicht. „Wie geht's dir jetzt?" fragte sie und leckte sich über die prallen Lippen. „Tut 'was weh?"

„Alles in Ordnung", sagte Liberty. Später, wenn sie zu Hause waren, wollte sie Cindi alles erzählen. Jetzt war nicht der richtige Zeitpunkt. Davon abgesehen musste sie die Neuigkeiten erst noch verdauen.

„Kannst du wirklich laufen?" hakte Cindi nach, nach wie vor mit ihrem Spiegelbild beschäftigt.

„Wer läuft hier denn? Ich stehe in einem Aufzug und werde von deinen riesigen Brüsten zu Tode gedrückt."

Cindi kicherte. „Wegen dieser riesigen Brüste habe ich den Gig überhaupt nur bekommen."

„Meinst du?"

„Ich bin doch nicht blöd, Mädchen. Ich habe schon 'ne Menge Rap-Videos gesehen. Die werden von mir verlangen, dass ich sie hüpfen lasse. Wie du richtig bemerkt hast, eine ausgebildete Tänzerin bin ich nicht gerade."

„Und das ist für dich in Ordnung?"

„Honey – wenn die doof genug sind, mir Geld dafür zu zahlen, dann mache ich meinetwegen auch einen Kopfstand und pfeife *Star Spangled Banner!*"

Sie wurden von Fantasia, einer dürren, schwarzen Frau mit Afrofrisur und harten Gesichtszügen, begrüßt. „Seid ihr wegen dem Video hier?" fragte sie und musterte die beiden von Kopf bis Fuß.

„So ist es", sagte Cindi. „Ich bin in dem Video, und das hier ist meine Cousine."

„Folgt mir, Ladys."

Cindi warf Liberty einen aufgeregten Blick zu, dann liefen sie durch den mit Kleidern voll gestopften Raum. Überall standen füllige schwarze Mädchen, die mehr oder weniger nackt waren, herum. Ach, jetzt kapiere ich, dachte Liberty, in dem Video geht es um dicke Frauen, je dicker, desto besser. Kein Wunder, dass sie Cindi ausgewählt haben.

Das Outfit, das Fantasia Cindi reichte, war kein bisschen verführerisch, es bestand aus einem mit Strass geschmückten BH und passenden kurzen Hotpants.

„Das soll wohl ein Scherz sein!" rief Cindi und betrachtete die Hotpants mit ungläubigen Augen. „Auf gar keinen Fall werde ich meinen Hintern in dieses Dingsda quetschen.

„Aber genau das ist es, was sie suchen." Fantasia schob sie hinter einen Vorhang. „Zieh es an, damit ich sehen kann, ob dir das Outfit auch richtig passt."

„Ich kann doch nicht alles von mir zeigen", protestierte Cindi, dann begann sie sich zögernd auszuziehen.

„Die anderen können das."

„Wie viele andere gibt es denn?"

„Acht. Ihr werdet im Hintergrund mit den Hüften wackeln, während Slick Jimmy sich seine schmutzigen Songs aus der Seele rapt. Also muss Haut zu sehen sein – am Strand zeigst du doch viel mehr!"

„Ich nicht", entgegnete Cindi säuerlich. „Da trage ich einen Badeanzug."

„Machst du jetzt mit?" Fantasia wurde ungeduldig. „Entscheide dich, ich habe mich noch um andere Mädels zu kümmern."

„So ein Mist!" grummelte Cindi. „Ich dachte, ich würde irgendwie was, na ja, 'was Verführerisches tragen." Sie starrte Liberty an. „Was meinst du?"

„Das ist nicht gerade toll, aber wird wenigstens gut bezahlt, wir können das Geld brauchen ..."

„Hmm ... ist auf jeden Fall mehr, als ich in dem Coffeeshop bekomme", überlegte Cindi. „Und schüchtern bin ich ja nicht gerade."

„Dann mach's", ermutigte Liberty sie. „Ist doch lustig."

Cindi zog BH und Höschen an. Ihre Brüste waren kaum bedeckt, während ihre Pobacken aus den Hotpants herausquollen.

„Da müssen wir noch was abändern", konstatierte Fantasia sachlich. „Ich bringe die Sachen morgen mit zum Set."

„Soll das heißen, das war's?"

„Im Moment. Wir sehen uns beim Dreh."

„Lass uns einen Kaffee trinken gehen", schlug Liberty vor.

„Du meinst, zur Abwechslung soll mal jemand uns bedienen?" Cindi lachte aus vollem Hals.

„Warum nicht. Wir zahlen doch dafür."

„Und wir geben ein fettes Trinkgeld. Weil ich jetzt richtig Geld verdiene. Und du wirst mit mir kommen, Mädchen. Ich mache das nicht allein. Auf gar keinen Fall."

Sie hakten sich unter, liefen auf die Straße hinunter und betraten ein Café.

„Ich hoffe, du hast nicht vergessen, meinen Leutchen 'was zu essen zu geben." Liberty setzte sich auf einen Hocker an der Theke.

„Ja ja." Cindi schnappte sich die Karte.

„War Damon heute da?" Cindi versuchte, beiläufig zu klingen.

„War er."

„Ähm ... hat er nach mir gefragt?"

„Ja klar", entgegnete Cindi sarkastisch. „Das Allererste, was er gesagt hat, war: ‚Wo ist dieses heiße Mädchen, das mir sonst immer den Kaffee und die Eier bringt? Ich sehe sie jeden Tag, aber ich spreche nicht mit ihr, weil ich ein *verheirateter Mann* bin.'"

„Wirklich witzig, Cindi."

„Ich habe ihn heute bedient, und wenn es dich tröstet, mit mir hat er auch nicht gesprochen."

„Weil du zu sehr mit den anderen beiden Typen beschäftigt warst."

Sie lachten beide.

„Wenigstens ist so ein Video mal 'was anderes", sagte Cindi.

„Genau", bestätigte Liberty. „Wir machen einfach das Beste draus."

„Das machen wir, Schwester."

Sie klatschten einander ab, grinsten, und mit einem Mal fühlte sich Liberty nicht mehr so schlecht.

19. KAPITEL

„Du siehst müde aus“, bemerkte Max, als Amy sich im The Peninsula zu ihm und Lulu gesellte.

„Ja, Daddy, Amy ist müde! Müde! *Müde!*“ sang Lulu fröhlich und streckte die Hand nach der Hello-Kitty-Tüte aus, die Amy dabei hatte.

Als Amy sie ihr nicht sofort gab, begann Lulu zu jammern: „Das ist meine! Meine! *Meine!* Mein Geschenk. Gib mir mein Geschenk. Ich will es haben!“

„Ich will sagt man nicht“, entgegnete Amy streng. „Versuch’s doch mal mit bitte, Lulu, dann kannst du es haben.“

Lulu brach in Tränen aus. „Amy ist gemein. Gemein! Gemein! *Gemein!* Ich hasse Amy!“

„Hör auf!“ sagte Max. Bei all seinen Problemen hatte er nicht auch noch Lust, sich mit einem heulenden Kind zu befassen. „Und sag’ nie mehr das Wort hassen – das ist ein böses, böses Wort.“

„Mama sagt das von dir“, entgegnete Lulu listig. „Das hab ich gehört.“

„Gib Lulu die Tüte“, wandte Max sich an Amy. „Ich kann jetzt kein Theater ertragen.“

„Wenn sie bitte sagt.“ Amy war wild entschlossen, nicht nachzugeben. Es war an der Zeit, dass Lulu ein paar Regeln lernte, offenbar ließ ihre Mutter alles durchgehen.

„Wie bitte?“ fragte Max verärgert.

„Sie ist fünf, Max, sie kann bitte sagen.“

„Nein, kann Lulu nicht“. Lulus Augen funkelten böse. „Kann ich nicht, kann ich nicht, *kann ich nicht!*“

Max riss Amy die Tüte aus der Hand und reichte sie Lulu,

was seine Freundin zur Weißglut brachte. Sie wollte diesen Mann heiraten, was bedeutete, dass sie sich auch mit seiner Tochter auseinander setzen musste. Er konnte dieses schlechte Benehmen doch nicht durchgehen lassen.

„Das hättest du nicht tun sollen“, sagte sie zu Max.

„Was ist denn mit dir los?“ Er versuchte, von Lulu abzulenken. „Wahrscheinlich bist du nur müde und schlecht drauf.“

„Nein. Du bist derjenige, der müde und schlecht drauf ist.“

„Ich habe eine Menge im Kopf, Amy. *Eine Menge.* Mehr als du dir vorstellen kannst.“

„Warum erzählst du mir dann nicht davon? Vielleicht kann ich dir helfen.“

„Das geht jetzt nicht“, sagte er knapp. „Ich muss Lulu nach Hause bringen und mich für diese Party heute Abend fertig machen, auf die ich mich nach wie vor nicht gerade freue.“

„Könntest du mir bitte verraten, warum du etwas tust, was du gar nicht tun willst?“

„Weil ich muss. Das ist geschäftlich.“

„Seit wann ist eine Junggesellenparty geschäftlich?“

Lulu war damit beschäftigt, die Hello Kitty-Geldbörse, ein Malbuch und Buntstifte aus der Tüte zu nehmen. „Ich will *mehr*“, forderte sie schrill.

„Tut mir Leid, mehr gibt’s nicht“, zischte Amy. „Und ein Dankeschön wäre nett.“

„Will mehr! Mehr! *Mehr!*“ brüllte Lulu aus Leibeskräften.

Die Leute an den Nachbartischen drehten sich um.

„Irgendjemand sollte diesem Kind mal Manieren beibringen“, sagte Amy.

„Deine Aufgabe ist das jedenfalls nicht“, murmelte Max.

„Und wenn wir verheiratet sind, ist es dann meine Aufgabe?"

„Wenn wir verheiratet sind, ist deine Aufgabe, mich glücklich zu machen."

„Tatsächlich?" Seine chauvinistische Haltung überraschte sie. „Und was wird dann deine Aufgabe sein?"

„Dich glücklich zu machen natürlich." Max hatte den Eindruck, dass Amy heute nicht sie selbst war, vielleicht hätte er sie doch nicht hierher bitten sollen. Lulu und sie brauchten Zeit, um sich aneinander zu gewöhnen. „Darling, was ist denn mit dir los?"

„Nichts ist mit mir los – es geht um dich und um Lulu. Sie benimmt sich wie ein verzogener Fratz."

„ Fratz! Fratz! *Fratz!*" kreischte Lulu. „Mag keine doofen Geschenke. Mag Amy nicht. Gib mir 'was anderes, Daddy. Lulu will 'was anderes."

Amy schüttelte den Kopf. „Bitte mich nie wieder, ihr etwas zu kaufen."

„Ich glaube, sie hatte einen harten Tag in der Schule", versuchte Max seine Tochter zu entschuldigen.

„Ich hatte einen schweren Tag bei der Arbeit", erwiderte Amy scharf. „Deswegen hasse ich auch nicht andere Leute."

„Vielleicht war das hier keine gute Idee." Max versuchte verzweifelt, einen Streit zu vermeiden.

„Willst du, dass ich gehe?" Amy reckte das Kinn.

„Nein, natürlich nicht."

„Es kommt mir aber so vor."

„Sweetheart." Er beugte sich vor und ergriff ihre Hand. „Lass uns nicht streiten, bitte. Ich hatte eine furchtbare Woche. Warum gehen wir morgen Abend nicht ganz in Ruhe Essen, nur wir zwei?"

„Du wirst nach deiner wilden Junggesellenparty bestimmt Ruhe brauchen."

„Hast du eine Ahnung, wie wenig Lust ich darauf habe?" stöhnte er. „Du weißt doch, wie schlimm so was ist, immerhin hast du gestern dasselbe durchleiden müssen, oder etwa nicht?"

„Hat wirklich keinen Spaß gemacht." Sofort überfiel sie das schlechte Gewissen.

„So was macht nie Spaß", sagte er.

„Nein, wirklich." Sie geriet beinahe in Panik. „Ich konnte es kaum abwarten, endlich nach Hause zu kommen."

„Was für eine Show haben sich deine Freundinnen denn für dich ausgedacht? Nackte Feuerwehrmänner? Ein Cop mit einem großen Schlagstock? Ich hoffe, keine männlichen Stripper."

„Aber nein", rief sie schnell. „So was doch nicht. Wir saßen nur 'rum und haben 'was getrunken."

„Du trinkst doch gar nicht", stellte er fest.

„Manchmal. Champagner."

„Das gefällt mir so an dir, Amy. Du bist anders als andere Frauen. Du rennst nicht durch die Stadt und springst gleich mit jedem reichen Kerl in die Kiste. Du bist eine wunderschöne, reine Frau, und deswegen liebe ich dich."

„Rein! Rein! *Rein!*" sang Lulu mit lauter Stimme und sah Amy rachsüchtig an.

„Ich glaube, ich gehe besser, Max." Amy konnte Lulu keine Sekunde länger ertragen. „Ich habe Kopfschmerzen, und meine Mutter erwartet mich für *noch* ein Treffen mit der Hochzeitsplanerin. Es macht dir doch nichts aus, oder?"

„Willst du nicht wenigstens einen Tee trinken?"

„Nein, genieß' du besser die Zeit mit deiner Tochter."

„Bist du sicher?"

„Ja."

„Dann rufe ich dich heute Nacht an, sobald ich zu Hause bin."

„Dann werde ich vermutlich schlafen."

„Ich rufe dich trotzdem an. Du wirst doch bestimmt gespannt sein zu hören, wie dieser Höllenabend verlaufen ist."

„Das kann bis morgen früh warten, Max." Sie erhob sich.

„Okay." Er stand ebenfalls auf und küsste sie auf die Wange. „Ich liebe dich, Amy."

„Ich dich auch", antwortete sie mechanisch.

Chris wollte gerade in seinem Hotelzimmer unter die Dusche springen, als Birdy Marvel anrief. „Rocky ist ganz hin und weg wegen dieser Vegas-Geschichte", sagte sie. „Hast du bereits alles arrangiert?"

„Nur noch ein Telefonat, dann ist alles geritzt."

„Fantastisch! Rocky sucht gerade seine Scheidungspapiere. Wir sind so was von gut organisiert, du kannst stolz auf mich sein. Wir feiern später bei Gatsby's, komm' doch vorbei."

„Ich bin auf der Junggesellenparty meines Bruders eingeladen."

„Der heiße Typ von vorhin?"

„Nein, mein anderer Bruder."

„Willst du sagen, dass es drei von eurer Sorte gibt? Und alle attraktiv?"

„Du bist verlobt, Birdy", rief er ihr in Erinnerung.

„Darf ich zu der Junggesellenparty kommen?"

„Das würde einen Tumult verursachen."

„Ich könnte deinem Bruder einen kleinen Lap Dance schenken", frotzelte sie. „Vor allem, wenn er Jett ähnlich sieht."

„Weißt du, für eine Achtzehnjährige gehst du ganz schön ran.“

Birdy kicherte. „Ist doch nur ein Spaß, Chris. Komm’ doch später noch auf einen Drink vorbei. Aber bring keine Stripperinnen mit. Obwohl, vielleicht doch, irgendwie fahr ich drauf ab, wenn die Mädels zeigen, was sie haben. Wer weiß“, fügte sie hinzu, „vielleicht bekomme *ich* ja einen Lap Dance.“

„Birdy, Birdy.“ Chris seufzte. „Du bist unverbesserlich.“

„Ich?“ fragte sie unschuldig.

„Ja, du. Und versuch’, den Paparazzi aus dem Weg zu gehen.“

„Als ob das möglich wäre“, schnaubte sie.

Kaum hatte er aufgelegt, klingelte das Telefon schon wieder. Diesmal war es seine Freundin aus Los Angeles.

„Was ich dir jetzt sage, wird dich nicht sonderlich erfreuen“, erklärte Verona mit Unheil verkündender Stimme.

„Was denn?“ hakte er vorsichtig nach.

„In L.A. regnet es, und überall im Haus tropft Wasser hinein.“

„Kann die Haushälterin sich nicht darum kümmern?“

„Die kann doch nicht aufs Dach klettern und die Löcher stopfen.“

„Dann ruf den Dachdecker an. Der kann Planen drüberlegen, bis es aufhört zu regnen.“

„Ich fühle mich nicht verantwortlich für dein Haus, Chris. Schließlich wohne ich nicht dort, falls du das vergessen haben solltest. Du hast mir einen Schlüssel dagelassen, also habe ich mal kurz vorbeigeschaut. Wenn ich allerdings in dem Haus wohnen würde, könnte ich mich auch darum kümmern.“

„Hör auf so zickig zu sein, Verona. Du könntest dich darum kümmern, wenn du wolltest.“

„Eben nicht", entgegnete sie halsstarrig. „Das geht mich nichts an."

„Geht es doch."

„Ich schlage vor, dass sich jemand aus deinem Büro um die Angelegenheit kümmert."

Er schüttelte den Kopf. Das war doch einfach nicht zu glauben. Die süße, liebe Verona wollte ihm Daumenschrauben anlegen, damit er sie endlich aufforderte, bei ihm einzuziehen. Was er aber keinesfalls vorhatte. Diese achtzehn Monate mit Holly Anton waren eine Erfahrung gewesen, die er nie mehr wiederholen wollte. Er lebte *gerne* alleine. Warum waren Frauen immer dahinter her, sich fest zu binden?

„Wie schlimm regnet es denn?" fragte er.

„Es schüttet, seit du weg bist. Und es heißt, dass es noch einige Tage so weitergehen soll. Angeblich sind es die schlimmsten Regenfälle, die wir seit Jahren hatten."

„Könntest du wenigstens einen meiner Mitarbeiter anrufen und bitten, sich darum zu kümmern?"

„Nein Chris, das machst du, mich geht das nichts an."

„Danke, Verona", sagte er kurz, „du bist mir eine große Hilfe."

„Jederzeit", entgegnete sie süßlich.

Er zog seinen Palm hervor und schrieb sich eine Notiz: *Bei der Rückkehr nach Los Angeles sofort mit Verona Schluss machen.*

Jett sprach Beverly drei Mal auf den Anrufbeantworter, bevor sie ihn endlich zurückrief.

„Ich sagte doch, sobald ich etwas weiß, lass ich von mir hören", rief sie verärgert.

„Willst du etwa behaupten, dass du immer noch nicht herausgefunden hast, wer sie ist?"

„Ich bin kein Detektiv, Jett. Aber der Barkeeper bei Gatsby's wird es wissen. Er arbeitet ab zweiundzwanzig Uhr."

„Du kannst mich bei der Junggesellenparty meines Bruders erreichen. Ruf mich an, sobald du etwas weißt."

„Du bist wirklich verrückt nach ihr, oder?"

„Bin ich", gab er zu. „Sie ist anders, Bev, wirklich anders."

„Ich kann nur hoffen, dass sie das alles wert ist."

„Auf jeden Fall", sagte er zuversichtlich.

„Ich muss auflegen. Ich habe noch eine Menge für morgen vorzubereiten."

„Was ist denn morgen?"

„Ich richte eine Horde fette Mädels für ein Rapvideo her. Du solltest vorbeikommen."

„Vielleicht mache ich das. Aber Bev, bitte, besorg mir ihre Telefonnummer."

Nachdem Amy gegangen war, hatte Max ein schlechtes Gewissen. Natürlich kam Lulu an erster Stelle, aber Amy zumindest direkt danach. Ja, Lulu war verzogen, andererseits war sie aber auch erst fünf, da konnte man ihr schlechtes Benehmen doch noch verzeihen.

Er betrachtete seine Tochter, die ihr halb gegessenes Gurkensandwich auf dem Teller hin und her schob und beinahe das Glas Milch verschüttete. Sie war so hübsch, und sie hatte seine Augen, ganz bestimmt hatte sie seine Augen.

„Ich will nach Hause, Daddy", sagte sie nach ein paar Minuten. „Lulu ist langweilig."

„Na gut, Sweetheart. Daddy zahlt nur noch schnell."

„Ich will *jetzt* gehen." Ihre Unterlippe bebte. „Mir ist langweilig. Langweilig! *Langweilig!*"

„Schon gut, Lulu, wir gehen ja."

Sein Chauffeur wartete vor der Tür. Nach der kurzen Fahrt zu dem Penthouse, in dem Lulu mit ihrer Mutter wohnte, brachte Max seine Tochter nach oben. Mariskas ältere Haushälterin Irena öffnete die Tür. Max konnte sie nicht leiden, was offenbar auf Gegenseitigkeit beruhte.

„Ist Mrs. Diamond da?" fragte er und betrat das Apartment.

„Ist sie." Irena starrte ihn an. „Möchten Sie sie sprechen?"

„Wenn das möglich ist. Ich warte im Wohnzimmer."

„Bye, Daddy." Lulu lächelte ihm engelsgleich zu, als ihr britisches Kindermädchen sie in Empfang nahm. „Bis bald! Bald! *Bald!*" Und sie hüpfte davon.

Max ging ins Wohnzimmer. Seit der Trennung hatte Mariska einiges verändert. Sie hatte definitiv einen anderen Geschmack als er, bevorzugte Silberrahmen, alte Gemälde von Ahnen, die sie nie hatte und übermäßig bestickte, dicke Kissen. Als sie damals zusammen in die Wohnung zogen, hatte er einen Innenarchitekten beauftragt. Die Wohnung wurde sogar in der Zeitschrift *Architectural Digest* vorgestellt. Nun aber war es nur noch ein Mischmasch der unterschiedlichsten Stile, nicht sonderlich einladend.

Er ging hinüber zur Bar und schenkte sich einen Scotch auf Eis ein.

Fünf Minuten später kam Mariska herein. Offenbar hatte sie nicht mit ihm gerechnet, denn ihre Frisur saß nicht so perfekt wie sonst, außerdem war sie nicht angezogen.

„Was willst du, Max?" Sie band den Gürtel ihres seidenen chinesischen Morgenmantels zu.

„Ich muss mit dir sprechen“, sagte er, „ist das in Ordnung?“

„Du solltest mich vorher wissen lassen, wenn du mit mir sprechen willst“, entgegnete sie schlecht gelaunt. „Normalerweise kannst du es doch gar nicht erwarten, hier schnell wieder wegzukommen.“

„Tja, nun, heute aber gibt es etwas, worüber wir reden müssen.“ Er nahm einen großen Schluck von seinem Scotch. „Und übrigens benimmt sich Lulu wie eine Rotznase.“

„Sie ist genauso *deine* Rotznase wie meine“, sagte Mariska scharf. „Wenn sie sich also schlecht benimmt, dann liegt das an dir.“

„Wieso das denn?“ Er war mehr als bereit, sich auf einen Streit einzulassen. „Mit mir lebt sie schließlich nicht.“

„Willst du etwa behaupten, ich wäre eine schlechte Mutter?“

„Nein. Ich sage nur, dass jemand ihr bessere Manieren beibringen sollte.“

„Also bitte! Sie ist gerade mal fünf.“

„Wie auch immer“, sagte Max. „Bitte schließ die Tür, was ich dir zu sagen habe ist sehr persönlich. Ich will nicht, dass deine neugierige Haushälterin mithört.“

„Ich hoffe, es geht um Geld.“ Mariska setzte sich auf die Couch und schlug die Beine übereinander. „Ich habe mich mit Freunden unterhalten. Alle sind der Meinung, dass meine Abfindung nicht fair ist, vor allem, nachdem du demnächst dieses dumme reiche Mädchen heiratest, das viel zu jung für dich ist.“

„Amy ist nicht zu jung für mich“, entgegnete er knapp. „Und deine Abfindung ist mehr als fair.“

Mariska warf ihm einen herablassenden Blick zu. „Wie ich höre, gibst du heute Abend eine Junggesellenparty.“

„Woher weißt du das?“

„In dieser Stadt passiert nicht viel, von dem ich nichts weiß."

„Wenn das der Fall ist, Mariska, dann weißt du ja sicherlich alles über deinen Exmann – oder sollte ich sagen Mann – Vladimir Bushkin."

Mariska wurde aschfahl. „Ich ... ich weiß nicht, wovon du sprichst", stammelte sie.

„Das weißt du sehr gut. Und wir sollten darüber sprechen, was wir wegen Vladimir unternehmen."

„Wer ist dieser Vladimir?" murmelte sie tonlos, ohne ihn anzusehen.

„Ach, hör um Himmels willen auf damit! Du weißt genau, wer er ist. Ich habe eure Papiere gesehen. Er ist dein gesetzlicher Ehemann, was bedeutet, dass du und ich nie wirklich verheiratet waren." Eine lange Pause entstand. „Hast du überhaupt eine Vorstellung, was das heißt?" Er starrte sie an.

Sie starrte zurück. „Ich weiß noch immer nicht, wovon du sprichst."

„Dann schlage ich vor, dass du mal darüber nachdenkst", sagte er kalt. „Wir treffen uns morgen, und in der Zwischenzeit solltest du deinem Gedächtnis auf die Sprünge helfen und mir ein paar Antworten liefern, weil dieser Scheißkerl mich erpresst. Und ich bin mir ziemlich sicher, du willst genauso wenig wie ich, dass er zu irgendeinem Klatschblatt rennt. Also, morgen sollten wir gemeinsam eine Lösung finden."

Mit diesen Worten stand Max auf und stürmte aus der Wohnung.

„Du blödes Arschgesicht."

„Wie?" Chris war gerade aus der Dusche gesprungen, als das Telefon klingelte.

„Verdammter Scheißkerl", fuhr die Stimme fort.

„Roth?"

„Ja, ich bin's, Roth, du Hollywood-Arschloch."

„Hast du meine Nachricht nicht bekommen?" Chris griff nach einem Handtuch.

„Klar hab ich sie bekommen. Was für ein Scheißspiel soll das denn sein?"

„Kein Spiel, Roth, ich schwöre." Chris schlang das Handtuch um seine Hüften. „Es handelt sich um eine wichtige Familienangelegenheit. Mein Vater ... also, er ist sehr krank."

„Scheiß auf deinen Vater und scheiß auf dich", fauchte Roth. „Ich will mein verdammtes Geld."

Das war nicht der Roth Giagante, den er kannte, der umgängliche, entspannte Besitzer des Magiriano Hotels.

„Hör mir zu, Roth. Du schimpfst doch immer, dass du mit deinem Hotel Geld verlierst, weil das Palms und das Hard Rock die jungen Leute anzieht. Nun ... und ich habe dafür die Lösung ..."

„Leck mich. Hier geht es um deine verdammten Schulden. Sonst um nichts."

„Das verstehe ich, und ich werde das Geld besorgen. Aber erst möchte ich dir etwas anbieten, das dem Magiriano weltweite Publicity bringt."

„Ich schicke jemanden nach New York", rief Roth. „Du kannst mit einem Besucher rechnen."

„Und du auch", sagte Chris schnell. „Birdy Marvel will in deinem Hotel heiraten."

„Du hast dich mit dem Falschen angelegt", rief Roth. Und die Leitung war tot.

Chris war sich nicht sicher, ob Roth aufgelegt hatte oder die Verbindung unterbrochen worden war. Aber wie auch immer, es war auf keinen Fall ein gutes Zeichen. Die Erwähnung von Birdy Marvel hatte nicht gerade Freundengesänge bei Roth ausgelöst. Offenbar kapierte er nicht, was für eine unglaubliche Reklame Birdy Marvel für das Hotel war.

Dann aber wurde er unruhig – was zum Teufel sollte diese Drohung? Himmel! Das meinte Roth doch nicht ernst?

Vorsichtshalber beschloss Chris, ein paar Vorkehrungen zu treffen. Er rief an der Rezeption an und forderte einen Fahrer und Bodyguard für den Abend an.

„Selbstverständlich, Mr. Diamond", sagte der Concierge, der an solche Bitten gewöhnt war.

„Acht Uhr."

„Er wird für sie bereitstehen. Wir rufen dann in Ihrer Suite an."

Danach fühlte er sich schon besser. „Du liebe Zeit", murmelte er. Wieso nur lief plötzlich alles in seinem Leben schief? Sein sonst so makelloses Haus hatte auf einmal undichte Stellen, Verona entpuppte sich als Miststück und Roth führte sich wie ein Westernheld auf. Wenn er nicht versprochen hätte, mit Jett zu Max' Party zu gehen, dann wäre er lieber in seinem sicheren Hotelzimmer geblieben.

Ich brauche einen Drink, dachte er, ging zur Minibar, wählte einen Jack Daniel's und trank direkt aus der Flasche.

Seit Red dieses Treffen einberufen hatte, lief alles aus dem Ruder. Das war der Fluch seines alten Herrn. Warum fiel dieser Bastard nicht einfach tot um und ließ sie alle in Ruhe?

Eine Stunde später trudelte Jett im Hotel ein. „Hübsche Suite", sagte er und spazierte durch die Zimmer. „Du lässt es dir gern gut gehen, oder?"

„Ich bin nicht verheiratet, ich kann all mein Geld einzig für mich ausgeben", antwortete Chris.

„Wäre schön, wenn ich das auch behaupten könnte."

„Kannst du doch."

„Nein." Jett ging zum Fenster und starrte auf die Skyline von New York. „Ich wünschte, ich könnte auch sagen, dass ich alles Geld nur für mich ausgebe. Das Problem ist – ich habe nicht viel zum Ausgeben."

„Du musst doch mit dem Modeln eine Menge verdienen?"

„Das ist doch nur ein Fliegenschiss gegen das, was ihr verdient. Du und Max schwimmt doch nur so in Geld."

„Wenn es nur so wäre. Aber leider, kleiner Bruder, habe ich mich da in was Dummes hineinmanövriert."

„Du?" Jett klang überrascht. „Komm schon, Chris, du bist doch ein gerissener Anwalt. Dummheiten sind *meine* Sache."

Chris zuckte mit den Schultern. „Ich habe Spielschulden."

„Spielschulden?"

„Ich hatte diese Freundin, Holly Anton – eine totale Irre – in Bezug auf Sex und überhaupt alles, was du dir nur vorstellen kannst. Wir sind jedes Wochenende nach Vegas geflogen, und bevor ich es überhaupt merkte, war ich süchtig nach Poker und Blackjack. Und jetzt habe ich riesige Schulden, deswegen ist jemand hinter mir her."

„Wer?" Jett zündete sich eine Zigarette an.

„So ein Zampano aus Vegas. Solchen Typen kann man nicht einfach einen Scheck geben, die wollen Bares, was ich im Augenblick nicht habe."

„Über wie viel sprechen wir?"

„Über viel. Ich bin hierher geflogen, weil ich dachte, dass Red dabei ist, den Geist aufzugeben, und wir 'was erben."

„Aus demselben Grund bin ich hier." Jett inhalierte tief. „Unser alter Herr hat uns wie Dreck behandelt, unsere Mütter waren auch nicht besser. Aber er ist immer noch unser Vater. Ich dachte, dass er vielleicht etwas gutmachen will."

„Wir werden sehen", sagte Chris vorsichtig. „Musst du hier unbedingt rauchen?"

„Stört es dich?"

„Ehrlich gesagt ja."

„Dann solltest du besser nicht nach Europa gehen." Jett drückte die Zigarette aus. „Da raucht jeder."

„Hast du jemals gespielt?" wollte Chris wissen.

„Nee, nur gesoffen, Drogen genommen und mit Frauen 'rumgemacht. Das hat gereicht. Das Rauchen ist jetzt mein einziges Laster."

„Muss ein tolles Gefühl sein, es geschafft zu haben."

„Glaub mir eines", Jett grinste kläglich, „man hat es nie geschafft. Ich bin vierundzwanzig und Alkoholiker. Ja, gut, trockener Alkoholiker, aber man weiß nie, was morgen ist. Als ich noch getrunken habe, war ich ein fürchterlicher Typ, einer, mit dem man sich nicht abgeben will."

„Das erzählst du ausgerechnet mir? Ich erinnere mich an Reds fünfundsiebzigsten Geburtstag, als du mit dieser puertoricanischen Nutte aufgetaucht bist. Du hattest keine Hosen an und überhaupt nichts mehr kapiert. Das war vielleicht ein Anblick."

Sie lachten beide.

„Ich vermute, dieser spezielle Vorfall ist in der Familie besonders gut angekommen, oder?" fragte Jett ironisch. „Vor allem bei Red."

„Absolut, das sorgte für Aufruhr!"

„Hier ist die gute Nachricht – ich bin nicht mehr derselbe wie damals."

„Gut zu wissen."

„Ich bin der neue, kluge, nüchterne und langweilige Jett. Und es interessiert mich nicht, ob ich jemals wieder einen Drink bekomme oder nicht."

„Gut, kleiner Bruder. Ich glaube dir. Und wir sollten jetzt los und mal sehen, was die Party so für uns zu bieten hat."

„Ich wusste nicht mal, dass er geschieden ist. Wen heiratet er jetzt?"

„Weiß nicht. Schätze, wir sollten ihn fragen."

„Ja." Jett grinste. „Das schätze ich auch."

20. KAPITEL

„Gehen wir aus?“ fragte Lady Bentley als sie Red Diamonds Ankleideraum betrat und sah, dass er sich etwas zum Anziehen heraussuchte.

„Nein, *wir* nicht.“ Er nahm ein weißes Hemd vom Bügel. „*Ich* gehe zu Max' Junggesellenparty.“

„Wie bitte? Du gehst wohin?“

„Ich gehe zur Junggesellenparty meines Sohnes“, wiederholte Red mit erhobener Stimme. „Bist du taub, Frau?“

„Ich wusste nicht, dass du eingeladen bist.“

Red warf ihr einen müden Blick zu. So langsam wurde er dieser Frau überdrüssig. Sechs Jahre mit ihr waren lang genug. Davon abgesehen war Altwerden nichts für ihn.

Wenn er heutzutage eine Erektion bekommen wollte, musste er Viagra schlucken, was ihn maßlos erboste. Eine Erektion war nun mal eine Erektion und nicht irgendetwas, das von einer blauen Pille erzeugt wird.

„Red Diamond braucht keine Einladung“, entgegnete er brüsk, allein ihre Anwesenheit machte ihn ärgerlich.

„Ich verstehe nicht“, sagte sie, obwohl sie genau wusste, dass er keine Lust auf Diskussionen hatte.

„Ja, ich kann mir gut vorstellen, dass etwas so Einfaches für dich zu schwer zu verstehen ist. Du bist nicht gerade die Hellste.“

„Ich habe deinen Söhnen heute Morgen gesagt, dass du sie nicht sehen kannst, weil du dich nicht wohl fühlst.“ Lady Bentley weigerte sich, zu gehen.

„Und? Wie du siehst, habe ich mich rasch erholt.“

„Wirkt das nicht merkwürdig, wenn du ungeladen dort zwischen all den jungen Burschen auftauchst?“

„Was geht es dich an?“

„*Du* gehst mich etwas an, Red. Ich lebe seit sechs Jahren mit dir zusammen, und auch wenn wir das Schlafzimmer nicht miteinander teilen, so geht mich alles, was dich betrifft, etwas an.“

„Was hat das Schlafzimmer damit zu tun?“

„Ein Schlafzimmer zu teilen bedeutet echte Intimität.“

„Für dich vielleicht“, zischte er verächtlich, „für mich bedeutet das einen Scheißdreck. Wenn ich die ganze Nacht lang furzen will, dann habe ich keine Lust, mir deine Gemeckere anzuhören.“

„Musst du so geschmacklos sein?“

„Was ist am Furzen geschmacklos? Ist das zu viel für deine zarten Ohren?“

„Manchmal verstehe ich dich einfach nicht.“ Ihre Lippen wurden schmal.

„Du verstehst heute tatsächlich nicht sonderlich viel, wie?“

Sie beschloss, zu schweigen. Es hatte keinen Sinn, mit Red zu streiten, wenn er derart übellaunig war. Trotzdem war es nicht typisch für ihn, auf eine Junggesellenparty zu gehen, noch viel weniger auf die seines Sohnes. Ihr gefiel das überhaupt nicht.

In letzter Zeit spürte sie immer mehr, wie das bisschen Kontrolle, das sie jemals über ihn gehabt hatte, ihr auch noch entglitt. Andererseits hatte Red sowieso nie auf sie gehört. Sie blieb nur bei ihm, weil er fast achtzig war. Wie viele Jahre hatte er noch? Sie ging davon aus, dass sie eines Tages gut versorgt sein würde, schließlich hatte sie sechs ganze Jahre in ihn investiert. Red Diamond war einer der reichsten Männer der Welt, und sie stand ihm am nächsten. Er wurde nie müde zu versichern, dass er jeden anderen Menschen hasste, also würde sie doch wohl den Großteil seines Vermögens erben. Deswegen blieb sie und ertrug sein ordinäres Verhalten und seine schlechten Manieren.

„Also gut", seufzte sie. „Wenn du ausgehst, dann kann ich mich heute ebenso gut mit einem Freund zum Essen treffen."

„Du hast Freunde?" fragte Red sarkastisch.

„Findest du das so überraschend? Natürlich machst du dir nie die Mühe, sie kennen zu lernen, aber ich habe eine Menge Freunde in New York."

„Als du dich von deinem Mann hast scheiden lassen, meinst du, es hat ihm Leid getan?" Red entschied sich für eine vierhundert Dollar teure Seidenkrawatte.

„Weshalb fragst du?"

„Du bist nicht gerade eine talentierte Schwanzbläserin." Red lachte böse, wohlwissend, wie sehr er sie mit seiner Ausdrucksweise beleidigte.

„Wie kannst du es wagen, so mit mir zu sprechen?" Lady Bentley wurde knallrot. „Ich habe es dir schon öfter gesagt: Ich werde deine vulgäre Art nicht länger hinnehmen. Dein Verhalten ist eine einzige Unverschämtheit."

„Wenn es dir nicht passt, dann weißt du ja, was zu tun ist." Red hoffte, dass sie den Wink verstehen würde. „Und nun könntest du bitte den Raum verlassen, ich möchte mich nämlich gerne anziehen."

Sie starrte ihn einen Moment lang an, dann wurde ihr klar, dass es klüger war, nachzugeben.

Er würde für seine Grobheiten schon noch bezahlen. O ja, er würde ganz sicher dafür bezahlen.

Von Mariskas Wohnung aus fuhr Max nach Hause, duschte, genehmigte sich ein paar Drinks, versuchte, Amy anzurufen, die allerdings nicht abnahm – dann zog er sich an und machte sich auf den Weg.

„Sorgen Sie dafür, dass ich spätestens um elf hier wieder draußen bin", sagte er, als der Wagen vor dem exklusiven Club hielt.

„Natürlich, Sir, Mr. Diamond."

„Herr im Himmel!" murmelte Max vor sich hin. „Ich wünschte, ich müsste da nicht rein."

Sein Fahrer sagte nichts.

Max begab sich in den Club, den zwei seiner jüngeren Mitarbeiter ausgewählt hatten, beide verheiratet, beide soeben Vater geworden, beide in der Hoffnung, ein rauschendes Fest zu erleben.

An diesem Abend war der Club für die Öffentlichkeit geschlossen. In dem größten Raum waren drei Tische vor einer runden Bühne platziert, an jeden Tisch passten zehn Gäste.

Max blickte sich um und stöhne innerlich auf, er ahnte bereits, was auf ihn zukommen würde.

Begrüßt wurde er von Clive Barnaby, seinem Geschäftsführer, einem großen, dünnen Mann mit scharfen Gesichtszügen und buschigen Augenbrauen. „Max!" rief Clive und klopfte ihm auf die Schulter. „Das wird vielleicht eine Nacht!"

Eine junge barbusige Bedienung schlängelte zu ihnen herüber. Es schien ihr völlig egal zu sein, wie ihre Brüste zur Schau gestellt wurden. „Was würde der Junggeselle denn gerne trinken?" fragte sie mit breitem gekünsteltem Lächeln.

„Bitte einen Scotch auf Eis." Er versuchte, nicht auf ihre Brustwarzen zu achten, um die herum Silberglitter aufgetragen war.

„Gerne, Sir", sagte sie mit einem weiteren unechten Lächeln. „Ihr Drink kommt sofort."

„Bist du absolut sicher, dass keine Fotografen hier sind?" Max wandte sich zu Clive um.

„Warum sollte ich dir so etwas antun?" fragte Clive zurück. „Die einzige Kamera in diesen Räumen gehört mir. Wir werden ein paar Erinnerungsfotos für dich schießen."

„Keine Fotos", sagte Max streng. „Weder mit deiner noch mit sonst einer Kamera."

„Du willst kein Souvenir von heute Abend haben?" Clive schien enttäuscht.

„Ich will ja nicht einmal hier sein."

„Deine Brüder sind da drüben." Clive deutete auf den Tisch in der Mitte. „Ich wusste nicht, dass du überhaupt Brüder hast. Das ist eine ganz schöne Überraschung, sie hier zu sehen."

„Nicht für mich. Ich habe sie schließlich eingeladen."

„Was du zu erwähnen vergessen hast."

„Mir war nicht klar, dass diese Veranstaltung so formell ist."

„Wir haben eine Gästeliste. Schließlich wollen wir doch nicht, dass sich jemand von *Page Six* hier einschleicht."

„Ich bin ja nicht gerade Donald Trump. Warum sollte sich *Page Six* für mich interessieren?"

„Mariska wird oft in den Kolumnen genannt. Und dass du Amy Scott-Simon heiraten wirst, ist auch eine Geschichte wert."

„Verfluchter Mist. Wie ich das hasse!"

„Keine Panik. Du wirst heute Nacht nichts zu sehen bekommen, was du nicht schon kennst."

„Wie beruhigend."

„Die japanische Abteilung ist an der Bar. Du kannst mir glauben, die Jungs sind richtig glücklich, hier sein zu dürfen.

Ich sorge dafür, dass sie in der ersten Reihe sitzen. Wenn damit unser Geschäft nicht besiegelt ist, weiß ich auch nicht. Komm, begrüße sie."

Max folgte Clive zur Bar und kümmerte sich darum, dass Mr. Zagawaski und Mr. Yamamoto sich ausreichend geschätzt fühlten. Danach schlenderte zum Tisch seiner Brüder und setzte sich. „Wie geht's?" fragte er.

„Wenn du es wirklich wissen willst: Es regnet in mein Haus in Kalifornien, ich werde von einem Typen aus Vegas verfolgt, dem ich einen Haufen Geld schulde, aber hey – davon abgesehen geht es mir gut."

„Du hast Schulden?" fragte Max mit missbilligendem Blick.

„Spielschulden."

„Ich spiele nie." Max trommelte mit den Fingern auf die Tischplatte. „Da kann ich das Geld gleich zum Fenster rauswerfen."

„Hast du eigentlich irgendwelche Fehler?" fragte Jett ehrlich interessiert.

„Mariska", entgegnete Max trocken. „Sie war der größte Fehler. Und wie ihr wisst, habe ich sie verlassen."

„Wie geht es Lulu?" fragte Jett. „Dir ist schon klar, dass ich ihr Onkel bin und sie nicht ein einziges Mal gesehen habe?"

„Lulu ist ein fantastisches kleines Mädchen, du musst sie kennen lernen."

„Wann?"

„Wie wäre es mit Brunch morgen? Normalerweise verbringen wir immer die Samstage zusammen."

„Das wäre toll."

„Und was ist mit dir?" Max wandte sich an Chris. „Bist du auch dabei?"

„Tut mir Leid, ich muss Birdy Marvel treffen. Sie will heiraten."

„Die Sängerin?" fragte Max. „Sie ist Lulus Lieblingssängerin. Kannst du ihr vielleicht ein Autogramm besorgen?"

„Wie alt ist Lulu?"

„Fünf."

„Ist sie nicht ein bisschen zu jung, um ein Fan von Birdy Marvel zu sein?"

„Erlaube dir ein Urteil, wenn du sie kennen gelernt hast", sagte Max. „Fünfjährige heute sind wie Zehnjährige früher. Lulu ist schon ziemlich erwachsen."

Das Abendessen wurde von sechs Bedienungen und zwölf Obern serviert. Die Bedienungen trugen hochhackige Schuhe, schwarze Strapse und einen kurzen Rock, mehr nicht. Die Männer hingegen waren komplett bekleidet.

Zunächst gab es einen Caesar's Salad, darauf folgte ein butterweiches Kobe-Steak mit Kartoffeln und gedünstetem Gemüse in Sahnemeerrettich.

Gerade als Max das erste Stück Steak in den Mund schob, trat Red Diamond ein. Im ganzen Raum breitete sich Schweigen aus. Jeder wusste, wer Red Diamond war.

Max verschluckte sich beinahe und stand auf. „Was machst du denn hier?"

„Dich überraschen." Red schnipste mit dem Finger und bedeutete einem Ober, einen Stuhl neben den von Max zu stellen.

„Himmel ... ich ... ich dachte, dir geht es nicht gut. Heute Morgen erst sagte Jane uns ..."

„Mir geht es wieder besser", unterbrach Red ihn. „Also dachte ich, ich seh' mal nach meinen Jungs." Er warf Chris und Jett einen Blick zu. „Hallo Jungs", rief er sarkastisch.

Jett erstarrte, Red hatte ihn zu Tode erschreckt. Schon als Kind hatte er nicht gewusst, was er in Anwesenheit seines Vaters sagen sollte, und so war es auch heute noch, obwohl der alte Mann ihn mit Sicherheit nicht mehr verprügeln konnte.

Chris nickte, verärgert und ablehnend – so empfand er Red gegenüber immer. Und überhaupt, sollte der alte Herr nicht eigentlich auf dem Sterbebett liegen? Warum zum Teufel trug er Anzug und Krawatte und sah so gesund und kräftig aus wie ein verdammtes Pferd? „Hey Dad“, würgte er hervor.

„Nenn mich nicht Dad“, entgegnete Red schroff. „Das klingt *alt.* Nenn mich Red. Das habe ich euch schon gesagt, als ihr noch dumme kleine Kinder wart. Hört denn keiner von euch mir jemals zu?“

„Klar, Red“, murmelte Chris, noch immer unter Schock. Red sah wahrlich nicht aus, als wollte er demnächst das Zeitliche segnen.

„Wo sind die Mädels?“ Red setzte sich. „Wo sind die Muschis?“

Red war der letzte Mensch, den Max auf seiner Junggesellenparty erwartet hatte. Wie zur Hölle hatte er überhaupt davon erfahren? Himmel! Als ob der Abend nicht schon unangenehm genug wäre.

Irgendwie gelang es ihm, das Dinner hinter sich zu bringen, wobei er ein Auge auf Red hatte, der die halbnackten Bedienungen begrapschte. Chris und Jett waren ihm auch keine Hilfe, sie unterhielten sich mit gesenkten Stimmen und versuchten so zu tun, als ob der Mann, der ihnen als Kindern die Seele aus dem Leib geprügelt hatte, nicht nur ein paar Zentimeter neben ihnen säße.

Nach dem Essen wurden einige deftige Reden gehalten, und

dann kam der Moment, vor dem Max schon den ganzen Abend grauste: Die Stripperinnen erschienen. Zwölf leicht bekleidete Mädchen, die es kaum erwarten konnten, sich zur Schau zur stellen. Zur Begeisterung der Gäste, allen voran Red.

Die Mädchen begannen in engen Outfits, alles war dabei, von Schuluniformen bis zu lederner Dominakleidung, wobei ein Mädchen wollüstiger wirkte als das andere. Die Stripperinnen hatten allesamt perfekte Körper und wussten genau, wie man sie einsetzte. Nach einiger Zeit wurde mitten auf der Bühne ein Pfosten ausgefahren, an dem sich die Mädchen mit lasziven Bewegungen rieben. Sie leckten daran, sie fuhren mit ihren Körpern auf und ab, schlangen ihre langen Beine darum und simulierten Sex.

Max blickte sich um. Die japanischen Banker schienen sehr zufrieden zu sein. Chris trank zu viel. Jett hatte sich mit ausdruckslosem Gesicht in seinem Stuhl zurückgelehnt, während Red den Mädchen Hundertdollar-Scheine in die Höschen steckte und dabei seine knochigen Finger über ihre Körper wandern ließ. Schließlich stellten sich alle zwölf Mädchen in einer Reihe auf, zogen ihre Tangas aus und begannen einen Cancan zu tanzen, wobei sie ihre Beine in die Luft warfen und jedem im Raum einen Blick auf ihre intimsten Stellen gewährten.

Danach gab es die obligatorische Lesbenszene. Zwei spektakuläre Frauen kamen auf die Bühne – eine rothaarige und eine dunkelhaarige Schönheit, beide hatten unglaubliche Körper und zeigten viel Enthusiasmus.

Red war begeistert. Einmal wäre er beinahe zu ihnen auf die Bühne geklettert, er warf Geldscheine auf ihre sich krümmenden Körper und johlte seine Wertschätzung heraus.

Als die Rothaarige begann, die Dunkelhaarige mit dem Mund zu verwöhnen, hatte Max endgültig genug.

„Ich muss hier raus", flüsterte er Chris zu. „Ich kann das nicht eine Minute länger ertragen."

„Warte", sagte Jett und hielt ihn an der Schulter fest, „ich komme mit." Er wollte seinen Vater nicht länger sehen und endlich ins Gatsby's gehen. Davon abgesehen, dass es nichts Schlimmeres gab, als in der Gesellschaft von sich betrinkenden Männern zu sein, wenn man nicht mittrinken konnte. Nicht mittrinken *wollte.* Selbst die Show dieser beiden Frauen konnte ihn nicht anmachen, das alles wirkte so mechanisch. Nach dem Motto: Du berührst meine linke Brust und ich stecke dir den Finger rein. Und so weiter.

„Max, du kannst nicht gehen", rief Chris, der plötzlich wieder zum Leben erwacht schien. „Das ist deine verdammte Party. Du kannst doch nicht einfach abhauen."

„Ja, Mr. Diamond, das ist *Ihre* Party", gurrte eine der Stripperinnen und warf eine rosafarbene Federboa um seinen Hals. „Wir werden noch jede Menge Spaß haben."

Sie setzte sich neben ihn, bis die beiden Frauen mit ihrer Show am Ende waren, dann zerrte sie Max mit der Hilfe zweier weiterer Mädchen auf die Bühne. Dort drückten sie ihn in einen Stuhl, banden seine Arme nach hinten, und dann begann eine nach der anderen vollkommen nackt auf seinem Schoß zu tanzen.

Die Männer schrien und grölten, während Max diese Tortur über sich ergehen lassen musste. Warum *verfluchte Scheiße* ließ er das überhaupt zu? Was würde Amy wohl davon halten?

Er sah, wie Red ihn beobachtete, und fühlte sich sofort wieder wie ein kleiner Junge, wie der unreife Teenager damals, als sein Vater in dem Moment ins Zimmer kam, als er gerade mit seiner Freundin schlafen wollte. Red hatte sie verdammt noch mal vergewaltigt. Max spürte, wie unbändige Wut über ihm zusammenschlug.

Himmel! Was für ein Albtraum.

Es war nach ein Uhr, als er es endlich schaffte, zu verschwinden. Er konnte es kaum erwarten, unter die Dusche zu gehen, um den Geruch der Mädchen abzuwaschen, deren billiges, betäubendes Parfüm in seinen Kleidern hing. Noch schlimmer war es gewesen, den alten Red Diamond zu sehen, wie er nach den Mädchen geiferte, obszöne Kommentare abgab, Telefonnummern aufschrieb. Das alles war zu viel.

Red war noch immer im Club, als er ging, umringt von den Stripperinnen. Sie alle grapschten nach den Hundertdollarnoten, die er verteilte.

Wenigstens hatten die Japaner den Abend genossen.

Die konnten ihn mal. Die alle konnten ihn mal. Entweder wollten sie in sein Projekt investieren oder eben nicht. Warum musste er sich dermaßen verkaufen?

Nun war es zu spät. Er hatte es getan und hoffte nur, dass das Resultat zumindest zufriedenstellend war.

Im Gatsby's war die Hölle los. Vor dem Club hatten sich Horden von Paparazzi versammelt, davor standen mehrere Polizisten und Massen von Möchtegernpromis, die unbedingt in den Club gelangen wollten.

„Was um alles in der Welt ist denn hier los?" fragte Jett einen Polizisten.

„Birdy Marvel ist da drin", entgegnete der Polizist mit einem Grinsen, das andeutete, dass er selbst auch gerne da drin wäre.

Beverly hatte seinen Namen auf die Gästeliste setzen lassen, deswegen ließ man ihn sofort hinein. Nach ein paar Minuten entdeckte er Beverly und Chet, die beide einen Cosmopolitan schlürften.

„Jetzt reg dich nicht auf“, rief sie, noch bevor er einen Ton sagen konnte. „Ich bin noch dabei.“

„Du meinst, du hast noch immer nicht herausgefunden, wer sie ist?“ fragte er ungläubig.

„Noch nicht. Die Mädchen sind hier keine Stammgäste, sie haben einen Junggesellinnenabschied gefeiert. Ich habe die Nummer von der, die den Tisch reserviert hat.“

„Und?“

„Hab’s versucht, ging keiner ran.“

„Hast du eine Nachricht hinterlassen?“

„Was für eine Nachricht sollte ich denn wohl hinterlassen, Jett? Ach so, klar, jetzt weiß ich. *Mein* Freund hat gestern Nacht mit *deiner* Freundin gevögelt. Ich habe keine Ahnung, wie sie aussieht, und er hat irgendwie ihren Namen nicht mitbekommen, also, äh, wie heißt sie?“

„Gib mir die Telefonnummer, Bev.“

„Bedeutet das, ich bin die Sache los?“

„Das bedeutet, dass ich ab jetzt übernehme.“

Sie reichte ihm ein Stück Papier, das er in seine Tasche steckte. Sofort fühlte er sich besser. Nun konnte er sich entspannen, das geheimnisvolle Mädchen war nur noch einen Telefonanruf entfernt.

Chris verbrachte die Nacht mit dem rothaarigen Mädchen, das die Lesbenszene gespielt hatte. Sie hatte große Brüste und sehr lange Beine. Sie hieß Sonja, kam ursprünglich aus der Slowakei und ließ ihn wissen, dass Sie normalerweise dreitausend Dollar pro Nacht berechnete, dass für ihn ihre Liebesdienste allerdings kostenlos wären.

Nutten. Es war immer dasselbe, egal, ob sie drei oder dreitausend Dollar kosteten. Sie verkauften Sex. Und doch war er ein wenig geschmeichelt, dass sie es bei ihm umsonst machte.

Chris nutzte in Los Angeles öfter die Dienste erstklassiger Callgirls. Erstens waren sie meist schöner als Schauspielerinnen oder Models. Und was noch wichtiger war: Sie wollten von ihm nichts anderes als sein Geld. Sie wollten ihn nicht zur Oscar-Verleihung oder zum Golden Globe begleiten. Sie verlangten kein Abendessen in einem angesagten Restaurant. Waren nicht beleidigt, wenn man ihren Geburtstag vergaß und am Valentinstag keine Blumen schickte. Und … was den Sex betraf, konnten sie alles bieten, was er wollte, ohne ebenfalls einen Orgasmus zu fordern.

Er nahm Sonja mit in sein Hotel, wo sie für ihn tanzte, ihr gebräunter Köper, ihre großen Brüste und harten Brustwarzen waren wirklich aufreizend. Er war halb betrunken und genervt von dem Zusammentreffen mit Red, und doch konnte er in den Armen dieser talentierten Frau alles vergessen und musste nicht einmal dafür bezahlen. Sie hörte erst auf, als er vollkommen erschöpft war. Sie beherrschte ihr Geschäft gut.

Von einer völlig Fremden flachgelegt zu werden hatte etwas sehr beruhigendes.

Am nächsten Morgen war Sonja verschwunden. Genauso wie seine goldene Rolex.

Als er ins Badezimmer ging, fand er eine Notiz, die hinter den Spiegel geklemmt war.

Mr. Giagante rechnet mit seiner Bezahlung. Ich habe mir meine besorgt. Nächstes Mal hast du nicht so viel Glück.
P.S. Dein Schwanz müsste mal gewartet werden.

21. *KAPITEL*

Während es in Kalifornien wie aus Eimern schüttete, herrschte in New York schönes Januarwetter. Es war knackig kalt und sonnig.

Als Amy am Samstagmorgen aufwachte, beschloss sie, eine Radtour durch den Park zu machen. Nigel, einer ihrer Kollegen, ein Engländer und schwul, liebte ebenso wie sie den Park, deswegen rief sie ihn an und fragte, ob er nicht Lust habe, sie zu begleiten.

„Auf jeden Fall", rief Nigel erfreut. „Laß' uns in einer halben Stunde treffen."

Mit Nigel Zeit zu verbringen war fast genauso, wie mit einer Freundin unterwegs zu sein. Er war lustig und gesprächig und ein guter Zuhörer.

„Hast du schon gehört, dass für unsere neue Anzeigenkampagne ein Model aus Mailand eingeflogen wird?" fragte er, während sie energisch durch den Park radelten.

„Was für ein Model?" Amy versuchte, tief und langsam zu atmen.

„Das italienische Supermodel, Gianna. Sie ist *très* bekannt. Immerzu in der italienischen *Vogue*."

„Warum haben Sie denn kein Model von hier gebucht?"

„Weil unsere Supermodels für Victoria's Secret arbeiten, und Sofia findet das geschmacklos." Nigel wich knapp einem Hund aus. „Sofia Courtenelli will sich nicht mit halben Stripperinnen abgeben. *Madame* strebt nach Klasse, und deswegen lässt sie die Italienerin einfliegen. Außerdem auch ein männliches Model, ich hoffe, es handelt sich um Marc Vanderloo, das ist mein absoluter Favorit. Dieser Waschbrettbauch! O mein *Gott!*"

„Ist er schwul?“

„Woher soll ich das wissen? Ich bin kein Fachmann dafür, wer schwul ist und wer nicht.“

„Das hätte man mir vorher sagen sollen“, murrte Amy. „Das wäre eine gute Geschichte für die Presse. Die Meldung hätte ich bestimmt irgendwo untergebracht. Wann kommt das Model an?“

„Sonntag oder Montag“, sagte Nigel. „Ich bin nicht ganz sicher.“

„Toll! Wie soll ich das noch in eine Zeitschrift bekommen, wenn sie schon morgen kommt? Sofia kann wirklich nerven.“

„Inwiefern?“

„Weil sie sich nur für ihre eigene Publicity interessiert. Dabei ist es nicht so einfach, ihren Namen unterzubringen.“

„Donatella Versace scheint damit kein Problem zu haben“, bemerkte Nigel.

„Erwähne Donatella Versace niemals in Sofias Anwesenheit“, sagte Amy.

„Wieso nicht?“

„Weil ich den starken Verdacht habe, dass Sofia eifersüchtig auf sie ist.“

„Und warum das?“

„Donatella hat den Vorteil, einen berühmten Namen zu tragen. Du weißt schon, dieser schockierende Mord an ihrem Bruder in Miami, und außerdem ist sie mit Madonna und Naomi Campbell befreundet.“

„Selbst Naomi zeigt viel zu viel Haut“, sagte Nigel nachdenklich, und blickte einem außerordentlich muskulösen Jogger hinterher. „Ich persönlich jedenfalls bin begeistert, dass wir ’mal jemand Neues einfliegen lassen.“

Amys Handy klingelte. Sie ging 'ran und klemmte es sich unters Kinn.

„Guten Morgen", sagte Max.

„Hi."

„Bist du bereit, alles über gestern Nacht zu hören?" Er klang bemerkenswert aufgeräumt für jemanden, der eigentlich einen Kater haben musste.

„Ich radle gerade mit Nigel durch den Central Park."

„Das klingt ganz schön aktiv."

„Solltest du auch mal ausprobieren."

„Ich persönlich ziehe meinen Heimtrainer vor."

„Und wie war es nun gestern Abend? Hast du dich ausgetobt?" fragte sie hoffnungsvoll.

„Um genau zu sein war es ein Erlebnis, wenn man bedenkt, dass Red Diamond dort auftauchte."

„Dein *Vater* ist zu deiner Junggesellenparty gekommen?" rief Amy aus. „Wie kam das denn?"

„Er hat mir den ganzen Abend ruiniert. Nicht, dass ich besonders viel Spaß gehabt hätte, aber sein Auftauchen hat alles nur noch schlimmer gemacht."

„Kann ich mir vorstellen."

„Egal, deswegen rufe ich nicht an. Meine Brüder sind in der Stadt, ich gehe mit ihnen und Lulu zum Brunch ins The Pierre. Ich dachte, du würdest vielleicht gerne mitkommen, um Chris und Jett kennen zu lernen."

„Ich kann nicht."

„Sieh mal", versuchte er, sie zu überreden. „Ich weiß, wie schwierig Lulu gestern war, aber du darfst nicht vergessen, dass sie nur ein Kind ist, und sie mag dich wirklich sehr."

„Es geht nicht um Lulu, Max, sondern um Grams. Du weißt

doch, dass ich sie samstags immer besuche. Und sie freut sich so sehr darauf."

„Ach so, das hatte ich vergessen."

„Aber ich habe eine fantastische Idee", rief sie fröhlich. „Wie wäre es, wenn du deine Brüder zu unserem Vorhochzeitsdinner einlädst?"

„Deine Mutter wird ausflippen. Du weißt doch, wie wichtig ihr die Sitzordnung ist."

„Ihr Pech. Ich meine, immerhin zahlst du."

„Also – soll ich sie einladen?"

„Ja, und ich kümmere mich um Nancy."

„Das ist ganz schön mutig von dir."

„Ich kann mutig sein, wenn's drauf ankommt."

„Gut, ich lade sie ein."

„Unbedingt." Dann fügte sie etwas leiser hinzu: „Ich werde etwas früher bei Grams verschwinden. Vielleicht komme ich dann noch auf einen Kaffee vorbei."

Sie legte auf und konzentrierte sich auf den holprigen Weg.

„War das ein Kontrollanruf deines Bräutigams?" Nigel trat energisch in die Pedale, um mit ihr mitzuhalten.

„Max kontrolliert mich nicht."

„Vielleicht sollte er das besser", sagte Nigel.

Amys Wangen wurden rot. „Wie bitte?" Sie fragte sich, ob Nigel etwas über diese Nacht gehört hatte.

„Nichts", murmelte er.

„Wo ist denn dein Freund heute?" Eilig wechselte sie das Thema.

„Schläft noch. Marcello braucht seinen Schönheitsschlaf. Er würde lieber sterben als sich körperlich zu betätigen."

„Das klingt ziemlich dramatisch."

„So ist Marcello nun mal. Dieser Junge liebt das Drama."

„Ihr seid schon eine ganze Weile zusammen, oder?"

„Eineinhalb Jahre. Noch nie bin ich mit jemandem länger zusammen gewesen als zwei Jahre. Noch sechs Monate, und dann muss wieder was Neues her."

„Seid ihr … also, ähm, seid ihr euch treu?"

„Miss Amy!" Nagel tat schockiert. „Was ist das denn für eine Frage aus dem Mund eines so jungen und unschuldigen Mädchens?"

„Ach, fall doch von deinem Rad."

„Das würde dir gefallen, wie?"

„Nicht, wenn ich dir hoch helfen und dich in die Notaufnahme schleppen muss."

„Wir sind heute ganz schön zickig drauf, nicht wahr?"

„ Zicken erkennen sich eben!"

Amys Großmutter lebte in einem Apartment im obersten Stockwerk des Waldorf Tower Hotels. Ihr vietnamesischer Haushälter Hueng, der bereits fast fünfzig Jahre für sie arbeitete, wohnte in einem Zimmer eine Etage tiefer.

Grandma Poppy war eine Persönlichkeit. Lebenslustig, scharfzüngig und neunzig Jahre alt, ließ sie noch immer jeden Morgen einen Friseur zu sich kommen. Sie trug modische Kleidung und trank sowohl zum Mittagessen wie auch zum Dinner gerne ein paar Gläser Wein.

Sie hatte zwei Hunde, einen Cockerspaniel und einen Zwergpudel, die beide den ganzen Tag zu ihren Füßen saßen, während sie Biografien las, Kette rauchte, Wein schlürfte und CNN schaute. Sie war ein großer Fan von Larry King. Sie hatte sogar ihre Hunde nach ihm benannt, Larry und King.

Grandma Poppy betete ihre Enkelin an. Jedes Mal wenn Amy sie besuchte, schenkte sie ihr ein auserlesenes Schmuckstück aus ihrer umfangreichen Sammlung.

„Hallo Grams." Amy küsste sie auf beide Wangen. „Tut mir Leid, ich bin ganz verschwitzt. Ich war Radfahren im Park."

„Du siehst immer hübsch aus, stimmt's, Hueng?" sagte Grandma Poppy zu ihrem Angestellten, der auch schon weit über siebzig war.

„Ja, Ma'am", entgegnete Hueng.

„Nun, Liebes." Grandma Poppy öffnete die Schmuckschatulle, die neben ihr auf einem Tischchen stand. „Lass mal sehen, was ich heute für dich habe."

„Grams, du musst mir nicht jedes Mal was schenken. Ich brauche nichts."

„Du brauchst es vielleicht nicht, Liebes", Grandma Poppy zog ein Diamantarmband hervor, „aber eines Tages wirst du lernen, dass es nicht um's Brauchen geht. Nimm einfach diese kleinen Schmuckstücke an und horte sie emsig wie ein Eichhörnchen."

„Gut, Grams."

„Man weiß nie, was die Zukunft bringt. Du heiratest einen viel älteren Mann. Männer – man kann ihnen einfach nie vertrauen. Sie schauen sich alle gerne um."

„Grams, das ist wirklich nicht wahr." Amy schlang das Armband um ihr Handgelenk.

„Doch, Liebes, ist es. Männer können nicht treu sein. Wenn du etwas von mir lernen kannst, dann das."

„Ich bin sicher, dass mein Vater treu war."

„Selbstverständlich nicht", sagte Grandma Poppy spöttisch.

Die Vorstellung, dass jemand Nancy Scott-Simon untreu

sein könnte, ließ Amy lächeln. „Und ich glaube auch nicht, dass Harold durch die Gegend schläft", sagte sie. Das würde Harold niemals wagen!

„So sollte eine Lady sich niemals ausdrücken, Liebes", schimpfte Grandma Poppy. „Schenk mir ein Glas Wein ein, Hueng. Es ist Mittagszeit, das Kind ist bestimmt hungrig."

„Eigentlich nicht", entgegnete Amy, obwohl sie wusste, dass es keinen Sinn hatte, mit Grandma Poppy zu diskutieren, diese Frau war einfach eine Naturgewalt.

„Doch, bist du. Hueng, rufen Sie unten an und bestellen Sie zwei Mal Caesar's Salad."

Amy beugte sich vor und streichelte die Hunde. Beide wichen knurrend zurück, der einzige Mensch, der sich ihnen nähern durfte, war Grandma Poppy.

„Ärger sie nicht, Liebes, sie sind heute nicht so gut drauf."

Hueng erschien mit zwei Gläsern Wein.

„Wie läuft es mit der Hochzeitsplanung, Amy?" Grandma Poppy nahm einen herzhaften Schluck. „Treibt dich deine Mutter wie immer in den Wahnsinn?"

„Wie du nur darauf kommst!"

„Ach ja. Nancy ist eine krankhafte Perfektionistin. Ich war nicht mehr ganz jung, als sie zur Welt kam, und ließ sie von verschiedenen Kindermädchen erziehen. Vielleicht war das ein Fehler."

„Warum sollte das ein Fehler gewesen sein?"

„Ich habe sie kaum gesehen, ich war viel zu beschäftigt damit, meinem lieben Ehemann durch die Welt hinterherzureisen. Dafür hasst sie mich."

„Das glaube ich nicht."

„Aber daran kann ich nun nichts mehr ändern. Dein gut aussehender Großvater liebte das Reisen." Grandma Poppys Augen leuchteten auf. „Wir gingen auf Safaris in Afrika, reisten durch Peru und zu allen möglichen fernen, aufregenden Orten. Wir haben zusammen die ganze Welt gesehen. Das war vielleicht ein Mann."

„War er treu, Grams?"

„Natürlich nicht", entgegnete Grandma Poppy, als ob es ihr egal wäre. „Keiner von ihnen ist treu. Hörst du mir eigentlich nicht zu?"

Nach dem Mittagessen rief Amy bei Tina an und fragte, ob sie vorbeikommen könne.

„Klar", sagte Tina. „Ich sitze sowieso nur 'rum und fühle mich fett. Brad hat mich wegen eines dummen Fußballspiels allein gelassen. Männer!"

„Kann ich dir was mitbringen?"

„Oh, lass mal überlegen – Schokolade, tonnenweise Milchschokolade. Brad weigert sich, mir welche mitzubringen, aber er muss auch nicht den ganzen Tag diesen riesigen Bauch vor sich hertragen. Dieser egoistische Mitkerl!"

„Also Schokolade. Viel Schokolade. Ich bin in etwa zwanzig Minuten da."

Hm ... die Frage des Tages, dachte Amy. Männer sind also untreue, egoistische Mistkerle. Warum heirate ich dann einen?

Gute Frage.

Tina wartete schon ungeduldig auf sie. „O Gott, ich bin süchtig nach diesem Zeug." Sie riss Amy die Tüte aus der Hand. „Brad sagte, der Arzt wäre der Meinung, ich dürfe nicht noch mehr zunehmen. Was glaubt er eigentlich – dass ich bescheuert bin? Ich weiß, dass ich nicht soll, aber wenn man sich nicht mal voll stopfen darf, wenn man schwanger ist, wann denn dann?"

„Das stimmt."

„Gott sei Dank versteht mich wenigstens ein Mensch." Tina steckte sich ein Stück Schokolade in den Mund. „Komm, ich habe Kaffee gekocht."

„Entschuldige, dass ich so spontan vorbeikomme", sagte Amy und folgte Tina in die chaotische Küche.

„Du bist meine beste Freundin und du hast Schokolade mitgebracht – glaub mir, du bist mehr als willkommen." Tina schenkte ihr einen Becher Kaffee ein.

„Ich denke über diese Nacht nach."

„Hoffe, das sind schöne Erinnerungen."

„Keine so schönen, fürchte ich."

„Raus damit."

„Ich schätze, ich habe einfach ein schlechtes Gewissen."

„Hast du?"

„Ja. Vielleicht sollte ich herausfinden, wer er ist?"

„Der Mann, mit dem du unglaublich geilen Sex hattest?" Tina lief zurück ins Wohnzimmer.

„Das habe ich nie behauptet." Amy folgte ihr.

„Bist du verrückt? Warum willst du wissen, wer er ist? Das würde alles verderben."

„Ich weiß nicht ..."

„Du weißt es nicht?" Amy ließ sich vorsichtig in einen Sessel sinken.

„Es ist so. Ich ... also ... ich weiß nicht, ob ich Max heiraten kann."

„Wie bitte?" schrie Tina und verschüttete beinahe ihren Kaffee. „Jetzt bin ich sicher, dass du verrückt bist."

„Hör zu", sagte Amy, „wenn Max mir dasselbe antun würde, würde ich ihn jedenfalls nicht heiraten wollen."

„Um Himmelswillen!“ Tina wedelte mit dem Finger vor Amys Nase herum. „Du wirst es ihm auf keinen Fall erzählen.“

„Wieso nicht?“

„Das war ein One-Night-Stand, und glaub mir, man ist nicht untreu, solange man nicht mal verheiratet ist.“

„Aber ich fühle mich schuldig. Ehrlich, Tina, ich glaube, ich sollte es Max erzählen.“

„Das ist doch albern. Das Hochzeitsdinner ist schon morgen Abend. Du bist so gut wie verheiratet. Max ist perfekt für dich. Er sieht gut aus, ist reich, ein guter Vater für seine Tochter, und vor allem: Er liebt dich. Mach das alles nicht kaputt, Amy.“

„Ich weiß, aber ...“

„Genug davon!“ sagte Tina mit fester Stimme. „Du musst dich jetzt zusammenreißen. Das wird eine großartige Ehe werden.“

„Meinst du?“

„Ja, meine ich. Jeder bekommt Panik wenn der große Tag näher rückt, das ist normal. Also, vergiss nicht – Max ist der Richtige. Er ist dein Brad. Nächstes Jahr um diese Zeit wirst du selbst einen gnadenlos dicken Bauch haben!“

„Na danke. Das hat noch Zeit!“

„Jetzt, wo du wieder vernünftig bist“, sagte Tina und tätschelte ihren Bauch, „gib mir noch ein Stück Schokolade. Diese fette Frau ist verzweifelt!“

22. KAPITEL

Cindi und Liberty standen am Samstag früh auf. Cindi, die wahnsinnig aufgeregt war, bestand darauf, ein Taxi zum Drehort zu nehmen. Am Abend vorher hatte sie ihre Verabredung mit Moose, dem Bodyguard, abgesagt, und Liberty hatte die Zeit genutzt, um ihrer Cousine alles zu erzählen, was sie von ihrer Mutter erfahren hatte.

„Wow!“ hatte Cindi am Ende ausgerufen. „Endlich hat sie dir verraten, wer dein Vater ist, und nun ist er tot? Das nennt man Pech. Wieso hat sie dir nicht früher von ihm erzählt?“

„Sie hat es doch nie jemandem verraten, oder?“

„Aretha hat immer vermutet, dass es einer dieser Manager der Clubs war, in denen sie sang.“

„Nun wissen wir, dass es nicht so ist.“

„Ich rufe meine Mutter an. Bin gespannt, was sie dazu sagt.“

„Du darfst es ihr nicht erzählen“, sagte Liberty schnell. „Diahann möchte nicht, dass jemand davon weiß.“

„Aber wieso denn nicht? Weil er verheiratet war?“

„Frag mich nicht, ich stehe noch unter Schock.“

„Aber du willst ihn doch bestimmt finden?“

„Hörst du eigentlich nicht zu? Er ist tot, Cindi, *tot!*“

„Bist du sicher, dass sie dir die Wahrheit gesagt hat? Deutschland ist ziemlich weit entfernt, und wenn sie wirklich als Backgroundsängerin für Isaac Hayes gearbeitet hat, dann würde meine Mutter das wissen.“ Bevor Liberty sie abhalten konnte, hatte sie bereits den Telefonhörer in der Hand.

„Hallo, Mom. War Diahann jemals in Deutschland mit Isaac Hayes?“

„Wenn Diahann jemals in Deutschland gewesen wäre, dann

würde ich das mit Sicherheit wissen", sagte Aretha. „Und wenn sie auch nur ein einziges Mal mit Isaac Hayes gesungen hätte, ebenfalls. Hallelujah! Dieser Mann ist ein Gott! Habe mal ein Konzert von ihm besucht – da stand er, halb nackt, mit goldenen Ketten bedeckt, sein ungeheuer männlicher Körper glänzte vor Schweiß. Guter Gott, guter Gott! Dieser Mann ist vielleicht sexy. Ein echtes Sahneschnittchen. Ich hätte nix dagegen …"

„Mom! Bitte sprich mit mir nicht über Sex, das ist ja widerlich."

„Warum fragst du überhaupt?"

„Weil Diahann Libby erzählt hat, dass sie einmal mit Isaac Hayes auf Tour gewesen ist."

„Glaub mir Baby, das ist mit Sicherheit niemals passiert."

„Aber du weißt doch nicht alles von ihr. Du warst in Atlanta, und sie war in New York."

„Honey", sagte Aretha streng, „falls meine Schwester ihren hübschen Hintern nach Deutschland verfrachtet hätte, dann hätte das die ganze Familie mitbekommen. Sie hat uns immer erzählt, wenn etwas *gut* lief."

„Bist du sicher?" Cindi und Liberty sahen sich an.

„Ja, Baby, ich bin sicher."

„Danke, Mom. Oh, und stell dir vor – ich werde in einem Musikvideo auftreten. Dann kannst du mich im Fernsehen sehen. Wie findest du das?"

„Was?" kreischte Aretha. „Das muss gefeiert werden. Du und Libby, schiebt am Sonntag euren Hintern hierher. Ich mache Grillhähnchen!"

„Sonntag drehen wir das Video."

„Jetzt sei nicht so aufsässig, Cindi. Ihr kommt sobald ihr da fertig seid, hörst du, Kind?"

Nach dem Gespräch saßen Cindi und Liberty noch zusammen und überlegten hin und her. Entweder hatte Diahann einfach nur eine Geschichte erfunden, oder Aretha hatte nicht die geringste Ahnung, was wirklich geschehen war.

Und nun saßen sie im Taxi auf dem Weg zum Videodreh.

In dem Studio liefen ganz schön viele hübsche und übergewichtige Mädchen herum. Der Choreograph, Benny Cassola, ein junger Lateinamerikaner mit schimmernd schwarzem, zu einem Pferdeschwanz zusammengebundenem Haar, versuchte gerade, sie in eine Reihe zu bugsieren.

„Du", sagte er und deutete auf Cindi. „Gehörst du zu dieser Gruppe?"

„Aber klar." Cindi ging schnell zu ihm hinüber.

„Ich werde euch einige der Hauptbewegungen beibringen. Ihr müsst ganz natürlich wirken, einfach die Musik hören und entspannt sein. Ich will euch sexy und schlüpfrig – je schlüpfriger, desto besser. Ihr müsst einfach wackeln. Wie ein super Wackelpudding."

„*Womit* wackeln?" Cindi tat so, als hätte sie ihn nicht verstanden, was natürlich nicht der Fall war.

„Mit allem, was ihr habt."

Cindi blickte sich im Studio um. Überall waren Männer – Musiker, Pressevertreter, Techniker, Kameraleute. Sie scheute sich normalerweise nicht, sich vor Männern auszuziehen, aber in diesem Fall war es schon eine Herausforderung.

„Nur keine Panik!" flüsterte Liberty beruhigend und schubste sie zu den anderen Mädchen. „Du wirst fantastisch sein."

„Klar", schnaubte Cindi. „Ich wackle mit meinem Hintern,

während all diese geilen Gorillas mich anstarren wie ein Stück Fleisch."

„Zumindest bist du auf einer Bühne, das ist doch was wert."

„*Du* musst dich ja nicht ausziehen", stellte Cindi fest, „sondern ich."

Slick Jimmys Song dröhnte aus den Boxen.

Fat girls got it goin'.
Fat girls in the hood
Fat girls got the booty.
Does a man real good.
Fat girls fuckin' in the park.
Fat girls blowin' for a lark.
Fat girls got it goin'.
Fat girls in the hood.

„So ein Schwachsinn!" flüsterte Cindi erbost. „Das ist ein Song über fette Mädchen. Ich bin nicht fett, ich bin weiblich. Ich weiß, dass ich einen ganz schönen Hintern habe, aber deswegen bin ich noch lange nicht fett! Verdammt!"

„Komm schon, amüsier dich einfach. Hier sammelst du Erfahrung."

„Von wegen Erfahrung!" zischte Cindi.

Als alle Mädchen in einer Reihe standen, begann Benny ihnen einige Bewegungen beizubringen – beugen, wackeln, schütteln. Cindi kam gut damit zurecht.

Fasziniert beobachtete Liberty aus einiger Entfernung, wie Benny die Mädchen wie ein Panther umkreiste, graziös und elegant. Derweil war Cindi damit beschäftigt, die anderen

Mädchen zu betrachten. Mit unter hundert Kilo war sie die Schlankste in der Gruppe, was ihr Selbstvertrauen umgehend steigerte.

Nach einer Weile war Benny zufrieden und schickte die Mädchen in die Maske.

„Komm mit." Cindi zerrte Liberty in die weiträumige Garderobe, wo mehrere Visagisten und Haarstylisten herumschwirrten und schwer beschäftigt aussahen.

„Hey, du", rief eine große, eindrucksvolle Frau Cindi zu. „Setz dich hier hin."

„Ich?" Cindi war nicht sicher, ob sie gemeint war.

„Ja, du. Ich heiße Beverly, willkommen auf meinem Stuhl."

„Hallo, ich bin Cindi."

„Okay, Cindi." Beverly ordnete ihre verschiedenen Pinsel. „Du hast ein wirklich hübsches Gesicht, und meine Aufgabe ist, es noch hübscher zu machen." Sie warf Liberty einen Blick zu. „Und wer bist du?"

„Cindis Cousine."

„Passt wohl auf sie auf, hm?" Beverly unterdrückte ein Gähnen.

„Lange Nacht gehabt?" fragte Liberty.

„Im Gatsby's. Der beste Club der Stadt."

„Wow!" rief Cindi aufgeregt. „Ich habe davon im *US-Magazine* gelesen. Hat dort nicht P. Diddy eine Riesenparty gefeiert?"

Beverly nickte. „Ich war dort", sagte sie wie nebenbei, als ob das nichts Besonderes wäre.

„*Shit!*" stieß Cindi aus. „Du kommst in all die tollen Clubs rein, weil du die Stars schminkst? Wenn das kein Hammer ist!"

„Ich arbeite für jeden, der mich bezahlt." Sie tröpfelte Gesichtswasser auf einen Wattebausch. „Heute schminke ich euch Mädels. Nächste Woche bin ich bei einem Fotoshooting für *Glamour* mit Vivica A. Fox."

„Du schminkst Vivica A. Fox?" Cindi war offensichtlich beeindruckt. „Die ist wirklich was Besonderes."

Beverly warf Liberty erneut einen kurzen Blick zu. „Du müsstest deine Augenbrauen zupfen", bemerkte sie.

„Was stimmt mit meinen Augenbrauen nicht?"

„Zu dick. Sie dominieren dein schönes Gesicht. Dagegen solltest du etwas unternehmen. Das würde einen enormen Unterschied machen."

„Ich dachte, dicke Augenbrauen sind angesagt", verteidigte Liberty sich.

„Honey – du irrst dich." Beverly verteilte teure Feuchtigkeitscreme auf Cindis Gesicht.

„Hmmm ... das fühlt sich richtig gut an." Cindi genoss es sichtlich, so umsorgt zu werden.

„Danach kann man das Make-up besonders gut auftragen", erklärte Beverly. „Vergiss niemals die Feuchtigkeitscreme. Schwarze Haut braucht besondere Pflege."

„Alles klar."

„Also", sagte Beverly zu Liberty. „Wenn ich nachher etwas Zeit habe, kann ich sie dir zupfen."

„Ich weiß nicht, ob ich das will."

Als Cindi fertig geschminkt war, sah sie aus wie bei einer Vorher-Nachher-Show. Und als Fantasia dann mit ihrem knappen Kostüm erschien und sie sich hineinquetschte, schmeichelte es tatsächlich ihren großzügigen Kurven.

„Umwerfend sexy", sagte Liberty ermutigend, als sie zurück ins Studio gingen. „Ich kann dir eins sagen: Du siehst tausendmal besser aus als alle anderen."

„Meinst du?“

„Meine ich.“

„Ich bin nämlich ziemlich nervös.“

„Du? Komm schon. Dich macht doch nichts nervös – außer der Vorstellung, an einem Samstagabend nicht flachgelegt zu werden.“

Cindi grinste und streckte ihre großen Brüste vor. „Du hast Recht! Ich doch nicht! Ich bin ein Siegertyp, Mädchen! Ich habe einen rekordverdächtigen Hintern!“

Nach einigen weiteren Probedurchläufen erschien Slick Jimmy auf der Bildfläche – er sah aus wie eine Mischung aus Snoop Dog und Johnny Depp in *Fluch der Karibik*. Er war nicht gerade Usher, aber er hatte schon etwas, wie er mit den tief sitzenden Jeans, einem großen Sweatshirt, das bis über seine Knie hing, dem Piratenkopftuch und der übergroßen schwarzen Sonnenbrille dastand.

Die Mädchen starrten ihn an, während sein Song weiterhin aus den Lautsprechern dröhnte. Er begann, die Lippen dazu zu bewegen, während der Regisseur Benny erklärte, wo er die Mädchen platziert haben wollte.

Liberty sah zu. Keine Frage, Cindi hatte wirklich Mut, sie selbst wäre niemals in der Lage gewesen, sich in so einem knappen Outfit vor all diesen Männern und der Kamera zu präsentieren. Aber Cindi benahm sich, als hätte sie so etwas schon hundertmal zuvor getan.

Und dann tauchte *er* wie aus dem Nichts auf. Damon P. Donnell. Der Mann schlechthin.

Liberty erstarrte. Damon P. Donnell befand sich im selben Raum wie sie, und sie musste ihm keinen Kaffee servieren. Das war eine Premiere.

Sofort schwirrten alle um ihn herum, besorgten ihm einen Regiestuhl, klatschten ihn ab, taten im Grunde also nichts anderes, als ununterbrochen seinen Hintern zu küssen.

„Hat Damon P. Donnell etwas mit dieser Aufnahme zu tun?“ fragte sie einen der Assistenten, der schon die ganze Zeit versucht hatte, sie zu einem Date zu überreden.

„Mister Big! Ja, Slick Jimmy ist bei seiner Plattenfirma.“

„Im Ernst?“

„Willst du ihn kennen lernen?“ fragte der Assistent und rückte ein wenig näher.

„Natürlich.“

„Wenn du dich später mit mir triffst, könnte ich das für dich arrangieren.“

„Ich bin verlobt“, sagte sie und wich zurück.

„Ich kann keinen Ring entdecken.“

„Weil der durch die Nase meines künftigen Mannes gesteckt ist.“

Der Assistent blickte finster drein. „Du bist eine von diesen Klugscheißerinnen, was?“

„Ich versuche es zumindest“, entgegnete sie kühl und beobachtete Damon auf der anderen Seite des Raumes. Er sah so entspannt aus, so wahnsinnig erfolgreich.

Etwas später stand er auf und spazierte hinüber zum Buffet. Das war ihre Chance, sie rannte beinahe durch den Raum.

„Mr. Donnell“, rief sie, während sie direkt auf ihn zuging. Sie versuchte, nicht zu hinken und wünschte, sie hätte sich hübscher zurechtgemacht und nicht einfach nur Jeans und T-Shirt angezogen.

„Hm?“ Er drehte sich um. „Kennen wir uns?“

„Ich bin Liberty. Ich serviere Ihnen jeden Tag das Frühstück im Coffeeshop gegenüber von ihrem Büro.“ Ihre Worte überschlugen sich beinahe. „Aber in Wahrheit bin ich Sängerin, und zwar eine wirklich gute. Ich brauche nur eine Chance, und ich ... also, ich habe gehofft, dass Sie sich vielleicht einmal meine Demo-CD anhören könnten.“

Er musterte sie mit seinen dunklen, warmen Augen einmal von Kopf bis Fuß. Noch nie zuvor hatte sie ihn ohne Sonnenbrille gesehen, und sie musste feststellen, dass er die schwermütigsten Augen hatte, die sie kannte.

„Stimmt, ich kenne Sie.“ Er berührte den großen Diamantstecker in seinem linken Ohr. „Sie sind das Mädchen, das gestürzt ist. Geht's Ihnen gut?“

Sie war überrascht, dass er sich wirklich an sie erinnerte. „Also ... deswegen ist mein Arm bandagiert“, stammelte sie. „Aber es ist nur eine leichte Verbrennung. Mir geht es schon besser, mein ...“

„Was machen Sie hier?“ unterbrach er sie und nahm sich eine Karotte.

„Meine Cousine ist eine der ... äh ... Tänzerinnen.“

„Gefällt Ihnen der Song?“ Er biss in die Karotte, seine dunklen Augen fixierten sie nach wie vor.

„Wollen Sie die Wahrheit wissen, oder soll ich lügen?“

„Legen Sie los“, sagte er leicht amüsiert. „Es ist ein Hit, egal, was Sie sagen.“

„Warum fragen Sie dann?“ So langsam gewann sie ihre Fassung zurück.

„Weil ich es wissen will.“

„Der Rhythmus ist toll, der Text bescheuert“, sagte sie schnell.

„Ist das so, hm?“ Er heftete seinen Blick auf sie. „Und weshalb, können Sie mir das sagen?“

„Er ist sexistisch."

„Finde ich nicht."

„Dann irren Sie sich."

„*Ich* irre mich?" Er schien überrascht, dass sie es wagte, mit ihm zu diskutieren.

„Ja."

„Dann müssen Sie der Ansicht sein, dass die ganze Rap-Gemeinde sexistisch ist."

„Meistens. Ich meine, es geht überwiegend um Gewalt und Sex."

„Es geht um Freiheit, Baby."

„Nein. Es geht darum, Frauen zu erniedrigen."

„Haben Sie schon mal von weiblichen Rappern gehört?"

„Ich mag Missy Elliott und Queen Latifahs frühe Arbeiten. Mich interessieren aber Liedermacherinnen eher, Sie wissen schon: Norah Jones und Alicia Keys. Ich schreibe auch meine eigenen Lieder."

„Wer nicht?"

„Ich habe es Ihnen bereits gesagt – ich bin gut."

„Und selbstbewusst." Er starrte sie an. „Ich schätze, Sie sollten mal bei mir vorbeikommen."

„Meinen Sie das ernst?" fragte sie atemlos.

„Ich sage nie Dinge, die ich nicht so meine." Er griff in seine Jackentasche und reichte ihr seine Karte.

„Soll ich einfach so in Ihrem Büro vorbeikommen?" Sie studierte die Visitenkarte.

„Greifen Sie zum Telefon, rufen Sie meine Sekretärin an, Fay, sagen Sie ihr, dass ich Sie gebeten habe, vorbeizukommen. Sie wird einen Termin für Sie vereinbaren. Und vergessen Sie ihre Demo-CD nicht."

Es war wie im Traum. Und das alles passierte nur, weil Cindi für ein Musikvideo engagiert worden war. Was für ein Glücksfall!

„Wann soll ich anrufen?“

Sein Blick ließ sie nicht los. „Bald“, sagte er.

Maleek, der Regisseur, kam herüber, betrachtete sie kurz, stellte fest, dass sie nicht wichtig war, und begann, sich mit Damon zu unterhalten. Damon wandte sich von ihr ab. Offenbar war das Gespräch beendet.

Wow! In den letzten Tagen war so viel passiert. Erst das Geständnis ihrer Mutter und nun dies. Sie hatte mit Damon P. Donnell gesprochen, und er hatte ihr doch tatsächlich vorgeschlagen, in sein Büro zu kommen und ihre Demo-CD vorzuspielen. Er hatte ihr seine Visitenkarte gegeben!

Ruhig bleiben, dachte sie. Das hat alles noch nichts zu bedeuten.

Aber wie konnte sie jetzt ruhig bleiben? Das war einfach unmöglich.

23. KAPITEL

Chris ärgerte sich mehr über die Aussage *Dein Schwanz müsste mal gewartet werden* als über die geklaute Rolex. Was sollte das? Bisher hatte sich noch keine Frau beschwert.

Die Tatsache, dass er mit einer Frau geschlafen hatte, die ganz offensichtlich für Roth Giagante arbeitete, war auch nicht gerade beruhigend. Wie war sie überhaupt auf Max' Junggesellenparty gekommen? Gab es solche Zufälle nicht nur im Kino?

Offenbar nicht.

Er dachte daran, Roth in Las Vegas anzurufen, doch dann fiel ihm ein, dass es dort noch zu früh am Morgen war, und er beschloss, bis später zu warten.

Am Abend davor hatte er keine Gelegenheit gehabt, mit seinen Brüdern über Reds überraschendes Auftauchen zu sprechen. Er und Jett hatten sich nur Sätze zugeflüstert wie: „Was hat dieser Scheißkerl hier zu suchen?" und „Warum sieht er so verdammt gesund aus?" Max hatte sich nicht geäußert, er war viel zu beschäftigt damit, gute Miene zu miesem Spiel zu machen.

Jett kam gegen elf in sein Hotel. Inzwischen hatte Chris sich irgendwie schon daran gewöhnt, mit seinem kleinen Bruder rumzuhängen. Er hatte Bekannte in Los Angeles, aber keine richtigen Freunde. Er war ein Workaholic und seit neuestem ein heruntergekommener Spieler – beides kostete viel Zeit.

Ja natürlich, er hatte Freundinnen. Verona, die schon auf der Abschussliste stand. Holly Anton, die ihn in den Wahnsinn getrieben hatte. Es war nicht leicht, in Los Angeles Freunde zu finden. Die Leute dort freuten sich eher über die Niederlagen der anderen als über ihre Erfolge.

„Wieso hat er gestern Morgen das Treffen mit uns abgeblasen?“ Jett schenkte sich ein Glas Orangensaft ein.

„Um uns zu nerven.“ Chris schob sein Eiweiß-Omelett auf dem Teller herum. „So war er doch schon immer. Aber ich tanze nicht mehr nach seiner Pfeife. Wenn dieses verdammte Treffen am Montag nicht stattfindet, dann verschwinde ich wieder.“

„Du hast Recht“, sagte Jett. „Ich werde New York zwar noch nicht verlassen, aber trotzdem nicht nach seiner Pfeife tanzen.“

„Was hast du jetzt überhaupt vor?“

„Ich habe dir doch von dieser Frau erzählt. Ich suche noch immer nach ihr.“

„Du hast sie noch nicht ausfindig machen können?“ Chris sah ihn überrascht an.

„Die Sache ist so gut wie geritzt.“ Jett nahm sich ein Croissant. „Ich habe eine Telefonnummer. Aber da geht nie jemand ran. Ich vermute, es handelt sich um eine Büronummer. Ich kann bis Montag warten.“

„Sag mal … willst du nicht hören, was mir letzte Nacht passiert ist?“ Chris schenkte sich Kaffee nach.

„Leg los, ich bin gespannt.“

„Ich habe eine der Stripperinnen mit ins Hotel genommen. Sie hat meine goldene Rolex geklaut und mir eine bösartige Nachricht hinterlassen.“

Jett begann zu lachen. „Solche Geschichten sind früher immer nur mir passiert.“

„Toll! Und jetzt passieren sie mir“, sagte Chris mürrisch. „Das gefällt mir überhaupt nicht.“

„Was für eine Nachricht war das denn?“

„Dein Schwanz müsste mal gewartet werden. – Was sagst du zu dieser bodenlosen Frechheit?“

Jett prustete los. „Das ist ganz schön übel, Mann."

„Kannst du laut sagen."

„Hast du die Polizei gerufen?"

„Nie im Leben!"

„Es war immerhin eine goldene Rolex."

„Sie hat mir zudem eine Nachricht von dem Typ aus Las Vegas hinterlassen."

„Im Ernst?"

„Ja." Chris nickte nachdenklich. „Allerdings. Ich muss mich unbedingt darum kümmern."

„Und wie?"

„Vielleicht bitte ich Max um ein kurzfristiges Darlehen."

„Du glaubst also nicht, dass Red endlich was 'rausrückt."

„Du hast doch gestern gesehen, wie er den Mädels hinterher geiferte wie früher. Hat er auf dich gewirkt, als würde ihn bald das Zeitliche segnen?"

„Wohl kaum. So schnell wird der alte Herr nicht abtreten."

„Was bedeutet, dass ich am Ende bin."

„Warte doch erst mal das Treffen am Montag ab."

„An meiner Situation wird sich nichts ändern, so viel steht fest."

„Glaubst du?" Jett warf einen Blick auf die Zeitung. „Sag mal, dieser Regen in L.A. ... ich habe heute Morgen mit Sam gesprochen. Er sagte, das wäre unglaublich."

„Wir haben das ganze Jahr über Sonne", sagte Chris. „Ein paar Regentage bringen schon niemanden um."

„Sam sagt, es habe einen Erdrutsch gegeben. Es sollen sogar Menschen ums Leben gekommen sein."

„Scheiße! Ich hoffe, mit meinem Haus ist hoffentlich alles in Ordnung."

„Menschen kommen ums Leben, und du machst dir Sorgen um dein Haus?“

„Ziemlich oberflächlich, oder?“ Chris lachte hohl. „Schätze, ich lebe schon zu lange in L.A.“

„Warum sollte es Probleme mit deinem Haus geben?“

„Das Haus steht an einem verdammt hohen Berghang, und Verona hat mich wissen lassen, dass es überall hineinregnet.“

„Dann soll sie eben jemanden anrufen.“

„Sie wird so lange nichts unternehmen, bis ich sie nicht bitte, bei mir einzuziehen. Und glaub mir – das werde ich keinesfalls tun.“

„Gibt's denn keine Haushälterin?“

„Nicht am Wochenende.“

„Wird schon nicht so schlimm sein.“ Jett warf die Zeitung auf den Tisch.

„Als ob ich nicht schon genug Probleme hätte.“

„Ich habe gestern Abend Birdy im Gatsby's gesehen.“ Jett schenkte sich Orangensaft nach.

„Und?“

„Sie war mit so einem Motorradfreak da. Sah so aus, also ob sie Zoff hätten, also blieb ich weg.“

„Na wunderbar!“

„Kennst du ihn?“

„Das ist der Typ, den sie heiraten will.“

„Nett.“

„Eben. Ich sollte sie anrufen. Danach können wir los.“

„Vielleicht solltest du dir unterwegs eine Rolex kaufen, nur für den Fall.“ Jett grinste.

„Leck mich!“ Aber Chris konnte nicht anders, er musste auch grinsen.

Früh an diesem Morgen berichtete Clive Barnaby Max am Telefon von den japanischen Bankiers. Offenbar hatten sie die Party genossen und freuten sich bereits sehr auf das Treffen am Montag.

„Mir scheint, die Sache ist so gut wie gegessen", rief Clive begeistert. „Nach der Party musste ich sie noch auf ein paar Drinks einladen. Kannst mir glauben, die stehen auf unsere Frauen."

„Haben sie welche mit ins Hotel genommen?" fragte Max.

„Wer weiß, wer weiß? Ich habe sie gegen vier Uhr morgens verlassen."

„Also, dann wollen wir mal abwarten."

„Und du? Hast du dich gut amüsiert?"

„Wie denn, nachdem mein Vater wie aus dem Nichts auftauchte?"

„Ich muss schon sagen, das war für alle eine Überraschung. Ich hatte keine Ahnung, dass dein alter Herr dir so nahe steht."

„So kann man das nicht gerade sagen. Wie du weißt, habe ich mich geschäftlich immer von ihm distanziert."

Kurze Zeit später holte Max seine Tochter ab und fuhr mit ihr ins The Pierre. Lulu benahm sich mustergültig, nachdem er ihr ein großes Geschenk versprochen hatte, falls sie nicht herumjammerte und aufaß.

„Ich will einen weißen Hasen mit gelben Pelzohren und einem roten Umhang", verkündete Lulu. „Und Pelzstiefel, mein Hase muss Pelzstiefel haben, Daddy. Lila oder grün. Nicht orange."

„Wenn wir so einen finden, bekommst du ihn. Aber du musst dich gut benehmen, wenn du gleich deine beiden Onkels triffst."

„Onkels. Die kenne ich gar nicht." Sie lächelte satanisch. „Bringen die mir Geschenke mit?"

„Weiß ich nicht. Vielleicht, wenn du dich wie eine kleine Lady benimmst."

„Gut Daddy, das mache ich. Versprochen, Daddy. Lulu ist ein braves Mädchen." Jetzt warf sie ihm ein engelsgleiches Lächeln zu. „Ein *sehr* braves Mädchen."

„Das werden wir sehen."

„Kommt Amy auch, Daddy?"

„Vielleicht schaut sie später vorbei, und wenn ja, dann solltest du besser nett zu ihr sein."

„Klar, Daddy, ich werde *sehr* nett sein." Lulu riss die Augen auf. „Lulu ist ein braves, *braves* Mädchen.

Sowohl Chris wie auch Jett waren völlig von ihrer Nichte angetan, die sich absolut bezaubernd präsentierte. Ihre Tischmanieren waren tadellos, sie verspeiste ihr Essen sogar ohne damit zu drohen, sich gleich übergeben zu müssen.

„Mein Daddy kauft mir ein Geschenk", verkündete sie stolz, als sie beim Schokoladeneis angekommen war.

„Hast du ein Glück", sagte Jett. „Was bekommst du denn? Ein Raumschiff?"

„Nein, Dummerjan!" Sie kicherte hysterisch. „Nur Jungs mögen Raumschiffe."

„Was denn dann? Eine große Burg voller Ritter?"

„Du bist *so* dumm." Sie kicherte noch heftiger. „Ritter sind auch für Jungs. Ich bin ein Mädchen."

„Ach, du bist ein Mädchen, ja?" Jett grinste. „Das wusste ich nicht."

„Wusstest du wohl."

„Wusste ich nicht."

„Kaufst du mir ein Geschenk?" fragte sie und neigte kokett den Kopf zur Seite.

„Vielleicht wenn wir uns wieder sehen."

„Versprochen?"

„Ich verspreche es, weil du so süß bist und ich all deine Geburtstage verpasst habe. Und jetzt, wo wir Freunde sind ..."

„Freunde!" begann sie zu singen und packte Jetts Hand. „Freunde! Freunde! *Freunde!*"

„Sie mag dich", sagte Max.

„Wie alle Mädchen." Jett zwinkerte seiner kleinen Nichte zu.

Nach dem Essen verkündete Jett, dass er vorhabe, bei einem Videodreh vorbeizuschauen. „Meine Freundin Beverly ist dort Visagistin. Warum kommt ihr nicht mit?"

„Ich würde niemals freiwillig zu einem Videodreh gehen, solange es sich nicht um einen meiner Mandanten handelt", sagte Chris. „Kenne das alles schon."

„Vielleicht kannst du ja einen neuen Kunden an Land ziehen", entgegnete Jett. „Dieser Rapper soll angeblich der neue Jay-Z. werden. Er heißt Slick Jimmy, wahrscheinlich braucht er noch einen Anwalt."

„Slick Jimmy, ja? Ich glaube, ich passe, ich habe bereits genug verrückte Mandanten. Außerdem muss ich mal sehen, ob Birdy wieder aufgetaucht ist."

Noch bevor er sich bei ihr melden konnte, rief sie ihn auf seinem Handy an und bestand darauf, dass er sofort in ihr Hotel kommen solle.

„Was ist los?" Ihm war klar, dass es sich um nichts Erfreuliches handeln konnte.

„Komm einfach her." Ihre Stimme bebte, als ob sie jeden Moment in Tränen ausbrechen würde.

„Wie wäre es, wenn du und deine Tochter mit zum Videodreh kommt? Vielleicht gefällt es Lulu ja", sagte Jett.

„Ein andermal. Lulu geht heute mit ihrem Kindermädchen in den Park, während ich mich mit meiner Ex an einen Tisch setzen muss."

„Klingt nicht gut."

„Ist es auch nicht." Max sah grimmig drein.

Er freute sich nicht gerade auf das Treffen mit Mariska, andererseits war Vladimir mindestens genauso sehr ihr Problem wie seines, warum also sollte er sich allein damit herumschlagen?

Draußen auf der Straße blickte Max sich auf der Suche nach Amy um. Er wollte sie so gerne seinen Brüdern vorstellen. Noch nie hatten sie so viel Zeit miteinander verbracht, und wie sich zeigte, war das eine sehr angenehme Erfahrung.

Vielleicht war *Familie* doch nichts so Schlimmes.

24. KAPITEL

„Raus!“ brüllte Red Diamond, das Gesicht rot vor Wut. „Ich will, dass du verschwindest!“

Lady Bentley, die an ihrem Frisiertisch saß und sich das Haar bürstete, wurde blass.

„Nimm deinen knochigen Hintern und geh“, fuhr Red fort. „Verschwinde verflucht noch mal aus meinem Haus, ich habe genug von dir!“

Es war Samstagmorgen, und Red war aufgebracht in ihr Schlafzimmer marschiert. Sie hatte keine Ahnung, was seinen Unmut erregt hatte, er traf sie völlig unvorbereitet.

„Warum benimmst du dich so?“ fragte sie, stand auf und sah ihn an. „Wir haben nicht gestritten, alles ist wie immer.“

„Nichts ist wie immer“, entgegnete er. „Ich habe die letzte Nacht mit jüngeren Frauen verbracht, mit *lebendigen* Frauen, Frauen, die es geschafft haben, dass ich wieder einen hochkriege. Und da habe ich endlich kapiert, dass ich die letzten Jahre mit einer vertrockneten Zicke verschwendet habe.“

„Du bist widerlich.“ Sie wandte sich von ihm ab.

„Ich habe das Lebenselixier wieder gefunden, das mir seit sechs Jahren fehlt“, schrie er. „Du kannst Sex nicht ausstehen. Jedes Mal wenn ich auf dir bin, liegst du da wie ein Brett und gibst mir *überhaupt nichts.*“

„Ich habe alles getan, worum du mich je gebeten hast.“ Sie zwang sich, ruhig zu bleiben.

„Klar“, sagte er höhnisch, „du hast mir sogar einen geblasen, wenn ich dich darum gebeten habe.“

„Wie kannst du es wagen, so mit mir zu sprechen?“

„Ich spreche mit dir, wie es mir passt.“

„Du meinst das doch auf keinen Fall ernst."

„Jedes verdammte Wort", sagte er ungeduldig und ließ seine Knöchel knacken.

„Und wo soll ich deiner Meinung nach hingehen?" fragte sie kalt. „Wir sollten nicht vergessen, dass ich meinen Mann verlassen und alles aufgegeben habe, um mich sechs Jahre lang um dich zu kümmern."

„Um mich zu kümmern?" tobte er. „Das klingt, als wäre ich ein altersschwacher Invalide, und genau das ist es, was Red Diamond *niemals* sein wird."

„Ich habe dich nicht einen Invaliden genannt."

„Es interessiert mich einen Dreck, wie du mich nennst. Du langweilst mich. Du tust doch nichts anderes, als mein Geld zum Fenster 'rauszuwerfen. Es reicht. Ich will, dass du gehst. Ich plane, in Zukunft meine Freiheit zu genießen."

„Bitte schön." Sie spürte, wie die Wut in ihr hoch kochte. „Du kannst planen, was du willst, ich jedenfalls gehe nirgendwo hin."

„Was?" Sein faltiges Gesicht verzog sich ärgerlich.

„Du hast schon verstanden."

„Ist dir eigentlich klar, mit wem du redest?" brüllte er. „Wenn ich erst mal meine Anwälte ins Spiel bringe, fliegst du hier *sofort* raus."

„Ruf sie an", sagte sie. „Ich habe ein Recht, hier zu sein, das ist auch mein Heim."

„Ich gebe dir einen guten Rat." Seine kleinen Augen blitzten böse. „Versuche nicht, dich mit mir anzulegen. Keine Frau hat jemals Red Diamond übers Ohr gehauen."

Sie betrachtete ihn lange. Das stimmte vermutlich. Drei seiner Frauen hatte er umgebracht, die vierte war eine kaputte

Säuferin, die ein elendes Leben fristete. Aber sie, Lady Bentley, war anders. Sie war aus anderem Stoff gemacht, sie würde sich von diesem ungehobelten, alten Mann nicht einschüchtern lassen. Sie war klüger, als er dachte, sie wusste eine Menge über Red Diamond.

„Wenn wir eine angemessene Abfindung vereinbaren, und auch nur dann, werde ich Betracht ziehen, mir eine Wohnung zu nehmen", sagte sie ruhig. „Du kannst die Höhe direkt mit mir aushandeln oder mit meinen Anwälten sprechen. Was immer dir lieber ist."

„Eine Abfindung." Er lachte. „Das werden wir ja noch sehen."

„Allerdings." Sie würde sich von ihm nicht wie eine seiner Huren behandeln lassen. „Sag mir eines, Red. Was für eine Überraschung hast du eigentlich für deine drei Söhne am Montag? Was willst du noch unternehmen, um ihr Leben zu ruinieren?"

„Ihr Leben ruinieren!" bellte er. „Diese Jungs wären *nichts* ohne mich. Sieh dir an, was sie erreicht haben."

„Eben", entgegnete sie lapidar. „Und wie ich hinzufügen möchte, ohne die geringste Hilfe von dir."

„Du Schlampe!" murrte er. „Was weißt du denn schon?"

„Ich weiß, dass du diese beiden Banken gezwungen hast, sich aus Max' Projekt zurückzuziehen. Ich weiß auch, dass du Roth Giagante in Las Vegas gebeten hast, Chris unter Druck zu setzen. Das ist nicht sonderlich väterlich, oder, Red?"

„Ich erteile ihnen nur eine Lektion", brummte er.

„Sie sind erwachsene Männer, Red. Was haben sie dir getan, dass du sie so behandelst?"

„Hast du mir nachspioniert?" Sein Gesicht wurde noch dunkler vor Zorn. „Woher weißt du das alles?"

„Ich spioniere nicht, ich beschütze dich nur. Und wenn ich anfügen darf: Du wirst niemals mehr jemanden finden, der dich so beschützt wie ich."

„Schwachsinn!"

„Und ich möchte dich zudem warnen: Wenn du denkst, *ich* würde dein Geld zum Fenster rauswerfen, dann wirst du schnell herausfinden, wie viel Geld andere Frauen ausgeben. Ich unterhalte dich, wann immer du es wünschst. Ich ertrage sogar die Callgirls, die du in deinem geheimen Apartment in der 59. Straße triffst – das Apartment, von dem ich deiner Ansicht nach nichts weiß. Nun, Red, ich weiß alles über deine Huren. Und ich weiß eine Menge andere Dinge, von denen du sicher nicht möchtest, dass sie an die Öffentlichkeit geraten."

„Letzte Nacht habe ich von ein paar Stripperinnen mehr Unterhaltung geboten bekommen, als in den ganzen sechs Jahren von dir. Schieb deinen erpresserischen Hintern aus meinem Haus, ich habe keine Verwendung mehr für dich. Kapierst du, was ich sage? Ich bin fertig mit dir. Fertig. Aus und vorbei."

„Du bist wirklich ein abscheulicher Mensch." Die kalte Wut half ihr, stark zu bleiben.

„Dann hau verdammt noch mal ab", schrie er.

„Erst, wenn ich dazu bereit bin, Red. Darauf kannst du dich verlassen."

Als er sich auf den Weg zu Birdys Hotel machte, bekam Chris einen weiteren Anruf. Diesmal war es Jonathan Goode, der eigentlich inzwischen nach Europa unterwegs sein sollte, was aber offensichtlich nicht der Fall war.

„Ich muss mit Ihnen sprechen, Chris." Er klang aufgewühlter als sonst. „Es ist dringend."

„Wo sind Sie?“

„In meinem Apartment.“ Jonathan gab ihm seine Adresse.

„Ich bin gerade auf dem Weg zu einer Mandantin. Sobald ich fertig bin, komme ich vorbei.“

Lieber Himmel! Wer zum Teufel hatte das Handy erfunden? Man war überall erreichbar – absurd. Erst Birdy, jetzt Jonathan. Im Grunde fehlte nur noch ein Anruf von Lola Sanchez, dann wäre sein Tag endgültig ruiniert.

„Vladimir ist kein guter Mensch“, sagte Mariska, während sie nervös in ihrem Wohnzimmer auf und ab ging, ihre hohen Absätze klackten auf dem Marmorboden.

„Da erzählst du mir nichts Neues“, antwortete Max ruhig. Das habe ich innerhalb kürzester Zeit auch schon gemerkt.

„Vladimir ist gefährlich. Du hast ja keine Ahnung, wie gefährlich.“

„Vielleicht nicht, Mariska. Aber zumindest weiß ich, dass das dein Problem ist, nicht meines.“

„Nein, Vladimir ist unser Problem. Ich war mit diesem Mann nie verheiratet – die so genannten Papiere, die er dir gezeigt hat, sind gefälscht.“

„Ich bin froh, das zu hören.“

„Er könnte uns Schlimmes antun, Max. Sehr Schlimmes.“

„Das bezweifle ich.“

„In Kalifornien“, sagte sie nachdenklich, „ bringt man Menschen um, die einem Ärger machen.“

„Wie bitte?“

„Das steht doch ständig in der Zeitung. So sollten wir mit Vladimir umgehen.“

Grundgütiger! Dasselbe hatte er sich ja auch schon überlegt.

Aber jetzt, wo Mariska den Vorschlag machte, klang es völlig bizarr.

„Wie kannst du so etwas auch nur denken?“ fragte er barsch.

„Willst du, dass deine Tochter in den Zeitungen als unehelich bezeichnet wird? Lulu? Unsere Lulu?“

„Das wird nicht geschehen.“

„Doch, wenn Vladimir nicht zum Schweigen gebracht wird.“

„Hat er Kontakt zu dir aufgenommen?“

„Nein.“ Sie sah ihn nicht an.

Er wusste sofort, dass sie log.

„Du hast ihn also getroffen. Sag mir die Wahrheit, Mariska, ich werde sie so oder so herausfinden.“

„Na gut“, lenkte sie ein. „Er kam gestern Abend hierher, ich konnte nichts dagegen tun.“

„Hast du ihn etwa ’reingelassen?“ Max war über ihre Dummheit schockiert.

„Was hätte ich denn tun sollen? Er sagte dem Potier, er sei mein Bruder.“

„Und was wollte er von dir?“

„Geld.“

„Und?“

„Ich sagte ihm, ich würde mit dir sprechen.“

„Er hat bereits Geld von mir bekommen.“ Eine Pause entstand. „Mariska, wenn du mir schwörst, dass du nichts mit ihm zu tun hast, dass die Papiere gefälscht sind, dann kann ich dafür sorgen, dass er ins Gefängnis geht.“

„Nein“, sagte sie schnell. „Stell dir nur die Schlagzeilen vor …“

„Was für Schlagzeilen? Wenn er ein Betrüger ist, ist es doch völlig egal, was sie schreiben. Ich werde sie verklagen."

„Aber weißt du, also ... ich habe ihn mal gekannt, vor langer, langer Zeit." Wieder vermied sie es, ihn direkt anzusehen. „Vladimir war ... ein Geschäftsfreund meines Cousins."

„Himmel noch mal!" explodierte Max. „Warum hast du das nicht gleich gesagt? Es ist einfach unfassbar!"

„Tut mir Leid, Max, ich ..."

„Warst du mit ihm verheiratet oder nicht, Mariska?" unterbrach er sie. „Das solltest du mir jetzt besser sagen, das hier ist kein Spiel."

„Nein!"

„Warum sollte ich dir glauben?"

„Weil es die Wahrheit ist", sagte sie trotzig.

„Das hoffe ich."

Mariska begann, wieder auf und ab zu wandern. „Wir müssen ihn loswerden, Max. Wenn nicht, bekommen wir große Probleme."

„Was für Probleme?"

„Ich kenne Leute, die das für uns erledigen können. Das würde fünfzigtausend Dollar kosten."

„Bist du wahnsinnig?"

„In Russland wissen wir, wie wir mit unseren Feinden umzugehen haben."

War er mit dieser Frau wirklich einmal verheiratet gewesen?

„Ich werde herausfinden, wo er wohnt", fuhr Mariska fort. „Ich habe Freunde in Moskau, die es bestimmt wissen."

„Ah, verstehe. Du rufst einfach in Moskau an und fragst: ‚Wo ist Vladimir Bushkin?' und dann sagen sie es dir. So einfach ist das?"

„Wenn man die richtigen Beziehungen hat", sagte sie leise. „Gib mir das Geld, und unser Problem hat sich erledigt."

„Ich weigere mich, jemanden umlegen zu lassen", rief er verärgert, „und damit ist das Gespräch beendet."

„Nein, Max. Schlaf noch einmal eine Nacht drüber. Und morgen reden wir weiter."

„Morgen kann ich nicht. Da ist das Hochzeitsdinner mit Amy."

„Früh morgens, wenn du klar denken kannst."

„Hast du mir nicht zugehört?" fragte er erschöpft. „Ich habe dir gerade gesagt, dass ich morgen zu tun habe."

„Bring mir das Bargeld, und ich kümmere mich um alles Weitere. Du wirst nichts damit zu tun haben."

„Nein, Mariska. Hörst du? Nein!"

„Max, ich kenne Leute wie Vladimir. Das ist unsere einzige Chance."

„Das werden wir ja sehen."

Zwei Mandanten, beide wollten ihn sprechen, beide behaupteten, es sei dringend. *Ladies first,* dachte Chris und eilte in Birdys Hotel.

Er wurde von ihrer Cousine, die zugleich ihre nutzlose Managerin war, in die Suite gelassen. Sie trug Arbeitshosen und ein enges T-Shirt mit den Worten: B. MARVEL ROCKS und war mit ihrem strähnigen Haar und dem leeren Gesichtsausdruck eine weniger attraktive Version von Birdy.

„Wo ist sie?" Chris blickte sich in der Suite um. „Sie sagte, es wäre dringend."

„Im Schlafzimmer", antwortete die Cousine Kaugummi kauend. „Sie können durchgehen."

Das Schlafzimmer war in tiefe Dunkelheit gehüllt.

„Könnte mal jemand das Licht anmachen", sagte Chris und tastete sich in den Raum. „Ich kann überhaupt nichts sehen." Birdy wo bist du?

Birdy knipste eine Lampe an. Sie lag im Bett, umgeben von Zeitschriften und leeren Bonbonpapierchen.

Chris sah sofort, warum sie lieber im Dunkeln lag. Die junge hübsche Sängerin hatte ein blaues Auge und eine geschwollene Lippe vorzuweisen.

„Wer hat das getan?" Die Frage war überflüssig, weil er die Antwort sowieso schon kannte.

„Er hat das nicht so gemeint", murmelte Birdy mit der Stimme eines kleinen Mädchens. „Wir haben gestritten, und er hat mich irgendwie aus Versehen geschlagen."

„Aus Versehen." Chris kratzte sich am Kopf.

„Ich sag dir doch", wiederholte sie verärgert, „ein Versehen. Rocky würde mich niemals mit Absicht schlagen."

„Wir sollten die Polizei rufen."

„Nein!" kreischte Birdy und setzte sich auf. „Wenn ich das wollte, hätte ich das schon gestern Nacht getan. Rocky war irgendwie ein bisschen sauer wegen diesem Kram mit dem Ehevertrag. Ich hätte ihm geben sollen, was er wollte, das hätte ich tun sollen."

„Birdy, willst du mich weiterhin als deinen Anwalt beauftragen?" fragte Chris streng. „Wenn ja, dann solltest du langsam anfangen, auf mich zu hören."

„Ich habe auf dich gehört", antwortete sie schlecht gelaunt. „Du siehst, was es mir gebracht hat."

„Wo ist Rocky jetzt?"

„Er war vorhin hier, es tut ihm alles ganz schön Leid."

Seufzend griff sie nach einem Taschentuch. „Aber ich rede im Moment irgendwie nicht mit ihm."

„Ich nehme an, das mit der Hochzeit hat sich erledigt?"

„Auf keinen Fall!" rief Birdy, schockiert von dem Gedanken, aus. „Ich bestrafe ihn, weil ich irgendwie sauer bin, dass er mein Gesicht so zugerichtet hat. Aber wir heiraten trotzdem."

„Birdy." Chris versuchte, so geduldig wie möglich zu klingen. Es würde schwer werden, zu ihr durchzudringen, nachdem sie sich einredete, so verliebt zu sein. „Du kannst nicht mit einem Mann zusammen sein, der dich schlägt."

„Das war ein einmaliger Ausrutscher, Chris." Sie rieb sich die Nasenspitze. „Er gab mir ein irgendwie feierliches Versprechen, es nie mehr zu tun."

„Erzähl mal genau, was passiert ist", bat Chris resigniert.

„Nun." Birdys Stimme zitterte. „Wir kamen irgendwie gerade aus dem Gatsby's, und da waren überall Paparazzi – die schoben und drängelten und versuchten, uns aufzuheizen. Das hat Rocky noch wütender gemacht, wir hatten nämlich schon im Club gestritten."

„Wo waren deine Bodyguards?"

„Mein Fehler, wir sind irgendwie ohne die losgezogen", gestand sie kleinlaut.

„Wie clever."

„Tut mir Leid." Ihre Stimme wurde leiser und leiser.

„Und dann?"

„Rocky hat einen Fotografen irgendwie aus dem Weg geschubst, und ich versuchte, ihn davon abzuhalten. In dem Moment hat er sich umgedreht und aus Versehen *mich* geschlagen."

„Na wunderbar!" Chris dachte über die Konsequenzen dieser konfusen Geschichte nach.

„Es könnte sein, na du weißt schon, dass die irgendwie was davon fotografiert haben."

„Was meinst du?" Chris runzelte die Stirn. „Doch hoffentlich nicht, dass Rocky dich in aller Öffentlichkeit geschlagen hat?"

„Ich glaub schon."

„Dann sollte ich mich wohl auf eine Klage des Fotografen vorbereiten?"

„Er wurde nicht verletzt", jammerte sie, „nur ich."

„Noch schlimmer."

„Ich frage mich, Chris, ob du irgendwie verhindern kannst, dass das veröffentlicht wird?"

„Dazu ist es jetzt zu spät, du hättest mich bereits gestern Nacht anrufen sollen. Die Fotografen haben ihre Bilder bereits verkauft."

„Können wir nicht eine Erklärung abgeben, dass das Ganze irgendwie ein Unfall war?"

„Lass uns erst mal abwarten, was sie überhaupt haben, dann können wir uns über eine Erklärung Gedanken machen." Er schwieg kurz. „Warst du bei einem Arzt?"

„Ich habe mir gestern Nacht vom Zimmerservice ein rohes Steak bringen lassen." Sie verzog angewidert das Gesicht. „Das habe ich mir aufs Auge gelegt. Das ganze Zimmer hat danach gestunken!"

„Was ist denn mit deiner Lippe? Muss die nicht versorgt werden?"

„Tut weh", sagte sie mit ihrer Kleinmädchenstimme.

„Wir sollten einen Arzt rufen, vielleicht muss sie genäht werden."

„Ich will keinen Arzt." Sie versuchte mit aller Macht, die Tränen zurückzuhalten.

„Ich bin sicher, dass der Hotelarzt sehr diskret ist. Ich rufe den Concierge an und schaue, was wir arrangieren können."

„Tut mir Leid, Chris. Ich wollte nicht, dass so etwas passiert."

„Es ist aber passiert, Birdy", erwiderte er streng. „Und du solltest sehr ernsthaft überlegen, ob du einen Mann heiraten willst, der dich so behandelt."

„Ich werde ihn heiraten", sagte sie trotzig. „Also, kümmere dich um die Hochzeit in Vegas. Ich habe Rocky gesagt, dass er das Geld für die Exklusivrechte bekommt, die wir verkaufen."

„Und das reicht ihm nicht?"

„Er war sauer, als ich sagte, dass ich das mit der Million pro Jahr nicht machen kann."

„Vielleicht sollte ich mal mit ihm reden, ein paar Dinge klarstellen."

„Nein", sagte sie schnell. „Dann wird er nur böse und lässt es an mir aus – das ist seine Art, mit so was umzugehen."

„Netter Kerl."

„Das ist er, das ist er echt." Sie klang, als würde sie das wirklich glauben. „Du müsstest ihn nur so kennen, wie ich ihn kenne."

Frauen von prügelnden Männern war einfach nicht zu helfen. Chris wünschte, er könnte ihr klarmachen, was für einen Fehler sie beging, aber Birdy war blind vor Liebe.

Er telefonierte mit dem Concierge, und kurz darauf kam der Hotelarzt. Chris führte ihn ins Schlafzimmer, dann ging er ins Wohnzimmer und lief nervös auf und ab. Als der Arzt wieder erschien, klingelte Chris' Handy. Er blickte aufs Display, erkannte Veronas Nummer und beschloss, sie warten zu lassen.

Nach einem kurzen Gespräch mit dem Arzt machte er sich auf den Weg zu Jonathan. Er rief Verona zurück.

„Was gibt es?“ fragte er unfreundlich. „Ich bin beschäftigt.“

„Ich rufe als Freundin an“, sagte Verona.

Hm … das klang ominös, vielleicht wollte *sie* sich ja von *ihm* trennen. Das wäre nicht das Schlechteste, es würde ihm eine Menge Ärger ersparen.

„Das ist schön, Verona.“ Er unterdrückte ein Gähnen. „Freue mich, das zu hören.“

„Ich fürchte, ich habe schlechte Nachrichten.“

Noch mehr schlechte Nachrichten? Was denn noch?

„Es gab einen Erdrutsch“, fuhr sie fort. „Dein Haus ist mehr oder weniger eine Ruine.“

„Mein Haus? Was willst du damit sagen?“

„Ich bin vorbeigefahren, um nach dem Rechten zu sehen. Es muss gerade erst passiert sein. Überall waren Feuerwehr und Rettungswagen – man fürchtete, dass noch jemand im Haus wäre. Ich habe ihnen gesagt, dass das nicht der Fall ist. Sieht so aus, als ob du Pech gehabt hast.“

„Mein Haus?“ wiederholte er. „Das ist verdammt noch mal unmöglich.“

„Ist nicht meine Schuld, Chris“, sage sie scheinheilig. „Das Wetter, es regnet hier noch immer.“

„Heilige Maria!“ explodierte er. „Wie schlimm ist es?“

„Sehr schlimm, Chris. Dein Haus ist praktisch unter einer Schlammlawine vergraben. Was für ein Glück, dass wir nicht drin waren.“

„Mein Haus ist mit allem darin vergraben?“ fragte er ungläubig. „Mein ganzes Haus?“

„Ich fürchte ja.“

„Ruf meine beiden Assistenten an, sie sollen sofort hinfahren, um sich ein Bild zu machen.“

„Das würde ich ja, Chris, aber ich habe ihre Privatnummern nicht. Am besten machst du es selbst."

„Du bist mir wirklich eine große Hilfe."

„Das könnte ich sein, wenn wir zusammenleben würden."

Er beendete das Gespräch, rief seine beiden Assistenten in Los Angeles an und bat sie, zu seinem Haus zu fahren und zu retten, was zu retten war. „Es gibt einen Safe", sagte er. „Findet ihn! Und wenn ihr ihn findet – lasst ihn nicht eine Sekunde aus den Augen."

25. KAPITEL

„Komm mit“, sagte Beverly. „Ich habe ein paar Minuten Zeit und kann mich um deine Augenbrauen kümmern.“

„Ich weiß nicht, ob ich …“, begann Liberty. Sie mochte ihre dicken Augenbrauen, sie verliehen ihrem Gesicht einen geheimnisvollen Charakter.

„Du kannst es brauchen, Schwester“, unterbrach Beverly sie. „Und ich mach’ es für dich umsonst, also los.“

„Okay.“ Liberty stand auf. Warum nicht? Sie hatte nichts zu verlieren außer ihren Augenbrauen. Außerdem war Damon P. Donnell bereits vor einer Stunde gegangen, es würde also kein zufälliges Zusammentreffen mit ihm mehr geben.

Sie gingen in die Garderobe, Beverly drückte sie in einen Stuhl, warf ein Handtuch über ihre Schultern und sagte: „Schätze, du hast das schon oft gehört, aber ich sag’s trotzdem. Du hast ein wunderbares Gesicht, herrliche Wangenknochen. Hast du schon jemals daran gedacht, zu modeln?“

„Eigentlich nicht.“ Liberty starrte ihr Gesicht im Spiegel an. „Modeln interessiert mich nicht. Ich bin Sängerin.“

„Eine Sängerin mit Job?“

„Klar.“ Liberty lachte kläglich. „Mit einem tollen Job als Bedienung.“

„Ist dir eigentlich klar, dass du mit deinem Gesicht als Model massenhaft Geld verdienen könntest?“

„Ach ja?“

„Da kannst du drauf wetten, Baby.“ Beverly machte einen Schritt zurück, um sie zu mustern. „Soll ich dir einen Termin bei einem Agenten besorgen?“

Dieser Tag konnte nicht mehr besser werden. Erst Damon,

und nun dieses Angebot. Langsam war wirklich Licht am Ende des Tunnels zu sehen.

„Wieso bist du so nett zu mir?“ Das musste sie einfach fragen.

„Weil ich das auch hinter mir habe, diesen ganzen Bedienungsmist“, erklärte Beverly. „Und ich weiß genau wie es ist, wenn Leute einen behandeln, als ob man gar nicht existiert.“

„Das stimmt allerdings.“ Liberty dachte an die Frau in dem unechten Armanikostüm.

„Ich bin Visagistin geworden, weil mir jemand geholfen hat. Also versuche ich, etwas zurückzugeben.“

„Aber du bist so schön“, sagte Liberty. „Wieso bist du kein Model?“

„Ich mag meine Arbeit, sie passt zu mir.“ Beverly zuckte mit den Schultern. „Davon abgesehen bin ich jetzt zu alt, um ein Model zu sein, ich werde bald dreißig.“

„Das ist alt?“

„In der Modelwelt schon. Wer dreißig ist, wird als Dinosaurier bezeichnet.“

„Wer?“

„Was weiß ich, Cindy Crawford, Linda E.“, sagte Beverly. „Jede Frau, die die magische Zahl dreißig überschritten hat.“

„Wow!“

„Also, was meinst du? Willst du's versuchen? Du kannst mal so richtig Geld verdienen. Bei Whitney Houston hat's geklappt. Sie war ein erfolgreiches Model, bevor sie angefangen hat, zu singen.“

„Vielleicht nehm' ich dich beim Wort“, antwortete Liberty zögernd.

„Das solltest du.“ Beverly förderte eine Pinzette zutage.

„So, und jetzt bitte keine Panik, ich werde deine Augenbrauen nämlich ziemlich drastisch bearbeiten."

„Wirklich?" Liberty überlegte, ob sie jetzt noch kneifen konnte.

„Lehn dich zurück und entspann' dich."

„Wird es wehtun?"

„Vielleicht." Beverly begann zu zupfen.

„Autsch!" rief Liberty und sprang beinahe aus dem Stuhl. „Es tut weh!"

„Natürlich tut das weh. Wer schön sein will muss leiden. Du hast dir die Brauen nie gezupft, oder?"

„Nein." Liberty verzog das Gesicht.

„Das merke ich. Da wächst ja ein richtiger Dschungel, Mädchen."

„Na super!"

„Ich könnte sie auch mit Wachs entfernen, das tut nicht so weh, aber ich habe nicht die nötigen Dinge dabei."

„Ich halte das schon aus." Liberty biss die Zähne zusammen. „Hauptsache, es sieht gut aus."

„Glaub mir, das tut viel weniger weh als Brasilian Waxing."

„Was bitte ist Brasilian Waxing?"

„Meine Herrn!" Beverly zupfte weiter. „Du hast ja echt keine Ahnung."

Liberty schloss die Augen und stellte sich das Endergebnis vor. Cindi zeigte ihr ständig Fotos in Modezeitschriften von Leuten wie Madonna und Jennifer Lopez, die beide einmal ungeheuer dicke Augenbrauen gehabt hatten – und nun sahen sie sensationell aus. Vielleicht lag das wirklich nur an der Form ihrer Brauen …

Ja, bestimmt.

„Wie läuft der Dreh, was meinst du?“ fragte sie, um sich von der Tortur abzulenken.

„Läuft gut. Dieser harte Beat ist einfach sensationell.“

„Kennst du Slick Jimmy?“

„Ich kenne sie alle. Wir hängen in denselben Clubs rum.“

„Das ist bestimmt toll.“

„Ja, Jimmy ist ziemlich cool. Das hier wird sein Durchbruch – wenn er's nicht versaut.“

„Ich mag seine Musik, aber nicht seine Texte.“ So langsam gewöhnte sie sich an den Schmerz. „Das habe ich Damon P. Donnell auch gesagt.“

Beverly hielt inne. „Du hast Damon gesagt, dass du den Text nicht magst?“ Sie hob eine Augenbraue.

„Wieso?“ fragte Liberty unschuldig. „Ist das nicht okay?“

Beverly lachte ungläubig. „Niemand sagt Damon solche Sachen. Dieser Mann ist ein Gott.“

„Tja“, sagte Beverly unbeeindruckt. „Er hat mich nach meiner Meinung gefragt, also hat er sie zu hören bekommen.“

„Hat er, ja?“

„Ich sagte ihm, dass ich den Rhythmus mag, der Text aber viel zu sexistisch ist. Genauso wie das Video mit all diesen Mädels, die ihre Brüste und Hintern in die Kamera strecken. Was für eine Botschaft soll das denn bitte sein?“

„Das ist genau das, was die Plattenindustrie will“, stellte Beverly fest. „Mit diesen aggressiven erotischen Videos verkaufen sie Unmengen von CDs.“

„Schlimm genug.“

„Was für Musik machst du denn?“

„Ich bin Sängerin und Liedermacherin, eher, wie, du weißt schon …“

„Wer? Diana Krall?"

„Nein, das ist Jazz, außerdem hasse ich Vergleiche. Meine Mutter war Sängerin", fügte sie wehmütig hinzu. „Ich bin mit Musik aufgewachsen. Und ich war total verrückt nach Sade."

„Ah ... *Smooth Operator,* das ist nun wirklich ein Klassiker", sagte Beverly. „So 'was machst du also?"

„Ja und nein. Ich hoffe, dass ich originell bin. Das habe ich Damon gesagt – ich kann ihn doch Damon nennen, oder?"

„Keine Ahnung." Beverly betrachtete sie amüsiert. „Kannst du?"

„Warum denn nicht?"

„Wie lange genau hast du mit ihm gesprochen?"

„Lange genug, dass er mir seine Karte gegeben und gesagt hat, ich soll ihm mein Demoband vorbeibringen."

„Du solltest besser vorsichtig sein", warnte Beverly sie. „Die wollen alle dasselbe, und wir wissen doch genau, was. Damon ist vielleicht ein Gott, aber wenn es drauf ankommt, ist er auch nur so ein geiler Bock wie alle anderen."

„Das ist mir klar. Aber er ist verheiratet, oder?"

„So verheiratet, wie ein Kerl nur verheiratet sein kann. Und seine Frau – also mit der solltest du dich nicht anlegen. Auf keinen Fall."

„Das habe ich auch nicht vor."

„Tashmir ist eine Hexe. Wenn sie dich mit ihrem Mann erwischt, wird sie dir den Hintern mit ihren achthundert Dollar teuren Schuhen versohlen. Und, Honey, das ist kein Witz."

Sobald Cindi eine Pause machen konnte, packte sie Liberty am Arm und zerrte sie hinüber zum Büffet.

„Ich verhungere", beschwerte sie sich und nahm sich eine

Handvoll Kartoffelchips und eine Dose Cola. „Diese verdammte Tanzerei raubt mir meine ganze gottgegebene Energie."

„Du machst das toll." Liberty blickte sie ermutigend an. „Du siehst besser aus als jede einzelne von denen. Und du bist total sexy!"

„Wie groß sieht mein Hintern darin aus?" Cindi stopfte sich noch mehr Chips in den Mund. „Zu groß? Oder gerade richtig?"

„Ich sag' dir – du siehst heiß aus. Die Typen am Set können sich kaum zurückhalten."

„Kann ich mir vorstellen." Cindi griff nach einem fettigen Blätterteiggebäck. „Sag' mal, Mädchen, was ist denn mit dir passiert?" rief sie plötzlich. „Du siehst ja ganz anders aus."

„Beverly hat mir die Augenbrauen gezupft. Gefällt es dir?"

„Verdammt! Tausend mal besser. Meinst du, sie macht mir das auch?"

„Vergiss die Augenbrauen, ich hab eine tolle Neuigkeit." Liberty erzählte ihr von dem Zusammentreffen mit Damon.

„O ... mein ... Gott!" Cindis Mund klappte auf, Puderzucker hing an ihrer Unterlippe. „Ich wusste doch, dass das ein Wahnsinnstag werden würde."

„Stimmt", antwortete Liberty verträumt. „Er hatte keine Sonnenbrille auf, und Cindi – er hat tolle Augen. Irgendwie durchdringend und sexy."

„Hm?"

„Du hast mich schon verstanden."

„O Mann!" Cindi biss erneut in das Gebäck. „Gefällt mir gar nicht, wie du klingst. Mach dir nichts vor, Mädchen, der Kerl ist verheiratet, und du weißt, wir haben da unsere Prinzipien – verheiratete Männer sind tabu."

„Darum geht es mir doch gar nicht. Ich sage nur, dass er sehr gefühlvolle Augen hat, als könnte er direkt in dein Herz sehen. Du weißt was ich meine – intensiv."

„Scheiße!" Cindi stöhnte. „Du hast dich verknallt."

„Habe ich nicht."

„Hm ..." Cindi trank einen Schluck Cola. „Was wohl Kev sagt, wenn er herausfindet, dass du Mister Big getroffen hast?"

„Das werde ich Kev nicht erzählen."

„Wieso nicht?"

„Weil ich Damon mein Demo vorbeibringe und erst mal abwarte, ob sich daraus etwas ergibt, und dann ..."

„Oh, du nennst ihn Damon, ja?" zog Cindi sie auf. „Nicht etwa Mr. Donnell?"

„Geh mir nicht auf die Nerven, Cindi, ich meine das ernst."

„Armer Kev", seufzte Cindi.

„Wieso armer Kev?"

„Weil's dich erwischt hat, und das ist nicht gut."

„Das mit Damon P. Donnell ist rein geschäftlich", verkündete Liberty ernsthaft. „Er kann mir helfen."

„Na klar kann er das mit seinen großen gefühlvollen Augen und seinem großen gefühlvollen Schwanz."

„Du bist so ein Biest. So ist das nicht."

„Es war schon immer so, Cousinchen – von der ersten Sekunde an, als du ihn gesehen hast, warst du hin und weg."

„Nur weil ich sein Talent bewundere. Er ist 'was ganz Besonderes ..."

„Die sind alle was Besonderes, wenn sie mit einem Steifen vor dir stehen."

„Hör auf damit, Cindi."

„Ich höre auf, wenn du aufhörst."

Am Nachmittag erschien Vanessa auf dem Set. Vanessa hatte bereits in vielen Hit-Videos getanzt – unter anderem in einem von Usher, und sie ließ sich keine Gelegenheit entgehen, das auch zu erwähnen.

Vanessa kam aus Puerto Rico, hatte hüftlanges Haar, einen kurvigen, verführerischen Körper und nahm sich ungeheuer wichtig. Offenbar war sie der Ansicht, ein Star zu sein und verhielt sich entsprechend.

Ihre Aufgabe war es, sich an Slick Jimmy heranzumachen, während all die so genannten fetten und nur halb bekleideten Mädchen um ihn herumschlängelten. Doch nach einigen Einstellungen begann Vanessa, sich nun wirklich wie eine Diva aufzuführen. In härtestem Brooklyn-Akzent begann sie Maleek mit Beschwerden zu überhäufen. „Hör ma', Typ, ich find das hier nich' okay. Es is' Scheiße wie du mich filmst – das beschissene Licht is' Scheiße. Wir fangen noch mal an."

Maleek war gar nicht erfreut. Eine Zeitlang ertrug er ihre Beschwerden, doch nach einer Weile informierte er Vanessa darüber, dass sie gehen könne, wenn es ihr nicht passe.

Sie ging.

Maleek rief umgehend eine Pause aus, verzog sich in eine Ecke und begann zu telefonieren. Wenige Minuten später steuerte er auf Liberty zu. „Hast du vorhin mit Damon gesprochen, ja?" Sie nickte. „Heißt du Liberty?" Sie nickte erneut. „Okay, Liberty, sieht so aus, als hättest du einen Job."

„Wie bitte?"

„Damon will dich im Video."

„Mich?"

„Ja, dich."

„Als was?" fragte sie begriffsstutzig.

„Als Ersatz für Vanessa."

„Ich … ich bin Sängerin, keine Tänzerin."

„Willst du Vanessa eine Tänzerin nennen?" Er sah sie belustigt an. „Wohl kaum."

„Aber …"

„Hör mal", sagte er ungeduldig. „Du musst nichts anderes tun als sie – drapiere dich um Slick Jimmy herum und schau einfach heiß aus. Das kannst du doch, oder?"

„Falls du es nicht bemerkt haben solltest, ich habe einen verstauchten Fuß und einen verbrannten Arm."

„Den Arm decken wir ab, und du musst dich nicht viel bewegen, nur schlängeln."

„Also, ich …"

„Bev, Fantasia", schrie Maleek. „Hierher. Damon will, dass dieses Mädchen richtig heiß aussieht. Sie braucht Make-up, Haarverlängerung – einfach alles. Fantasia, vielleicht passt sie in Vanessas Kleid, und um ihren Arm wickeln wir irgendwas aus Pelz. An die Arbeit, Ladys, wir sind schon zu spät dran. Wir müssen das Ding heute noch in den Kasten kriegen."

Liberty schüttelte den Kopf, dieser Tag wurde immer bizarrer. Was genau hatte sie eigentlich richtig gemacht? Andererseits – warum nicht? Hatte sie sich so etwas nicht schon immer gewünscht?

Beverly stieß sie zurück in die Garderobe und drückte sie in einen Stuhl. „Da siehst du mal, was passiert, wenn man die Augenbrauen richtig gezupft hat", stichelte sie. „Mädchen, ich werde dir ein irres Make-up verpassen."

„Das ist total verrückt. Wie konnte das passieren?"

„Was Damon sagt, wird gemacht. Und offenbar hast du ihn ziemlich beeindruckt. Haben sie dir gesagt, wie viel sie zahlen?"

„So weit sind wir gar nicht gekommen. Sollte ich so viel verlangen wie Cindi?"

„Vergiss es." Beverly verteilte Feuchtigkeitscreme auf ihrem Gesicht. „Du verlangst tausend Dollar, weil du schließlich im Vordergrund zu sehen bist."

„Eintausend?" Liberty schnappte nach Luft. „Das zahlen die nie, das ist doch ein Vermögen."

„Soll ich es ihnen sagen? Ich kann gut mit diesen Typen umgehen."

„Würdest du das tun?"

„Klar, und wenn du mal ein großer Star bist, dann kannst du mich als deine persönliche Visagistin engagieren. Oh, und falls jemand fragt, du bist Gewerkschaftsmitglied."

„Kann ich das einfach behaupten?"

„Mannomann." Beverly schüttelte den Kopf. „Irgendjemand muss dir noch beibringen, wie es läuft. Wie alt bist du überhaupt?"

„Neunzehn. Ich bekomme das hin. Ich kenne mich aus."

„Neunzehn, ja? Du bist ja noch ein Baby. Und der große, böse Damon hat es auf dich abgesehen – pass auf. Du solltest wirklich vorsichtig sein."

„Wieso?"

„Ich hab's dir schon gesagt. Damon ist unglaublich wichtig in der Szene. Unglaublich wichtig."

„Hauptsache, er mag mein Demo."

„Und dann? Wirst du mit ihm vögeln in der Hoffnung, einen Plattenvertrag zu bekommen? Denn wenn es so laufen sollte, dann mach es lieber erst, nachdem er unterschrieben hat."

Liberty zuckte mit den Schultern. „Ich habe nichts Derartiges vor."

„Du vielleicht nicht, aber Damon schon, darauf kannst du deinen Hintern verwetten."

„Wie du bereits sagtest, er ist verheiratet."

„In der Hip-Hop-Welt bedeutet das überhaupt nichts." Beverly zog einen beigefarbenen Lipgloss hervor. „Diese Typen sind wie Sportler – durch die Gegend zu vögeln ist ihr liebster Zeitvertreib. Mann", sie verdrehte die Augen, „da könnte ich dir vielleicht Geschichten erzählen."

„Das klingt so hart." Liberty seufzte. „Bestimmt sind nicht alle so."

„Baby, du kannst gerne glauben, was du willst, aber was ich dir sage, ist die Realität."

„Wenn das stimmt, dann ist das ganz schön traurig."

„Willst du wissen, wie es diese Typen machen? Sie nageln ein schönes Mädchen, solange sie Spaß daran haben, und dann ziehen die Arschlöcher weiter. Oh, und falls die Ehefrau etwas herausfindet, dann rennen sie schnell zum Juwelier und kaufen dem süßen Frauchen noch einen Diamantring. Was soll's – ist ja nur Geld."

„Warum erzählst du mir das alles?"

„Weil du neu hier bist, und du bist eine echte Schönheit, vor allem, nachdem ich mich um deine verdammten Augenbrauen gekümmert habe!"

„Oh, besten Dank, das alles liegt also nur an meinen Augenbrauen, nicht wahr?"

„Hör zu und pass auf! Damon ist *immer* hinter den Schönheiten her. Wie Prince – die wollen Pokale sammeln. Und im Augenblick bist du einer."

„Weißt du, Bev, egal, was du denkst, ich habe schon einiges erlebt. Wenn man als Bedienung arbeitet, weiß man ganz genau, was die meisten Typen wollen. Davon abgesehen habe ich einen Freund. Glaub mir eines – ich kann auf mich aufpassen."

„Ganz bestimmt, Honey, ich sag ja nur: Sei vorsichtig."

„Bin ich."

„Glaub nicht an all die Versprechungen, und egal, was sie versprechen, lauf sofort zu deinem Anwalt und lass es schriftlich machen."

„Danke für den Tipp."

„Und der kostet nicht mal was." Beverly tupfte ihr dunkles Rouge auf ihre Wangen.

„Das Problem ist – ich habe keinen Anwalt."

„Hm …" Beverly lächelte schwach. „Wieso überrascht mich das nicht?"

26. KAPITEL

Als Jett am Drehort ankam, war Beverly noch immer dabei, Liberty zu schminken. „Schau dich doch mal um." Sie gab ihm hastig einen Kuss auf die Wange. „Ich bin bald fertig."

„Nein", sagte er. „Rap ist nicht mein Ding. Ich muss wieder los"

„Sag wenigstens Liberty hallo, wenn du schon hier bist."

„Wer ist Liberty?"

„Die neue heiße Nummer." Beverly zwinkerte Liberty zu. „Und sie sitzt direkt vor dir."

„Hey." Er warf ihr im Spiegel einen Blick zu.

„Hey", entgegnete Liberty.

Die Tatsache, dass sie sich kaum ansahen, überraschte Beverly. Sie hätte vermutet, dass Jett vollkommen begeistert von der exotischen Schönheit sein würde. Nun ... vielleicht war er wirklich verliebt.

„Hast du diese Telefonnummer angerufen?" fragte sie.

„Hab's ein paarmal versucht, ging nie jemand ran." Er knackte mit den Fingerknöcheln. „Schätze, ich muss bis Montag warten."

Da erst kam ihm in den Sinn, dass am Montag Gianna nach New York kam. Mann! Warum musste alles immer so kompliziert sein?

„Möchtest du einen Kaffee oder so was?" fragte Beverly.

„Nein danke, Bev. Du hast zu tun, da verschwinde ich wieder. Ich rufe dich später an."

Sobald er wieder in Sams Apartment war, nahm er den Telefonhörer und begann zu wählen, bevor er es sich anders überlegen konnte.

„Mom?“ fragte er, als Edie abnahm.

„Also, das ist ein Wort, das ich schon lange nicht mehr gehört habe.“ Edie klang relativ nüchtern.

„Hier ist Jett.“ Er griff nach einer Zigarette.

„Das habe ich mir gedacht, nachdem du der einzige Mensch auf der Welt bist, der mich Mom nennt. Obwohl ich natürlich lange nichts mehr von dir gehört habe“, fügte sie vorwurfsvoll hinzu.

„Ich war in Italien.“ Er wünschte, sie würde sich etwas mehr über seinen Anruf freuen. „Das weißt du doch.“

„Und wo bist du jetzt?“

„Wieder in New York. Ich bin ... für ein paar Tage hier.“

„Wieso?“

„Um Red zu treffen.“ Ihm war klar, dass seine Mutter das nicht besonders begeistern würde.

„Dieser Bastard“, murmelte sie bitter. „Warum willst du ihn treffen?“

„Er hat mich sozusagen eingeladen. Hat mir ein Flugticket geschickt.“

„Oh. Er schnipst mit dem Finger und du springst.“

„Ja, Mom“, gab er zu. „Schätze, ich bin gesprungen. Aber er ist mein Vater, und Lady Jane sagte, es sei sehr wichtig.“

„Du hast mit ihr gesprochen? Mit dieser falschen Schlange?“

„Sie war es, die angerufen hat“, erklärte er. „Und nachdem mir dieses Ticket geschickt wurde, dachte ich, ich könnte eine kostenlose Reise doch ausnutzen. Du weißt schon, um dich zu sehen uns so.“

„So was wie eine kostenlose Reise gibt es nicht, Jett“, sagte Edie düster. „Auf die eine oder andere Art wirst du dafür bezahlen müssen.“

„Vielleicht.“ Er inhalierte tief.

„Dein Vater wird sich niemals ändern.“

„Das weiß ich.“

„Wann sehen wir uns?“

„Möchtest du das denn?“ Er dachte an das letzte Mal, als sie diesen fürchterlichen Streit hatten. Er wusste nicht mehr, um was er sich überhaupt gedreht hatte.

„Du könntest morgen hierher kommen“, schlug sie vor. „Ich bin da. Ich gehe nie irgendwo hin.“

„Ich weiß nicht, Mom“, sagte er zögerlich. „Ich muss jemanden am Flughafen treffen, dann habe ich Max versprochen, zu seinem Hochzeitsdinner zu kommen.“

„Max?“ fragte sie. „Seit wann bist du mit ihm denn so eng?“

„Er hat mich eingeladen, also gehe ich hin.“

„Wieso?“

„Also.“ Jett hatte keine Lust, weiter über die Familie zu sprechen. „Könntest du nicht in die Stadt kommen?“

„Wozu?“ zischte sie. „Ich hasse die Stadt. Ich hasse jeden Ort, an dem ich gezwungen bin, dieselbe Luft zu atmen wie Red Diamond.“

„Dann sollten wir versuchen, uns nächste Woche zu sehen.“

Eine lange Stille entstand, schließlich fragte Edie: „Hast du ihn schon gesehen?“

„Wen?“ Natürlich wusste er genau, wen sie meinte.

„Was glaubst du denn? Diesen Scheißkerl, mit dem ich verheiratet war.“

„Ja, ich habe ihn gesehen. Er tauchte bei Max’ Junggesellenparty auf.“

„Was ist da los – Familienzusammenführung? Plötzlich

heißt es Max hier und Max da. Ich bin deine Familie, nicht deine Halbbrüder."

„Ich weiß, Mom."

„Ist Chris auch da?"

„Ja, er ist auch da."

„Dir ist doch hoffentlich klar, dass er für deine Reise nach Italien bezahlt und sich um den Entzug und alles gekümmert hat?"

„Wo hast du das denn her?"

„Ich habe meine Quellen. Du solltest ihm danken. Max hat bestimmt keinen Cent dazu bezahlt, der geizige Bastard. Genau wie sein Vater."

Er hörte das Klirren von Eis in einem Glas – auch ein bekanntes Geräusch aus seiner Kindheit. Edie hatte den Tag immer mit einem Drink in der Hand begonnen, dieses Bild gehörte zu seinen ersten Erinnerungen. „Geht's dir gut, Mom?" fragte er vorsichtig. „Du trinkst doch nicht, oder?"

„Nur ein Glas Wasser", rief sie aggressiv. „Ist das in Ordnung, Mister ehemaliger Alkoholiker?"

Er wollte einen Streit vermeiden, und wechselte das Thema. „Und ... bist du mit jemandem zusammen? Mit irgendeinem attraktiven jungen Kerl?" fragte er leichthin.

„Geht dich verdammt noch mal nichts an." Jetzt hörte er, dass sie bereits ein wenig lallte. „Und du solltest dich meinen Freunden gegenüber besser zusammenreißen, denn wenn ich mich recht erinnere, wurde dir das letzte Mal die Seele aus dem Leib geprügelt."

Na toll. Was für schöne Erinnerungen! Egal wie zugekokst er gewesen war, diesen Dreckskerl, mit dem sie damals zusammen war, hatte er nicht vergessen. Gut, er hatte ihm ein paar Beleidigungen ins Gesicht geschleudert, aber woher hätte er wissen sollen, dass dieser Spinner ein professioneller Boxer gewesen war?

„Ich rufe dich morgen wieder an, Mom." Plötzlich hatte er das verzweifelte Bedürfnis, aufzulegen.

„Tu das", entgegnete sie säuerlich. „Wenn du die Zeit dafür findest."

Er legte auf und drückte die Zigarette aus. So viel stand fest, es war ihr mal wieder gelungen, dass er sich mies fühlte.

Das war leider nichts Neues.

Max kochte vor Wut. Was für ein Spielchen spielte Mariska, und wie konnte er es herausfinden?

Die ganze Geschichte war sehr verdächtig. Erst erschien Vladimir in seinem Büro, dann behauptete Mariska, sie wäre nicht mit ihm verheiratet, obwohl er doch die Papiere gesehen hatte.

Waren sie wirklich gefälscht?

Verdammt. Er saß wirklich in der Klemme.

Er rief Amy an. „Du bist nicht zum Brunch gekommen", sagte er vorwurfsvoll, bereit, seine schlechte Laune an irgendjemandem auszulassen.

„Tut mir so Leid. Aber das war nicht mein Fehler. Grams war in redseliger Stimmung, ich kam einfach nicht los."

„Wie geht es Grams denn?" fragte er sanfter, schließlich konnte Amy nichts für seinen Ärger. In Wahrheit waren sie und Lulu die einzigen Menschen in seinem Leben, die ihm wichtig waren.

„Fantastisch dafür, dass sie neunzig ist", sagte Amy fröhlich. „Sie sieht besser aus als wir beide zusammen."

Er lachte nicht. Er war nicht in der Stimmung dafür. „Also,

heute Abend werden wir ganz in Ruhe Essen gehen, nur wir beide."

„Ich wollte eigentlich früh ins Bett."

„Es wird nicht spät werden", versprach er.

Sie schwiegen lange. Dann fragte Amy: „Ist alles in Ordnung, Max?"

„Wie ich schon sagte, ich habe geschäftlich viel im Kopf. Lass' uns später darüber sprechen."

„Schön", sagte sie zögerlich. Sie hatte immer noch schreckliche Gewissensbisse und war nicht gerade erpicht darauf, mit Max alleine zu sein.

„Ich hol' dich um acht ab", sagte er, in Gedanken noch immer bei Mariska und ihrem irrsinnigen Plan. Fünfzigtausend Dollar, um einen Menschen umbringen zu lassen, und sie glaubte wirklich, er würde dieses Geld besorgen.

O nein, so dumm war er nicht.

Als Chris Jonathan Goodes Apartment erreichte, hatte er einen Entschluss gefasst. Er würde kurz nach Los Angeles fliegen, ein paar Stunden dort verbringen und dann am Montagmorgen für das Treffen mit Red wieder in New York sein. Er machte sich nicht nur Sorgen um sein Haus, sondern vor allem um den Safe, in dem derzeit zweihundertfünfzigtausend Dollar lagen, die nur darauf warteten, nach Las Vegas zu Roth Giagante transportiert zu werden. Er konnte es sich nicht leisten, dieses Geld auch noch zu verlieren.

Jonathans Apartment, das vor kurzem auf acht Seiten im *Architectural Digest* vorgestellt worden war, war modern eingerichtet. Jonathan bevorzugte klare Linien, schlichte Stoffe und sachliche Möbel.

Jonathan öffnete ihm persönlich, er trug verknitterte Hosen, ein weites Hemd und war barfuß. Er sah besorgt aus. Von seinen Gefolgsleuten war nicht die Spur zu sehen.

„Was ist los?“ fragte Chris beim Eintreten.

„Es ist etwas extrem Peinliches passiert.“ Jonathan führte Chris in die blitzblanke Küche.

„Wenn ich in die Privatwohnung eines Mandanten gebeten werde, handelt es sich immer um etwas Peinliches.“ Chris setzte sich auf einen Chromhocker. „Keine Sorge, Jon, ich habe schon so ziemlich alles gehört und gesehen.“

„Kann ich Ihnen was Gesundes zu trinken anbieten?“ Jonathan begann bereits, Mangos, Bananen und Papayas zu schnipseln, in einen Mixer zu werfen und mit etwas Sojamilch aufzufüllen.

„Nein danke“, sagte Chris. „Ich habe letzte Nacht etwas übertrieben und leide noch unter den Nachwirkungen. Ich hätte lieber einen Kaffee – wenn das keine Umstände macht.“

„Kaffee ist ungesund. Ich habe keinen hier.“

„Gut, dann wiederhole ich meine Frage: Was ist los?“

Jonathan stellte den Mixer an, goss sich anschließend ein großes Glas ein und seufzte laut. „Also ... ich schätze, es gibt im Leben eines jeden Menschen Dinge, die er lieber für sich behält, vor allem, wenn man Schauspieler ist und ständig in der Öffentlichkeit steht.“

„Was versuchen Sie mir zu sagen?“

„Es ist nicht etwa so, dass ich mich schäme. Aber wenn es herauskommt, könnte es meine Karriere ruinieren.“

„Sprechen Sie weiter“, ermutigte Chris ihn.

„Tja.“ Jonathan nahm einen Schluck. „Es gibt Zeiten, in denen ich mich auf gefährlichem Boden bewege.“

„Von was für einem Boden sprechen wir hier genau?“ Chris hatte bereits eine leise Ahnung, was der Filmstar ihm gleich beichten würde.

„Sehen Sie, Chris, ich will nichts vor Ihnen geheim halten. Aber bitte versprechen Sie, dass das unter uns bleibt. Sie unterliegen doch der Schweigepflicht, oder?“

„Selbstverständlich.“

Jonathan stellte sein Glas ab. „Ich bin schwul“, sagte er mit kaum wahrnehmbarer Stimme.

„Ich vermute, da gibt es ein Problem?“

„Ein großes Problem. Letzte Nacht habe ich einen Mann kennen gelernt.“

„Ja?“

„Er sah gut aus, absolut gepflegt. Ich stehe nicht so auf die harten Typen. Ich habe ihn hierher eingeladen, und wir … also, wir hatten Spaß miteinander …“

„Kann ich kurz unterbrechen?“

„Bitte.“

„Wo war Ihre Freundin?“

„Wir haben eine Vereinbarung. Sie ist, also, sie mag eher Frauen, deswegen ist diese Absprache für uns beide gut. Bisher ist es uns gelungen, die Medien an der Nase herumzuführen.“

„Das wird ja von Minute zu Minute komplizierter.“

Jonathan fuhr sich mit der Hand durch sein dickes Haar. „Mir ist klar, dass Sie jetzt schockiert sind“, sagte er ernsthaft.

„Wer, ich? Nein, ich bin tolerant, Jonathan. Was Sie tun, geht nur Sie etwas an. Mir ist das völlig egal.“

„Ich habe Sie schon immer gemocht“, sagte Jonathan erleichtert.

„Also, was ist dann passiert?“

„Nun … der Typ und ich haben uns amüsiert, und als er ging, habe ich ihm Geld angeboten."

„War er ein Professioneller?"

„Nein, war er nicht, und als ich ihm das Geld geben wollte, wurde mir auch gleich klar, dass das ein Riesenfehler war."

„Wie hat er reagiert?"

„Er fühlte sich zutiefst beleidigt und wurde furchtbar wütend. ‚Wer zum Teufel glaubst du zu sein?' schrie er mich an. ‚Du bist nichts als ein Scheißfilmstar, der sich im Schrank versteckt. Du glaubst, du kannst jeden kaufen. Nun, ich hab 'ne Neuigkeit für dich – mich nicht. Ich kann dein tolles Image in Nullkommanichts vernichten.'"

„Und was ist dann passiert?"

„Er fragte mich, ob ich wisse, wo er arbeitete. Ich hatte keine Ahnung."

„Und zwar?"

„Er ist Journalist für ein bekanntes Schwulenmagazin. Was sollen wir tun, Chris? Was zum Teufel sollen wir jetzt tun?"

27. KAPITEL

Warum kamen Krisen eigentlich immer am Wochenende? Lady Jane konnte ihren Anwalt nicht erreichen, der gerade drei Tage auf den Bahamas zum Angeln war. Bis sie endlich mit ihm sprechen konnte, war es wohl das Beste, so zu tun, als sei nichts geschehen. Es war nicht ungewöhnlich, das Red ganz unerwartet einen Tobsuchtsanfall bekam, wobei seine Wut diesmal gegen sie gerichtet war, und das war neu. Die Tatsache, dass er sie rauswerfen wollte, war erschreckend. Natürlich, sie hatten in all den Jahren auch gestritten, aber so schlimm war es noch nie gewesen.

Das Klügste war, die Zeit sinnvoll zu nutzen. Seit diesem Morgen hatte sie Red nicht mehr zu sehen bekommen. Laut seiner geliebten Haushälterin Diahann – was war das überhaupt für ein Name – hatte er das Haus verlassen und gesagt, er würde erst sehr spät zurückkommen.

Lady Jane vermutete, dass er zu seinem, wie er sich einbildete, geheimen Apartment gefahren war, wo er sich vermutlich die Zeit mit den Huren vertrieb, die er auf Max' Junggesellenparty kennen gelernt hatte.

Am liebsten hätte sie Max angerufen und zur Rede gestellt. Aber dann änderte sie ihre Meinung, Max war nicht verantwortlich für das widerwärtige Benehmen seines Vaters.

Stattdessen begann sie, systematisch Reds Privatbüro zu durchsuchen, Schubladen, Aktenordner, E-Mails, Briefe und Dokumente – nichts war vor ihr sicher. Im Zimmer seiner Sekretärin gab es einen Kopierer, und da am Wochenende niemand hier war, kopierte sie alles, was sie für nützlich hielt. Einmal betrat Diahann das Zimmer und hatte die Dreistigkeit zu fragen, was Lady Jane da täte.

„Entschuldigung?" Lady Jane warf der Frau einen herrischen Blick zu. Sie hatte Reds Haushälterin noch nie leiden können, diese schlampige schwarze Frau, die überhaupt nicht wie eine Haushälterin aussah, sondern eher wie ein ehemaliges Revuegirl.

„Sie sitzen an Mr. Diamonds Privatcomputer. Mr. Diamond erlaubt niemandem, ihn zu benutzen."

„Ist Ihnen eigentlich klar, mit wem Sie sprechen?" fragte Lady Jane erstaunt.

„Ja, das ist mir klar, Lady Bentley. Aber Mr. Diamond hat mir mehrfach gesagt, dass niemand hier rein darf."

„Ich arbeite auf seine Aufforderung", rief Lady Bentley wütend. „Also schlag ich vor, Sie klären das mit ihm, wenn Sie ein Problem haben. Und wenn Sie es noch einmal wagen, mich so anzusprechen, sorge ich dafür, dass Sie gefeuert werden."

Diahann warf ihr einen überheblichen Blick zu und verließ das Zimmer.

Sollte Lady Jane doch in Reds Haus bleiben, dann würde sie dafür sorgen, dass er diese Frau endlich hinauswarf. Das hatte sie schon öfter versucht, es war ihr aber nie gelungen.

Red Diamond hing an seinen Angestellten. Er bildete sich ein, je länger Leute für ihn arbeiteten, umso loyaler wären sie.

Lady Jane wusste, dass genau das Gegenteil der Fall war.

Sobald Chris das Gespräch mit Jonathan Goode beendet hatte, nahm er sich ein Taxi zum Flughafen, ohne aus dem Hotel auszuchecken, weil er ja schon am nächsten Tag wieder zurück sein wollte.

Auf dem Weg zum Kennedy Airport sprach er mit Andy, seinem jungen, sehr zuverlässigen Assistenten. „Ich fliege nach L.A.", sagte er knapp.

„Es hat keinen Sinn, nach L.A. zu kommen. Tut mir Leid, dass ich Ihnen das sagen muss, aber ihr Haus ist abgesperrt."

„Was sagen Sie da?"

„Die Stadt hat es abgesperrt, weil der Hang abrutschen könnte."

„Verfluchte Scheiße. Haben Sie den Safe gefunden?"

„Sie lassen niemanden in die Nähe des Hauses."

„Andy", sagte er in einem Ton, der keinen Widerspruch duldete. „Wenn Ihnen Ihr Job etwas wert ist, dann gehen Sie jetzt dort hin, *brechen ein* und holen diesen verdammten Safe raus."

„Ich glaube, Sie verstehen nicht, was hier los ist. Sturzflutartige Regengüsse, Stürme, Menschen werden einfach weggerissen. In Conchita sind ganze Häuser unter dem Schlamm vergraben, viele Menschen haben ihr Leben verloren."

„Also, bitte." Chris weigerte sich zu glauben, dass es so schlimm war. „Wir sprechen hier von Los Angeles."

„Ich weiß", entgegnete Andy kläglich, „und es ist ein Desaster."

„Ich fliege trotzdem. Schicken Sie mir einen Wagen an den Flughafen, und wir treffen uns an meinem Haus."

„Sie hören mir nicht zu, Chris. Da gibt es kein Haus, wo wir uns treffen können."

„Steigen Sie in ihr verdammtes Auto, fahren Sie zu meinem verdammten Haus und warten Sie dort", schrie Chris.

Leider konnte er kein Ticket für die erste Klasse mehr bekommen, musste sich mit der zweiten begnügen und beschwerte sich bei jedem, der ihm zuhörte.

Himmel, dachte er. So langsam werde ich wirklich der Sohn meines Vaters. Brülle meinen Assistenten an, damit er in mein Haus einbricht, das abgesperrt worden ist. Nörgle rum, weil ich nicht in der ersten Klasse sitze. Was ist nur aus mir geworden?

Dann fiel ihm wieder Jonathans Problem ein. Das war um einiges größer als seines. Jonathans ganze Karriere stand auf dem Spiel. Was konnte er nur unternehmen?

Er hatte Jonathan zwar gesagt, er solle sich keine Sorgen machen und dass er sich schon um alles kümmern werde. „Aber ich mache mir Sorgen“, hatte Jonathan gesagt und ihm einen flehenden Blick zugeworfen. „Außer Ihnen hat niemand eine Ahnung, Chris, ich vertraue Ihnen.“

Was sollte er nun tun? Dem Kerl von der Zeitung Geld anbieten?

Ja, das war üblicherweise die Lösung für solche Probleme. Jonathan war bereit, so viel zu zahlen, wie nötig war, damit der Journalist seinen Mund hielt.

Chris nickte, seiner Erfahrung nach waren die meisten Menschen käuflich. Es hing immer nur vom Preis ab.

Amy stocherte in ihrem Essen und konnte nicht umhin zu bemerken, dass Max mit seinen Gedanken woanders war. Umso besser, denn ihr ging es nicht viel anders. Sie versuchte tapfer, ein Gespräch mit ihm zu führen, aber Max starrte weiterhin in die Leere. Sie konnte nur hoffen, dass er nichts über diese Nacht herausgefunden hatte.

Der Ober räumte ihre Teller ab und fragte, ob sie ein Dessert oder Kaffee wollten.

Amy schüttelte den Kopf. Max verlangte die Rechnung.

„Bist du sicher, dass du bereit bist für das Dinner morgen Abend?“ Amy war wild entschlossen, ihn zum Reden zu bringen, bevor sie das Lokal verließen.

„Natürlich bin ich bereit", sagte er knapp. „Wieso denn nicht?"

Sie seufzte und griff nach ihrem Glas Wein. „Du hast Mariska heute getroffen, oder?"

Er nickte. „Woher weißt du das?"

„Weil du danach immer schlechte Laune hast."

„Findest du?"

„Es ist so, Max. Dir geht es viel besser, wenn du Lulu einfach bei dem Kindermädchen abgibst und deine Ex nicht sehen musst."

„Leider ist Mariska immer da." Er schnitt eine Grimasse. „Man kann ihr einfach nicht aus dem Weg gehen, und es macht ihr Spaß, mich zu quälen."

„Aber da ist doch noch etwas anderes." Amy beugte sich über den Tisch. „Ich wünschte, du würdest mir sagen, was es ist."

„Geschäftliche Probleme", sagte er schroff. „Nichts, was ich nicht lösen könnte."

„Es hilft, darüber zu sprechen, Max. Immerhin werden wir bald heirateten."

„Ja, Sweetheart, und ich kann es kaum erwarten." Der Ober brachte die Rechnung. „Du weißt, wie sehr ich dich liebe, oder?" Er warf seine American-Express-Karte auf den Tisch.

Nein, das wusste sie nicht. Es wäre schön, wenn er es ihr öfter sagen würde. Warum hatte er eigentlich so bereitwillig akzeptiert, dass sie keinen Sex vor der Ehe wollte?

Und die wichtigste Frage überhaupt: Wieso hatte sie mit einem völlig Fremden geschlafen? Wie sollte sie jemals eine Erklärung dafür finden?

Max unterschrieb den Beleg, und sie standen auf.

Das Abendessen war offensichtlich vorüber.

Der Flug war unruhig. Als Chris in Los Angeles ankam, wurde ihm klar, dass er vermutlich einen Fehler gemacht hatte. Er hatte Andy gebeten, ihm einen Wagen mit Fahrer zum Flughafen zu schicken. Der Wagen wartete bereits, genauso wie der Regen, es schüttete noch immer wie aus Kübeln. Andy hatte Recht – L.A. war ein einziges Chaos.

Der Fahrer bestand darauf, ihm ununterbrochen Geschichten über die Katastrophe zu erzählen.

Chris saß auf der Rückbank und wünschte, der Chauffeur würde endlich die Klappe halten, er musste sich auf seine Probleme konzentrieren. Jonathan war am wichtigsten. Und dann gab es noch Birdy mit ihren Problemen. Und sein Haus – wie zerstört war es? Ganz abgesehen von Roth Giagante und dem Geld, das er ihm schuldete.

Als er an seinem Haus ankam, musste er anerkennend feststellen, dass Andy, obwohl es stockdunkel und sehr spät war, geduldig in seinem Wagen saß und auf ihn wartete. Wenn das keine Loyalität war!

Chris stieg aus, rannte hinüber, klopfte gegen die Fensterscheibe. „Haben Sie meinen Safe da rausgeholt?“ brüllte er über den strömenden Regen hinweg.

Andy kurbelte das Fenster hinunter und reichte ihm eine Taschenlampe. „Schauen Sie es sich an, Chris“, rief er. „Ihr Haus ist komplett im Schlamm vergraben. Man kommt nicht in die Nähe der Eingangstür, sie ist nicht mal zu sehen!“

Chris nahm die Taschenlampe und lief zum Haus. Es war noch viel schlimmer, als er es sich vorgestellt hatte. Da gab es kein Haus mehr, nur einen riesigen Schlammhaufen und jede Menge rote Schilder, die sein Grundstück abgrenzten.

„Was haben Sie unternommen, damit hier aufgeräumt

wird?“ brüllte er, in der Hoffnung, dass sein Haus, wenn der Schlamm erst mal abgetragen war, unversehrt wieder auftauchen würde.

Ja, klar.

„Wir können nichts tun, bevor der Regen nicht aufhört.“ Andy versuchte, sie mit einem Regenschirm zu schützen. „Erst dann können die Bagger arbeiten.“

„Verfluchte Scheiße!“ Chris war bereits komplett durchnässt, seine Schuhe versanken in dem nassen Boden. „Bin ich extra hergekommen, um mir *das* anzusehen?“

„Ich habe Sie gewarnt“, stellte Andy fest. Dann fügte er bereitwillig hinzu. „Ich werde mich darum kümmern, Chris. Ich tue alles, was in meiner Macht steht.“

„Scheiße!“ Chris schüttelte den Kopf. „Das muss ein verdammter Scherz sein.“

Max brachte Amy nach Hause, küsste sie auf die Wange, und das war’s. Wieder ein unbefriedigender Abend mit dem Mann, den sie, wie sie glaubte, noch immer liebte.

Sie wanderte von Zimmer zu Zimmer, rastlos und verwirrt. Tat sie das Richtige? War Max wirklich der richtig Mann für sie?

Klar, für Tina war es ein Leichtes das zu behaupten, aber Tina heiratete ihn auch nicht, sondern sie, und sie konnte die Nacht mit S. Lucas einfach nicht vergessen. Sein attraktives Gesicht tauchte immer wieder vor ihr auf, seine hypnotisierenden blauen Augen, sein muskulöser Körper und die Art, wie er sie in seinen Armen gehalten hatte …

Sie fragte sich, ob er wohl noch an sie dachte.

Wahrscheinlich nicht. Wahrscheinlich war er einer von den Typen, die mit jeder Menge Frauen schliefen und danach keinen weiteren Gedanken an sie verschwendeten. Das war ziemlich traurig.

Und trotzdem konnte sie nicht aufhören, an ihn zu denken.

Und, was noch viel schlimmer war: Sie wollte es auch gar nicht.

Als Chris im The Peninsula eincheckte, war es schon nach Mitternacht. Er hatte Andy beauftragt, für morgen früh einen Flug nach New York zu buchen. Er bestellte beim Zimmerservice einen Teller heiße Suppe und Steak, dann endlich rief er Roth Giagante in Las Vegas an.

„Wo bist du?“ fragte Roth grob.

„Wieder in L.A. Mein Haus wurde zerstört.“

„Ich war's nicht.“

„Das ist nicht witzig“, zischte Chris.

„Du bekommst, was du verdienst“, sagte Roth, und fügte dann hinzu: „Wie hat dir mein Geschenk gefallen?“

„Die Dame war sehr entgegenkommend.“ Er hasst diesen Mann. „Vor allem, als sie mit meiner goldenen Rolex verschwand. War das Teil deines Plans, oder hast du ihr einfach zu wenig bezahlt?“

Roth lachte. Es war kein freundliches Lachen. „Ich erwarte dich morgen mit meinem Geld.“

„Dein Geld befindet sich zufälligerweise in meinem Safe, der augenblicklich unter Tonnen von Schlamm vergraben ist. Ich fürchte, du wirst warten müssen.“

„Willst du mich verarschen?“

„Schick doch einen deiner Clowns, um meine Geschichte nachzuprüfen, los doch, vielleicht kann er ja bei der Gelegenheit auch das Haus ausgraben.“

„Soll das heißen, du kommst morgen nicht?"

„Nein, Roth. Du bekommst dein gottverdammtes Geld nächste Woche. Im Augenblick habe ich viel dringlichere Probleme – ich weiß nicht, wo ich wohnen soll, alles ist zerstört, und ich muss zurück nach New York. Wie gesagt, du wirst warten müssen. Ach, und übrigens – bitte schick mir keine weiteren Besucher mehr."

„Gib mir keine Befehle, du kleines Arschloch."

„Du bist das kleine Arschloch." Inzwischen war Chris alles egal. „Ich biete dir an, dass Birdy Marvel in deinem Hotel heiratet, was dir eine unbezahlbare Publicity bringen würde, und du gehst nicht mal auf den Vorschlag ein. Wenn du klug wärst, würdest du mit deinen PR-Leuten sprechen und dir anhören, was die dazu zu sagen haben. Ich gebe dir vierundzwanzig Stunden, um dich mit mir in Verbindung zu setzen, dann rufe ich Peter Morton vom Hard Rock an. Er ist ein cleverer Kerl, er wird's kapieren. Und keine Sorge, du bekommst dein beschissenes Geld!" Er knallte den Hörer auf. Mann, das hatte gut getan!

Selbstverständlich konnte er später nicht einschlafen. Wie denn auch? Sein Haus und alles, was er besaß, war zerstört. Er konnte nicht aufhören, darüber nachzudenken, was er alles verloren hatte. Ihm wurde ganz übel bei der Vorstellung.

Dieses Haus symbolisierte für ihn alles, was er erreicht hatte. Nun war es verloren, er konnte überhaupt nichts dagegen unternehmen.

Und es hörte nicht auf zu regnen.

Er hatte die Kontrolle verloren – das war wirklich kein angenehmes Gefühl.

28. KAPITEL

Beverly ging zu Maleek, dem Regisseur, um ihm zu verkünden, dass Liberty eintausend Dollar für die beiden Drehtage verlangte.

„Ist schon geregelt", sagte Maleek. „Sie bekommt zweitausend pro Tag, das hat Damon angeordnet. Der Typ ist scharf auf sie."

„Das hätten wir gerne schriftlich." Beverly versuchte, nicht überrascht auszusehen.

„Entweder das, oder sie bekommt das Geld in bar. Dann kann sie es einfach so in die Tasche stecken."

„Bargeld ist gut." Beverly überlegte, dass sie von Liberty eigentlich Provision hätte verlangen müssen. Andererseits lebte sie in letzter Zeit nach dem Motto, alles Gute, was ihr geschehen war, zurückzugeben, und das funktionierte tatsächlich. Sie hatte Chet kennen gelernt, den ersten anständigen Mann seit langem.

Liberty war überwältigt, als sie von der Höhe der Gage erfuhr. „Zweitausend Dollar pro Tag? *Pro Tag?* Bist du sicher?"

„Reg dich nicht auf, wahrscheinlich hätten sie Vanessa viel mehr bezahlt. Davon abgesehen scheint Damon dich zu mögen, wirklich zu mögen."

„Meinst du?" Liberty blieb unbewegt.

„Das sagt der Regisseur."

Liberty wollte gar nicht genau wissen, was das bedeutete. Sie machte sich auf die Suche nach Cindi, die ziemlich üble Laune hatte. „Ha!" zischte sie, nachdem Liberty ihr alles erzählt hatte. „Ich muss hier mit meinem Hintern rumwackeln, ihn ständig in diese verdammte Kamera halten, während du nur wie so

’ne Diva ’rumstehen sollst.“ Cindi starrte ihr Spiegelbild an. „Scheiße. Das ist nicht fair.“

„Du wirst es noch unfairer finden, wenn du erst hörst, was sie mir bezahlen“, rief Liberty aufgeregt.

„Mehr als mir?“ Cindi kniff die Augen zusammen.

„Wie wär’s mit zweitausend pro Tag.“ Liberty war immer noch betäubt von der Vorstellung, so unglaublich viel Geld für fast nichts zu bekommen.

„Mann!“ schrie Cindi und hüpfte auf und ab. „Wir sind verdammt noch mal reich! Jetzt können wir uns diesen Flachbildschirm kaufen, über den wir seit Ewigkeiten reden. Da macht es mir doch nix aus, dass du mehr bekommst als ich.“

„Zuerst mal bezahlen wir die Rechnungen.“ Das würde eine Erleichterung sein! „Weißt du überhaupt, wie viele Rechnungen sich bereits stapeln? Nein, du weigerst dich ja, dich mit ihnen zu befassen.“

„Weil du darin besser bist als ich.“ Cindi zupfte ihr Kostüm zurecht. „Du bist die Kluge in der Familie – ich die mit dem göttlichen Hintern.“

„Das stimmt.“ Liberty lachte.

„Du solltest deine Mama anrufen.“

„Wieso das denn?“

„Sag ihr, sie soll morgen Abend zu meiner Mutter kommen, dann können wir alle zusammen feiern.“

„Ich weiß nicht, ob ich sie sehen will. Ich kapiere immer noch nicht, warum sie mir nicht schon vorher von meinem Vater erzählt hat. Sie hätte einfach nicht so viele Jahre damit warten dürfen.“

„Wahrscheinlich dachte sie, es wäre zu traurig für dich, einen *toten* Daddy zu haben. Dass es besser wäre, dir die Hoffnung nicht zu nehmen.“

„Klar“, sagte Liberty verbittert, „eine falsche Hoffnung.“

„Lass uns jetzt nicht darüber reden. Hier ist gerade zu viel Wirbel.“

„Wann soll ich denn darüber reden?“ murmelte Liberty mehr zu sich selbst.

Cindi wechselte schnell das Thema. „Wann fangen wir morgen an?“

„Um zehn. Laut Bev steht man in der Rap-Welt nie früh auf.“

„Mensch, Bev ist wirklich cool. Sie wird mir morgen die Augenbrauen zupfen. Ich sag dir was, warte, bis Damon dich sieht, dann schmeißt er seine alte Lady bestimmt raus, und ihr zwei werdet ein Paar. Mrs. Damon P. Donnell. Wie klingt das? Gut, oder?“

„Lass stecken, Cindi.“ Liberty blickte sich um, um sich zu vergewissern, dass niemand sie gehört hatte. „Brauchst mich nicht aufzuziehen. Ich bin nicht gerade begeistert darüber, in einem blöden Rap-Video aufzutreten. Ich mache nur wegen der Kohle mit. Mir ist wichtig, dass Damon meine Stimme toll findet.“

„Klar“, entgegnete Cindi sarkastisch. „Klar, das glaube ich dir gern.“

Es dauerte noch recht lange, bis Liberty schließlich fertig geschminkt und angekleidet war. Slick Jimmy schien über ihren Anblick erfreut, doch wie Beverly umgehend anmerkte, war Slick Jimmy über jeden weiblichen Anblick erfreut. Die anderen übergewichtigen Mädchen, die schon den ganzen Tag geprobt hatten, waren erschöpft.

Schrecklicher Text, toller Rhythmus, dachte Liberty erneut, als sie vor Maleek trat, der von ihrem Aussehen nicht begeistert war. Sofort fühlte sie sich unsicher. Er wollte mehr Haar, ein auffälligeres Make-up und ein engeres Kleid. Deswegen wurde nicht gedreht, sondern nur weiter geprobt.

„Morgen machen wir Ernst", beschloss Maleek. „Damon will, dass du perfekt bist, und ich auch."

Hm ... Damon wollte, dass sie perfekt war. Interessant, zumal von einem Mann, der sie bis heute mehr oder weniger ignoriert hatte. Endlich – die Zeiten änderten sich. Und sie war bereit.

29. KAPITEL

Gianna hatte eine Nachricht auf Jetts Mailbox hinterlassen. Sie erwartete, dass er sie vom Flughafen abholte. Selbstverständlich erwartete sie das, Gianna war es gewöhnt, dass alles nach ihrem Willen lief.

Also ging er aufs Ganze und mietete eine Stretchlimousine. Wenn schon, dann wollte er sie richtig stilvoll abholen.

Als Gianna in ihren leopardengemusterten Stiefeln, die ihr bis über das Knie reichten, und dem schokoladenbraunen Prada-Regenmantel durch den Terminal spazierte, tauchten wie aus dem Nichts Fotografen auf und begannen, Fotos zu schießen. Sie waren sich zwar nicht sicher, um wen es sich handelte, aber dass diese Frau wichtig war, konnte niemand übersehen.

Als sie Jett erblickte, warf sie die Arme in die Luft und schrie: „*Ciao, carino.* Es ist so *molto bene,* meinen Liebsten zu sehen!"

Auf einmal war er ihr Liebster? Nun ja, natürlich war er das, sie lebten schließlich zusammen, nicht wahr?

„Hey, Baby." Er umarmte sie. „Du riechst toll."

„Nein, nein, ich rieche nach Flugzeug." Sie rümpfte die Nase. „Das ist *widerlich,* ich muss dringend unter die Dusche."

„Zu welchem Hotel soll ich dich bringen?" Er nahm ihre Louis Vuitton-Tasche, die ungefähr eine Tonne wog.

„Kein Hotel, *carino.* Ich wohne bei dir." Sie warf ihr langes Haar über die Schulter.

Das war eine Überraschung – und keine angenehme. Wie konnte er eine neue Beziehung beginnen, solange er mit Gina ein Bett teilte?

„Nun“, sagte er langsam. „Ich habe Sam gar nicht gefragt, ob ...“

„Prego!“ rief sie aus. „Natürlich hat Sam mich eingeladen.“

„Sam kennt dich doch gar nicht“, stellte Jett fest.

„Ah ... aber wenn er mich kennen würde!“ Sie lächelte wissend. „Dann hätte er mich auf alle Fälle eingeladen.“

Sie hatte Recht, kein Mann auf der Welt würde Gianna etwas abschlagen.

Er musste gestehen, dass sie spektakulär aussah. Groß und gertenschlank mit einer kastanienbraunen Mähne, katzenhaften Augen und vollen, sinnlichen Lippen. Männer blieben stehen, um ihr nachzustarren, als könnten sie nicht ganz glauben, dass so eine herrliche Kreatur überhaupt existiere.

„Ich weiß nicht, ob Sams Wohnung gut genug für dich ist.“ Er nahm ihren Arm. „Im Badezimmer wird kaum Platz für dein Make-up sein. Außerdem gibt es keinen Vergrößerungsspiegel, und ich meine, du bist doch ganz verrückt nach solchen Spiegeln.“

„Was brauche ich anderes als dich, *carino?*“ sagte sie liebevoll. „Ich habe meinen Yankee-Liebsten *molto molto* vermisst.“

Yankee-Liebsten? Das war ihr Lieblingsausdruck, den sie von ihrem Großvater gelernt hatte – einem Veteran des Zweiten Weltkriegs. Jett hasst den Ausdruck.

„Hey, ich habe dich auch vermisst.“ Das meinte er nicht so, denn er konnte das Mädchen, dessen Namen er nicht wusste, nach wie vor nicht vergessen.

„Warst du ein böser Junge?“ zog Gianna ihn auf.

„Höchstens so böse wie du“, konterte er.

„Ha! *Incredibile!* Ich habe nur einen einzigen anderen Mann getroffen. Mister Lamborghini. Und den mögen wir, *si?*“

„Wie geht es meinem Lieblingsauto?"

„Ich habe ihn in die Garage gestellt. Das ist *bene,* hm?"

„Wie lange bleibst du?"

„Wir machen die Fotos. Dann fliegen wir nach Hause."

„Nicht wir, du", sagte er schnell. „Ich muss noch ein paar Wochen hier bleiben."

„Per che?" Sie sah ihn enttäuscht an.

„Weil ich mich hier noch um ein paar Dinge kümmern muss, bevor ich abreisen kann."

„Was für Dinge?"

„Familienangelegenheiten."

„Du machst Gianna traurig."

„Tut mir Leid, Baby. Es muss sein."

In der Limousine umarmte sie ihn erneut, dabei schlängelte sie ihre Zunge in sein Ohr. „Gianna kann es kaum erwarten, mit dir allein zu sein", flüsterte sie. „Wir werden *delizioso amore* machen, die ganze Nacht."

„Später", korrigierte er sie. „Erst sind wir zum Hochzeitsdinner bei meinem Bruder eingeladen."

„Was bitte ist ein Hochzeitsdinner?"

„Das macht man eben, bevor man heiratet."

„Ich dachte, man macht Liebe." Sie legte eine Hand auf seinen Schenkel.

„Du denkst, dass alles sich um Sex dreht."

„Das ist doch gut, *no?*" Sie lachte heiser.

„Nicht immer."

„Dir gefällt es doch, und wie." Ihre Hand rutschte hoch. „Du bist unersättlich, *si?*"

„Vielleicht sollten wir noch einen Augenblick warten, bis wir in der Wohnung sind." Energisch schob er ihre Hand weg.

„Da vorne sitzt ein Fahrer, dem die Augen gleich aus dem Kopf fallen."

„Und? Ist das schlimm?" Sie kuschelte sich an Jetts Schulter und fuhr erneut mit der Zunge um sein Ohr.

Und ihm wurde klar, dass er Gianna nicht entkommen konnte.

Nancy Scott-Simon hatte für Sonntagnachmittag das letzte Treffen mit der Hochzeitsplanerin Lynda Colefax arrangiert. Nancy wollte noch einmal sichergehen, dass jedes einzelne Detail geklärt war, sie hielt nichts von Pannen.

Amy wanderte im Esszimmer ihrer Mutter herum und wünschte sich nichts sehnlicher, als woanders zu sein. Sie hörte, wie die beiden sich über die üblichen Themen unterhielten – Blumen, Sitzordnung, Gäste und so weiter. Der Hunger ihrer Mutter nach Hochzeitsvorbereitungen schien unersättlich.

„Amy, würdest du dich bitte konzentrieren", schimpfte Nancy. „Wer soll denn am Haupttisch sitzen?"

„Die Familie, Mutter." Sie seufzte. „Das haben wir doch schon hundertmal besprochen. Die Familie und Tina und Brad."

„Was ist mit Sofia Courtenelli und ihrem Begleiter? Sollten die nicht auch an unserem Tisch sitzen?"

„Das will ich nicht, Mutter."

„Sofia Courtenelli ist deine Chefin." Lynda war bestrebt, in jede noch so winzige Entscheidung einbezogen zu werden. „Die Etikette verlangt …"

„Ich will sie trotzdem nicht an meinem Tisch haben", unterbrach Amy sie. Lynda sollte sich nicht in Dinge einmischen, die sie nichts angingen.

„Max hat mir noch immer nicht gesagt, ob sein Vater anwesend sein wird", verkündete Nancy verärgert. „Damit beweist er schrecklich schlechte Manieren."

„Sehe ich genauso", stimmte Lynda zu.

„Ich glaube, er wird kommen. Er war bei Max' Junggesellenabschied, und das ist doch ein gutes Zeichen, oder?"

„Mir ist es ja egal, ob er kommt oder nicht", sagte Nancy schnippisch. „Ich finde es nur so unhöflich, nicht zu antworten. Ich sollte Lady Bentley anrufen und sie persönlich fragen."

„Erlauben Sie mir, mich darum zu kümmern." Lynda machte sich eine Notiz auf ihrem großen Gucci-Schreibblock.

„Nein", entgegnete Nancy, „darum werde ich mich höchstpersönlich kümmern."

Eine Stunde später durfte Amy endlich gehen. Ihr war ganz schwindelig. Was für ein lächerlicher Aufstand für einen einzigen Tag.

Sie winkte einem Taxi und wollte dem Fahrer schon ihre Adresse geben, als sie es sich spontan anders überlegte und stattdessen die Adresse ihres geheimnisvollen Liebhabers nannte – eine Adresse, die in ihr Gedächtnis eingebrannt war.

Natürlich hatte sie nicht etwa vor, bei ihm zu klingeln, sie wollte einfach noch einmal einen Blick auf das Gebäude werfen, in dem sie ihre Jungfräulichkeit verloren hatte.

Wieso nicht? Sie hatte sowieso nichts Besseres zu tun.

Lady Bentley nutzte die Zeit, die sie allein war. Nachdem Red Diamond sie behandelte wie den letzten Dreck, hatte sie beschlossen, alles zu tun, um sich vor ihm zu schützen.

Samstagnacht war er nicht nach Hause gekommen, und am Sonntag fuhr sie fort, seine Privaträume zu durchsuchen. Sie druckte mehrere E-Mails aus, in denen Red Roth Giagante in Las Vegas aufforderte, Chris unter Druck zu setzen. Zudem E-Mails von zwei Banken, die Red gezwungen hatte, aus dem Geschäft mit Max auszusteigen.

Was Jett betraf, fand sie nur einen Bericht aus der Entzugsklinik in Italien.

Ganz kurz taten ihr die drei Söhne Leid. Es musste grässlich sein, einen Vater wie Red Diamond zu haben. Und doch hatten sie so viel erreicht. Zumindest zwei von ihnen – und wer konnte schon wissen, wie Jett sich noch entwickeln würde?

Sie hatte nicht die geringste Ahnung, warum Red dieses Treffen am Montagmorgen einberufen hatte. Vermutlich wollte er sie darüber informieren, dass sie von ihm nichts erben würden. Und weil er Red Diamond war, wollte er ihnen das persönlich mitteilen, um zu sehen, wie sie reagierten.

Red Diamond war genau das, wofür jeder ihn hielt. Ein richtiger Mistkerl.

Max war fest entschlossen, Mariska auf keinen Fall das Geld zu geben, um Vladimir Bushkin umbringen zu lassen. Nachdem sie geschworen hatte, dass die Hochzeitsurkunde gefälscht war, konnte er ohne größeren Aufwand dafür sorgen, dass Vladimir in seine Heimat abgeschoben wurde.

Genau das würde er tun, und er konnte nur hoffen, dass sie ihn nicht angelogen hatte.

Sonntagmorgen fuhr er zu ihrer Wohnung. Irena, Mariskas Haushälterin, ließ ihn herein.

„Ist sie da?“ fragte Max.

„Ich hole sie“, murrte Irena.

Wenige Minuten später kam Mariska ins Wohnzimmer. So

freundlich, wie sie sich verhielt, war ihm sofort klar, dass sie etwas im Schilde führte.

„Hast du das Geld?“ fragte sie auch sofort.

„Ich habe nie gesagt, dass ich es dir geben würde.“

„Das hast du allerdings.“ Um ihre gute Laune war es umgehend geschehen.

„Habe ich nicht“, sagte er scharf. „Wo ist Lulu?“ Er wollte keinesfalls, dass seine kleine Tochter das Gespräch zufällig mithörte.

„Mit ihrem Kindermädchen draußen.“

„Dann möchte ich dir erklären, warum ich hier bin.“ Er bemühte sich, ruhig zu bleiben. „Wenn Vladimir das nächste Mal in mein Büro kommt, werde ich die Polizei rufen und ihn wegen Erpressung festnehmen lassen.“

„Das kannst du nicht machen.“ Ihre Stimme war eisig.

„Das kann ich, und das werde ich. Also, Mariska, wenn du mir noch etwas zu sagen hast, dann solltest du das jetzt tun.“

„Ich kann es nicht fassen, dass du das Geld nicht mitgebracht hast. Du bist so *naiv*. Ich habe schon alles in die Wege geleitet.“

„Was hast du in die Wege geleitet?“ fragte er alarmiert.

„Ich brauche das Bargeld. Ich muss Leute bezahlen.“

„Wofür?“

„Hör auf, dich dumm zu stellen. Du weißt wofür.“

„Nein, Mariska. Was immer du angezettelt hast, du musst es sofort stoppen.“

„Dafür ist es zu spät.“

„Das kann nicht sein.“

Sie starrten einander lange an, beide mit ihren eigenen Gedanken beschäftigt.

Schließlich brach Max das Schweigen. „Um Gotteswillen, Mariska – warst du mit Vladimir verheiratet oder nicht? Ich muss die Wahrheit wissen."

„Du willst die Wahrheit – du bekommst sie."

„Dann los."

„Ja", sagte sie mit erhobener Stimme. „Ich war mit Vladimir verheiratet. Bist du jetzt glücklich?"

Max spürte, wie sein Mut sank. Damit hatte sie seine schlimmsten Befürchtungen bestätigt. Wie nur hatte er jemals eine derart verlogene, hinterhältige Hexe heiraten können?

„Ich komme aus einer armen Familie", fuhr Mariska fort. „Moskau ist die Hölle, ich musste da irgendwie raus."

„Wenn wir schon mal ehrlich sind, Mariska: Hast du als Prostituierte gearbeitet?"

„Nein!" Sie blitzte ihn an. „Wie kannst du es wagen, so etwas zu denken?"

„Warum denn nicht? Du hast doch in jeder Hinsicht gelogen."

„Du musst verstehen, Max, dass es für eine schöne Frau zwar kaum eine andere Chance gab, als sich zu prostituieren, aber ich habe das nie gemacht. Als Vladimir mir zwingen wollte, es zu tun – da ist es mir gelungen, zu fliehen. Nach Amerika."

„Also habt ihr euch nie scheiden lassen?"

„Wenn er vermutet hätte, dass ich verschwinden wollte …"

„Das heißt also, sowohl die Ehe mit diesem Buchhalter als auch die mit mir ist illegal? Das ist Bigamie!"

„Du begreifst also langsam, warum wir ihn loswerden müssen", sagte sie bitter.

„Gütiger Gott, Mariska, warum hast du mir die Wahrheit nicht eher gesagt?"

„Du hast mich verlassen, Max. Du hast mich allein gelassen."

„Ich habe dir eine großzügige Abfindung bezahlt und dir das Sorgerecht für unser Kind überlassen."

„Ich werde dir nie verzeihen, dass du mich verlassen hast." Ihre Augen blitzten gefährlich. „Und jetzt heiratest du dieses dumme Mädchen. Alle lachen über dich."

„Du bist wirklich ein Miststück." Er versuchte noch immer, sein Temperament zu zügeln, obwohl er sie am liebsten geschlagen hätte, bis sie um Gnade winselte. Niemals würde er ihr verzeihen, was sie Lulu angetan hatte. Niemals.

„Man hört überall diese Gerüchte", fuhr sie fort. „Dass du finanzielle Probleme hast. Was für ein Licht wirft das auf mich?"

„Das ist das Einzige, was dich interessiert, nicht wahr?" fragte er müde. „Was für ein Licht das auf dich wirft."

„Das ist wichtig."

„Hast du eigentlich auch nur ein einziges Mal an mich und Lulu gedacht? Unsere Ehe hat nie existiert, und du weißt genau, was das aus Lulu macht."

„Wenn Vladimir spurlos verschwindet, wird es niemand herausfinden."

„Du bist total wahnsinnig."

„Du wirst schon noch sehen, ihn verschwinden zu lassen, ist die einzige Lösung."

„Nein, Mariska. Ich lasse ihn verhaften, und es ist mir scheißegal, was die Zeitungen schreiben."

„Das sollte dir aber nicht egal sein, weil es auch deine Tochter betrifft."

„Lass' Lulu aus dem Spiel. Ich habe bereits mit meinen Anwälten darüber gesprochen, dass ich das alleinige Sorgerecht einklagen werde."

„Niemals."

„Willst du wetten?"

„Du bist ein kluger Mann, Max, also hör mir jetzt genau zu. Vladimir wird nicht mehr in dein Büro kommen. Ich habe mich darum gekümmert. Und du bringst mir das Geld, denn sonst haben wir ganz andere Probleme. Diese Leute erwarten, bezahlt zu werden."

Er starrte sie entgeistert an. Dann begriff er langsam, was sie da andeutete.

Kühl und gefasst blickte sie zurück.

Und da fürchtete er, dass sie diesmal die Wahrheit sagte.

Auf dem Rücksitz des Taxis zusammengekauert kam sich Amy vor wie ein Stalker. Was machte sie hier überhaupt? Sie konnte doch wohl schlecht an seiner Tür klingeln und sagen: „Hallo, ich bin das Mädchen, mit dem du vor einigen Nächten zusammen warst. Erinnerst du dich?"

Nein, das würde sie nicht tun.

Aber warum war sie dann hier? Wie blödsinnig!

Der Taxifahrer hatte das Radio angestellt, Kid Rock faselte etwas davon, wie er jemandem in den Hintern treten würde.

„Wie lange wollen wir hier herumsitzen, Miss?" Er drehte sich um und warf ihr einen fragenden Blick zu.

„Ich, also, ich warte auf jemanden", antwortete sie vage. „Fünf Minuten oder so. Ist das in Ordnung?"

„Sie bezahlen schließlich." Er griff nach der *New York Post* und begann, die Sportseiten zu lesen.

Und jetzt? Das war doch alles Zeitverschwendung.

Gerade als sie dem Taxifahrer sagen wollte, dass sie weiterfahren könnten, hielt eine Limousine vor dem Gebäude.

Sie beugte sich vor. Tatsächlich, da war er, S. Lucas stieg aus dem Wagen und sah sogar noch besser aus, als sie ihn in Erinnerung hatte. Er trug Jeans, Turnschuhe und Hemd, das schmutzigblonde Haar fiel ihm in die Stirn.

Sollte sie vielleicht aussteigen und so tun, als ob sie zufällig vorbeilief?

Sollte sie auf ihn zu rennen und sagen: „Hallo, ich dachte, wir sollten mal darüber sprechen, was das zwischen uns war."

Vielleicht würde auch die schlichte Frage. „Wie heißt du?" genügen.

Doch bevor sie noch entscheiden konnte, was zu tun war, beugte er sich vor und half jemandem aus der Limousine. Und zwar der wahrscheinlich schönsten Frau, die Amy jemals gesehen hatte.

Sie duckte sich, hielt die Luft an und beobachtete, wie die Frau ausstieg, ihre Arme um seinen Hals warf und ihn lange küsste.

Er lachte und tat so, als wolle er sie wegschieben.

War das seine Frau, seine Freundin, *was?*

Der Fahrer der Limousine öffnete den Kofferraum, lud mehrere Louis Vuitton-Koffer aus und begann, sie nach und nach in das Gebäude zu tragen.

Während der ganzen Zeit umarmte diese schöne Frau S. Lucas und berührte seinen Körper an Stellen, über die Amy gar nicht genauer nachdenken wollte.

Nach ein paar Minuten verschwanden sie im Haus, und endlich konnte sie wieder richtig atmen.

„Jetzt können wir fahren", würgte sie hervor.

„Gut, und wohin?" Der Fahrer ließ seine Zeitung sinken.

„Nach Hause", sagte sie, „wo ich hingehöre."

30. KAPITEL

Erst als er sein Haus im Tageslicht sah, wurde Chris das ganze Ausmaß des Desasters so richtig bewusst. Sein wunderschönes Haus war unter Bergen von Schlamm begraben, teilweise eingestürzt und sah aus, als könnte es jeden Moment den Abhang hinunterrutschen.

Und was konnte er dagegen tun?

Absolut nichts.

Gewisse Dinge konnte er kontrollieren, unter anderem seine Gefühle für seinen Vater oder wie er mit seinen Mandanten umging, auch sein Liebesleben, aber das Wetter war nun mal unvorhersehbar.

Er stand im strömenden Regen da und starrte auf sein einst wunderschönes Haus, dachte über all die Arbeit nach, die darin steckte und über alles, was er verloren hatte. Sein teures Fitness-Studio, den extra für ihn angefertigten Billardtisch, die Sammlung von Filmraritäten, seine Flachbildschirm-Fernseher, einfach alles, was er besaß.

Es handelte sich um höhere Gewalt, und er war sich nicht sicher, ob seine Versicherung den Schaden abdecken würde. Aber hier ging es nicht nur um Geld, es ging darum, dass er sein Heim verloren hatte.

Andy holte ihn ab, um ihn auf dem schnellsten Wege zum Flughafen zu bringen.

„Sie müssen meinen Safe herausholen", sagte Chris. „Das ist unbedingt erforderlich! Sorgen Sie dafür, dass Sie dabei sind, wenn die Grabungen beginnen, wenn irgendwas gestohlen wird, mache ich Sie dafür verantwortlich!"

„Ich werde das Haus nicht aus den Augen lassen", versicherte Andy ich. „Und wenn ich in meinem Wagen übernachte. Ich gehe erst, wenn Sie es mir sagen."

„Sie sind ein guter Junge." Chris beschloss, dass Andy eine Gehaltserhöhung verdient hatte.

Als er in der Lounge auf seinen Abflug wartete, rief er den Journalisten an, mit dem Jonathan sich in seiner Wohnung amüsiert hatte. Sein Name war Wes Duncan, Chris hatte über ihn im Internet recherchiert. Er arbeitete für STUD – eines der besseren Schwulenmagazine.

Chris stellte sich vor, erklärte, wie sehr er die Arbeit des Journalisten bewunderte, vor allem seinen Artikel über die Homophobie in Hollywood.

Wes freute sich über die Komplimente bis zu dem Augenblick, in dem Chris verriet, dass er Jonathan Goodes Anwalt war. Sofort wurde er ausfällig und beklagte sich über Filmstars, die sich einbildeten, dass ihnen die Welt gehörte.

Chris ließ ihn eine Weile toben, dann sagte er die Worte, die jeder Autor hören wollte. „Sie sind sehr talentiert, Mr. Duncan. Haben Sie schon jemals daran gedacht, ein Drehbuch zu schreiben?"

Stille. Dann: „Nun, ich habe da tatsächlich ein paar Ideen ..."

„Wunderbar. Weil ich nämlich gerne für diese Ideen *bezahlen* würde."

Nach einer weiteren kurzen Pause fragte er: „Wie viel?"

Bingo! Jedermann war käuflich. Man musste nur den richtigen Preis nennen.

Für Jetts Geschmack war Gianna übertrieben liebevoll. Er konnte sich nicht daran erinnern, dass sie schon jemals so anhänglich gewesen war, sie konnte die Finger nicht von ihm lassen. In der Sekunde, in der sie die Wohnung betraten, war sie darauf versessen, mit ihm zu schlafen.

Er zögerte, irgendwie war ihm einfach nicht danach zumute.

„Ich gehe duschen, aber dann“, verkündete Gianna, stolzierte ins Badezimmer und hinterließ eine Spur aus teuren Kleidern.

Als sie zehn Minuten später zurückkam, gab es kein Entrinnen mehr. Sie schritt elegant wie ein Panther auf ihn zu – geschmeidig, nackt und für die Liebe bereit. Auch wenn er eigentlich keine Lust hatte, so war er eben doch ein Mann.

Sie warf die Arme um seinen Hals. „Ah, *carino,* ich habe dich vermisst“, flüsterte sie verführerisch. „Du hast einfach alles, was Gianna liebt.“

Ihre Hände waren überall, sie streichelte seine Hoden, seinen Schwanz. Er konnte ihr nicht widerstehen. Gemeinsam fielen sie aufs Bett und wälzten sich in sexuellen Verrenkungen, denn das war es, worauf Gianna stand. Sie weigerte sich, einfach dazuliegen und einen Mann tun zu lassen, was er zu tun hatte, es erregte sie, die Kontrolle zu übernehmen und dem Mann Genuss zu bereiten.

Hinterher fühlte er sich wie nach einem anstrengenden Training. Es gab nur ein Wort, um Gianna zu beschreiben, und das lautete: Raubtier. Sie war wie ein Tier, das gerne vögelte, aß und schlief – in dieser Reihenfolge.

Sie ließ sich nach hinten plumpsen, streckte die Arme nach oben und spreizte die Beine weit. „Gianna schläft jetzt“, sagte sie mit zufriedenem Lächeln. „Weck mich eine Stunde, bevor wir gehen.“

Als sie eingeschlafen war, dachte er daran, was seine Mutter ihm erzählt hatte. Chris hatte also die Kosten für seine Reise nach Italien und die Entziehungskur bezahlt. Wieso hatte Chris nie einen Ton gesagt? Er war immer davon ausgegangen, dass Sam für die Kosten aufgekommen war.

Er rief im The Four Seasons an, doch Chris war nicht auf seinem Zimmer. Er wählte Max' Nummer.

„Kommt Chris heute Abend?“ fragte er.

„Er ist schon auf dem Rückflug.“

„Zurück von wo?“

„Er ist nach L.A. geflogen. Da gab es ein Problem mit seinem Haus.“

„Ist das dein Ernst?“

„Es hat dort wohl ziemlich gestürmt und geregnet. Sein Haus hat es offenbar erwischt. Er versucht, rechtzeitig zum Dinner zu kommen.“

Auch wenn er immer ein wenig Angst vor Max gehabt hatte, so fand er den Kontakt zu seinen Brüdern jetzt doch irgendwie schön. Es fühlte sich fast so an, als wären sie alle Teil einer Familie, ein Gefühl, das er bisher nicht kannte.

Kaum war Gianna aufgewacht, da wollte sie wieder mit ihm schlafen, und mit vierundzwanzig hatte Jett jede Menge Ausdauer. Sie gönnten sich noch ein paar Runden. Was ihn anging, handelte es sich um eine rein körperliche Geschichte. Er dachte immer nur an dieses Mädchen und konnte es kaum erwarten, es endlich wieder zu sehen.

Zum Schluss bestand Gianna darauf, ihm noch einen ihrer spektakulären Blow-Jobs zu geben. Mann, sie wusste wirklich, wie man einen Mann in den Himmel schickte. Was eine Seltenheit war. Normalerweise taten schöne Frauen das nicht gerne, sie ließen sich meistens lieber verwöhnen als umgekehrt.

Nach dem Sex packte Gianna ihre Koffer aus, verteilte ihre teuren Klamotten im ganzen Schlafzimmer, stellte ihre

Fläschchen und Tuben in das kleine Bad, stöpselte ihren iPod ein, und schon plärrte ihre brasilianische und spanische Lieblingsmusik durch die Wohnung. Sie war ein großer Fan von Marc Anthony und Carlos Santana und sang laut mit. Eines der wenigen Talente, das Gianna auf jeden Fall nicht besaß, war das Singen.

„Was soll ich anziehen, *carino?*" Sie nahm verschiedene Designerkleider hervor und hielt sie nacheinander vor ihren nackten Körper.

„Keine Ahnung, ich war noch nie bei einem solchen Dinner", sagte er. „Aber du siehst fantastisch aus, egal, was du trägst."

„Und du – was ziehst du an?"

„Ich schätze, Jeans sind wohl nicht erwünscht?" Er fuhr sich mit den Händen durchs Haar und grinste.

„Prego", sagte sie verschmitzt und fischte eine braune Plastiktüte aus ihrem Koffer. „Für dich."

„Was ist das?"

„Ein Geschenk von Mr. Armani." Sie zwinkerte ihm zu, als er den schwarzen Armani-Anzug auspackte. „Für meinen *molto* gut aussehenden Yankee-Liebsten. Weil er mich *seeeehr* glücklich macht."

Amy duschte lange und heiß und hatte das Gefühl, endlich alle Erinnerungen an diese verrückte Nacht abzuwaschen. Sie hatte ihren geheimnisvollen Mann bei Tageslicht zärtlich und liebevoll mit einer anderen Frau gesehen. Das reichte aus. Was sie betraf, war die Geschichte erledigt, das Kapitel abgeschlossen, sie würde künftig einfach alle Gedanken an ihn verdrängen.

Sie bereute die Nacht nicht, schließlich hatte sie erfahren, wie wunderbar Leidenschaft sein konnte, und dieselbe Leidenschaft würde sie mit Max in der Hochzeitsnacht erleben. Eigentlich war sie sogar erleichtert, denn jetzt konnte sie sich auf das Hochzeitsdinner konzentrieren und vor allem auf ihren künftigen Ehemann. Schließlich liebte sie Max. Tina hatte Recht, er war der perfekte Mann für sie.

Impulsiv griff sie nach dem Telefon und rief ihn an. „Wollte dir nur sagen, wie sehr ich mich auf heute Abend freue“, sagte sie weich.

„Hallo, Sweetie, wie geht es dir?“

„Ganz wunderbar. Das Treffen mit der Hochzeitsplanerin war gut, meine Mutter ist zufrieden.“

„Das freut mich. Ich weiß, wie anstrengend deine Mutter sein kann.“

„Sie fragt sich noch immer, ob dein Vater kommt. Hast du eine Ahnung?“

„Ich werde es noch ’rausfinden, versprochen.“

„Max, ich …“, begann sie zögernd, „es tut mir Leid, wenn ich in den letzten Tagen etwas gereizt war, aber du weißt schon, diese ganzen Hochzeitsvorbereitungen und meine Mutter, die mich wahnsinnig macht, ganz abgesehen von dieser rechthaberischen Hochzeitsplanerin. Das war ein wenig stressig.“

„Ist schon in Ordnung“, versicherte er. „Ich war ja auch nicht gerade die Ruhe selbst.“

„Ich weiß, dass du dieses Hochzeitsdinner nicht wirklich wolltest“, fuhr sie fort. „Aber das ist Tradition und meiner Mutter unglaublich wichtig.“

„Ich habe überhaupt keine Einwände, deine Mutter hat schließlich alles organisiert, ich muss nur bezahlen.“

„Max?“

„Was noch?“

„Ich liebe dich."

„Ich dich auch, Sweetheart. Bis bald."

Vera Wang hatte ein schlichtes zartlila Seidenkleid für sie entworfen. Sie ließ sich Zeit beim Anziehen, entschied sich für eine wunderschöne Diamantenkette, das diamantene Armband von Grandma Poppy und Diamant-Ohrstecker – ebenfalls ein Geschenk ihrer Oma.

Dann stellte sie sich vor den Spiegel uns starrte sich an.

Amy Scott-Simon, die künftige Mrs. Maxwell Diamond.

Alles würde gut werden.

Auf dem Rückflug saß Chris neben einer jungen Schauspielerin, die er flüchtig kannte. Sie hieß Inez Fallon und war überaus redselig. Genau das konnte er überhaupt nicht brauchen. Er hatte sie ein-, zweimal getroffen, als er noch mit Holly liiert war, ganz offensichtlich mochte sie ihn, oder das, was er repräsentierte – den mächtigen Hollywood-Anwalt.

Wie sie sagte, würde sie in New York in der David-Letterman-Show auftreten. Ihr aktueller Film, ein Horrorstreifen, war gerade angelaufen.

„Waren Sie schon mal bei Letterman?" fragte er höflich nach.

„Nein, aber ich habe gehört, dass er Frauen hasst", gestand sie. „Also, dass er sie entweder hasst oder mit ihnen flirtet, also werde ich versuchen, zu flirten. Ich werde etwas tief Ausgeschnittenes tragen, damit er gar nicht erst auf die Idee kommt, unhöflich zu sein. Wie ich gehört habe, ist es in seinem Studio eiskalt, das wird meine Brustwarzen *sehr glücklich* machen!"

„Schätze, Drew Barrymore können Sie nicht übertreffen."

„Wieso, was hat sie gemacht?"

„Die sprang auf den Tisch und drückte ihre Brüste in sein Gesicht."

„Das kann ich auch", sagte Inez ganz ernst.

„Wollen Sie das denn?"

„Ich mache alles, wenn dadurch mehr Leute in den Film gehen."

Schauspielerinnen. Sie waren alle gleich. Taten alles für ein bisschen Aufmerksamkeit.

Verona war anders. Aber Verona wollte Verbindlichkeit, deswegen kam sie nicht in Betracht. Er hatte sie während seines kurzen Aufenthalts in Los Angeles nicht einmal angerufen. Wozu auch?

„Würden Sie mir einen Rat geben?" Inez neigte sich zu ihm.

Na klar, jetzt will sie auch noch einen kostenlosen Rat, obwohl sie nicht mal mit mir gevögelt hat, dachte Chris. „Fragen Sie."

„Mir wurden zwei Filmrollen angeboten, und ich kann mich einfach nicht entscheiden. Der eine ist mit Leonardo DiCaprio, der andere mit Johnny Depp. Wer der beiden ist Ihrer Ansicht nach angesagter?"

Darum ging es also. Wer angesagter war. Nicht, wer talentierter war. Oder welches Drehbuch besser. Wie lächerlich.

„Ich würde eine Münze werfen." Er täuschte ein Gähnen vor und hoffte, dass sie den Wink begriff. „Keine Entscheidung kann die falsche sein."

„Fantastisch!" Ihr ehrgeiziges Gesicht leuchtete auf. „Auf die Idee bin ich gar nicht gekommen."

Ein paar Stunden vorher hatte er Max angerufen, um ihm zu sagen, dass er wohl nicht rechtzeitig zum Dinner kommen könne und er das bedauere.

„Ich hätte dich wirklich gerne dabei. Ich möchte, dass du meine Verlobte kennen lernst. Und wer weiß, vielleicht taucht auch Red wieder auf, dann könnte ich deine Unterstützung brauchen."

„Gut, ich komme direkt vom Flughafen", versprach er, „allerdings vermutlich etwas zu spät."

„Hauptsache, du kommst."

Die Stewardess beugte sich über Inez und flüsterte ihr ins Ohr, dass Colin Farrell an Bord sei. „Er reist inkognito", sagte sie verschwörerisch. „Sitzt hinten in der ersten Klasse. Ich dachte, das würde Sie vielleicht interessieren."

„Ooooh!" Inez kicherte bei der Vorstellung, wohin dieses Abenteuer womöglich führen könnte. „Sitzt jemand neben ihm?"

„Nein."

„Äh, entschuldigen Sie mich", sagte Inez zu Chris. „Colin ist ein alter Freund. Ich bin in fünf Minuten zurück."

Das war das Letzte, was er von ihr zu sehen bekam. Wenigstens konnte er jetzt ein paar Stunden schlafen.

Mariska war nirgends zu sehen, als Max Lulu für das Vorhochzeitsdinner abholte. Wieder einmal öffnete Irena die Tür. Er nickte der übergewichtigen, älteren Frau zu und bat sie, Lulu zu holen. Wenige Sekunden später erschien seine Tochter strahlend in einem pinkfarbenen Kleidchen.

„Ich geh zu einer Party, Daddy", verkündete sie stolz. „Werde meine Onkels sehen und Amy und all deine Freunde."

„Ja, das stimmt, Sweetie." Er beugte sich zu ihr herunter und umarmte sie. „Und du siehst so hübsch aus."

„Mama hat mir das Haar gemacht." Sie warf den Kopf zurück. „Schön, Daddy?"

„Ja, Lulu, sehr schön."

„Kann Mama auch mitkommen?"

„Nein, Sweetie, Mama hat zu tun."

Es gelang ihm, die Wohnung wieder zu verlassen, ohne auf Mariska zu treffen. Inzwischen war er davon überzeugt, dass sie nur bluffte, dass sie wegen Vladimir Bushkin nichts unternommen hatte.

„Lulu will Geschenk", rief Lulu im Fahrstuhl.

„Nein, Schnäuzelchen, heute Abend mal nicht."

„Ich will Geschenk!" schmollte sie. „Daddy hat's mir versprochen."

„Ich sagte, nicht heute Abend, Süße. Du gehst zu einem Dinner mit lauter Erwachsenen. Du hast Glück, überhaupt eingeladen zu sein."

„Lulu will Geschenk", wiederholte sie, ihr Gesicht verzog sich plötzlich, Tränen schossen in ihre großen blauen Augen.

„Nein, Lulu", sagte er bestimmt.

„Lulu ist müde." Ihre Unterlippe bebte. „Und Lulu hat Hunger."

Erst jetzt kam ihm in den Sinn, dass ihr Kindermädchen Reece sie hätte begleiten sollen. Vor allem, nachdem Lulu bei ihm übernachten würde. Als sie den Fahrstuhl verließen, eilte er sofort zur Rezeption und rief oben an. Als Reece abnahm, bat er sie, mit zum Dinner und später in seine Wohnung zu kommen.

„Mrs. Diamond hat mir den Abend freigegeben." Reece klang verärgert.

„Tut mir Leid, aber das geht nicht. Sie müssen sich um Lulu kümmern, das hätte Mrs. Diamond Ihnen sagen sollen."

„Na gut, Mr. Diamond. Ich bin in fünf Minuten unten."

Er hätte wirklich eher daran denken können. Oder besser

gesagt Mariska. Wahrscheinlich gefiel ihr die Vorstellung, dass Lulu seine ganze Aufmerksamkeit beanspruchte und er sich nicht richtig um seine künftige Frau kümmern konnte. Typisch Mariska.

Zum tausendsten Mal dachte er, dass er nie etwas Klügeres getan hatte, als sich von ihr scheiden zu lassen.

31. KAPITEL

Als Liberty am Sonntagmorgen im Schminkstuhl saß, wurde ihr klar, dass man sich schnell an so viel Aufmerksamkeit gewöhnen könnte. Sie wurde behandelt wie ein Star.

Der Friseur, ein schwuler Kerl in gelbgrünem Trainingsanzug, flocht jede Menge Strähnen in ihr Haar. Beverly klebte ihr falsche Wimpern an, während Fantasia sich darum kümmerte, dass ihr Kleid saß wie eine zweite Haut.

Sie wusste, dass sie verdammt gut aussah. Sie wusste auch, dass das nicht sie war, nicht Liberty, die Sängerin und Bedienung. Sie hatten eine erstaunliche Fantasiefigur aus ihr gemacht, was, wie sie zugeben musste, äußerst aufregend war. Sie konnte kaum glauben, was alles passiert war.

Als sie in das Studio kam, konnte sich Maleek gar nicht mehr beruhigen, nannte sie Schätzchen und zeigte ihr ganz genau, wie sie sich um Slick Jimmy herumschlängeln sollte.

Slick Jimmy war mindestens genauso begeistert. „Hast du einen Freund?“ fragte er und schenkte ihr ein anzügliches Grinsen. „Du und ich sollten's miteinander versuchen, denn ich bin bald der Größte. Nimm's, solange du's haben kannst. All diese Miststücke werden sich mir an den Hals werfen.“

„Nein, danke. Aber wenn du irgendwann eine Backgroundsängerin brauchst ...“

„Ich bin Rapper, Baby. Rapper!“ Er starrte sie aufgebracht an. „Nicht so'n aufgeblasener Soulsänger wie Brian McNight oder dieser Scheiß Keith Sweat. Mit so'm Mist geb' ich mich nicht ab. Ich weiß, wo's langgeht.“

„Hast du ein Glück“, murmelte sie.

„Machste dich lustig über mich, Mädchen?“ Schweiß stand

auf seiner Stirn. „Weil wenn ja, dann sorg' ich dafür, dass dein Arsch hier vom Set verschwindet. Kapiert?"

„Was soll das mit den sexistischen Texten?" Liberty ignorierte seine Drohung. „Ganz bestimmt bist du in der Lage, origineller zu schreiben."

„Leck mich." Er beäugte sie. „*Fat Girls* wird der Hit des Jahres. Was verstehst du schon vom Singen?"

„Ich singe selbst. Und schreibe meine eigenen Lieder."

„Schon was veröffentlicht?" Er starrte sie herausfordernd an.

„Nein, aber Damon P. Donnell will meine Demo-CD."

„Klar, Baby." Slick Jimmy verzog süffisant das Gesicht. „Der will dich, das will der Typ."

Warum glaubte das jeder? Nur weil sie gut aussah?

Der Morgen ging schnell vorüber. Maleek schien mit ihr zufrieden zu sein. So wenig sie den Rapper leiden konnte, fiel es ihr doch nicht schwer, zu tun als ob. Hier ging es doch nur um Schauspielerei.

In der Mittagspause erschien Damon P. Donnell auf der Bildfläche. Sie wusste nicht, wie sie sich verhalten sollte. Sollte sie auf ihn zueilen und sich bedanken? Immerhin hatte er sie ausgewählt und bezahlte viel Geld. Und wie Maleek gesagt hatte, *mochte* er sie. Was bedeutete das?

Dann beschloss sie aber, ihm nicht in den Hintern zu kriechen wie alle anderen.

Er trug einen cremeweißen Kaschmirpullover, schwarze Hosen und eine Baseballkappe der New York Jets. Und wie immer begannen sich alle auf ihn zu stürzen und sicherzustellen, dass er alles hatte, was er brauchte. Er nahm diese Huldigungen entgegen, als wäre es das Selbstverständlichste der Welt.

Dann schaute er sich zusammen mit Maleek das Videomaterial an, das sie bisher gedreht hatten.

„Los, sag hallo." Cindi gab ihr einen Stoß. „Komm schon."

„Warum sollte ich das tun?"

„Weil er dich mag und du ihn magst", zog Cindi sie auf.

„Nein, ich mag ihn nicht." Sie wünschte, sie hätte mit Cindi nie darüber gesprochen. „Wie oft muss ich es dir noch sagen – ich will nur, dass er mein Demoband anhört. Davon abgesehen, wenn er mit mir sprechen will, kann er zu mir kommen."

„Ooooh, was sind wir aber cool! Wahnsinn!"

Egal was Cindi auch sagte, sie blieb bei ihrer Entscheidung.

Sie lief hinüber zu dem Regiestuhl, den man ihr zur Verfügung gestellt hatte, und ließ sich hineinfallen. Cindi trottete hinter ihr her. „Ich hol' mir was zu Essen im Catering-Wagen." Sie band sich ein dünnes Handtuch um. „Kommst du mit?"

„Das Kleid ist so eng, dass ich nichts essen kann."

„Soll ich dir was mitbringen?"

„Ich hab keinen Hunger. Ich bleib einfach hier."

„Gut, dann verhungere eben." Cindi zog los.

Liberty schnappte sich eine Ausgabe des *People Magazin* und begann, es durchzublättern. Und da stand er plötzlich neben ihr. Sie konnte sein sehr teures, sehr männliches Parfüm riechen.

Sie zwang sich, nicht aufzusehen.

„Hey ..." Er tippte ihr auf die Schulter. „Dachte eigentlich, Sie wollten sich bei mir bedanken."

Sie blickte hoch. „Mr. Donnel." Sie tat überrascht. „Aber selbstverständlich, danke schön, auch wenn ich eigentlich was anderes will. Das hier verbuche ich einfach nur unter Erfahrung. Und ja – ich kann das Geld gut brauchen."

„Irgendwas an Ihnen ist anders." Er schob die Sonnenbrille auf die Stirn und blinzelte sie an.

„Gut anders oder schlecht anders?" Liberty legte die Zeitschrift zur Seite.

„Sie waren auch vorher eine Schönheit", behauptete er. „Aber jetzt eine mit noch etwas mehr Stil."

„Danke, Mr. Donnell." Am liebsten hätte sie angefügt: Wie kommt es, dass sie mich nie bemerkt haben, als ich Ihnen jeden Morgen Kaffee servierte? Was war ich für Sie – unsichtbar?

„Nenn mich Damon." Er blickte sie lange an. „Hab' das Gefühl, dass wir uns ziemlich nahe kommen werden."

Sie versuchte, seinen unglaublich verführerischen Augen keine Beachtung zu schenken. „Ich habe heute meine Demo-CD mitgebracht. Die würde ich dir gern vorspielen."

„Würdest du, wie?" Er ließ sie nicht aus den Augen.

„Ja, würde ich." Noch immer tat sie so, als bemerkte sie seine intensiven Blicke nicht.

„Also ... Liberty." Er rieb sich übers Kinn. „Das ist dein Ernst, ja? Du bist wirklich Sängerin."

„Warum sollte ich so 'was erfinden?"

„Wer weiß das heutzutage schon, jeder will ein Stück vom Kuchen abhaben."

„Warum klingst du dann so überrascht?"

„Weißt du", sagte er mit einem Mal ernst geworden. „Richtige Sänger sind nicht wirklich mein Ding. Ich bin im Hip-Hop und Rap-Geschäft."

„Nein", korrigierte sie ihn, „du bist im Plattengeschäft, du kannst machen, was du willst."

„Kann ich?"

„Du bist der Chef, oder vielleicht nicht?"

„Stimmt.“ Er grinste amüsiert. „Ich bin der Chef.“

„Wenn du dir mein Demo jetzt nicht anhören kannst, dann könnte ich morgen in dein Büro kommen.“

„Gibt keinen Grund, dich davon abzuhalten.“

„Um wie viel Uhr?“ fragte sie entschieden.

„Wie wäre es gegen halb sieben?“

„Gut, ich werde da sein.“

„Und, äh … Liberty …“

„Ja?“

„Das bleibt unter uns“, sagte er und ging davon.

Beverly hatte Recht, er wollte sie wirklich anmachen. Zwar hatte er nichts in der Richtung gesagt, aber man konnte es an seinen Augen ablesen, an diesen unglaublich aufregenden Augen.

Andererseits, wenn er wirklich hinter ihr her war, wieso lief er dann einfach so davon? Und was sollte dieses: Das bleibt unter uns? Wem sollte sie denn davon erzählen?

Hm … er stand offenbar auf Spielchen. Und vielleicht spielte sie nicht in seiner Liga, aber sie kannte sich trotzdem aus. Jedenfalls hatte sie morgen eine Verabredung mit ihm, halb sieben in seinem Büro.

Und sie würde pünktlich sein, weil Damon P. Donnell ihre große Chance war.

32. KAPITEL

Das Dinner fand im Waldorf Astoria statt, was für Grandma Poppy günstig war, sie wohnte schließlich in dem Gebäude. Amy kam etwas früher und fuhr zu ihr hinauf, um sie abzuholen. „Hi Grams.“ Sie küsste ihre geliebte Großmutter auf die Wangen. „Du siehst toll aus.“

„Danke, Liebes.“

„Bist du sicher, dass du das durchhältst?“

„Ich verpasse doch deine Feier nicht.“ Grandma Poppy durchwühlte ihre perlenbestickte Handtasche. „Sobald es mir reicht, wird Hueng mich wieder nach oben bringen.“

„Aber du darfst es nicht übertreiben“, sagte Amy streng.

„Lass dich ansehen, Kind.“

Amy machte eine kleine Drehung.

„Ganz entzückend!“ rief Grandma Poppy aus. „Ich bin so stolz auf dich, Liebes. Ich hoffe, der junge Mann weiß zu schätzen, was er da bekommt.“

„So jung ist er nicht Grams“, sagte Amy mit einem kleinen Lächeln. „Er ist über vierzig.“

„Das ist jung, Liebes.“

„Sollen wir hinuntergehen? Bist du fertig?“

„Eine Minute.“ Grandma Poppy fischte eine alte Lederschachtel aus ihrer Tasche und reichte sie ihrer Enkelin. „Erst hab’ ich noch ’was für dich.“

Amy öffnete die Schachtel und entdeckte einen antiken von Diamanten und winzigen Perlen gesäumten Smaragdring. „Grams, der ist wunderschön“, sagte sie atemlos. „Bist du wirklich sicher, dass du ihn mir geben willst?“

„Das war das Geschenk eines indischen Prinzen, als ich noch

ein junges Mädchen war." Grandma Poppy hatte einen sehnsüchtigen Ausdruck in den Augen. „Der Prinz sagte, er würde mir ein Leben lang Glück bringen. Offenbar hatte er Recht, deswegen gebe ich dir dieses Geschenk jetzt weiter."

„Oh, tausend Dank." Amy steckte sich den Ring an. „Er ist unglaublich."

„Dann können wir gehen", sagte Grandma Poppy energisch. „Ich will keine Sekunde verpassen. Komm, Liebes, es wird Zeit, dass wir feiern."

„Wie sehe ich aus?" fragte Gianna, wohlwissend, wie wunderschön sie war.

„Nicht schlecht", entgegnete Jett.

„Scusi!" Sie gab sich erbost. *„Bastardo!"* Dann begannen sie zu lachen.

Er konnte es kaum erwarten, die Gesichter seiner Brüder zu sehen, wenn sie Gianna erblickten. Sie hatte sich für ein wildes Outfit des italienischen Designers Roberto Cavalli entschieden: Einen langen Zigeunerrock und eine Lederweste über einem BH mit Schlangenmuster, mehrere Ketten mit Kreuzen aus Gold und Elfenbein hingen um ihren Schwanenhals, dazu vierzehn Elfenbein- und Goldarmreifen. Und jede Menge gebräunte, straffe Haut war zu sehen.

Was soll's, dacht Jett. Sollen die New Yorker auch mal 'was erleben.

Er trug seinen neuen Armani-Anzug, der ihm perfekt passte und ein schwarzes Seidenhemd ohne Krawatte. Sie gaben ein spektakuläres Paar ab.

Jett überlegte, ob es möglich wäre, Gianna einfach an Chris abzutreten. Sein Bruder hatte doch erzählt, dass er seine derzeitige Freundin verlassen wollte, warum also nicht? Gianna war die perfekte Frau, um einen Mann über eine Trennung hinwegzutrösten. Sie war eine humorvolle, sexverrückte Göttin. Was konnte ein Mann sich mehr wünschen?

„Los." Er zerrte sie vom Spiegel weg und direkt aus dem Apartment.

Als sie sich in den winzigen Fahrstuhl quetschten, fragte er: „Habe ich dir von meinem Bruder Chris erzählt? Er ist einer der wichtigsten Anwälte im Showbusiness. Kümmert sich um jede Menge Stars – Birdy Marvel, Jonathan Goode."

„Mir gefällt – wie heißt er? – Jamie Foxx." Gianna leckte sich über die Lippen. „Der ist sehr sexy, *no?*"

„Ich glaube nicht, dass er ein Mandant von Chris ist. Aber, sag mal, hast du dir eigentlich mal überlegt, Schauspielerin zu werden?"

„*Scusi?*"

„Vielleicht solltest du mit Chris darüber reden, ich bin mir sicher, er könnte dir da weiterhelfen."

„*Si?*" Gianna schien nicht besonders interessiert.

„Ja, wirklich. Viele Schauspielerinnen haben als Models angefangen. Cameron Diaz ist das Paradebeispiel dafür."

„Cameron *wer?*"

„Diaz. Sie ist ein großer Star in Amerika. Also, du solltest auf jeden Fall versuchen, heute Abend mit Chris zu sprechen. Das könnte der Anfang von 'was ganz Großem sein."

Lady Jane hatte eine Mission, und diese Mission war, den Safe von Red Diamond zu knacken. Dazu brauchte sie nur die richtige Zahlenkombination, und so wie sie Red kannte, hatte er die bestimmt irgendwo aufgeschrieben.

Während sie seine Räume gründlich durchsuchte, konnte sie nicht umhin, an ihr allererstes Treffen zu denken. Er hatte sie mit verschwenderischen Geschenken in sein Bett gelockt und ihr das Paradies versprochen, wenn sie ihren Ehemann – einen seiner größten Geschäftsrivalen – verließe.

Unabhängig davon, ob es um Geld oder Frauen ging, Red Diamond war unbarmherzig. Zwar dauerte es Monate, doch schließlich gelang es ihm, sie auf seine Seite zu ziehen. Sie verließ ihren Mann und zog zu Red nach Amerika.

Die Schlagzeilen waren reißerisch, nichts liebten die Amerikaner mehr als einen saftigen Skandal. Und Red triumphierte. Wie immer hatte er gesiegt.

Zuerst war Lady Jane fasziniert von ihm. Diese Erbarmungslosigkeit war ein starkes Aphrodisiakum, ganz zu schweigen von seinem unfassbaren Vermögen. Er war ein wilder Liebhaber. Außerdem gefiel ihr New York besser als London. Doch dann musste sie schnell feststellen, wie sehr sie sich geirrt hatte. Red Diamond war nichts als ein bösartiger Tyrann, der sich ausschließlich für sich selbst interessierte. Er hatte kein Interesse an Reisen oder Einladungen, kaum Kontakt zu seinen drei Söhnen, und war absolut zufrieden damit, sein Haus so gut wie gar nicht zu verlassen. Was seine Fähigkeiten als Liebhaber anging: Auch die endeten in der Sekunde, in der sie bei ihm einzog. Nun verlangte er nur noch, dass sie ihn zweimal am Tag oral befriedigte, was sie abstoßend und erniedrigend fand.

Doch nachdem sie ihren Mann unter dem Blick der Öffentlichkeit verlassen hatte, befand sich in einer ausweglosen Situation. Es wäre zu peinlich gewesen, ihren Fehler einzugestehen, und so beschloss sie, Reds Schwächen einfach zu ignorieren. Schließlich – wie lange hatte er wohl noch zu leben?

Damals versicherte er ihr, dass in seinem Testament gut für sie gesorgt wäre. Aber was genau hieß das? Und nachdem er sie nun aufgefordert hatte, zu gehen, war sowieso alles anders. Deswegen musste sie unbedingt sein Testament finden, um zu erfahren, was genau darin stand.

Nachdem er noch immer nicht nach Hause gekommen war, hatte sie viel Zeit, seine persönlichen Unterlagen sorgfältig durchzusehen. Um sechs Uhr Abends entdeckte sie die Zahlenkombination auf einer Streichholzschachtel, die in der Innentasche eines Anzugs steckte. Was für ein befriedigender Augenblick. Nun hatte sie Zugang zu all seinen Geheimnissen.

Lulu war das einzige Kind beim Dinner, weshalb alle Anwesenden in „Ahs" und „Ohs" ausbrachen, als sie eintrat. Alle außer Nancy Scott-Simon, die es nicht begrüßte, dass ihr künftiger Schwiegersohn ein Kind mit irgendeiner schrecklichen ausländischen Frau hatte, die in New York als rastlose soziale Aufsteigerin bekannt war. Nancy hätte es lieber gesehen, dass ihre Tochter einen Mann ohne solche Altlasten heiratete. Aber zumindest war Max Diamond reich. Eine junge, hübsche Erbin musste besonders vorsichtig sein, an jeder Ecke lauerten Mitgiftjäger. Und Amy war ein wenig labil, sie brauchte einen dominanten Mann.

Amy führte Grandma Poppy hinüber zu Max. „Du erinnerst dich an Grams", sagte sie, ohne den dünnen Arm ihrer Oma loszulassen.

Max betrachtete seine Braut und konnte wie so oft nicht fassen, was für ein Glück er hatte. Amy sah einfach perfekt aus in ihrem blasslila Kleid, das naturblonde Haar war locker hochgesteckt, sie trug genau die richtige Menge Schmuck. Amy Scott-Simon hatte einfach Klasse. Welten lagen zwischen ihr und Mariska.

„Aber selbstverständlich." Er beugte sie vor und küsste die alte Dame auf die Wange. „Wie geht es dir, Grandma?"

„Ich bin nicht deine Grandma, junger Mann", sagte sie und schenkte ihm einen vernichtenden Blick. „Du kannst mich Poppy nennen."

„Aber gerne", entgegnete Max sichtbar gedämpft.

„Ich möchte, dass Grams Lulu kennen lernt", sagte Amy schnell. „Wo ist sie?"

„Da, inmitten der sie bewundernden Menge." Max deutete in die Mitte des Raums.

„Ich hoffe, dass sie sich heute Abend wohl fühlt." Der Gedanke, dass Lulu einen ihrer Wutanfälle bekommen könnte, behagte ihr gar nicht.

„Sie wird sich bestimmt gut benehmen. Und wenn nicht, was soll's. Das ist unser Abend, Sweetheart, den kann uns niemand verderben."

„Du hast Recht", entgegnete sie warm. „Oh, da ist Tina. Ich sollte kurz zu ihr gehen und hallo sagen. Grams, möchtest du mit mir kommen?"

„Nein, danke. Bring mich doch bitte zu meinem Platz und erlaube den Leuten, zu *mir* zu kommen. Ich werde dir bestimmt nicht den ganzen Abend hinterherlaufen wie ein uraltes Anhängsel."

Amy brachte Grandma Poppy an den Tisch, ließ sie in der Gesellschaft von Hueng zurück und lief zu Tina und Brad, die sich gerade zusammen mit einigen weiteren Kollegen an ihren Tisch setzen wollten. Yolanda, Dana und Carolee hatten allesamt Begleiter mitgebracht, während Nigel mit Marcello hier war, der zu Nigels Verärgerung von Yolandas Freund ganz angetan zu sein schien.

Amy hätte am liebsten an diesem Tisch gesessen, ihre Kollegen würden sich garantiert prächtig amüsieren. So ein Dinner vor der Hochzeit war weit weniger formal als die Hochzeit selbst, und nachdem sie nun diesen geheimnisvollen Mann aus dem Kopf hatte, wollte sie sich amüsieren. Und auch Max sollte sich amüsieren, er musste endlich aufhören, sich Sorgen zu machen und sich wenigstens heute einmal gehen lassen.

„Geht es dir gut?“ fragte Tina, ihr Bauch wölbte sich unter dem blauen Satinkleid, das aus allen Nähten zu platzen schien.

„Du bist diejenige, die jeden Moment ein Kind zur Welt bringt“, antwortete Amy.

„Hoffentlich nicht heute Abend.“ Tina tätschelte ihren riesigen Bauch.

„Das hoffe ich doch.“ Brad verdrehte die Augen.

„Sobald es geht, komme ich zu euch“, versprach Amy. „Euer Tisch ist garantiert der lustigste.“

„Solange ich hier nicht entbinde“, witzelte Tina.

„Willst du meine Party ruinieren?“

Alle lachten.

„Sehr schick“, sagte Carolee bewundernd und fasste prüfend den Stoff von Amys Kleid an.

„Vera Wang“, sagte Nigel. „Extra für unsere Little Missy entworfen.“

„Nun, Little Missy, das sollte die Big Missy Courtenelli besser nicht herausfinden“, sagte Yolanda. „Ein Glück, dass sie heute Abend nicht hier ist.“

Amy eilte quer durch den Raum zurück zu Max.

„Gute Idee, dass ich das Kindermädchen mitgenommen habe“, meinte Max. „Sonst würde ich den ganzen Abend mit meiner Tochter festsitzen. Du weißt ja, wie sie sein kann.“

„Sie ist schließlich deine Tochter."

„Bald ist sie *unsere* Tochter."

„Nein", sagte Amy. „Sie hat bereits eine Mutter."

„Bist du sicher, dass du wirklich einen Mann mit Familie heiraten willst?" Er kratzte sich das Kinn.

„Ein kleines Mädchen ist doch wohl kaum eine Familie." Amy lächelte sanft. „Davon abgesehen werden wir eines Tages selbst Kinder haben."

„Das stimmt", sagte er. „Ich dachte an einen Jungen und ein Mädchen."

„Darauf hast du wohl kaum einen Einfluss, Max."

„Ach nein? Wie ich gelesen habe, gibt es Wege, darüber zu entscheiden."

„Wo hast du das denn her?"

„Soweit ich weiß, muss man auf dem Kopf stehen, wenn man ein Mädchen will, und sich aus dem Fenster hängen für einen Jungen."

Amy lachte. „Du bist witzig, wenn du so redest."

„Bin ich?"

„Ja, sonst bist du immer so ernst."

„Schätze, ich war zu viel mit meinen Brüdern zusammen." Er grinste. „Ich hoffe, du magst sie."

„Ich kann es nicht erwarten, sie kennen zu lernen. Wo sind sie?"

„Chris kommt direkt vom Flughafen, und – was für eine Überraschung – Jett ist mal wieder zu spät."

„Ist er dafür bekannt?"

„Wofür?"

„Dass er immer zu spät kommt."

„Jett ist für ganz andere Dinge bekannt."

„Tatsächlich?“

„Ich sollte dich vor ihm warnen, er scheint sich zwar gebessert zu haben, aber noch vor ein paar Jahren war er schwer drogenabhängig.“

„Wie furchtbar.“

„Ja, aber irgendwie auch verständlich. Red war ein strenger Zuchtmeister, keiner von uns hatte es leicht, aber Jett, als Jüngster, hat das meiste abbekommen.“

„Also ist mal wieder dein Vater an allem Schuld?“

„Das könnte man so sagen.“

„Er scheint wirklich ein grausamer Mann zu sein.“

„Glaub mir, das ist er.“

„Und wie ist Chris?“

„Klug, locker, du wirst ihn mögen.“

Amy küsste ihren Bräutigam impulsiv auf die Wange.

„Wofür war das denn?“ fragte Max.

„Einfach so.“ Sie lächelte.

Als die Gäste ihre Plätze gefunden und sich gesetzt hatten, erschienen Jett und Gianna. Das heißt, sie erschienen nicht einfach, sondern hatten einen glänzenden Auftritt. Die Reaktionen darauf waren gemischt.

„Wer in aller Welt ist das?“ wollte Nancy Scott-Simon von Lynda Colefax wissen, die aber ihrerseits keine Ahnung hatte. Sie drehte sich zu Amy um, doch die war gerade auf die Toilette gegangen.

„Was für eine göttliche Kreatur“, murmelte Grandma Poppy. „Sie ist unübersehbar ein freier Geist – genauso wie ich, als ich noch ein junges Mädchen war.“

Auf der anderen Seite des Raumes versetzte Brad Tina einen

Rippenstoß. „Wer ist denn diese schöne Frau?" fragte er. „Die ist ja überirdisch."

„Starr nicht so!" Tina schlug ihm auf die Hand. „Du hast eine schwangere Frau! Also behalte deine lüsternen Blicke für dich."

„Das ist das italienische Supermodel Gianna", erklärte Nigel ehrfurchtsvoll. „Sie wird für unsere neue Anzeigenkampagne modeln."

„Vergiss doch die Frau." Yolanda wedelte sich mit einer Serviette Luft zu. „Aber der Typ neben ihr ist heiß. Den würde ich nicht von der Bettkante schubsen."

„Sehr sexy", murmelte Marcello, was ihm einen eifersüchtigen Blick von Nigel einbrachte.

„Er kommt mir irgendwie bekannt vor", sagte Tina. „War er nicht ..."

„Ich glaube, er ist auch Model", erklärte Nigel. „Ich bin mir sicher, ihn schon in der italienischen *Vogue* gesehen zu haben."

„Und wie kommt er hierher?" fragte Tina.

„Vielleicht ist er mit Max befreundet."

Und während alle das Paar anstarrten, erhob Max sich und begrüßte die beiden.

„Max", sagte Jett. „Darf ich dir Gianna vorstellen. Gianna, das ist mein Bruder Max."

Bevor Max auch nur einen Ton sagen konnte, warf Gianna ihre Arme um seinen Hals und küsste ihn auf beide Wangen. „Bald bist du verheiratet", plapperte sie los. *„Molto bene. Herzlichen Glückwunsch."*

„Danke." Max trat, von ihrem starken moschuslastigen Parfüm überwältigt, einen Schritt nach hinten.

„Wo ist deine Braut? Ich muss ihr unbedingt *ciao* sagen." Die unzähligen Reifen an ihren Armen klimperten.

„Da kommt sie schon." Max war erleichtert, als er Amy erblickte.

Gianna drehte sich um. Jett ebenfalls.

Amy lief auf sie zu, ein Lächeln auf dem Gesicht, bis sie Jett entdeckte. Ihr Lächeln gefror. Was hatte das zu bedeuten? Warum waren die beiden gekommen? Hatte Max etwas herausgefunden und wollte sich auf diese schreckliche Weise an ihr rächen?

O Gott! Am liebsten hätte sie die Augen geschlossen, und wenn sie sie wieder öffnete festgestellt, dass sie nur geträumt hatte. Aber es war kein Traum. Das war die Realität.

„Sweetheart." Max schien vollkommen unverändert. „Das sind mein Bruder Jett und seine Freundin Gianna. Jett, das ist meine Verlobte Amy."

Amy glaubte, ohnmächtig werden zu müssen. Das konnte doch nur irgendein kranker Scherz sein. Sein Bruder. Max' *Bruder.*

Nein, das war unmöglich.

Und wie konnte er überhaupt Jett heißen? Sein Name war doch Scott oder Sonny oder Simon. S. Lucas, das war sein Name.

Das durfte doch alles nicht wahr sein!

Bevor sie noch einen klaren Gedanken fassen konnte, hüllte die Frau sie in eine feste Umarmung und gratulierte ihr in einer wilden Mischung aus Englisch und Italienisch.

Dann war Jett an der Reihe. Sie konnte den Schock in seinen Augen sehen, offenbar war er nicht weniger überrascht als sie. Er streckte seine Hand aus, als ob sie sich nie zuvor gesehen hätten – was selbstverständlich das einzig Vernünftige war.

Als sie seine Hand ergriff und schüttelte, fuhr ein elektrischer Schlag durch ihren ganzen Körper.

„Ihr Amerikaner!" Gianna stieß ein heiseres Lachen aus.

„Immer so zugeknöpft. Gib dem Mädchen einen Kuss, *carino.* Sie ist schließlich bald ein Teil deiner Familie."

Benommen zog Jett seine Hand zurück, und genau in diesem Augenblick kam Lulu angerast und warf sich in seine Arme. „Lulus Onkel", sang sie los. „Onkel! Onkel! *Onkel!*"

Er schwang das kleine Mädchen herum, dankbar für die Ablenkung.

„So *dolce!*" Gianna lächelte Max liebenswürdig an. „Ist das deine?"

„Ja, das ist meine", entgegnete er stolz. „Meine kleine Lulu."

„Du bist ein sehr glücklicher Mann", sagte Gianna, dann blickte sie Amy an. „Zusammen werdet ihr noch viel glücklicher sein."

Was ist sie – eine Hexe? Fragte Amy sich. Jedenfalls eine Hexe mit dem schönsten Körper, den ich je gesehen habe.

Ich hasse sie.

Nein, ich hasse sie nicht. Es ist nicht ihre Schuld. Vermutlich hat sie nicht die geringste Ahnung, dass ihr Freund sie betrogen hat.

„Wir sollten uns setzen", schlug Max vor. „Wie ich sehe, wird deine Mutter schon ganz unruhig."

Lulu hing noch immer an Jett. Er trug das kleine Mädchen zum Tisch. „Ich sitze neben dir." Lulu klimperte mit ihren langen Wimpern.

„Klar, Honey." Er warf Amy einen verstohlenen Blick zu. Sie sah noch hübscher aus, als er in Erinnerung hatte. Dieses wundervolle Gesicht. Ihr seidiges Haar und die schimmernde Haut.

Ich liebe sie, dachte er. Ich liebe die Braut meines Bruders. Was soll ich jetzt tun?

33. KAPITEL

Als Chris endlich kam, war das Dinner schon in vollem Gange. Harold hielt gerade – während Steak und Hummer serviert wurden – eine innige Rede über seine Stieftochter.

„Hier drüben", rief Max und winkte ihn zu seinem Tisch.

Chris glitt leise auf seinen Stuhl zwischen Nancys bester Freundin und Gianna, die sich munter zu ihm hindrehte und mit lautem Flüstern verkündete: „Ich liebe deinen Bruder. Wir beide werden *bene bene* Freunde sein, *capisce?*"

Das war also die sagenhafte Gianna mit dem fantastischen Talent für Blow-Jobs und dem Lamborghini. „Natürlich", sagte Chris und dachte, was für ein Glück sein kleiner Bruder doch hatte.

Auf dem Weg vom Flughafen hierher hatte er Jonathan angerufen und mitgeteilt, dass alles in Ordnung sei. „Es kostet Sie fünfundsiebzigtausend Dollar, und er wird schweigen. Der Vertrag wird ihm gerade durch einen Kurier überbracht."

„Sie sind der Beste!" Jonathan klang dankbar. „Wenn ich irgendetwas für Sie tun kann, Chris, egal was es ist – Sie können jederzeit auf mich zählen."

Harolds Rede wurde mit großem Beifall bedacht. Max beugte sich über den Tisch und stellte Chris seine Braut vor. Chris war beeindruckt, wie es schien hatten beide Brüder ein gutes Händchen was Frauen betraf.

„Ich muss mal eben auf die Toilette." Jett stand auf. „Komm mit, Chris."

„Ist schon gut, ich muss nicht …"

„Ich will mit dir sprechen." Jett warf ihm einen bedeutungsvollen Blick zu.

„Ach so.“ Chris schob seinen Stuhl nach hinten. „Was ist los?“ fragte er, als sie auf die Toiletten zusteuerten.

„Was los ist?“ Jett tastete in seiner Jackentasche nach einer Zigarette. „Was verdammt noch mal los ist? Dieses Mädchen da, dieses fantastische, unglaublich Mädchen ...“

„Gianna?“ unterbrach Chris ihn.

„Nein, verflixt noch mal nicht Gianna“, rief Jett frustriert. „Amy, die Verlobte von Max.“

„Was ist mit ihr?“ Chris verstand kein Wort.

„Das ist *das* Mädchen.“ Als er sich die Zigarette anzündete, zitterte seine Hand leicht. „Das Mädchen, das ich die ganze Zeit finden wollte.“

„Du willst mir doch nicht erzählen ...“

„Doch. Genau das will ich dir erzählen.“

„Heiliger Strohsack!“ rief Chris. „Du hast mit Max’ Verlobter gevögelt? Sie war es?“

„Was soll ich jetzt verflucht noch mal tun?“

Chris hatte keine Ahnung, was sein Bruder von ihm erwartete. „Bist du sicher, dass sie es war?“

„Ich bitte dich, Chris.“ Jett warf seinem Bruder einen scharfen Blick zu. „Ich bin doch nicht verrückt. Natürlich ist sie es.“

„Hat sie irgendwas zu dir gesagt?“

„Wie denn? Sie sitzt direkt neben Max, umgeben von ihrer ganzen Familie.“

„Meine Güte – meinst du, sie wusste, dass du Max’ Bruder bist?“

„Natürlich nicht. Ich meine, warum zum Teufel sollte sie mit dem Bruder ihres Verlobten schlafen? Wie beschissen wäre das denn, kannst du mir das sagen?“

„Ich habe eine Frage: Warum schläft sie überhaupt mit jemandem, wenn sie heiratet?"

„Ja", sagte Jett mürrisch. „Das frage ich mich auch die ganze Zeit."

„Du darfst es ihm auf keinen Fall sagen. Denk nicht einmal daran."

„Natürlich nicht."

„Also, du wirst Folgendes tun: Vergiss einfach, dass es je geschehen ist. Fertig."

„Du hast leicht reden. Aber es ist nun mal passiert, und das ist kein Mädchen, das ich einfach so vergessen kann."

„Dann, kleiner Bruder, fang sofort damit an, es zu versuchen. Und ich schlage vor, dass du die Geschichte sonst niemandem gegenüber erwähnst. Das bleibt zwischen uns, wir finden schon eine Lösung."

„Ich brauche einen Drink", murmelte Jett.

„Nein. Genau das kannst du jetzt nun überhaupt nicht brauchen."

„Ich kann damit umgehen."

„Sich vollaufen zu lassen ist eine blöde Idee, Jett."

„Na und? Meinst du ich schaffe es, völlig nüchtern wieder an diesem Tisch zu sitzen?"

„Wenn du diese Nacht überleben willst – ja."

„Du bist mir 'ne tolle Hilfe."

„Ich passe bloß auf dich auf, kleiner Surfer."

„Stimmt", sagte Jett müde. „So langsam bekommst du Übung darin."

Jetzt wurden Dias von Amy und Max an die Wand geworfen. Amy, die im Alter von zwei Jahren, nackt mit lockigem Haar auf einer Wolldecke lag, Max mit vier im Anzug, wie er feierlich salutierte, Amy mit fünf, Max mit zehn, Amy bei ihrem Abschlussball, Max bei seinem. Und so weiter …

Amy konnte sich kaum darauf konzentrieren, tausend Gedanken schossen ihr durch Kopf. Sie blickte immer wieder zu Max, um sich zu vergewissern, dass er sich das alles nicht als Strafe ausgedacht hatte.

Nein. Ganz und gar nicht.

Gianna war damit beschäftigt, jeden am Tisch zu bezaubern, sie redete pausenlos auf jeden ein, der bereit war, zuzuhören. Mit Grandma Poppy, die absolut verzückt war, hatte sie sich bereits mit ihr verbündet.

Endlich kamen Chris und Jett zurück an den Tisch.

Amy fragte sich, ob Jett seinem Bruder alles gestanden hatte. Ob er die schreckliche Wahrheit gebeichtet hatte. Und würde er es als Nächstes Max erzählen?

O Gott! Vielleicht sollte sie Max alles gestehen, bevor Jett die Chance dazu bekam. Für den Bruchteil einer Sekunde trafen sich ihre Blicke. Hastig sah sie weg. Was musste er von ihr denken?

Sobald es schicklich war, eilte sie an Tinas Tisch, um ihrer besten Freundin alles zu erzählen und sie um Rat zu fragen, denn sie wusste nicht, wie sie allein damit umgehen sollte. Sie war bis aufs Mark erschüttert – was sollte sie nur tun? Doch als sie sich dem Tisch näherte, bemerkte sie einen Tumult.

„Gott sei Dank!“ rief Brad und packte sie an den Schultern. „Herrgott, Tina bekommt ihr Kind!“

„Was?“ schrie Amy aus.

Sie beschloss, mit Tina und Brad ins Krankenhaus zu fahren.

Nancy war auf hundertachtzig. „ Du kannst doch nicht dein eigenes Fest verlassen! Das werde ich nicht zulassen.“

„Tut mir Leid", rief Amy, während sie Tina aus dem Saal half. „Sie ist meine beste Freundin, und sie braucht mich."

„Geh ruhig!" ermunterte Max sie. „Ich weiß, wie wichtig dir das ist, Sweetie. Nimm meinen Wagen, der Fahrer wartet unten."

Na wunderbar, jetzt war er auch noch verständnisvoll und selbstlos. Warum konnte er nicht brüllen und sich wie ein betrogener Mann benehmen? Das hätte sie verdient! Aber das ging ja nicht, schließlich wusste er nichts.

Sie warf Jett schnell einen Blick zu. Er starrte sie an, doch sie tat so, als habe sie es nicht bemerkt.

„Halt!" kreischte Tina, als sie gerade die Tür erreichten. „Ich glaube, die Fruchtblase ist geplatzt."

„Du meine Güte." Brad geriet in Panik. „Du kannst das Baby doch nicht hier bekommen!"

„Ich bekomme unser Baby verdammt noch mal da, wo ich will!" brüllte Tina. „Kümmer' dich um den Wagen, du Idiot. Kapierst du's nicht – WIR BEKOMMEN EIN KIND!"

Das war's also. In der einen Sekunde war sie da, in der nächsten wieder weg. Und er hatte nicht einmal die Chance gehabt, auch nur ein Wort mit ihr zu wechseln.

Amy Scott-Simon.

Jetzt kannte er ihren Namen.

Ein reiches Mädchen, darüber hatte die beste Freundin ihrer Mutter ihn in Kenntnis gesetzt. „Wenn die Oma erst mal stirbt, erbt nicht etwa Nancy alles, sondern Amy", hatte dieses Skelett in ihrem modischen Oscar de la Renta-Anzug geflüstert. „Wir sind so froh, dass Max ganz offensichtlich kein Mitgiftjäger ist. Die beiden sind ein reizendes Paar, finden Sie nicht?"

Nein. Fand er nicht. Max war zu alt für sie. Und wen interessierte es schon, ob sie Geld hatte oder nicht? Er hatte sich in dieses Mädchen verliebt. In ein Mädchen ohne Namen und Herkunft. Ein unglaubliches Mädchen mit weichem, goldenem Haar, einem wunderschönen Körper und dem Gesicht eines Engels.

Max strahlte, obwohl Amy mit ihrer schwangeren Freundin verschwunden war – was ja nur bewies, was für ein loyaler und anständiger Mensch sie war. Die Geburt war ihr wichtiger als ihr eigenes Hochzeitsdinner.

Amy Scott-Simon.

Selbst ihr Name klang schön.

Gianna schlürfte Champagner, als würde er demnächst für immer versiegen. Sie genoss es sichtlich, im Mittelpunkt der Aufmerksamkeit zu stehen. Und Max amüsierte sich offensichtlich auch bestens, wie sie so mit ihm lachte und flirtete. Jett war klar, dass das einfach Giannas italienische Art war. Sie liebte es, Männern Komplimente zu machen, ihnen zu sagen, wie attraktiv und männlich sie seien. Und wenn sie sich in sie verliebten – umso besser.

Lulu hatte beschlossen, dass er ihr Lieblingsonkel war, deswegen krabbelte sie immer wieder auf seinen Schoß und warf ihm die Arme um den Hals. Er hatte nichts dagegen, sie war so süß.

„Darf Lulu bei dir wohnen?“ fragte sie mit glänzenden Augen.

„Nein, Baby, du hast doch einen Papa und eine Mama“, entgegnete er ein wenig unkonzentriert. „Du bist doch sehr glücklich zu Hause.“

„Nicht glücklich.“ Sie schüttelte energisch den Kopf.

„Hm?“ fragte er.

„Meine Mama hat sich von meinem Papa scheiden lassen, weil er sie nicht mag.“ Lulu blinzelte ein paar Mal. „Das macht Lulu traurig.“

„Hey, Schnäuzelchen, so ist das bestimmt nicht.“

„Wohl. Papa mag die doofe Amy.“

„Sag so was nicht über Amy.“

„Warum?“ Sie verzog das Gesicht. „Mama sagt das auch.“

„Es stimmt aber nicht. Amy ist ein tolles Mädchen.“

„Nein“, rief Lulu. „Amy ist doof! Doof! *Doof!*“

Das Skelett beschloss, mehr über Jett herauszufinden. „Und was machen Sie so?“ Sie trommelte mit ihren klauenartigen Fingernägeln auf den Tisch. „Sind Sie in derselben Branche wie Ihr Bruder?“

„Nein, ich ... also.“ Wenn er ihr die Wahrheit sagte, würde sie sich sofort entsetzt abwenden. „Ich ... ich arbeite eher in der Modebranche.“

„Wie wundervoll“, schwärmte sie. „Valentino ist ein lieber Freund von mir. Ich bin verrückt nach seinen Kleidern, Sie nicht?“

Ganz offensichtlich ging sie nun davon aus, dass er schwul war.

Er fragte sich, ob er sich einen Drink genehmigen könnte, ohne dass Chris es bemerkte. Doch sich zu betrinken, würde es nicht einfacher machen. Sondern nur schlimmer.

„Chris.“ Er tippte seinem Bruder auf die Schulter. „Ich muss hier weg. Ich kann das nicht mehr ertragen.“

„Wundert mich nicht“, sagte Chris.

„Also, bevor ich gehe, wollte ich mich noch bei dir bedanken. Du hast viel für mich getan.“

„Wofür?"

„Ich habe heute mit Edie telefoniert, und sie hat mir verraten, dass du die Kosten für meinen Flug nach Italien und die Klinik bezahlt hast. Du hast mich aus dem Dreck gezogen. Ich dachte immer, Sam wäre es gewesen. Du hast mich gerettet, ich weiß nicht, wie viele Abstürze ich noch überlebt hätte. Dank deiner musste ich es nicht herausfinden."

„Du brauchst mir nicht zu danken." Chris war etwas peinlich berührt. „Du bist mein kleiner Bruder. Wir haben denselben Vater, so schlimm er auch sein mag."

„Tja", sagte Jett kläglich. „Wir haben beide Prügel bekommen und genug von seinen Lieblingsbeleidigungen: ‚Du bist nutzlos, hässlich, dumm, du wirst es nie zu was bringen'."

„Kann mich gut dran erinnern. Erstaunlich, dass wir das überlebt haben."

„Nun, das haben wir, also zur Hölle mit ihm."

„Bin nur gespannt, was dieser alte Bastard morgen zu sagen hat."

„Ist doch scheißegal. Wenigstens haben wir zusammen das Wochenende verbracht."

„Das allein war die Reise schon wert. Und morgen werde ich dir alles über *meine* Probleme erzählen."

„Du hast auch Probleme?"

„Mehr als genug."

„Leg los."

„Bist du sicher?"

„Na klar." Jett dachte, schlimmer als seine könnten sie nicht sein.

„Gut … ich habe einen berühmten Mandanten, der befürchtet, dass die Öffentlichkeit von seiner Homosexualität erfahren könnte. Eine andere Mandantin will unbedingt einen miesen Frauenschläger heiraten, und jetzt kommt der eigentliche Hammer: Ich habe mein Haus verloren."

„Was soll das heißen, du hast dein Haus verloren?"

„Du hattest Recht, was die Stürme in Los Angeles betrifft. Leute wurden getötet, Schlammlawinen, Überschwemmungen, ein richtiges Chaos."

„Du hast dein verdammtes Haus verloren und erzählst mir das erst jetzt?"

„Ich kann ja nichts tun."

„Ich hätte für dich da sein können."

„Bist du doch."

„Nein. Ich jammere die ganze Zeit nur über mein Leben rum, während du dein Haus verloren hast. Tut mir Leid, Mann, wirklich."

„Ja. Ich tue mir auch irgendwie Leid. Aber andererseits, so verliert man wenigstens nicht den Boden unter den Füßen."

„Bist du sicher, dass ich nicht irgendwas für dich tun kann?"

„Wir sollten morgen zusammen frühstücken, bevor wir Red treffen."

„Keine Frage. In deinem Hotel?"

Chris nickte. „Und bis dahin – was soll ich sagen? Wir reden über alles morgen früh."

„Danke, Bruder." Jett beugte sich vor und tippte Gianna auf die Schulter. „Wir gehen."

„Warum denn?" Sie drehte sich mit enttäuschtem Gesicht zu ihm um. Aufmerksamkeit war für sie ein Aphrodisiakum.

„Weil es spät ist, außerdem hast du nach dem langen Flug doch bestimmt einen Jetlag."

„Nein, *carino,* wir bleiben noch", sagte sie bestimmt. „Dein Bruder braucht uns. Wir können ihn jetzt nicht allein lassen."

Das fehlte gerade noch, Gianna und Max. Eine große glückliche Familie. Wunderbar!

„Können wir nicht, wie?" fragte er erschöpft.

Warum zum Teufel denn nicht?

Nachdem Red noch immer nicht nach Hause gekommen war, öffnete Lady Jane in aller Ruhe den Safe und studierte sein Testament und andere private Dokumente. Das Testament war erst vor sechs Monaten geändert und von zwei seiner Mitarbeiter unterschrieben worden.

Als sie es durchgelesen hatte, wurde sie leichenblass. Red Diamond war ein noch teuflischerer Bastard, als sie sich jemals hätte träumen lassen. Sie konnte nicht fassen, was da geschrieben stand – obwohl sie es doch hätte wissen müssen.

Dieser Schweinehund! Dieser Schweinehund sollte zum Teufel gehen!

34. KAPITEL

Die Mädchen strengten sich an. Cindi wackelte noch immer mit dem Hintern, während Liberty sich um Slick Jimmy drapierte. Es sah leichter aus als es war. Slick Jimmy hatte wenig Talent, die Lippen synchron zu der Musik zu bewegen, weshalb sie immer und immer wieder von vorne anfangen mussten, bis er es richtig machte. Außerdem sprach er mit Liberty kein Wort mehr, nachdem sie ihn für seinen Geschmack nicht respektvoll genug behandelt hatte.

Als ob sie das interessierte. Sie hatte einen Termin mit Damon, alles andere war egal. Sie würde ihm ihre Demo-CD vorspielen – einfach unglaublich!

„Ich hab' uns 'ne Einladung für die Party besorgt", sagte Cindi in einer der vielen Pausen.

„Ich dachte, wir gehen bei deiner Mom vorbei."

„Erst zu meiner Mom, dann zur Party." Cindi grinste breit. „Das wird der Hammer!"

„Ich habe keine Lust auf Party."

„Ach, komm schon", rügte Cindi sie. „Ab morgen ist wieder trister Alltag angesagt, aber das hier, das ist wie ein einziger Traum! Heute Nacht lassen wir es krachen, Mädchen, keine Widerrede."

Liberty runzelte die Stirn, sie hatte nicht vor, es krachen zu lassen. Allein die Vorstellung, wieder in dem Coffeeshop arbeiten zu müssen, war deprimierend genug. Wie konnte sie jetzt noch Damon bedienen? Das erschien ihr nicht richtig.

„Ich werde morgen nicht arbeiten", verkündete sie.

„Wieso nicht?"

„Weil ich noch nicht bereit dazu bin."

„Ach so, ich hab schon kapiert. Wegen Mister Wundervoll höchstpersönlich.“

„Das stimmt nicht.“

„Ich sag dir was, Mädchen, du solltest nicht vergessen, wer wir sind. Wir arbeiten in dem Coffeeshop. Das ist die Realität. Dieser Scheiß hier nicht.“

„Du scheinst zu vergessen, dass ich mich bei der Arbeit verletzt habe. Das bedeutet, ich kann mir ruhig ein paar Tage freinehmen.“

„Gut.“ Cindi seufzte. „Ich werde dich decken, aber nur, wenn du heute Abend mit auf die Party kommst.“

„Wo ist die überhaupt?“

„Bei Slick Jimmy.“

„Oh“, sagte Liberty gedehnt. „*Das* ist natürlich ‚was ganz anderes.“

„Entspann dich, Mädchen. Wenn man mal die weiten Klamotten weglässt, sieht Slick Jimmy ganz schön sexy aus. Und glaub mir, mit sexy kenn‘ ich mich aus.“

„Schon klar“, sagte Liberty trocken. „Zwei Beine und ein Schwanz, und schon findest du alles sexy.“

„Das ist gemein, Mädchen.“

„Nein, das ist wahr.“

„Er wird womöglich ein großer Star und ich *Mrs.* Slick Jimmy.“ Und mit gesenkter Stimme fügte sie hinzu: „Hab’ dir das noch nicht erzählt, aber er hat mich ständig nach meiner Nummer gefragt. Der Typ ist mehr als bereit, also bin ich’s auch.“

„Mach mal halblang, Cindi. Der macht doch jedes Mädchen am Set an.“

„Vielleicht“, sagte Cindi unbeeindruckt. „Nur bin ich anders als diese kleinen Nutten. Wenn es um Männer geht, hab ich was, was ihr Blut zum Kochen bringt."

„Natürlich hast du das, das nennt man eine Muschi."

„Da hast du Recht!" Cindi lachte. „Und wenn ich da was mitzureden habe, dann wird sie heute Abend etwas Unterhaltung bekommen."

Liberty liebte ihre Cousine, aber sie beide waren so unterschiedlich. Cindi ging es immer nur darum, flachgelegt zu werden und zu feiern. Liberty hingegen wollte nichts anderes, als an ihrer Musik zu arbeiten, egal wie hart. Das letzte, worauf sie Lust hatte, war eine Party bei Slick Jimmy.

Etwas später nahm sie Beverly zur Seite. „Hast du das vorhin ernst gemeint? Könntest du mir wirklich einen Termin bei einem Modelagenten besorgen?"

„Aber natürlich." Beverly war gerade dabei, ihre Schminksachen in einen großen Fendi-Koffer zu packen. „Wieso fragst du? Willst du jetzt doch?"

„Ja, schon", sagte Liberty zögerlich. „Ich meine, wenn du wirklich glaubst, dass ich das kann."

„Eines sollte dir klar sein", warnte Beverly sie. „Wenn ich dich wirklich mit einem Agenten zusammenbringe, dann musst du es auch ernst meinen."

„Das tue ich."

„Na gut. Dann rufe ich einen Freund von mir an."

„Im Ernst?"

„Das ist schon geritzt, Babe. Sie werden begeistert von dir sein."

Der Auftritt ihrer Tochter in einem Video kam Aretha gerade recht, um sich in der Küche mal wieder so richtig auszutoben.

Sie bereitete Brathähnchen mit süßen Kartoffeln, Hefeteiggebäck und Kuchen vor.

Cindi hatte ihr gesagt, dass Liberty ebenfalls in dem Video erscheinen würde, woraufhin sie auch Diahann eingeladen hatte. Als die Mädchen ankamen, quoll der Tisch über mit Arethas kulinarischen Köstlichkeiten.

Liberty war müde, ihr Arm und ihre Knöchel schmerzten. Sie wollte eigentlich nur nach Hause und sich Gedanken über das Treffen mit Damon machen. Was sollte sie anziehen? Wie sollte sie sich benehmen? Und, am allerwichtigsten – würde ihm ihre Musik gefallen?

Als sie ihre Mutter aus der Küche kommen sah, wurde sie wütend. Sie hatte Cindi doch gesagt, dass sie sie nicht sehen wollte. Aber sobald Cindi die Aussicht auf Sex hatte, war ihr alles andere egal.

„Also, Mädchen", sagte Diahann, „ich will alles über diesen Videodreh erfahren, das klingt so aufregend.""

Cindi legte sofort los, während Liberty sich in die Küche verzog und Aretha dabei half, die knusprigen Hähnchenstücke auf eine große Platte zu legen.

„Stell ihn in die Mitte des Tischs", wies Aretha sie an. „Und dann sollen sich alle setzten, das Essen ist fertig."

„Kommt denn noch jemand?" fragte Liberty. „Du hast genug für die ganze Nachbarschaft gekocht."

„Nur wir, Süße." Aretha kicherte. „Das ist ein Familienabend. Du und Cindi, ihr könnt noch Essen für morgen mit nach Hause nehmen, ich weiß doch, dass ihr nie was im Haus habt."

„Stimmt doch gar nicht."

„Ist doch in Ordnung, solange ihr bei mir genug bekommt."

„Das ganz bestimmt."

„Wie ich gehört habe, hatten du und deine Mutter eine kleine Unterhaltung." Sie warf Liberty einen langen, durchdringenden Blick zu.

„Wer hat dir das erzählt? Cindi?"

„Nein, diesmal war's nicht Cindi, sondern deine Mutter selbst."

„Und glaubst du das, was sie sagt?"

„Was denn?"

„Das mit Deutschland, dass mein Vater tot ist und ich auf keinen Fall Kontakt mit seiner Familie aufnehmen darf."

„Aber wenn sie es doch sagt, Süße. Sie hat doch keinen Grund zu lügen, oder?"

„Wahrscheinlich nicht."

„Weißt du, deiner Mama geht's nicht gut, also solltest du ihr vielleicht sagen, dass zwischen euch alles in Ordnung ist."

Ist es aber nicht! hätte Liberty am liebsten gebrüllt. Es ist überhaupt nicht in Ordnung. Ich will einen Vater haben wie jeder andere Mensch auch.

„Klar", sagte sie lustlos.

Aretha umarmte sie fest. „Das ist mein Mädchen. Das ist meine kleine Libby."

35. KAPITEL

Amy saß am Krankenbett, hielt Tinas Hand und versuchte, ihre Situation ganz nüchtern zu betrachten. Natürlich hatte sie einen Fehler gemacht, einen riesigen Fehler. Sie hatte mit einem völlig Fremden geschlafen, der sich schließlich als doch nicht so fremd herausstellte.

Max' Bruder. Sein jüngerer Halbbruder, der, wie sie dem Tischgespräch entnommen hatte, seit drei Jahren in Italien lebte. Mit Gianna, dieser fantastischen Frau, die jeden Mann auf der Feier völlig verzaubert hatte. Und – als Sahnehäubchen obendrauf – er war ein Ex-Junkie.

Hurra! Besser ging es doch gar nicht.

„Scheiße!" murrte Amy. Normalerweise fluchte sie nicht, aber jetzt schien ihr der perfekte Augenblick dafür gekommen.

„Was ist los?" Tina, die in den letzten zwanzig Minuten ziemlich ruhig und friedlich dagelegen hatte, im Gegensatz zu den zwanzig Minuten Gebrüll im Wagen und ihrem Ausbruch im Wartezimmer, als sie kreischte: „GEBT MIR EINE VERDAMMTE BETÄUBUNGSSPRITZE!" und Brad in die Hoden trat.

Nun, sie hatte die Betäubung bekommen, nun lag sie fast ein wenig weggetreten da.

Ein ziemlich erschütterter Brad hatte sich gerade auf den Weg gemacht, Kaffee zu besorgen.

„Ich fühle mich fantastisch", sagte Tina verträumt, „als würde ich auf einer Luftmatratze mitten im Meer treiben."

„Das klingt gut. Drogen sind einfach das Beste."

„Tut mir Leid wegen deiner Feier."

„Braucht es nicht. Es lief sowieso nicht so wie erhofft."

„Hm …“ raunte Tina desinteressiert. „Baby bald draußen. Tina wieder dünn. Ganz viel Spielzeug.“ Sie schloss die Augen, ein Lächeln umspielte ihre Lippen. „Ich fühle mich so friedlich …“

So sehr sie es auch wollte, Amy war klar, dass dies nicht der Moment war, um ihrer Freundin von ihrem Problem zu erzählen. Tina würde ihr wahrscheinlich nur halb zuhören, dann lächeln und das Peace-Zeichen machen.

Tinas Hebamme war mit dem Versprechen gegangen, bald wieder zurückzukommen.

„Ich bekomme ein Baby“, murmelte Tina und streichelte ihren Bauch. „Ist das nicht toll?“

„Das ist es.“ Amy drückte ihre Hand.

„Einen kleinen Brad“, kicherte Tina.

„Nicht so klein“, korrigierte Amy sie. „Deine Hebamme sagte, es wird ganz schön groß sein.“

„Das wird Brad gefallen.“ Tina schloss die Augen. „Brad wird so ein stolzer Papa sein …“ Und sie fiel in einen glückseligen Halbschlaf.

Zwei Stunden später erblickte Brad Junior das Licht der Welt. Die Geburt verlief ohne Komplikationen, ein paar Presswehen und sein schwarz gelockter Kopf war zu sehen. Amy dachte, dass der Erfinder der Teilnarkose ein Genie gewesen sein musste.

„O mein Gott!“ Tina schnappte nach Luft, als die Schwester ihr das Baby in den Arm legte. „Das ist ein Wunder!“

„Gratuliere“, flüsterte Amy Brad zu. „Es wird Zeit, dass ich euch drei allein lasse.“

„Danke für alles.“ Brad drückte sie fest. „Tut mir Leid, dass du deine eigene Feier verpasst hast.“

„Unsinn. Zu sehen, wie Brad Junior zur Welt kommt, war besser als jede Feier."

„Hübscher kleiner Teufel, wie?" Brad grinste stolz. „Und gut ausgestattet!"

„Brad!"

„Ich sag doch nur die Wahrheit."

„Wie auch immer, er ist wunderbar!" schwärmte Amy. „Er hat deine Augen und Tinas Mund."

„Und hoffentlich deinen Charakter."

„Übertreib mal nicht", sagte Amy verschämt.

„Du bist die Beste." Brad umarmte sie erneut. „Eine echte Freundin."

Sie küsste Tina und das Baby und zog sich leise zurück. Inzwischen war es fast Mitternacht, die Entbindungsstation lag verlassen. Sie zögerte einen Moment, dann rief sie Max an.

„Sweetheart!" Er schien sich über ihren Anruf zu freuen. „Bin in dieser Minute nach Hause gekommen. Wo bist du?"

„Ich verlasse gerade das Krankenhaus."

„Ist alles gut gelaufen?"

„Ja, es ist ein gesunder, kräftiger Junge."

„Ich hole dich ab und bringe dich zu deiner Wohnung."

„Ich kann ein Taxi nehmen." Sie ging auf den Fahrstuhl zu.

„Auf keinen Fall. Ich bin schon auf dem Weg nach draußen."

„Aber das musst du nicht."

„Doch. Du willst doch bestimmt alles über unsere Feier erfahren."

„Natürlich", sagte sie. „War meine Mutter sehr sauer?"

„Du kennst Nancy doch. Aber Gianna – Jetts Freundin – hat alles gerettet. Was für ein Charme! Sie hat alle verzaubert, einschließlich deiner Großmutter. Und ja, sogar deine Mutter."

Ha! Was für ein Glück Jett hatte!

Jett der Verführer, der Betrüger, der Ex-Junkie, der sie betrunken gemacht und in seine Wohnung abgeschleppt hatte.

Zum Teufel mit ihm!

Aber ... sie war ja bereitwillig mit ihm gegangen. Sie hatte sich nicht eine Sekunde gewehrt. Um genau zu sein, als er wegen ihrer Jungfräulichkeit zurückwich, da hatte sie darauf bestanden, weiterzumachen.

Und trotzdem war er ein Betrüger.

Und was war sie?

Darüber wollte sie jetzt nicht nachdenken. Sie wollte nicht über *ihn* nachdenken. Soweit es sie betraf, war es nur ein furchtbarer Albtraum gewesen, der sich niemals mehr wiederholen würde.

Als es Jett endlich gelang, Gianna von der Feier loszueisen, war sein italienisches Supermodel noch immer in Partylaune.

„Wir gehen noch in einen Club, *carino*", verkündete sie, warf die Arme um seinen Hals und fuhr mit der Zunge über seine Lippen. „Gianna hat Lust zu tanzen."

Gütiger! Diese Frau hatte eine Energie. Einmal aufgezogen, machte sie die ganze Nacht durch, dabei wollte er doch nichts anderes, als seine Gedanken ordnen.

Was zur Hölle sollte er nur tun? Amy Scott-Simon – die Frau seiner Träume würde seinen verdammten, irrsinnig erfolgreichen Bruder heiraten – den Mann, der ihr alles geben konnte, was sie sich wünschte.

Während er ihr was bieten konnte? Seine unsterbliche Liebe? Alles lief verkehrt, völlig verkehrt, aber trotzdem konnte er es nicht ändern. Was sollte er nun tun?

Moment mal. Man musste es ja nicht gleich übertreiben. Sie war nicht die Frau seiner Träume – sie war nur ein Abenteuer, eine Frau, die ihren Verlobten betrogen hatte. Obwohl sie offensichtlich nie mit Max geschlafen hatte. Was das wohl bedeutete? Wieso hatte sie nie Sex mit ihrem Verlobten gehabt, um dann freudig mit *ihm* ins Bett zu hüpfen?

Sie mussten miteinander reden, herausfinden, was genau los war. Und zwar je früher desto besser.

„*Carino!*" schnurrte Gianna. „Wohin gehen wir jetzt?"

Gute Frage. Wohin sollte er sie bloß ausführen?

Er zog sein Handy aus der Tasche und rief Beverly an. „Ich bin mit meiner Freundin hier", begann er. „Und …"

„Du hast sie gefunden!" schrie Beverly. „Wer ist sie? Wie ist der Name des glücklichen Geschöpfs? Und, noch wichtiger – ist sie so heiß, wie du dir eingebildet hast?"

„Äh … meine Freundin, Gianna aus Italien", sagte er und warf Gianna einen vorsichtigen Blick zu.

„Huch!"

„Sie will tanzen", fuhr Jett fort. „Hast du einen Vorschlag?"

„Ich treffe gleich Chet im Gatsby's, danach gibt's eine Party bei Slick Jimmy. Du und deine *Freundin* könnt mitkommen."

„Wenn du dir sicher bist …"

„Wir treffen uns bei Gatsby's, Babe."

„Du bist die Beste, Bev. Bis gleich."

Kaum war Chris wieder im Hotel, rief er Andy an, um sich über den neuesten Stand der Dinge informieren zu lassen.

„Es gibt leider keine guten Nachrichten", sagte Andy. „Man geht davon aus, dass Ihr Haus jeden Moment den Hang hinunterrutschen könnte."

„Scheiße!“

„Ich werde gleich morgen früh mit der Versicherung sprechen. Sie sind doch ausreichend versichert, oder?“

„Wer zum Teufel weiß das schon. Schlammlawinen sind Höhere Gewalt, ich glaube nicht, dass so etwas abgedeckt ist.“

Er legte auf, konnte aber nicht einschlafen. Dann fiel ihm die Schauspielerin aus dem Flugzeug ein. Inez Fallon. Redselig, aber trotzdem attraktiv. Heute Nacht konnte er auf jeden Fall Gesellschaft brauchen.

Sie wohnte im selben Hotel. Es war zwar fast schon Mitternacht, aber er ging das Risiko ein und rief sie an. Sie antwortete beim zweiten Klingeln.

„Inez“, sagte er.

„Wer ist da?“

„Chris Diamond. Wir saßen im Flugzeug nebeneinander.“

„Natürlich, ich weiß“, säuselte sie. „Was kann ich für dich tun, Chris?“

Du kannst in mein Zimmer kommen und mir einen blasen, weil ich zu verspannt bin, um einzuschlafen.

„Ich habe ein Problem mit der Zeitverschiebung und kann einfach nicht richtig schlafen. Ich dachte, dir geht es vielleicht genauso.“

„Ehrlich gesagt schaue ich mir gerade einen Porno an.“

„Tatsächlich?“

„Ja“, entgegnete sie mit verruchtem Lachen. „Das tue ich immer, wenn ich allein in einem Hotelzimmer hocke. Das ist sehr entspannend, du solltest es ausprobieren.“

„Scheint ein sinnvoller Zeitvertreib zu sein.“

„Ich dachte, das könnte ich Dave morgen in seiner Show erzählen. Ich muss doch etwas finden, womit ich Drew und ihre Titten übertrumpfen kann."

„Klingt nach einem guten Plan."

„Findest du auch, oder?"

„Also ... wie wäre es, wenn du in meine Suite kommst und wir den Porno gemeinsam schauen."

Drei Sekunden Stille. „Klar. Wieso nicht?"

Zehn Minuten später trieben sie es auf der Couch. Sie trug ein enges lila Kleid, kurz und tief ausgeschnitten. Er brauchte nicht lang, um sie daraus zu befreien. Unterwäsche war offenbar nicht ihr Ding, genauso wenig wie Schambehaarung. Sie war komplett rasiert und hatte ein Intimpiercing.

Als sie nackt war, spreizte sie die Beine, er betrachtete ihre großen, aufgerichteten Brustwarzen und die kleinen Brüste. Echte Brüste. Das war mal eine angenehme Abwechslung.

Sie schob eine Brust in seinen Mund und drängte ihn, sehr hart zu saugen, was er tat. Innerhalb von Sekunden kam sie zitternd zum Höhepunkt und schrie wie eine Wilde. Dann beugte sie den Kopf, um ihm einen zu blasen. Er musste feststellen, dass sie sehr geübt war, so wie sie ihn mit Zunge und Händen bearbeitete. Innehielt. Weitermachte. Ihn fast um den Verstand brachte.

Und dann explodierte er und hörte auf, an sein Haus oder Jonathan oder Birdy zu denken. Er legte sich zurück und sank innerhalb von Minuten in einen wohlverdienten Schlaf.

36. KAPITEL

Max wartete schon vor dem Krankenhaus, als Amy heraustrat. Er sprang aus seinem Wagen und nahm sie in die Arme. „Du bist wirklich ein bemerkenswertes Mädchen", sagte er und presste sie an sich.

„So bemerkenswert auch wieder nicht." Sie machte sich von ihm los.

„Doch, das bist du. Du hast dich gegen deine Mutter behauptet, hast sie sogar einfach stehen lassen. Mir machte es nichts aus, dass du die Feier verpasst hast, ich wollte sie ja sowieso nicht, aber Nancy war wirklich nicht erfreut. Du hast ihr den Abend verdorben."

„Ich bin sicher, sie wird mit der Zeit langsam darüber hinwegkommen."

„Schon geschehen." Er hielt ihr die Tür auf.

„Gut", sagte sie und sank auf den Beifahrersitz.

„Zum Glück hatte ich Chris und Jett als Unterstützung. Ich lerne die beiden jetzt mal richtig kennen, das ist schön."

Sie konnte nichts Schönes daran finden. „Sind sie … die ganze Zeit geblieben?"

„Sagen wir so, sie haben ihre brüderlichen Pflichten erfüllt. Und wie ich dir bereits am Telefon erzählt habe: Gianna hat alle bezaubert."

„Wunderbar."

„Du hast sie doch noch getroffen, oder?"

„Diese italienische Frau?"

„Genau. Sie ist Jetts Freundin, sie leben zusammen in Italien. Offenbar ist sie dort ein Supermodel."

„Nigel hat gesagt, dass sie Fotos für Courtenelli macht.

„Eine eindrucksvolle Frau", sagte Max bewundernd, „und sehr witzig."

„Ganz bestimmt." Amy wünschte, er würde mit dieser Schwärmerei aufhören.

„Nicht so wundervoll wie meine Amy natürlich." Max tätschelte ihr Knie.

„Wie lange bleiben sie in New York?" Amy versuchte, die Frage beiläufig klingen zu lassen.

„Wer?"

„Gianna und ... äh ... Jett." Es kostete sie einige Anstrengung, diesen Namen auszusprechen.

„Das habe ich nicht gefragt", sagte Max. „Ich fände es schön, wenn sie bis zur Hochzeit bleiben würden. Dann müsste deine Mutter zwar die Sitzordnung neu machen, aber das bekommt sie bestimmt hin."

Na klar, Jett bei ihrer Hochzeit. Das wäre doch aufregend!

Sie nahm sich vor, Max eine besondere Freude zu machen. Das schlechte Gewissen brachte sie fast um – vor allem jetzt, wo sie wusste, wer der mysteriöse Fremde war.

„Du brauchst dringend etwas Schlaf." Max sah sie an. „Du stehst ganz schön unter Druck."

„Das stimmt nicht", widersprach sie.

„Du merkst das bloß nicht, Süße."

„Max." Sie legte eine Hand auf seinen Arm.

Ja?"

„Ich würde gerne in deine Wohnung gehen."

„In *meine* Wohnung?" fragte er überrascht. „Wieso?"

„Ich dachte, nachdem ich schon unsere Feier versäumt habe, wäre es nett, wenn wir in Ruhe ein paar Stunden Zeit miteinander verbringen."

Er sah auf seine Uhr „Es ist schon spät."

„Ich weiß."

„Und morgen ist Montag."

„Das weiß ich auch. Aber ich möchte trotzdem mit in deine Wohnung."

„Nun … Lulu und ihr Kindermädchen übernachten bei mir."

„Die schlafen sicher schon, oder nicht?"

„Ja."

„Dann ist es doch in Ordnung, dass ich bei dir bleibe."

„Wenn du gerne möchtest", sagte er zögernd.

„Ja, Max. Genau das möchte ich."

„Also." Gianna ließ ihre Armreifen klimpern. „Diese Freundin von dir, was macht sie?"

„Beverly ist Visagistin." Jett winkte einem Taxi. „Du wirst sie mögen, jeder mag sie."

„Du und diese Freundin – habt ihr es eigentlich miteinander gemacht?"

„Babe!" Er lachte. „Natürlich nicht. Beverly und ich sind nur platonische Freunde."

„Amerikaner sind so schüchtern wenn es um Sex geht." Gianna stieg ins Taxi. „In Italien ist es *bene*, mit guten Freunden zu schlafen. Nichts Schlechtes daran, *carino.*"

„Du bist verrückt."

„Wo treffen wir deine Freundin?"

„Wir nehmen einen Drink im Gatsby's, danach gehen wir auf eine Party. Wenn du noch kannst."

„Ich?" Sie lachte unbekümmert. „Gianna wird nie müde. Gib mir etwas Champagner und ich bin so gut wie neu."

Max eilte vor Amy in die Wohnung, knipste die Lichter an und legte Musik auf.

„Ich bin kein Gast, weißt du." Amy lächelte. „Du musst mich nicht unterhalten."

„Du kommst nur sehr selten hierher."

„Weil du mich nie einlädst."

„Wir sind verlobt, Sweetheart. Bald wirst du hier wohnen, und du weißt doch, dass du jederzeit willkommen bist. Ich sollte dir einen Schlüssel geben."

Sie hatten beschlossen, dass Amy nach der Hochzeit bei ihm einzog, bis sie eine neue Wohnung gefunden hatten. Bisher hatte sie noch nicht oft darüber nachgedacht, zu heiraten war schon beängstigend genug.

„Kann ich dir etwas zu trinken bringen?" fragte er.

„Orangensaft. Gibt es einen Entsafter in der Küche?"

„Ich habe nicht die geringste Ahnung, was es in der Küche gibt, meine Haushälterin kümmert sich um alles."

„Dann lass uns nachsehen."

Die Küche sah aus, als würde sie nie benutzt. In einem Schränkchen fand sie tatsächlich einen Entsafter, im Kühlschrank lagen Orangen.

„Soll ich dir auch etwas Saft auspressen?" Sie schnitt die Orangen in Hälften.

„Sehe ich so aus, als ob ich dringend Vitamin C bräuchte?" fragte er amüsiert.

„Nein, im Gegenteil. Du siehst heute besonders gut aus. Ich war auf der Feier sehr stolz auf dich. Und die Diashow war wunderbar, du warst so ein ernsthafter kleiner Junge. Ist dir aufgefallen, dass du nie gelächelt hast?"

„Und du warst unerträglich süß."

„Unerträglich?"

„Das war als Kompliment gemeint."

Sie reichte ihm ein Glas Saft. „Trink, das wird dir richtig gut tun."

„Du tust mir gut." Er küsste sie in den Nacken. „Wirklich, Amy."

„Ich hoffe, du kannst verstehen, dass ich die Feier verlassen habe", sagte sie leise. „Tina brauchte mich, ich hatte ihr versprochen, dabei zu sein"

„Es ist schön, dass du für deine beste Freundin da warst."

Sie gingen zurück ins Wohnzimmer und setzten sich auf die Couch. Amy schmiegte sich an ihn und begann, ihn zu küssen.

Nach einer Weile schob er sie weg. „Amy", sagte er warnend. „Du kannst mich nicht heiß machen und dann nach Hause gehen."

„Das hatte ich auch nicht vor."

„Sondern?" fragte er verwirrt.

„Nun", sagte sie langsam. „Wir heiraten blad, und auch wenn ich dir gesagt habe, dass ich noch warten will, dachte ich, wir sollten es heute Nacht … tun."

„Nun warte mal." Er war überrascht.

„Möchtest du denn nicht?"

„Doch, natürlich", behauptete er, obwohl er nicht sicher war, ob dies der richtige Augenblick war, um zum ersten Mal mit seiner Verlobten zu schlafen. Noch immer quälten ihn Gedanken an Mariska und Vladimir. Ganz zu schweigen von dem bevorstehenden Treffen mit Red und dem darauf folgenden entscheidenden Gespräch mit den japanischen Bankern. Und als ob das alles nicht schon reichte, schliefen auch noch Lulu und ihr Kindermädchen nebenan. Amys Timing war wirklich schlecht.

„Also dann … kann ich heute Nacht hier bleiben?“

„Selbstverständlich.“

Vor Gatsby's hatte sich wieder die übliche schiebende und drängelnde Menschenmenge versammelt. Jett kam sich wie ein Stammgast vor, als der Türsteher ihn durchwinkte wie einen alten Freund. Natürlich würde niemand Gianna jemals den Eintritt verwehren. Sie warf dem Türsteher einige Kusshändchen zu.

Beverly und Chet saßen an einem Ecktisch und tranken Martini. „Einen Drink, dann gehen wir auf die Party!“ verkündete Beverly.

„*Ciao!*“ sagte Gianna und verwirrte jeden mit ihrem strahlenden Lächeln.

„Ich bin ein Fan von dir.“ Beverly erkannte das italienische Supermodel sofort. „Habe dich in den ganzen italienischen Magazinen gesehen.“

„*Gracias!*“

„Und ich verrate dir was“, fügte Beverly hinzu. „Ich werde dich für die Courtenelli-Kampagne schminken.“

„*Bene!*“ rief Gianna. „Das ist eine kleine Welt, *no?*“

„Allerdings.“ Beverly grinste. „Sehr klein.“

„Jett ist auch dabei.“

„Soll das heißen, ich darf endlich mal meine Hand an dieses Gesicht anlegen?“

„Schönes Gesicht.“ Gianna tätschelte liebevoll seine Wange. „*Bello, si?*“

Chet war wie immer nicht sehr gesprächig, aber Gianna

fand schnell heraus, was ihn interessierte und bombardierte ihn mit Fragen über seine Musik. Er lebte auf, wie alle Männer in Giannas Nähe.

Nach zwanzig Minuten schlug Beverly vor, weiterzuziehen.

„Willst du wirklich da hin?“ Jett hoffte, dass sie endlich nach Hause gehen konnten, damit er sich in Ruhe Gedanken über Amy und diese total verstrickte Situation machen konnte.

„Natürlich.“ Sie zwinkerte Beverly zu. „Diese Jungs haben einfach keine Energie. Du und ich, wir feiern gern, *si?*“

„Darauf kannst du deinen Hintern verwetten.“ Beverly grinste breit.

Als sie dann allein in Max Schlafzimmer waren, fühlten sie sich doch recht unwohl. Sie standen vor seinem überdimensionalen, ziemlich mächtigen Bett aus dunklem Holz und mit brauner Bettwäsche. Sie hatten sich eine Weile geküsst, aber er schien es nicht eilig zu haben, die Dinge voranzutreiben.

Amy wurde klar, dass sie etwas brauchte, um sich zu entspannen, sie befand sich auf unbekanntem Grund und war schrecklich nervös. Mit Jett zu schlafen hatte sich spontan ergeben, sie waren voller Leidenschaft und Verlangen einfach aufs Bett gefallen. Es war eine lustvolle, verrückte und vor allem unglaublich schöne Erfahrung gewesen.

Mit Max war es anders. Erstens war sie völlig nüchtern. Zweitens bemühte er sich nicht sonderlich, *sie* war es, die ihn küsste, und auch wenn er ihre Küsse erwiderte, so überließ er das Tempo doch ganz allein ihr. Zudem war er nicht gerade der beste Küsser der Welt.

„Ich glaube, ich würde gern was trinken“, sagte sie kleinlaut.

„Was denn?“ Er machte sich von ihr los.

„Wodka", sagte sie zögernd.

„Süße, du trinkst doch nie Alkohol."

„Jetzt mache ich eine Ausnahme."

„Hör mal", sagte er, „wenn du dich dabei nicht wohl fühlst ..."

„Nein Max", unterbrach sie ihn energisch. „Ich möchte, dass wir zusammen sind."

„Ich auch, Süße. Aber vielleicht ist heute nicht der richtige Zeitpunkt."

„Ich muss mich einfach etwas entspannen. Und das gelingt mir mit einem Drink. Ich habe auf unserer Feier keinen Champagner getrunken, also wird mir ein bisschen Wodka nicht schaden."

„Amy." Seine Stimme war ernst. „Du bist kaputt. Und so sehr ich auch die Nacht mit dir verbringen will, finde ich doch, dass wir warten sollten."

„Findest du?"

„Wir sind bald verheiratet, warum sollten wir also etwas überstürzen, was wir hinterher vielleicht bereuen?"

„Aber Max ..."

„Kein Aber", sagte er resolut. „Glaub mir, ich weiß, was das Beste für dich ist."

Wie demütigend war das denn? Ihr künftiger Ehemann hatte nicht den Wunsch, mit ihr zu schlafen. Er ließ sie einfach abblitzen.

O Gott! Sie kam sich so idiotisch vor.

„Zieh deinen Mantel an, Süße." Er eilte aus dem Schlafzimmer. „Ich bringe dich nach Hause."

Und damit schnappte er sich die Autoschlüssel vom Flurtisch und ging auf die Tür zu.

37. KAPITEL

Party bedeutete in diesem Fall laute Musik, Alkohol im Überfluss, sich krümmende verschwitzte Körper und so viele Joints, dass man allein durchs Einatmen high wurde.

Slick Jimmys Haus in Harlem, das er mit zwei weiteren Rappern teilte, war eine bequeme Müllhalde mit einem wahnsinnig teuren Sound-System. Und Cindi schwebte im siebten Himmel. Liberty hatte eine Ecke gefunden, in die sie sich verziehen konnte, und wünschte nur, sie wäre nicht mitgekommen. Aber so lief es doch immer. Cindi überredete sie ständig zu Dingen, die sie gar nicht tun wollte.

Kev beschwerte sich des Öfteren darüber. „Du lässt dir von dieser Nutte ständig auf der Nase herumtanzen“, behauptete er. „Warum ziehst du nicht einfach bei mir ein? Du brauchst sie nicht.“

„Cindi ist wie eine Schwester für mich, Kev, also nenne sie nicht Nutte.“

„Sie benutzt dich doch nur, weil du so viel Stil hast und sie nicht.“

„So darfst du nicht reden. Cindi würde alles für mich tun.“

Obwohl sie sich selbst manchmal nicht sicher war. Cindi konnte schon recht penetrant sein, der heutige Abend war ein Paradebeispiel. Sie befand sich auf einer Party, auf der sie nicht sein wollte, hockte allein in einer Ecke, während Cindi mitten im Geschehen jeden Kerl anmachte, dessen sie habhaft werden konnte.

Andererseits hatten Cindi und ihre Mutter sie damals aufgenommen, als Diahann sie rausgeworfen hatte. Wie Schwestern waren die beiden aufgewachsen, und als es Zeit war, auszuziehen, hatten sie eben beschlossen, es gemeinsam zu tun. Cindi hatte die Wohnung gefunden, und Cindi hatte ihnen den Job in dem Coffeeshop besorgt. Cindi hatte immer auf sie aufgepasst. Gut, manchmal benutzte sie Liberty vielleicht, weil sie hübscher war – na und? Aussehen war nicht alles, und Cindi hatte ein großes Herz.

Nachdem sie niemanden auf der Party kannte, blieb Liberty in ihrer Ecke und durchforstete die CDs, die neben der Stereoanlage gestapelt waren.

„Was dabei, das dir gefällt?“ fragte eine bekannte Stimme.

Sie drehte sich um. Es war Maleek.

„Oh, hallo.“ Liberty war froh, endlich ein bekanntes Gesicht zu sehen.

„Du warst großartig heute“, fuhr Maleek fort. „Du könntest mit solchen Auftritten in Videos dein Geld verdienen. Du hast das Aussehen dazu.“

„Ich plane nicht, immer nur das Mädchen im Video zu sein.“ Sie lächelte ein wenig. „Ich bin Sängerin – habe ich dir das nicht erzählt?“

„Vielleicht, vielleicht auch nicht.“ Maleek nahm einen Schluck Bier aus der Flasche. „Aber meiner Meinung nach muss man das ausnutzen, was man hat. Ich wollte Tänzer werden, und sieh an, was aus mir geworden ist.“

„Regisseur zu sein ist doch auch irgendwie cool.“

„Mir macht es Spaß und meiner Frau auch. Du solltest sie kennen lernen, sie ist klug, so wie du.“

„Du bist verheiratet?“ Liberty freute sich, dass Maleek sie für klug hielt.

„Überrascht?“

„Du bist zu jung, um verheiratet zu sein.“

Maleek zuckte mit den Schultern. „Achtundzwanzig. Ich habe geheiratet, weil meine Frau schwanger war, und ich wollte nicht noch ein Kind in die Welt setzen, das nicht weiß, wer sein Vater ist.“

„Finde ich gut. Und was macht deine Frau?“

„Sie ist Tänzerin“, sagte er stolz.

„War sie heute beim Dreh auch dabei?“

„Nein, Honey, nicht so eine Tänzerin. Ballett-Tänzerin!“

„Wow! Wie beeindruckend!“

„Ja, sie ist eine echt talentierte weiße Frau.“ Er nahm noch einen Schluck. „Und du bist halbschwarz, oder?“

„Ich bin nicht sicher, was ich bin. Meine Mutter behauptet immer, ich sei schwarz, aber ich schätze, da fließt schon auch weißes Blut in meinen Adern.“

„Du weißt nicht, wer dein Vater ist? Willst du das damit sagen?“

„Ich habe ihn nie kennen gelernt. Er … also er starb, bevor ich geboren wurde.“

„Das muss hart gewesen sein“, meinte Maleek mitfühlend.

„Meine Mutter hat mich allein aufgezogen. Sie ist auch mal Sängerin gewesen, hat es aber aufgegeben.“

„Um was zu tun?“

„Ist doch egal.“

„So schlimm, dass du es mir nicht sagen kannst?“

„So dumm, dass ich es dir nicht sagen will. Ehrlich – ich will nicht darüber reden.“

„Das ist meine Frau.“ Eine zerbrechlich wirkende mindestens zehn Jahre ältere Frau kam auf sie zu. Ihr dunkles Haar war zu einem festen Knoten zurückgebunden, sie trug ein langes weißes Kleid. Sie reichte Liberty nicht sonderlich herzlich die

Hand, nickte ihr flüchtig zu, packte Maleek am Arm und sagte: „Du musst mit mir kommen." Dann zog sie ihn weg.

So viel zum Thema neue Freundschaft.

Cindi tanzte heftig mit Slick Jimmy. Trotz ihres Umfangs hatte sie ein unglaubliches Rhythmusgefühl, sie konnte es mit den Besten aufnehmen.

Liberty fragte sich, wann sie die Party wohl verlassen könne, ohne unhöflich zu sein. Cindi jedenfalls würde es nicht einmal auffallen.

Worauf wartete sie dann noch? Auf wen? Damon?

Ja, klar.

Sie blickte sich um. Warum sollte Damon ausgerechnet mit diesen Leuten 'rumhängen? Das war doch nur ein Haufen bekiffter Typen, zu denen Damon nicht passte. Andererseits war Maleek auch hier, also ...

Sie sehnte sich nach Kev. Irgendwie war es deprimierend, allein auf einer Party zu sein, das wirkte immer so, als versuche man verzweifelt, einen Typen aufzugabeln und sich flachlegen zu lassen.

Sie bewegte sich langsam auf die Tür zu.

Und dann geschah es tatsächlich. Damon erschien.

Wie immer war er völlig cool, ganz in Schwarz gekleidet, um seinen Hals hing ein riesiges Diamantenkreuz, er hatte sich einen kurzen Pelzmantel um die Schultern gelegt.

Er warf ihr einen flüchtigen Blick zu, nicht überrascht, sie zu sehen. „Hallo Liberty." Er lächelte sie freundlich an. „Ich habe einen neuen Namen für dich."

„Tatsächlich?"

„Ja, ab jetzt nenne ich dich L.L."

„L.L.?"

„Lady Liberty." Er grinste träge. „In Ordnung?"

„Wenn du meinst."

„Du gehst doch nicht schon?"

„Äh … doch. Ich bin kaputt."

„Wirst du gefahren?"

„Ja, klar", murmelte sie. „Ich gehe niemals ohne meinen Wagen und Fahrer aus. Er bringt mich sogar jeden Morgen zum Coffeeshop."

„Sehr witzig."

„Findest du?"

Sie sahen sich lange an.

„Ich muss Slick Jimmy hallo sagen und vielleicht zehn Minuten hier bleiben", sagte Damon. „Wenn du wartest, kann ich dich zu Hause absetzen."

„Ist nicht nötig." Sie spürte seine Wärme.

„Willst du nicht mit mir fahren?" Er spießte sie mit seinen aufregenden Augen auf.

„Das habe ich nicht gesagt." Sie versuchte, ein Schwindelgefühl zu unterdrücken.

„Dann entspann dich. Ich sage Jimmy hallo, und wir verschwinden."

„Okay", sagte sie.

„Hast du Hunger?"

„Ich habe schon bei meiner Tante gegessen, sie ist eine Meisterköchin."

„Was gab's denn?" Er kam näher und sein teures Parfüm stieg ihr in die Nase.

„Lass mich nachdenken. Brathähnchen, in Honig eingelegte Spareribs und Pastetchen. Viele leckere Sachen."

„Klingt, als müsste sie mich mal einladen."

„Ich glaube kaum, dass es dir bei meiner Tante Aretha gefallen würde.“

„Wieso nicht? Essen im Restaurant wird mit der Zeit langweilig, Baby. Manchmal sehne ich mich nach richtiger Hausmannskost.“

„Tatsächlich?“ Sie fragte sich, ob seine Frau jemals ihren wertvollen Hintern in die Küche bewegte. Wahrscheinlich nicht.

„Hey.“ Er sah sie durchdringend an. „Ich bin ein ganz normaler Mann mit einem normalen Appetit.“

„Mal sehen, was sich machen lässt“, antwortete sie und dachte, dass nichts an Damon P. Donnell normal war. Dann stellte sie sich Tante Arethas Gesicht vor, falls sie jemals Damons auffälligen Schmuck zu sehen bekäme, die würde sich totlachen!

Er nahm ihre Hand und zog sie mit zu Slick Jimmy, der nach wie vor mir Cindi beschäftigt war. Inzwischen tanzten die beiden weniger als dass sie sich befummelten, und Liberty wurde mit einem Schlag klar, wie wohl sie sich mit Damon fühlte.

„Hey, das ist mein Mann!“ schrie Slick Jimmy. Die beiden Männer schlugen die Fäuste aneinander und gaben sich dann eine sehr männliche Umarmung.

Cindi warf Liberty einen fragenden Blick zu. Schließlich ließ Damon ihre Hand los und ging Maleek begrüßen. Das Gesicht von Maleeks Frau leuchtete auf, als sie Damon erblickte, ihr gelang sogar ein verkniffenes Lächeln. Nach ein paar Minuten ging Liberty zurück in ihre Ecke, sie fand es nicht besonders erstrebenswert, hinter Damon herumzustehen und auszusehen, als ob er sie gleich nach Hause bringen und flachlegen würde.

Die Musik wurde noch lauter, die Luft noch verrauchter, wie lange dauerte es noch, bis Damon bereit war, zu gehen?

Sie beschloss, ihm zehn Minuten zu geben, dann würde sie sich verziehen.

Zwanzig Minuten später platzte Beverly mit Freunden herein. „Na, das sieht doch nach einer anständigen Party aus", rief Beverly und schnappte sich Liberty. „Du erinnerst dich an Jett, und das ist *mein* Mann, Chet."

Gianna packte Jeff am Arm. „Komm, *carino,* wir tanzen." Sie zerrte ihn ins Getümmel.

„Bist du mit Cindi da?" schrie Beverly über die Musik hinweg.

„War ich", rief Liberty zurück. „Sie ist dort mit Slick Jimmy, da scheint sich was anzubahnen. Ich gehe bald."

„Brauchst du ein Taxi?"

„Damon fährt mich."

Beverly hob missbilligend eine Augenbraue. „Damon?"

„Er setzt mich nur ab."

„Vergiss nicht, was ich dir gesagt habe", ermahnte Beverly sie. „Glaub mir, ich hab keine Lust, dich zu trösten, wenn er dich mit süßen Worten ins Bett gezerrt hat und das war's. Damon wird sich nie ändern, das darfst du nicht vergessen."

„Er überredet mich zu gar nichts", entgegnete Liberty, verärgert darüber, dass Beverly sie für so naiv hielt.

„Gut, ich habe dich gewarnt. Dieser Typ ist ein Weiberheld, Mädchen, also tu nichts, was du später bereuen könntest."

„Danke für den Tipp, aber ich weiß, was ich tue."

Bis Damon so weit war, zu gehen, war eine weitere halbe Stunde vergangen. Und wie eine Idiotin hatte Liberty gewartet. Wütend auf sich selbst und doch nicht in der Lage, einfach zu gehen, betrachtete sie ihn aus der Distanz, bis er schließlich zu ihr kam, ihre Hand schnappte und sie nach draußen zog. Dort wartete sein silberner Cadillac Escalade und eine uniformierte Fahrerin.

„Hinten rein, Baby“, befahl Damon.

„Sollte ich der Fahrerin nicht erst meine Adresse sagen?“

„Dachte, wir gehen noch in ein paar Clubs.“ Er kaute auf einem Zahnstocher.

„Dazu habe ich keine Lust.“

„Dann halten wir an einer Bar, trinken noch was und lernen uns kennen.“

„Ich bin wirklich müde.“ Sie versuchte, nicht zu sauer zu klingen, zumal sie vor allem auf sich selbst wütend war, weil sie wie ein bescheuertes Groupie auf ihn gewartet hatte. „Du hast ja ewig gebraucht“, fügte sie hinzu.

„Ja?“ fragte er ungerührt.

„Ja.“ Vermutlich klang sie wie eine meckernde Ehefrau. Und wenn schon.

„Du willst also sagen, dass du nichts mehr mit mir trinken möchtest?“ Er warf ihr einen spöttischen Blick zu. „Ich bekomme einen Korb, ja?“

„Das war ein langer Tag.“ Sie war entschlossen, nicht nachzugeben. „Ich muss nach Hause.“

„Wenn du dieses Spielchen willst.“

„Das sind keine Spielchen.“ Sie warf ihr langes Haar zurück.

„Kein Problem, gib meiner Fahrerin deine Adresse, sie bringt dich nach Hause.“

„Kommst du nicht mit?“ fragte sie überrascht.

„Nein. Der Wagen kommt danach zurück. Ich hab noch Lust auf Party.“

„Aha“, sagte sie merkwürdig enttäuscht.

„Hab nichts Besseres zu tun." Er küsste sie flüchtig auf die Wange. „Wir sehen uns morgen, L.L., um halb sieben. Sei pünktlich."

„Das … das werde ich."

Er wollte gerade weglaufen, als er sich doch noch umdrehte und sie fixierte. „Bist du sicher, dass du es dir nicht anders überlegen willst?"

„Absolut sicher", sagte sie, obwohl sie es nicht im Geringsten war.

Mein Gott, wenn er nur nicht verheiratet wäre …

„Kapiert", sagte er, die Diamanten blitzen auf. „Bis dann."

Er lief zurück ins Haus, und sie blieb allein zurück mit der Frage, ob sie die richtige Entscheidung getroffen hatte.

38. KAPITEL

Sonja Sivarious musterte die goldene Rolex, die sie Chris Diamond gestohlen hatte. Normalerweise verkaufte sie neue Schmuckstücke an einen befreundeten Hehler, aber irgendetwas an dieser goldenen Rolex faszinierte sie. Die schwere Männeruhr ließ ihr Handgelenk schmal und mädchenhaft wirken.

Sie stand im Badezimmer von Red Diamonds Apartment in der 59. Straße. Von Red Diamond, dem Milliardär. Bei seinem Alter hatte es sie überrascht, dass er noch immer einen hoch bekam.

Ihre Freundin und Partnerin hatte sie Samstagnacht angerufen und gesagt, dass sie eine Menge Geld verdienen könnten. Jetzt war es spät am Sonntag und der alte Mann war noch immer in Form. Viagra. Was für ein Medikament! Machte alte, ausgediente Schwänze wieder hart.

Sonja seufzte. Ihr taten all die müden Ehefrauen Leid, die plötzlich gezwungen waren, mit der neu entfachten Libido ihrer Männer umgehen zu müssen.

Sie verzog das Gesicht und bewunderte sich im Badezimmerspiegel. Die kleine Sonja Sivarious aus der Slowakei. Irgendjemand müsste ihr doch ein Gedicht widmen, so wunderbar, wie sie ihr Leben gemeistert hatte. In der Schule war sie nichts anderes als ein langer, dünner Strich in der Landschaft gewesen, die Jungs hatten sie aufgezogen und die Mädchen sie wegen ihres ärmlichen Elternhauses gemieden. Diesen Nachteil machte sie wieder gut, indem sie den Jungs gab, was sie wollten. Das Resultat war, dass die Jungs ihr hinterherjagten und die Mädchen sie nur noch mehr mieden.

Mit sechzehn lief sie davon und bestieg mit ihrem zwanzig Jahre älteren Cousin Igor einen Zug nach Prag. Igor, ein Autoverkäufer, stellte sie anderen Männern vor, wodurch sie schnell Geld verdiente. Nach einiger Zeit tat sie sich mit einem anderen Mädchen aus der Ukraine zusammen, Famka, die mit neunzehn schon sehr welterfahren schien. Sie übten zusammen eine Sex-Show ein, mit der sie große Erfolge feierten, bis Famka mit einem reichen Geschäftsmann vom einen auf den anderen Tag nach Amerika abhaute.

Zwei Jahre später ließ Famka sie nachkommen, Sonja folgte gern und bezahlte auch für Igor das Flugticket.

Famka hatte inzwischen gute Kontakte geknüpft, es dauerte nicht lange, bis die beiden in New York als ein besonders vielseitiges und entgegenkommendes Team bekannt waren.

Jetzt, drei Jahre später, wohnte Sonja in einem hübschen Apartment. Sie besaß Pelze und Schmuck und verdiente einen Haufen Geld. Wenn jemand ein besonderes Mädchen in New York anfragte, stand sie ganz oben auf der Liste. Und so war sie auch an den Job für Roth Giagante gekommen. Ein leichter Job, sie musste nur mit einem bestimmten Mann vögeln und ihm eine Nachricht übermitteln. Allerdings hatte sie nicht dem Drang widerstehen können, ein eigenes Postskriptum anzufügen. Tatsächlich war der Kerl ziemlich attraktiv und hervorragend im Bett gewesen. Aber Sonja hatte eine Regel, die besagte, dass man Männern niemals das Gefühl geben durfte, sie seien gute Liebhaber. Besser war es, sie zu beunruhigen.

Famka klopfte an die Badezimmertür. „Er will dich“, rief sie. „Beeil dich!“

Natürlich will er mich, dachte Sonja, die sich noch immer im Spiegel bewunderte. Ich bin die Beste.

Dann schlenderte sie nackt bis auf ihre Stöckelschuhe und eine Strasskette um den Bauch ins Schlafzimmer, ihr feuerrotes Haar reichte bis zur Hüfte und passte perfekt zu dem ebenfalls gefärbten und akkurat rasierten Schamhaar.

Famka hatte den alten Mann auf seine Anforderung hin festgebunden. Er war nackt und noch immer unglaublich erregt.

Wahrscheinlich hatte er zu viele von diesen dummen blauen Pillen geschluckt. Er könnte einen Herzinfarkt oder Schlaganfall bekommen – in diesem Fall würde sie natürlich schnellstens verschwinden.

Aber er sah nicht krank aus, im Gegenteil, er wirkte glücklich, ein diebisches Lächeln lag auf seinem faltigen Gesicht. „Kommt schon, Mädels“, rief er aufmunternd. „Lasst mal sehen, was ihr drauf habt.“

„Oh, ich habe alles drauf, was du willst.“ Sonja stand mit gespreizten Beinen und Händen in den Hüften vor ihm. *„Alles.“*

Chris wurde um drei Uhr morgens durch das Klingeln des Telefons geweckt. Inez war schon weg. Nach dem Akt hatte sie sofort verkündet: „Ich brauche meinen Schönheitsschlaf.“ Ihre Stimme klang recht schüchtern für ein Mädchen, das wenige Minuten zuvor erst geschrieen hatte wie eine Furie. Dann war sie aus der Tür, wie wunderbar. Er hasste es, wenn er die Frauen bitten musste, zu gehen.

Roth war am Telefon.

„Hab über deinen Vorschlag nachgedacht“, rief er mit seiner heiseren Stimme, „und mit meinem PR-Manager gesprochen. Nachdem ich mein verdammtes Geld noch nicht habe, will ich das Beste aus der Situation machen. Also werden wir diese beschissene Hochzeit für Birdy Marvel ausrichten.“

„Hast du eine Ahnung, wie spät es ist?" Chris starrte ungläubig auf den beleuchteten Radiowecker am Bett.

„Wen interessiert das? Kannst froh sein, dass ich überhaupt mit dir spreche."

„Ja, hab' ich ein Glück." Chris unterdrückte ein Gähnen.

„Allerdings", bellte Roth. „Und das bedeutet nicht, dass du deine Schulden los bist. Ich geb' dir nur etwas Zeit, mehr nicht."

„Okay." Chris war noch immer im Halbschlaf. „Sag deinem PR-Manager, dass er mich morgen anrufen soll. Birdy rechnet mit 'was ganz Besonderem, außerdem muss die Presse streng kontrolliert werden."

„Dachte, ich geb' dir 'ne Zusage, bevor du zu Peter Morton rennst."

„Ja, ja." Chris knallte den Hörer auf.

Danach gelang es ihm nicht mehr, einzuschlafen.

Sollte er Inez anrufen? Nein. Selbst sie würde nicht nachts um drei zurückkommen. Oder vielleicht doch.

Warum war der Sex für ihn eigentlich so wichtig? Warum war er geradezu süchtig danach?

Er begann, zu überlegen. Im Grunde wusste er, warum. Sex war seine Beruhigungstablette, sein Trost. Jett hatte Drogen und Alkohol gewählt, Max die Arbeit, und *seine* Sucht war eben der Sex, von der Spielsucht einmal abgesehen, die seit kurzem an zweiter Stelle stand.

Nach ein paar Minuten stand er auf, lief in der Suite auf und ab, setzte sich schließlich vor das riesige Fenster und betrachtete diese herrliche Stadt. New York war nachts so wunderschön, all die glitzernden Lichter und der unaufhaltsame Verkehrsstrom, von hier oben sah es aus, als ob Spielzeugautos sich ihren Weg durch die engen Straßen bahnten. Er begann, über Jonathans

Problem nachzudenken, das bis morgen gelöst sein musste. Zuvor aber war er mit Jett zum Frühstück verabredet, dann stand das Treffen mit Red bevor, danach würde er das nächste Flugzeug nach Hause nehmen.

Nach Hause – was für ein Zuhause? Ein Haus jedenfalls gab es nicht mehr, so viel stand fest. Wie furchtbar. Er hatte alles verloren, und der Clou war, dass er es sich nicht leisten konnte, alles wieder aufzubauen, bevor er nicht bei Roth die Schulden bezahlt hatte.

Ab jetzt durfte nicht mehr gespielt werden. Die Spieltische hatten ihren Reiz verloren.

Es war fast vier Uhr morgens, als Jett Gianna endlich dazu überreden konnte, die Party zu verlassen.

„Ich liebe New York", rief Gianna aus und warf sich mit klirrenden Armreifen in ein Taxi. „Wir kommen öfter her, *si?*"

„Klar, New York ist toll." Jett gähnte. „Vor allem, wenn man auch mal etwas Schlaf bekommt. Musst du nicht morgen arbeiten?"

„Erst am Nachmittag. Außerdem gehen wir beide zur Anprobe, du kommst mit."

„Kann's kaum erwarten." Er gähnte erneut.

„Das ist *bene, carino.* Die haben auf einen großen Namen bestanden, aber ich sagte nein. Nur *du.*"

„In Italien habe ich einen großen Namen", hielt er ihr entgegen.

„Italien ist eine Sache, Amerika eine andere", erklärte Gianna altklug. „Die Anzeigenkampagne wird in allen Zeitschriften erscheinen. Das ist gut für dich, *si?*"

„Kann nicht schaden."

„Dieser Slick Jimmy“, murmelte Gianna. „Ich mag seine Musik. Harter Rhythmus, aber gut, hm?“

Was Gianna betraf, so war immer alles gut. Sie ging ihm auf die Nerven, er wollte nichts anderes, als endlich ins Bett fallen und schlafen. Dann fiel ihm ein, dass er höchstens ein paar Stunden Schlaf bekommen würde, weil er Chris versprochen hatte, mit ihm zu frühstücken.

Gianna streichelte über seinen Schenkel.

Gütiger Himmel! Diese Frau war unersättlich.

Sie zog die Hand zurück. „Stimmt was nicht, *carino?*“ Sie sah verletzt aus.

„Du würdest es sowieso nicht verstehen“, entgegnete er müde.

Lady Jane konnte nicht schlafen, sie war zu beunruhigt, um auch nur die Augen zu schließen. Sie wartete darauf, dass Red nach Hause käme, damit sie ihn endlich zur Rede stellen konnte.

Inzwischen war aber klar, dass er auch diese Nacht nicht zurückkommen würde. Vermutlich trieb er es noch immer mit diesen Huren.

Allein die Vorstellung, dass sie sechs Jahre mit dieser verabscheuungswürdigen Kreatur verbracht hatte, einem egoistischen Milliardär, der niemanden lieben konnte, außer sich selbst, machte sie wahnsinnig. Was für eine Farce!

In Wahrheit liebte er sich wohl nicht einmal selbst. Wie denn auch, nachdem er sein Leben lang kein anderes Ziel gehabt hatte, als das Leben anderer Menschen zu ruinieren?

39. KAPITEL

„Du bist wie ein Kerl", beschwerte sich Jett, als Gianna sich mit gespreizten Beinen auf ihn setzte, bevor er noch die Augen geöffnet hatte. Es war Montagmorgen, er hatte vielleicht drei Stunden geschlafen und seine so genannte Freundin machte sich seinen Morgenständer zunutze. Gianna hatte immerzu Lust auf Sex. Mit Schlaf oder ohne Schlaf, sie war in Stimmung.

Wenigstens hatte er keinen Kater. In früheren Zeiten wäre er jetzt ein Wrack gewesen, nicht fähig, zu sprechen, nicht fähig, sich zu rühren. Sein Kopf würde hämmern, sein ganzer Körper zittern. Jetzt war er einfach nur müde.

Gianna, die alles von Margaritas bis zu Champagner in sich hineingeschüttet hatte, schien unter keinen Nachwirkungen zu leiden. Sie war lebhaft und lüstern – selbst ihr Atem roch süß.

„Was zum Teufel", stöhnte Jett. „Kannst du nicht warten, bis ich auf dem Klo war?"

„Warum sollte man so was Gutes verschwenden, *carino?*" Gianna ließ sich auf ihn sinken, er hatte keine Chance, zu entkommen.

Und kaum war er an Bord, da nahm die Natur ihren Lauf, innerhalb kürzester Zeit war er genauso bei der Sache wie sie. Mindestens zehn Minuten lang schwammen sie auf der Welle, versiert darin, sich zurückzuhalten, und als es Zeit war, kamen sie gleichzeitig in perfektem Einklang.

„*Fantastico!*" verkündete Gianna. „Mein Yankee-Liebster ist *buono!*"

„Du sollst das nicht sagen", ächzte er.

„*Scusi?*"

„Yankee-Liebster. Das klingt bescheuert."

Gianna sprang schulterzuckend aus dem Bett und streckte sich wie eine Katze. „Ich geh' duschen."

„Macht's dir was aus, wenn ich zuerst gehe?" rief er schnell. „Ich treffe meinen Bruder zum Frühstück."

„Dann duschen wir zusammen", beschloss Gianna und schlenderte zur Badezimmertür. *„Bene, carino?"*

Ja klar – *bene.* Wenn sie die Chance bekäme, würde diese Frau ihn am liebsten zu Tode vögeln.

Und schon wieder wurde Chris durchs Telefon geweckt. Diesmal war eine verheulte Birdy Marvel am anderen Ende, die ihn darüber informierte, dass sie mit Rocky fertig sei und er die Hochzeit in Las Vegas umgehend absagen solle.

Sofort war er hellwach. Diese verdammte Hochzeit platzen lassen, nachdem er gerade erst Roth Giagante so heiß gemacht hatte? Auf keinen Fall.

„Was ist denn los?" fragte er.

„Du hattest Recht", schluchzte Birdy. „Rocky ist ein Schwein."

„Ich habe nie gesagt, dass er ein Schwein ist", sagte Chris geduldig. „Ich sagte nur, du solltest dir überlegen, ob du dir sicher bist."

„Nun, das bin ich." Birdy klang wie ein trotziges kleines Mädchen. „Ich bin sicher, dass ich ihn irgendwie nie mehr wiedersehen will!"

„Was hat er getan?"

„Das kann ich dir nicht sagen", heulte sie.

„Solltest du aber." Er fragte sich, wie er Roth diese Nachricht beibringen sollte.

„Kann nicht!"

Ach du Scheiße. Es schien wirklich ernst zu sein. „Mir kannst du es sagen, Birdy." Er senkte seine Stimme. „Du weißt, dass du mir alles sagen kannst."

Eine lange Pause entstand. „Gut", sagte sie schließlich. „Aber du musst es für dich behalten, Chris. Versprochen?"

„Also?"

„Er hat mich hässlich genannt."

„*Hässlich?*"

„Ja, hässlich", rief sie zornig. „Und wage es nicht, mich auszulachen, Chris."

„Wer lacht denn?"

„Er sagte, ich wäre ein verzogenes, hässliches, kleines Mädchen. Und dann ging er irgendwie, und ich will ihn nie mehr wiedersehen."

„Hm ... nun, du weißt doch, dass du nicht hässlich bist. Das *People Magazine* hat dich gerade erst unter die fünfzig schönsten Frauen gewählt. Du bist auf dem Titelbild vom Rolling Stone. Dieser Typ ist verrückt, wenn er dich als hässlich bezeichnet."

„Ich weiß. Und ich bin nicht mal mehr schwanger."

Wenigstens eine gute Nachricht. „Ignoriere ihn", sagte Chris. „Er ist ganz offensichtlich ein Vollidiot."

„Darauf kannst du wetten", rief sie böse. „Ein großer geiler Vollidiot."

„Soll ich später vorbeikommen."

„Warte mal", flüsterte Birdy aufgeregt. „Ich glaube, er ist gerade zurückgekommen. Ich ruf dich wieder an."

Soviel dazu, dass sie den großen geilen Vollidioten nie mehr wiedersehen wollte.

Chris stand auf und streckte sich. Sein Körper schrie geradezu nach körperlicher Betätigung, nach einer, die nichts mit

Sex zu tun hatte. Er beschloss, ins Fitnessstudio zu gehen und die Spannung zu lösen, die sich nach und nach in ihm aufbaute.

Max' Haushälterin, Mrs. Conner, eine korpulente Frau mittleren Alters aus Schottland, legte eine zweite Fuhre Pfannkuchen auf Lulus Teller.

„Lulu mag Pfannkuchen." Lulu leckte sich Ahornsirup von den Fingern.

„Das weiß ich, Liebes", sagte Mrs. Conner.

„Ich auch." Max sah von der New York Times auf. „Und Ihre sind wunderbar, Mrs. Conner."

„Besten Dank, Mr. Diamond."

„Lulu ist gern bei ihrem Daddy", flötete Lulu und wackelte mit dem Kopf. „Daddy! Daddy! *Mein* Daddy!"

„Du hast ganz schön Glück, Mädchen!" Mrs. Conner tätschelte Lulus Kopf.

„Glück! Glück! *Glück!*" kreischte Lulu.

„Wenn Daddy Amy heiratet und wir in eine neue Wohnung ziehen", sagte Max und senkte die Zeitung, „dann werden wir dein Zimmer ganz so einrichten, wie du es willst. Wie findest du das?"

„Lulu mag Hello Kitty." Lulu klatschte in die Hände. „Ein Hello Kitty-Bett und Bettwäsche und Teppich und Decke und auf meinem ganzen Gesicht." Sie brach in Kichern aus. „Und auf Daddys Gesicht auch!"

„Danke."

„Und auf Daddys Hintern!" Sie kicherte heftiger.

„Wie bitte?"

„Hintern! Hintern! *Hintern!*"

„So spricht eine junge Dame nicht", sagte er streng.

„Lulu ist keine junge Dame, Daddy. Lulu ist ein kleines Mädchen."

„Wer hat dir beigebracht, Hintern zu sagen?"

„Weiß nich'", antwortete sie unbestimmt.

„Sag das nicht noch einmal, es ist nicht nett."

Das Kindermädchen betrat den Raum. „Wir sollten gehen, Mr. Diamond", verkündete sie mit ihrem steifen englischen Akzent. „Ich muss Lulu noch für die Schule umziehen."

„Mein Fahrer wartet unten. Ich komme mit. Ich muss mit Mrs. Diamond sprechen."

„Schön", entgegnete das Kindermädchen. „Komm mit, Lulu."

„Komm mit, Lulu", äffte die Kleine sie nach. „ Komm mit! Komm mit! *Komm mit!*"

Sie flitzte zu Mrs. Conner und umarmte sie. „Lulu geht jetzt zur Schule. Wiederseh'n."

„Sei brav", sagte Mrs. Conner. „Tu nichts, was ich nicht auch tun würde."

Lulu sauste kichernd aus dem Zimmer.

Max legte die Zeitung weg und stand auf. Er hatte doch tatsächlich nach einer Meldung über ein unidentifiziertes Mordopfer gesucht. Wie dumm von ihm, Mariska Glauben zu schenken. Natürlich hatte sie auch dieses Mal gelogen, wie immer, geblufft und gelogen, wie es nun mal ihre Art war.

Aber heute würde er endlich Klartext mit ihr reden.

Er würde dafür sorgen, dass Vladimir ausgewiesen wurde. Eine andere Möglichkeit gab es nicht.

•

„Hi", sagte Amy. „Wie geht es dir?"

Tina saß auf mehrere Kissen gelehnt in dem Krankenhausbett. Das Baby lag in einem Bettchen neben ihr.

„Als ob ein Lastwagen durch mein Becken gerast wäre." Tina verzog das Gesicht. „Davon abgesehen geht's mir wunderbar."

„Klingt schmerzhaft."

„Es *ist* schmerzhaft. Aber jedes Mal, wenn ich Brad Junior anschaue, weiß ich, dass es das auf jeden Fall wert war."

„Er ist einfach hinreißend." Amy beugte sich über das Gitterbett. „Diese Wimpern!"

„Vergiss seine Wimpern, wie sieht's mit seinem Pimmelchen aus?" frotzelte Tina. „Das ist alles, was Brad interessiert. Mein Ehemann ist besessen!"

„Typisch." Amy lächelte. „Der stolze Papa."

„Und wie stolz er ist. Er kann's kaum erwarten, jedem zu erzählen, dass Größe in seiner Familie liegt!"

„Ich finde das total süß."

„Na, wir werden sehen." Tina nahm einen Schluck Wasser. „Du bist früh hier. Ist alles in Ordnung?"

„Ich wollte dich sehen, bevor ich zur Arbeit gehe."

„Weil …?"

„Einfach so. Du hast gerade ein Kind bekommen, ich dachte, du würdest dich über einen Besuch freuen."

„Na klar." Tina verlagerte ihr Gewicht. „Du hast was auf dem Herzen. Du weißt doch, dass du mir nichts vormachen kannst."

Amy murrte.

„Was?"

„Du kennst mich einfach zu gut." Amy setzte sich auf den Bettrand.

„Also?"

„Der geheimnisvolle Mann."

„Was ist mit ihm?" fragte Tina eifrig.

„Er ist kein geheimnisvoller Mann mehr."

„O nein! Das hast du nicht getan!" rief Tina aus. „Du böses Mädchen, du bist zu seiner Wohnung gegangen!"

„Natürlich nicht."

„Sondern?"

„Gestern Abend bei dem Essen, ist dir da zufällig Max' Bruder aufgefallen, der jüngere?"

„Dieser Typ in Begleitung von diesem italienischen Model?"

„Genau der."

„Was ist mit ihm?"

„Ähm … kam er dir nicht bekannt vor?"

„Jetzt, wo du mich so fragst …" Tina zog die Stirn in Falten. „Nein!" schrie sie dann. „Du machst wohl Witze! Das ist unmöglich!"

„Leider Gottes nicht." Nachdem es raus war, fühlte Amy sich sofort besser. „Der geheimnisvolle Mann ist nicht länger geheimnisvoll. Der geheimnisvolle Mann ist Jett Diamond, der Bruder von Max."

Bevor Tina etwas darauf erwidern konnte, platzte Brad beladen mit Blumen, Zeitschriften und einer riesigen Schachtel Pralinen herein. „Hallo Mädels", sagte er. „Was ist hier los?"

Chris hinterließ Jett an der Rezeption die Nachricht, dass er im Fitnessraum des Hotels war. Er hätte schon viel früher trainieren sollen, er musste seinen Kreislauf ankurbeln.

Beinahe rannte er Inez über den Haufen. In kurzen Hosen und einem bauchfreien roten Shirt trainierte sie gerade auf dem Laufband. „Hi." Sie winkte ihm zu wie einem entfernten Bekannten.

Und tatsächlich, dachte er, mehr sind wir auch nicht – entfernte Bekannte, die gestern Nacht nett miteinander gevögelt haben.

„Hey“, antwortete er und lief zu den Gewichten.

Ein paar andere Hotelgäste waren noch hier, von denen er aber niemanden kannte. Er wärmte sich ein paar Minuten auf und begann, Gewichte zu stemmen. Wie immer genoss er das Gefühl, seine Muskeln zu beanspruchen, die eigene Kraft zu spüren.

Wenn Red ihn nicht nach New York bestellt hätte, hätte er dann auch sein Haus verloren? Wenn er in L.A. geblieben wäre, wäre er irgendwie in der Lage gewesen, es zu retten?

Sein gesunder Menschenverstand sagte nein.

Aber seine wildesten Fantasien sagten ja.

Dieser verfluchte Red Diamond. Alles, was mit ihm zu tun hatte, ging den Bach runter.

Er hätte nicht nach New York kommen sollen, das war der Fehler gewesen. Er wollte das Geld des alten Mannes nicht, es war seinen Preis nicht wert.

Und einen Preis würde er bezahlen müssen. O ja, Red Diamond ließ einen am Ende immer bezahlen.

Jett hatte nie an die Liebe geglaubt. Liebe war Unsinn. Nur was für Leute, die sich für den Rest ihres armseligen Lebens an ein und denselben Menschen binden wollten.

Doch dann hatte er Amy getroffen.

Und mit Amy geschlafen.

Und plötzlich glaubte er daran.

Nur gab es ein Problem, das nicht verschwinden wollte. Amy war, wie sich herausgestellt hatte, die Verlobte seines Bruders. Was für ein unglaubliches Pech!

Und was zum Teufel sah sie in Max?

In dem langweiligen Max, dem seine Geschäfte wichtiger waren, als alles andere. In dem trägen Max, der nur in einem Sitzungszimmer richtig zum Leben erwachte. Dem verklemmten Max, der garantiert eine Niete im Bett war.

Während er die Park Avenue entlang spazierte, konnte er einfach nicht aufhören, an Amy zu denken. Die Hochzeit stand kurz bevor und es gab nichts, was er dagegen unternehmen konnte. Absolut nichts.

Es sei denn, er würde Max die Wahrheit sagen.

Tolle Idee. Dem großen Bruder die Wahrheit sagen und zusehen, wie Amys Welt in sich zusammenstürzte.

Nein, das konnte er ihr nicht antun. Sie war etwas ganz Besonderes, sie hatte es nicht verdient, von ihm hintergangen zu werden. Aber er musste sie sehen, so viel stand fest. Er war wild entschlossen herauszufinden, warum sie mit ihm geschlafen hatte.

Nur – wie sollte er es anstellen, sie zu treffen, ohne, dass Max davon erfuhr?

Chris hatte bestimmt eine Idee. Chris war Experte darin, sich etwas einfallen zu lassen.

Lulu saß mit dem Kindermädchen auf dem Rücksitz und plapperte ohne Unterlass, kommentierte alles, was sie durch das Fenster erblickte. „Sieh mal, Daddy, der große Hund. Schau mal, da liegt ein komischer Mann neben der Straße. Guck mal, der Hund hat gekackt!“

„Achte auf deine Sprache!“ sagte Max, was zu einem weiteren Kicheranfall seiner Tochter führte.

„Gekackt! Gekackt! *Gekackt!*“ kreischte Lulu, das Gesicht vor Aufregung puterrot. „Gekackt! Gekackt! *Gekackt!*“

„Das reicht." Max drehte sich um und warf dem Kindermädchen einen bösen Blick zu, das einfach stoisch vor sich hinschaute. Es war höchste Zeit, mit Mariska über dieses Kindermädchen zu sprechen, die Frau hatte nicht die geringste Persönlichkeit und offensichtlich überhaupt keine Kontrolle über seine Tochter.

Als der Wagen hielt, sprang Lulu heraus und schoss ins Haus. Das Mädchen folgte im Schneckentempo. Max sah auf die Uhr, es war kurz vor acht, er hatte noch etwas Zeit bis zum Treffen um neun Uhr mit Red.

„Warten Sie hier", sagte er zu dem Fahrer. „Ich komme in einer Viertelstunde zurück."

Im Fahrstuhl begann Lulu völlig unmelodisch *Eine kleine Mickeymaus* zu singen.

„Magst du Mäuse, Daddy?" wollte sie plötzlich wissen, mit großen Augen. „Ich nicht, weil sie einem über die Beine krabbeln und in den *Hintern.*" Noch mehr Gelächter. „Hintern! Hintern! *Hintern!*"

Das Kindermädchen sagte kein Wort. Max verspürte einen starken Kopfschmerz, so viel Zeit mit seiner Tochter zu verbringen, war ganz schön anstrengend. Der Fahrstuhl hielt, alle drei stiegen aus.

Wahrscheinlich hätten sie vorher anrufen sollen. Er konnte es nicht leiden, wenn Mariska ihn in einem ihrer engen Negligés begrüßte, die Brüste von dem zarten Stoff kaum verhüllt. Das war bereits ein paarmal geschehen, sie hoffte offenbar, ihn so reizen zu können. Doch das Gegenteil war der Fall, es stieß ihn ab.

Das Kindermädchen förderte ihren Schlüssel zutage und schloss die Tür auf.

Fest entschlossen, sich in keinen Streit verwickeln zu lassen, überlegte Max ganz genau, was er seiner Exfrau sagen wollte.

„Mama!“ brüllte Lulu aufgeregt und jagte durch die Marmorhalle. „Mama! Mama! *Mama!* Lulu ist wieder da.“

Max ging zum Wohnzimmer. „Sagen sie Mrs. Diamond, dass ich hier bin“, bat er das Kindermädchen. „Und sagen Sie ihr auch, dass ich wenig Zeit habe.“

Gerade als er „wenig Zeit“ sagte, begann Lulu zu schreien. Ohrenbetäubende Schreie, die aus Mariskas Schlafzimmer kamen.

„Mein Gott!“ murmelte er verärgert, seine Kopfschmerzen wurden immer schlimmer. An das Kindermädchen gewandt, rief er: „Haben Sie eigentlich überhaupt keine Kontrolle über Lulu?“

„*Wie* bitte?“ Das Kindermädchen richtete sich auf.

„Mein Kind schreit. Tun sie etwas.“

In dieser Sekunde kam Lulu zurück ins Zimmer gejagt, ihr Kleid und ihre Hände waren blutverschmiert.

„Mama ist krank!“ kreischte sie. „Meine Mama ist krank. Krank! *Krank!*“

40. KAPITEL

„Slick Jimmy kann sich bewegen wie ich es in meinen wildesten Träumen nie für möglich gehalten hätte!“ Es war Montagmorgen, mit gerötetem Gesicht platzte Cindi in die Wohnung. „Bestückt ist er wie ein verdammter Hengst, und vor allem weiß er, damit umzugehen.“

„Du warst nicht bei der Arbeit“, entgegnete Liberty vorwurfsvoll. „Du hättest heute Morgen um sechs da sein sollen. Manny hat vorhin angerufen, er war echt sauer, dass keine von uns beiden aufgetaucht ist. Ich sagte ihm, du hättest eine Erkältung. Mann, Cindi, du hast mir versprochen, mich zu decken, und jetzt haben wir ihn beide sitzen lassen. Das ist eine ganz schön peinliche Situation.“

„Wen interessiert's? Wir haben doch jetzt Kohle, es geht aufwärts. Wir müssen keinen Kaffee mehr rumschubsen.“

„Falsch“, korrigierte Liberty sie, wie immer die Verantwortungsvolle von beiden. „Mit dem Geld bezahlen wir unsere Rechnungen, schon vergessen? Unsere Jobs brauchen wir nach wie vor.“

„Ich nicht. Jimmy besorgt mir einen Gig als Background-Sängerin auf seiner Tour.“

„Im Ernst?“

„Ja, das meine ich todernst. Ich ziehe aus und gehe auf Tour. Wie abgefahren ist das?“

„Echt?“ fragte Liberty entsetzt.

„Verdammt echt. Der Typ fährt voll auf mich ab, das muss ich ausnutzen.“

„Cindi, du weißt doch nicht ...“

„Oh, und wie ich es weiß“, verkündete Cindi. „Ich weiß,

dass ich endlich einen Mann gefunden habe, der mir alles gibt, was ich will."

„Und unsere Wohnung? Wenn du abhaust, was soll ich dann machen?"

„Ich weiß, das kommt ein wenig kurzfristig, Cousinchen", sagte Cindi schuldbewusst. „Aber ich dachte, du würdest vielleicht mit Kev zusammenziehen. Er bittet dich doch ständig darum, und ihr zwei seid wirklich ein heißes Pärchen."

„Glaubst du wirklich, ich ziehe bei Kev ein, nur damit es dir leichter fällt, mich abzuservieren?" Liberty versuchte, ihre aufkeimende Wut zu unterdrücken.

„Ich serviere dich nicht ab. Ich kümmere mich nur um meine Zukunft."

„Wunderbar! Und was soll ich jetzt machen?"

„Du bist doch die klügere von uns, wird schon werden."

„Wann gehst du?"

„Jimmy holt mich bald ab, ich packe schnell ein paar Sachen, dann bin ich verschwunden."

„Du … du gehst heute?"

„Hey … der Mann will mich in seiner Nähe haben. Da werd' ich doch nicht d'rüber diskutieren."

„Das ist verrückt, du kennst ihn doch kaum."

„Oh, ich kenne ihn sehr gut." Cindi eilte in ihr Schlafzimmer. „Dieser Idiot ist *heiß*, und ich werde ihn nicht aus Augen lassen."

„Das heißt wohl, dass du deinen Job in dem Coffeeshop sausen lässt?" Liberty lief ihr hinterher.

„Ein Mädchen muss tun, was ein Mädchen zu tun hat." Cindi warf ein paar Kleidungsstücke in eine große Reisetasche. „Das Schicksal winkt."

„Nach einer einzigen Nacht redest du von Schicksal." Liberty schüttelte verwundert den Kopf. „Mann, das ist vielleicht was. Und wer soll Manny sagen, dass du nicht mehr kommst?"

„Ich dachte, das würdest du für mich erledigen."

„Besten Dank."

„Jetzt mach mich nicht an, Lib." Cindi verzog das Gesicht. „Ich weiß, das kommt ein bisschen plötzlich und so, aber ich *muss* das einfach tun, das verstehst du doch?"

„Du lässt mir ja wohl keine andere Wahl."

„Es ist nicht deine Wahl, sondern meine, Mädchen."

„Wenn es das ist, was du willst ..."

„Ich will es auf jeden Fall. Aber sag's bloß meiner Mom nicht, die bekommt einen Anfall."

Liberty nickte. Cindi hatte eine Entscheidung getroffen, aber woher wusste sie, ob es die richtige war? Und was sollte sie nun mit der Wohnung machen? Sie musste sich eine kleinere suchen – oder einen Mitbewohner, denn allein konnte sie sich die Miete auf gar keinen Fall leisten.

Das alles kam ganz schön unvorbereitet, aber das war schon in Ordnung, sie konnte damit umgehen.

Nachdem Cindi zwei Reisetaschen gepackt hatte, fragte sie schließlich doch noch nach, was zwischen Damon und Liberty gelaufen war. „Ich habe gesehen, wie du gestern Nacht mit ihm verschwunden bist." Cindi drohte mit dem Finger. „Du kennst unsere Regel verheiratete Männer betreffend."

„Dann hast du sicher auch gesehen, wie er zur Party zurückkam, denn er hat nur seine Fahrerin gebeten, mich nach Hause zu bringen."

„Soll ich dir vielleicht glauben, dass er es nicht bei dir versucht hat?" Cindi hob die Augenbrauen.

„Er war ganz und gar ein Gentleman."

„Scheiße! Das ist langweilig, Mädchen."

„Nicht für mich."

„Der Typ macht auf anständig und schleicht sich auf diese Weise in dein Höschen."

Liberty zuckte mit den Schultern. Für sie war das Gespräch beendet, sie wollte mit niemandem über ihre Gefühle für Damon sprechen, nicht einmal mit Cindi.

„Wie wäre es, wenn ich uns ein paar Eier in die Pfanne haue", schlug sie vor. „Du musst doch Hunger haben."

„Bitte sei bloß jetzt nicht sauer", bat Cindi und setzte ihr unschuldigstes Gesicht auf. „Du weißt, wie sehr ich dich liebe, Cousinchen."

„Ich bin nicht sauer. Ich verstehe das."

„Ich habe mir überlegt, dir das Geld zu geben, das ich mit dem Video verdient habe. Mit dem, was du bekommen hast, reicht es bestimmt, bis du weißt, was du tun willst."

Hörte Cindi eigentlich nie zu? Dieses Geld war für die noch offenen Rechnungen gedacht. „Mach dir keine Gedanken, Cindi", sagte sie. „Ich krieg das schon hin."

„Vielleicht kann ich dir später ja auch noch einen Job als Backgroundsängerin besorgen."

„Nein danke." Auf nichts hatte Liberty weniger Lust. „Die Musik von Slick Jimmy ist nicht gerade mein Fall."

„Oh", entgegnete Cindi beleidigt. „Ich schätze, du schenkst lieber Kaffee aus?"

„Das werde ich nicht für immer tun. Irgendwas werde ich schon finden."

„Na klar. Man muss Vertrauen in die Zukunft haben, Mädchen. Gott hält seine schützende Hand über dich, immer."

Als Cindi schließlich gegangen war, wurde Liberty die Tragweite des Problems erst so richtig klar. Jetzt war sie vollkommen allein. Keine Cindi, mit der sie einkaufen oder kochen konnte, Zeitschriften durchblättern, fernsehen, gelegentlich ins Kino gehen – obwohl sie immer darüber stritten, ob Denzel Washington oder Blair Underwood hübscher war.

Gut, sie hatte noch Kev, aber ein Freund stand doch auf einem ganz anderen Blatt Papier. Ein Freund war gut für Sex und dafür, Spinnen zu töten und Spaß zu haben. Aber mit echter Freundschaft hatte das wenig zu tun. Zumindest ihrer Erfahrung nach.

Kev rief an, sobald er wieder in der Stadt war. „Wie geht es dir, Süße? Ich jedenfalls bin in der *richtigen* Stimmung."

„Mir geht's schon besser."

„Dann hol' ich dich jetzt ab. Wir können uns irgendwo einen Burger und Bier besorgen und zu mir nach Hause gehen.

Na klar, Burger und Bier. Der Romantiker ist zurück!

„Geht heute nicht."

„Wieso?"

„Weil ich Manny versprochen habe, die Spätschicht zu übernehmen", log sie. Aus irgendeinem Grund wollte sie Kev nicht von ihrem Treffen mit Damon erzählen.

„Süße ...", begann er.

„Tut mir Leid, Kev."

„Willst du hinterher noch vorbeikommen?"

„Nein."

„Mein Mädchen sagt einfach *nein.* Was für ein warmer Empfang."

„Ich bin müde, vielleicht morgen Abend."

„Na gut."

„Ich habe einen neuen Song geschrieben."

„Ruhst du dich denn niemals aus?"

„Ich möchte ihn dir vorspielen und wissen, was du davon hältst."

„Also, dann morgen."

Sie wollte Kev nicht hintergehen. Aber ihr Treffen mit Damon hatte nichts mit ihm zu tun, und falls nichts dabei herauskam, war es sowieso besser, die Geschichte für sich zu behalten.

Damon P. Donnell. Allein schon der Klang seines Namens ließ ihr Schauer über den Rücken laufen.

41. KAPITEL

„Ihre Frau ist mit sechs Messerstichen getötet worden", erklärte Detective Rodriguez. „Sechs", wiederholte er bedeutungsvoll.

Max saß im Wohnzimmer in einem Sessel und starrte den Mann ungläubig an.

„Haben Sie eine Idee, wer das gewesen sein könnte?" Detective Rodriguez musterte ihn aufmerksam.

„Sie sagten doch, es handle sich um einen Raubüberfall", bemerkte Max.

„Ich sagte nicht, dass es sich um einen Raubüberfall handelt. Ich sagte, es *könnte* sich um einen Raubüberfall handeln. Sie sollten mir besser zuhören, Mr. Diamond, das hier ist sehr wichtig."

Max befand sich noch immer unter Schock. Nachdem Lulu brüllend ins Zimmer gerannt war, folgte er der Erzieherin ins Schlafzimmer, wo sie Mariska in einer Blutlache auf ihrem Bett entdeckten. Ihre Sachen waren durchwühlt worden.

Das stoische englische Kindermädchen wurde mit einem Schlag so hysterisch, dass Max sie schütteln musste. „Um Himmels willen, Sie sollten sich lieber um Lulu kümmern", rief er. „Reißen Sie sich zusammen und bringen Sie meine Tochter von hier fort. Zu einer Nachbarin oder sonst wo hin."

„Aber Mr. Diamond, Ihre Frau ist tot. Sie ist tot!"

„Das ist noch gar nicht sicher." Allerdings war da so viel Blut, dass Mariska unmöglich noch am Leben sein konnte.

Gütiger Gott! Wo war Lulu? Er rannte aus dem Schlafzimmer und suchte sie.

Seine kleine Tochter hockte im Flur auf dem Boden und wimmerte leise.

„Alles wird gut, Liebling." Er hob sie hoch. „Nanny Reece

bringt dich zu Freunden, und dort holt dich Daddy bald ab. Mama geht es nicht so gut."

„Gut, Daddy." Tränen rollten über Lulus Wangen. „Ich bin ganz brav, Daddy. Ganz brav."

„Ja, Süße, ich weiß." Er wandte sich an das Kindermädchen, die aussah, als würde sie jeden Moment umkippen. „Gibt es jemanden in diesem Haus, zu dem Sie Lulu bringen können?"

Reece nickte.

„Dann bleiben Sie mit Lulu dort, bis ich sie abhole. Rufen sie unten am Empfang an und hinterlassen Sie, in welcher Wohnung Sie sind."

„Ja, Mr. Diamond."

Sobald die beiden gegangen waren, nahm er das Telefon und wählte 911. „Ich möchte ... einen Mord melden", stammelte er. „Oder ... eine Tote. Ich ... ich bin nicht sicher ... meine ... meine Exfrau, sie ... sie liegt auf ihrem Bett ... blutüberströmt."

Er nannte die Adresse und wartete an der Tür. Innerhalb von fünf Minuten fuhr ein Streifenwagen vor, kurz darauf betraten zwei Polizisten die Wohnung.

„Ist noch jemand in der Wohnung?" fragte einer der Cops und blickte sich, eine Hand an der Pistole, um.

„Nein, ich ... ich bin gerade selbst erst gekommen."

„Wo ist die Leiche?"

„Meine Tochter und ihr Kindermädchen waren bei mir ... wir haben sie gefunden."

„Wen genau haben Sie gefunden?"

„Meine Exfrau."

„Wo ist sie?"

„Im Schlafzimmer." Er zeigte ihnen die Tür.

„Gut, Sir, gleich wird ein Detective eintreffen. Rühren Sie

nichts an. Am besten setzen Sie sich ins Wohnzimmer und warten."

Und genau das hatte er getan.

Ihm war klar, dass er seinen Anwalt hätte anrufen sollen. Andererseits, wozu? Er hatte schließlich nichts getan. Aber bei allen Krimis, die er gesehen hatte, waren immer die Exfrauen oder Exmänner die Hauptverdächtigen.

Himmel! Er konnte nicht klar denken. Das war doch lächerlich. Er war mit Lulu und Mrs. Reece in die Wohnung gekommen, niemand konnte ihn ernsthaft verdächtigen.

Außerdem wusste er ja, wer es getan hatte. Vladimir – daran bestand kein Zweifel. Vladimir Bushkin hatte Mariska umgebracht, weil er wusste, was sie vorhatte.

Max starrte den übergewichtigen Detective an. Er trug einen kleinen hässlichen Schnurrbart, eine Brille, ein zu enges Jackett und hatte schiefe Zähne.

„Ich höre Ihnen zu, Detective." Max versuchte, nicht die Nerven zu verlieren. „Aber es ist ein fürchterlicher Schock."

„Das verstehe ich, Mr. Diamond." Detective Rodriguez zog ein abgenutztes Notizbuch und einen Stift aus der Tasche. „Aber Sie verstehen sicher auch, dass ich Ihnen einige Fragen stellen muss."

„Ich werde Ihnen sagen, was ich weiß. Aber das ist nicht viel, weil Mrs. Diamond und ich geschieden sind. Waren."

„Einvernehmlich?"

„Wie bitte?" Max richtete sich auf.

„Hatten Sie Streit? Irgendwelche Probleme?"

„Nein."

„Sind Sie sicher?"

„Ja, ich bin sicher."

„Hm …“ Der Detective kritzelte etwas in sein Notizbuch.

„Was soll das bedeuten?“ Max fühlte sich angegriffen.

„Hatte Ihre Exfrau Mrs. Diamond irgendwelche Feinde?“

„Kann ich mir nicht vorstellen.“

„Hatte sie einen Freund?“

„Das fragen Sie mich?“

„Ich dachte, sie wüssten das vielleicht.“

„Nun, nein, ich weiß es nicht.“

„Wo waren Sie gestern Nacht, Mr. Diamond?“

„Wie bitte?“

„Wo Sie gestern Nacht waren?“

„Ich war bei einer Feier. Um genau zu sein bei der Dinnerparty vor meiner Hochzeit.“

„Hochzeit?“

„Ich werde wieder heiraten.“

„Wirklich?“ Detective Rodriguez kritzelte jetzt wie wild. „Und ich vermute, Ihre Exfrau war darüber nicht sonderlich glücklich.“

„Was hat meine anstehende Hochzeit mit alldem zu tun?“

„Man weiß nie“, entgegnete Detective Rodriguez ominös. „Nun, Mr. Diamond, wann genau haben Sie diese … Dinnerparty verlassen?“

Max runzelte die Stirn, ihm gefiel die Richtung nicht, in die dieses Gespräch steuerte. „Sollte ich meinen Anwalt anrufen, Detective?“ fragte er.

„Das weiß ich nicht.“ Detective Rodriguez warf ihm einen langen Blick zu. „Sollten Sie?“

„Komm schnell mit mir rauf, ich muss kurz duschen“, sagte Chris, als sie zusammen den Fitnessraum verließen. „Und dann sollten wir los, ich will nicht zu spät zu unserem alten Herrn kommen."

„Du hättest mir sagen sollen, dass du trainieren willst", rief Jett, während sie zum Fahrstuhl gingen. „Dann hätte ich mitmachen können, statt einfach nur 'rumzustehen."

„Warum hast du nicht mitgemacht?"

„Nun, ich habe nicht gerade die passende Kleidung an."

„Du hättest dir hier bestimmt was ausleihen können."

„Nein, es war lustiger, dir zuzusehen." Jett würdigte die hübsche Blondine, die gerade den Fahrstuhl verließ, keines Blickes. „Für einen Anwalt bist du ganz schön in Form. Wie kommt das?"

„Ich hatte mal meinen eigenen Fitnessraum – nun, jedenfalls bevor mein Haus im Dreck versunken ist."

„Das wollte ich dich sowieso fragen. Wie geht es jetzt weiter?"

„Das werde ich herausfinden, wenn ich wieder in L.A. bin. Ich weiß nicht mal, wie viel die Versicherung übernimmt, falls überhaupt etwas."

„Mann, das ist echt bitter", sagte Jett mitfühlend.

„Mach dir keine Gedanken um mich, du hast selbst genug Sorgen."

„Erinnere mich nicht daran." Jett schnitt eine Grimasse.

„Du musst aber entscheiden, wie du mit der Situation umgehen willst."

„Da hast du Recht. Ich kann nicht so tun, als ob nichts geschehen sei oder als ob Amy nicht existiere."

„Weißt du schon, wie du mit ihr Kontakt aufnehmen willst?"

„Mir wird schon was einfallen."

Das war leicht gesagt, in Wahrheit fühlte er sich so verdammt hilflos.

Chris' Handy klingelte. Birdy ließ ihn wissen, dass alles wunderbar sei und die Hochzeit stattfinden würde.

Was für eine Überraschung.

In seinem Hotelzimmer putzte das Zimmermädchen gerade sein Bad. „Fünf Minuten", sagte Chris und schob ihr einen Zwanzigdollarschein zu. „Dann sind wir weg."

Nachdem er geduscht und sich angezogen hatte, ging er zu Jett ins Wohnzimmer. „Ich weiß nicht, ob ich es ertrage, den alten Bastard heute zu sehen." Er schüttete ein Glas Orangensaft hinunter. „Was er uns wohl zu sagen hat? Wahrscheinlich, dass er uns keinen müden Cent hinterlassen wird."

„Na, irgendjemandem muss er doch was hinterlassen." Jett biss in einen Apfel. „Er ist verdammt noch mal Milliardär. Er ist zu geizig, um alles einem guten Zweck zu spenden, und wie wir wissen, hasst er alle anderen Menschen."

„Uns aber auch", erklärte Chris.

„Wieso glaubst du überhaupt, dass es um Geld geht? Es könnte auch ..."

„Was?" unterbrach Chris ihn. „In Reds verbohrtem Kopf geht es immer nur um Geld. Und weißt du was? Ich will lieber pleite sein als ihn anzubetteln."

„Du bist früh dran." Mit diesen Worten wurde Amy von Nigel im Büro begrüßt. „Deine Mutter hat bereits angerufen. Und eines kann ich dir sagen – sie klingt, als sei sie auf dem Kriegspfad."

„Nicht schon wieder!" Amy seufzte.

„Doch, schon wieder. Und wo warst du? Sie sagte, sie hätte heute Morgen drei Mal in deiner Wohnung angerufen."

„Ich habe Tina im Krankenhaus besucht."

„Wie geht es der Süßen denn?"

„Wunderbar, ihr Baby ist einfach umwerfend, und Brad ist völlig hingerissen."

„Also seid ihr gestern noch rechtzeitig ins Krankenhaus gekommen."

„Gerade so."

„Gott sein Dank! Ich hatte mir schon vorgestellt, wie Tina ihr Baby auf dem Rücksitz von Max' Wagen zur Welt bringt."

„Nun, hat sie nicht." Amy lächelte.

„Jedenfalls hast du ganz schön was verpasst", verkündete Nigel.

„Hab schon gehört. Max hat mich vom Krankenhaus abgeholt."

„Natürlich hat Marcello mir den ganzen Abend ruiniert", beschwerte Nigel sich und kniff die Augen zusammen. „Er ist so ein Scheißkerl."

„Was hat er denn diesmal getan?"

„Er hat den ganzen Abend mit Yolandas Lustknaben geflirtet. Wie du dir vorstellen kannst war ich auf hundertachtzig!"

„Du musst langsam einsehen, dass eure Beziehung dem Ende zugeht", sagte Amy nachdenklich. „Ihr solltet euch trennen."

„Da könntest du Recht haben. Ich will nicht mit jemandem zusammen sein, der ständig mit anderen Männern flirtet."

„Das hast du auch nicht nötig, Nigel. Du bist viel zu gut für ihn."

„Ich habe ihn einmal geliebt." Nigel stöhnte dramatisch auf. „Nun beginnt die Blüte zu welken."

„Kann passieren."

„Vermutlich."

„Max sagte, dass Gianna der Mittelpunkt der Party war." Amy wollte einerseits vom Thema ablenken und zugleich mehr über diese Frau erfahren, so weh es auch tat.

„Ja, stimmt. Sie ist so unfassbar schön und stilvoll!"

„Wie es scheint, haben alle sie toll gefunden."

„Wie könnte es anders sein? Sie ist einfach göttlich. Und was Max' Bruder betrifft – o mein Gott! Ein Adonis! Hast du dich mit ihm unterhalten?"

„Dazu kam es nicht." Ihr Herz raste. „Und du?"

„Das wäre schön!"

„Wann kommt Gianna denn heute?" Sie wollte nicht über Jett nachdenken.

„Irgendwann am Vormittag. Offenbar sind sie und Sofia alte Bekannte."

„Wie praktisch."

„Nicht wahr?"

„Nun, ich sollte wohl besser meine Mutter zurückrufen und dann an die Arbeit gehen."

„Aber bleib gelassen", warnte Nigel sie. „Kein Streit. Nancy weiß ganz genau, wie sie dich auf die Palme bringen kann."

„Versprochen."

Amy schloss die Bürotür hinter sich und setzte sich an ihren Tisch, ohne etwas zu tun. Das Gute daran, früh bei der Arbeit zu erscheinen, war die Ruhe. Keine Kollegen, die durch die Gegend rannten. Keine klingelnden Telefone. Nur Ruhe und Frieden.

Sie stellte den Computer an und las lustlos einige E-Mails. Sie hatte nicht vor, ihre Mutter zurückzurufen. Nancy würde sie mit Vorwürfen überhäufen und niemals begreifen, wie jemand von seiner eigenen Dinnerparty davonlaufen konnte. Sie hatte keine Lust, sich das anzuhören.

Sie beschloss, Tina später noch einen Besuch abzustatten, vielleicht war Brad dann nicht in der Nähe. Es brachte sie fast um, nicht über das Problem mit Jett sprechen zu können, sie brauchte dringend einen Rat, und Tina war der einzige Mensch, dem sie vertrauen konnte.

Auf dem Weg zu Reds Haus fragte Jett seinen Bruder, was er von Gianna halte.

„Sie ist wirklich fantastisch", antwortete Chris. „Ich verstehe nicht, warum du nicht in sie verliebt bist."

„Tja. Es ist so: Gianna gehört zu den Frauen, nach denen man eine Zeitlang verrückt ist. Und dann wacht man eines Tages auf und – hoppla – dieselbe Frau geht einem auf die Nerven. Außerdem ist sie sexsüchtig", fügte er hinzu und kramte nach einer Zigarette.

„Und das ist nicht gut?" Chris lachte. „Hab ich schon gesagt, dass du zu viel rauchst?"

„Also bitte", stöhnte Jett. „Das ist das einzige Laster, das ich mir noch erlaube."

„Du Armer."

„Weißt du", sagte Jett wie nebenbei. „Ich finde, Gianna gehört ins Kino. Wenn sie nach L.A. kommen würde, könntest du sie doch einigen Produzenten vorstellen. Du hast doch gute Kontakte, oder?"

„Komm schon", rief Chris. „Gott und die Welt träumt von der Schauspielerei. Und ganz besonders jedes Model, das jemals einen Laufsteg betreten hat. Und jetzt erwartest du, dass ich deiner Freundin helfe?"

„Sie ist nicht meine Freundin." Jett blies Rauch in die Luft. „Sie hat – wie soll ich sagen? Starqualitäten. Das gewisse Etwas. Sie ist einfach 'was Besonderes."

„Alle glauben, etwas Besonderes zu sein, so oder so."

„Also, was meinst du? Sollte ich sie überreden, sich ein Flugticket nach Hollywood zu kaufen?"

„Versuchst du, sie loszuwerden?" fragte Chris amüsiert.

Jett grinste. „Exakt das ist mein Plan."

Nachdem er Detective Rodriguez nun schon gefragt hatte, ob er seinen Anwalt anrufen sollte, entschied Max, dass es klug wäre, es auch zu tun. Erst so langsam begriff er, was tatsächlich geschehen war.

Mariska war tot. Ermordet. Die Mutter seines Kindes war das Opfer unaussprechlicher Gewalt geworden. Ihm schauderte bei dem Gedanken, was die Medien aus dieser Geschichte machen wurden. Eines stand fest: Diese Tragödie würde sein ganzes Leben ändern.

Himmel! Der Albtraum hatte erst begonnen!

Lady Jane wappnete sich für den Kampf. Sie war früh am Montagmorgen aufgewacht und hatte sich entsprechend gekleidet. In Chanel – heute war definitiv ein Chanel-Tag.

Red Diamond war das ganze Wochenende über nicht aufgetaucht. Sorgen machte sie sich allerdings keine. Wenn es etwas gab, dessen sie sich sicher sein konnte, dann der Tatsache, dass er sich mit seinen Huren in seinem Apartment verkrochen hatte.

Sie beschloss, dass zumindest sie seine Söhne treffen würde, es war an der Zeit, die Drei über ihren Vater aufzuklären. Offenbar hatte Red nicht vor, zu kommen, die Gelegenheit war also günstig, Klartext zu reden.

Und das würde sie tun, so viel stand fest.

42. KAPITEL

In ihrem perfekt sitzenden weißen Anzug und der tief ausgeschnittenen Bluse, das feuerrote Haar hochgesteckt, sah Sonja nicht aus wie ein teures Callgirl, sondern wie eine repräsentative Ehefrau. Famka, eine schwarzhaarige Schönheit mit vollen Lippen und Mandelaugen trug einen ähnlichen Anzug in Dunkelgrün.

Beide Frauen hatten, obwohl sie groß waren, Stöckelschuhe an und große teure Taschen umhängen, voll gestopft mit Sexspielzeug und Bargeld.

Für die Erfüllung seiner sexuellen Wünsche war Red Diamond außerordentlich großzügig, und diese beiden Frauen hatten das ganze Wochenende mit ihm verbracht. Es hatte ihn eine Menge Geld gekostet. Sex gegen Geld. Das war tausendmal besser, als mit einer Frau zu leben, die er inzwischen hasste. Wenn es nach ihm ging, konnte Lady Bentley zum Teufel gehen.

Auch am Montagmorgen war Red noch in Form. Zuvor hatte er die beiden Frauen gebeten, ihm wechselweise einen zu blasen. Was für ein fantastischen Erlebnis, vor allem, weil keine von beiden ein Wort gesprochen hatte. Er musste ihnen nur ausreichend Geld hinwerfen, und sie taten, was immer er verlangte. Wenn diese beiden nicht dafür sorgten, dass Lady Bentley ihre Sachen packte, wer dann?

Auf ihrem Weg in die Bibliothek traf Lady Jane auf Diahann, die Haushälterin, die sie nicht leiden konnte.

„Entschuldigen Sie bitte, Lady Bentley.“ Diahann bemühte sich, höflich zu sein. „Ich mache mir Sorgen um Mr. Diamond. Wissen Sie zufällig, wo er ist?“

Lady Jane bedachte sie mit einem herablassenden Blick. „Sie

machen sich Sorgen, ja?“ fragte sie eisig. „Und aus welchem Grund?“

„Sicherlich ist Ihnen aufgefallen, dass Mr. Diamond das ganze Wochenende über nicht nach Hause gekommen ist. Sie müssen sich doch ebenfalls Sorgen machen.“

„Ganz bestimmt nicht“, blaffte Lady Jane sie an. „Ich weiß genau, wo er ist. In seiner Wohnung, wo er damit beschäftigt ist, mit seinen Huren zu vögeln.“

Diahann wich erschrocken einen Schritt zurück. „Was sagen Sie da?“

„Sie haben mich schon verstanden.“ Lady Bentleys Augen funkelten böse. „Er vögelt seine Huren. Denn das ist es, was Ihr Herr und Meister tut, wenn er nicht hier ist. Das ist es, was ihn scharf macht. Und jetzt, gehen Sie mir aus dem Weg!“ Sie drückte sich an Diahann vorbei in die Bibliothek.

„Mein Gott, ich hasse dieses Haus“, murmelte Chris, als sie ihr Ziel erreicht hatten.

„Ich auch“, sagte Jett. „Keine schönen Erinnerungen.“

„Ich habe das Gefühl, dass ich zum letzten Mal hierher komme. Ja, das ist ein Versprechen!“

Jett rieb sich die Hände. „Glaubst du, dass Max schon da ist?“

„Keine Ahnung. Vielleicht hat er einen Kater. Er schien gestern Abend eine Menge Spaß zu haben. Offenbar gefällt ihm Gianna.“

„Vielleicht können wir ja einen Tausch aushandeln“, entgegnete Jett trocken. „Ich nehme Amy und er bekommt Gianna.“

„Schon besser. Mein kleiner Bruder hat seinen Sinn für Humor wiedergefunden.“

„Bleibt mir ja nichts anderes übrig." Jett grinste kläglich. „Leicht ist es aber nicht."

„Gut, dann mal los." Chris holte tief Luft und klingelte. „Das Theater kann losgehen."

Max versuchte, Chris in seinem Hotel anzurufen. Der Anwalt war auf dem Weg, und Detective Rodriguez bombardierte ihn nach wie vor mit Fragen. Als niemand abnahm, versuchte er es auf dem Handy, erreichte aber nur die Mailbox. „Ich bin's, Max", sagte er knapp. „Ruf' mich sofort zurück, wenn du das abhörst, es ist wichtig."

Inzwischen bevölkerten jede Menge Leute die Wohnung. Polizeifotografen, Gerichtsmediziner, ein weiterer Detective – ein weiblicher diesmal, und mehrere Polizisten, die nach Fingerabdrücken suchten.

„Wie lange muss ich hier bleiben?" fragte Max.

Detective Rodriguez warf ihm einen schlauen Blick zu. „Niemand hält Sie hier, Mr. Diamond", sagte er freundlich. „Sie können gehen, wann immer Sie wollen. Sie haben mir gesagt, wo Sie letzte Nacht waren. Wir werden das überprüfen."

„Himmel Herrgott!" explodierte Max. „Das klingt gerade, als ob Sie mich verdächtigen."

„Sind Sie denn verdächtig?" fragte Detective Rodriguez, nahm seine Brille ab und starrte ihn an.

„Nein, bin ich nicht. Falls Sie es vergessen haben sollten, ich habe gerade meine Frau verloren."

„Ihre Exfrau, Mr. Diamond, wenn ich mich nicht irre", korrigierte Detective Rodriguez ihn. „Sie wollen wieder heiraten, schon vergessen?"

„Was für ein kluger Scheißkerl Sie sind." Max stierte ihn an.

„Ich versuche so klug zu sein, wie ich kann. Das ist mein Job."

Max verlor die Fassung. „Sie können mich mal. Mein Anwalt ist auf dem Weg."

„Und warum glauben Sie, dass Sie einen Anwalt brauchen, Mr. Diamond?" Detective Rodriguez strich sich über den Schnurrbart.

„Ihretwegen und wegen Ihrer bescheuerten Fragen", brüllte Max.

„Tut mir Leid, wenn meine Fragen Sie beunruhigen. Das ist reine Routine. Ich muss diese Fragen stellen."

„Bestimmt."

„Was mich aber ehrlich überrascht ist, dass Sie ihre freundschaftliche Beziehung zum Bürgermeister nicht erwähnt haben. Das ist doch sonst das Erste, was große Nummern wie Sie tun."

„Ach, ich verstehe. Jetzt bin ich eine große Nummer. Erklärt sich so Ihr Verhalten mir gegenüber?"

„Nein, Mr. Diamond. Wie ich schon sagte – das ist reine Routine."

Max konnte nicht darauf warten, dass sein Anwalt kam, um alles wieder in Ordnung zu bringen. Seine Exfrau war ermordet worden, sie lag erstochen auf ihrem Bett, und dieses Arschloch verhörte *ihn*.

Er wusste genau, wer es gewesen war, aber das konnte der dem Detective nicht verraten. Es wäre schon schlimm genug, wenn die Presse davon erführe. Wenn herauskam, dass seine Ehe mit Mariska nicht legal gewesen war, dass sie Bigamistin war und Lulu unehelich, dann würde man ihn in der Luft zerreißen.

Auch seinem Anwalt durfte er von Vladimir nichts erzählen.

Er wollte sich nur Chris anvertrauen, hören, was er dazu zu sagen hatte. Chris war zwar auf die Unterhaltungsindustrie spezialisiert, aber er kannte bestimmt gute Strafverteidiger, falls er einen brauchen würde.

Aber wo zum Teufel steckte Chris überhaupt?

Dann tauchten zwei Dienstmädchen auf, die sich sofort wie verängstigte Mäuse in die Küche verzogen, wo sie aufgeregt miteinander flüsterten.

Max bat sie, Kaffee zu kochen. Er sah, dass die ältere von ihnen, Irena, auf einen Küchenstuhl gesunken war und in die Leere starrte.

Er machte sich Sorgen um Lulu. Detective Rodriguez bestand darauf, mit ihr zu sprechen, weil sie diejenige gewesen war, die die Leiche entdeckt hatte.

„Aber sie ist erst fünf", sagte Max. „Warum müssen Sie mit ihr sprechen?"

„Ich muss ihr ein paar Fragen stellen."

„Haben Sie nicht gehört, was ich sagte? Sie ist *fünf*. Sie haben kein Recht, meine Tochter zu verhören."

„Das werden wir dann sehen. Wir haben einen weiblichen Detective hier, die mit ihrer Tochter sprechen wird."

„Vermutlich ist Lulu für sie auch eine Verdächtige", bemerkte Max sarkastisch.

„Alles ist möglich", entgegnete Detective Rodriguez.

„Sie Hurensohn", rief Max.

Elliot Minor, sein Anwalt, betrat die Wohnung, kurz bevor die Auseinandersetzung eskalieren konnte.

„Tut mir Leid, Max." Er schlug seinem Mandanten auf die Schulter. „Das ist schockierend, wirklich schockierend. War es ein Einbruch?"

„Detective Rodriguez glaubt, es könne so sein. Aber nachdem er mich bis zur Erschöpfung befragt ..."

„Sie müssen nicht antworten, Max", erklärte Elliott.

„Ich bin sicher, das weiß er", unterbrach Detective Rodriguez ihn. „Üblicherweise hat aber jemand, der nichts zu verbergen hat, auch nichts dagegen."

„Es wäre nett, wenn Sie mir gegenüber einen anderen Ton anschlagen würden", zischte Elliott. „Sie wissen sehr gut, dass mein Mandant hier überhaupt keine Fragen beantworten muss." Er machte eine lange Pause. „Sie wollen ihn doch nicht verhaften, oder?"

„Wie kommen Sie bloß auf diese Idee?" schrie Max wütend.

„Natürlich nicht." Detective Rodriguez spielte mit seinem Schnurrbart.

Eines der Dienstmädchen betrat mit einem Tablett das Zimmer. Sie schenkte Max mit zitternden Händen einen Kaffee ein. Als er einen Schluck nahm, verbrannte er sich die Zunge. „Sie wollen mit Lulu sprechen", sagte er zu Elliot.

„Mit Lulu?" Elliot zog die Augenbrauen in die Höhe. „Weshalb?"

„Weil sie die Leiche gefunden hat."

Der Butler führte Chris und Jett in die Bibliothek. Überrascht stellten sie fest, dass Lady Bentley auf der Couch saß.

„Wo ist Red?" fragte Chris.

„Ich vermute, er ist auf dem Weg", entgegnete Lady Jane und trank Kamillentee aus einer zart gemusterten Porzellantasse. „Soll das Mädchen euch etwas bringen?"

Chris ignorierte ihre Frage. „Auf dem Weg?"

„Wohnt er denn nicht hier?" Jett hätte sich am liebsten eine

Zigarette angesteckt, wusste aber, dass sie etwas dagegen haben würde.

„Dieses Wochenende offenbar nicht." Lady Jane lächelte kalt. „Ich befürchte, euer Vater wird langsam senil."

„Inwiefern?" fragte Chris.

„Er hat eine Wohnung, von der ich, wie er glaubt, nichts weiß." Sie machte eine lange Pause. „Dort trifft er sich mit seinen Huren."

„Huren?" Jett und Chris tauschten einen kurzen Blick. „Hast du Huren gesagt?"

„Allerdings. Euer Vater mag alt sein, aber sexuell ist er noch immer ein sehr aktiver Mann." Sie schwieg bedeutungsvoll, dann fügte sie hinzu. „Zum Glück nicht mit mir."

„Entschuldige", sagte Chris scharf. „Bist du sicher, dass wir ein solches Gespräch führen sollten?"

„Wieso nicht?" Lady Jane blieb kühl. „Ich dachte, bevor euer Vater kommt, sollte ich euch ein paar Dinge mitteilen."

„Was für Dinge?" Chris ahnte nichts Gutes.

„Nun, zunächst mal betreffend deiner Spielschulden."

„Woher zum Teufel weißt du das?"

„Hast du dich nie gefragt, warum Roth Giagante dich deswegen dermaßen unter Druck setzt?"

„Du kennst Roth?" Chris war entsetzt.

„Ich nicht. Aber Red."

„Gütiger Gott!"

„Was glaubst du, wer dafür gesorgt hat, dass Roth dich bedroht? Hier geht es ausschließlich darum, dir eine Lektion zu verpassen."

„Das kann doch nur ein verdammter Scherz sein!" explodierte Chris. „Red steckt hinter alldem?"

„Bitte achte auf deine Sprache, sie erinnert mich an deinen Vater. Und was dich betrifft", sie wandte sich an Jett, „Red hat seine Spione in Mailand. Er hat gehofft, dass du rückfällig werden würdest, und als das nicht geschah, warb er Leute an, die dich dazu verleiten sollten. Und als du noch immer nicht angebissen hattest, beschloss er, dass du die Mühe nicht wert bist."

„Na wunderbar!" rief Jett.

„Das hier ist die Kopie einer seiner E-Mails."

Sie reichte ihm ein Blatt Papier, das er schnell überflog:

Der Junge ist ein Versager. Er wird sich selbst zugrunde richten. Verschwenden Sie nicht länger meine Zeit und mein Geld.

Schweigend reichte er die E-Mail seinem Bruder weiter, der ungläubig den Kopf schüttelte.

„Und warum erzählst du uns diesen Scheiß?" fragte Jett, während er sich an all die Male erinnerte, als ihm in den letzten Monaten Drogen angeboten worden waren. Wer von seinen so genannten Freunden arbeitete wohl für Red?

„Ach du liebe Zeit, ihr seid ihm wirklich nachgeraten." Lady Jane seufzte. „Ihr benutzt dieselbe Sprache wie euer Vater."

„Keiner von uns ist ihm ähnlich", rief Chris verärgert. „Das kann ich dir versichern."

Lady Jane blickte auf ihre diamantene Cartier-Uhr. „Kommt Max nicht?" wollte sie wissen. „Ihm habe ich auch etwas Wichtiges zu sagen."

„Nur los", sagte Chris eisig, „wir werden ihm die Information weitergeben."

„Darum bitte ich, denn Max wäre sicher daran interessiert zu wissen, warum die Banken die Millionenkredite für das Gebäude in Lower Manhattan zurückgezogen haben. Red hat darauf bestanden. Man könnte auch von Erpressung sprechen."

„Das ist doch verrückt." Jett fuhr sich mit den Händen durchs Haar.

„Sind wir deswegen hier?" fragte Chris.

„Ich habe nicht die geringste Ahnung, warum er euch herbestellt hat. Ich war nur der Überbringer seiner Einladung. Ich kann nur vermuten, dass er euch noch weiter quälen will. Und seid versichert, er ist dazu in der Lage."

„Und warum erzählst du uns das alles?" fragte Jett.

„Ich fand es war an der Zeit, dass ihr erfahrt, was für ein Mann euer Vater ist."

„Als ob wir das nicht schon längst wüssten", spottete Jett. „Willst du die Narben auf meinem Hintern sehen? Soll ich dir was über körperlichen und emotionalen Missbrauch erzählen? Möchtest du vielleicht meine Mutter kennen lernen, die seinetwegen eine völlig heruntergekommene Trinkerin geworden ist? Wir alle wissen, was Red Diamond für ein Mensch ist."

„Das ist alles Schwachsinn", rief Chris ungeduldig. „Kommt Red oder kommt er nicht?"

„Ich weiß es wirklich nicht."

„Dann hauen wir wieder ab."

„Wartet", befahl sie. „Bevor ihr geht, solltet ihr noch etwas wissen, etwas, das jeden Einzelnen von euch betrifft."

„Nun, warum nicht", murmelte Chris. „Wo wir schon mal dabei sind."

„Ich hoffe, ihr seid auf das Schlimmste vorbereitet", sagte Lady Jane. „Denn es wird euch sicher nicht gefallen, was ihr jetzt zu hören bekommt."

43. KAPITEL

„Hallo“, sagte Beverly.

„Hallo“, entgegnete Liberty, erfreut darüber, dass ihre neue Freundin sie anrief.

„Was ist gestern Nacht noch passiert?“ fragte Beverly neugierig. „Hast du den tollen Hecht etwa abgewiesen?“

„Ich habe auf dich gehört.“

„Weiter so, Schwester! Mister Superman sah ziemlich sauer aus, als er zurück auf die Party kam. Damon ist es nicht gewöhnt, einen Korb zu bekommen.“

„Ich werde später in sein Büro gehen, um ihm mein Demoband vorzuspielen.“

„Aber bleib cool“, warnte Beverly. „Denn jetzt wird er es um so heftiger versuchen. Du darfst auf keinen Fall schwach werden.“

„Hab' ich nicht vor.“

„Braves Mädchen.“ Dann änderte sie den Ton. „Also, Folgendes: Ich habe meinen Freund Bruce von der Madison Modeling Agency angerufen und ihm alles über dich erzählt. Er möchte dich heute sehen, du musst aber schon mittags dort sein.“

„Das hast du wirklich gemacht?“ rief Liberty mit aufgeregter Stimme.

„Wenn ich etwas verspreche, halte ich es auch.“

„Das ist unglaublich, Bev.“

„Bruce wird ehrlich zu dir sein. Wenn er glaubt, dass du eine Chance hast, wird er es dir sagen.“

„Mann, wie kann ich dir nur danken?

„Warte erst mal ab, ob überhaupt 'was draus wird. Oh, und

wie geht es Cindi denn heute? Dieses Mädchen hat gestern nicht mehr so viel mitbekommen!"

„Willst du die Neuigkeit des Tages hören?"

„Los, mach schon."

„Cindi ist weg. Sie zieht bei Slick Jimmy ein."

„Du nimmst mich wohl auf den Arm? Nach einer einzigen Nacht?"

„Das habe ich auch gesagt. Aber wenn Cindi sich mal was in den Kopf gesetzt hat, kann niemand sie umstimmen. Jetzt suche ich einen Mitbewohner."

„Du solltest es damit nicht so eilig haben, denn ich bin sicher, das alles wird in Tränen enden. Jimmy ist ein SAR."

„Was ist ein SAR?"

„Ein Schwein auf Rädern."

„Bitte?"

„Ein Arschloch, der alles vögelt, was sich bewegt."

„Sollte ich sie nicht warnen?"

„Ach was, das wird sie schon noch schnell genug selbst herausfinden."

Nach dem Telefongespräch machte sie sich zwar Sorgen um Cindi, war aber zugleich aufgeregt. Es passierte so viel, es war gerade so, als ob ihr Sturz die Büchse der Pandora geöffnet hätte. Sie hatte etwas über ihren Vater erfahren, sie hatte Damon kennen gelernt, Cindi war ausgezogen, und jetzt auch noch das: ein Termin bei einer Modelagentur. Vielleicht brauchte sie ja auch nicht mehr in dem Coffeeshop zu arbeiten, wobei sie Manny und Golda niemals dermaßen hängen lassen würde wie Cindi. Nein, sie würde fristgerecht kündigen.

Allerdings war es ohne Cindi gar nicht so einfach, sich für das Treffen mit dem Agenten vorzubereiten. Normalerweise gab

Cindi ihr immer Ratschläge, wie sie sich kleiden sollte. Noch nie war sie auf sich allein gestellt gewesen, ein angenehmes Gefühl der Freiheit überkam sie.

Sie durchwühlte ihren Kleiderschrank, aber nichts traf ihren Geschmack. Sie hatte einfach nicht genug Geld, um es für ausgefallene Klamotten auszugeben. Wobei das auch gar nicht ihr Stil war. Deswegen schlüpfte sie in enge braune Hosen, ein weißes T-Shirt und zog Stiefel an.

Die Madison Modeling Agency befand sich in einem Gebäude auf der Lexington Avenue. Liberty kam gerade noch pünktlich an. Die Wände im Empfangsraum waren mit den Titelbildern verschiedenster Zeitschriften geschmückt.

Sofort fühlte sie sich unsicher, die Mädchen auf den Bildern sahen so glamourös aus. Sie hingegen war, ja was? Hübsch? Ja, sie war hübsch, aber ihrer Meinung nach nichts Besonderes.

So darfst du nicht denken, warnte sie ihre innere Stimme. Du bist etwas Besonderes, und du kannst alles erreichen, was du willst. Etwas mehr Selbstvertrauen, Mädchen!

Sie marschierte zum Empfangstisch. „Ich habe einen Termin mit … äh … Bruce.“

Die Empfangsdame, die es offensichtlich spannender fand, zu telefonieren, warf ihr einen flüchtigen Blick zu. „Und Ihr Name ist?“

„Liberty. Beverly hat für mich einen Termin vereinbart.“

„Ich sage ihm, dass Sie da sind. Nehmen Sie Platz.“

Liberty setzte sich und griff nach einer Zeitschrift mit Tyra Banks auf dem Titelbild. Tja, diese Frau war wirklich etwas Besonderes.

Nach zehn Minuten forderte die Frau am Empfang sie auf,

in Bruces Büro zu gehen. Bruce saß hinter einem riesigen voll gepackten Schreibtisch. Er war ein kettenrauchender Mann mittleren Alters mit fleischigen Gesichtszügen, schütterem braunem Haar und buschigen Augenbrauen.

„Liberty“, begrüßte er sie mit einer Zigarette im Mundwinkel. „Kommen Sie ’rein, setzen Sie sich. Beverly hat mir viel von Ihnen erzählt.“

„Ich hatte nicht viel Zeit, mich vorzubereiten.“ Liberty schämte sich auf einmal für ihr Outfit.

„Vorzubereiten auf was?“ Bruce schob ein paar Papiere zur Seite. „Das perfekte Fotomodel ist eine leere Leinwand. Es ist Aufgabe des Fotografen und Klienten, einen bestimmten Look zu kreieren. Beverly hat einen guten Riecher und glaubt, dass Sie das gewisse Etwas besitzen, was immer das auch sein mag.“

„Das ist sehr schmeichelhaft.“

„Ist es nicht. Das ist nichts Persönliches.“ Er nahm einen Schluck aus einer Cola Light-Dose. „Wo ist Ihre Mappe?“

„Mappe?“ fragte sie verständnislos.

„Fotografien, meine Liebe.“ Zigarettenasche fiel auf seinen Tisch.

„Ich habe keine. Wissen Sie, ich hatte eigentlich nicht vor, Model zu werden. Beverly kam auf die Idee. Eigentlich bin ich Sängerin.“

„Wie groß sind Sie?“ Ihre Berufswünsche schienen ihn nicht im Geringsten zu interessieren.

„Ein Meter vierundsiebzig.“

„Zu klein für den Laufsteg.“

„Oh“, entgegnete sie. War damit das Gespräch beendet?

„Ihre Maße?“

„Ich … ich habe keine Ahnung.“

„Verstehe.“ Er trommelte mit den Fingern auf der Tischplatte. „Keine Mappe, keine Fotos, Sie kennen Ihre Maße nicht, sie sind nicht groß … aber Sie haben wirklich ein erstaunliches Gesicht, also werde ich Sie heute zu ein paar Go-sees schicken.“

„Was sind Go-sees?“

Er blies Rauch in die Luft. „Sie stellen sich bei einem Kunden oder einem Fotografen vor, und die überlegen, ob sie mit Ihnen arbeiten wollen.“

„Ach so“, sagte sie unsicher.

„Wenn es gut läuft, dann sind Fotos ganz wichtig. Dann werde ich Sie mit einem Fotografen zusammenbringen, der dann wiederum Ihr Foto für seine eigene Mappe nutzen kann. So sind alle glücklich. Er hat das Foto eines schönen Mädchens und Sie haben Bilder von sich.“

Sie nickte. Er hatte sie schön genannt, das war doch sicher ein gutes Zeichen?

„Also gut dann“, sagte er geschäftsmäßig. „Der erste Termin ist um zwei Uhr, der zweite um drei. Kommen Sie bloß nicht zu spät. Ach so, und es gilt noch immer: *Don't call us, we call you!*“

Nach dem Treffen kaufte Liberty sich schnell ein Tunfisch-Sandwich und sprang in den Bus nach Tribeca, wo beide Studios lagen.

Der erste Termin war ein Witz. Mindestens zwanzig Mädchen saßen hübsch angezogen und mit ihren Mappen unterm Arm im Wartezimmer. Da sie sowieso schon zu spät war und es sich nicht lohnen würde zu bleiben, drehte sie um und ging wieder. Im Fahrstuhl traf sie auf einen großen, dünnen Mann mit Baseballkappe. In seiner Hand balancierte er eine große Pizzaschachtel.

„Wollen Sie ein Stück?“ fragte er.

„Sollten Sie die nicht besser ausliefern?“

„Nein. Ich sollte sie essen.“ Er grinste. „Greifen Sie zu.“

„Nein danke, ich habe gerade ein Sandwich gegessen.“

„Sind Sie wegen dem Go-see hier?“ Er biss in ein Stück Pizza.

„Eigentlich ja, aber da warten schon zu viele Mädchen.“

„Sie sind den ganzen Weg hierher gekommen und wollen es nicht mal versuchen?“ fragte er zwischen zwei Bissen.

„Ich kann nicht lange warten, ich habe noch einen Termin um drei. Arbeiten Sie hier?“

„Man könnte sagen, ich helfe aus.“

„Worum geht es überhaupt bei dem Termin?“ fragte sie neugierig.

„Um Bademode. Ich schätze, Sie sind nicht der richtige Typ dafür.“ Tomatensoße lief über sein Kinn.

„Für so was muss man ein bestimmter Typ sein?“

„Nun ja, auf jeden Fall ein wenig draller.“

„Oh, danke.“

„Aber Sie sehen toll aus“, verkündete er aufmunternd. „Sie könnten Fernsehwerbung machen.“

Das Kompliment besänftigte sie wieder. „Ich habe heute zum ersten Mal einen Agenten getroffen.“ Sie musste sich einfach jemandem anvertrauen. „Er hat mich zu zwei Go-sees geschickt, das hier ist das erste, aber er hat mir überhaupt nichts Näheres dazu gesagt.“

„Wenn Sie mir Ihren Namen und Ihre Agentur nennen, dann werde ich erwähnen, dass Sie hier waren, aber nicht bleiben konnten.“

„Liberty. Und die Madison Modeling Agency. Werden die es nicht unhöflich finden, dass ich gegangen bin?“

„Wenigstens wissen sie dann, dass sie sich bemüht haben."

„Danke, und lassen Sie sich die Pizza noch schmecken." Sie waren im Erdgeschoss angekommen.

„Das werde ich." Er kaute noch immer. „Viel Glück bei dem anderen Job."

Sie kam auch dort gerade noch rechtzeitig an. Von anderen Mädchen war nichts zu sehen. Eine sehr maskuline Frau machte ein paar Polaroids von ihr und schickte sie wieder nach Hause.

Danach war Liberty zwar ein wenig benommen, zugleich aber keimte Hoffnung in ihr auf. Vielleicht, nur vielleicht, war nun die Chance gekommen, auf die sie ihr ganzes Leben gewartet hatte.

44. KAPITEL

„Wohin fahren wir?“ Sonja saß auf dem Rücksitz von Red Diamonds Rolls Royce und bewunderte ihr Gesicht in einem kleinen goldenen Spiegel, den sie im Ankleidezimmer einer Frau geklaut hatte, deren Mann ihre Dienste in Anspruch genommen hatte.

„Ich bezahle euch nicht, damit ihr Fragen stellt“, fauchte Red. „Fragen gehören nicht zu euren Aufgaben.“

Sonja ignorierte seine Grobheit, ihr war alles egal, solange weiterhin Geld floss.

Famka zupfte an ihrer Bluse, damit der Chauffeur, der sich kaum aufs Fahren konzentrieren konnte, einen besseren Blick in ihren Ausschnitt werfen konnte. Wie Sonja trug Famka niemals Unterwäsche, es sei denn, der Kunde bestand darauf.

Beide Frauen hatten mehrmals *Basic Instinct* gesehen und identifizierten sich selbst mit der Rolle von Sharon Stone. Hart, unerschrocken, sexy und herausfordernd.

Sonja gähnte. Dieser altersschwache Milliardär war ein sexsüchtiger, verrückter Mistkerl. Er konnte einfach nicht genug bekommen. „Was sollen wir tun, wenn er uns unter den Händen wegstirbt?“ hatte sie Famka gefragt, die mehr Erfahrung mit sehr alten Milliardären hatte.

„Dann schnappen wir uns sein ganzes Bargeld und hauen ab.“

„Also, Folgendes sollt ihr tun“, unterbrach Red ihre Gedanken. „Wenn wir bei mir ankommen, dann betreten wir Seite an Seite mein Haus. Dort sind ein paar Leute, die euch vermutlich beleidigen werden. Ignoriert sie einfach. Sagt nichts. Tut einfach so, als wären sie Luft.“

„Beleidigungen kosten mehr", bemerkte Sonja und steckte den Handspiegel weg.

„Wie viel mehr?"

„Das Doppelte."

Red lachte. Er bewunderte geschäftstüchtige Frauen.

„Kommen Sie rein, meine Liebe." Sofia Courtenelli winkte Amy in ihr Büro. „Darf ich Ihnen meine Freundin und unser neues Model Gianna vorstellen. Gianna, das ist eine meiner besten PR-Mitarbeiterinnen, Amy Scott-Simon."

„*Ciao!*" rief Gianna aus, als ob sie alte Bekannte wären. „Sie sind das!"

„Ihr kennt euch?" fragte Sofia.

„Gestern Abend war ich bei dem Dinner von Amy und Maxwell Diamond eingeladen." Gianna sah umwerfend aus in ihrem grauen Nadelstreifenanzug von Dolce & Gabbana. „Mein *ragazzo,* Jett, ist der jüngere *fratello* von Max. Jett und ich werden zusammen die Fotos machen. Du wirst ihn lieben, Sofia. Jede Frau verliebt sich in meinen Jett. Er ist *delizioso, si?*" fragte sie Amy, die versteinert stehen geblieben war.

Amy nickte stumm. Also war Jett das männliche Model für die Kampagne. Jett arbeitete für Courtenelli. Konnte es noch schlimmer kommen?

„Wo hat dieses Dinner stattgefunden?" Sofia war offensichtlich empört, zu diesem gesellschaftlichen Ereignis nicht eingeladen worden zu sein.

„Ich war selbst nicht lange dabei", erklärte Amy schnell. „Meine Freundin Tina bekam Wehen, ich bin mit ihr und ihrem Mann ins Krankenhaus gefahren."

„Max ist *molto bene,* du bist ein *buona* Mädchen." Gianna

seufzte. „Er ist *bello*, reich, und wie sagt man hier – sexy. Ist er sexy?“ hakte sie in stichelndem Ton nach. „*Molto* sexy?“

„Wie bitte?“ fragte Amy verblüfft.

Gianna platze fast vor Lachen mit blitzend weißen Zähnen. „Wenn er auch nur annähernd wie Jett ist, dann bist du eine sehr *contenta* Frau.“

„Und wann werde ich Jett kennen lernen?“ Sofia streckte eine Hand aus und bewunderte ihre blutrot lackierten Fingernägel.

„Heute. Er kommt später.“

„Brauchen Sie mich noch?“ Amy musste sich eine Ausrede einfallen lassen, um früher nach Hause gehen zu können. Zumindest, falls sie ihn nicht wieder sehen wollte, was natürlich nicht der Fall war.

„O ja. Gianna und ich würden gerne mit Liz Smith zu Mittag essen.“

„Heute?“ fragte Amy fassungslos. Glaubte Sofia im Ernst, dass Liz Smith so kurzfristig Zeit haben würde?

„Falls Liz es einrichten kann“, entgegnete Sofia leichthin. „Wenn nicht, dann vielleicht morgen. Wann werden die Fotos gemacht, Gianna?“

Gianna zuckte die Achseln. „Weiß nicht genau.“

„Ich werde Nigel fragen“, bot Amy an, die unbedingt dieses Büro verlassen wollte. „Ich rufe Liz an. Ganz sicher will sie Gianna unbedingt kennen lernen.“

„Das sollte sie besser“, erklärte Sofia hochmütig. „Gianna ist das bekannteste Model in Italien. Nach wem betteln alle Designer für ihre Modeschauen?“ Sie machte eine dramatische Pause. „Nach Gianna und Naomi Campbell, kein anderes Model kommt an die beiden ran.“

„Ganz bestimmt“, murmelte Amy. „Sonst noch etwas?“

„Nein.“ Sofia entließ sie mit einem arroganten Winken.

„Warten Sie“, sagte Gianna. „Falls diese Liz, wer auch immer sie ist, heute nicht mit uns Mittagessen kann, wie wäre es dann mit Ihnen, Amy?“

„O nein“, entgegnete Amy hastig. „Normalerweise esse ich schnell was an meinem Schreibtisch. Und ich möchte Sie und Sofia keinesfalls stören.“

„Das ist schon in Ordnung.“ Sofia lächelte gönnerhaft. „Zwar esse ich normalerweise nicht mit meinen Mitabeitern, aber heute mache ich mal eine Ausnahme. Kommen Sie mit, Amy.“

„Das würde ich wirklich gerne.“ Amy konnte sich nichts Schlimmeres vorstellen. In ihrem Inneren herrschte Chaos. „Also, ich werde jetzt erst mal herausfinden, ob Liz Smith Zeit hat, dann sage ich Ihnen Bescheid.“

Sie floh geradezu aus dem Büro. Sie hatte mit dem Freund dieses wunderschönen Models geschlafen, und obwohl er Max' Bruder war, konnte sie einfach nicht aufhören, an ihn zu denken. Das war krank, wirklich krank!

Es hätte nicht mehr als eine Episode sein sollen, ein stürmischer One-Night-Stand vor ihrer Ehe, bevor sie bis ans Lebensende mit Max vereint sein, fantastischen Sex haben und glücklich sein würde.

Nur dass sie und Max bisher noch nicht miteinander geschlafen hatten, und nach der letzten Nacht zu urteilen, würde der Sex so fantastisch nicht werden.

Max hatte heute nicht angerufen. War er sauer wegen gestern? War sie ihm zu aufdringlich gewesen?

Das wäre allerdings wirklich lachhaft, schließlich würde sie diesen Mann heiraten.

Sie wollte ihn anrufen, doch dann entschied sie sich dagegen, schließlich war er es gewesen, der sie aus seiner Wohnung gescheucht hatte.

Amy machte sich auf die Suche nach Nigel. „Wann hat Gianna ihre Fototermine?“ fragte sie.

„Morgen.“ Nigel studierte eine Reihe Skizzen.

„Sie will auch wissen, wer sie fotografieren wird.“

„Ah ... der fantastische Antonio“, verkündete Nigel mit leuchtenden Augen. „Das sollten wir nicht verpassen, du, ich, Yolanda und Dana. Es wird Essen und jede Menge Champagner geben.“

„Genau das, was ich brauche“, rief Amy verärgert.

„Das klingt ein wenig schnippisch.“

„War auch so gemeint.“

„Wieso?“

„Sofia möchte, dass ich mit ihr und Gianna zum Lunch gehe.“

„Also ich würde mich an deiner Stelle geehrt fühlen.“

„Ich habe keine Lust, mit diesen beiden Frauen zusammenzusitzen. Das ist nicht mein Ding.“

„Sollte es aber sein, Liebes. Wenn du in dieser Firma ’was erreichen willst, dann muss es dein Ding werden!“

Der Anwalt genehmigte Detective Rodriguez, fünf Minuten mit Lulu zu sprechen. Max gefiel das überhaupt nicht, aber wie Elliot Minor ihm erklärt hatte, war es das Beste, zu kooperieren. Schließlich hatte niemand etwas zu verbergen.

Niemand, dachte Max grimmig. Außer mir. Ich verschweige Vladimir Bushkin. Was soll ich jetzt nur tun?

Wenn er Vladimirs Namen erwähnte, könnten die darauf folgenden Ermittlungen ihn nicht nur ruinieren, sondern vor allem Lulu schweren Schaden zufügen. Sie wäre bis ans Ende aller

Tage als das uneheliche Kind einer ermordeten russischen Bigamistin gebrandmarkt.

Nach dem Gespräch warf sich eine verängstigte und kleinlaute Lulu in seine Arme. „Ich will zu Mama“, wimmerte sie. „Jemand hat meiner Mama wehgetan.“

„Alles wird gut, Süße.“ Er nahm sie in den Arm. „Daddy wird sich um alles kümmern.“

Max ging mit Lulu auf dem Arm in die Küche, schaltete den Fernseher an, suchte nach dem Zeichentrickfilmkanal und bat die beiden Dienstmädchen, kurz auf seine Tochter aufzupassen. Er musste dringend mit Elliot sprechen, um seine aufgewühlten Gedanken zu ordnen.

„Was ist eigentlich los?“ fragte er seinen Anwalt. „Ich muss Lulu und ihr Kindermädchen hier wegschaffen.“

„Etwas Geduld, Max“, riet ihm Elliot. „Wir sollten die Polizei nicht noch mehr gegen Sie aufbringen.“

„Was soll das heißen?“ Max starrte ihn wütend an. „Dieser Detective war einfach unverschämt.“

„Ich verstehe Sie ja, Max. Beruhigen Sie sich, ich regle das alles.“

„Sie kapieren es nicht, oder, Elliot?“ presste Max hervor. „Ich werde wie ein Verdächtiger behandelt.“

„Das sind ganz normale Fragen an einen Ehemann, vor allem an einen Exehemann.“

„Ich bin nicht so ein Exehemann.“ Max kochte vor Wut. „Oder sehe ich vielleicht wie ein Bauarbeiter aus, der seine Frau im Vollrausch ersticht?“

„Bleiben Sie ruhig, Max.“

„Sagen Sie mir nicht ständig, dass ich ruhig bleiben soll“, zischte er. „Meine Tochter steht unter Schock. Das verdammte

Kindermädchen spricht gerade mit dem Detective, UND ICH WILL HIER WEG!"

„Ich verstehe. Ich werde sehen, was ich tun kann." Wenige Minuten, nachdem er das Zimmer verlassen hatte, kam er auch schon wieder zurück. „Ich habe soeben erfahren, dass die Presse unten wartet."

„Soll das ein Scherz sein? Wie haben die Journalisten davon erfahren?"

„Sie hören den Polizeifunk ab, sie haben ihre Spitzel bei der Polizei selbst, die finden alles raus."

„Ich werde nicht mit der Presse sprechen."

„Ich weiß. Ich werde veranlassen, dass Ihr Chauffeur uns in der Tiefgarage trifft."

„Elliot, das ist ein Albtraum."

„Das Leben geht weiter. Sie werden damit fertig."

„Sie haben leicht reden."

„Detective Rodriguez jedenfalls sagte, dass Sie jederzeit gehen können."

„Klar sagt er das. Dann kann er endlich mein Alibi überprüfen. Guter Gott! Ich muss mit meinem Bruder sprechen." Als er Chris erwähnte, fiel ihm urplötzlich das Treffen mit Red ein. „Deswegen erreiche ich ihn nicht", murmelte er vor sich hin.

„Wen erreichen Sie nicht?"

„Meinen Bruder Chris."

„Ich bin froh, dass Sie eine Familie haben, an die Sie sich wenden können. Was für ein trauriger Tag. Mariska war eine liebenswerte Frau."

„Nein, war sie nicht." Max schüttelte den Kopf. „Sie war eine geldgierige Hexe. Das wissen Sie besser als jeder andere. Sie waren schließlich mein Scheidungsanwalt und haben erlebt, wie Mariska mich ausnehmen wollte."

„Aber sie hat es sicher nicht verdient, so zu sterben", sagte Elliot.

„Das stimmt." Max war auf einmal sehr müde. „Niemand hat das verdient."

45. KAPITEL

Bevor Lady Jane noch mehr Geheimnisse preisgeben konnte, betrat Red Diamond die Bibliothek, zu beiden Seiten flankiert von Sonja und Famka. Sie gaben ein bizarres Bild ab, der Milliardär und die beiden Callgirls, die den alten Mann in ihren hochhackigen Schuhen um einiges überragten.

„Entschuldigt die Verspätung", sagte Red, nicht im Geringsten bekümmert. „Ich bin sicher, unsere Jane hat euch gut unterhalten."

Lady Jane blieb auf der Couch sitzen, aus ihren Augen schossen Blitze. „Red", sagte sie kühl. „Wir sind ja so froh, dass du es einrichten konntest. Ich habe den Jungs gerade ein paar Dinge erzählt, die sie meiner Meinung nach wissen sollten." Sie musterte Sonja und Famka. „Stell uns doch bitte deinen Freundinnen vor."

Ihr gelang es „Freundinnen" so klingen zu lassen, als wäre es das schmutzigste Wort der Welt.

„Kann mich an ihre Namen nicht erinnern", polterte Red los. „Nur an die Größe ihrer Titten."

Inzwischen hatte Sonja Chris entdeckt. Auch er erkannte sie wieder. Herausfordernd spielte sie an der gestohlenen Armbanduhr. Er sagte keinen Ton. Er war klug genug, schweigend abzuwarten, was als Nächstes geschah.

Famka war damit beschäftigt, Jett zu mustern. Sie hatte eine Schwäche für heiße, junge Typen. Sie zwinkerte ihm zu, als wollte sie sagen: Für dich kostet es nichts.

„Du scheinst beschäftigt zu sein", sagte Chris. „Also schätze ich, dieses Treffen ist vorbei."

„Vorbei?" dröhnte Red. „Es hat noch nicht mal angefangen."

„Zu schade“, entgegnete Chris. „Mir jedenfalls hat dieses Theater noch nie gefallen, nicht mal als Kind.“

„Du hast schon immer die größte Klappe gehabt.“ Red nickte. „Schade, dass du keinen Mumm hast. Aus dir hätte ’was werden können, wenn du nicht so ein Versager wärst.“

„Klar.“ Chris blieb überraschend ruhig. „Ich hätte so wie du werden können, nicht wahr? Ein erbärmlicher alter Bastard, der sich mit sechzig Jahre jüngeren Nutten umgibt.“

„Lass gut sein, Chris“, murmelte Jett.

„Oh.“ Red starrte seinen jüngsten Sohn an. „Der Scheißkerl besitzt eine Stimme.“

„Du bist der Scheißkerl“, versetzte Jett. „Du glaubst, dass du mit deinen Milliarden alles kontrollieren kannst. Nun, ich habe Neuigkeiten für dich: Uns kannst du nicht kontrollieren.“

„Ach nein?“ brüllte Red. „Und deswegen kommt ihr alle nach New York gerannt, wenn ich rufe? Was habt ihr gedacht? Dass ich auf dem Totenbett liege? Dass ihr mein Geld erbt? Seid ihr deswegen gekommen?“

„Ich bin gekommen, weil ich dachte, du hättest dich vielleicht geändert“, murmelte Jett. „Ganz schön verrückt, wie? Zu glauben, ich hätte einen Vater, der sich womöglich für mich interessiert.“

„Red wird sich nie ändern“, mischte Lady Jane sich ein. „Ich schätze, das wissen wir alle.“

„Du bist noch hier?“ Red täuschte Überraschung vor. „Dachte, ich hätte dir gesagt, dass du deine Sachen packen und verschwinden sollst.“

„Offensichtlich habe ich dir nicht zugehört. Vielleicht war ich zu sehr damit beschäftigt, dein Testament zu lesen, von dem ich gerade deinen Söhnen erzählen wollte. Ich bin sicher, sie werden davon genauso fasziniert sein wie ich.“

„Du weißt doch überhaupt nichts über mein Testament."

„Nun, wir werden sehen."

Sonja begann, sich zu langweiligen. Familiendramen lagen ihr nicht, davon hatte sie seinerzeit in Slowenien genug gehabt. Wer war wohl die Frau auf der Couch, dachte sie träge. Eine wütende, verklemmte Frau in Chanel mit einer sehr geschmackvollen Diamantuhr am Arm. War sie die Frau des alten Mannes? Seine Geliebte?

Wie auch immer, sie war ziemlich aufgebracht, was Sonja ihr nicht verdenken konnte. Welche Frau wäre nicht sauer, wenn ihr Mann oder Liebhaber mit zwei unglaublich aufregenden Frauen am Arm ins Zimmer kam?

„Entschuldigen Sie, Mr. Diamond." Diahann hatte das Zimmer betreten. Bei dem Geschrei hatte niemand sie gehört.

Sonja und Famka drehten sich um und betrachteten den Neuankömmling. Es handelte sich um eine schwarze und recht attraktive Frau Ende dreißig, die eine wirkliche Schönheit hätte sein können, wenn sie nicht so triste Kleidung trüge. Zögernd kam sie näher und sah Red an.

„Was?" bellte Red, als er sie sah.

„Ein Anruf für Chris." Diahann warf Sonja und Famka einen missbilligenden Blick zu. „Es ist Max. Er sagt, es sei sehr dringend."

„Geben Sie her." Chris war dankbar für die Unterbrechung. Diahann reichte ihm den Hörer, er ging in eine Ecke des Zimmers. „Wo bist du?" fragte er leise. „Du würdest nicht glauben, was hier los ist."

„Lass uns so schnell wie möglich in meiner Wohnung treffen", sagte Max. „Es ist etwas Schreckliches passiert. Mariska ist tot. Sie wurde umgebracht."

Natürlich hatte Liz Smith so kurzfristig keine Zeit zum Mittagessen, insofern saß Amy in der Falle. Sie lauschte Sofia und Gianna, die sich auf Italienisch unterhielten, während Amy neben dem Fahrer kauerte und sich fühlte, als würde sie zum Galgen geführt.

Inzwischen war Amy zu der Erkenntnis gelangt, dass alles an Gianna liebenwert war. Das italienische Model war geradezu unerträglich schön und tatsächlich so reizend, wie jeder sagte. Je mehr Zeit Amy mit ihr verbrachte, desto unverständlicher war es ihr, warum Jett sie betrogen hatte. Grandma Poppy hatte Recht. Männer waren Schweine. Alle hintergingen ihre Frauen. Außer Max. Max würde sie niemals betrügen, er hatte einen wundervollen Charakter, und dafür liebte sie ihn.

Ja, ich liebe ihn. Wirklich!

Das geräumige Restaurant war überfüllt, hier traf sich die Crème de la Crème, es ging darum, zu sehen und gesehen zu werden.

Gianna jedenfalls wurde gesehen, sämtliche Köpfe drehten sich nach ihr um. Amy marschierte unglücklich hinter den beiden auffallenden Frauen her. Sie fragte sich, wann Jett in der Firma auftauchen und wie er sich verhalten würde, wenn sie einander trafen. Würde er einfach so tun, als hätte diese fantastische, leidenschaftliche Nacht niemals stattgefunden? Dachte er genauso oft an sie wie sie an ihn?

Sie musste einfach irgendwie diesem entsetzlichen Mittagessen entkommen und mit Tina im Krankenhaus über alles sprechen.

Max wanderte in seiner Wohnung auf und ab, während er darauf wartete, dass Chris endlich auftauchte. Natürlich hätte er Amy anrufen und ihr alles erzählen sollen, bevor sie es in den Nachrichten hörte. Nicht nur vor Mariskas Gebäude hatte die Presse sich versammelt, auch vor seinem Haus wartete die Meute.

Er hatte bereits Clive Barnaby angerufen und ihm die Situation erklärt. „Sie müssen sich um die Japaner kümmern. Wenn denen das nicht recht ist, dann verschieben sie das Treffen auf morgen früh."

Clive hatte ihm versichert, dass er alles in seiner Macht Stehende tun würde, um den Kredit zu bekommen.

Max baute darauf, dass Amy, sobald er sie angerufen hatte, ihm anbot, Lulu abzuholen.

„Ich will meine Mama." Lulu kam heulend ins Schlafzimmer, ihr kleines hübsches Gesicht tränenüberströmt. „Wann kann ich zu meiner Mama?"

„Bald, Baby." Er versuchte, fröhlich zu klingen. „Wie wäre es, wenn du dir mit Reece *Findet Nemo* oder *Die Unglaublichen* auf DVD anschaust? Wäre das nicht was?"

„Nicht *Findet Nemo!* Nicht *Die Unglaublichen!*" rief Lulu und stampfte mit dem Fuß auf. „ICH WILL MEINE MAMA!"

Gütiger Himmel! Wo war das Kindermädchen, wenn man es brauchte?

Er fand sie telefonierend in der Küche. „Mit wem sprechen Sie?" wollte er wissen, aus Furcht, sie verkaufte die Geschichte womöglich gerade an den *National Enquirer*.

„Tut mir Leid, Mr. Diamond", antwortete Reece kühl und sehr britisch. „Ich buche gerade ein Flugticket zurück nach England. Amerika ist nichts für mich. Ich kann diese Gewalt nicht ertragen."

„Das können Sie nicht machen." Es verblüffte ihn, dass sie

überhaupt auf die Idee kam, Lulu in dieser Situation allein zu lassen.

„Oh, ich denke schon", sagte sie mit schmalen Lippen.

„Sie wollen Lulu allein lassen?"

„Tut mir Leid, Mr. Diamond, aber ich muss gehen."

„Und wenn ich ihr Gehalt verdopple?"

„Das ist keine Frage des Geldes."

Diese verfluchte Frau, sie war sowieso nicht besonders fähig, im Grunde kümmerte sie sich überhaupt nicht richtig um Lulu. Das hätte ihm schon längst auffallen müssen, und Mariska erst recht.

„Wann gehen Sie?" fragte er resigniert.

„Heute Nachmittag."

Was für eine rücksichtslose, unfähige Kuh! Wenn das ihre Auffassung von ihrer Arbeit war, dann sollte sie besser schnell verschwinden.

„Wir müssen los", sagte Chris zu Jett, nachdem er aufgelegt hatte. „Max hat ein Problem."

„Warum ist Max nicht hier?" fragte Red. „Wegen weiterer finanzieller Katastrophen, die er nicht in den Griff bekommt?"

„Das würde dir gefallen, nicht wahr?" Lady Jane richtete sch auf. „Vielleicht findest du ja noch eine weitere Bank, die du erpressen kannst, damit sie ihre Kredite zurückzieht."

„Wie kannst du es wagen, von Dingen zu sprechen, die dich nichts angehen?" Reds Gesicht wurde puterrot.

„Ich kann sprechen, worüber ich mag." Lady Jane blieb kühl.

Chris war bereits an der Tür. „Stellt den Fernseher an", schlug er vor. „Dann werdet ihr wissen, was geschehen ist."

Red war außer sich, dass aus seiner geplanten Ankündigung nichts werden sollte. Das alles war Janes Fehler. „Siehst du diese wunderbaren jungen Frauen?" Er starrte sie hasserfüllt an. „Die beiden werden bei mir einziehen."

Sonja und Famka tauschten überraschte Blicke.

„Wie schön, dass du Huren in unser Haus bringen willst." Lady Jane hob eine Augenbraue. „Nach deinen privaten Unterlagen zu urteilen, die ich zusätzlich zu deinem Testament gelesen habe, hast du schon immer gerne Huren ausgeholfen. Wenn du nicht willst, dass diese Information öffentlich wird, schlage ich vor, dass du eine großzügige Abfindung mit meinem Anwalt aushandelst. Erst dann werde ich dieses Haus verlassen."

Sie erhob sich von der Couch und rauschte aus dem Zimmer, ohne Sonja und Famka eines Blickes zu würdigen.

„Hier einziehen?" fragte Famka. „Ich bestimmt nicht."

„Was soll das heißen?" knurrte Red. „Wenn ich genug zahle, wirst du auf allen Vieren meine Stiefel lecken."

„Was glaubst du kostet es, dass wir hier einziehen?" fragte Famka, ganz Geschäftsfrau. „Vermutlich mehr, als selbst du dir leisten kannst. Wir sind sehr teuer!"

„Woher willst du wissen, was ich mir leisten kann?" Er kniff die Augen zusammen.

„Deine Frau scheint es mit der großzügigen Abfindung ziemlich ernst zu meinen", bemerkte Sonja.

„Sie ist nicht meine Frau."

„Sie verhält sich aber so." Sonja strich sich die Jacke glatt.

„Was ist da überhaupt los?" fragte Famka. „Sie scheint dich nicht besonders zu mögen."

Red entschied, dass er die beiden doch nicht um sich haben wollte. Sie redeten zu viel und gingen ihm auf die Nerven. Es war eine Sache, wenn sie nackt durch seine Wohnung spazierten und ihm zu Diensten waren. Aber aus irgendeinem Grund benahmen sie sich in diesem Haus einfach nur wie zwei aufgebrezelte Nutten. Außerdem musste er erst noch ein paar Dinge mit Jane klären. Wie kam sie dazu, so zu tun, als ob sie all seine Geheimnisse kannte? Niemand wusste davon, so viel stand fest.

„Ihr beiden könnt jetzt verschwinden." Er blickte finster.

„Nur allzu gerne", sagte Famka. „Sobald du uns bezahlt hast."

„Ich habe euch genug bezahlt. Raus."

„Nicht genug für dieses Theater hier", zischte Sonja.

„Guter Gott! Ihr seid nichts als zwei geldgierige Nutten."

„Und genau das gefällt dir doch an uns, nicht wahr?" rief Famka.

„Eben." Sonja drehte an der gestohlenen Rolex. „Vor allem, wenn dein kleiner Schwanz in unseren Mündern steckt und du über unseren Brüsten abspritzt."

„Raus!" Er griff in seine Jackentasche und warf eine Handvoll Hundertdollarscheine in ihre Richtung.

„Du weißt, wo du uns findest, falls du unsere Dienste einmal wieder benötigst", sagte Famka freundlich.

„VERSCHWINDET AUS MEINEM HAUS!" brüllte Red.

Die beiden Frauen hoben das Geld auf und gingen, nur der Duft ihres teuren Parfüms blieb in dem Raum zurück.

Böse vor sich hinmurmelnd schaltete Red den Fernseher ein.

„Was ist passiert?" fragte Jett, der Chris aus dem Haus gefolgt war.

„Du wirst es nicht glauben." Chris winkte nach einem Taxi.

„Erzähl's mir, dann kann ich dir sagen, ob ich es glaube oder nicht."

„Es geht um Mariska."

„Die Exfrau von Max?"

„Genau. Max sagte, sie sei ermordet worden."

„Was?"

„Ermordet, das hat er gesagt. *Ermordet.*"

Nachdem sie eine Weile ihren Salat auf dem Teller hin und her geschoben hatte, meldete Amy sich endlich zu Wort und behauptete, es ginge ihr nicht gut.

„Ich gehe mit Ihnen auf die Toilette", sagte Gianna sofort besorgt. „Sie setzen sich eine Minute hin, ich lege Ihnen ein feuchtes Handtuch an die Stirn. Dann geht's Ihnen gleich wieder besser."

„Nein, wirklich, ich habe fürchterliche Kopfschmerzen. Miss Courtenelli", sie wandte sich an Sofia. „Macht es Ihnen etwas aus, wenn ich gehe?"

Sofia zuckte mit den Schultern, ihr war es offenbar egal.

„Fahren Sie doch mit Sofias Wagen nach Hause", bot Gianna an, „und später rufen Sie an, damit wir wissen, wie es Ihnen geht."

„*Scusi?*" Sofia schien verärgert, dass Gianna einfach einer ihrer Angestellten den Wagen anbot. „Nehmen Sie sich ein Taxi, Amy, ich zahle die Rechnung."

„Danke." Amy sprang auf.

Nachdem sie endlich das Restaurant verlassen hatte, lief sie ein paar Meter, dann winkte sie einem Taxi und bat den Fahrer, sie ins Krankenhaus zu fahren. Vielleicht war Brad inzwischen weg, und sie konnte endlich mit Tina sprechen.

Vor Max' Haus standen mehrere Übertragungswagen, Filmteams und Fotografen.

„Halte den Kopf gesenkt und geh direkt ins Haus", wies Chris seinen Bruder an. „Sie kennen uns nicht. Und wenn sie irgendwelche Fragen stellen, wissen wir von nichts. Wir müssen uns diese Meute vom Leib halten."

„Kapiert."

Chris bezahlte das Taxi, dann eilten sie ins Haus.

Sie wurden vom Pförtner aufgehalten. „Wen wollen Sie besuchen?"

„Max Diamond", sagte Chris. „Sagen Sie ihm, seine Brüder sind da."

Der Mann rief Max an, dann deutete er auf den Fahrstuhl. „Das Penthouse", sagte er.

„Was glaubst du, wollte Lady Jane uns noch sagen?" fragte Jett, als sie den Fahrstuhl betraten.

„Wer weiß? Offenbar hat sie etwas herausgefunden, was wir seiner Meinung nach besser nicht erfahren sollten."

„Wie er einfach so mit diesen zwei Nutten von Max' Junggesellenabschied herein kam." Jett zündete sich eine Zigarette an. „Was für ein Anblick!"

„Das ist noch nicht alles. Eine von ihnen war die Frau, die meine Uhr geklaut hat."

„Die mit dem Spruch ‚Dein Schwanz müsste mal gewartet werden'?"

„Genau die."

„Wahnsinn!"

Max wartete bereits vor dem Fahrstuhl, er nahm seine beiden Brüder in den Arm. „Danke, dass ihr gekommen seid. Das bedeutet mir viel."

„Ist doch klar.“ Chris legte ihm einen Arm um die Schulter. „Erzähl uns, was passiert ist.“

„Gehen wir ins Wohnzimmer“, sagte Max müde. „Ich könnte einen Drink gebrauchen.“

Amy betrat das mit Blumen und Luftballons und Geschenken angefüllte Krankenzimmer. Brad war zum Glück nirgends zu sehen.

Tinas Gesicht hellte sich auf. „Ich versuche verzweifelt, diesem kleinen Lümmel die Brust zu geben. Glaub mir, das ist gar nicht so einfach, wie immer behauptet wird.“

„Es sieht auch nicht leicht aus.“ Amy betrachtete die Glückwunschkarten an den Blumen. Selbstverständlich hatte auch Nancy einen geschmackvollen Rosenstrauß geschickt.

„Ich bin froh, dass du noch mal gekommen bist“, rief Tina. „Ich will jetzt alles wissen.“

„Wie ich dir vorhin schon gesagt habe, bei dem geheimnisvollen Mann handelt es sich um den Bruder von Max.“ Amy setzte sich aufs Bett.

„Das sind keine guten Neuigkeiten.“

„Eben.“ Amy schaute grimmig. „Und was, bitte schön, soll ich jetzt tun?“

„Du kannst nichts tun.“

„Danke für deine Hilfe, Tina. Ich meine, sollte ich so tun, als ob wir uns noch nie im Leben gesehen hätten, nicht zusammen im Bett waren und fantastischen Sex hatten? Soll ich so tun, als ob das alles nie geschehen wäre?“

„Vielleicht solltet ihr miteinander sprechen“, schlug Tina vor. „Andererseits, wenn er kein Wort zu dir gesagt hat, warum sollst du damit anfangen?“

„Weil ich einfach muss."

„Und wann?"

„Keine Ahnung." Amys Handy klingelte. Sie sah aufs Display. „Das ist meine Mutter. Da gehe ich besser nicht ran."

„Wieso nicht?"

„Du weißt genau, wieso nicht. Sie wird mir wegen gestern Abend nur Vorwürfe machen."

„Bestimmt nicht." Tina deutete auf den Blumenstrauß. „Sieh doch, was für wunderschöne Rosen sie mir geschickt hat."

„Ach was. Sie ist einfach nur höflich. Aber deswegen trotzdem stocksauer auf mich."

Nun klingelte das Telefon auf Tinas Nachttisch. „Hallo Brad", sagte sie und zog das Baby noch fester an sich. „Brad Junior geht es gut, obwohl ich glaube, dass er dich vermisst. Er ist so süß, seine Wimpern sind schon länger geworden, und nicht nur die." Sie hörte einen Moment lang zu. „Amy", rief sie dann aufgeregt. „Mach den Fernseher an. Schalte CNN ein."

„Wieso?"

„Mach schon."

Und dann sah sie es in den Nachrichten. Mariska war ermordet worden.

46. KAPITEL

Damon hielt ihr Gesicht zwischen den Händen und küsste sie mit einer Leidenschaft, die sie noch nie zuvor erlebt hatte. Manche Männer konnten küssen, andere nicht. Damon war ein Meister darin.

Liberty schloss die Augen.

Wie war es nur soweit gekommen? Wie hatte dieses Abenteuer angefangen? Und wie würde es enden? Damon war verheiratet, vergeben, nicht zu haben.

Und doch ... sie konnte nicht anders, als sich in seinen Armen zu verlieren. Seine Lippen machten sie verrückt, seine Zunge, seine Hände, die ihren Körper erkundeten.

Sie musste ihren ganzen Willen aufbieten, um ihn von sich zu stoßen.

„Was ist?“ fragte er ungeduldig.

„Du bist verheiratet.“

„Hast du was gegen die Ehe?“

„Nein.“

„Hör mal, ich könnte dir jetzt erzählen, dass meine Frau mich nicht versteht.“ Er lächelte träge. „Aber Tatsache ist, dass sie mich sogar sehr gut versteht. Wir ... haben eine Art privates Arrangement.“

„Das geht mich nichts ...“

Bevor sie zu Ende sprechen konnte, küsste er sie bereits wieder und schob seine Hände unter ihren Pulli. Mein Gott! Wieso musste das passieren? Übereinkunft hin oder her, er gehörte zu einer anderen Frau, und sie war nicht bereit, zu teilen.

Sie war pünktlich um halb sieben in seinem Büro erschienen,

obwohl sie es fast nicht mehr geschafft hatte. Nach dem zweiten Vorstellungstermin war sie nach Hause gehetzt und hatte sich schnell umgezogen. Nun trug sie einen weichen weißen Pulli, schokoladenbraune Cargohosen und braune Pelzstiefel. Sie hatte sich für ein seriöses Aussehen entschieden, ihre dunklen Haare zu einem Pferdeschwanz zusammengebunden und eine Sonnenbrille aufgesetzt, die sie für zehn Dollar in einem Supermarkt gekauft hatte. Es war eine Kopie einer Chanel-Sonnenbrille, die vermutlich spätestens nach zehn Minuten einfach auseinander fallen würde.

Er begrüßte sie mit einer schnellen Umarmung. „Gut siehst du aus."

„Hallo", sagte sie und atmete sein teures Aftershave ein. Auf seinem riesigen Plexiglasschreibtisch stand ein gerahmtes Foto seiner Frau, Prinzessin Tashmir.

„Setz dich." Er deutete auf eine gemütlich aussehende Ledercouch.

Verdammt! Dieser erfolgreiche Mann schüchterte sie kolossal ein. Er war Damon P. Donnel, und wer war sie? Nur noch eine weitere Möchtegern-Sängerin, die um eine Chance bettelte.

„Gib her!" Er griff nach ihrer Demo-CD. Sie wusste, dass er die Musik hassen würde, sie zitterte bereits wegen der drohenden Niederlage.

Sie hatte zwei ihrer eigenen Kompositionen aufgenommen, ungewöhnliche Melodien und tief empfundene Texte, aber es handelte sich eben nicht um Rap oder Hip-Hop.

Er legte die CD ein, lehnte sich zurück und hörte mit ausdruckslosem Gesicht zu, während sie die Hände zu Fäusten ballte und ihr der Schweiß über den Rücken lief.

Danach stand er auf, lief zu ihr – und plötzlich hatten sie sich geküsst.

Natürlich hätte sie ihn sofort wegstoßen sollen, gar nicht erst erlauben dürfen, dass überhaupt etwas geschah. Aber sie musste einfach wissen, was er von ihrer Musik hielt. Aus diesem Grund war sie doch hier. Aus diesem Grund existierte sie überhaupt.

Aber er hatte nichts gesagt.

Und nun küsste er sie wieder, streichelte sie, und sie wollte nicht, dass er damit aufhörte. Doch schließlich schob sie ihn wieder weg. „Meine Musik", begann sie, „deswegen bin ich hier."

„Wirklich?" Er ließ sie nicht aus den Augen.

„Du weißt, dass ich deswegen hier bin." Sie schluckte schwer.

„Kein anderer Grund?" Er warf ihr einen wissenden Blick zu.

„Zum Beispiel?" Sie tat, als hätte sie keine Ahnung, was er meinte.

„Bitte, du merkst doch auch, dass zwischen uns beiden etwas ganz Besonderes ist." Seine Augen waren einfach unwiderstehlich.

Verzweifelt beschwor sie Beverlys Worte herauf. *Damon ist so verheiratet, wie ein Kerl nur verheiratet sein kann., aber wenn es drauf ankommt, ist er ein geiler Bock wie alle anderen auch … Er ist immer hinter Frauen her. Er wird sich nie ändern.*

„Sieh mal", sagte sie entschlossen, „ob da etwas Besonderes ist oder nicht, du bist verheiratet, also muss alles zwischen uns rein geschäftlich bleiben. Entweder dir gefällt meine Musik oder nicht."

„Und was, wenn du mir gefällst?"

„Nein." Sie wich seinem Blick aus, seine Augen waren zu verführerisch.

„Mann, sei doch nicht so kalt", beschwert er sich. „Kalt und heiß gleichzeitig. Das ist eine unwiderstehliche Kombination, Baby, und das weißt du."

„Ich schätze, du interessierst dich nicht für meine Musik." Sie versuchte die Enttäuschung darüber zu verbergen, dass er doch nur ein Mann war und nur eines im Sinn hatte.

„Halt, sei nicht so hart zu mir – du hast wirklich 'was. Mir gefällt deine Stimme. So eine Mischung aus Mary J. Blige und Alicia Keys. Heiser. Sexy. Und viel Seele, Mädchen. Das gefällt mir."

„Wirklich?"

„Du weißt, dass du gut bist. Musst nur noch etwas an deinem Selbstvertrauen basteln. Natürlich ist das nicht gerade die Musik für mein Label, aber ich könnte dich mit einem Produzenten zusammenbringen, der weiß, was er aus dir machen kann."

„Würdest du das tun?" fragte sie hoffnungsvoll, nicht sicher, ob sie ihm glauben konnte.

„Ich muss doch irgendwas tun, damit du zurückkommst." Er warf ihr sein Mörderlächeln zu. „Oder nicht, Baby?"

Und in diesem Moment wurde ihr klar, dass Cindi Recht hatte. Sie war tatsächlich in einen verheirateten Mann verliebt. Wie unglaublich dumm.

Sie beschloss, dass es besser war, zu gehen. „Ich muss los." Sie stand auf.

„Ja?" Er folgte ihr. „Wieso so eilig?"

„Ich muss arbeiten", log sie. Das hatte sie auch schon Kev gegenüber behauptet.

„Dann sag ab."

„Kann ich nicht."

„Ich dachte, wir würden was zusammen essen." Er kam noch näher.

„Nur du, ich und deine Frau?"

„Was hast du für ein Problem?" Er sah sie spöttisch an. „Dieses Gehabe um meine Frau wird langsam langweilig."

„Nun, habe ich eigentlich erwähnt, dass ich einen Freund habe?" Sie wich einen Schritt zurück.

„Und damit willst du mich abschrecken?"

„Nein", entgegnete sie atemlos, „deine Frau sollte dich abschrecken."

„O Mann!" Er lachte.

„Was?"

„Scheint, dass du dir mehr Gedanken über meine Frau machst als ich."

„Weil ich diejenige bin, der sie die Hölle heiß macht, wenn sie es herausfindet."

„Meine Frau wird dir nichts anhaben", versicherte er.

„Und wieso nicht?"

„Weil ich es nicht zulassen würde."

„Wie man hört, ist sie ziemlich temperamentvoll, wenn es um dich geht."

„Nein, Baby, du bist hier die Temperamentvolle. Das kann ich auf deinen Lippen schmecken und in diesen wahnsinnigen grünen Augen sehen, dein Körper ..."

„Ich muss gehen." Sie legte eine Hand auf die Klinke.

Er reichte ihr eine schwarze Karte mit goldener Schrift. „Für den Fall, dass du nach Hause kommst und deine Meinung änderst, das hier ist meine private Handynummer. Man weiß nie, L.L., du könntest später noch so richtig hungrig werden ..."

„Wann kann ich diesen Produzenten kennen lernen?“ fragte sie.

„Morgen.“ Er sah sie lange an. „Selbe Uhrzeit, selber Ort.“

„Ich werde da sein.“ Und bevor er noch näher kommen konnte, schlüpfte sie hinaus und rannte fast zum Fahrstuhl. Sie wollte gar nicht darüber nachdenken, wie unwiderstehlich sie ihn fand.

Damon P. Donnell. Wer hätte noch vor ein paar Tagen gedacht, dass er sich so für sie interessieren würde? Sie hatte ihm zwei Wochen lang Kaffee eingeschenkt, wobei er immer so tat, als würde sie gar nicht existieren. Und jetzt das. Er hatte ihr seine Privatnummer gegeben.

Es war verrückt, aber auch wundervoll. Zudem wollte er sie einem Produzenten vorstellen, ohne, dass er sie ins Bett bekommen hatte – oder auf die Couch oder ins Auto.

Er hat wirklich was, dachte sie. Ihm könnte ich verfallen Aber das wird nicht geschehen. Denn einem Damon P. Donnell zu verfallen wäre das Dümmste, was ich tun könnte.

In ihrer Wohnung angekommen sah sie, dass der Anrufbeantworter blinkte. Vermutlich waren es Nachrichten für Cindi, so war es immer.

Sie öffnete eine Dose Tomatensuppe, schüttete den Inhalt in einen Topf und wärmte ihn auf. Sie starrte gedankenverloren vor sich hin. Wenn sie nicht solche Prinzipien hätte, könnte sie jetzt in einem eleganten Restaurant sitzen und mit Damon Steak mit Hummer essen. Später würden sie miteinander ins Bett fallen und sich wild und heftig lieben.

Egal, sie hatte nun mal Prinzipien, deswegen würde so etwas nicht geschehen. Ihr ging es nur um ihre Karriere. Er konnte ihr helfen, mehr nicht. Und doch musste sie an seine Küsse denken.

Er konnte so verdammt fantastisch küssen. Damon P. Donnell war ein verflucht grandioser Küsser. Der Beste.

Der verheiratete Beste. Verheiratet, verheiratet, *verheiratet.* Das durfte sie niemals vergessen.

Sie setzte sich mit der Suppe an die Küchentheke und hörte den Anrufbeantworter ab.

Anruf eins: Cindi, hier ist Moose, es ist Montag. Du wolltest mich anrufen, Frau! Lass mich nicht so warten.

Anruf zwei: Hey Babe, hier ist Kev, aber das weißt du ja. Ich habe gerade einen weiteren Gig außerhalb der Stadt bekommen. Ich fahre heute Abend los, wir sprechen später.

Anruf drei: Liberty, hier ist Mom. Bitte ruf' mich zurück, es ist wichtig.

Anruf vier: Hi Liberty, Bruce hier. Gratuliere. Du hast einen Job. Ruf mich in der Agentur an, sobald du diese Nachricht erhältst.

Sie sprang auf, drückte auf Wiederholung und hörte sich Bruces Nachricht noch einmal an. Du hast einen Job! Das war ja unglaublich. O Mann, offenbar hatte sie der Fotografin gefallen. Leider wusste sie nicht mal, um was es eigentlich bei dem Job ging.

Wenn sie nur mit Cindi hätte feiern können, aber Cindi war nun einmal ausgezogen.

Sie schnitt eine Grimasse und hörte den nächsten Anruf ab. Wieder Diahann. Was wollte sie bloß?

Doch bevor sie es herausfinden konnte, klingelte das Telefon. Es war noch einmal Bruce. „Wenn du kein Glückskind bist", sagte er, „drei Tage in Malibu. Heute Abend um zehn geht dein Flug nach L.A."

„Wie bitte?" rief sie erschrocken.

„Hör mal, ich bin gerade mit meiner Frau im Theater, ich kann also nicht lange reden. Aber ich hoffe nur, dass du ja sagst, Liberty, denn ich kann dir versichern, so eine Gelegenheit kommt kein zweites Mal.“

„Heute Abend? Ich muss heute Abend fliegen?“

„So ist es. Du bekommst dreißigtausend plus Spesen. Die Agentur nimmt fünfunddreißig Prozent Provision. Hast du E-Mail?“

„Äh … nein.“ Sie dachte fieberhaft nach – hatte er gerade dreißigtausend gesagt?

„Dann werde ich dir den Vertrag faxen.“

„Ich … ich habe kein Fax“, stammelte sie noch immer unter Schock.

„Sie haben dir ein Zimmer im Shutters in Santa Monica reserviert, dorthin kann ich den Vertrag faxen. Du wirst am Flughafen abgeholt. Das Ticket ist für dich am Schalter hinterlegt. Das ist deine Chance, Liberty. Nutze sie! *Bon voyage!*“

47. KAPITEL

Am Wichtigsten war es Max, seine Tochter irgendwo möglichst sicher vor der Presse unterzubringen. Zum Glück gelang es Amy, unbemerkt in seine Wohnung zu kommen. „Oh, Max." Sie nahm ihn fest in die Arme. „Es tut mir so Leid. Was für eine schreckliche Tragödie."

„Ich weiß."

„War es ein Einbruch?"

„Das scheint die Polizei zu glauben."

„Ich weiß nicht, was ich sagen soll. Es ist einfach furchtbar, Max. Wenn ich nur irgendetwas tun könnte."

„Kannst du. Bitte nimm Lulu ein paar Tage zu dir. Ihr Kindermädchen hat gekündigt, und Lulu sollte nicht hier sein. Die Presse hat vor dem Haus ihr Quartier aufgeschlagen."

„Aber natürlich. Ich nehme sie, das ist doch das Mindeste, was ich tun kann."

„Danke, Sweetheart, das bedeutet mir viel."

„Ich will nicht gehen, Daddy", murmelte Lulu mit bebender Unterlippe. „Ich will bei dir bleiben."

„Das geht nicht, Süße", erklärte er, „Daddy muss sich jetzt um wichtige Dinge kümmern."

„Dann will ich meine Mama." Sie setzte ein widerspenstiges Gesicht auf. „Wo ist meine Mama?"

„Wir mussten Mama ins Krankenhaus bringen, und sie will, dass du heute Nacht bei Amy bleibst."

„Lass uns Mama besuchen, Daddy. Nur du und ich. Wir besuchen sie jetzt."

„Bald", versprach er.

„Dann bleibt Lulu hier mit Nanny Reece."

„Nanny Reece fliegt zurück nach England."

Lulus verzog ihr hübsches Gesicht. „Warum, Daddy? Warum?"

„Weil sie muss. Keine Sorge, Süße. Amy kümmert sich um dich, und es geht nur um einen Tag oder so."

„*Muss* ich mit der doofen Amy gehen?" fragte Lulu mürrisch.

„Bitte sprich nicht so von Amy. Das ist nicht nett."

Jett hob Lulu auf seine Arme. „Hey, mein hübsches Mädchen, wie wäre es, wenn ich auch mitkomme. Möchtest du das?"

„Ja!" quietschte Lulu und strahlte. „Mein Onkel kommt auch mit."

„Danke", sagte Max. „Das wäre mir eine große Hilfe in diesem furchtbaren Moment ."

Amy blieb stumm. Dieser Mord an Mariska war schon entsetzlich genug, und jetzt musste sie sich auch noch mit Jett befassen. Dabei war nun wirklich nicht der richtige Zeitpunkt, um herauszufinden, was zwischen ihnen geschehen war.

„Ich ruf dich später an." Max küsste Amy auf die Wange und begleitete die drei zum Fahrstuhl. „Pass auf meine Mädchen auf", sagte er zu Jett. „Sie sind mir beide sehr wichtig."

„Klar, ich tue mein Bestes."

Als die Fahrstuhltüren sich schlossen, wandte Amy sich an Lulu. „Wir werden viel Spaß zusammen haben", sagte sie fröhlich.

„Werden wir nicht. Werden wir nicht! Werden wir *nicht!*"

Amy und Jett tauschten einen kurzen Blick. „Das wird schon", flüsterte er.

Er hatte leicht Reden. Er war ja kein zitterndes, nervöses, schuldzerfressenes Wrack.

Max erzählte Chris alles über Vladimir – auch von Mariskas Drohung, den Mann töten zu lassen.

„Und jetzt glaubst du, er hat stattdessen sie umbringen lassen?“ fragte Max nachdenklich.

„Genau das glaube ich.“ Max starrte ihn finster an.

„Wie kannst du dir da so sicher sein?“

„Vladimir ist ein hinterhältiger Mistkerl, er war hinter meinem Geld her. Offenbar hat Mariska seine Pläne durchkreuzt, und deswegen musste er sie loswerden.“

„Solltest du nicht der Polizei davon erzählen?“

„Machst du Scherze?“ explodierte Max. „Hast du eine Ahnung, was die Medien aus dieser Geschichte machen würden? Was sie Lulu antun würden? Sie ist unehelich, Chris. Und der Herr weiß, was Mariska in Russland so alles getrieben hat – wahrscheinlich war sie Prostituierte.“

„Dann willst du der Polizei nichts sagen?“ Chris runzelte die Stirn. „Du lässt zu, dass dieser Vladimir frei herumläuft?“

„Ich muss herausfinden, ob Mariska irgendwelche Unterlagen über ihn hat.“

„Und was ist mit guten Freundinnen? Vielleicht hat sie sich einer anvertraut?“

„Das bezweifle ich. Mariska war nur wichtig, wer das meiste Geld hat und bei welcher Wohltätigkeitsveranstaltung sie dabei sein muss, um auf der gesellschaftlichen Leiter noch weiter hochzuklettern.“

„Und das alles wusstest du nicht, als du sie geheiratet hast?“

„Leider nein.“

„Zu blöd. Da hättest du dir eine Menge erspart.“

„Glaubst du, das wüsste ich nicht?“

„Nun, wenn du meinen Rat hören willst – du solltest den

Detectives alles erzählen. Die sollen sich drum kümmern, das ist schließlich ihre Aufgabe."

„Ich weiß deine Sorge zu schätzen, aber ich muss noch warten."

„Worauf?"

„Auf Vladimir."

„Das ist deine Entscheidung."

„Ich weiß." Max lief zum Fenster. „Hast du gesehen, was da unten los ist? Die machen sich bereit für eine Belagerung. Ist dir klar, dass das die ganze Familie betrifft? Red, dich, vielleicht sogar Amy. Und ..."

„Mich nicht", unterbrach Chris ihn schnell. „Ich gehöre nicht zu dieser Familie."

„Du bist mein Bruder. Die werden schon einen Weg finden, dich da mit hineinzuziehen."

„Ich bin Anwalt." Chris kratzte sich am Kinn. „Wenn die auch nur ein unwahres Wort drucken, zerre ich sie vor Gericht."

„Kannst du, aber das wird sie nicht aufhalten."

„Meinst du, ja?"

„Nein, nicht die New Yorker Presse, die ist rücksichtslos."

„Du hast das Treffen mit Red verpasst."

„Und, vererbt er uns alles?" fragte Max sarkastisch.

„Er kam mit zwei Nutten am Arm."

„Soll ich jetzt überrascht sein?"

„Lady Jane saß stinksauer in der Bibliothek, und er marschiert einfach so herein."

„Freitag lässt er uns sitzen, und heute erscheint er mit zwei Nutten. Was treibt er da für Spielchen?"

„Wer weiß."

„Ich muss Clive Barnaby anrufen.“ Max blickte auf die Uhr. „Er hat sich mit den japanischen Bankern getroffen.“

„Vorher solltest du wissen, dass Red offenbar die amerikanischen Banken dazu gebracht hat, deine Kredite zurückzunehmen. Wie es scheint, hat er genug Einfluss.“

„Wie bitte?“ rief Max entsetzt. „Red ist für die Schweinerei verantwortlich?“

„Lady Jane hat uns Kopien der E-Mails gezeigt, die er an die Banken geschrieben hat.“

„Dieser hinterhältige Bastard!“

„Tut mir Leid, Max.“

„Ist dir klar, was dieser verfluchte Scheißkerl mir angetan hat? Ich könnte alles verlieren.“

„Stell dir vor, ich auch. Erinnerst du dich an meine Spielschulden? Nun, der Druck, dass ich sofort zahlen muss, kommt auch von Red. Es würde mich nicht überraschen, wenn er größter Anteilseigner dieses Casinos wäre. Er hat seine schmierigen Finger überall drin.“

„Du meine Güte! Der ändert sich nie, oder?“

„Tja, nun kann er uns nicht mehr verprügeln, also sucht er sich andere Wege, uns zu bestrafen. Der gute alte Daddy.“

Jett blickte Amy an, die mit ausdruckslosem Gesicht vor sich hinstarrte. „Alles in Ordnung?“ Er fragte sich, was sie wohl dachte.

„Danke, ja.“

„Also … ich denke, wir müssen reden.“

„Nicht jetzt.“ Sie deutete auf Lulu. Das kleine Mädchen war damit beschäftigt, an seinem Daumen zu lutschen, die Arme fest um Jetts Hals geschlungen.

„Ich meine nicht jetzt.“ Er konnte nicht umhin, sich an ihre unglaublich weiche Haut zu erinnern und daran, wie sie nach Seife und zartem Parfüm geduftet hatte.

„Vielleicht später.“ Ihr war klar, dass sie das Geschehene nicht einfach ignorieren konnten. Sie wusste zwar nicht, wie es ihm ging, aber die Anspannung brachte sie fast um.

Max' Fahrer brachte sie direkt zu Amys Haus.

Es war ihr nicht ganz wohl dabei, Jett in ihre Wohnung zu lassen, denn obwohl sie so viel miteinander geteilt hatten, waren sie doch eigentlich Fremde.

„Kann ich dir was anbieten?“ Sie war nur froh, dass sie morgens noch aufgeräumt hatte. Denn anders als ihre Mutter, die zwei Hausmädchen beschäftigte, zog sie es vor, nur einmal die Woche eine Putzfrau kommen zu lassen, etwas, worüber Nancy sich ständig beklagte.

„Nein danke.“ Er löste Lulus Arme von seinem Hals und setzte sie ab.

„Will einen Film sehen“, rief Lulu sofort.

„Ich fürchte, ich habe keine Kinderfilme“, sagte Amy hilflos.

„Willst du was Bestimmtes sehen, Hübsche?“ Jett beugte sich zu ihr hinunter.

„Ich will *Die Unglaublichen* sehen. Mit dir.“

„Vielleicht sollten wir mit ihr Essen gehen“, schlug Amy vor. „Ich habe nichts hier. An der Ecke gibt es einen Coffeeshop.“

„Hast du Hunger, Lulu?“ fragte Jett.

„Ich will *Die Unglaublichen* sehen“, wiederholte Lulu.

„Also, pass auf. Du, ich und Amy gehen jetzt zusammen in die Videothek und holen die DVD, dann essen wir einen Burger. Wie wäre es mit einem großen, fetten Burger mit Zwiebeln und allem Drum und Dran?“

„Mama sagt, ich soll keine Hamburger essen", sagte Lulu steif.

„Ausnahmsweise. Burger und Pommes, und danach schauen wir uns zusammen den Film an. Wie klingt das?"

„Nur wenn du mich trägst. Trag mich! Trag mich! *Trag mich!*"

„Ich kann dich doch nicht überall hintragen", rief er lachend. „Du bist zu schwer für meinen armen alten Rücken. Du bist schwer wie ein Sack Kartoffeln."

„Kartoffeln", wiederholte Lulu und lächelte beinahe. „Großer Sack Kartoffeln!"

„Genau, Kleines."

„Ich bin nicht klein."

„Gut – Große. Besser?"

„Trag mich! Trag mich! *Trag mich!*" sang Lulu.

„Okay, okay." Er hob sie wieder hoch. Mit einem Blick auf Amy sagte er: „Weißt du, Gianna und ich, wir sind kein richtiges Paar."

„Du musst mir nichts erklären." Wie geduldig und verständnisvoll er mit seiner Nichte umging.

„Ich finde nur, dass du das wissen solltest."

„Jetzt weiß ich es." Und es macht keinen Unterschied, ich bin mit Max verlobt, dachte sie.

„Okay, Lulu", sagte Jett. „Wir gehen jetzt auf eine kleine Abenteuerreise."

Lulu brach in Kichern aus.

Sonja konnte es kaum erwarten, wieder in ihre Wohnung zu kommen. Sie arbeitete nicht gerade gerne am Wochenende, auch wenn die Bezahlung besser war. Aber sie hatte so lange und hart dafür geschuftet, diese Wohnung zu kaufen, nun wollte sie auch Zeit darin genießen.

Eine ihrer Regeln besagte, niemals einen Kunden in das Apartment mitzunehmen. Sie besuchte sie entweder zu Hause oder im Hotel. Ausnahmen gab es nicht. Und deswegen erschrak sie, als sie ihren Cousin Igor entdeckte, der auf der weißen Couch vor dem Fernseher hockte und sich Chips in den Mund stopfte.

„Was, zum Teufel, tust du hier?“ fragte sie. „Ich habe dir verboten, den Schlüssel zu benutzen. Du sollst vorher anrufen.“

Igor warf ihr einen unbekümmerten Blick zu. „Ich bin dein Cousin, sprich nicht so mit mir. Was interessiert es dich überhaupt, du warst doch das ganze Wochenende nicht hier. Ich dachte, es macht dir nichts aus.“

„Du weißt, dass es mir etwas ausmacht“, rief sie schlecht gelaunt. „Ich will meine Ruhe.“

„Ruhe“, zischte er. „Wie viel Ruhe hast du wohl mit all den Pimmeln, mit denen du deine Zeit verbringst?“

„Meine Kunden zahlen eine Menge Geld.“ Sie zog die Schuhe aus. „Und du hast nichts dagegen, dir deinen Teil davon zu nehmen.“

Igor war ihr Lieblingscousin, der einzige aus der Familie, der es bis nach Amerika geschafft hatte. Sie hatte eine Schwäche für ihn und half ihm regelmäßig aus. Aber manchmal wünschte sie, er würde endlich richtige Arbeit finden und sich nicht länger von ihr durchfüttern lassen.

„Ich bin da in eine … Situation geraten“, sagte er. „Ich kann für ein paar Tage nicht in meine Wohnung zurück.“

„Wieso? Was hast du getan?“

„Nichts.“ Er gähnte. „Hab dir nur ein Geschenk mitgebracht, weil du so eine nette Cousine bist.“

„Was für ein Geschenk?“ fragte sie misstrauisch.

„Ein schönes.“ Er kratzte sich den Bauch.

„Zeig her.“

Er stand auf, durchwühlte seine Jackentasche und kramte eine wunderschöne Perlenkette heraus.

Sonja hielt die Perlen gegen das Licht, um sie mit geschultem Blick zu prüfen. „Sind die echt?“ fragte sie, obwohl sie die Antwort bereits kannte.

„Natürlich sind die echt“, antwortete Igor ungehalten. „Wunderbare Qualität. Hat mich 'ne Menge gekostet.“

„Lügner.“ Sonja betrachtete die Diamantspange, die wie eine Blume geformt war, und fragte sich, wo er ein solches Prachtexemplar aufgetan hatte. Sie legte sich die Kette um den Hals. Echte Perlen waren nun mal echte Perlen, und sie passten gut zu ihrer kürzlich erstandenen Rolex.

Alles in allem war es ein überaus einträgliches Wochenende gewesen.

48. KAPITEL

Die beiden Brüder saßen im Wohnzimmer und tranken Jack Daniel's und teilten sich ein chinesisches Gericht, das sie sich hatten liefern lassen. „Du musst etwas essen, auch wenn du eigentlich nichts runterkriegst", hatte Chris gesagt.

Inzwischen war es nach neunzehn Uhr, und so langsam begann Max wieder etwas klarer zu denken. Zumindest hatte Chris Barnaby gute Neuigkeiten gehabt. Die japanischen Banker waren bereit, Max den Kredit zu geben.

„Ich muss in Mariskas Wohnung." Max erhob sich und lief rastlos im Zimmer auf und ab.

„Um was zu tun?"

„Da gibt es eine Kiste, die sie immer verschlossen hielt. Die muss ich haben, bevor die Polizei sie findet."

„Ihre Wohnung wird versiegelt sein. Wegen der laufenden Ermittlungen."

„Du vergisst, dass das Haus mir gehört", erklärte Max. „Es ist für mich kein Problem, hineinzukommen."

„Du willst dir illegal Zutritt verschaffen?" Chris schüttelte missbilligend den Kopf. „Ist es das, was du vorhast?"

„Es handelt sich um meine Immobilie."

Max zweifelte nicht eine Sekunde daran, dass Vladimir seine Exfrau ermordet hatte, auch wenn die Polizei glaubte, es handelte sich um einen Raubüberfall. Sein Anwalt hatte ihm mitgeteilt, dass ein Hausmädchen der Polizei eine Liste von fehlenden Schmuckstücken und Pelzen gegeben hatte. Und trotzdem war er sicher, dass mehr dahinter steckte. Mariska und Vladimir hatten gemeinsam etwas ausgeheckt, und als es nicht funktionierte, verlor Vladimir die Nerven und brachte sie um.

Um mehr herauszufinden, musste er in ihre Wohnung. Je eher desto besser.

„Und ich gehe jetzt." Er eilte zur Tür.

„Soll ich mitkommen?" Chris wischte sich die Hände an einer Serviette ab. Natürlich konnte er den Plan nicht gutheißen, wollte aber für seinen Bruder da sein.

„Nein." Max schüttelte den Kopf. „Das mache ich besser allein."

„Dann gehe ich in mein Hotel. Es sei denn, du möchtest, dass ich bei Amy vorbeifahre und schaue, ob es Lulu gut geht."

„Da habe ich keinen Zweifel."

Hoffentlich, dachte Chris. Solange Jett sich benimmt und keine Dummheiten macht.

„Du solltest aus deinem Hotel auschecken und bei mir wohnen", sagte Max. „Ich könnte etwas Gesellschaft vertragen."

„Nun, ich schätze, ich könnte ein paar Tage bleiben." Chris dachte nach. Nach Aussage seines Assistenten begannen einige Mandanten schon, sich zu beschweren. Und dann musste er sich noch um Birdys Hochzeit kümmern. „Allerdings ist da noch die Katastrophe mit meinem Haus. Und diese verdammten Spielschulden ..."

„Ich verstehe. Vielleicht kann ich dir aushelfen."

„Ein Darlehen würde mir tatsächlich helfen."

„Du bist mein Bruder", sagte Max trocken. „Wie wäre es, wenn wir es ein zinsloses Darlehen nennen?"

„Das klingt gut."

„Es gibt nur eine Bedingung."

„Und die wäre?"

„Das ist das Ende deiner Spielerkarriere."

„Darauf kannst du wetten."

Amy, Jett und Lulu waren gerade vom Essen zurückgekommen, als Nancy plötzlich vor der Tür stand.

„Mutter!“ rief Amy aus. „Was machst du denn hier?“

Nancy blickte von Jett auf Lulu und wieder zu ihrer Tochter. „Wenn du ans Telefon gehen würdest, hätte ich mich nicht hierher bemühen müssen.“ Sie klang äußerst verärgert.

„O Gott! Tut mir Leid. Wegen dieser Tragödie bin ich einfach zu nichts gekommen. Max ist völlig am Ende, er hat mich gebeten, mich um Lulu zu kümmern, und zum Glück ist Jett mitgekommen, um mir zu helfen, weil ...“

„Hallo Mrs. Scott-Simon“, sagte Jett.

„Guten Abend.“ Nancy nickte frostig.

„Also, ich leg für Lulu mal den Film ein“, sagte er. „Ist das in Ordnung?“

„Danke.“ Amy war klar, wie die Szene auf Nancy wirken musste. „Lass uns in die Küche gehen, Mom.“

Mit schmalen Lippen folgte Nancy ihrer Tochter. „Ist dir eigentlich klar, was das bedeutet?“ Sie wischte über einen Küchenstuhl, bevor sie sich hinsetzte.

„Ja, Mom“, entgegnete Amy geduldig. „Es bedeutet, dass Lulu ihre Mutter verloren hat. Ich kümmere mich um sie, weil ihr Kindermädchen gekündigt hat und ...“

„Amy!“ unterbrach Nancy sie ungehalten. „Wir müssen die Hochzeit absagen.“

„Wie bitte?“

„Wir müssen die Hochzeit absagen“, wiederholte Nancy, jedes einzelne Wort betonend.

„Oh.“ Amy setzte sich. „Du meinst, wir sollten sie verschieben?“

„Nicht verschieben.“

„Dann sollte vielleicht alles beim Alten bleiben. Ich werde mit Max sprechen, er wird bestimmt …"

„Amy! Sei still! Wir sind doch keine Barbaren. Die Frau dieses Mannes …"

„Exfrau, Mutter."

„Die Exfrau dieses Mannes wurde auf sehr schreckliche Weise ermordet. Unser Name darf keinesfalls mit diesem Skandal in Verbindung gebracht werden. Das kann ich nicht zulassen. Du musst Max den Ring zurückgeben, die Verlobung lösen und auf eine lange Reise gehen."

„Das meinst du doch nicht ernst?"

„Das meine ich sogar sehr ernst. Du musst dich von der Diamond-Familie distanzieren, bevor diese Geschichte unseren guten Namen besudelt."

„Mutter, Max ist mein Verlobter. Ich werde ihn heiraten!"

„Nein, Amy, das wirst du nicht."

„Du hast nicht darüber zu bestimmen, wen ich heirate", rief Amy erbost. „Davon abgesehen hat nicht Max seine Frau umgebracht. Er hat nichts damit zu tun."

„Woher willst du das wissen?"

„Um Himmels willen Mutter!"

„Hast du die Nachrichten verfolgt?"

„Nein."

„Dort werden Fotos von Max gezeigt, und *dein* Name wird erwähnt. Mir schaudert schon jetzt bei der Vorstellung, was die Zeitungen morgen schreiben."

„Max ist ein unschuldiges Opfer, Mutter."

„Er ist kein Opfer, Amy", sagte Nancy steif. „Er ist ein extrem wohlhabender Mann mit weit reichenden Beziehungen, dessen Frau brutal ermordet wurde. Und er ist der Hauptverdächtige."

„Das ist doch Blödsinn, Mutter."

„Du *musst* die Hochzeit absagen. Ich habe bereits mit unserem Anwalt gesprochen, und er ist derselben Meinung. Ich erwarte, dass du gehorchst. Und Herrgottnochmal, schaff dieses Kind und Max' Bruder aus deiner Wohnung."

„Du bist verrückt."

„Ich sage dir nur, was das Beste für dich ist. Und du solltest meinen Rat befolgen, junge Dame. Wenn nicht, bin ich gezwungen, mit deiner Großmutter über dein Erbe zu sprechen." Und damit stand Nancy auf. „Ich erwarte, später von dir zu hören." Sie rauschte aus der Küche.

Max fuhr in die Tiefgarage und läutete beim Nachtportier.

„Hier ist Mr. Diamond. Ist die Presse noch vor der Tür?"

„Ja, Sir, schon den ganzen Tag."

„Und die Polizei?"

„Fast alle sind gegangen. Ich glaube, vor der Tür der ... ähm ... ehemaligen Mrs. Diamond steht ein Beamter."

„Sind Sie sicher?"

„Ja, Sir. Irena, das Hausmädchen von Mrs. Diamond, wollte vorhin in die Wohnung, um einige ihrer Sachen zu holen, aber der Polizist ließ sie nicht hinein."

„Verstehe", sagte Max langsam. „Nun, ich jedenfalls muss Kleider für meine Tochter holen. Vielleicht könnten Sie dem Polizisten etwas zu Trinken anbieten."

„Ich glaube kaum, dass er seinen Posten verlassen darf, Sir."

„Bieten Sie ihm irgendwas an. Ganz bestimmt können Sie ihn zu einer kleinen Pause überreden."

„Ich werde es versuchen."

„Tun Sie das. Ich werde Ihre Mühe entlohnen."

„Ich sehe, was ich tun kann."

Max wartete noch fünf Minuten, bevor er mit dem Fahrstuhl nach oben fuhr. Der Portier hatte ganze Arbeit geleistet, kein Polizist war in Sicht. Er duckte sich unter dem gelben Absperrband hindurch und schloss die Tür auf.

Er wusste, dass Mariska die Kiste im Schrank eines der Gästezimmer aufbewahrt hatte. „Das ist für den Schmuck, der nicht im Safe liegt", hatte sie ihm erklärt. Warum hätte er ihr nicht glauben sollen?

Er ging direkt zu diesem Schrank und fand die Kiste. Nur für den Fall, dass der Polizist inzwischen wieder zurück war, eilte er in Lulus Zimmer, schnappte sich auch noch einen Arm voll Kleider und ein paar Kuscheltiere und verließ die Wohnung.

Noch immer kein Polizist in Sicht. Das war einfacher gewesen, als er sich erhofft hatte.

Nun hatte er den Rest des Abends Zeit, mehr über seine tote Exfrau herauszufinden.

49. KAPITEL

Das ist deine Chance, Liberty. Nutze sie!

Wieder und wieder kreisten ihre Gedanken um Bruces Worte. Die Entscheidung, nach L.A. zu fliegen, war ihr nicht leicht gefallen, denn dafür musste sie das Treffen mit Damon und diesem Produzenten sausen lassen. Und ihre Musik war ihr schließlich wichtiger als alles andere. Aber wie hätte sie auf diese Menge Geld einfach so verzichten können? Ganz zu schweigen von einer Reise nach Los Angeles – davon hatte sie schon immer geträumt.

Es war sogar eine riesige Chance, aus der sich noch so viel mehr ergeben konnte. Sie hatte Damon eine Nachricht auf der Mailbox hinterlassen und ihre Situation erklärt. Danach hatte sie gerade noch genug Zeit, ein paar Kleider in eine Tasche zu werfen und zum Flughafen zu fahren.

Es war ihr erster Flug. Liberty war nervös. Die säuerlich guckende Frau neben ihr schien sich nicht unterhalten zu wollen, also schnallte Liberty sich an und lehnte sich zurück.

Erst da fiel ihr ein, dass sie ihre Mutter nicht zurückgerufen hatte. Und sie überlegte, wie sie eigentlich Cindi künftig erreichen sollte. Cindi hatte versprochen, sie anzurufen, aber offenbar war sie sehr mit Slick Jimmy beschäftigt. Bei einem Absturz würde nur Bruce, ein Mann, den sie erst einmal gesehen hatte, wissen, dass sie in dem Flugzeug gesessen hatte. Und Damon, weil sie ihm ja eine Nachricht hinterlassen hatte.

Sie beschloss, ihre Mutter sofort anzurufen, wenn sie im Hotel angekommen war, und dann Manny und Golda im Coffeeshop, um ihnen zu sagen, dass sie nicht mehr kommen würde. Um ihre Obdachlosen tat es ihr Leid, die fragten sich inzwischen bestimmt, was aus ihr geworden war. Sobald sie ihre Gage hatte, wollte sie ihnen etwas Bargeld geben, dann konnten sie sich ihr Essen selbst kaufen.

Um was es bei dem Fotoshooting wohl ging? Sie hätte Bruce fragen sollen, aber alles war so schnell gegangen.

Schließlich schlief sie ein und erwachte erst, als das Flugzeug landete.

In der Ankunftshalle blickte sie sich suchend um. Sie entdeckte einen schwarzen Mann mittleren Alters, der ein Schild mit ihrem Namen in die Höhe hielt. Sie lief auf ihn zu. „Ich glaube, Sie suchen mich?"

„Liberty."

„Genau."

„Ich bin Ihr Fahrer, Ma'am", sagte er höflich. „Der Wagen steht draußen. Haben Sie Gepäck?"

„Nur diese Tasche."

„Ich nehme sie."

Ein Wagen und ein Fahrer, wenn das nicht cool war! Cindi würde vor Neid platzen, wenn sie ihr das erzählte.

Sie folgte dem Mann zu einer weißen Limousine. „Die ist für mich?" fragte Liberty überrascht. „Sind Sie sicher?"

„Ja, Ma'am." Er hielt ihr die Tür auf. „Ich fahre sie ins Shutters."

„Das ist ein Hotel, oder?"

„Ja, Ma'am. In Santa Monica direkt am Meer."

Das war zu viel. Bisher war sie nur ein einziges Mal am Meer gewesen, als sie mit vierzehn einen Sonntag auf Coney Island verbrachte.

Im Wagen befand sich ein Telefon, und Liberty überlegte, ob sie es wohl benutzen durfte. Nein, es war besser zu warten, bis sie im Hotel war. Wie viel so ein Anruf aus dem Hotel wohl kostete? Vermutlich ein Vermögen, aber Bruce hatte ja gesagt, dass alle Ausgaben übernommen würden.

An der Rezeption des mondänen Hotels wurde sie außerordentlich freundlich begrüßt und in ein Zimmer mit Meerblick geführt. Ungläubig sah sie sich um, das Zimmer war größer als die Wohnung, die sie sich mit Cindi teilte. Es gab eine Minibar, einen Fernseher mit Flachbildschirm, ein weiches, sehr luxuriöses Bett, ein Badezimmer mit Dusche und riesiger Badewanne und einem weiteren Fernseher und garantiert keine Kakerlaken oder Ratten!

Sie streifte die Schuhe ab, trat auf den kleinen Balkon und atmete tief ein. Obwohl es schon nach Mitternacht war, war die Luft noch immer mild, das Meer rauschte beruhigend. Ich glaube, ich träume, dachte sie. Das kann nur ein verrückter Traum sein. Oder geschieht das wirklich?

Ein Klopfen an der Tür schleuderte sie zurück in die Wirklichkeit. „Wer ist da?“ rief sie.

„Mein Name ist Chip, ich bin Ihr freundlicher Fotograf von nebenan“, hörte sie eine Männerstimme.

„Einen Moment.“ Sie zog die Schuhe wieder an und öffnete die Tür.

Vor ihr stand der Pizzalieferant, den sie im Fahrstuhl bei ihrem ersten Go-see getroffen hatte.

„Was hat das ...“

Der Pizzajunge grinste sie schief an. „Man darf einem Mann, der in einem Fahrstuhl Pizza isst, niemals trauen. Wie sich herausstellte, haben Sie dieses frische Gesicht, nach dem sich meine Kamera verzehrt. Sie kommen aufs Titelbild einer neuen Zeitschrift, also gönnen Sie sich ausreichend Schlaf und lassen

Sie mich morgen nicht hängen. Denn ich habe Sie ausgesucht, und die ganzen Wichtigtuer sind sauer, dass sie vorher nicht gefragt wurden. Sechs Uhr morgen früh geht's los, Haare, Make-up, und, ach so." Er grinste wieder. „Willkommen in L.A."

Und so schnell wie er gekommen war, war er auch wieder weg und ließ sie völlig verdutzt zurück.

Wie sich herausstellte, war der Pizzalieferant momentan einer der angesagtesten Fotografen. Mit nur sechsundzwanzig Jahren hatte er bereits für alle wichtigen Zeitschriften die Titelfotos gemacht, sein erotischer Stil erinnerte an die frühe Annie Leibowitz.

Nun sollte er also für ein neues Magazin namens *White Cool* fotografieren, wofür er ein ganz neues Gesicht suchte. Enttäuscht von den bekannten Models, die zu dem Termin gekommen waren, hatte er sich eine Pizza bestellt und frische Luft geschnappt. Für ihn verkörperte Liberty eine Mischung aus Schönheit, Klugheit und einer Brise Unschuld. Er hatte sofort gewusst, dass sie die Richtige war. Und nun posierte sie in Tanga und BH am Strand, exotisch geschminkt mit Haarverlängerungen. Ihr Körper war eingeölt und glänzte in der Sonne.

Sie war vor sechs Uhr aufgestanden und sofort auf den Balkon geeilt, um ihre Umgebung bei Tageslicht zu betrachten. Meilenweiter weißer Sandstrand, Palmen, blauer Himmel und joggende und Rad fahrende Menschen. Ein Paradies. Sie konnte es noch immer nicht fassen.

Das Team stand herum und beobachtete jede ihrer Bewegungen. Quinn, der Visagist, ein schlanker schwarzer Typ mit weißem, schulterlangem Haar und gebleichten Augenbrauen.

Teddy, einer der besten Friseure in Los Angeles. Und Uma, eine maskuline Starstylistin mit einem untrüglichen Blick für Details. Dieses freundliche Trio hatte zwei Stunden an ihr gearbeitet, bis Chip endlich zufrieden war.

Außerdem gab es noch zwei dynamische Fotoassistenten und einen Laufburschen. Eine Cateringfirma baute gerade unter einem Baldachin das Mittagessen auf.

Chip hatte an alles gedacht, um eine entspannte Atmosphäre zu schaffen. Er hatte sogar seinen iPod mit Lautsprechern aufgestellt und ließ brasilianische Musik laufen. Anfangs war sie noch sehr gehemmt, doch nach und nach begann sie, sich zu entspannen. Chip feuerte Liberty an und zeigte ihr nach kurzer Zeit einige Polaroids. Sie konnte kaum glauben, dass sie die Frau auf den Fotos sein sollte.

Danach war es leicht, sie bewegte sich so locker und verführerisch, als hätte sie noch nie etwas anderes getan.

„Ja, weiter!“ rief Chip. „Du siehst unglaublich aus. Ja! Zeig es mir, Liberty. Das ist es! Genau so!“

In der Mittagspause schwebte sie im siebten Himmel. Das Team fiel über sie her. Uma warf ihr einen weißen Morgenmantel über die Schultern, während Teddy ihr erklärte, dass für die nächste Serie ihr Aussehen völlig geändert werden und sie sich mit dem Essen beeilen sollte.

Konnte es noch besser werden?

Unwahrscheinlich.

Ihr Adrenalinspiegel war beängstigend hoch. In der Nacht zuvor war sie komplett bekleidet eingeschlafen, hatte niemanden mehr angerufen und genau wie ihre Cousine Golda und Manny ohne Erklärung einfach hängen lassen.

Doch was sollte sie tun? Sie kam sich vor wie in einem

Schnellzug, aus dem sie nicht aussteigen konnte. Nicht aussteigen wollte. Es war so eine herrliche Reise.

Genauso herrlich wie das Mittagessen unter den sich wiegenden Palmen. Hummer und Garnelen, gemischter Salat, verschiedene Brote, Wein und Musik.

Chip, dem der Laufbursche eine Ausgabe der *New York Post* gebracht hatte, las die Sportseiten. Liberty überflog die auffällige Schlagzeile auf der Titelseite.

High Society-Lady ermordet!
Mariska Diamond erstochen!
Mörder in Manhattan!

Ach, deshalb hatte Diahann versucht, sie zu erreichen.

„Kann ich mal dein Telefon benutzen?“ fragte sie Teddy. „Ich glaube, ich sollte besser mal mit meiner Mom sprechen.“

50. KAPITEL

Max saß in der Küche und überflog die Zeitungen. Die Schlagzeilen waren sogar noch schlimmer, als er sich vorgestellt hatte. *High Society-Lady ermordet!* titelte die *New York Post. Prominente Schönheit mit sechs Stichen getötet!* war auf dem Titelbild der *Daily News* zu lesen. Selbst die *Times* und das *Wall Street Journal* berichteten über den Fall. Außerdem waren jede Menge Fotos abgedruckt, meist von Mariska auf unterschiedlichsten Veranstaltungen, auf einigen war sie auch zusammen mit Max zu sehen. Ein Foto zeigte sie sogar mit Lulu bei einem Tennisturnier in den Hamptons.

„Himmel noch mal!“ stöhnte Max. „Warum müssen sie meine Tochter abbilden?“

Ihm fiel ein, dass er Amy noch nicht angerufen hatte. Am Abend zuvor war er so damit beschäftigt gewesen, Mariskas Unterlagen zu durchforsten, dass er Amy und Lulu völlig vergessen hatte.

Er ging zum Telefon. „Tut mir Leid, Sweetheart“, entschuldigte er sich. „Ich bin so kaputt, ich muss gestern einfach eingeschlafen sein. Geht’s dir gut? Ist Jett noch bei dir?“

„Nein. Er ging, nachdem Lulu eingeschlafen war.“

„Und wie geht es ihr heute?“

„Sie ist unglücklich. Sie will bei dir sein, Max, und das kann ich verstehen. Sie hatte gestern ein traumatisches Erlebnis, sie muss jetzt einfach bei dir sein.“

„Das ist im Augenblick schwierig.“ Er hatte keine Ahnung, was er mit Lulu anfangen sollte.

„Max, sie kennt mich so gut wie gar nicht. Kannst du nicht ihr Kindermädchen überreden, zurückzukommen?“

„Diese Frau ist nach England geflogen“, sagte er hilflos.

„Aber sie sollte bei jemandem sein, bei dem sie sich geborgen fühlt.“

„Meinst du, das wüsste ich nicht?“

„Hatte Mariska keine guten Freundinnen, die sich um sie kümmern können?“

„Nein. Und es wäre mir auch nicht recht.“

„Was willst du also tun?“

„Ich hole sie ab.“

„Ich glaube, das ist eine gute Idee.“

„Amy“, murmelte er beschwörend. „Sie darf auf keinen Fall die Zeitungen sehen.“

„Ich kümmere mich darum.“

„Ich dachte, dass wir drei vielleicht nächstes Wochenende in das Haus deiner Mutter in den Hamptons fahren könnten. Du weißt schon, um aus der Schusslinie zu geraten.“

„Das ist kein guter Plan.“ Amy stellte sich vor, wie ihre Mutter auf den Vorschlag reagieren würde.

„Weshalb nicht?“

„Also … wir müssen reden, Max, meine Mutter ist außer sich.“

„Wieso ist ausgerechnet sie außer sich?“

„Sie will, dass wir die Hochzeit … verschieben.“

„Du liebe Zeit, darüber habe ich mir noch keine Gedanken gemacht. Aber ich schätze in Anbetracht der Umstände sollten wir das wirklich tun.“

„Ich glaube auch.“

„Nancy macht dich bestimmt ganz verrückt.“

„Allerdings.“ Amy klemmte sich den Hörer unters Kinn. „Ehrlich gesagt, sie verlangt noch viel mehr.“

„Mehr als was?“ fragte Max misstrauisch.

„Sie will nicht nur, dass wir die Hochzeit verschieben. Sie findet, ich sollte die Verlobung lösen.“

„Wie bitte?“

„Ich weiß, es ist lächerlich, und das kommt auch gar nicht in Frage.“

„Deine Mutter ist eine Hexe“, rief er. „Und dieses Wort benutze ich äußerst selten.“

„Ich weiß.“

„Und was hast du gesagt?“

„Dass ich mich auf keinen Fall von dir trennen werde. Ich lasse mich nicht von ihr manipulieren.“

„Gott sei Dank! Denn ohne dich würde ich das alles nicht durchstehen, Amy. Wir wissen beide, dass ich nicht sonderlich gut darin bin, meine Gefühle auszudrücken, aber glaub' mir, du bedeutest mir alles.“

„Ich wollte sowieso keine große Hochzeit.“ Amy versuchte, die Situation etwas aufzuhellen. „Du?“

„Wir haben das nur für deine Mutter gemacht“, stimmte er zu.

„Eben.“

„Das ist vielleicht gar nicht schlecht.“

„Ja?“

„Natürlich. Wir brauchen dieses ganze Drumherum doch gar nicht. Wir fliegen nach Bali oder sonst wo hin und lassen uns schlicht und einfach trauen.“

„Das würde mir gefallen.“

„Gut, Süße, ich komme in einer Stunde und hole Lulu ab.“

Nachdem er aufgelegt hatte, begann er zu grübeln, wie er für Lulu sorgen sollte. Er hatte so viel zu regeln, und egal, wie gern er mit seiner Tochter zusammen war, nun war einfach nicht der passende Zeitpunkt.

Mrs. Conner, seine Haushälterin, betrat die Küche. „Mein herzliches Beileid, Mr. Diamond“, sagte sie mit ihrem beruhigenden schottischen Akzent. „Ich war mir nicht sicher, ob ich heute kommen sollte. Wenn sie wollen, dann gehe ich wieder.“

„Nein“, sagte er schnell. „Bitte bleiben sie. Ich hatte gehofft, sie könnten sich um Lulu kümmern. Ich möchte sie noch nicht wieder in die Schule gehen lassen, und ich weiß doch, wie gerne sie mit Ihnen zusammen ist. Es ist gerade sehr schwierig, und nachdem das Kindermädchen gekündigt hat …“

„Aber natürlich kümmere ich mich um die Kleine, Mr. Diamond. Wo ist sie denn?“

„Sie hat bei meiner Verlobten übernachtet. Ich hole sie gleich ab.“

„Dann backe ich die leckeren Pfannkuchen aus Buttermilch, von denen sie nie genug bekommen kann. Machen Sie sich keine Gedanken, Mr. Diamond, ich werde gut für sie sorgen. Ich habe selbst drei Kinder großgezogen.“

„Danke, Mrs. Conner.“

Chris spazierte in die Küche. „Was ist los?“ fragte er. „Ich habe gehört, wie du die ganze Nacht auf und ab gewandert bist. Dieser Holzboden ist furchtbar.“

„Ich habe ein paar Dinge herausgefunden“, antwortete Max grimmig.

„Interessante Dinge?“ Chris schenkte sich ein Glas Orangensaft ein.

„Ja.“ Er warf Mrs. Conner einen Blick zu. Dann fuhr er fort: „Komm doch mit, wenn ich Lulu abhole. Dann kann ich dir alles erzählen.“

Amy legte den Hörer auf und machte sich auf die Suche nach Lulu. Das kleine Mädchen saß schluchzend mitten auf dem Bett.

„Ich will zu meiner Mama“, rief sie mit tränenerstickter Stimme. „Wo ist meine Mama?“

„Dein Daddy holt dich ab.“ Amy fühlte sich der Situation nicht gewachsen. „Er wird gleich hier sein. Soll ich dir beim Anziehen helfen?“

„Ich will mich nicht anziehen“, schrie Lulu.

„Wieso nicht?“ fragte Amy geduldig.

„Weil meine Kleider nicht hier sind“, murmelte Lulu.

„Doch, da ist doch dieses hübsche Kleid, das du gestern anhattest.“

„Das will ich nicht wieder anziehen.“

„Wieso denn nicht?“

„ICH WILL ZU MEINER MAMA“, brüllte Lulu.

„Ich weiß. Und wenn du dich jetzt anziehst, dann bist du fertig, wenn dein Daddy kommt.“

„Aber ich will zu meiner Mama, nicht zu Daddy.“ Lulus Unterlippe bebte.

„Deine Mama kann im Moment nicht kommen, aber Daddy sitzt schon im Auto, um dich zu holen.“ Sie reichte Lulu das Kleid.

„Hab ich gestern angehabt“. Lulu warf das Kleid zurück. „Ich will ’was anderes.“

„Aber du hast nichts anderes hier.“

„Ich will Jeans“, heulte Lulu.

„Wie gesagt, wir haben deine Kleider nicht hier.“

Lulu warf ihr einen erbosten Blick zu.

„Ich habe eine tolle Idee“, rief Amy fröhlich. „Lass uns frühstücken gehen.“

„Will nicht frühstücken.“ Lulu schmollte.

„Gibt es irgendetwas, das du willst?“

„Ja, ich will zu meiner Mama.“ Lulus Augen füllten sich wieder mit Tränen. „Wo ist meine Mama?“

Amy wollte sie in den Arm nehmen, aber Lulu schob sie weg.

„Hör mal, Lulu“, flüsterte Amy sanft. „Wäre es nicht schön, wenn wir Freundinnen wären? Wir könnten ganz viel Spaß zusammen haben, ich würde dir das Spielzeug von Hello Kitty kaufen, das du so magst, und vielleicht könnten wir ja mal nach Disneyland fahren.“

„Will nicht ins doofe Disneyland. Ich will zu meiner Mama!“

„Nun. Ich lasse das Kleid hier, und wenn du es anziehst und in die Küche kommst, dann backe ich uns Waffeln. Wie wäre das?“

„Keine doofen Waffeln.“

„Auch gut. Falls du deine Meinung änderst, ich bin in der Küche.“

Mit Jett in der Nähe war es einfacher gewesen. Er hatte mit dem kleinen Mädchen gespielt und gelacht, doch sobald Lulu eingeschlafen war, hatte Amy ihn gebeten, zu gehen.

„Ich dachte, wir könnten jetzt sprechen“, sagte er.

„Das ist kein guter Zeitpunkt.“

„Irgendwann müssen wir sprechen.“ Er versuchte, ihren Blick aufzufangen, aber sie sah ihn nicht an.

„Nicht jetzt. Mir geht es nicht sehr gut. Das war ein furchtbarer Tag. Und mit Lulu in der Nähe kann ich nicht diskutieren, was zwischen uns geschehen ist.“

„Du willst also wirklich nicht darüber reden?“ Er wollte einfach nicht aufgeben.

„Was gibt es denn zu sagen?" Sie zuckte hilflos mit den Schultern. „Keiner von uns ahnte, welche Konsequenzen diese Nacht haben würde. Du hattest keine Ahnung, wer ich bin, und ich kannte dich nicht. Es ist mir peinlich, und ich bin … verwirrt. Also geh' bitte, Jett."

Kaum war er gegangen, da bereute sie bereits, ihn weggeschickt zu haben. Und dann bekam sie ein schlechtes Gewissen, weil sie so fühlte. Das war Max gegenüber nicht fair.

Zu allem Überfluss saß ihr auch noch ihre Mutter im Nacken und verlangte, dass sie sich von Max trennen und eine lange Reise antreten sollte. Was glaubte diese Frau eigentlich? Dass sie einfach kündigen und verschwinden würde? Das war so typisch Nancy – ihr ging es immer nur darum, ihren so wertvollen Familiennamen zu retten.

Solange sie sich erinnern konnte, hatte ihre Mutter sie mit der Erbschaft erpresst. Aber Grandma Poppy würde sie niemals enterben, ihre Großmutter war eine gütige, großzügige und sehr kluge alte Dame, die Nancy sowieso kein Gehör schenken würde.

Davon abgesehen war es Amy völlig egal, ob sie etwas erbte oder nicht. Im Leben ging es nicht darum, wie viel Geld man besaß, und auf gar keinen Fall würde sie Max jetzt hängen lassen.

Sie ging in die Küche und taute Waffeln für ein Kind auf, das sie nicht ausstehen konnte.

Am Dienstagmorgen wurde Jeff von Gianna ins Fotostudio geschleift, obwohl er am liebsten zu Max gegangen und gefragt hätte, ob er etwas für ihn tun könne.

Aber Gianna wollte nichts davon wissen. „Die bezahlen dir gutes Geld", erklärte sie. „Das ist doch prima, *no?*"

„Ja, klar, aber …“

„Du hast einen Ruf zu verlieren, Jett“, sagte sie streng. „Du kannst nicht in der letzten Sekunde abspringen. Du hast schon gestern die Anprobe verpasst. Zum Glück kenne ich deinen Körper gut genug.“ Sie sah ihn an. „Du wirst die Mode toll finden, *carino,* so sexy. Und du bist sexy, *no?*“

Er konnte es nicht leiden, wenn sie so mit ihm sprach.

„Ich sollte das alles absagen“, beschwerte er sich. „Es ist nicht richtig, nach allem, was mein Bruder gerade durchmacht.“

„Du warst gestern mit ihm zusammen. Und heute arbeitest du. Das ist nicht dein Problem, *carino.*“

„Wie kannst du so kaltherzig sein, Gianna?“ fragte er. „Max' Frau wurde ermordet.“

„Sie war nicht mehr seine Frau.“

„Trotzdem. Mariska war Lulus Mutter.“

„Jett“, sagte Gianna ein wenig kühl. „Ich bin in New York, und wir machen die Fotos zusammen. Ich habe darauf bestanden, dass du den Job bekommst, du kannst mich jetzt nicht hängen lassen.“

Nun saß er also zusammen mit Gianna in einem Taxi und las beim Vorbeifahren die Schlagzeilen an den Kiosken. Was für ein schreckliches Durcheinander. Gestern Abend war es ihm nicht gelungen, mit Amy zu sprechen. Sie war ihm wie ein nervöses Rennpferd vorgekommen, das zurückwich, wenn er nur in die Nähe kam. Also war er irgendwann gegangen. Würde er jemals die Gelegenheit haben, ihr von seinen Gefühlen zu erzählen? In einem Punkt allerdings hatte sie Recht, der Zeitpunkt war wirklich nicht günstig.

Gianna war nicht da gewesen, als er danach in Sams Wohnung zurückkam. Sie zog mit Sofia Courtenelli bis morgens um zwei durch die Clubs und versuchte dann, ihn zu wecken. Er tat so, als ob er tief schliefe, während sie all ihr erotisches Können einsetzte. Das Problem war, dass sein Schwanz nicht mit seinem Kopf übereinstimmte. Und so kletterte Gianna einfach auf ihn, und als er bereits nach fünf Minuten kam, rollte sie sich unbeeindruckt von ihm herunter und streichelte sich selbst.

In all der Zeit tat er so, als ob er schliefe.

Nichts konnte Gianna etwas anhaben. Sie war völlig selbstzufrieden, eine Frau, die sich einfach nahm, was sie wollte.

Zum ersten Mal im Leben fühlte er sich benutzt. Das war kein besonders angenehmes Gefühl, er musste sich aber eingestehen, dass er in der Vergangenheit viele Mädchen wohl ähnlich behandelt hatte.

Nun, wenigstens hatte er sich geändert. Aus ihm war ein rücksichtsvoller Mann geworden.

Klar, so verdammt rücksichtsvoll, dass er an nichts anderes denken konnte als an die Verlobte seines Bruders.

Toll. Ganz toll.

Nur leider konnte er überhaupt nichts dagegen tun.

51. KAPITEL

Red Diamond fand es nicht amüsant, in den Schlagzeilen aufzutauchen. Dieser Mord an Mariska war ärgerlich, es passte ihm nicht, dass sein Name mit diesem russischen Flittchen in Verbindung gebracht wurde. Schon nach dem ersten Treffen mit Mariska hatte er Max gewarnt: „Sie ist eine russische Prostituierte. Sie heiratet dich nur wegen deines Geldes und der Green Card. Nur darum geht es diesen russischen Nutten, die sich einen reichen Geschäftsmann angeln."

„Wie kannst du es wagen, so über meine zukünftige Frau zu sprechen?" rief Max. „Zu deiner Information, sie hat bereits eine Green Card, und sie ist eine sehr intelligente, liebenswerte Frau mit einem Job. Sie braucht mein Geld nicht."

„Das wirst du schon noch herausfinden", murmelte Red. „Genauso wie damals bei diesem kleinen Flittchen, das du zum Abschlussball mitgenommen hast. Weißt du noch? Sie konnte es kaum erwarten, vom Vater ihres Freundes so richtig rangenommen zu werden."

„Du hast sie vergewaltigt."

„Glaubst du das wirklich?" Red lächelte böse. „Sie hat darum gebettelt, Sohn. Sie hat nach einem harten Schwanz gebettelt, den du ihr nicht bieten konntest."

Max war nahe daran, seinem Vater ins Gesicht zu schlagen. Doch stattdessen sprach er einfach ein paar Monate lang kein Wort mehr mit ihm, bis Lady Jane eingriff. Sie sammelte Spenden für eine ihrer Wohltätigkeitsveranstaltungen und lud Mariska und Max zum Abendessen ein. Noch immer begriff er nicht, warum er darauf eingegangen war. Aber wie seine Brüder hoffte er tief im Herzen immer wieder, dass der alte Herr sich eines Tages änderte. Wie schön es wäre, einen Vater zu haben, der sich für einen interessierte.

Mariska war ganz begeistert, den Milliardär und seine adlige Freundin kennen zu lernen. Aber Red hatte sich nicht verändert, er war so abstoßend wie immer, Max litt in jeder einzelnen Minute, und danach weigerte er sich, sich noch einmal mit den beiden zu treffen. Obwohl Mariska ihn immer wieder anflehte.

Red stampfte durchs Haus und brüllte jeden an, der ihm in den Weg trat. Er war wütend auf Lady Jane. Diese Schlampe hatte seinen Safe geöffnet, sein Testament gelesen, in seinen privaten Unterlagen geschnüffelt und Dinge herausgefunden, die sonst niemand wusste. Und jetzt drohte sie damit, an die Öffentlichkeit zu gehen, wenn er ihr nicht unverschämt viel Geld zahlte.

Ihr Anwalt hatte flugs eine Abfindung von fünfunddreißig Millionen Dollar gefordert. Fünf Millionen Dollar für jedes Jahr ihres Zusammenlebens. Und das war erst der Anfang.

„In Anbetracht der Tatsache, wie viel du besitzt, kommst du eigentlich noch ganz gut weg", hatte sie verkündet.

Schlampe. Hure. Sie alle waren Huren. Sie alle hatten ihren Preis. Er musste es wissen, er hatte schließlich genug von ihnen geheiratet.

Max war kein guter Fahrer, an jeder roten Ampel trat er so heftig auf die Bremse, dass der Mercedes abrupt zum Stehen kam. Er hatte seinem Fahrer freigegeben, um in Ruhe mit Chris sprechen zu können.

Chris versicherte sich noch einmal, dass er richtig angeschnallt war. „Du bist also gestern Abend noch in Mariskas Wohnung gegangen?"

Max nickte.

„Und?“

„Mariska hatte eine Menge Geheimnisse. Ich habe die Kiste gefunden.“ Max wich einem Fußgänger aus.

„Hast du sie mitgenommen?“

„Allerdings.“

„Was bedeutet, dass du Beweismittel von einem Tatort entfernt hast. Das ist nicht gerade klug, Max.“

„Ich tue das für meine Tochter. Ich muss Lulu beschützen.“

„Und was hast du gefunden?“

„Wie wäre es mit einer halben Million Dollar in bar.“

„In bar? Von dir?“

„Nicht von mir. Mariska hat eine hohe Abfindung bekommen und die Wohnung. Ansonsten zahlte ich ihr nur Unterhalt für Lulu, und der wurde überwiesen.“

„Woher kommt das Geld dann?“ fragte Chris.

„Woher zum Teufel soll ich das wissen? Außerdem waren da noch einige Edelsteine. Diamanten, Smaragde, ziemlich groß, vermutlich ein paar Millionen wert. Ich verstehe das nicht.“

„Und sonst?“

„Ihre Geburtsurkunde. Sie war zehn Jahre älter, als sie behauptet hat, also war sie neunundvierzig und nicht neununddreißig. Außerdem ihre und Vladimirs Heiratsurkunde.“ Beinahe wäre er auf ein Taxi aufgefahren. „Sie hat mich ganz schön an der Nase herumgeführt. Was für eine Lügnerin! Was für eine hinterhältige Betrügerin!“

„Sie ist tot, Max. Du kannst das nicht mehr ändern.“

„Ich weiß“, entgegnete Max bitter. „Aber wie konnte sie das Lulu antun? Alles war ein riesiger Betrug.“

„Sie konnte nicht wissen, dass es so ausgehen würde.“

„Außerdem war da noch ein Adressbuch voller Namen, die ich noch nie gehört habe. Überwiegend russische Namen."

„Wohl aus der Zeit, als sie noch in Moskau lebte."

„Nein. Es sind amerikanische Telefonnummern. Mariska führte ein Doppelleben, von dem niemand etwas wusste. Jedenfalls ich nicht."

„Wie wäre es, wenn du das alles der Polizei erzählst und sie die Arbeit machen lässt?"

„Auf keinen Fall." Max hupte eine blonde Frau in einem Volvo an, die ihm den Weg abschneiden wollte.

„Nein?" Chris stemmte die Füße gegen den Boden.

„Nein, Chris. Ich muss meine Tochter schützen."

„Ich weiß nicht, was ich sagen soll, Max. Willst du diesen Vladimir selbst zur Strecke bringen? Weißt du, ich habe dich nie als einen Bruce-Willis-Typ eingeschätzt."

„Ich habe nicht die geringste Ahnung, was ich tun werde. Wenn ich abwarte, wird Vladimir garantiert einen erneuten Erpressungsversuch starten, und dann werde ich die Polizei oder das FBI benachrichtigen."

„Also weißt du", sagte Chris nachdenklich. „Irgendwie kapiere ich es nicht. Vielleicht kannst du mir helfen."

„Schieß los."

„Du willst ihnen jetzt nicht sagen, was du weißt, aber wenn er dich wieder erpresst, dann schon."

„Richtig."

„Was ist der Unterschied? Die Schlagzeilen werden dieselben sein."

„Ich weiß. Aber ich brauche ein paar Tage, bis ich wieder einen klaren Kopf habe."

Chris zuckte mit den Schultern. Was Max da vorhatte, war

gefährlich, er wollte nichts damit zu tun haben. „Hauptsache du weißt, was du tust." Er überlegte, wie gerne er jetzt zurück nach Los Angeles fliegen und sich um sein Haus und all die andern Probleme kümmern würde.

„Das weiß ich im Moment nicht. Aber es wird mir schon noch einfallen."

Der fünfundsiebzigjährige Antonio war eine lebende Legende unter den Fotografen, sein Name wurde im gleichen Atemzug genannt mit Richard Avedon, David Baily und Helmut Newton. Er begrüßte Gianna wie eine lange verlorene Geliebte, lobte sie über den grünen Klee und ließ zweideutige Bemerkungen fallen, während er Jett komplett ignorierte.

Natürlich war Gianna im siebten Himmel.

„Hast du mit ihm gevögelt?" fragte Jett, als sie nebeneinander in der Maske saßen.

Gianna lächelte geheimnisvoll.

„Das kann doch nur ein Scherz sein." Jett warf ihr einen empörten Blick zu. „Er ist alt genug, um dein verdammter Großvater zu sein."

„Ich war fünfzehn", sagte Gianna leise. „Es war mein erstes Titelbild für die italienische *Vogue.* Antonio war so berühmt und so hinreißend, ich konnte ihm nicht widerstehen."

„Hinreißend, so ein Quatsch!" murrte Jett.

„Er ist brillant, *carino.* Du wirst schon sehen."

„Nun, alles was ich sehe, ist, wie ihr beide aneinander klebt. Schöne Art, einen Tag zu verbringen."

„Eifersüchtig?" Gianna genoss jede einzelne Sekunde dieses Gesprächs.

„Bist du verrückt? Auf diesen alten Sack?"

„Ich mag es, wenn du so besitzergreifend bist, *carino*", schnurrt Gianna und legte eine Hand auf seinen Schenkel. „Das macht dich so sexy, *si?*"

Er fühlte sich alles andere als sexy, im Gegenteil, er war genervt und unruhig. Er konnte an nichts anderes als an Amy denken und musste zugleich mit Gianna über seine angebliche Eifersucht sprechen. Was für ein schlechter Witz.

„Daddy!" kreischte Lulu und warf sich in Max' Arme. „Mein Daddy!"

„Und was ist mit mir?" fragte Chris kläglich. „Bekomme ich auch eine Umarmung?" Das Mädchen lachte glucksend, begeistert, endlich wieder im Mittelpunkt der Aufmerksamkeit zu stehen. „Gut, Lulu umarmt dich", sagte sie mit einem verschämten Lächeln.

„Warst du ein braves Mädchen?" fragte Max.

„Sehr brav", versicherte Amy.

„Will nach Hause." Lulu zerrte an seinem Ärmel. „Will jetzt nach Hause, Daddy."

„Geht doch schon los." Max bedankte sich flüsternd bei Amy, während er Lulu zur Tür schob.

„Hat Jett sich gut benommen?" fragte Chris, doch schon in der Sekunde, in der er die Frage gestellt hatte, tat es ihm Leid, denn Amy errötete tief. Offenbar ahnte sie, dass er Bescheid wusste.

Was für ein blöder Fehler!

„Ich ruf dich später an", sagte Max, ohne etwas von ihrem Unbehagen zu bemerken.

Lulu flitzte ohne ein Wort des Dankes aus der Wohnung. Nicht dass Amy etwas dagegen gehabt hätte, sie war froh, endlich wieder allein zu sein.

Wann genau war eigentlich alles so furchtbar kompliziert geworden?

Ach ja, seit sie mit Jett geschlafen hatte und – mein Gott, offenbar wusste Chris alles. Wie er sie nach dieser Frage angesehen hatte. Und wenn er es nun Max erzählte?

Undenkbar.

Oder?

Also gab es noch etwas, worüber sie sich Sorgen machen musste.

Lady Jane saß in ihrem Schlafzimmer und dachte über die Zukunft nach. Ihr Anwalt hatte schnell reagiert. Fünfunddreißig Millionen Dollar war ein Haufen Geld, aber Red Diamond war mehrfacher Milliardär. Ihr stand eine entsprechende Abfindung zu, schließlich hatte sie Jahre mit ihm verbracht. Jahre an der Seite eines kaltblütigen Sadisten.

Ihr Anwalt sagte, sie solle sich keine Gedanken machen. „Er kann Ihnen nichts anhaben. Und er kann sie nicht hinauswerfen, also bleiben Sie, wo Sie sind, verlassen Sie das Haus nicht!"

Aber ihr Anwalt musste es auch nicht ertragen, dass Red in regelmäßigen Abständen ins Zimmer stürmte und sie wild beschimpfte. Als sie einmal die Tür abgeschlossen hatte, hämmerte er wie besessen mit seinem Stock dagegen und brüllte Obszönitäten. Diahann, Mae, der Koch und die Zimmermädchen kamen besorgt angerannt, doch er verscheuchte sie mit seinem Stock. Schließlich öffnete Lady Jane die Tür und ließ weitere Beleidigungen über sich ergehen.

Solange er sie nicht anrührte, konnte sie es schon irgendwie aushalten. Im Notfall musste sie eben die Polizei rufen, was Red mit Sicherheit nicht gefallen würde. Vor allem nach diesen fürchterlichen Berichten über den Mord an Max' Exfrau – eine Frau, die Lady Jane nie besonders gemocht hatte.

Mariska Diamond war eine soziale Aufsteigerin und dazu noch Russin gewesen. Keine Klasse. Und es gab nicht Schlimmeres für Lady Jane, als keinen Stil zu haben.

Amy kam zu spät ins Fotostudio. Vor der Tür wurde sie von Nigel begrüßt, der eine Zigarette rauchte. „Warte, bis du die beiden zusammen siehst", schwärmte er und blies perfekte kleine Rauchringe in die Luft. „Unsere Mode hat noch nie so fantastisch ausgesehen! Die Männerlinie ist einfach göttlich. Elegant und schlicht und sehr italienisch. Und was Jett betrifft – o mein Gott!" Er machte eine Pause, um zu Atem zu kommen. „Ach Liebes, tut mir Leid, ich plaudere hier über Mode, während du, du armes Ding …"

Amy hob eine Hand. „Ich will nicht darüber sprechen. Nur so viel, wir verschieben die Hochzeit."

„Nein!" rief Nigel entsetzt aus. „Wie kannst du nur?"

„In Anbetracht der Geschehnisse ist es einfach nötig, Nigel. Denk mal drüber nach."

„Du hast wohl Recht." Er drückte seine Zigarette aus. „Aber es ist so schade."

„Ist der Journalist von *People* da?" fragte sie lebhaft, darauf bedacht, wieder geschäftlich zu werden.

„Yolanda kümmert sich um ihn. Wir haben heute nicht mit dir gerechnet, schon gar nicht hier im Studio."

„Es gibt nichts, was ich tun könnte", sagte Amy. „Ich habe gestern auf Lulu aufgepasst, aber jetzt ist sie wieder bei Max."

„Aber Max ist doch bestimmt …"

„Wie gesagt, seine Tochter ist bei ihm." Sie betrat das Studio.

„Ihm geht's gut, Nigel. Du musst dir keine Gedanken um ihn machen."

Dann entdeckte sie Jett. Er stand vor der Kamera und sah in der leichten cremefarbenen Sportjacke, einem blau gestreiften Hemd und verwaschenen Jeans einfach sensationell aus. Sein Haar war leicht zerzaust, seine unglaublich blauen Augen leuchteten.

Gianna trug ein fast durchsichtiges weißes Hemd, das unter ihren herrlichen Brüsten geknotet war, enge weiße Hosen und hochhackige strassbesetzte Sandalen. Ihr kastanienbraunes Haar war in großen, wilden Locken auf ihrem Kopf festgesteckt.

Nigel hatte ganz Recht, die beiden waren einfach ein unglaublich schönes Paar.

Frank Sinatra sang mit schmachtender Stimme *Come Fly With Me.* Antonio arbeitete ausschließlich zu Musik von Sinatra, Tony Bennett oder Dean Martin.

„Amy!" gurrte Gianna und rannte auf sie zu. „Es tut mir so Leid! Was für eine *tragedia.*" Sie hüllte Amy in eine duftende, warme Umarmung. „Aber es geht Ihnen gut, *no?*"

„Danke, Gianna." Amy tauschte einen flüchtigen Blick mit Jett.

„*Scusi!*" schrie Antonio. „Wir arbeiten hier! Gianna, *bella,* die Kamera, *immediatamente!*"

„Der Maestro ruft." Gianna leckte sich über ihre vollen Lippen. „Hast du Jett gesehen? Mein Yankee-Liebster sieht so *delizioso* aus. Wie sagt man hier – zum Anbeißen!"

Einen Moment lang hätte Amy am liebsten laut gebrüllt, sich einfach gehen lassen und sich die Lunge aus dem Leib geschrieen.

Aber was hätte das schon gebracht? Alle würden glauben, sie

sei verrückt geworden, außerdem hatte sie hier ihre Arbeit zu erledigen.

Sie brachte ein Lächeln zustande und lief auf Yolanda und den Journalisten von *People* zu.

Sie musste schleunigst damit aufhören, ständig über sich selbst nachzudenken.

52. KAPITEL

„Ich hätte dir gern von dem Mord erzählt, bevor du darüber in den Zeitungen liest“, sagte Diahann. „Ich habe dir mehrere Nachrichten hinterlassen. Warum hast du mich nicht eher zurückgerufen?“

„Entschuldige“, sagte Liberty. „Ich habe es gerade in der *New York Post* gelesen.“

„So furchtbar das alles ist, mit uns im Haus hat es nicht allzu viel zu tun“, sagte Diahann. „Max Diamond war ja von ihr geschieden, aber Red Diamond ärgert sich trotzdem über die Schlagzeilen.“

Wen interessiert es, worüber Red Diamond sich ärgert, dachte Liberty. Mich jedenfalls nicht.

„Ich bin in Los Angeles“, platze sie heraus.

„Wie bitte?“

„Ich habe einen Job als Model.“

„Du bist nach Los Angeles geflogen, ohne mir ein Wort zu sagen?“

„Es ging alles ganz schnell.“

„Was ging ganz schnell?“

„Meine Freundin Beverly hat mir einen Model-Agenten empfohlen“, erklärte Liberty. „Der hat mich zu einem Vorstellungstermin geschickt, und die haben mich genommen. Ist das nicht aufregend?“

Offenbar fand Diahann es nicht im Geringsten aufregend. „Du bist erst neunzehn und völlig unerfahren“, sagte sie besorgt. „Woher weißt du, dass diese Leute seriös sind? Sie könnten dich ausnutzen. So was passiert immer wieder, weißt du?“

„Du hast zu viele Krimis gesehen, Mama.“

„Liberty“, sagte Diahann streng. „Was weißt du von den Leuten, die dich dort hingebracht haben?“

„Niemand hat mich hier hingebracht. Und die Model-Agentur hat einen sehr guten Ruf. Ich wohne in einem fantastischen Hotel direkt am Strand und werde behandelt wie eine Prinzessin. Außerdem arbeite ich mit einem sehr bekannten Fotografen, der mit mir Aufnahmen für das Cover einer neuen Zeitschrift schießt.“

„Das geht mir alles zu schnell.“ Diahann seufzte. „An einem Tag willst du Sängerin werden, am nächsten bist du Fotomodel.“

„Ich will noch immer singen, Mama“, sagte Liberty ruhig. „Du weißt, dass ich das immer wollte. Aber hier bekomme ich eine Menge Geld, das konnte ich nicht einfach sausen lassen. Und ich bin froh, hier zu sein.“

„Immerzu geht es um Geld“, rief Diahann.

„Ach ja? Ist das nicht der Grund, warum du überhaupt angefangen hast, für Mr. Diamond zu arbeiten?“

„Das ist etwas anderes.“

„Schon gut, Mama“. Liberty war bestrebt, das Telefonat so schnell wie möglich zu beenden. „Ich erzähle dir einfach alles, wenn ich wieder zu Hause bin. Ich lade dich zu einem schicken Abendessen ein, wie wäre das?“

„Und wann kommst du zurück?“

„Donnerstagabend.“

„Libby“, sagte Diahann zögernd. „Wir beide ... wir sollten uns zusammensetzen und reden.“

„Worüber?“ Liberty fragte sich, ob ihre Mutter von Cindis Auszug erfahren hatte und ihr jetzt eine Predigt darüber halten wollte, wie gefährlich es für ein junges Mädchen war, allein in New York zu leben.

„Das, was ich dir über deinen Vater erzählt habe … nun, ich war da nicht ganz ehrlich."

„Wie bitte?"

„Da gibt es noch etwas, was du wissen solltest."

„Und was?" fragte sie scharf.

„Nicht am Telefon."

„Mama", seufzte Liberty. „Wieso spielst du so mit meinen Gefühlen?"

„Du wirst mich verstehen, wenn ich es dir erklärt habe."

„Werde ich, Mama?" Sie schüttelte den Kopf. „Meinst du wirklich?" und legte auf.

Verärgert und verwirrt lief sie zurück und reichte Teddy das Telefon. Kaum hatte sie geglaubt, endlich die Antwort zu kennen, da schüttelte Diahann eine neue Überraschung aus dem Ärmel.

Hätte sie doch nur nicht zurückgerufen, jetzt war der ganze Tag ruiniert. Und wo war überhaupt Cindi, wenn man sie mal brauchte? Sie hatten doch immer über alles sprechen können.

Das Team fiel über sie her, sie bekam eine neue Frisur, ein anderes Make-up und schlüpfte in einen unglaublich aufreizenden, einteiligen roten Badeanzug.

Als sie wieder unten am Strand waren, wollte Teddy wissen, ob etwas nicht in Ordnung wäre.

„Wieso?" fragte sie besorgt. „Sehe ich so aus?"

„Auf den Polaroids wirkst du ein wenig angespannt."

„O Gott, tut mir Leid, es ist wegen meiner Mutter", gab sie zu. „Ich begreife sie einfach nicht."

„Tja", sagte Teddy weise. „Wenn wir unsere Eltern verstehen würden, wäre die Welt ein viel friedlicherer Ort."

„Da hast du Recht."

Danach bemühte sie sich, das Gespräch mit Diahann zu vergessen. Um sechs Uhr abends verkündete Chip, dass sie für diesen Tag fertig wären. „Ich lade euch alle zum Abendessen ein." Er grinste breit. „Ivy at the Shore. Halb acht in der Lobby."

„Was ist Ivy at the Shore?" fragte Liberty die Stylistin, als sie zusammen zum Hotel gingen.

„Ein Restaurant." Uma bedachte sie mit einem Blick, als wollte sie sagen, wo hast du dich denn die letzten Jahre versteckt?

„Also ... ich habe nichts anzuziehen."

„Wir sind in Los Angeles", sagte Teddy. „Hier putzt man sich nicht heraus, es sei denn, es geht um eine ganz wichtige Veranstaltung oder man ist Paris Hilton."

„Jeans reichen vollkommen", fügte Quinn hinzu, „ganz ungezwungen."

Als sie im Hotel auf den Fahrstuhl zuliefen, hörte sie jemanden rufen: „Lib?"

„Ach du meine Güte!" flüsterte Quinn laut. „Das ist Tony A. Kennst du ihn?"

Liberty starrte den gut aussehenden jungen Mann an, der gefolgt von seinen Mitarbeitern auf sie zueilte.

„Tony?" rief sie aufgeregt. „Bist du das?"

„Libby? Ich fasse es nicht!" Er nahm sie in die Arme, dann schob er sie von sich fort. „Lass dich ansehen! Was für eine Schönheit!"

„Er ist hier die Schönheit", murmelte Quinn tonlos.

„Halt die Klappe", zischte Teddy. „Liberty kennt ihn!"

„Wer ist Tony A.?" fragte Uma.

„Ach, nur der heißeste Latinosänger seit Ricky Martin."

Teddy rieb sich die Hände. „Ein Schwuler, der auf hetero macht“, sagte Quinn. „Ich muss zugeben, er ist trotzdem herrlich.“

„Das ist ja unglaublich!“ Tony schüttelte bewundernd den Kopf, während er Liberty betrachtete. „Was machst du hier?“

„Fotos für das Cover einer neuen Zeitschrift.“

„Du bist Fotomodel?“ Er ließ seine ungeheuer weißen Zähne blitzen.

„Und du bist Tony A.“, entgegnete sie. „Wow! Ich habe dein Lied im Radio gehört. Aber ich hatte keine Ahnung, dass du das bist!“

Es war Tony Artura, der puertoricanische Junge, der in Harlem neben ihr gewohnt hatte, bevor Diahann sie aus ihrer Umgebung gerissen und nach Manhattan verfrachtet hatte. Der Junge, der mit ihr im Park Rollschuh fahren war, der ihr Gitarrespielen beigebracht und ihr bei den Hausaufgaben geholfen hatte. Und als sie später bei Tante Aretha lebte, war er ihr fester Freund geworden, bis zu dem Tag, an dem seine Mutter beschloss, nach Miami zu ziehen.

Tony Artura, ihre erste große Liebe. Und jetzt hieß er Tony A. und hatte einen Welthit gelandet.

„Weißt du“, sagte er noch immer lächelnd, „ich habe oft an dich gedacht und mich gefragt, wie es dir wohl geht.“

„Warum hast du nie geschrieben oder angerufen?“

Er zuckte mit den Schultern. „Ich weiß auch nicht. In Miami bin ich auf eine Schauspielschule gegangen und musste hart arbeiten. Meine Mutter hatte große Pläne für mich.“

„Du siehst einfach toll aus.“ Liberty streckte die Hand aus und berührte sein störrisches blondes Haar.

„Und du erst. Ich wusste immer, dass aus dir mal eine Schönheit wird.“

„Danke."

„Du warst so ein dürres, kleines Ding mit langen Beinen und wilden grünen Augen."

„Und du hattest eine schreckliche Frisur!" zog sie ihn auf. „Vorne kurz und hinten lang. Schätze, daran wirst du lieber nicht erinnert?"

Sie begannen zu lachen. „Wie wäre es, wenn wir später 'was zusammen trinken?" schlug Tony vor. „Und uns alles erzählen?"

„Wann?"

„Ich trete in Beverly Hills auf, sollte aber gegen elf wieder hier sein."

„Ruf mich an", sagte sie. „Wenn ich noch wach bin, gerne!"

Ein dunkelhaariger Mann schob sich zwischen sie. „Möchtest du mich deiner Freundin nicht vorstellen?" fragte er Tony und hob seine sorgsam gezupften Augenbrauen.

„Aber klar", sagte Tony ein wenig unbehaglich. „Hector, das ist Liberty."

„Hallo … Liberty." Er sah sie böse an.

„Libby und ich waren auf derselben Schule", erklärte Tony. „Und Nachbarn."

„Seinerzeit." Liberty lächelte.

„Ach wie nett." Hector legte besitzergreifend eine Hand auf Tonys Arm – eine Geste, die Liberty nicht entging. „Wir müssen gehen, sonst kommen wir zu spät."

„Na dann …" sagte Liberty wehmütig. „Es war toll, dich zu treffen, Tony. Dein Erfolg ist einfach fantastisch."

„Deiner aber auch, meine süße kleine Libby. Du bist so wunderschön."

„Komm jetzt." Hector tippte ungeduldig gegen seine Armbanduhr. „Der Wagen wartet."

Tony lächelte sie an. „Dann mal auf Wiedersehen. Vergiss nicht, ich ruf dich später an."

Sie küsste ihn auf die Wange. „Danke für all die Erinnerungen", flüsterte sie. „Du hast mir das Erwachsenwerden ganz schön versüßt."

Bevor sie noch mehr sagen konnte, zerrte Hector ihn weg.

Teddy war völlig außer sich. „Du kennst Tony A.!" Seine Stimme war voller Bewunderung. „Du kennst ihn tatsächlich."

„Ganz offensichtlich", sagte Uma trocken und schob allesamt in den Fahrstuhl.

„Wen du ihn so gut kennst", sagte Quinn, „dann solltest du ihm gut zureden, dass er endlich mit der Wahrheit rausrückt. Seine schwulen Fans mögen es gar nicht, dass er auf hetero macht. Und überhaupt, wem will er denn was vormachen?"

„Als ich ihn kannte, war er noch nicht schwul", sagte Liberty.

„Jetzt ist er es aber. Er ist das Gesprächsthema Nummer eins in der Schwulenszene."

„Tatsächlich?"

„Alle wissen es. Und das hier war sein Freund."

„Wie kommst du darauf, dass er einen Freund hat?" Liberty dachte an alles Schöne, das sie mit Tony geteilt hatte. Sie war damals sehr jung gewesen, wusste aber noch genau, wie fantastisch Tony küssen konnte – fast so gut wie Damon. Und gegen die vielen Blow-Jobs, die sie ihm angeboten hatte, hatte er auch nie etwas einzuwenden gehabt.

Ah … was für schöne Erinnerungen …

„Weil es einfach offensichtlich ist", rief Quinn schnippisch. „Dieser Typ hat dich gehasst."

„Meinst du?"

„Und wie. Wenn Tony noch eine Sekunde länger geblieben wäre, hätte Hector einen Tobsuchtsanfall bekommen. Du solltest nicht mit seinem Anruf rechnen. Hector wird das nämlich nicht zulassen."

Der Fahrstuhl hielt auf ihrer Etage, sie stieg aus.

„Wir sehen uns um halb acht in der Lobby", rief Teddy ihr hinterher. „Und nicht vergessen – absolut leger."

Klar. Als ob sie Klamotten hätte, die nicht leger waren. Seit sie zwölf war, besaß sie kein Kleid mehr.

Aha, dachte sie. Tony Artura ist also Tony A. Wenn er es schaffen kann …

Sie schloss die Tür auf und fand ihr Zimmer gefüllt mit Orchideensträußen vor. Weiße, lila, rosa Orchideen wo sie nur hinschaute.

An dem größten Strauß war eine weiße Karte befestigt.

Orchideen betäuben meine Sinne.
So wie du, L.L.
Damon

„L.L.?"

Es war Damon. Niemand sonst nannte sie L.L. Ein Schauer lief ihr über den Rücken. Als wären die Orchideen noch nicht genug, nun rief er fünf Minuten später auch noch an.

„Danke für die wunderschönen Orchideen", sagte sie. „Aber wie soll ich sie nach New York mitnehmen?"

„Im Flugzeug, sagte er lapidar.

„Die werde ich kaum tragen können. Es sind zu viele. Außerdem glaube ich nicht, dass die Airline erlauben würde …"

„In meinem Flugzeug", unterbrach er sie.

„Deinem Flugzeug?“ fragte sie ungläubig.

„Ganz genau.“

„Du hast ein Flugzeug?“

„Meine Firma. Ich nenne es mein Flugzeug, weil mir die Firma gehört.“

„Damon …“

„Ich mag es, wenn du meinen Namen sagst. Du hast eine aufregende Stimme, L.L., weißt du das?“

„Du bist verrückt.“

„Nein, du bist verrückt. Mich einfach sitzen zu lassen, nachdem ich alles mit dem Produzenten vereinbart hatte. Hast du mich nicht angefleht, dir bei deiner Gesangskarriere zu helfen?“

„Ich will das ja immer noch.“ Sie freute sich so, seine Stimme zu hören. „Aber dann kam plötzlich dieser Fotojob. Ich brauche das Geld wirklich, ich konnte nicht ablehnen.“

„Also ich hatte den Eindruck, dass du Expertin im Ablehnen bist.“

„Wie meinst du das?“

„Bei mir hast du recht oft nein gesagt.“

„Das ist etwas anderes.“

„Ach ja? Inwiefern?“

„Muss ich ein weiteres Mal erwähnen, dass du verheiratet bist …?“

„Bist du angezogen?“

„Bitte?“

„Angezogen? Hast du Kleider an?“

„Wieso?“

„Weil da jemand an deiner Tür ist.“

„Nein, da ist niemand.“

In der Sekunde klopfte es.

„Wer ist da?“ rief sie?

„Zimmerservice.“

„Warte kurz“, sagte sie zu Damon. Was denn jetzt noch, dachte sie. Vielleicht noch mehr Orchideen, Damon schien es gern zu übertreiben.

Was sie nicht erwartete war, ihn persönlich vor ihrer Tür zu finden. Gut aussehend, cool, mit einem Mörderlächeln im Gesicht. Schwarze Hosen, schwarzes Hemd. Diamantohrringe, eine extravagante Diamantenuhr. In der Hand hielt er sein Handy.

Hinter ihm stand ein weiterer Mann, größer und dunkler. Er trug einen braunen Anzug.

„L.L.“, sagte Damon. „Darf ich dir J. Jones vorstellen. Er ist dein Produzent.“

53. KAPITEL

Während der Pause gelang es Jett irgendwie, allein mit Amy zu sprechen.

„Heute Abend müssen wir reden", sagte er entschlossen.

„Ich kann nicht." Sie wünschte nur, sie würde sich nicht immer in ein zitterndes Etwas verwandeln, sobald er auch nur in ihre Nähe kam.

„Warum nicht?"

„Weil wir ... die Hochzeit verschieben mussten. Ich gehe zu meiner Mutter, um die Einladungsliste durchzugehen. Damit auch wirklich jeder informiert wird."

Er fixierte sie mit seinen stahlblauen Augen. „Wäre ein Gespräch zwischen uns nicht wichtiger?"

„Und dann werde ich wahrscheinlich Max treffen", fügte sie hinzu, obwohl das gar nicht stimmte.

„Amy, Amy." Jett schüttelte den Kopf. „Nun mach es mir doch nicht so schwer. Ich komme zu dir, das ist der einzige Ort, wo wir Ruhe haben. Sag mir einfach wann, und ich bin da."

„Nein, nicht in meiner Wohnung", entgegnete sie schnell.

„Wieso nicht?" Er blickte sich nach Gianna um.

Wieso nicht? Gute Frage. Vielleicht traute sie sich selbst nicht?

Nein. Auf keinen Fall. Er war nur ein One-Night-Stand gewesen und ihr künftiger Schwager, so etwas würde nie wieder vorkommen.

„Gut", stimmte sie zögerlich zu. „Um sieben."

„Ich werde da sein."

„Wo wirst du sein, *carino*?" Gianna tauchte wie aus dem Nichts auf und legte besitzergreifend einen Arm um Jetts Schultern.

Er zögerte keine Sekunde. „Amy plant eine Überraschung für Max. Ich helfe ihr dabei."

„*Cosa* Überraschung?" zwitscherte Gianna und streichelte seine Wange.

„Wenn wir es jedem erzählen, ist es ja keine Überraschung mehr." Er wich einen Schritt zurück.

Amy dachte an seine Worte: *Gianna und ich, wir sind kein richtiges Paar.* Nun, sie wirkten jedenfalls wie eines. Zudem wohnte Gianna bei ihm. Was also sollten sie sonst sein?

Ein Paar.

Wenn Jett bloß nie wieder in ihrem Leben aufgetaucht wäre! Wahrscheinlich hätte sie ihn einfach vergessen. Aber stattdessen schien er plötzlich überall zu sein.

Am Ende des Tages nahm Nigel sie zur Seite. „Lust auf einen Drink?" fragte er. „Ich finde, ein Apple Martini würde jetzt wunderbar passen."

„Ich kann nicht. Ich treffe meine Mutter wegen der Ausladungen und so."

„Du Arme. Nancy macht dich bestimmt wahnsinnig, ich weiß, wie sie einen nerven kann."

„Tja ..." Was für eine gerissene Lügnerin sie inzwischen geworden war.

„Ich habe ein paar von den Polaroids geklaut", gestand Nigel mit gesenkter Stimme. „Ich bin wirklich ein böser Junge."

„Tatsächlich?" fragte Amy gedankenverloren.

„Antonio lässt niemals zu, dass seine Polaroids ein Studio verlassen, aber ich dachte mir, warum sollte ich nicht ein paar davon haben? Hier. Das ist für dich." Er reichte ihr ein Foto.

Es war ein Bild von Jett, der unglaublich attraktiv aussah, und Gianna, die ihm von hinten die Arme um den Hals schlang.

„Und was soll ich damit?“ fragte sie.

„Ich dachte, du hättest es gern. Kannst das Foto ja an deinen Computer klemmen und den Anblick genießen.“

„Ich glaube nicht, dass Max darüber besonders erfreut wäre.“

„Wenn das kein Zufall ist“, überlegte Nigel laut. „Dieses heiße Model stellt sich als der Bruder deines Verlobten heraus. Er gehört also jetzt zu deiner Familie, oder zumindest bald. Stell dir mal vor, ihr werdet Weihnachten, Thanksgiving und sonstige Feiertage zusammen verbringen. Er und Gianna werden bestimmt wunderschöne Kinder bekommen. Du und Max auch. Was für eine fantastische Familie, wie aus einer Ralph Lauren-Werbung.“

„Das ist ein wenig voreilig.“

„Oh, entschuldige. Ich vergesse immer wieder, was du gerade durchmachst. Die Hochzeit zu verschieben macht dich bestimmt fertig.“

„Allerdings.“

„Das kann ich gut verstehen.“ Nigel klopfte ihr mitfühlend auf die Schulter. „Bitte sag Max einen Gruß und wie Leid mir das alles tut.“

„Das werde ich.“ Sie eilte hinaus.

Selbstverständlich hatte sie weder vor, ihre Mutter noch Max zu treffen. Sie wollte nur schnell nach Hause, duschen und dann um sieben für Jett bereit sein.

Ganz plötzlich war sie in heller Aufregung.

Jett sah Amy hinterher. Das war einer der unangenehmsten Tage seines Lebens gewesen. Vor der Kamera zu stehen und sich möglichst männlich und kühl zu geben, während Gianna sich an ihn drängte und Amy alles beobachtete. Eine Qual.

Was es noch schlimmer machte: Er konnte Antonio nicht ausstehen. Dieser komische kleine Fotograf nervte ihn. Irgendwann tauchte auch noch Sofia Courtenelli auf, einen jungen Italiener im Schlepptau, der Jett angewiderte Blicke zuwarf.

„Hab ich dem vielleicht den Job weggenommen?" fragte er Gianna.

„Ach, *carino*", schnurrte sie, „bei Sofia geht's einfach immer um Konkurrenz. Und sie denkt, wenn du ein Model sein kannst, warum dann nicht ihr Carlo? Sie kapiert nicht, dass du ein Profi bist."

„Toll."

„Wir bekommen eine Menge Geld dafür. Mach' dir keine Gedanken."

„Wer macht sich denn Gedanken?" fragte er gereizt.

„*Bene,* weil wir heute Abend mit den beiden Essen gehen."

„Ich kann nicht, ich treffe Max", behauptete er schnell. Davon abgesehen, dass er mit Amy verabredet war, hatte er auf nichts weniger Lust, als mit Sofia Courtenelli und ihrem neidischen Freund zum Dinner zu gehen.

„*Prego*", sagte Gianna unbekümmert, „dann kommst du eben später dazu."

„Klar." Er hatte nichts dergleichen vor.

Es war höchste Zeit, Gianna zu sagen, dass es vorbei war, dass er nicht mit zurück nach Italien käme, dass er nicht mehr mit ihr leben wollte, dass sie nicht seine Freundin war und sie sich einen anderen suchen sollte.

Aber wenn Amy nichts mehr von ihm wissen wollte? Wenn sie Max tatsächlich liebte und er nichts mehr als eine kurze Affäre gewesen war? Wollte er wirklich ohne Alternative zurückbleiben?

Mann, was für ein Durcheinander. Noch nie hatte er so für

eine Frau empfunden, und es lag nicht etwa daran, dass Amy einem anderen gehörte. Nein, die bittere Wahrheit war, dass er sich in Amy verliebt hatte, bevor er erfuhr, dass sie vergeben war.

Nach einem anstrengenden Tag mit den japanischen Bankern, einem Treffen mit seinen leitenden Angestellten und einem Besuch auf der Baustelle, ging Max früh am Abend mit Chris Essen. Danach wollten er sich mit Detective Rodriguez treffen, der um ein weiteres Gespräch gebeten hatte. Max rief zuvor noch schnell seinen Anwalt Elliot Minor an, der riet, mit der Polizei zusammenzuarbeiten.

„Wieso?"

„Wenn Sie das nicht tun", antwortete Elliot ungeduldig, „wirkt es, als hätten Sie etwas zu verbergen."

„Nun, habe ich aber nicht."

„Ich weiß das."

„Also, warum dann, Elliott?"

„Weil es nicht um Sie geht, Max. Es geht darum, dass die Polizei mehr über Mariska herausfindet."

„Was denn herausfinden?" hakte er vorsichtig nach.

„Woher soll ich das wissen? Über Freunde, die Familie, Sie wissen vielleicht Dinge, die die Polizei interessiert. Es geht hier um einen Mordfall, Max, und dazu noch um einen sehr viel Aufsehen erregenden. Wenn es Sie beruhigen würde, könnte ich mitkommen."

„Das ist nicht nötig", sagte Max. Er hatte schließlich wirklich nichts zu verbergen. Nur die Tatsache, dass er die Kiste aus Mariskas Apartment gestohlen hatte.

Detective Rodriguez war pünktlich. Max fand diesen Mann

lästig wie immer mit seinem billigen Aftershave und diesem Witz von einem Schnurrbart.

„Mr. Diamond". Detective Rodriguez streckte ihm die Hand entgegen. „Tut mir Leid, dass ich Sie wieder belästigen muss. Könnten meine Kollegin und ich hereinkommen und Ihnen ein paar Fragen stellen?"

„Selbstverständlich." Max führte sie ins Wohnzimmer.

Detective Rodriguez Kollegin war eine viel zu große Frau mit breitem Gesicht, strähnigem braunem Haar und einem völlig unpassenden roten Lippenstift auf ihrem ziemlich großen Mund. Es war die Frau, die sich am Tag zuvor mit Lulu unterhalten hatte.

„Guten Abend, Mr. Diamond", sagte sie mit kaum vernehmbarer Stimme. „Tut mir Leid, aber ich glaube, ich brüte etwas aus."

Wunderbar! Eine Polizistin, die ansteckende Bazillen um sich schleuderte.

„Kann ich Ihnen etwas zu trinken anbieten, Detectives?" fragte Max und schenkte sich einen Brandy ein.

„Kein Alkohol im Dienst, danke." Detective Rodriguez setzte sich auf die Couch. „Aber gegen ein Seven-Up hätte ich nichts einzuwenden."

„Mal sehen." Max blickte in den kleinen Kühlschrank hinter der Bar. „Wie wäre es mit einer Cola Light?"

„Zu süß für mich. Ich nehme eine Flasche Wasser, wenn es geht."

„Und Sie?" fragte Max die Frau.

Sie schüttelte verneinend den Kopf.

Max reichte Detective Rodriguez eine Flasche Evian und setzte sich dann den beiden gegenüber auf die andere Couch.

„Sie wollen sicher gerne erfahren, was wir bisher herausgefunden haben.“ Detective Rodriguez rollte die Wasserflache zwischen seinen großen Händen. „Ich hätte erwartet, dass Sie sich bei uns melden.“

„Wieso sollte ich?“

„Nun, normalerweise sind die Verwandten von Mordopfern sehr an den Ermittlungen interessiert.“

„Es ist weniger als achtundvierzig Stunden her. Ich gehe davon aus, dass Sie es mich wissen lassen, wenn Sie den Mörder gefunden haben.“

„Falls Sie vorher nicht bereits darüber lesen.“ Detective Rodriguez strich sich über seinen Schnurrbart. „Vor ihrem Haus kampieren die Journalisten. Mir war nicht klar, dass ihre Familie so mächtig und wichtig ist.“

Versuchte der Detective, sarkastisch zu sein? Max war sich nicht sicher.

„Wie kann ich Ihnen helfen?“

„Waren Sie zufällig gestern Abend in der Wohnung Ihrer Frau?“ Detective Rodriguez zog sein abgegriffenes Notizbuch heraus.

Das war eine kniffelige und ziemlich unerwartete Frage. Aber es erschien ihm nicht sonderlich klug, zu lügen.

„Das war ich“, sagte er beiläufig. „Ich habe Kleider und Spielsachen für meine kleine Tochter geholt. Sie können sich vorstellen, wie durcheinander sie war, nachdem sie die Leiche ihrer Mutter gefunden hatte. Zwar weiß sie noch nicht, dass ihre Mama tot ist, weil wir gesagt haben, sie wäre im Krankenhaus. Trotzdem ist die Situation sehr traumatisch, und ich hatte das Gefühl, Lulu braucht ihre eigenen Sachen um sich. Ich hoffe, Sie haben dafür einen Funken Verständnis, Detective.“

„Sie haben eine versiegelte Wohnung betreten", stellte Detective Rodriguez fest und verzog missbilligend die Lippen.

„Ich dachte, das wäre nicht schlimm. Ich habe früher dort gelebt, wissen Sie."

„Ich vermute zu der Zeit, als Sie mit Mrs. Diamond verheiratet waren." Detective Rodriguez kritzelte in sein Notizbuch. „Wie auch immer, nun ist es nicht mehr Ihre Wohnung, nicht wahr?"

„Das Haus gehört mir."

„Ja, Mr. Diamond, aber Sie verstehen sicher das Problem. Es gibt gute Gründe, warum wir die Wohnung abgesperrt haben. Nämlich damit niemand vom Tatort Beweise verschwinden lassen kann."

„Ich habe nichts angefasst." Max versuchte, nicht auf die krummen Zähne des Detectives zu starren. „Ich bin direkt ins Zimmer meiner Tochter gegangen, habe ein paar Sachen eingepackt und die Wohnung verlassen."

„Verstehe." Detective Rodriguez legte sein Notizbuch auf den Tisch und öffnete die Flasche Wasser. „Nun, Sie freuen sich sicher zu hören, dass wir Ihr Alibi überprüft haben."

„Mein Alibi?"

„Das Dinner."

„Warum sollte ich nicht die Wahrheit gesagt haben?" Max spürte, wie Wut in ihm aufstieg.

Die Polizistin begann zu husten.

„Sie waren dort, das ist richtig." Detective Rodriguez beachtete den Hustenanfall nicht. „Aber Irena, bei der es sich um Mrs. Diamonds Mutter handelt …"

Max verschluckte sich beinahe an seinem Brandy. „Wie bitte? Irena, die Haushälterin?"

„Ja, wir haben das überprüft. Sie ist Mrs. Diamonds Mutter, obwohl sie es aus unerfindlichen Gründen nicht direkt zugegeben hat."

Die Polizistin stand noch immer hustend auf und fragte nach der Toilette. „Neben der Eingangstür", sagte Max. „Wie meinen Sie das – sie hat es nicht zugegeben?"

„Ich finde es immer wieder erstaunlich, wie Menschen bei einem Mordfall reagieren", erklärte Detective Rodriguez nachdenklich. „Es ist, als ob fast jeder etwas zu verheimlichen hätte, und oft genug ist es auch so."

„Aber Sie verdächtigen doch bestimmt nicht Irena?"

„In keiner Weise. Es war sogar Irena, die uns mitgeteilt hat, wie viele russische Freunde Mrs. Diamond in Amerika hatte. Wussten Sie das, Mr. Diamond?"

„Nein, das wusste ich nicht." Er dachte an das Adressbuch mit den vielen Namen, die er noch nie gehört hatte.

„Irena ist der Ansicht, dass ein Adressbuch fehlt."

Max starrte den Mann an. Konnte der Detective zufällig Gedanken lesen?

„Es beinhaltet die Namen und Telefonnummern dieser russischen Freunde", fuhr Detective Rodriguez fort. „Das Problem ist nur – ich kann es in der Wohnung nicht finden. Als Sie dort einbrachen, haben Sie es nicht zufällig gesehen, oder? So ein kleines Adressbuch mit vielen, vielen Einträgen?"

„Ich bin nicht eingebrochen. Ich habe es Ihnen doch erklärt, mir gehört das Gebäude. Und ich habe früher in diesem Apartment gewohnt. Ich hatte nicht das Gefühl, etwas Falsches zu tun."

„Richtig." Eine lange Pause entstand. „Bitte sorgen Sie dafür, dass so etwas nicht noch einmal passiert, Mr. Diamond."

„Kann ich sonst noch was für Sie tun?“ Max stand in der Hoffnung auf, dass das Gespräch damit beendet war.

„Ist Ihnen vielleicht etwas eingefallen, das uns weiterhelfen könnte?“

„In welcher Hinsicht?“

„In Hinsicht auf die vielen russischen Kontakte von Mrs. Diamond.“

„Wie gesagt, ich wusste nichts davon.“

„Ich habe den starken Verdacht, dass der Mord etwas damit zu tun hat.“ Detective Rodriguez blickte Max eindringlich an. „Der Mörder hat sich keinen gewaltsamen Zutritt verschafft. Es sieht so aus, als ob er Ihre Exfrau umbrachte und danach entschied, es nach einem Überfall aussehen zu lassen. Das Verbrechen wurde von jemandem begangen, den sie kannte.“

„Wirklich?“ Max schenkte sich nach.

„Ja, ich bin so gut wie sicher, dass sie ihren Mörder kannte.“

„Das ist interessant.“ Max setzte sich wieder auf die Couch.

„Ich frage mich, ob Sie einen Verdacht haben?“

„Nein“, antwortete Max brüsk. „Wir waren seit über einem Jahr geschieden. Mariska hatte ihr eigenes Leben. Ich weiß, dass sie viele Bekannte in der New Yorker Gesellschaft hatte, aber ich habe keine Ahnung, wem sie besonders nahe gestanden haben könnte.“

„Hm …“ Detective Rodriguez nahm sein Notizbuch wieder zur Hand. „Ach ja, da fällt mir ein … sagten Sie, Sie wussten nicht, dass Irena mit Ihrer Ex-Frau verwandt war?“

„Ich hatte keine Ahnung.“

Die Polizistin kam zurück und setzte sich. Sie hustete nicht mehr. Max fand es irritierend, dass sie kein Wort sagte.

„Haben Sie mit Irena seit dem Mord gesprochen?“

„Nein, habe ich nicht", zischte Max. Er hatte langsam genug.

„Dann würden Sie das vielleicht gerne tun."

„Warum sollte ich?"

„Wenn Mrs. Diamond wirklich ihre Tochter war, dann handelt es sich bei ihr immerhin um die Großmutter von Lulu. Nicht wahr?"

„Vermutlich." Darüber wollte Max erst gar nicht nachdenken.

„Irena erzählt ständig, dass Geld fehlen würde. Wie es scheint, hat Mrs. Diamond sie finanziell unterstützt, sie jede Woche in bar bezahlt. Irena sagt, dass ein Haufen Bargeld in der Wohnung gewesen sei." Kurze Stille. „Aber wir haben kein Bargeld gefunden", fuhr Detective Rodriguez beinahe vorwurfsvoll fort. „Merkwürdig, finden Sie nicht?"

„Im Gegenteil. Sie sagten, es wäre ein Raubüberfall gewesen. Wenn also eine Menge Bargeld herumlag, dann hat der Einbrecher es mitgehen lassen."

„Nun … vielleicht. Irena hat nicht dort gewohnt, oder?"

„Nein. Ich glaube, sie kam dreimal die Woche."

„Hatte sie einen Schlüssel?"

„Warum fragen Sie sie das nicht selbst?"

„Oh, ich wollte das nur überprüfen." Endlich stand der Detective auf. Max erhob sich ebenfalls.

„Ach, da fällt mir noch ein: Hatte Irena bereits für Ihre Exfrau gearbeitet, als sie …"

„Nein", entgegnete Max müde. „Erst ein Jahr später. Ich hatte gedacht, dass sie von einer Arbeitsvermittlung käme."

„Nun, mehr fällt mir im Moment nicht ein. Ihnen vielleicht?" Der Detective warf seiner Kollegin einen Blick zu.

Die Frau schüttelte den Kopf.

Detective Rodriguez bewegte sich auf die Tür zu. „Oh",

er blieb stehen, „und Sie sind sich sicher, dass Sie gestern das Adressbuch nicht gesehen haben?“

„Absolut.“

„Guten Abend, Mr. Diamond.“

„Guten Abend, Detective.“

Während Max mit den Detectives sprach, schloss Chris sich im Gästezimmer ein und erledigte verschiedene Telefonate. Zunächst sprach er mit Roth Giagante um sicherzustellen, dass dessen Leute Birdys Hochzeit angemessen vorbereiteten.

„Keine Sorge“, sagte Roth mit seiner kratzigen Stimme. „Mach dir lieber Gedanken, wie du mir mein verdammtes Geld zurückbezahlst.“

„Red lässt dir schöne Grüße ausrichten“, sagte Chris ruhig. „Wir beide haben uns über den Scherz köstlich amüsiert. Du hättest Schauspieler werden sollen, das wäre deine wahre Berufung.“

„Was für einen beschissenen Scherz?“

„Mich unter Druck zu setzen und diese Nutte zu schicken. Übrigens, ich habe dir doch erzählt, dass sie meine Rolex geklaut hat, also engagiere doch nächstes Mal bitte eine Hure mit mehr Klasse. So ein Diebstahl wirft kein gutes Licht auf dich.“

„Scheiße!“ grummelte Roth.

„Ja, Scheiße“, stimmte Chris zu. „Zur Hochzeit bringe ich dir das Geld mit.“

Überaus zufrieden legte er auf. Dieser verdammte Roth Giagante. Er hatte gedacht, sie wären Freunde, aber ein Wort über Red hatte genügt und alles war vergessen.

Nun, zumindest etwas Gutes hatte die Geschichte. Diese

Erfahrung hatte Chris endgültig von seiner Spielleidenschaft befreit.

Danach rief Birdy an, die allerbester Stimmung war und Pläne für ihre Hochzeit in Las Vegas schmiedete.

„Rocky fliegt schon ein paar Tage früher hin", verkündete sie. „Paar seiner Freunde schmeißen ihm einen ganz ruhigen Junggesellenabschied. Ist das nicht total cool?"

„Wie soll der denn aussehen?" Chris stöhnte innerlich, denn er wusste schon jetzt, dass Ärger auf ihn zukam.

„Ach weißt du, die Jungs sitzen rum, spielen Karten, schauen sich Filme an, spielen Golf und fahren mit dem Boot auf den Lake Mead."

Übersetzung: Die Jungs fliegen nach Las Vegas, besaufen sich mit Tequila und besuchen jeden einzelnen Stripteaseschuppen der Stadt.

„Und das findest du gut?" fragte Chris.

„Klar", trällerte Birdy. „Meine Freundinnen und ich buchen einen schönen großen Bungalow in Beverly Hills, und wir gehen zur Pediküre, Kosmetikerin, machen Schlammbäder und all so Mädchenzeugs."

Übersetzung: Die Freundinnen und sie sitzen am Pool des Beverly Hills Hotels, schütten Cosmopolitans in sich hinein und meckern über ihre Freunde.

„Klingt toll", log Chris.

„Ich weiß!" Birdy war ganz aus dem Häuschen. „Ich fliege morgen zurück nach Los Angeles. Du solltest mitkommen. Meine Plattenfirma schickt mir ein Flugzeug."

„Ist Rocky dabei?"

„Nein, er trifft ein paar Verwandte und fliegt dann direkt nach Vegas."

Nun, warum sollte er nicht mit Birdy fliegen? Er konnte ja schlecht für immer hier bleiben, und Max war sowieso wild entschlossen, sein eigenes Ding durchzuziehen.

Von Andy wusste er, dass es endlich aufgehört hatte zu regnen, und ein Großteil des Hauses hatte gerettet werden können – vor allem sein Safe. Den hatte Andy zur Sicherheit in seine eigene Wohnung transportieren lassen.

Zum Glück war das Haus nicht einfach so den Hang hinuntergerutscht.

Andy war ein kluger Junge – er hatte bereits Architekten beauftragt, die sich um den Schaden kümmern sollten. Nun war es wirklich Zeit für eine riesige Gehaltserhöhung für ihn.

Also, es gab viele Gründe, wieder nach Hause zu fliegen.

„Wann geht das Flugzeug?“ fragte er.

„Gegen Mittag“, zwitscherte Birdy. „Bitte komm mit.“

„Wir treffen uns am Flughafen.“

Max wollte er später davon erzählen. Sein Bruder würde es bestimmt verstehen.

54. KAPITEL

Der Soviet Club war für die vielen russischen Auswanderer in New York wie eine zweite Heimat. Das Essen war gut, der Wodka hervorragend, und die Atmosphäre erinnerte an ein schickes europäisches Nachtlokal.

Sonja Sivarious ging gerne in den Soviet Club. Hier fühlte sie sich wohl und konnte eine Zeit lang ihr Leben als hoch bezahlte Prostituierte vergessen. Man hielt sie für eine schöne Frau, die einfach ihr Leben genoss, und manchmal, wenn ihr ein Mann gefiel, schlief sie ohne Bezahlung mit ihm.

Ihr Cousin Igor war, wenn er sich die Mühe machte, sich anständig zu kleiden, ein recht attraktiver Begleiter. Obwohl er leicht zu Übergewicht neigte. Auch Vladimir, sein Freund, der sonst immer eher abgerissen aussah, hatte sich heute sehr bemüht. Der Grund dafür war Famka. Der arme Kerl war schon lange hinter ihr her, was Famka normalerweise ignorierte. Doch heute Abend war irgendetwas anders. Vladimir strahlte eine neue Energie aus, was auch Famka in ihrem atemberaubenden purpurfarbenen Cocktailkleid nicht entging. Sie schüttete gerade ihren zweiten White Russian hinunter und bekam einen leichten Schluckauf. Dann sagte sie an Sonja gewandt: „Was ist mit Vladimir los? Findest du nicht auch, dass er sich verändert hat?“

„Stimmt.“ Sonja trug ein enges gelbes Jerseykleid und präsentierte stolz ihre neue Perlenkette. „Igor meint, er habe uns etwas zu sagen.“ Sie senkte die Stimme. „Igor sagt, er habe plötzlich jede Menge Geld.“

„Nein!“ flüsterte Famka. „Vladimir doch nicht.“

„Doch. Igor ist sich ganz sicher.“

Am Nebentisch saßen drei sehr junge Amerikanerinnen mit zwei älteren russischen Männern. Sonja kannte einen von ihnen, Alex Pinchinoff, ein Mann, dem man besser aus dem Weg ging. Russische Mafia. Er hatte sie einmal mit Handschellen ans Bett gefesselt und mit seinem riesigen Schwanz beinahe erstickt. Die drei jungen Mädchen taten ihr jetzt schon Leid, einer von ihnen drohte heute noch ein Unglück.

Sie aßen Borschtsch und Blinis, Boeuf Stroganoff und Rotkohl, und als sie fertig waren, wollte Vladimir etwas verkünden.

Sonja trank ihren dritten Wodka aus und warf ihm einen herausfordernden Blick zu: „Schieß los. Wir sind gespannt."

„Zu Recht!" rief Vladimir und sah Famka bewundernd an. „Das wird eine schöne Überraschung."

Famka rückte ein wenig näher an ihn heran, ihre großen Brüste fielen beinahe aus dem engen Kleid. „Erzähl", murmelte sie und fragte sich zum ersten Mal, wie er wohl im Bett war. Unattraktive Männer waren üblicherweise besser als die gut aussehenden. Famka wusste Männer zu schätzen, die ihr einen Orgasmus verschafften. Ihren Kunden gelang das nie, egal, wie sehr sie sich bemühten.

„Meine Frau." Er lallte schon ein wenig. „Sie ist gestorben."

„Frau?" fragte Famka verächtlich. „Du hast doch keine Frau. Wer würde dich heiraten?"

„Komm, erzähl es ihnen", drängte Igor.

„Sie war berühmt, meine Frau", prahlte Vladimir, „berühmt und reich."

„Julia Roberts", zog Famka ihn auf.

„Nicole Kidman", schlug Sonja vor.

„Oder Angelina Jolie. Die ist richtig sexy." Famka leckte sich über die Lippen. „Die wäre 'was für mich."

„Vladimir meint es ernst“, verteidigte Igor seinen Freund. „Er war mit einer Frau verheiratet, über die die Zeitungen berichten. Ein Mordopfer. Ein berühmtes Mordopfer. Und reich.“

„Ja, reich“, stimmte Vladimir zu. „Und sie war meine Frau. Ich war ihr Ehemann, also gehört all das Geld mir.“

„Nein!“ Famka lachte höhnisch. „Das denkst du dir gerade aus.“

„Zeig ihnen die Heiratsurkunde.“ Igor stieß ihn heftig in die Seite. „Zeig sie ihnen, damit diese Biester dir glauben.“

„Wen nennst du hier Biest?“ fragte Sonja empört.

Vladimir kramte in seiner Tasche und zog ein verknittertes Stück Papier hervor, das er Sonja reichte.

„Wer ist Paulina Kuchinova?“ fragte Sonja. „Nie von ihr gehört.“

„Mariska Diamond.“

Nun brach Sonja in lautes Gelächter aus. „Du spinnst doch.“

„Ich kann es beweisen.“

„Und wie?“

„Ich habe ein Hochzeitsfoto. Sie war eine Prostituierte – wie ihr.“

„Ich bin keine Prostituierte“, zischte Sonja. „Ich bin Therapeutin für sehr reiche Männer. Prostituierte arbeiten auf der Straße, dreckige kleine Dinger.“

„Und du bist kein dreckiges Ding?“ Vladimir warf ihr einen listigen Blick zu.

„Zeig mir das Bild.“ Sonja schenkte sich Wodka nach.

„Das mache ich.“

„Und dann?“ hakte Famka nach. „Dann gehst du zur Polizei und erzählst, dass du ihr Ehemann warst?“

„Nachdem sie den Mörder gefasst haben, ja.“

„Woher willst du wissen, dass sie ihn fassen? Vielleicht glauben sie ja, dass du es bist. Vielleicht wirst du verhaftet."

„Ich?" rief Vladimir aufgebracht. „Ich habe einiges auf dem Kerbholz, aber ich bin doch kein Mörder."

„Klar." Durch den Wodka war Sonja erregt, sie sah zu dem Nebentisch. Alex Pinchinoff fing ihren Blick auf und prostete ihr zu. Offenbar hatte er die Nacht mit ihr mehr genossen als sie. Aber vielleicht sollte sie ihm eine zweite Chance geben, zumal keine anderen interessanten Männer zu sehen waren.

Amy öffnete die Tür. „Hi."

„Hallo." Jett trat ein. „Das ist für dich." Er drückte ihr einen Strauß gelbe Rosen in die Hand.

Warum hatte er Blumen gekauft? Das hätte er nicht tun sollen. Aber wem wollte sie etwas vormachen? Sie freute sich über diese romantische Geste.

„Wie geht es dir?" fragte sie höflich.

Blöde Frage, sie hatte ihn doch erst vor etwa einer Stunde gesehen. Da war es ihm noch sehr gut gegangen.

„Gut, danke." Er ging ins Wohnzimmer.

„Möchtest du ein Glas Wein?" fragte sie.

„Ich trinke keinen Alkohol." Als er das sagte, fiel ihm auf, wie wenig sie voneinander wussten.

Sollte er ihr sagen, dass er Alkoholiker gewesen war? Und ein ehemaliger sexbesessener, völlig heruntergekommener Drogensüchtiger?

Oder sollte er warten, bis sie seine Vergangenheit von selbst herausfand?

Diplomatischer wäre es. Aber zum Teufel – er war fest entschlossen, in jeder Hinsicht aufrichtig zu sein.

„Ich bin ehemaliger Alkoholiker“, platze er heraus.

„Oh. Tut mir Leid.“ Sie ging mit den Blumen in die Küche und suchte eine Vase.

„Dass ich ehemaliger Alkoholiker bin? Oder dass ich nichts trinken will?“ fragte er, während er hinter ihr hertrottete.

„Ich trinke auch nicht oft.“ Sie füllte eine Vase mit Wasser.

„Wer hätte das gedacht. In dieser Nacht hattest du jedenfalls ganz schön geladen.“

„Ja.“ Sie versuchte, locker zu bleiben. „Ich war betrunken, und ich schätze, deswegen habe ich getan, was ich getan habe.“

„Nun, so betrunken warst du nun auch wieder nicht.“ Er sah ihr dabei zu, wie sie die Blumen arrangierte.

„Doch, war ich.“

„Heißt das, dass du jedes Mal, wenn du zu viel getrunken hast, mit einem Fremden ins Bett steigst?“ fragte er weich. „Willst du das damit sagen?“

„Nein. Aber …“

„Sag es mir, Amy.“ Er wurde mit einem Mal sehr ernst. „Ich muss es wissen. Was ist da zwischen uns geschehen?“

„Ich … ich weiß es nicht“, presste sie hervor. Sie war einfach noch nicht so weit, sich damit auseinander zu setzen.

„Es ist ja ziemlich offensichtlich, dass du mit Max noch nicht geschlafen hast.“

Sie antwortete nicht.

„Liebst du ihn?“

„Das … das geht dich nichts an.“ Sie nahm die Vase und trug sie ins Wohnzimmer.

„Nun, das ist ein ziemlich deutliches Nein.“

„Dreh mir nicht das Wort im Mund herum.“

„Das tue ich nicht.“

„Doch, genau das tust du“, sagte sie mürrisch. „Max und ich sind sehr glücklich.“

„Deswegen also hast du mit mir geschlafen, jetzt verstehe ich. Weil du so wahnsinnig glücklich mit ihm bist.“

„Weißt du was, Jett? Dieses Treffen ist ein Fehler, wir haben uns nichts zu sagen, und ich habe keine Lust zu streiten. Was passiert ist – nun, das ist passiert. Dabei sollten wir es belassen und jeder zu unserer Tagesordnung zurückkehren.“

„Und wenn ich das nicht kann?“ Er kam näher.

„Wie bitte?“

„Wenn ich das nicht kann, Amy? Was, wenn ich mich in die verliebt habe? Was, wenn du das Mädchen bist, nach dem ich immer gesucht habe?“

„Das ist lächerlich.“ Sie schüttelte den Kopf.

„Tatsächlich?“

„Du bist mit Gianna zusammen“, sagte sie atemlos. „Ich mit Max. Wir hatten eine kurze Affäre …“

„Halt“, unterbrach er sie. „Es war viel mehr, und das weißt du.“

„Nein“, murmelte sie nervös.

„Und ob.“ Er kam noch näher.

Er berührte ihre Schulter, und irgendwie wurde daraus eine Umarmung und dann ein leidenschaftlicher Kuss.

Ich bin völlig nüchtern, dachte Amy, und tue es trotzdem. Was ist nur mit mir los? Doch sie konnte nicht aufhören, ihn zu küssen, und wollte es auch nicht. Seine Hände glitten unter ihre Bluse, die sie extra für ihn angezogen hatte. Sie hatte sich für ihn hübsch gemacht und ganz tief im Herzen gewusst, dass es passieren würde.

Als er ihren Hals küsste, durchfuhr sie ein Schauer und dann stieß sie ihn halbherzig von sich. „Wir dürfen das nicht tun", flüsterte sie. „Das ist Max gegenüber nicht fair."

„Ich weiß." Dann küsste er sie wieder, und ehe sie es sich versahen, waren sie im Schlafzimmer und hatten auf dem Weg dahin auf geheimnisvolle Weise ihre Kleider verloren.

„Du bist so verdammt perfekt", murmelte er, drückte sie aufs Bett, streichelte und küsste ihre Brüste, wanderte dann weiter über ihren Bauch und dann tiefer und tiefer. Vorsichtig spreizte er ihre Beine und begann, unglaubliche Dinge mit seiner Zunge anzustellen.

Sie schnappte sich ein Kissen und legte es sich aufs Gesicht, während endlose Wellen der Lust durch ihren Körper fuhren.

Er nahm sie mit auf eine Reise, die so aufregend und sinnlich war, dass sie ihr lautes Stöhnen nicht länger unterdrücken konnte, und irgendwann versuchte sie es auch gar nicht mehr und ließ sich vollkommen gehen.

Mir verstrubbeltem Haar und glücklichem Gesicht tauchte er zwischen ihren Beinen auf.

„Das war unglaublich", murmelte sie und warf ihm einen verschämten Blick zu.

„Hey." Er nahm das Kissen, hinter dem sie sich zu verstecken versuchte, fort. „Da gibt es noch mehr."

Er legte sich auf sie, und diesmal unternahm sie keinen Versuch mehr, ihn aufzuhalten. Sie wollte ihn in sich spüren.

Hinterher, als sie nebeneinander in der Dunkelheit lagen, überfielen sie wieder die Schuldgefühle.

„Jett ...", sagte sie zögernd.

„Was ist, Baby?"

„Das ... das ist einfach nicht richtig." Sie musste sich zwingen, diese Worte auszusprechen.

„Es fühlt sich aber richtig an." Er streckte sich träge.

„Nein. Wir dürfen das einfach nicht tun."

„Und wieso nicht?"

„Du weißt genau wieso."

„Wegen Max, ja?" Er fragte sich, ob sie etwas dagegen hätte, wenn er rauchte. Sehr wahrscheinlich.

„Wegen Max."

„Aber Amy." Er stützte sich auf dem Ellbogen ab. „Du musst dir einfach eingestehen, dass Max nicht der Richtige für dich ist."

„Bitte hör mir zu, Jett", sagte sie ernst. „Ich kann ihn nicht verlassen, nicht jetzt, wo er so viel durchmacht. Davon abgesehen lebst du mit Gianna in Italien."

„Wie oft muss ich es dir noch sagen", fragte er ungeduldig. „Gianna und ich sind nicht zusammen."

„Ihr schlaft miteinander", murmelte sie vorwurfsvoll.

„Zwangloser Sex."

„Wie soll das gehen?" Sie runzelte die Stirn. „Für mich ist Sex etwas Verbindliches. Es geht um eine gemeinsame Zukunft. Um eine Familie. Ein ganzes Leben."

„Meine Güte!" rief er aus. „Du bist wirklich ein ernsthaftes Mädchen."

„Ich habe nie das Gegenteil behauptet. Und was wir tun ist falsch."

„Fühlt es sich falsch an?" Er streichelte ihr Gesicht.

Sie setzte sich auf. „Ja", murmelte sie, „für mich fühlt es sich falsch an."

„Du lügst."

„Falls ich lüge, dann nur, um uns beide zu schützen." Sie seufzte schwer. „Im Ernst, das darf nicht weitergehen."

„Sieh mal. Ich sage Gianna, dass es vorbei ist. Wenn du magst, dann noch heute Nacht."

„Das solltest du nicht meinetwegen tun. Denn für uns beide gibt es keine Zukunft. Ich muss bei Max bleiben."

„Obwohl du ihn nicht liebst?"

„Das habe ich nie gesagt."

„Das brauchst du auch gar nicht."

Sie begann zu weinen. Jett legte einen Arm um sie, drückte sie an seine Brust, streichelte ihr Haar und küsste ihre Stirn. „Wir schaffen das", sagte er leise. „Ich verspreche dir, Amy, wir werden es schaffen. Du weißt genauso gut wie ich, dass wir zusammengehören."

Detective Rodriguez hatte ihn bis aufs Blut gereizt mit seinem albernen Schnurrbart und seinen aufdringlichen Fragen. Sobald die beiden Detectives seine Wohnung verlassen hatten, schenkte sich Max einen weiteren Brandy ein – seinen dritten – und klopfte dann an die Tür des Gästezimmers.

Chris telefonierte gerade mit seinem Büro in Los Angeles und gab Max mit einer Geste zu verstehen, dass er nur noch wenige Minuten brauchte. Max blieb im Zimmer.

„Es gibt Neuigkeiten", erklärte Chris, nachdem er aufgelegt hatte. „Ich muss morgen zurück nach Los Angeles, ich kann mit Birdy mitfliegen."

„Wirklich?" Max versuchte, sich seine Enttäuschung nicht anmerken zu lassen.

„Ja, ich muss. Meine Mandanten schreien nach mir, außerdem muss ich mich um mein Haus kümmern."

„Ich verstehe."

„Kommst du zurecht?"

„Natürlich. Außerdem habe ich nachgedacht."

„Ja?"

„Wie wäre es, wenn ich dir das Bargeld gebe, das ich in Mariskas Kiste gefunden habe? Dann könntest du deine Spielschulden zahlen."

„Du musst total verrückt sein!" Chris starrte seinen Bruder entgeistert an. „Dieses Geld würde ich nie auch nur anrühren. Davon abgesehen gehört es dir nicht, Max. Du musst es der Polizei übergeben oder zumindest deinem Anwalt davon erzählen. Himmel noch mal! Du bist doch viel zu klug, um so einen Unsinn zu machen."

„Du meinst wirklich, dass ich das tun sollte?"

„Verdammt, ja! Mariska wurde brutal ermordet. Vladimir scheint also ein sehr verzweifelter Mann zu sein. Halt' dich da raus."

„Wahrscheinlich hast du Recht. Ich sollte es wohl tun."

„Wann, Max?"

„Bald."

„Das hoffe ich sehr."

„Ich hab's kapiert."

„Hast du was von Red gehört?"

„Warum sollte ich?"

„Er weiß doch bestimmt, was passiert ist, es läuft in allen Nachrichten. Man könnte erwarten, dass er anruft."

„Wieso überrascht dich das? Mich nicht."

„Stimmt, das ist typisch Red", sagte Chris. „Diesem Bastard ist alles egal."

„Eben."

„Wie war dein Gespräch mit der Polizei?"

„Rodriguez wusste, dass ich in Mariskas Wohnung war."

„Ich schätze, das hat ihn ziemlich geärgert."

„Nun, jetzt kann er nichts mehr dagegen tun. Oh, und du wirst es nicht glauben ..."

„Was denn?"

„Mariskas Haushälterin Irena, die alte russische Frau, die ich nicht leiden kann, ist offenbar Mariskas Mutter."

„Das gibt's doch nicht."

„Wohl doch. Ich glaube, ich sollte mich mal in Ruhe mit ihr unterhalten."

„Und warum?"

„Vielleicht weiß sie etwas, was sie der Polizei nicht erzählt, etwas über Vladimir."

„Himmelherrgott!" explodierte Chris. „Hörst du mir eigentlich nicht zu? Du musst mit diesem Mist aufhören. Die werden auf Vladimirs Spur kommen, egal, was du tust."

„Glaubst du?"

„Sieh mal", sagte Chris geduldig. „Du solltest der Polizei die Kiste geben, mit allem drin, auch dem Geld. Vergiss nicht, du bist kein Detective. Und du solltest das schnell tun, Max, weil ich dich nicht aus dem Gefängnis herausboxen will."

„Das wird schon nicht passieren."

„Ich hoffe, du hast Recht. Das hoffe ich wirklich."

Der russische Mafioso war stark, stämmig und grob, seine großen fleischigen Hände passten gut zu seinem großen fleischigen Schwanz. Zwar hätte Sonja es nie einem anderen gegenüber zugegeben, aber es erregte sie, sich zu unterwerfen. Das war eine angenehme Abwechslung zu den Männern, die ihr Geld bezahlten. Alte reiche Männer mit müden Schwänzen und schrulligen Vorlieben. Ein schöner altmodischer Fick mit einem richtigen Mann kam ihr da gerade recht. Jedenfalls bis zu dem Augenblick, in dem Alex Pinchinoff ihr sein riesiges Teil in den Mund steckte. Da fiel ihr wieder ein, warum sie ihn eigentlich nicht hatte wiedersehen wollen.

Wenigstens hatte er diesmal nicht darauf bestanden, sie zu fesseln, und auf seine Art war er wirklich attraktiv. Groß, dickes schwarzes Haar und buschige Augenbrauen. Einen Moment lang begann sie, zu fantasieren: Wie es wohl wäre, mit so einem Mann verheiratet zu sein? Er würde jeden Tag mit ihr schlafen wollen, ihr ein oder zwei Kinder machen, erwarten, dass sie kochte und ihm regelmäßig einen blies, dann würde er sich eine Geliebte nehmen, eine junge blonde Amerikanerin mit einer engen kleinen Muschi und einem breiten amerikanischen Lächeln.

Das spielte sich in ihrer Fantasie ab.

Sie schaffte es, ihm einen zu blasen, ohne zu würgen, dann schlief er noch mal mit ihr, bis sie beide ein zweites Mal kamen.

„Nun, freust du dich, mich heute zu sehen?“ fragte er und zündete sich eine übel riechende dunkle Zigarette an.

Sie waren im Schlafzimmer seines überwiegend rot möblierten Apartments. Rote Wände, roter Teppich, sogar rote Bettwäsche.

„Du bist nicht übel“, sagte sie mit einem schwachen Lächeln.

Er legte seine Hand auf ihr Schamhaar und zog daran. „Bist du gekommen?“

„Ja.“

„Ist er nicht zu groß für dich?“

„Nein.“

„Interessante Frau. Was waren das für Idioten, mit denen du heute Abend zusammen warst?“

„Keine Idioten. Einer von ihnen ist mein Cousin. Der andere Typ – er ist der Mann einer ermordeten reichen Frau. Er erbt ihr gesamtes Vermögen.“

„Was für eine Frau?“

„Die Russin, du hast darüber in der Zeitung gelesen.“

„Paulina Kuchinova?“ Er blies Rauch direkt in ihre Richtung.

„Du kennst ihren echten Namen?“ Sonja war überrascht. „Woher?“

„Ich kenne mehr als nur ihren Namen.“ Er kratzte sich energisch die Hoden. „Dieses Miststück schuldet mir ’ne Menge Geld. Wer auch immer sie umgebracht hat, hat’s richtig gemacht. Sie war ein gieriges Weibsstück. Ach ja.“ Er nickte. „Ich kannte Paulina. Ich kannte sie gut. Also verrate mir, wo ich Vladimir finde, denn jetzt schuldet er mir ’ne Menge Geld.“

55. KAPITEL

Liberty hatte ein Problem. Sollte sie mit Chip und den anderen Essen gehen oder den Abend mit Damon und Parker J. Jones verbringen, ihrem künftigen Produzenten? Sie wollte Chip nicht kränken, nachdem er so wunderbar zu ihr gewesen war. Auf der anderen Seite war Damon in Los Angeles, verheiratet oder nicht, wie sollte sie dem Wunsch widerstehen, mit ihm den Abend zu verbringen?

So weit von New York entfernt kam ihr alles leichter vor. Wie in einem Urlaub, in dem man nur die Zeit genießen wollte und nichts anderes eine Rolle spielte. Wobei sie bisher noch nie im Urlaub gewesen war.

Meine Güte, es passierte so viel, es war einfach unglaublich.

Damon wohnte im selben Hotel. Welche Überraschung! Sie hatte ihm gesagt, sie würde ihn in fünf Minuten anrufen.

Zunächst klingelte sie Teddys Zimmer an, um zu fragen, ob sie Damon und Parker zum Essen mitnehmen könne.

„Damon Donnell, der Hip-Hop-König?“ Teddy klang beeindruckt. „Erst Tony A., jetzt Damon Donnell. Hast du nicht behauptet, du wärest ganz neu in der Szene?“

„Bin ich auch.“

„Irgendwas stimmt doch da nicht.“

„Tony A. ist ein alter Freund“, erklärte Liberty. „Und Damon hat mich gerade Parker J. Jones vorgestellt, dem berühmten Plattenproduzenten.“

„Chip hat bestimmt nichts dagegen. Soll ich ihn fragen?“

„Würdest du? Und dann ruf mich bitte gleich zurück.“

Innerhalb von Sekunden meldete sich Teddy wieder, um ihr zu sagen, dass Chip einverstanden sei. Nun musste sie nur noch Damon fragen, ob er mit ihren Kollegen zu Abend essen wollte.

„Eine Gruppensitzung?“ witzelte er. „Nee, das ist nichts für mich. Ich mag's lieber intim und persönlich, nur wir beide.“

„Im Ernst. Chip ist mein Fotograf, und die anderen sind alle nett. Ich fände es herrlich, wenn ihr beide mitkommt, und später können wir über meine Musik sprechen.“

„Über deine Musik sprechen“, nuschelte Damon. „Aber sicher, Babe. Genau deswegen bin ich extra nach Los Angeles geflogen – um mit dir über deine Musik zu sprechen.“

„Du hast schließlich den Produzenten mitgebracht, oder nicht?“

„Ja.“

„Also?“

„Also kommen wir mit.“

„Halb acht in der Hotelhalle.“

„Wie viele Limousinen soll ich bestellen?“

„Wie viele was?“

„Limousinen – um ins Restaurant zu kommen.“

„Wir finden sicher ein Taxi.“

„In L.A. fährt niemand mit dem Taxi.“

„Vielleicht sollten wir uns einfach im Restaurant treffen. Im Ivy at the Shore.“

„Hör mal, L.L., du weißt, dass ich hierher geflogen bin, um dich zu sehen. Also red' nicht so einen Unsinn von wegen irgendwo treffen.“

„Ich habe dich nicht gebeten, zu kommen.“

„Du wirst es nicht bereuen.“

„Meinst du?“

Er lachte. „Absolut.“

„Aber du trägst noch immer einen Ring am Finger, nicht wahr?“

„Mann!“ beschwerte er sich. „Du machst es einem wirklich schwer.“

„Ich bin dir gegenüber einfach nur ehrlich. Das scheinst du nicht gewöhnt zu sein.“

„Das ist dir also aufgefallen“, sagte er ironisch.

„Du bist wirklich unglaublich attraktiv, Damon.“ Sie beschloss, die Taktik zu ändern. Denn egal, was Beverly glaubte, sie hatte einige Erfahrung mit Männern. „Und wenn du allein stehend wärst, dann würden wir ein solches Gespräch garantiert nicht führen.“

„Würden wir nicht, nein?“ murmelte er erfreut.

„Nein. Dann würden wir uns bereits auf meinem Bett wälzen und unglaublichen Sex haben.“

„Jetzt versuchst du, mich übers Telefon heiß zu machen“, stöhnte er. „Und es funktioniert. Stehst du auf Telefonsex, Baby?“

„Nein danke. Und glaub mir, ich versuche nicht, dich heiß zu machen. Ich sage dir nur, wie es ist, denn wenn du gekommen bist, um mit mir zu schlafen, vergiss es.“

„Du bist eine harte Nuss“, brummte er.

„Das nennt man Selbstschutz.“

„So nennt man das also.“

„Wenn du mal die Rollen tauschst, wirst du wissen, wovon ich spreche.“

„Klug bist du auch noch.“

„Ich tue mein Bestes.“

„Nun, L.L., wärest du in der Lage, mit mir zusammen zum Restaurant zu fahren?“

„Ich bin mit den anderen um halb acht in der Hotelhalle verabredet."

„Ich hole dich um Viertel nach sieben ab. Wir fahren etwas früher los und können vorher noch einen oder zwei Mojito trinken."

Der Abend verlief gut. Liberty musste zugeben, dass Damon wirklich über jede Menge Charme verfügte. Er war nett und freundlich und ließ sich in keiner Weise seine Popularität anmerken.

Parker J. Jones – ein schwergewichtiger Mann mit entsprechender Persönlichkeit – hatte, wie sich herausstellte, bereits mit Brandy, Birdy Marvel, Toni Braxton und anderen Megastars zusammengearbeitet.

Teddy, Quinn und sogar Uma waren ganz angetan von seinen Erzählungen – vor allem von denen, die Birdy betrafen. Chip und Damon verstanden sich von der ersten Sekunde an gut. Chip hatte vor kurzem seinen ersten Ferrari gekauft – einen 575 Maranello – während Damon bereits drei Ferraris besaß und einen Maserati.

„Mann, ich muss dich mit deinen Autos fotografieren", rief Chip begeistert. „Das wäre doch ein Cover für den *Rolling Stone*. Oder für *Vanity Fair.*"

„Ich will dich ja nicht enttäuschen – aber so was mache ich nicht", sagte Damon. „Dieses ganze Theater überlasse ich lieber meiner Frau." Dann fiel ihm auf, dass Liberty zuhörte, und bereute sofort, seine Frau erwähnt zu haben.

Der kann mich mal, dachte Liberty, und richtete sich auf ihrem Stuhl auf. Nach zwei Gläsern Wein hatte sie begonnen, darüber nachzudenken, was alles zwischen ihnen entstehen könnte, aber das war nach Erwähnung seiner Frau vorbei. Entschlossen richtete sie ihre Aufmerksamkeit auf Parker, was sowieso wichtiger war. Schließlich war er für ihre Zukunft ausschlaggebend, er war es, der dafür sorgen musste, dass ihre Musik großartig klang.

„Hatten Sie schon die Gelegenheit, meine Musik zu hören?" fragte sie.

„Deswegen bin ich hier. Ich habe sie mir mit Damon angehört, sie hat mir gefallen. Sonst wäre ich nicht nach Los Angeles geflogen. Obwohl ich zugeben muss, dass ich mir ungern die Chance entgehen lasse, mit Damons Privatflugzeug zu fliegen. Hatten Sie schon einmal das Vergnügen?"

„Nein."

„Nun dann, junge Dame, steht Ihnen noch 'was Großartiges bevor. Der Kerl weiß wirklich, wie man es sich gut gehen lässt."

„Also hat Ihnen meine Demo-CD wirklich gefallen?" Liberty wollte beim Thema bleiben.

„Mit ein paar Abstrichen", entgegnete Parker. „Aber nichts, was sich nicht leicht ändern ließe."

„Abstriche?" fragte sie alarmiert. „Zum Beispiel?"

„Sie müssen noch mal über ihr Repertoire nachdenken. Jetzt klingt es noch so verdammt dunkel und traurig. Und Sie sollten nicht vergessen, dass Sie nicht Alicia Keys sind. Also hören Sie auf, ihren Stil zu kopieren. Sie sind ein Original."

„Ich kopiere niemanden", protestierte sie.

„Jetzt fühlen Sie sich doch nicht gleich angegriffen", sagte Parker, „schließlich werden wir zusammenarbeiten. Sie müssen als Erstes lernen, mit Kritik umzugehen. Sonst hat alles keinen Sinn. Wir verstehen uns?"

Sie nickte ergeben. Parker war ein Profi. Sie nicht. Noch nicht. Sie wollte tun, was er sagte, zuhören und lernen.

Hoffentlich würde alles gut gehen.

Liberty fuhr allein mit Damon zurück ins Hotel.

„Wo ist Parker?" fragte sie ein klein wenig atemlos. „Ich dachte, er kommt mit uns."

Damon lachte. „Tja, das ist so: Parker hat eine heiße kleine Geliebte hier in Beverly Hills. Das ist der eigentliche Grund, warum er so kurzfristig bereit war, mitzufliegen."

„Ich dachte, ich wäre der Grund."

„Ja klar, das soll auch keine Beleidigung sein."

„Ist er verheiratet?"

„Da sind wir also wieder beim Thema." Damon schüttelte seufzend den Kopf. „Bist du eigentlich die Sprecherin sämtlicher Moralapostel?"

„Tut mir Leid, wenn ich Prinzipien habe." Sie lächelte schwach.

„Das heißt wohl, dass ich heute Nacht keine Chance habe."

„Nicht heute Nacht. Nicht morgen Nacht. Und du weißt weshalb."

„Ja, ja. Ich weiß", murmelte er kläglich. „Ich bin verheiratet. Und es ist dir egal, dass meine Frau und ich eine Art Arrangement getroffen haben."

„Da habe ich etwas anderes gehört."

„Aha? Und was?"

„Dass deine Frau deinen Gespielinnen ihre achthundert Dollar teuren Schuhe über den Schädel zieht."

Damon brach in schallendes Gelächter aus. „Meine Frau

würde nie etwas tun, was ihre Schuhe in Gefahr bringt. Sie ist ein Schuh-Junkie, Baby. Durch und durch."

„Wie auch immer." Liberty lehnte sich nachdenklich zurück. Wer hätte noch vor weniger als einer Woche gedacht, dass sie in Los Angeles mit Damon P. Donnell in einer Limousine fahren würde? Das war einfach unfassbar!

„Was ich dich die ganze Zeit fragen wollte – wie kommt es, dass du nicht genau wie all die anderen schwarzen Hühner redest?" Damon griff nach ihrer Hand.

„Tue ich nicht?"

„Das weißt du genau."

„Das liegt vielleicht daran, dass meine Mutter eine Arbeitsstelle in einem besseren Wohnviertel angenommen hat, als ich noch sehr jung war. Ab da ging ich in eine sehr gute Schule in Manhattan." Vorsichtig zog sie ihre Hand zurück. „Ich habe diese Schule gehasst, und alle haben *mich* gehasst. Aber zumindest habe ich wohl gelernt, anständig zu sprechen."

„Was macht deine Mutter?"

„Sie war Sängerin." Liberty zögerte einen Moment. „Und jetzt ist sie die Haushälterin eines beschissenen alten Milliardärs."

„Eines Milliardärs, ja? Vielleicht jemand, den ich kenne?"

„Red Diamond. Die Exfrau seines Sohnes ist kürzlich ermordet worden."

„Himmel! Von der Geschichte hört man überall. Was ist da wirklich passiert?"

„Keine Ahnung."

„Du meinst, deine Mutter hat kein Insider-Wissen?"

„Das habe ich sie nicht gefragt."

„Nein, natürlich nicht."

„Was soll das heißen?"

„Du hast zu viele Prinzipien, um im Dreck zu wühlen, stimmt's?"

„Irgendetwas dagegen einzuwenden?"

„Schon gut. Du bist etwas Besonderes, Babe, und das gefällt mir."

Die Limousine hielt vor dem Hotel, und Damon half ihr aus dem Wagen.

„Folgender Vorschlag", sagte er. „Lass uns einen romantischen Strandspaziergang machen."

„Erstens – zwischen uns gibt es keine Romantik, zweitens ist es schon spät und ich muss morgen wieder früh aufstehen, außerdem ..."

„Wie viele Ausreden willst du dir noch einfallenlassen?" Er betrachtete sie amüsiert. „Entspann dich, L.L., so oft wirst du diese Gelegenheit nicht haben."

„Also ...", sagte sie unsicher.

„Komm schon, Babe." Er schob sie durch ein kleines Tor. „Wer die Gefahr meidet, kommt darin um."

Er bückte sich und zog seine Turnschuhe aus. Liberty schlüpfte ebenfalls aus den silbernen Sandalen, die Uma ihr am Morgen gegeben hatte, und rollte ihre Hosenbeine hoch. Schon schnappte sich Damon ihre Hand und rannte aufs Meer zu.

Der Sand war kühl und weich unter ihren nackten Füßen, sie lauschte den Wellen, die ans Ufer schlugen. Sie fühlte sich so stark und lebendig, sie wollte den Moment so gerne auskosten.

Plötzlich blieb Damon stehen, zog sie wortlos an sich und küsste sie. Sie war nicht in der Lage, sich zu wehren. War es wirklich wichtig, dass er verheiratet war? Sie wollte ja keine lange Affäre mit ihm, und außerdem hatte er doch gesagt, dass er sich mit seiner Frau arrangiert hatte. Wieso also nicht?

Nein! Sie wusste genug über Männer, um zu begreifen, dass er ihr nur mit ihrer Karriere helfen wollte, weil sie sich so unnahbar gab. Ein Mann wie Damon konnte wahrscheinlich jede Frau bekommen, die er wollte. Er besaß alles – gutes Aussehen, Macht, Geld – ganz zu schweigen von seinen Ferraris und seinem eigenen Flugzeug.

Damon P. Donnell besaß alles, wonach die meisten Frauen sich sehnten. Aber sie würde er nicht bekommen.

Über all das dachte sie nach, während sie sich küssten und sie spürte, wie Erregung in ihr aufstieg.

„Du küsst fantastisch", sagte sie atemlos. „Aber ich muss morgen um sechs Uhr aufstehen, also gehe ich jetzt zurück ins Hotel."

„Wirklich?" fragte er überrascht.

Sie drehte sich bereits um und lief los. „Kommst du?"

„Ja, und das mit noch zugeknöpfter Hose", murrte er und nahm erneut ihre Hand. „Du bist schon eine Nummer, L.L."

„Das betrachte ich als Kompliment."

„Das solltest du."

Als sie zerzaust und außer Atem in der Hotelhalle ankamen, rannte sie direkt in Tony A. mit seinem weißen Anzug und dem perfekt frisierten, blond gesträhnten Haar, einen sehr verärgert aussehenden Hector an seiner Seite.

„Wo warst du denn?" fragte Tony. „Ich dachte, wir wollten uns noch treffen."

„Sie war mit mir zusammen", verkündete Damon angriffslustig. „Wenn du also was zu sagen hast, mein Alter, dann sag es mir."

56. KAPITEL

Früh am Mittwochmorgen erschien Mrs. Conner in der Küche. Max war bereits seit ein paar Stunden wach. Er hatte kaum geschlafen, so sehr er sich auch bemühte, er konnte einfach nicht den Anblick von Mariskas blutüberströmter Leiche vergessen.

In gewisser Weise wäre es eine Erleichterung, wenn Vladimir wieder in seinem Büro auftauchte, aber er ging davon aus, dass der sich jetzt lieber eine Weile unsichtbar machen würde.

Auf jeden Fall wollte Max heute mit Irena sprechen und hören, was sie zu sagen hatte. Wenn sie wirklich Mariskas Mutter war, dann kannte sie womöglich die Antworten auf all seine Fragen.

„Guten Morgen, Mr. Diamond“, sagte Mrs. Conner und begann, Kaffee zu kochen.

„Sie sind früh auf“, bemerkte er mit einem Blick auf die Uhr. Es war kurz vor sieben.

„Ich war schon immer ein Frühaufsteher. In meiner Heimatstadt Glasgow war sieben Uhr schon viel zu spät zum Aufstehen.“

„Wo ist Lulu?“ Er unterdrückte ein Gähnen.

„Das kleine Ding schläft noch. Wir hatten einen ganz schönen Nachmittag gestern. Ich habe sie mit in den Park genommen, wir haben Eis gegessen, und dann sind wir einkaufen gegangen, und sie durfte sich all ihre Lieblingssüßigkeiten aussuchen.“

„Sie ist gerne mit Ihnen zusammen“, sagte Max.

„Und ich mit ihr. Sie ist ein hübsches kleines Mädchen. Diese furchtbare Tragödie …“

„Lassen Sie uns nicht darüber sprechen, Mrs. Conner“,

unterbrach er sie schnell. „Ich glaube, was Lulu betrifft, sollte es kein Thema sein."

„Ich sage das nicht gern, Mr. Diamond, aber sie wird sowieso davon hören, sobald sie wieder in die Schule geht. Als wir gestern zurückkamen, belagerten Journalisten und Kamerateams ihr Haus. Ich habe sie so gut es geht abgeschirmt, aber die Reporter haben ihr Fragen zugeschrieen."

„Gütiger Gott!" rief er erbost. „Können die denn nicht mal ein Kind in Ruhe lassen?"

„Ich habe einen Vorschlag, Mr. Diamond. Meine Schwester arbeitet für eine Familie in Montauk in einem hübschen Haus direkt am Meer. Und die Familie ist für einen Monat in Urlaub gefahren. Sie haben meiner Schwester gesagt, dass ich gerne bei ihr wohnen dürfe, und ich dachte – wenn es Ihnen Recht ist – dass ich Lulu für ein paar Tage mitnehme. Dort ist es sehr ruhig, da bekommt die Kleine von all dem Trubel nichts mit."

„Das klingt gut, Mrs. Conner. Was sagt Lulu dazu?"

„Ich wollte erst Sie fragen, aber ich glaube, es würde ihr Spaß machen. Meine Schwester hat Zwillinge, die nur ein paar Monate jünger sind als Lulu."

„Wenn sie es will, dann nehmen Sie sie mit", rief Max erleichtert. „Ich habe noch keine Zeit gehabt, ein neues Kindermädchen zu finden, ich hatte gehofft, dass Sie sich so lange um die Kleine kümmern können, bis sich alles etwas beruhigt hat."

„Das mache ich gerne, Mr. Diamond. Entschuldigen Sie mich jetzt. Ich muss mal nach unserer kleinen Prinzessin sehen." Sie eilte davon.

Ein paar Minuten später kam Chris in die Küche. „Ich habe bereits gepackt", verkündete er. „Es kann losgehen."

„Zurück in dein nicht mehr existierendes Haus."

„Es ist nicht so schlimm, wie ich befürchtet habe.“ Chris schenkte sich eine Tasse Kaffee ein. „Es hat endlich aufgehört zu regnen, und jetzt wird gerade damit begonnen, den Schlamm aus dem Haus zu pumpen. Wenn dann alles renoviert ist, kann ich wieder einziehen.“

„Hör mal“, sagte Max, „das mit dem Geld habe ich nicht nur so dahin gesagt.“

„Wirklich?“ Chris trank ein paar Schlucke. „Du würdest es mir wirklich leihen?“

„Sonst hätte ich es dir nicht angeboten. Wie viel brauchst du?“

„Nun, Andy hat meinen Safe gerettet. In dem befinden sich zweihundertfünfzigtausend, also bräuchte ich noch mal so rund dreihundertfünfzig.“

„Betrachte es als erledigt.“

„Danke, Max. Ich werde am Wochenende zu Birdys Hochzeit nach Las Vegas fliegen. Mann, du kannst dir nicht vorstellen, wie froh ich sein werde, Roth vom Hals zu haben.“ Chris schenkte sich eine weitere Tasse ein. „Also, die Japaner sind dabei. Dein Bauprojekt geht weiter, also ist doch alles in Ordnung.“

„Genau“, stimmte Max zu. „Zurück an die Arbeit.“

„Vergiss nicht, was wir gestern Abend besprochen haben. Bring die Kiste zur Polizei, behaute einfach, Mariska hätte sie dir zur Aufbewahrung gegeben und du hättest das vollkommen vergessen. Wenn herauskommt, dass du sie aus ihrem Apartment geholt hast, bekommst du mächtig Ärger. Das kannst du mir glauben.“

Max nickte. Ihm war klar, dass Chris Recht hatte, andererseits musste er erst einmal mit Irena sprechen, bevor er irgendetwas unternahm.

Lulu kam in die Küche gehüpft. „Darf ich mit Mrs. Conner ans Meer fahren, Daddy? Darf ich? Darf ich? *Darf ich?*“

„Natürlich, Süße, wenn du gern möchtest.“

„Ja, Daddy, Lulu will. Keine Schule! Nö! Nö! *Nö!* Mrs. Conner mag ich am liebsten.“

„Und wann magst du mich mal am liebsten?“ fragte Chris und umarmte sie.

„Warte.“ Lulu lächelte keck. „Dich hab’ ich morgen am liebsten.“

„Kann’s kaum erwarten!“ Chris zwinkerte Max zu. „Ich habe immer davon geträumt, mal ein Mädchen wie dich zu treffen.“

Lulu brach in Kichern aus.

Amy bewegte sich unruhig im Schlaf und streckte einen Arm aus. Erschrocken stellte sie fest, dass sie dabei einen anderen Körper berührte. Dann fiel ihr alles wieder ein. Jett lag neben ihr.

O Gott! Was hatte sie nur getan? War einmal nicht schon schlimm genug gewesen?

Er schnarchte leise. Sie starrte sein Gesicht an. Er sah so gut aus, aber das war nicht alles. Letzte Nacht hatten sie noch stundenlang geredet, er war nach Tina der erste Mensch, mit dem sie über die Entführung gesprochen hatte. Es hatte sich so gut angefühlt, diese Erinnerung mit ihm zu teilen.

„Hast du je eine Therapie gemacht?“ fragte er.

„Nein, meine Mutter sagte, ich müsse vergessen, dass es je passiert ist.“

„Diese Frau muss verdammt noch mal verrückt sein. Sie hätte dir sofort Hilfe besorgen müssen.“

„Hat sie leider nicht.“

„Das ist der Grund, warum du sexuell immer so zurückhaltend warst."

„Du hältst mich für zurückhaltend?"

„Nun, zumindest bis wir uns trafen warst du mit zwanzig Jahren noch Jungfrau. Und das in New York. Findest du das normal?"

„Ich … ich weiß nicht."

„Glaub mir, das ist es nicht. Du wurdest mit vierzehn sexuell belästigt, Amy, und deswegen hattest du Angst davor."

„Und warum habe ich mit dir dann keine Angst?"

„Weil zwischen uns etwas Besonderes ist."

„Wirklich?" fragte sie schüchtern.

„Entweder das, oder du warst völlig ausgehungert", zog er sie auf. „Jedenfalls muss das der Grund sein, warum du Max hingehalten hast."

„Glaubst du?"

„Ganz sicher, und das passt übrigens wunderbar zu seiner Blockade."

„Was für eine Blockade hat er denn?"

„Hat er dir das nicht gesagt?"

„Was denn?"

„Ich weiß es nur von Chris. Als Max in der High School war, hatte er eine feste Freundin. Die hat er in der Nacht nach dem Abschlussball mit nach Hause genommen. Red platze gerade ins Zimmer, als sie kurz davor waren, miteinander zu schlafen."

„O nein!"

„Red hat ihn angebrüllt und auf sein Zimmer geschickt. Und dann hat dieser alte Perversling das Mädchen vergewaltigt. Sie war gerade mal sechzehn."

„Was?" Amy schnappte nach Luft. „Das ist ja furchtbar."

„Und deswegen ist er nicht so wild auf Sex. Wie du siehst – ihr beide wart das perfekte Paar."

„Er hat mir nie etwas davon erzählt."

„Wenn ihr beide eine wirkliche Verbindung hättet, dann würdet ihr alles voneinander wissen, oder nicht?"

„Aber es tut mir so Leid für ihn."

„Vergiss es, Amy. Max ist nicht der Richtige für dich, du musst dich von ihm trennen."

„Ich kann ihm nicht von uns erzählen, Jett, das kann ich nicht."

„Das wirst du aber müssen – irgendwann. Oder er findet es selbst heraus. Wir machen einfach eine Zeit lang heimlich weiter, mehr nicht."

„Ich will nicht heimlich weitermachen."

„Nicht für immer", versicherte Jett. „Eines Tages schenken wir ihm reinen Wein ein. Bis dahin wird Max jemand anderen gefunden haben, es wird ihm nicht das Herz brechen."

„Du verstehst das nicht. Max liebt mich. Er liebt mich wirklich."

„Er liebt dich, weil du in seinen Augen so rein bist. Begreifst du das nicht? Niemand außer ihm darf dich berühren. Das liebt er an dir, Amy."

Irgendwann waren sie eingeschlafen.

„Jett", murmelte Amy und warf einen Seitenblick auf die Uhr. „Es ist schon fast acht."

Er öffnete mühsam die Augen. „Ach du Scheiße", nuschelte er.

„Was?"

„Gianna wird stinksauer sein, ich hätte ihr wenigstens sagen sollen, dass ich nicht nach Hause komme."

„Du hast doch gesagt, dass ihr eine richtig offene Beziehung führt."

„Stimmt auch, aber seit sie in New York ist, klammert sie viel mehr, es ist … schwierig."

„Ich muss zur Arbeit." Amy sprang aus dem Bett. „Und du solltest tun, was immer du zu tun hast."

„Ich komme später vorbei."

„Nein."

„Wieso nein?"

„Weil das alles viel zu schnell geht. Ich will keine Heimlichkeiten. Davon abgesehen weiß Chris Bescheid, kannst du dir vorstellen, wie ich mich dabei fühle?"

„Chris weiß es nicht."

„Lüg mich nicht an, Jett."

„Gut, vielleicht habe ich erwähnt, dass ich dich mag."

„Ich bin nicht doof. Du hast es ihm erzählt, oder?" fragte sie vorwurfsvoll.

„Das war ein Fehler", gab er zu. „Ich war so schockiert, als ich dich bei dem Abendessen sah. Ich hatte ununterbrochen von dir gesprochen. Chris wusste, dass ich nach einem Mädchen suchte – und dann stellte sich heraus, dass *du* es warst."

„Du hast von mir gesprochen?" fragte sie weich. „Hast nach mir gesucht?"

„Von der Sekunde an, wo du einfach aus der Wohnung abgehauen bist." Er zog sie zurück aufs Bett.

„Wirklich?"

„Wirklich."

„Ach, Jett." Sie seufzte. „Was soll nur werden?"

„Wir werden sehr glücklich miteinander. Das verspreche ich dir, Liebes."

Nachdem Max seinen Fahrer nicht wissen lassen wollte, wo er hinfuhr, setzte er sich selbst hinters Steuer. Er hatte Irenas Adresse und Telefonnummer in dem Notizbuch von Mariska gefunden. Nachdem er mehrfach versucht hatte, anzurufen, beschloss er, einfach zu ihr zu fahren.

Nun stand er vor einem heruntergekommenen alten Haus und wünschte, Chris wäre mitgekommen. Es fühlte sich fast unwirklich an, hier zu sein, als ob er aus Manhattan in eine vollkommen fremde Welt gefahren wäre – eine Welt mit grauem Himmel, Nieselregen und verwahrlosten Geschäften. Eine trostlose Welt, die ihn alles andere als willkommen hieß.

Chris hatte Recht. Er hätte Detective Rodriguez alles sagen und sich einfach zurücklehnen sollen. Er war Geschäftsmann und kein verdammter Polizist.

Anhand der schmutzigen Briefkästen fand er heraus, dass Irena im fünften Stockwerk wohnte. Am Fahrstuhl hing ein Schild mit der Aufschrift DEFEKT, also nahm er die Treppe. Es roch nach Katzenpisse, schalem Bier und abgestandenem Essen. Falls Irena wirklich Mariskas Mutter war, dann hatte ihre Tochter sich nicht sonderlich gut um sie gekümmert.

Als er die Tür gefunden hatte, hörte er laute Musik, für seine Ohren ungewöhnliche, disharmonische Klänge. Weil es keine Klingel gab, klopfte er. Einmal. Zweimal. Und lauter.

Irena öffnete und erstarrte. Sie war eine stämmige Frau mit krausem grauem Haar. „Mr. Diamond", sagte sie schließlich. „Was machen Sie denn hier?"

„Ich möchte mit Ihnen sprechen, Irena. Kann ich kurz 'reinkommen?"

Zögernd nickte sie. Max trat in ein überfülltes Zimmer mit einem ungemachten Bett in der Ecke, einer Kochplatte und einem altmodischen Kühlschrank. Aus einem Schwarzweißfernseher plärrte Musik, eine Katze lag zufrieden zusammengerollt und schlief.

Irena schaltete den Fernseher ab. „Mr. Diamond", begann sie zu jammern und fuhr mit den Händen durch die Luft. „Was für eine furchtbare Geschichte. So furchtbar ..."

Da bemerkte er ein Funkeln an ihrem kleinen Finger. Max traute kaum seinen Augen. Es stammte von einem sehr großen Diamanten. Um genau zu sein, von dem Ring, den er Mariska zur Verlobung geschenkt hatte.

Als Jett in Sams Apartment stürzte, war Gianna bereits am Packen.

„Hallo", sagte er leise.

Sie würdigte ihn keines Blickes.

„Also, wegen gestern Nacht, das tut mir Leid. Es war ..."

„Nichts", unterbrach sie ihn.

„Nichts?" Er zog eine zerdrückte Zigarettenschachtel aus der Hosentasche.

„Es ist aus, Jett. Vorbei. *Sopra. Arrivederci.*"

Nun, das waren genau die Worte, die er hören wollte, aber er hätte derjenige sein sollen, der sie aussprach, nicht Gianna.

„Ich möchte dir erklären, was passiert ist." Er zündete sich eine Zigarette an.

„Nein, Jett." Gianna faltete einen aufwendig bestickten Rock zusammen und legte ihn in den Koffer. „Du hast mich vor Sofia blamiert. Gianna mag so was nicht."

„Es tut mir Leid." Er inhalierte tief.

„Zu spät, Baby." Sie warf ihr langes Haar zurück. „*Incredibile!* Du hast verspielt!

„Ich war bei Max", log er.

„Nein." Ihre Augen funkelten gefährlich. „Ich habe bei Max angerufen, dort warst du nicht. Wahrscheinlich warst du bei irgendeinem Mädchen, und das wäre *non importa.* Aber mich einfach sitzen zu lassen. O nein, nein, nein! Das kannst du mit Gianna nicht machen."

„Also gehst du?"

„*Si*", sagte sie knapp und knallte den Koffer zu.

Er wusste nicht, was er sagen sollte. Er stand nur da und starrte vor sich hin. Gianna reiste ab, und genau das wollte er ja auch. Warum verspürte er dann auf einmal so einen Verlust, als ob sie ihn im Stich lassen würde?

Lag es daran, dass er sich bei ihr zum ersten Mal zu Hause gefühlt hatte? Dass er sich noch nie so wohl und glücklich gefühlt hatte wie in Mailand? Und nirgends beruflich so erfolgreich gewesen war?

Und hier? Hier wohnte er in Sams Apartment, hatte keinen Job, und Amy war auch nicht bereit, sich für ihn zu entscheiden.

Er besaß also nicht gerade viel. Und Gianna wollte gehen. Die schöne, launische, witzige, unglaublich erotische Gianna. Mit der er eine so fantastische Zeit verbracht hatte.

Was sollte er ohne sie anfangen? Wie sollte er zurechtkommen?

Keine Panik, dachte er. Wird schon werden. Ich werde in New York eine Agentur finden, mir eine Wohnung mieten und irgendwann mit Amy zusammen sein.

Es klingelte.

„Mein Taxi", sagte Gianna kalt. „Bitte sag dem Fahrer, dass er mein Gepäck holen soll."

„Willst du das wirklich tun?“ Er konnte nicht begreifen, dass *sie* nun *ihn* verließ.

„*Si,* Jett. Gianna geht. Und Gianna kommt nicht zurück.“

Chris war schon fast am Flughafen, als sein Handy klingelte. Red Diamond. Sein liebevoller, besorgter Vater.

„Wo bist du?“ wollte er wissen, als ob es ihn etwas anginge.

„Auf dem Weg zurück nach Los Angeles.“

„Du bist nach New York geflogen, um mich zu treffen. Und jetzt gehst du einfach wieder. Hältst du das für klug?“

„Ich gehe, weil ich mich um einige Dinge kümmern muss. Und aus dem Treffen wurde ja nichts, oder?“

„Weil du einfach abgehauen bist.“

„Ich bin zu Max gegangen. Ich vermute, du hast gehört, dass seine Exfrau ermordet wurde?“

Red ignorierte die Frage. „Wir müssen einen neuen Termin finden.“

„Ich weiß nicht, wann ich wieder in New York bin. Also vergiss es.“

„Das gefällt mir nicht. Morgen. Zehn Uhr. In meinem Haus.“

„Sagte ich nicht gerade, dass ich auf dem Weg nach L.A. bin?“ fragte Chris. „In fünf Minuten bin ich am Flughafen. Eine Maschine wartet auf mich.“

„Zu schade.“

„Was ist zu schade?“

„Dass du nicht erfahren wirst, was ich euch drei zu sagen habe.“

„Was hast du uns denn zu sagen, *Dad,* was wir nicht schon längst wüssten? Willst du uns erzählen, wie nutzlos wir sind?

Eine Bande Versager? Dass du immer schon wusstest, dass wir nie etwas erreichen würden? Willst du uns deshalb treffen?"

„Wenn du auch nur annähernd ein Geschäftsmann bist, dann wirst du kommen", sagte Red. „Und vor allem, wenn du die Wahrheit über den unglücklichen Tod deiner Mutter erfahren willst."

Und ohne ein weiteres Wort legte Red Diamond auf.

57. KAPITEL

Erst Mittwochnachmittag verließ Sonja die Wohnung von Alex wieder. Er hatte sie gebeten, über Nacht zu bleiben, und sie hörte sich an, was er über Mariska Diamond alias Paulina Kuchinova zu erzählen hatte.

Offenbar hatte er Paulina in einem Club kennen gelernt, kurz nachdem sie in Amerika angekommen war. Zuerst begehrte, dann liebte er sie. Paulina/Mariska behauptete, dasselbe für ihn zu empfinden, doch schnell musste er lernen, dass ein russischer Mafioso nicht gut genug für sie war. O nein. Sie wollte mehr, und es dauerte nicht lange, bis sie sich Maxwell Diamond geangelt hatte. Zwar trafen sie sich weiterhin, bis sie eines Tages zu seinem Entsetzten diesen Mann heiratete. Danach sahen sie sich nur noch sporadisch, erst nach der Scheidung kam sie zu ihm zurück und verkündete, dass sie ihn immer geliebt hätte und sie zusammengehörten. Allerdings wollte sie die Affäre so lange geheim halten, bis sie ihre Abfindung bekommen hatte. Deswegen trafen sie sich nie in der Öffentlichkeit, außer gelegentlich in einem der russischen Clubs, aber dann trug sie eine schwarze Perücke und trat unter ihrem eigentlichen Namen auf – Paulina.

Im Bett funktionierte es fantastisch, heiß und schmutzig, so, wie sie es beide mochten. Nach einer Weile sagte Mariska, sie sei vielleicht in der Lage, ihm geschäftlich unter die Arme zu greifen. Sie wusste, dass er mit gestohlenen Diamanten handelte, und wo konnte er eine bessere Verbündete finden, als in der gehobenen Gesellschaft?

Es lief eine Zeit lang alles perfekt, bis Mariska ihn eines Tages hinterging und ihn um eine riesige Menge Bargeld brachte.

„Sie hatte einen anderen reichen Kerl gefunden, der sich um sie kümmerte. Also brauchte sie mich nicht mehr“, erzählte Alex und verzog grimmig den Mund. „Sie sagte, dass sie mich liebe, dass wir zusammengehörten, und dann beklaut sie mich, die Schlampe beklaut *mich,* Alex Pinchinoff. Sie hat es verdient, zu sterben.“

Sonja fragte sich schaudernd, ob er Mariskas Mörder war.

Doch dann entschied sie, dass das nicht der Fall sein konnte, denn er hätte sie garantiert nicht erstochen, sondern mit seinem riesigen Schwanz erstickt.

Nachdem sie nun also seine Geschichte kannte, war Sonja sicher, dass sie daraus Profit schlagen konnte. Mariska Diamond war ermordet worden – eine bekannte Dame der Gesellschaft mit vielen wichtigen Kontakten, einstmals mit dem Baulöwen Maxwell Diamond verheiratet, dessen Vater kein geringerer als Red Diamond war, der alte Milliardär, mit dem sie und Famka das letzte Wochenende verbracht hatten.

Zudem wusste sie von Vladimir, dass Paulina Kuchinova eine Moskauer Prostituierte war, verheiratet mit Vladimir, von dem sie sich nie hatte scheiden lassen! Das durfte sie Alex natürlich niemals verraten.

Die Möglichkeiten, daraus Geld zu schöpfen, waren geradezu endlos. Mariska war bereits in allen Schlagzeilen, kaum auszudenken, wenn die Leute die ganze Wahrheit erfuhren.

Was für eine explosive Geschichte, und sie, die kleine Sonja Sivarious, kannte sie. Sie musste sich nur beeilen, sonst würden Vladimir, Igor oder Alex alles vermasseln.

Kaum zu Hause angekommen begann sie, über ihre Möglichkeiten nachzudenken. Sollte sie die Story an eine Zeitschrift verkaufen? Oder herausfinden, ob Max Diamond bereit war, sie für ihr Schweigen zu bezahlen? Sie hatte Max bei dem Junggesellenabschied gesehen, er war nicht so ein Aufreißer wie sein Bruder Chris. Oder so unersättlich wie sein Viagra verschlingender, ständig fluchender Vater.

Wie viel würde Max Diamond ihr wohl bezahlen? Genug, damit sie sich endgültig aus ihrem Gewerbe zurückziehen konnte? Irgendwo hingehen, weit weg, wo die anderen (Vladimir, Igor und Alex) sie nicht finden konnten? Denn auch die würden irgendwann darauf kommen, dass mit der Geschichte Geld zu verdienen war, aber dann wäre es zu spät.

Es musste möglichst schnell gehen.

Mittwochnachmittag hatte sie eine Entscheidung getroffen. Sie wollte zuerst mit Red Diamond sprechen. Der würde bestimmt alles dafür tun, dass sein Name nicht noch mehr beschmutzt wurde. Der Vorteil war, dass sie direkt Kontakt mit ihm aufnehmen konnte, sie hatte seine Handynummer.

Und wenn er nicht zahlen wollte – zu dumm – dann würde sie sich eben direkt an eine Boulevardzeitung wenden.

Chris wählte Birdys Nummer. „Hallo Birdy. Es tut mir Leid, aber ich schaffe es doch nicht." Er hatte bereits seinen Fahrer angewiesen, umzukehren.

„Ach Mensch!" quietschte Birdy. „Das ist gemein. Du bist doch mein liebster alter Freund."

Alter Freund? Himmel, er war zweiunddreißig. Seit wann war zweiunddreißig alt?

„Ich habe berufliche Verpflichtungen, Birdy", erklärte er. „Wir treffen uns in Vegas. Ach ja, außerdem schicke ich dir Papiere, die Rocky unterschreiben muss. Wenn er das nicht tut, gibt es keine Hochzeit."

„Du verpasst was, Chris“, flötete Birdy. „Mit mir fliegen zwei echt tolle Mädels, und eine von ihnen steht total auf …“

„Auf was?“ unterbrach er sie. „Alte Langweiler?“

„Nein, Dummerchen.“ Sie kicherte. „Auf Anwälte.“

Das fehlte ihm gerade noch, sich mit einer von Birdys durchgeknallten und sexverrückten Teenie-Freundinnen einzulassen.

„Schätze, dann muss sie noch bis Las Vegas warten.“

„Das richte ich ihr aus“, versprach Birdy, „aber sie wird ganz schön enttäuscht sein.“

„Sie wird’s überstehen.“

Sosehr er auch den Wunsch verspürte, nach Hause zu fliegen, er konnte der Versuchung, in New York zu bleiben, nicht widerstehen. Sein Vater hatte gesagt, er solle kommen, wenn er die Wahrheit über den unglücklichen Tod seiner Mutter erfahren wolle.

Nie war es ihm gelungen, viel über den Flugzeugabsturz seiner Mutter zu erfahren, genauso wenig wie Max Genaueres über den so genannten Herzinfarkt seiner jungen Mutter wusste.

Hatte Red seine Finger im Spiel gehabt?

Nein. Nicht mal Red war zu so etwas Entsetzlichem in der Lage.

Oder …?

„Sie wollten mich sprechen?“ Diahann stand ein wenig unbehaglich vor Lady Bentleys Zimmertür.

„Ja, allerdings.“ Lady Jane wedelte ungeduldig mit einer Hand. „Kommen Sie ’rein. Schließen Sie die Tür hinter sich.“

Diahann hatte die Auseinandersetzungen zwischen Lady Bentley und Red Diamond verfolgt. Hatte gehört, wie er ihr

Bosheiten ins Gesicht gebrüllt und gefordert hatte, dass sie das Haus verließ. Alle Bediensteten hofften, dass dies das Ende von Lady Bentley und ihrem unerträglichen Verhalten bedeutete.

Aber nein, sie wohnte noch immer hier, verschanzte sich in ihrem geschmackvoll eingerichteten Schlafzimmer. Sie hatte noch nicht einmal zu packen begonnen.

„Was kann ich für Sie tun, Lady Bentley?“ fragte Diahann, fest entschlossen, ruhig zu bleiben, egal, was diese verabscheuungswürdige Frau zu sagen hatte.

Lady Jane taxierte sie von oben bis unten. „Wie alt sind Sie?“ fragte sie schließlich.

„Wie bitte?“

„Wie alt Sie sind! Das ist doch keine besonders komplizierte Frage, oder?“

Am liebsten hätte Diahann der Frau gesagt, dass ihr Alter sie verdammt noch mal nichts anginge. Und warum auch nicht? Lady Bentley konnte sie schlecht feuern, denn sie war Red Diamonds Angestellte, der so etwas niemals zulassen würde.

Doch aus irgendeinem Grund, den sie selbst nicht kannte, antwortete sie: „Achtunddreißig.“ Am liebsten hätte sie hinzugefügt: „Jünger als sie“, unterdrückte den Impuls aber.

„Achtunddreißig“, wiederholte Lady Jane. „Und wie lange arbeiten Sie schon hier?“

„Fast zehn Jahre.“

„Also waren Sie eine recht junge Frau, als sie beschlossen, Ihre so genannte Gesangskarriere an den Nagel zu hängen und für Mr. Diamond zu arbeiten – vielmehr für Red, wie Sie ihn damals sicher nannten. Als sie sein Bett geteilt haben.“

Diahann spürte Panik in sich aufsteigen. Niemand wusste von ihrer Beziehung zu Red Diamond, einer Beziehung, die lange vor ihrer Zeit als Haushälterin begonnen hatte. Das ging nur sie beide etwas an, und beide hatten sie gute Gründe, dieses Geheimnis zu hüten.

„Entschuldigen Sie bitte?“

„Kann ich mir gut vorstellen, dass ich Sie entschuldigen soll“, zischte Lady Jane, ein boshaftes Funkeln in den Augen. „Ich habe all die Jahre immer gedacht, dass Red herumhurt – und nun muss ich feststellen, dass er seine eigene, schwarze Hure im Haus hatte, genau hier, bequem versteckt in Keller und immer bereit, ihm zu Diensten zu sein.“

„Ich habe keine Ahnung, wovon Sie sprechen.“ Diahann wusste, sie musste dieses Zimmer so schnell wie möglich verlassen.

„Bitte, tun Sie nicht so unschuldig“, sagte Lady Jane. „Ich weiß alles. *Alles.*“ Sie schwieg einen Moment. „Verstehen Sie?“

„Ich verstehe nur, dass wir dieses Gespräch nicht führen sollten“, murmelte Diahann. „Das würde Mr. Diamond nicht gefallen.“

„Ach nein?“ rief Lady Jane verbittert. „Das tut mir aber Leid.“

Diahann wollte aus dem Raum gehen.

„Ich kenne Ihr Geheimnis“, höhnte Lady Jane. „Ich kenne Ihr schmutziges kleines Geheimnis. Wenn Sie klug sind, dann überzeugen Sie Red davon, mir das zu geben, was mein Anwalt fordert. Dann wird Ihr Geheimnis – vielleicht – bei mir sicher sein.“

„Wo warst du denn?“

„Hm?“ Jett umklammerte den Hörer. Er versuchte noch immer zu verdauen, dass Gianna ihn einfach verlassen hatte. So etwas war ihm noch nie passiert, und obwohl ihm dadurch eine Menge Ärger erspart blieb, war er sich nicht sicher, ob es ihm gefiel.

„Wer ist da?“

„Chris. Was glaubst du denn?“

„Also …“

„Was ist los mit dir? Hast du getrunken?“

„Natürlich nicht.“

„Du klingst völlig fertig.“

„Bin ich aber nicht.“

„Wo warst du also?“ fragte Chris. „Ich habe dir eine Nachricht hinterlassen. Rufst du grundsätzlich nicht zurück?“

„Mein Handy war auf Vibrationsalarm gestellt.“

„Na toll. Dann solltest du deine Nachrichten checken, vermutlich hast du auch eine von Red.“

„Wieso das?“

„Weil er ein weiteres Treffen einberufen hat. Wir sollen alle morgen um zehn bei ihm auftauchen.“

„Und werden wir das tun?“

„Darauf kannst du deinen Hintern verwetten. Ich habe sogar meinen Flug nach L.A. sausen lassen.“

„Und warum glaubst du, dass er es diesmal ernst meint?“ fragte Jett. „Er ist ein verdammter Wichser. Du hast doch gesehen, wie er das letzte Mal mit diesen beiden Nutten hereinspazierte.“

„Er meint es ernst. Er will uns dringend etwas sagen.“

„Wen interessiert das schon?“ murrte Jett.

„Hast du Max angerufen?“

„Max? Wieso sollte ich ihn anrufen?“

„Du liebe Zeit!“ Chris wurde auf einmal klar, was geschehen war. „Du hast dich mit Amy getroffen, stimmt’s?“

„Wie kommst du darauf?“

„Weil du der Wichser bist“, rief Chris aufgebracht. „Wie kannst du Max so etwas antun? Ausgerechnet jetzt? Kurz nachdem seine Exfrau ermordet worden ist?“

„Es ist kompliziert“, murmelte Jett.

„Verdammte Scheiße, Jett. Werd erwachsen. Sie ist vergeben, lass sie in Ruhe.“

„Und wenn ich das nicht kann?“

„Dann musst du dich dazu zwingen, Brüderlein, zwing dich.“

„Ich versuche es ja.“

„Nein, tust du nicht.“

„Du hast doch keine …“

„Ich fahre gerade zurück in die Stadt“, unterbrach Chris ihn. „Wir treffen uns zum Essen. Neunzehn Uhr in meinem Hotel.“

„Ich weiß nicht, ob ich das schaffe.“

„Und ob du es schaffst“, sagte Chris streng. „Und dann reden wir über alles.“

Aufgewühlt rannte Diahann hinunter in ihre Wohnung und versuchte, Liberty in Los Angeles zu erreichen. Doch sie war nicht auf ihrem Zimmer.

Das kam alles so unerwartet. Niemand wusste von ihrem Verhältnis mit Red Diamond. Absolut niemand. Und vor allem nicht Liberty.

Wie hatte Lady Bentley das herausgefunden? Und welche Beweise hatte sie – wenn überhaupt?

Das war einfach unmöglich.

Aber trotzdem …

Mit Geld war Irena endlich zum Reden zu bewegen. Max versuchte, den riesigen Diamantring an dem kleinen Finger der alten Frau zu ignorieren und begann, eine Reihe von Fragen zu stellen. Zunächst war er noch ganz ruhig.

„War Mariska Ihre Tochter?"

Sie schüttelte energisch den Kopf.

„Es ist schon in Ordnung, Irena." Er stand mitten im Zimmer. Wohin hätte er sich auch setzen sollen außer auf das ungemachte Bett oder den wackligen alten Stuhl? „Niemand wird Ihnen etwas anhaben."

„Ich darf nicht darüber sprechen."

„Worüber dürfen Sie nicht sprechen?" drängte er.

„Paulina sagte immer, reden wäre nicht gut", murmelte Irena. „Polizei. Einwanderungsbehörde. Sie sagte, ich solle den Mund halten."

„Paulina ist tot."

„Ich weiß, ich weiß", jammerte Irena mit verzerrtem Gesicht. „Mein Kind ist tot."

„Es tut mir Leid."

„Amerika", flüsterte Irena, als ob das alles erklären würde.

„Amerika?"

„In Russland wäre das nicht passiert."

Offenbar hatte sie nie in ihrem Leben eine russische Tageszeitung gelesen.

„Wissen Sie, welches brutale Ungeheuer Mariska das angetan hat?" fragte er.

„Nein, nein." Irena schüttelte den Kopf. „Ich weiß nichts. Das hab' ich der Polizei gesagt. Ich weiß nichts."

„Aber Sie haben den Namen Vladimir schon einmal gehört, nicht wahr?" Er wedelte mit dem Dollarbündel.

Besorgt sah sie zu ihm auf. „Vladimir? Wer ist Vladimir?“ Es war offensichtlich, dass sie log.

„Keine Spielchen mehr, Irena.“ Max reichte ihr mehrere Hundertdollarnoten. „Das bleibt unter uns. Keine Polizei. Keine Einwanderungsbehörde. Okay?“

„Okay“, stimmte sie zu.

„Hat Vladimir Mariska getötet?“

Irena ließ sich stöhnend auf das Bett sinken und begann, unkontrolliert zu schluchzen. „Ich weiß nichts“, weinte sie. „Nichts!“

Er zählte weitere Dollarnoten ab und ging zu ihr. „Es ist gut, dass Sie nichts wissen. Und es ist gut, dass die Polizei nichts über Vladimir herausgefunden hat.“ Er gab ihr das Geld. „Und so sollte es auch bleiben.“

„Ja?“ Ihre Tränen versiegten plötzlich, als sie nach dem Geld griff.

„Ich finde, Mariskas Ansehen sollte nicht durch den Schmutz gezogen werden. Meinen Sie nicht?“

„O ja, Mr. Diamond.“ Ihr Gesicht hellte auf. „Das ist das Beste. Ich erzähle der Polizei nichts über Männer. Geht die nichts an.“

„Männer?“ hakte Max nach. „Oder meinen Sie Mann? Ein Mann? Vladimir?“

Irena heftete den Blick auf das Geldbündel in seinen Händen.

Max begriff sofort. So viel stand fest: Irena war auf jeden Fall Mariskas Mutter.

58. KAPITEL

Damon blieb noch, was Chip und seine Freunde überhaupt nicht störte.

„Der Mann ist verrückt nach dir“, bemerkte Teddy.

„Der Mann ist verheiratet“, entgegnete Liberty.

„Er ist trotzdem verrückt nach dir.“

„Nein, ist er nicht.“ Sie versuchte, beiläufig zu klingen, niemand sollte herausfinden, was sie wirklich fühlte. „Er sucht nur ’was für’s Bett.“

„Das könnte er in New York bestimmt auch haben.“ Teddy fingerte an ihren Haarverlängerungen herum.

„Ganz bestimmt. Aber nicht mit mir.“

„Er ist fantastisch“, schwärmte Quinn. „So weltmännisch und männlich. Ich stehe auf harte Jungs.“

„Dann solltest *du* vielleicht mit ihm schlafen“, bemerkte Liberty trocken.

„Zu gerne! Aber mir scheint, er bewegt sich auf einem anderen Ufer als ich.“

Liberty musste lächeln. Am Abend zuvor hatte Damon im Restaurant alle bezaubert, und dieser Strandspaziergang, das musste sie schon zugeben, war geradezu märchenhaft gewesen. Danach hatte sie ihre Freundschaft mit Tony A. erneuert. Sie hatten alle zusammen bis morgens um zwei in der Hotelbar gesessen, bis sie sich ins Bett verzog und Damon, Tony und Hector allein ließ.

Heute Morgen war sie bereits um sechs Uhr aufgestanden, und während das Team sie zurechtmachte, wurde sie von Fragen überschüttet.

Magst du ihn? Warum ist er hier? Wie lang wird er bleiben?

Magst du ihn? Wie reich ist er eigentlich genau? Ist er nur nach L.A. geflogen, um dich zu sehen? Bist du mit seinem Flugzeug geflogen? Magst du ihn? Hast du mit ihm geschlafen? MAGST DU IHN?

Ja. Sie mochte ihn. Aber das würde sie natürlich niemals zugeben, deswegen tat sie ungerührt, und als er gegen drei Uhr nachmittags am Set erschien, fragte sie nicht, wo er den ganzen Tag über gewesen war, wobei sie sich natürlich Gedanken darüber machte, ob er auch eine heiße kleine Geliebte in Beverly Hills hatte wie Parker. Und auch darüber, ob er, nachdem sie nicht mit ihm ins Bett ging, vielleicht bereits auf der Suche nach einer anderen Gelegenheit war. Es gab jede Menge schöne Frauen in L.A., sie alle sahen so frisch und gesund aus mit ihrem perfekt frisierten blonden Haar, den makellos manikürten Händen, den leicht gebräunten und durchtrainierten Körpern.

Aber Damon würdigte sie keines Blickes. Jeden, den es interessierte, setzte er darüber in Kenntnis, dass er bis ein Uhr geschlafen hatte und danach Einkaufen gegangen war.

„Irgendwas Schickes gekauft?“ fragte Teddy. „Was aus *Leder?*“

„Vielleicht.“ Damon passte wunderbar nach Los Angeles mit seinem weißen T-Shirt und der weißen Hose, den üblichen Turnschuhen, verspiegelter Sonnenbrille und jeder Menge Schmuck. „Ihr werdet es erfahren.“

Liberty war begeistert, dass er alle gleich behandelte. Damon P. Donnell hatte keine Starallüren. Er war ein Mann des Volkes.

Was wohl seine Frau glaubte, warum er in Los Angeles war? Telefonierten sie jeden Tag? Oder hatten sie am Ende gar keine solch enge Verbindung?

Damon beobachtete sie eine Zeit lang stumm aus einiger Entfernung. Heute wurde sie im Bikini fotografiert – wenn man die beiden winzigen Lederstreifen als solchen bezeichnen konnte. Inzwischen, nach all den aufmunternden Worten, fühlte sie sich ziemlich selbstsicher. Chris machte ihr ununterbrochen Komplimente, während Teddy und Quinn angesichts der Polaroids begeistert zu kreischen begannen. Selbst die stoische Uma rief ihr einige nette Worte zu.

Alles war einfach wunderbar. Das Hotel, die Leute, Damon, Parker und Tony, der heute Morgen abgereist war. Was für ein Abenteuer.

In der Pause teilte ihr Damon mit, dass er zurück ins Hotel ginge, um sich massieren zu lassen. „Dinner", sagte er in bestimmendem Ton. „Heute Abend. Nur du und ich."

Das war keine Frage, sondern ein Befehl. Sie erschauerte. In einer Beziehung war normalerweise sie es immer, die das Sagen hatte. Davon konnte bei Damon nicht die Rede sein, und das war nun mal wirklich eine angenehme Abwechslung.

„Wo ist Parker?" fragte sie.

„Er musste wieder zurück."

„Aber …"

„Jetzt reg dich nicht auf, Babe. Parker ist ganz wild darauf, mit dir zusammenzuarbeiten. Du wirst ihn nächste Woche zu einer Besprechung in New York treffen. Er wollte dich nur kurz kennen lernen."

„Meinst du, er mag mich?" Ihr war klar, dass sie wie ein nervöses kleines Mädchen klang.

„Was sollte er denn nicht an dir mögen?" antwortete Damon weich. „Ach ja, und habe ich schon gesagt, dass du heute einfach umwerfend aussiehst?"

„Ich wette, das sagst du allen Mädchen, die du in dein Bett bekommen willst“, zog sie ihn auf.

„Nun ja, nur den Schwierigen.“ Er setzte seine Versace-Sonnenbrille auf. „Bis später, Babe.“

Und er spazierte davon. Allein. Keine Bodyguards. Nur ein einfacher Hip-Hop-Mogul, der ihr so wahnsinnig gern ans Höschen wollte.

Später aßen sie bei Mr. Chow's zu Abend, einem namhaften Restaurant in Beverly Hills voller Stars, die Damon alle zu kennen schien. Vor dem Lokal hatten mehrere Paparazzi Fotos von ihnen gemacht und nach Libertys Namen gefragt.

„Jungs, das ist Liberty“, verkündete Damon, nicht im Geringsten beunruhigt, dass Fotos von ihnen beiden geschossen wurden. „Ihr alle werdet bald die CD dieser jungen Lady kaufen.“

Nachdem sie sich gesetzt hatten, beugte Damon sich vor, nahm ihre Hand und sagte: „Das ist etwas, das du dir merken musst. Es ist nie zu früh, um Werbung zu machen. Bis deine CD rauskommt, wird jeder deinen Namen kennen.“

„Auch Tashmir?“ fragte sie.

„Warum musst du so einen perfekten Abend verderben?“ Er blickte sie spöttisch an.

„Wenn ich deine Frau wäre und dich mit einer anderen Frau auf einem Foto sähe, wäre ich stinksauer.“

„Daran werde ich denken, wenn wir verheiratet sind.“

Hatte er das eben tatsächlich gesagt? Oder bildete sie sich das nur ein?

Er bestellte ihr einen Litschi-Martini und das beste Essen, das sie je gekostet hatte. Spareribs mit Algen, Satay-Hühnchen und Enten-Pfannkuchen. Irgendwann fiel ihr auf, dass sie zu viel aß. Damon beobachtete sie mit einem nachsichtigen Lächeln.

„Schätze, ich hatte Hunger." Sie versuchte, Catherine Zeta-Jones und Michael Douglas nicht anzustarren, die gerade an den Nachbartisch geführt wurden.

„Ist schon gut. Ich mag Mädchen mit gesundem Appetit."

„Wann fliegst du zurück?" Sie trank einen Schluck von ihrem Martini.

„Sobald du fertig bist."

„Wie bitte?"

Sie wurden von einer drallen Blonden mit riesigen unechten Brüsten und aufgespritzten Lippen unterbrochen. Sie stürzte sich auf Damon und flötete: „Wie geht es dir?" Sie gab ihm einen Kuss und gewährte zugleich beste Sicht auf ihre Brüste in dem engen orangefarbenen Kleid.

„Sehr gut", sagte er höflich.

„Und Tash?" Die Blonde warf Liberty einen bedeutungsvollen Blick zu.

„Ihr geht es auch gut."

Eine unangenehme Stille entstand. Sie wartete wohl darauf, Liberty vorgestellt zu werden. Aber sie wartete vergebens.

„Wer war das denn?" fragte Liberty, als die Blonde es endlich kapiert hatte und verschwand.

„Würdest du mir glauben, wenn ich dir sage, dass ich keine Ahnung habe?"

„Ja, das würde ich dir glauben. Sie ist nicht gerade dein Typ."

„Oh." Er grinste. „Du glaubst, ich habe einen Typ?"

„Nun, vielleicht nicht?"

„Doch. Dich."

Nach dem Essen wollte Damon noch durch einige Clubs ziehen. „Ich muss doch hören, was die DJs hier spielen", erklärte er. „Muss auf dem Laufenden bleiben."

Er tanzte nicht, trank kaum etwas, saß einfach nur da und beobachtete, was los war. Und es war jede Menge los. Liberty sah, wie ein hübscher Teeniestar aus dem Fernsehen eine Linie Koks schnupfte, wie ein sehr bekannter Filmschauspieler mit einem ebenfalls sehr bekannten und sehr verheirateten Filmschauspieler knutschte, wie ein paar so genannte It-Girls sich bemühten, eine Verabredung an Land zu ziehen und wie eine einsam wirkende, unglaublich berühmte Schauspielerin von fünfundvierzig versuchte, wie fünfundzwanzig auszusehen – und sich auch so benahm.

Wie Damon zog Liberty es ebenfalls vor, zu beobachten, sie fand es herrlich, neben ihm zu sitzen, alles auf sich wirken zu lassen und sich jedes Detail einzuprägen, damit sie Cindi später alles haarklein erzählen konnte.

Nie zuvor hatte sie sich mit einem Mann so wohl gefühlt. Klar, er wollte mit ihr schlafen, aber er war nicht ständig am Fummeln. Er war ein richtiger Mann, entspannt und unglaublich sexy, und je mehr Zeit sie mit ihm verbrachte, umso reizvoller fand sie ihn.

Nicht zum ersten Mal dachte sie, dass es ihr doch egal sein konnte, ob er verheiratet war oder nicht. Ihn schien es nicht zu stören, warum dann sie?

„Ich glaube, ich bringe dich besser ins Bett – in dein Bett", sagte Damon schließlich. „Danke, dass du mitgekommen bist, L.L., es war höchste Zeit, mir mal wieder die Szene in Los Angeles anzuschauen."

„Deswegen bist du also nach L.A. gekommen."

„Nein, Babe.“ Er musterte sie von oben bis unten. „Du weißt genau, warum ich nach L.A. gekommen bin.“

Als sie wieder in der Limousine saßen, fragte er: „Wann bist du morgen fertig?“

„Mein Flug nach New York geht um einundzwanzig Uhr.“

„Sie sollen ihn stornieren.“

„Wie bitte?“

„Ich will mit dir unbedingt nach Cabo“, sagte er und warf ihr diesen Blick zu, den sie so unwiderstehlich fand.

„Cabo?“ fragte sie.

„Cabo San Lucas. Ein Ressort in Mexiko. Wir können das Wochenende dort verbringen und Sonntag zurück fliegen. Wie klingt das?

„Unglaublich“, antwortete sie. „Nur kann ich das nicht tun.“

„Und der Grund wäre?“

„Es gibt eine Menge Gründe.“

„Nenn mir den wichtigsten, Damon wird sich drum kümmern“, sagte er zuversichtlich.

„Nun …“, begann sie.

„Ja, ja.“ Er stöhnte. „Ich weiß, ich weiß. Ich bin verheiratet, richtig?“

„Du sagst es.“

„Das ist wirklich kein großes Ding, weißt du?“

„Nicht für dich.“

„Na also.“

„Und wenn ich mit dir nicht nach Cabo fliegen will?“ forderte sie ihn heraus.

„Das kann nicht sein.“

„Nein?“

„Nein.“

„Nun, mal sehen“, sagte sie vage.

„Mal sehen sagt sie.“ Er verdrehte lachend die Augen.

„Du glaubst wohl, bei dir kann kein Mädchen nein sagen, Mr. Unwiderstehlich?“

„So ungefähr.“ Er grinste.

„Du hast ein riesiges Ego.“

„Glaub mir Baby, nicht nur das ist riesig.“

„Damon!“

„Komm näher, L.L., ein Kuss wird dich schon nicht umbringen.“

Also begannen sie schon wieder, sich zu küssen, und es war so verdammt aufregend, dass Liberty beinahe seine Frau vergaß.

Aber nur beinahe. Als sie vor dem Hotel hielten, sprang sie schnell aus dem Wagen. „Ich kann das nicht“, rief sie, rannte hinein und erreichte ihr Zimmer, bevor sie ihre Meinung ändern konnte.

Gott! Sie war so durcheinander. Ihre Abwehr stürzte langsam in sich zusammen. Wenn sie mit ihm nach Cabo flöge, wäre sie nur eines von den Mädchen, die er gevögelt hatte. Und was dann?

Ein Anruf ihrer Mutter brachte sie auf andere Gedanken.

„Wieso hast du mich nicht zurückgerufen?“ wollte Diahann wissen. „Ich muss mit dir sprechen.“

„Ich war aus, Mama.“

„Ich habe eine Nachricht hinterlassen.“

„Ich weiß, aber ich dachte, in New York wäre es jetzt zu spät. Da müsste es doch etwa vier Uhr morgens sein? Wieso bist du noch wach?“

„Wann kommst du morgen von deinem Trip zurück?“ fragte Diahann angespannt.

„Also …“, entgegnete Liberty und zögerte einen Moment. „Ich habe eine Einladung von Freunden nach Mexiko.“

„Nein!“ Diahann klang bestürzt. „Das kannst du nicht machen.“

„Weißt du, ich frage dich nicht um Erlaubnis“, erwiderte Liberty scharf. „Ich erzähle dir das nur, damit du nicht glaubst, ich wäre entführt oder in die Sklaverei verkauft worden.“

Diahann seufzte laut. „Es gibt da etwas, das ich dir sagen muss, Libby.“

„Dann sag es, ich höre dir zu.“

„Nicht am Telefon.“

„Weshalb nicht?“

„Weil ich es dir von Angesicht zu Angesicht erklären muss.“

„Um Himmels willen“, explodierte Liberty. „Ich bin das alles leid. Erst erzählst du mir überhaupt nichts, und jetzt, wo ich einmal Spaß habe, kannst du es nicht mehr abwarten. Was musst du mir denn sagen?“

„Komm so schnell wie möglich zurück nach New York, Libby. Ich bitte dich.“

„Was ist denn so verdammt wichtig?“

„Komm zurück, dann wirst du es erfahren. Ich kann dir eines versprechen – es wird dein Leben verändern.“

59. KAPITEL

Irena machte Max eine Tasse dunkelbraunen Tee, der so stark war, dass er glaubte, sich umgehend übergeben zu müssen. Dann bedeutete sie ihm, er solle sich setzten, also hockte er sich vorsichtig auf den klapprigen Stuhl.

Irena, die es sich auf ihrem Bett bequem gemacht hatte, begann zu erzählen. Die Worte sprudelten geradezu aus ihr heraus, böse, gehässige Worte über ihre tote Tochter. „Paulina – sie hat andere Menschen immer nur ausgenutzt. Hat nur an sich gedacht. Sie war Papas Liebling."

„Wo ist ihr Mann überhaupt?" fragte Max. Am Anfang ihrer Beziehung hatte Mariska behauptet, dass ihre Eltern bei einem Zugunglück ums Leben gekommen waren.

„Tot", erklärte Irena und umklammerte ihre Teetasse. „Vor dreißig Jahren in Moskau erschossen worden. War kein netter Mann. Paulina kam ganz nach ihm."

„Aber sie hat Sie doch nach Armerika geholt, oder nicht?"

„Ha!" schnaubte Irena. „Damit ich ihre Sklavin bin. Ihre Kleider wasche und bügle. Ihre schmutzige Unterwäsche. Und ihre Geheimnisse bewahre. Ich war ihre Sklavin. Sie hat in einem Palast gelebt. Und nun sehen Sie, wo ich geschlafen habe."

Max nickte. „Erzählen Sie mir von den Männern. Hat sie Vladimir getroffen, während sie mit mir verheiratet war?"

„Vladimir", rief Irena verächtlich. „Er ist ein Nichts. Ein dummer Bauer. Für Paulina war er nur ein Spielzeug."

„Weiter."

„Paulina liebte nur sich selbst. Dann Alex. Aber nur für's Bett."

„Alex?" fragte Max.

„Ihr Freund."

„*Wann?*"

„Wenn sie Sex brauchte. Oder Geld." Sie machte eine bedeutungsvolle Pause. „Alex gab ihr Bargeld."

Erklärte sich so die halbe Million Dollar in der Kiste? Wenn ja, dann war er ein außerordentlich großzügiger Freund gewesen.

„Wer ist Alex?"

„Schlechter Mann." Irenas Gesicht verdüsterte sich. „Ein Gangster. Krimineller. Bewaffnet."

Du liebe Zeit! Mariska hatte wirklich ein Doppelleben geführt.

„Wie ist sein Nachname?" Vielleicht war Alex ja in dem Adressbuch zu finden.

Irena zuckte mit den Schultern. „Er ist Russe", verkündete sie, als ob das alles erklären würde.

„Hat sie ihn auch gesehen, während wir verheiratet waren?"

„Vielleicht", antwortete sie verhalten.

Max fragte sich, ob Alex der Mörder war und nicht Vladimir. Konnte das sein?

Nein. Vladimir musste es gewesen sein. Ganz sicher.

Und dann fielen ihm Mariskas Worte wieder ein. In der Nacht, in der Lulu krank geworden war, hatte er gesagt. „Sie ist immerhin meine Tochter." Und Mariska hatte nur leise „vielleicht" gemurmelt. In Anbetracht der Dinge, die Irena ihm gerade erzählt hatte, war Lulu womöglich wirklich nicht sein Kind, sondern das von Vladimir oder Alex. Ihm wurde übel bei dem Gedanken. Was sollte noch passieren?

„Ich habe der Polizei nichts gesagt." Irena zog einen Schmollmund. „Wenn Sie es tun, streite ich alles ab." Sie stand auf und riss ihm die Tasse aus der Hand. „Mögen Sie keinen Tee?“ fragte sie vorwurfsvoll. „Ist er nicht stark genug?“

„Eher etwas zu stark.“

„Ich weiß, wer Paulina umgebracht hat“, sagte sie wie nebenbei.

Ein Schauer lief über seinen Rücken. „Wer?“

„Haben Sie Paulinas Kiste? Ihr Geld.“

„Ich habe Ihnen doch gerade erst …“

„Sie wollen wissen, wer sie erstochen hat“, sagte Irena tonlos. „Wenn Sie wiederkommen, bringen Sie die Kiste mit. Sie gehört mir.“

„Wie kommen Sie darauf, dass ich sie habe?“

„Jemand hat sie aus der Wohnung geholt. Ich glaube, Sie!“

„Und wenn nicht?“

„Dann ist unser Gespräch beendet.“

Amy besuchte ohne Ankündigung ihre Großmutter.

„Was machst du denn hier“, fragte Grandma Poppy, während sie ihre beiden Hunde, die kläffend im Kreis rannten, wegscheuchte.

„Ich wollte dir sagen, dass die Hochzeit verschoben wird.“

„Hab ich schon gehört. Deine Mutter hat mich angerufen. In Anbetracht der schrecklichen Ereignisse scheint es mir das Richtige zu sein.“

„Sie verlangt, dass ich die Verlobung mit Max löse, meinen Job kündige und das Land verlasse.“ Amy ließ sich auf einen Stuhl fallen.

„Ah.“ Grandma Poppy seufzte. „Nancy reagiert wie immer über. Und was denkst du darüber?“

„Weißt du, Grams, wenn ich ehrlich bin, habe ich ein noch viel schlimmeres Problem.“

„Was könnte schlimmer sein als deine melodramatische Mutter?“ Grandma Poppy trommelte mit ihren eleganten, langen Fingern auf den Tisch.

„Du bist so klug, Grams. Deswegen bin ich gekommen …“ Sie blickte in Huengs Richtung.

„Hueng“, rief Grandma Poppy sofort und wischte gebieterisch mit der Hand durch die Luft. „Raus! Meine Enkelin hat etwas Privates mit mir zu besprechen.“ Hueng verschwand eilig. „Was ist los, Liebes? Sag schon.“

„Nun …“ Amy zögerte. „Es geht um etwas, was meine Mutter niemals verstehen würde. Ich weiß nicht mal, ob du es verstehen wirst.“

„Versuch’ es.“

„Ich … ich habe eine Dummheit begangen“, stammelte Amy. „Und jetzt weiß ich nicht, was ich tun soll.“

„Sprich weiter.“

„Weißt du noch, wie ich dir von meinem Junggesellinnenabschied erzählt habe?“

„Nicht genau, mein Gedächtnis ist nicht mehr das, was es einmal war.“

„Nun, wir haben getrunken und rumgealbert, und da waren diese männlichen Stripper …“

„Oh, männliche Stripper.“ Grandma Poppys Augen leuchteten auf. „Wie schade, dass es das zu meiner Zeit noch nicht gab.“

„Wie auch immer, alles wurde im Laufe des Abends irgendwie ziemlich verrückt.“

„Das ist bei einem jungen Mädchen doch nicht schlimm.“

„Ja, aber ein bisschen zu verrückt.“

„Was ist passiert?“

„Ich habe mit einem völlig Fremden geschlafen", platze Amy heraus. „Ich wusste weder seinen Namen noch sonst etwas von ihm. Es ist einfach passiert."

„Und ich schätze, du bereust es jetzt?" Grandma Poppy schien überhaupt nicht schockiert.

„Ja, ich meine ... nein. Weißt du, wie sich hinterher herausstellte war es jemand, den ich kenne."

„Davon gehe ich aus, du hast schließlich mit ihm geschlafen."

„Das ist nicht lustig, Grams." Sie schwieg einen Moment. „Er ist der Bruder von Max."

„Wie bitte?"

„Der jüngere Bruder von Max, Jett. Du hast ihn bei dem Abendessen kennen gelernt. Er saß mit diesem italienischen Model, das du so entzückend fandest, an deinem Tisch. Sie ist so etwas wie seine Freundin."

„Ich bin ein bisschen verwirrt", murmelte Grandma Poppy. „Du hast mit einem Mann geschlafen, den du nicht kanntest, und der dich nicht kannte. Obwohl du verlobt bist und er eine Freundin hat."

„Ganz genau."

„Hast du es Max erzählt?"

„Nein, ich habe ein viel zu schlechtes Gewissen. Ich will es ihm ja sagen, aber ich kann es nicht."

„Das ist gut. Du musst das für dich behalten."

„Findest du?"

„Ja", sagte Grandma Poppy fest. „Auf jeden Fall. Wenn du es Max erzählst, wird alles nur noch schlimmer."

„Es ist bereits schlimmer. Ich will mit Jett zusammen sein, aber ich muss, nach allem, was geschehen ist, bei Max bleiben."

„Empfindet Jett dasselbe für dich?"

„Ja."

„Was ist eigentlich mit diesem italienischen Mädchen – seiner Freundin?"

„Er will sich von ihr trennen."

„Das sagen Männer immer", murmelte Grandma Poppy mit abwesendem Blick. „Sie wollen immer das, was sie nicht haben können."

„Grandma!"

„Ich sage nur die Wahrheit. Besser, du erfährst es von mir."

„Ich brauche deinen Rat, Grams." Amy fühlte Verzweiflung in sich aufsteigen. „Du hast so viel Erfahrung, bist um die ganze Welt gereist, deine Ehe war wunderbar, bitte sag mir, was ich tun soll."

„Was ich dir zu sagen habe, wird sehr altmodisch klingen." Sie hob einen der Hunde auf ihren Schoß und streichelte ihn.

„Mir egal."

„Nun, wenn Jett der Richtige ist, dann musst du deinem Herzen folgen, Liebes. Folge deinem Herzen. Sonst wirst du es bis an dein Lebensende bereuen."

Verschiedene Gedanken kreisten in Max' Kopf, während er von Brighton Beach zurück nach Hause fuhr.

Mariskas Leben war viel komplizierter gewesen als selbst er sich vorgestellt hatte. Da gab es Vladimir, der wahrscheinlich mit ihr das Geld aus der Erpressung geteilt hatte. Und nun war plötzlich der Name Alex aufgetaucht. Aber wer zum Teufel war das?

Und hatte sie während ihrer Ehe mit ihm geschlafen? Hatte sie es mit anderen Männern getrieben, als sie zusammen waren? War Alex Lulus Vater?

Hätte Mariska so tief sinken können?

Ja, Mariska war alles zuzutrauen.

Er spürte Wut in sich aufsteigen. Eine derart heiße Wut, dass er beinahe mit dem Wagen von der Straße abgekommen wäre.

Mariska war immer wild auf Sex gewesen, viel mehr als er. Oft hatte sie einen Dreier vorgeschlagen oder Handschellen oder Lederfetische, worauf er aber nie eingegangen war. Nach der Geburt von Lulu hatten sie dann kaum noch miteinander geschlafen. War das der Zeitpunkt gewesen, zu dem sie sich an Alex wandte? Oder schon vorher?

Diese verdammte Frau. Er konnte sie nicht einmal mehr fragen. Sie war tot. Ermordet. Und Irena behauptete zu wissen, wer der Mörder war.

Was sollte er jetzt tun? Irena die Kiste geben, das Geld und alles andere? Oder lieber der Polizei?

Zu Hause warteten mehrere Nachrichten auf ihn. Eine von Mrs. Conner aus Montauk, die sagte, dass sie gut angekommen seien. Dann die unfreundliche Aufforderung von Red, am nächsten Tag um zehn Uhr zu ihm zu kommen. Über Mariskas Tod ließ er kein einziges Wort fallen. Die dritte Nachricht war von Chris, der doch wieder in der Stadt war und im Four Seasons wohnte und ihn und Jett zum Abendessen einlud. Das war das Letzte, worauf er Lust hatte. Er wollte überhaupt niemanden sehen, nicht einmal Amy, ihm gingen zu viele Dinge durch den Kopf.

Eine Viertelstunde später rief der Portier an und informierte ihn darüber, dass Detective Rodriguez mit ihm sprechen wolle.

Himmel noch mal! Würde ihn dieser schreckliche Mensch denn nie mehr in Ruhe lassen?

„Schicken Sie ihn herauf", sagte er.

Diesmal war der Detective allein.

„Das wird zu einer schlechten Angewohnheit“, begrüßt Max ihn.

„Tut mir Leid, dass ich Sie noch einmal behelligen muss, Mr. Diamond. Ich habe nur schnell ein paar Fragen. Unsere Ermittlungen kommen gut voran, und womöglich können Sie uns weiterhelfen.“

„Ja?“ Max ließ den Detective im Flur stehen.

„Wie der Portier im Haus Ihrer Ex-Frau uns sagte, hatte Mrs. Diamond öfter Männerbesuch. Wussten Sie das?“

„Wie bereits erwähnt habe ich keine Ahnung, mit wem sie sich nach unserer Trennung getroffen hat.“

„Ich dachte, Sie könnten mir vielleicht ein paar Namen nennen.“

„Woher soll ich die wissen?“

„Ich dachte nur, Mr. Diamond.“

„Hören Sie.“ Max versuchte, gelassen zu bleiben. „In Zukunft sprechen Sie doch bitte mit meinem Anwalt, Sie können nicht ständig hier in meiner Wohnung auftauchen.“

„Ich hatte den Eindruck, dass Sie den Fall so schnell wie möglich gelöst sehen würden.“ Detective Rodriguez schob seine Brille hoch. „Wenn ich Ihnen ein paar Beschreibungen gebe, vielleicht fällt Ihnen dann etwas ein?“

„Nein“, sagte Max scharf.

„War Ihnen bewusst, dass drei Männer sie regelmäßig besucht haben?“

Max dachte schnell nach. Einer davon musste Vladimir gewesen sein, der andere Alex. Aber der dritte?

Er schüttelte den Kopf. „Sprechen Sie doch noch mal mit ihrer Mutter, vielleicht kann die Ihnen helfen.“

„Haben Sie mit Irena gesprochen?“ Detective Rodriguez strich sich den Schnurrbart glatt, eine Angewohnheit, die Max immer mehr reizte.

Nun, das war eine sehr direkte Frage. Sollte er lügen?

„Wie Sie sehr richtig bemerkt haben, ist sie die Großmutter meines Kindes. Deswegen, ja, ich habe sie besucht.“

„Tatsächlich? Und was hat sie Ihnen gesagt?“

„Nichts, was Sie nicht längst wüssten.“

Der Detective starrte ihn brütend an. „Vielleicht interessiert es Sie zu erfahren, dass wir neue Beweise haben.“

„Was für Beweise?“

„Nun, DNA-Analysen von Haaren und Haut.“ Er schwieg einen Moment. „Wissen Sie, Mörder haben keine Ahnung, wodurch sie überführt werden können. Die denken, Handschuhe anzuziehen würde reichen. Aber das ist nicht mehr so.“

„Sind wir fertig, Detective?“ fragte Max ungeduldig.

„Im Moment ja. Ich halte Sie auf dem Laufenden, Mr. Diamond.“

„Tun Sie das.“ Max knallte die Tür zu. Mit gerunzelter Stirn fragte er sich, wer der dritte Mann war. Das musste er unbedingt herausfinden.

Jett hatte keine Lust, mit Chris zu Abend zu essen. Er wollte viel lieber mit Amy zusammen sein. Doch als er sie anrief, erklärte sie, dass sie Zeit und Abstand bräuchte, um herauszufinden, was sie tun sollte. Da hatte er sich gerade von seiner langjährigen Freundin getrennt, und nun machte Amy womöglich einen Rückzieher? Was war das für ein Blödsinn?

Und dann rief auch noch seine Mutter an.

„Was zum Teufel ist in dieser verdammten Familie los?“

lallte Edie. „Ich sagte doch, du sollst dich von diesen Mistkerlen fern halten. Ich hab dich gewarnt!“

„Also hör mal, Mom …

„Nein, du hörst mir zu. Die sind allesamt degeneriert. Halt dich von ihnen fern, Jett. Im Ernst!“

Er beendete das Gespräch so schnell wie möglich und beschloss, zur Beruhigung seiner Nerven etwas zu trinken. Nur einen Schluck Wodka.

Was konnte das schon schaden?

Er durchsuchte die Wohnung und entdeckte in Sams Küchenschrank eine halb volle Flasche Grey Goose.

Kein Problem. Er konnte damit umgehen.

Ich muss in der Vorhölle sein, dachte Amy. Ich bin verwirrt und unglücklich und voller Schuldgefühle. Vielleicht hat meine Mutter Recht. Vielleicht sollte ich die Stadt verlassen.

Sie wollte Jett erst wiedersehen, wenn sie sich über ihr Verhältnis zu Max klar geworden war. Was sollte sie nur tun? Max sagen, dass es vorbei war und dann eine Beziehung mit seinem Bruder beginnen?

Das war doch auch nicht richtig.

Grandma Poppy hatte gesagt, sie solle ihrem Herzen folgen, aber was sagte ihr Herz? Sie wusste es nicht. Sie war sich nicht sicher.

In letzter Zeit war Max doch recht distanziert gewesen, er hatte keinen Versucht unternommen, sie zu sehen. Wenn sie einander wirklich nahe wären, dann würde er sie in einer solch schrecklichen Zeit doch an seiner Seite haben wollen?

Sie beschloss, Tina einen Besuch abzustatten. Brad und Tinas Eltern waren auch im Krankenhaus.

„Hallo!“ rief Tina erfreut. „Wir dürfen morgen nach Hause, ist das nicht toll? Ich kann es kaum erwarten. Ist mein Sohn nicht süß?“

Amy bestätigte, dass Baby Brad in der Tat das süßeste Kind der Welt sei, blieb eine Weile, fühlte sich völlig fehl am Platz und entschuldigte sich nach einer halben Stunde wieder.

„Deine beschissenen Leute treiben meine beschissenen Leute zum Wahnsinn!“ Das war unverkennbar Roth Giagantes Stimme.

„Hör mal, Roth, ich bin Birdys Anwalt“, sagte Chris ruhig. „Ich habe mit diesen Details nichts zu tun. Sprich mit ihrem Manager oder ihrem Assistenten.“

„Scheiß-rosa, sie will alles scheiß-rosa haben!“ beschwerte sich Roth. „Sie will sogar, dass das Wasser im Pool rosa gefärbt wird!“

„Hast du mir zugehört, Roth?“

„Ja, ja. Und wo ist mein Scheißgeld?“

„Das bekommst du am Wochenende“, versicherte Chris. „In bar, wie du es wolltest.“

„Wird auch Zeit“, brummte Roth.

Chris hängte ein. Er hatte sich wieder ein Zimmer im Four Seasons genommen. So bequem es in Max' Wohnung auch war, er zog die Freiheit eines Hotels vor. Außerdem wollte er nach dem Treffen mit Max sowieso zurück nach Los Angeles fliegen. Kein weiterer Aufschub mehr. Er war bereits fast eine Woche hier, viel länger, als er geplant hatte.

Er hatte Max telefonisch sowieso nicht erreicht und ihm eine Nachricht hinterlassen, dass er ihn gern zum Abendessen einladen würde. Hoffentlich hatte Max inzwischen Mariskas Kiste der Polizei übergeben. Wenn nicht, dann war sein Bruder ein

Narr. Aber eigentlich konnte Chris nur an eines denken, an die Worte seines Vaters.

Morgen musste er endlich mit der Wahrheit über den Tod seiner Mutter herausrücken – falls Red überhaupt in der Lage war, jemals ehrlich zu sein.

„Lady Jane weiß es“, sagte Diahann.

Red lag in der Bibliothek auf der Couch. „Was weiß die Schlampe?“

„Von Liberty“, antwortete Diahann erschöpft. „Du hast mir versprochen, dass es niemand je erfahren würde.“

„Was bedeuten schon Versprechungen“, rief Red mürrisch. „Du bist doch klug genug, das selbst zu wissen.“

„Was wirst du tun?“

„Das wirst du herausfinden, zusammen mit allen anderen. Ich möchte, dass du morgen früh bei dem Treffen dabei bist. Und Liberty soll auch kommen.“

„Das geht nicht. Sie ist in Los Angeles.“

„Dann sorg dafür, dass sie zurückkommt.“

„Ich werde es versuchen.“

„Du sollst es nicht versuchen“, sagte er unwirsch, „sondern tun.“

Nachdem Detective Rodriguez gegangen war, wünschte Max sich auf einmal, dass er ihm die Kiste doch gegeben hätte. Aber das ging nicht. Das würde ihn sofort auf Vladimirs Spur bringen, und dann käme die Wahrheit über Mariska heraus. Was würde das für ihn und Lulu bedeuten? Ein uneheliches Kind und ein Ehemann, der nie wirklich einer gewesen war. Der Idiot, der eine russische Exnutte geheiratet hatte.

Das konnte er Lulu nicht antun. Dem Lichtblick in seinem Leben.

Also musste er Irena die Kiste geben. Die konnte das Geld gut gebrauchen und würde der Polizei nie etwas verraten. Genau. Das war die Lösung. Aus Angst, seine Meinung doch noch zu ändern, rief er sie an.

„*Da?*“ erklang ihre heisere Stimme.

„Irena, hier ist Mr. Diamond. Ich werde Ihnen das vorbeibringen, was Sie haben wollen, unter der Bedingung, dass Sie Vladimir oder die anderen Männer gegenüber der Polizei niemals erwähnen. Sind wir uns einig?“

„Wann kommen Sie?“

Er konnte sich bildlich vorstellen, wie sie sich erwartungsvoll die Hände rieb. „Heute Abend. In einer Stunde. Und ich erwarte, dass Sie mir alles sagen, was Sie wissen.“

Gerade als er die Wohnung verlassen wollte, rief Chris an. „Abendessen mit mir und Jett. Ich hatte dir eine Nachricht hinterlassen.“

„Nicht heute“, antwortete er schroff. „Vielleicht morgen. Ich habe jetzt wirklich keine Zeit.“

„Morgen bin ich wieder in L.A.“

„Dann essen wir zusammen zu Mittag, bevor du fliegst.“

„Kommst du zu dem Treffen morgen?“ fragte Chris.

„Wenn ihr beide geht, komme ich auch. Was will der verfluchte alte Bastard diesmal wohl?“

„Mir gegenüber hat er meine Mutter erwähnt.“

„Deine Mutter?“ Max runzelte die Stirn.

„Warum glaubst du, bin ich in die Stadt zurückgekommen? Ich war schon fast am Flughafen, als er anrief.“

„Und was hat er gesagt?“

„Er deutete an, dass es damals mehr als nur ein Flugzeugabsturz war."

„Das ist doch Unsinn."

„Meinst du?" fragte Chris langsam. „Hast du nie über den Tod deiner Mutter nachgedacht?"

„Doch, natürlich. Aber du willst doch nicht behaupten ..."

„Moment, ich weiß nicht, was ich behaupte. Hier geht es um Red Diamond, und dieser Mann ist zu allem fähig."

Nachdem Max aufgelegt hatte, stürzte er in ein tiefes Loch. Immer schon hatte er über den frühen Tod seiner Mutter nachgegrübelt. Rachel war mit sechsundzwanzig Jahren im Schlaf gestorben, sechs Monate, nachdem sie ihn zur Welt gebracht hatte. Offiziell wurde Herzversagen bescheinigt. Als Max mit dreizehn seinen Vater zum ersten Mal danach fragte, erklärte Red, dass Rachel immer schon einen Herzfehler gehabt hätte und er außerdem nie mehr den Namen seiner Mutter erwähnen solle.

Sie nie gekannt zu haben hatte eine nicht heilende Wunde in seinem Herzen hinterlassen. Und wenn Red für ihren Tod verantwortlich war ...

Den Gedanken konnte er kaum ertragen.

60. KAPITEL

Die Zeitungen, die am Donnerstag erscheinen sollten, ließ Red Diamond sich bereits in der Nacht direkt nach Hause liefern. Die Schlagzeilen waren skandalös.

DIE DIAMOND DYNASTIE!
EXMODEL ERSTOCHEN!
MILLIARDÄR UND MEDIENTYCOON RED DIAMONDS FAMILIEN GEHEIMNIS: SEX; DROGEN UND MORD!
DIE WILDEN TAGE DER DIAMOND-BRÜDER!
MORD IN MANHATTAN!
WER TÖTETE MARISKA?

Truth and Fact, das schlimmste Blatt von allen, hatte eine Menge ausgegraben. Nur Mariska – das schöne Mordopfer – kam einigermaßen glimpflich davon, wenngleich Pin-up-Fotos von ihr veröffentlich wurden, die sie kurz nach ihrer Ankunft in Amerika gemacht hatte, offenbar in der Hoffnung, eines Tages Fotomodel zu werden.

Maxwell Diamond wurde als eiskalter Geschäftsmann porträtiert, der Mariska verlassen hatte, um sich eine deutlich jüngere Millionenerbin zu angeln. Daneben war ein Foto von Max und Amy abgedruckt und eines von Max, Mariska und Lulu bei einem Skiurlaub, als Lulu drei Jahre alt war.

Chris Diamond wurde als Playboy beschrieben, als Hollywoodanwalt mit Verbindungen zur Mafia in Las Vegas. Es gab Fotos von ihm mit Birdy Marvel und mit verschiedenen Exfreundinnen, unter anderem Holly Anton. Der Artikel deutete an, dass er Birdy Marvel dazu gebracht hätte, sich von ihrer Familie zu lösen, um somit erstens an einen Großteil ihres Vermögens ranzukommen und so viele Nächte mit dem Teeniestar verbringen zu können, wie er wollte.

Jett traf es am schlimmsten. Neben einigen Oben-ohne-Aufnahmen, für die er nach seiner Ankunft in Mailand gemodelt hatte, gab es Fotos von ihm aus seinen wilden New Yorker Tagen, betrunken in Clubs, meist mit leicht bekleideten Mädchen, die aussahen wie minderjährige Nutten.

Und Red Diamond wurde besonders viel Aufmerksamkeit gewidmet. Geschrieben wurde über seine vielen Ehefrauen, die unglücklichen Todesfälle, die skandalöse Affäre mit Lady Jane Bentley und über seine vielen unsauberen Geschäfte. Die Zeitungen ließen kein gutes Haar an ihm.

Red bekam einen Tobsuchtsanfall, stampfte durchs Haus und brüllte Obszönitäten. Alle hörten ihn. Lady Bentley in ihrem Zimmer, Diahann, die auf eine weitere Gelegenheit hoffte, unter vier Augen mit ihm sprechen zu können, die Köchin, die Zimmermädchen, die Waschfrau.

„Diese beschissenen, verlogenen Schwanzlutscher!" schrie er. „Mariska, diese russische Nutte! Und meine Scheißsöhne, die am besten nie zur Welt gekommen wären!"

Als er Druck abgelassen hatte, rief er seinen Fahrer an und stürmte aus dem Haus.

Jett kam mit einer Stunde Verspätung und völlig am Ende zum Abendessen. Chris stöhnte innerlich auf, als er sah, wie er an den Tischen vorbeitorkelte. Nach allem, was sowieso schon los war, wählte Jett ausgerechnet diesen Moment, um wieder zum Trinker zu werden.

„Tut mir Leid, dass ich zu spät bin", lallte Jett, als er endlich den Tisch erreichte. „Musste meine Mom sehen."

„Edie ist in der Stadt?" Chris fragte sich, ob Mutter und Sohn eine gemeinsame Sauftour hinter sich hatten. Das wäre nicht völlig unmöglich.

„So was in der Art." Jett zog einen Stuhl zurück und verlor beinahe das Gleichgewicht. „Weißt du, sie hat mich am Telefon festgehalten."

Es hatte keinen Sinn so zu tun, als ob er nichts bemerkte, also fragte Chris: „Warum hast du es getan?"

„Hm?" fragte Jett ausdruckslos. „Was getan?"

„Getrunken."

„Willst du mich verdammt noch mal verarschen?" Jett starrte ihn entrüstet an. „Du weißt doch dass ich bei den gottverdammten Anonymen Alkoholikern bin."

„Ja, das ist mir bewusst", antwortete Chris ruhig. „Und wann genau warst du beim letzten Treffen?"

„Treffen", murmelte Jett. „Also ... lass mich nachdenken. Ein Treffen." Seine Augen wurden glasig. „Wen soll ich treffen?"

Chris schnippte mit den Fingern, um nach Rechnung zu verlangen. „Ich bringe dich jetzt nach oben."

„Warum denn?" murrte Jett. „Ich muss was essen und dann mein Mädchen anrufen." Seine Stimme wurde lauter. „Muss mein gottverdammtes Mädchen anrufen." Ohne Vorwarnung sprang er auf die Füße und schrie schwankend: „Amy. Wo zum Teufel bist du? Amy, Baby. Amy, du Schlampe!"

Die Gäste starrten ihn an.

Chris packte seinen Bruder am Arm. „Wir verschwinden jetzt", sagte er und schob ihn zur Tür. „Und du sagst kein Wort mehr. Hast du mich verstanden?"

Bevor Sonja die Möglichkeit hatte, sich mit Red Diamond in Verbindung zu setzen, rief Famka an.

„Er will uns“, stellte sie selbstzufrieden fest.

„Wer will uns?“ fragte Sonja. Nach dieser langen und nicht gerade zärtlichen Nacht mit Alex Pinchinoff war sie nicht in der Stimmung für weitere Taten, selbst wenn sehr viel Geld dabei heraussprang.

„Der alte Kerl natürlich“, rief Famka triumphierend. „Ich wusste, er würde nicht widerstehen können.“

„Red Diamond?“ Das wäre ja praktisch, dachte Sonja.

„Mr. Viagra persönlich.“ Famka lachte leise. „Er klang ganz schön aufgedreht. Ich sagte ihm, zweitausend pro Person, das Doppelte, falls wir die ganze Nacht bleiben.“

„Und?“

„Bring Handschellen und unsere spezielle Lotion mit, meine ist leer. Hatte einen wichtigen Kunden von den United Nations, er wollte von Kopf bis Fuß eingeschmiert werden, vor allem um seine Eier. Kein Sex, nur diese Lotion.“ Sie kicherte. „Arschloch.“

„Das sind alles Arschlöcher.“

„Und bei wem warst du?“ fragte Famka.

„Alex Pinchinoff.“

„Oh, der Gefährliche.“

„Gefährlich und sexy.“

„Bekommst du davon bei deiner Arbeit nicht genug?“

„Ist mal was anderes.“

„Ich rufe mir ein Taxi, soll ich dich abholen?“

„Wann?“

„In einer Viertelstunde.“

„Ich warte unten.“

Besser hätte es nicht kommen können, nun war sie in der Lage, Red Diamond von Angesicht zu Angesicht zu erpressen. Nun, vielleicht nicht erpressen, das war ein brutales Wort. Viel mehr gab sie ihm die Gelegenheit, dafür zu zahlen, dass sie gewisse Informationen für sich behielt.

Aber was war mit Famka? Sie durfte natürlich auf keinen Fall etwas davon mitbekommen.

Verdammt! Sie musste sich schnell etwas überlegen.

In diese Gegend von Brighton Beach bei Dunkelheit zu fahren war nicht gerade ungefährlich. Max suchte nach einem Parkplatz, sich der Tatsache bewusst, dass er eine Kiste mit einer halben Million Dollar und wertvollen Juwelen bei sich hatte.

Verdammt, nun entwickelte er sich selbst zu einem Kriminellen, unterschlug Beweismittel, die zur Lösung eines Mordfalls führen könnten. Etwas, was Red Diamond tun würde, ohne auch nur mit der Wimper zu zucken.

Er wollte nicht wie sein Vater werden, doch er musste einfach irgendetwas tun, um seine Tochter zu beschützen, falls Lulu überhaupt seine Tochter war. Der Gedanke, sie könnte es nicht sein, lähmte ihn. Sie war alles, was er hatte, von Amy abgesehen.

Zum Glück fuhr ein grüner Buick aus einer Parklücke, Max setzte zurück und stieß dabei gegen einen alten Cadillac. Sofort stieg ein Mann aus, zog sich noch schnell den Reißverschluss zu, und brüllte: „Was haben Sie denn für ein Problem?“ Er war riesig und glatzköpfig. „Brauchen Sie vielleicht einen verdammten Kompass, um ihren beschissenen deutschen Wagen einzuparken?“

Max stieg aus seinem Mercedes. „Tut mit Leid“, murmelte er. „Aber ich glaube, es ist nichts passiert.“

„Glauben Sie, ja?“ rief der Mann streitlustig. „Da sind wir aber unterschiedlicher Meinung, mein Freund. Schauen Sie sich mal meine Stoßstange an, der Schaden beläuft sich auf mehrere hundert Dollar!“

Max versuchte, die Stoßstange zu betrachten, aber es war viel zu dunkel.

Nun tauchte ein junges Mädchen aus dem Cadillac auf, jung genug, um die Tochter des Glatzköpfigen zu sein – nur dass sie es offensichtlich nicht war mit ihrer zerdrückten Kleidung und dem verschmierten Lippenstift.

„Sie ist meine Zeugin“, verkündete der Mann triumphierend.

„Wo ist mein Zwanziger?“ fragte das Mädchen mit piepsiger Stimme und zog ihn am Ärmel.

„Halt die Klappe. Du bekommst dein Geld schon noch. Wir sind noch nicht fertig.“

Max begriff. „Sind zweihundert genug?“ fragte er.

Der Mann dachte eine Sekunde nach. „Sagen wir zweihundertfünfzig, dann lasse ich die Polizei aus dem Spiel.“ Er griff sich in den Schritt.

„Gut.“ Max wandte sich ab, nahm seine Geldbörse heraus, zählte das Geld ab und reichte es dem anderen.

„Was suchen Sie denn? Vielleicht kann ich Ihnen helfen“, sagte der Mann, während er die Scheine in seine Tasche stopfte.

„Ist schon gut“, sagte Max. „Ich besuche nur eine Verwandte.“

„Eine Verwandte, ja?“

„Machen wir’s nun oder nicht?“ jammerte das Mädchen.

„Klar, wir machen’s.“ Er zwinkerte Max zu. Dann stiegen die beiden wieder in den Cadillac.

Max wartete ein paar Minuten, bevor er den Kofferraum

öffnete, schnell die Tasche mit der Kiste herausholte, die Straße überquerte und in dem Haus verschwand, in dem Irena wohnte.

Sonja, die nichts trug außer schwarzen Strümpfen, Strapsen und lächerlich hohen Stöckelschuhen, dachte, dass Red ungewöhnlich blass war. Er hatte mit ihnen beiden für einen Neunundsiebzigjährigen viel zu anstrengende Sexspielchen getrieben und nahm ja offenbar regelmäßig Viagra. Das konnte für seine Gesundheit auch nicht gut sein.

Sonja machte sich um sein Wohlergehen Sorgen. Wenn er nun einen Schlaganfall oder Herzinfarkt bekäme – was würde dann aus dem Geld, das sie sich von ihm erhoffte?

Gerade verlangte er von ihr, gefesselt und bestraft zu werden. Das mochte er am liebsten, sich den faltigen alten Hintern versohlen zu lassen, bis er ganz rot war.

Famka genehmigte sich unterdessen eine ausgiebige Dusche, zumindest hatte sie das behauptet. Aber nachdem sie bei Klienten nie einen Höhepunkt bekam, nutze sie gerne jede Pause, um sich selbst Vergnügen zu bereiten.

Das passte Sonja gerade ausgezeichnet, denn nun bekam sie ihre Gelegenheit.

„Wie viel zahlst du, damit die Geschichte mit Vladimir nicht rauskommt?“ begann sie.

„Wie bitte?“ fauchte Red und starrte sie an. Sie sollte nicht reden, dafür wurde sie nicht bezahlt.

„Der wahre Ehemann deiner Schwiegertochter?“

„Der was?“

„Legale Ehemann.“

Er fuhr mit seiner gichtigen Hand über ihren Schenkel. „Ist das Teil der Bestrafung?“

„Nein. Das hier ist echt“, sagte Sonja schnell. „Mariska hat Max nicht geheiratet, sie war nämlich schon mit meinem Freund Vladimir verheiratet. Das nennt man Bigamie. Nicht nur das – in Moskau war sie Prostituierte.“ Sie machte eine Pause, um ihre Worte wirken zu lassen. „Wie viel zahlst du, damit ich meinen Mund halte?“

„Versuchst du, mich zu erpressen?“ fragte er ungläubig und brach dann in Gelächter aus. „Glaubst du im Ernst, dass ich nicht weiß, wer Mariska war? Das war mir in der Sekunde klar, in der ich sie das erste Mal sah.“

„Ich bin nicht blöd“, murmelte sie, während der Traum vom schnellen Geld zerplatze.

„Nein, bist du nicht“, stimmte Red ihr zu. „Und jetzt halt den Mund und benutze ihn für das, wofür ich dich bezahle.“

Der alte Geruch nach Katzenpisse und abgestandenem Bier drang Max in die Nase, als er das Haus betrat. Wieder fragte er sich, warum Mariska zugelassen hatte, dass ihre Mutter in solchem Elend lebte. Andererseits zweifelte er daran, dass Mariska jemals nach Brighton Beach gekommen war, also wusste sie vielleicht nicht, wie schlimm es wirklich war.

Er stieg die dunkle Treppe hinauf, die Tasche fest an die Brust gedrückt. Nie zuvor hatte er so etwas getan. Verlor er nun völlig den Verstand? Er benahm sich wie ein Irrer. Chris hatte Recht, dafür konnte er ins Gefängnis wandern.

Nun, zumindest war er für die Kiste nicht mehr verantwortlich, wenn Irena sie erst mal hatte. Und wie sollte ihm nachgewiesen werden, dass er sie ihr gegeben hatte?

Im zweiten Stock stürmte eine Frau in einem schlampigen Hauskleid aus einer Wohnung und schimpfte in einer fremden

Sprache. Hinter ihr jagte ein dürrer kleiner Mann her und schwang einen Ledergürtel. Sie rannten an Max vorbei, als ob er gar nicht existierte.

Er holte tief Atem und ging weiter.

Wenn Irena klug war, würde sie schon morgen aus dieser Bruchbude ausziehen, dann hatte sie ja genug Geld, um alles zu tun, worauf sie Lust hatte. Vielleicht sollte er ihr noch raten, die Juwelen erst noch einige Zeit zu behalten. Kein Mensch wusste, wo sie herkamen. Am besten sollte sie auch den Diamantring, den er Mariska geschenkt hatte, vom Finger ziehen.

Aber wie war sie überhaupt an diesen Ring gekommen? War sie *nach* Mariskas Mord in der Wohnung gewesen? Oder womöglich zu der Zeit, als ihre Tochter erstochen wurde?

Er klopfte. Die Tür flog auf, fauchend schoss ihre Katze an ihm vorbei. Als er zögernd eintrat, drang ihm der Geruch von verbrannter Milch in die Nase. Er rief ihren Namen.

Sie saß mit dem Rücken zu ihm auf einem Stuhl vor dem brüllend lauten Schwarzweißfernseher.

„Irena“, rief er. „Da brennt etwas an.“

Sie rührte sich nicht.

„Können Sie den Fernseher leiser stellen?“ schrie er.

Noch immer keine Antwort.

Max ging zu ihr.

Sie war tot. Er entdeckte ein kleines Einschussloch in ihrer Stirn.

61. KAPITEL

Chris brauchte eine Weile, bis er Jett wieder ausgenüchtert hatte. Nachdem er ihm literweise Kaffe eingeflößt, mehrere Aspirin verabreicht und ihn ihm Fitnessraum des Hotels zum Schwitzen gebracht hatte, begann Jett sich jammernd zu fragen, wie er das nur hatte tun können. Was war nur mit ihm los? Er war nichts als ein verdammter Versager.

„So was kommt vor", sagte Chris, als sie wieder in seinem Zimmer saßen. „Du hast einen Fehler gemacht, jetzt liegt es an dir, dass das nicht wieder passiert."

„Ich fühle mich wie ein Idiot", stöhnte Jett und fuhr sich mit den Händen durchs Haar.

„Selbstbezichtigungen helfen jetzt auch nicht. Du hast es getan, es ist vorbei, jetzt musst du so schnell wie möglich wieder zu einem Treffen der Anonymen Alkoholiker gehen."

„Ich hab's kapiert."

„Das hoffe ich."

„Schätze, ich hab einfach nicht nachgedacht. Weißt du, Gianna hat mich verlassen. Und Amy will Max nicht verletzen."

„Aber du schon?" hakte Chris nach.

„Natürlich nicht. Aber ich will mit Amy zusammen sein."

„Das willst du also, ja?" Chris seufzte. „Bist du sicher?"

„Ja."

„Was hast du ihr denn zu bieten, Brüderlein? Hast du darüber schon mal nachgedacht?"

„Wie meinst du das?"

„Auch wenn sie Max verlässt, wie kommst du darauf, dass es mit euch beiden klappt? Du hast keinen Job, keine Wohnung, nicht mal ein Auto."

„Danke, dass du mich so aufbaust.“

„Ich bin nur realistisch. Aber du?“

„Was soll das nun wieder heißen?“

„Ich fand Gianna toll. Wunderschön, erfolgreich, witzig. Vielleicht machst du einen großen Fehler.“

„Du kapierst es nicht, Chris“, sagte Jett ernst. „Ich liebe Amy, und sie liebt mich.“

„Hat sie das gesagt?“

„Nein, aber ...“

„Sie hat es also nicht gesagt?“

„Es ist noch zu früh.“

„Also, wie ist euer Plan?“

„Wir haben keinen.“

„Ich hätte einen Vorschlag.“

„Was für einen?“

„Wie wäre es, wenn du sie eine Weile in Ruhe lässt, damit sie eine Entscheidung treffen kann?“

„Ich glaube nicht, dass ich das kann.“

„Sieh mal. Wenn du sie jetzt zu einer Entscheidung zwingst, dann wird sie dich irgendwann dafür hassen. Falls sie wirklich Max verlässt, dann muss das ihr eigener Wunsch sein, du darfst sie nicht überreden. Dann, später, wenn ihr beide zusammen kommt ... dann ist es für Max nicht ganz so schlimm. Du musst jetzt ein bisschen Geduld aufbringen.“

„Vielleicht hast du Recht“, murmelte Jett.

„Ich weiß, dass ich Recht habe. In der Zwischenzeit solltest du mit mir nach Los Angeles fliegen, damit du etwas Abstand gewinnst.“

„Ich kann nicht ...“

„Natürlich kannst du. Ich buche dir einen Flug, du gehst in

deine Wohnung und packst deinen Kram. Morgen früh treffen wir uns in dem Horrorhaus. Danach fliegen wir los."

Max stolperte mit hämmerndem Herzen aus Irenas Wohnung. Nun hatte er zum zweiten Mal innerhalb einer Woche eine Leiche gesehen. Was zum Teufel war aus seinem ruhigen, geordneten Leben geworden?

Vor ein paar Tagen hatte er noch alles unter Kontrolle, von seinen Finanzen einmal abgesehen, aber das Problem war vom Tisch. Während sein Privatleben ein verfluchter Albtraum war. Das alles hatte er Vladimir Bushkin zu verdanken, diesem russischen Arschloch mit seinen Drohungen und Erpressungsversuchen.

Wegen Vladimir waren nun zwei Frauen tot. Offenbar hatte er herausgefunden, dass Irena ihn als Mörder entlarven wollte, also hatte er sie ebenfalls zum Schweigen gebracht. Diesmal mit einer Pistole.

Während er panisch die Treppe hinunterraste, dachte er darüber nach, was er gerade gesehen hatte. Blut hatte er nicht bemerkt, nur dieses kleine, saubere Loch mitten in ihrer Stirn.

Vielleicht war sie ja gar nicht tot. Er hätte ihren Puls fühlen müssen. Andererseits, wieso hätte er sie berühren sollen?

Sollte er die Polizei rufen?

Ja.

Nein!

Wie sollte er einen zweiten Besuch bei Irena denn erklären? Würde die Polizei nicht vermuten, er hätte etwas mit ihrem Tod zu tun?

Ein Alibi hatte er auch nicht. Himmel! Er brauchte dringend ein Alibi. Amy. Er musste sofort zu Amy. Und der Polizei sagen, falls er gefragt wurde, dass er den ganzen Abend bei ihr verbracht hatte.

Das war ein guter Plan. Er drückte die Tasche fest an sich.

„Ich dachte, wir bleiben die ganze Nacht." Famka machte ein enttäuschtes Gesicht.

„Warum sollte ich eine ganze Nacht mit zwei Nutten wie euch verbringen?" Red Diamond stieg aus dem Bett und begann, sich anzuziehen.

„Weil du uns magst", sagte Famka mit ihrer mädchenhaftesten Stimme. „Weil wir sexy sind und du uns gerne vögelst."

„Frag deine Freundin, warum ihr nicht bleibt. Deine erpresserische Freundin."

„Was redest du da?" Famka blickte von Red zu Sonja.

„Hat sie dir nichts erzählt?" Red grinste höhnisch. „Dich nicht eingeweiht?"

„In was eingeweiht?" Famka zog einen Schmollmund.

„Sie wird's dir schon sagen." Red knöpfte seine Hose zu. Die beiden langweilten ihn, sie hatten ihren Job erledigt, nun sollten sie verschwinden.

„Raus", sagte er. „Sofort."

Max stolperte mitten auf der Treppe, stürzte, die Tasche flog ihm in hohem Bogen aus der Hand.

„Verdammt", murrte er und zog sich am Treppengeländer hoch. Konnte dieser Tag eigentlich noch schlimmer werden? Nun waren seine Hosen zerrissen, sein rechtes Knie schmerzte höllisch. Mühsam lief er die restlichen Stufen hinunter und erreichte die Tasche gerade in dem Moment, in dem ein Junge mit strähnigem Haar sie aufheben wollte.

„Das ist meine." Max atmete schwer.

„Sagt wer?" Der Junge musste sechzehn oder siebzehn sein, war blass und missmutig.

„Das ist meine", wiederholte Max scharf. „Ich habe sie gerade fallen lassen."

„Was ist da drin?"

„Geht dich verdammt noch mal nichts an." Max riss die Tasche an sich und humpelte zur Tür.

„Ich hätte eine Scheißbelohnung verdient!" brüllte der Junge ihm hinterher.

„Blödsinn." Max überquerte die Straße. Dann setzte er sich hinter das Steuer des Wagens, legte die Tasche auf den Beifahrersitz und fuhr los.

Was sollte er nun mit dem Geld und den Juwelen anfangen? Was nur?

Im Schlaf hörte Amy, wie es klingelte und an ihre Tür klopfte. Langsam öffnete sie die Augen, erkannte, dass der Lärm nicht etwa Teil ihres Traumes war, sondern jemand gegen ihre Wohnungstür hämmerte.

Als sie auf die Uhr blickte, stellte sie fest, dass fast Mitternacht war. Wer wollte so spät noch zu ihr?

Jett. Es musste Jett sein.

Einen Augenblick lag sie reglos, in der Hoffnung, er würde wieder gehen. Doch das Klopfen und Klingeln ging weiter, sie sprang aus dem Bett, bevor er alle Nachbarn weckte.

„Jett", rief sie streng, ohne die Tür zu öffnen. „Geh weg."

„Ich bin's, Max. Bitte mach auf."

O Gott! Max hatte alles über sie und Jett herausgefunden und wollte sie zur Rede stellen.

„Schnell, Amy."

Hatte Jett es ihm erzählt? Gebeichtet? Oder hatte Chris ihm die Wahrheit gesagt? Gut, jetzt nur nicht panisch werden, dachte sie. Ich bekomme das schon hin. Sie holte tief Luft und riss die Tür auf. Max stolperte hinein. Er sah schrecklich aus, abgerissen und ungepflegt, so kannte sie ihn gar nicht. Offenbar hatte er die Neuigkeiten nicht gut aufgenommen, was keine Überraschung war.

„Ich ... ich weiß nicht, was ich sagen soll", begann sie. „Das war nicht geplant ... es ... also, es ist einfach passiert."

„Kann ich dein Badezimmer benutzen?" fragte er und schob sie zur Seite. „Ich werde dir gleich alles erklären."

Völlig verblüfft stand sie im Flur. Was meinte er damit, dass er ihr gleich alles erklären würde? War sie nicht diejenige, die etwas zu erklären hatte? Und hatte sie sich das nur eingebildet, oder war seine Hose am Knie zerrissen?

Hatte er sich mit Jett geprügelt? Das wäre ja furchtbar.

Jett. Sie musste, solange Max im Badezimmer war, Jett anrufen und herausfinden, was geschehen war.

„Hallo" rief Jett, erfreut, ihre Stimme zu hören.

„Was ist passiert?" fragte sie leise.

Jett zögerte einen Moment. „Hör zu, ich habe das nicht gewollt." Während er sprach, fragte er sich, wie sie von seinem Absturz erfahren hatte. „Es ist einfach passiert."

„Aber das war falsch", rief sie wütend.

„Tut mir Leid", sagte er. „Es war ja nicht so, als ob ich es geplant hätte."

„Wenn überhaupt, hätte ich es ihm sagen müssen. Habt ihr euch geprügelt?"

„Wer? Chris und ich?"

„Was hat denn Chris damit zu tun?"

„Nun ja, er hat mir geholfen. Du weißt schon, mich wieder nüchtern gemacht."

„Du hast dich *betrunken?*" schrie sie entsetzt.

„Wovon sprechen wir eigentlich die ganze Zeit?"

„Wir sprechen davon, dass du Max von uns erzählt hast", gab sie kurz zurück.

„Wie bitte?"

„Er ist vor ein paar Minuten zu mir gekommen, er sieht furchtbar aus. Ihr habt euch geprügelt, oder?"

„Nimmst du mich auf den Arm? Wir haben uns nicht geprügelt, und ich habe ihm auch nichts von uns erzählt."

„Woher weiß er es dann?"

Und dann riefen sie gleichzeitig: „Chris!"

„Dieser Hurenbock", zischte Jett.

„Wie konnte er nur", jammerte Amy.

„Ich komme zu dir. Wir stehen das gemeinsam durch."

„Nein", sagte sie hilflos. „Das würde alles nur noch schlimmer machen."

„Aber ich kann dich damit nicht allein lassen. Ich komme so schnell es geht. Ich verspreche dir, Amy, alles wird gut. wir werden Max alles erklären."

Sie legte auf, als Max aus dem Badezimmer kam.

„Ich weiß nicht, was ich sagen soll, Max", sagte sie mit erstickter Stimme. „Ich wollte nicht, dass du es so erfährst."

„Jetzt hör mir genau zu, Amy", sagte er drängend. „Wenn dich jemand fragt, ich war den ganzen Abend hier."

„Bitte?" Sie runzelte die Stirn.

„Den ganzen Abend", wiederholte er. „Verstehst du?"

Jetzt war sie vollkommen durcheinander. Wusste er von ihr

und Jett oder nicht? Aber selbst wenn, ganz augenscheinlich hatte er andere Sorgen.

„Es tut mir Leid, dass ich dich um ein Alibi bitten muss", fuhr er fort. „Aber ich habe heute etwas gesehen, und wenn die Polizei weiß, dass ich dort war, werde ich in die Sache hineingezogen. Das wäre nicht gut."

„Was hast du gesehen?"

„Etwas Schlimmes."

„Wie schlimm?"

„Besser, du weißt es nicht."

Auf einmal wurde ihr übel. Ihr kamen die Worte ihrer Mutter in den Sinn. *Max ist kein Opfer, Amy. Seine Frau wurde brutal ermordet, und er ist der Hauptverdächtige.*

„Was ist los, Max?" Sie zog den Gürtel ihres Morgenmantels fester.

„Wie gesagt. Es ist besser, wenn du es nicht weißt."

„Wenn ich behaupten soll, dass du bei mir warst, muss ich wissen, was geschehen ist."

„Himmelherrgott!" rief er wütend. „Warum kannst du nicht einmal tun, was ich dir sage?"

So hatte sie ihn bisher noch nie erlebt.

„Hat … hat es etwas mit Mariskas Mord zu tun?" fragte sie vorsichtig.

„Scheiße!" schrie er, lief zur Wand und hämmerte mit der Faust dagegen. „Scheiße! Scheiße! SCHEISSE!"

„Ich verstehe das alles nicht." Sie versuchte, möglichst viel Abstand zwischen sich und ihn zu legen. „Aber egal, was es ist, du solltest besser gehen."

„Ich bitte dich um Hilfe, und du schickst mich weg?" fragte er ungläubig. „Es ist verdammt ernst, Amy. Du solltest besser tun, was ich sage.“ Er ging auf sie zu. „Was ist denn mit dir los? Ich habe eine ganz einfache Bitte, und du kannst sie mir nicht erfüllen. Ich bin dein künftiger Ehemann, um Gottes willen! Wir wollen heiraten.“

Seine Worte füllten sie mit Grauen. Sie hatte geglaubt, Max zu lieben, und jetzt begriff sie, dass sie sich geirrt hatte. Für sie hatte er immer Sicherheit bedeutet, und nun führte er sich so auf. Und natürlich, das wurde ihr mit einem Schlag klar, hätte sie niemals mit einem anderen Mann geschlafen, wenn sie Max wirklich geliebt hätte. Betrunken oder nicht, das wäre einfach nie geschehen.

Im Moment wollte sie nichts anderes, als dass er aus ihrer Wohnung verschwand.

„Willst du einfach herumstehen und nichts sagen?“ brüllte er. „Zum Teufel, Amy. Ich dachte, ich könnte mich auf dich verlassen.“

„Wenn du mir sagst, was los ist, kann ich dir vielleicht helfen.“ Ihre Stimme klang heller als sonst. „Aber wenn nicht …“ Sie brach ab, als ihr einfiel, dass Jett auf dem Weg zu ihr war, und wenn Max tatsächlich noch nichts von ihnen wusste, würde das eine Katastrophe geben.

„Vergiss es“, zischte Max. „Ich verschwinde. Du bist nicht die Frau, für die ich dich gehalten habe, Amy. Ich kann dir nicht vertrauen.“

Und damit stürmte er zur Tür. Sie blieb wie angewurzelt im Zimmer stehen und ließ ihn gehen. Max musste etwas Schreckliches zugestoßen sein, wenn er sich so benahm.

Oder – war er am Ende verantwortlich für Mariskas Tod? Hatte er sie ermordet? Eiskalte Angst stieg in ihr auf, sie rannte zur Tür und verriegelte sie.

Leise vor sich hinschimpfend stieg Max in den Fahrstuhl. Zum ersten Mal hatte er Amy um etwas gebeten, und sie war nicht bereit, ihm zu helfen. Wahrscheinlich war sie einfach zu jung, ein Mädchen eben. Ein sehr liebenswertes und unschuldiges Mädchen, aber womöglich war es ein Fehler zu glauben, dass eine Ehe mit ihr funktionieren könnte. Zumal sie auch nicht gut mit Lulu auskam – und Lulu brauchte jetzt eine Mutter.

Wieder sah er Irena mit dem Loch im Kopf vor sich. Wer hatte sie ermordet? Und weshalb? Mein Gott, was geschah hier? Er musste sich zusammenreißen, beschließen, was weiter zu tun war.

Als die Fahrstuhltür sich öffnete, stand Jett vor ihm. „Was zum Teufel machst du hier?“ fragte er mit finsterem Blick.

„Okay, okay“, begann Jett schnell. „Du musst verstehen, dass keiner Schuld hat, so etwas kann einfach passieren. Wir hatten das nicht geplant, ich schwöre es. Ich hatte keine Ahnung, wer sie ist – und natürlich wusste sie nicht, dass ich dein Bruder bin. Es war irgendwie ... Schicksal.“

Max starrte seinen jüngeren Halbbruder an. Hatte er da etwas verpasst? Als er vorhin an Amys Tür gehämmert hatte, dachte sie, es wäre Jett. Aber warum sollte Jett mitten in der Nacht bei ihr auftauchen?

Das ergab doch überhaupt einen Sinn ... oder vielleicht doch?

Dann fielen ihm ihre Worte wieder ein. *Ich ... ich weiß nicht, was ich sagen soll ... Das war nicht geplant ... es ... also, es ist einfach passiert.*

Fast dieselben Worte, die Jett eben benutzt hatte. Und Amy war auch anders gewesen als sonst, nervös und schreckhaft, gerade so, als hätte sie ein schlechtes Gewissen.

Weshalb?

„Erzähl mir, worum es eigentlich geht." Hilflose Wut jagte durch seinen Köper, er wusste, dass ihm nicht gefallen würde, was er gleich zu hören bekäme.

„Du darfst es nicht an Amy auslassen", erklärte Jett mit ernster Stimme. „Es war nicht ihr Fehler. Sie hatte zu viel getrunken, und wie gesagt, so etwas kann passieren ..."

Jetzt hatte Max begriffen. Ohne nachzudenken holte er aus und versetzte Jett einen Kinnhaken. „Du mieser Scheißkerl!" brüllte er. „Du beschissener Hurensohn!"

Jett schwankte. „Bitte, du musst das verstehen", rief er. „Ich liebe sie, und sie liebt mich. Es ist einfach nicht zu ändern."

„Ach nein?" Alle Wut und Angst der letzten Tage erreichten ihren Siedepunkt. „Du verdammtes Arschloch!"

„Du bist genau wie Red", brachte Jett hervor und rieb sich das Kinn. „Dasselbe widerliche Benehmen. Dieselbe Wortwahl."

„Wage es nicht, uns zu vergleichen."

„Himmel, Max, du tust mir Leid, weil du tatsächlich bist wie er. Gib's doch einfach zu! Ihr seid vom selben Schlag."

Max spürte Eiseskälte in sich aufsteigen – vielleicht hatte er alles verloren, einschließlich seines Verstandes. Aber er würde niemals wie sein Vater sein. Niemals.

Ohne ein weiteres Wort rannte er aus dem Gebäude, stieg in sein Auto und fuhr nach Hause.

Er genehmigte sich einen Drink, rief seinen Anwalt an, dann Chris und schließlich Detective Rodriguez.

Jetzt hatte er wirklich nichts mehr zu verlieren.

62. KAPITEL

Donnerstagmorgen saßen Liberty und Damon zusammen am Strand und frühstückten. Nach nur drei Tagen wusste Liberty, dass sie die Zeit hier vermissen würde. Man konnte sich schnell dran gewöhnen, ständig im Mittelpunkt der Aufmerksamkeit zu stehen, und Damon war das Sahnehäubchen obendrauf. Nicht nur, weil er der Mann war, der ihre Karriere anschieben konnte, sondern weil sie ihn unglaublich aufregend, interessant und großzügig fand.

So etwas hatte sie zuvor noch nie für einen Mann empfunden. Nur in seiner Nähe zu sein war schon wundervoll, was nichts mit den teuren Restaurants, Clubs und Limousinen zu tun hatte. Für sie war er einfach nur Damon. Und sie hatte sich mit ganzem Herzen in ihn verliebt.

„Gestern Nacht habe ich noch einmal über Cabo nachgedacht, und beinahe hätte ich ja gesagt." Sie trank einen Schluck frisch gepressten Orangensaft.

„Sprich weiter."

„Dann rief meine Mom an, und jetzt sage ich dir den wirklichen Grund, warum ich nicht mitkommen kann."

„Raus damit."

„Sie muss mir etwas sagen, es geht wohl um meinen Vater und ist sehr wichtig."

„Wie wichtig?

„Das weiß ich erst, wenn ich wieder in New York bin."

„Und zwei Tage machen da einen solchen Unterschied?" Er beugte sich vor und sah sie durchdringend an.

Sie schwieg einen Moment. „Das verstehst du nicht", sagte sie dann. „Das ist zu persönlich."

„Versuch's mal."

„Weißt du, ich habe nur meine Mom. Es gab nie einen Vater, und erst vor wenigen Tagen hat sie mir überhaupt verraten, wer er war. Doch jetzt scheint wieder alles anders zu sein, deswegen muss ich zurück. Ich muss einfach herausfinden, wer ich bin."

„Du bist du", sagte Damon ganz leise. „Das darfst du nie vergessen."

„Ich wusste, du würdest es nicht verstehen."

„Da täuscht du dich, Baby. Ich verstehe dich sogar sehr gut."

„Aber du hast doch immer ..."

„Hör mir mit diesem Quatsch von wegen immer auf", unterbrach er sie und kniff die Augen zusammen. „Willst du mal was von mir hören? Ich erzähl's dir. Meine Großmutter hat mich und meinen Bruder im Ghetto großgezogen, wir hatten nichts außer ihrer Liebe und Unterstützung. Diese Frau hat zwei Jobs gehabt, um uns zu ernähren, und sie brachte mir bei, dass ich meinen Hintern bewegen müsste, um etwas zu erreichen. Ich habe auf sie gehört."

„Das wusste ich nicht", sagte Liberty.

„Woher auch. Diesen Privatkram behalte ich lieber für mich. Geht niemanden was an."

„Wo ist deine Großmutter jetzt?"

„Ich habe ihr ein schönes Haus in Brooklyn gekauft, dort lebt sie mit meinem Bruder, seiner Frau und den drei Kindern", sagte er. „Ich gebe dieser Lady von Herzen alles, was sie will, sie hat nur das Beste verdient."

„Und deine Eltern?"

„Habe sie nie kennen gelernt. Ich weiß nicht 'mal, ob sie noch leben. Wir sind ihnen scheißegal."

„Warum?“

„Meine Mutter war cracksüchtig, mein alter Herr ein Dealer“, sagte er tonlos. „Zwei drogensüchtige Freaks. Die haben uns einfach allein gelassen, bis meine Großmutter uns zu sich nahm. Ohne sie wären wir ins Heim gekommen.“

„Das tut mir Leid“, sagte Liberty leise. „Das muss hart gewesen sein.“

Er zuckte mit den Schultern. „So ist es nun mal. Ich glaube, man soll denen danken, die einen großgezogen haben, alle anderen sind mir egal. Meine Großmutter ist die beste Frau der Welt.“

Bevor sie etwas entgegnen konnte, rief Quinn sie zum Schminken. Zögernd stand sie auf.

„Also, komm mit nach Cabo“, sagte Damon. „Wir möchten das doch beide. Und deinen Familienkram kannst du herausfinden, wenn wir zurück sind.“

„Meinst du?“

„Ich weiß es, Baby, ich weiß es.“

„Natürlich.“ Sie lächelte über seine Zuversicht. „Du scheinst alles zu wissen.“

„Das ist wohl wahr. Wir sehen uns später, L.L.“ Er spazierte davon.

„Zu schade, dass er nicht schwul ist“, murmelte Quinn. „Was für eine schreckliche Verschwendung.“

„Seine Frau ist da bestimmt ganz anderer Meinung“, sagte sie schnippisch. „Er ist verheiratet, weißt du.“

„Sag bloß“, sagte Quinn trocken. „Da wäre ich ja nie drauf gekommen.“

Sie blickte Damon nach, wie er zum Hotel lief. Er war alles, was sie sich immer gewünscht hatte ... und doch war er verheiratet, und sie teilte nicht gern.

„Komm schon, Liebes. Hör auf, ihm hinterherzuschmachten und lass dich von mir schön machen."

„Ich schmachte nicht", widersprach sie, obwohl sie es besser wusste.

Und auch als sie auf dem Schminkstuhl saß, konnte sie nicht aufhören, über ihn nachzudenken. Nachdem er ihr nun aus seinem Leben erzählt hatte, wollte sie mehr wissen. Damon war eine Inspiration für sie, er hatte ganz unten angefangen, hart gearbeitet, und nun, mit sechsunddreißig, war er auf dem Gipfel seines Erfolgs.

Der große amerikanische Traum. Damon hatte ihn wahr gemacht.

Im Grunde war es nicht so wichtig, schnell nach New York zurückzukehren, was auch immer ihre Mutter zu sagen hatte. Sie hatte neunzehn Jahre auf die Wahrheit gewartet, da kam es auf ein Wochenende nun auch nicht an. Sie wollte selbst bestimmen, was sie tat und was nicht.

Außerdem hatte Damon Recht, wenn sie etwas im Leben erreichen wollte, dann lag es an ihr, egal, wer ihr Vater war. Sie musste aufhören, sich selbst Leid zu tun und einfach nehmen, was das Leben ihr zu bieten hatte. Wie diese Reise nach Cabo – wenn es Damons Frau egal war, warum sollte sie sich dann Gedanken machen?

Sie trug ein enges Lederkleid von Versace, so mondän, dass sie sich kaum zu rühren wagte. Teddy türmte ihr Haar auf den Kopf, Uma hatte millionenteuren Diamant- und Smaragdschmuck von Neil Lane beschafft, der höchstpersönlich zu den Aufnahmen kam und gar nicht aufhörte zu schwärmen, wie gut sein Schmuck an ihr aussähe.

Barfuß lief Liberty hinunter zum Strand.

„Wahnsinn!“ rief Chip, als er sie sah. „Das wird das Titelbild. Kein Zweifel.“

„Nicht eines von den Fotos im Badeanzug?“ fragte sie. „Geht es bei dieser neuen Zeitschrift nicht vor allem darum, viel Haut zu zeigen?“

„Glaub mir, diese Fotos schlagen alles“, versicherte Chip. „Du siehst aus wie eine Mischung aus Halle Berry und Angelina Jolie. Nur bist du jünger und erotischer. Einfach unglaublich!“

Unglaublich! Ja! Alles war unglaublich. Vor einer Woche noch hatte sie als Bedienung geschuftet, und jetzt war sie in L.A., trug ein Versacekleid und posierte für das Titelbild einer Zeitschrift. Nie hätte sie so etwas für möglich gehalten.

Damon kam pünktlich zur Mittagspause zurück. Noch bevor sie ihm sagen konnte, dass sie mit nach Cabo fliegen wollte, lieferte der Partyservice eine riesige Schokoladentorte – in der Mitte war ihr Gesicht nachgebildet.

„Was ist denn das?“ rief sie aus. „Ich habe doch keinen Geburtstag!“

„Nein, das ist einfach ein Dankeschön von uns allen“, erklärte Chip. „Wir wollen, dass dir dein erster Job als Model in guter Erinnerung bleibt. Los, kommt alle her, wir machen ein Foto für die Nachwelt.“

Damon wollte sich entfernen, doch sie hielt ihn zurück. „Ich möchte, dass du auch auf dem Foto bist.“

„Das ist dein Ding, L.L.“, murmelte er ungewöhnlich bescheiden. „Ich gehöre nicht dazu.“

„Doch, allerdings. Auf ganz besondere Weise.“

„Heißt das, dass ich mit meinem Charme endlich dein hartes Herz erweicht habe?“ Ein leichtes Lächeln lag auf seinen unglaublich verführerischen Lippen.

„Halt den Mund und komm her." Sie grinste. „Ich will dich dabei haben."

„Ja, Ma'am." Er salutierte.

„Ach, und übrigens", fügte sie hinzu.

„Was noch?"

„Ich komme mit nach Cabo."

„Wirklich?"

„Getrennte Zimmer."

„Lady L.L. gibt mit einer Hand, und nimmt mit der anderen wieder", sagte er ironisch.

„Das ist die Bedingung. Nimmst du sie an?"

„Klar nehme ich sie an. Hab' das Gefühl, du und ich werden wunderbare Soulmusik erschaffen."

63. KAPITEL

Diahann stand am Donnerstagmorgen zur üblichen Zeit auf, aber statt sich eilig anzuziehen und schnell in die Küche zu gehen, schminkte sie sich und frisierte sich das Haar. Dann wählte sie ein einfaches, aber hübsches blaues Kleid und legte den Goldschmuck an, den sie noch aus den alten Tagen als Sängerin hatte. Wenn Red schon darauf bestand, dass sie an dem Treffen teilnahm, dann wollte sie auf keinen Fall aussehen wie eine einfache Haushälterin.

Sie betrachtete sich im Spiegel, die Verwandlung war ganz erstaunlich. Wie ihre Tochter war auch sie eine Schönheit mit den grünen Augen, den vollen Lippen und dem kohlrabenschwarzen Haar.

Es war ungewohnt, sich selbst so zurechtgemacht zu sehen. Ihr war klar, dass heute etwas Außerordentliches geschehen würde. Jeder würde überrascht sein. Außer vielleicht Lady Bentley – die wie auch immer das Geheimnis bereits entdeckt hatte. Aber zumindest Reds drei Söhne würden schockiert sein, genauso wie Liberty, wenn sie nur dabei wäre. Diahann hatte sie angefleht, zurück nach New York zu kommen, aber Liberty war wie immer stur geblieben. Sie tat, was sie wollte und kümmerte sich nicht im Geringsten um ihre Mutter.

Diahann dachte einen Moment über ihre Tochter nach. Seit sie gezwungen gewesen war, sie zu Aretha zu schicken, hatte sie jeglichen Einfluss auf sie verloren. Wenigstens gab es noch ihre Cousine Cindi, die auf sie aufpassen konnte.

Diahann seufzte. Damals, als sie mit sechzehn nach New York gekommen war, hatte niemand auf sie aufgepasst. Kein Mensch. Sie musste allein klarkommen.

Diahann Dozier kletterte mit großen Träumen und Wünschen aus dem Bus von Atlanta. Endlich war sie in New York. New York City! Und obwohl sie nur wenig Geld bei sich hatte, machte sie sich keine allzu großen Sorgen. Sie konnte singen, sie sah gut aus, bestimmt würde alles ganz einfach werden.

Aber nein. Nichts war einfach für ein hübsches schwarzes Mädchen, das allein und ohne Geld in New York lebte. Zwei Jahre lang hielt sie durch, ergatterte ein paar Auftritte hier und da und ließ sich mit jeder Menge Jazzmusikern ein, die nicht gerade respektvoll mit ihr umgingen. Eines Tages, während einer Plattenaufnahme, traf sie Zippy Ventura, einen großspurigen Manager, dem gefiel, was er sah. „Du tust was für mich, Kindchen, und ich tu was für dich", sagte er.

Zippy war ein kleiner, dürrer weißer Mann in den Vierzigern und verheiratet mit Kandie – einer grobschlächtigen schwarzen Frau mit gebleichtem, weißblondem Haar und riesigen unechten Brüsten. Die Ehe hinderte Zippy allerdings nicht daran, sich, so oft es ging, zu amüsieren.

Als Dank für gelegentliche Stelldicheins in seinem heruntergekommenen Büro besorgte er ihr ein paar anständige Auftritte als Backgroundsängerin und, noch besser, als Solosängerin in dem Nachtclub „Gloria's" in Harlem.

Gloria, eine große, lesbische Frau war von Diahann hingerissen, nannte sie Dini und klärte sie unablässig darüber auf, wie viel schöner es sei, mit einer Frau statt mit einem Mann zusammen zu sein.

Zwei Mal die Woche sang Diahann in dem Club auf einer kleinen verrauchten Bühne Jazz Standards wie You Go To My Head *und* But Not For Me, *und endlich hatte sie das Gefühl, es wirklich schaffen zu können.*

Die Männer waren hinter ihr her, vor allem die Stammgäste, aber nach ihren schlechten Erfahrungen mit Musikern hatte sie die Hoffnung aufgegeben. Eines Abends tauchte Red Diamond auf. Diahann hatte keine Ahnung, wer er war, doch Zippy und Gloria klärten sie schnell auf, begeistert, dass der milliardenschwere Medientycoon seine Zeit im „Gloria's" verbrachte.

Red Diamond kam immer wieder, mal in Begleitung einer Frau, mal allein. Jedes Mal saß er am vordersten Tisch und ließ sie nicht aus den Augen.

„Er mag dich", sagte Zippy.

„Na und?" entgegnete sie.

„Er möchte, dass du etwas mit ihm trinkst", erklärte Gloria.

„Bestimmt nicht."

So ging das mehrere Wochen, bis Zippy sie eines Abends abfing. „Du wirst dich jetzt zu ihm setzen, oder du bist deinen Job los."

Red Diamond war sechzig, Diahann achtzehn. Aber weil Zippy und Gloria sich daran nicht störten, ließ sie sich auf ein Getränk einladen.

Red bestand auf Champagner und überschüttete sie mit Komplimenten.

„Ich will mit dir vögeln", verkündete er.

„Keine Chance", antwortete sie.

Eine Woche später forderte Zippy sie auf, mit Red Diamond zu schlafen, wenn sie ihren Job behalten wollte.

Da sie nichts zu verlieren hatte außer ihrem Job, stimmte sie zu.

Es war nicht schlimm, und es war nicht gut. Es war einfach ... überhaupt nichts. Diahann schämte sich dafür, mit einem reichen alten Mann geschlafen zu haben, nur um ihre Arbeit zu behalten, das war nicht richtig. Doch sie tröstete sich damit, dass er nicht ihr erster Mann war und mit Sicherheit nicht ihr letzter.

Nach dieser einen Nacht kam Red Diamond nicht mehr in den Club.

„Was hast du angestellt?" fragte Zippy, sein linkes Auge zuckte, als er sie vorwurfsvoll anstarrte.

„Nichts."

Diahann war es herzlich egal, dass Red Diamond nie mehr zurückkam. Sie wollte nur singen, mehr nicht.

Sechs Wochen später bemerkte sie, dass sie schwanger war, behielt die Tatsache aber für sich, bis es zu spät für eine Abtreibung war. Dann teilte sie Zippy und Gloria mit, dass sie eine Weile zurück nach Atlanta müsse. In Wahrheit nahm sie eine Stelle als Empfangsdame in einem Schönheitssalon an und arbeitete bis drei Wochen vor der Niederkunft.

Ihrem Baby gab sie den Namen Liberty – Freiheit. Als Liberty sechs Wochen alt war, rief sie Zippy an, sagte, dass sie wieder in der Stadt wäre und Arbeit bräuchte. Doch der brummte nur, dass sie zu lange weg gewesen wäre.

„Möchtest du nicht mehr mein Manager sein?" fragte sie.

„Du tust was für mich, ich tu was …"

„Nein. Ab jetzt läuft alles rein geschäftlich."

„Dann such dir einen neuen Manager."

Das wurde Fred Marks, ein energiegeladener Draufgänger, der ihr umgehend Auftritte in verschiedenen Clubs besorgte – sogar so weit weg wie Atlantic City. Auf diese Weise verdiente sie zumindest genug Geld, um die Miete und einen Babysitter zu bezahlen.

Diahann betete ihr Kind an, Liberty war für sie die wunderbarste kleine Kreatur, die sie je gesehen hatte. Hin und wieder wurde sie gefragt, wer Libertys Vater war, und sie erfand unterschiedliche Geschichten, weil sie nicht wollte, dass Red Diamond von seinem Kind erfuhr. Sie kam sehr gut ohne ihn zurecht, auch wenn es anstrengend war.

Kurz nach Libertys fünftem Geburtstag lernte sie einen Mann kennen, den sie wirklich mochte. Er hieß Leon, gemeinsam sangen sie in der Band einer kurzfristig populären Sängerin und kamen sich bei vielen Tassen Kaffee und Beschwerden über das fehlende Talent eben jener Sängerin näher. Zwei Wochen später zog Leon bei ihr ein und übernahm die Hälfte der Kosten. Zudem verliebte er sich umgehend in die kleine Liberty. Es war schön, die beiden zusammen zu sehen, und wenn Leon um ihre Hand angehalten hätte, hätte sie keine Sekunde gezögert.

Aber er fragte nicht, aus einem Jahr wurden zwei, Diahann begriff, dass sie nicht jünger wurde und trennte sie sich von ihm.

Liberty war am Boden zerstört. Leon war wie ein Vater für sie gewesen. Und von diesem Moment an wurde die Beziehung zwischen Mutter und Tochter schwierig. Fred tat sein Bestes, aber mit der Zeit wurden die Angebote weniger und weniger – Jazzsängerinnen waren nicht mehr gefragt. Und so beschloss Diahann eines Abends, nach langer Zeit mal wieder im „Gloria's" vorbeizuschauen.

Den Club gab es tatsächlich noch, genauso wie Gloria, die sie herzlich begrüßte. Leider aber auch Zippy, der gerade eine junge Sängerin förderte, von der er glaubte, sie würde die nächste Whitney Houston. In der Zwischenzeit geschieden und noch immer sauer, freute er sich nicht sonderlich, Diahann zu sehen. Und doch bot Gloria ihr an, drei Abende die Woche in ihrem Club zu singen.

Diahann nahm das Angebot dankbar an, und es dauerte nicht lange, bis Gloria von erfuhr, dass sie eine Tochter hatte.

„Wann ist sie denn entstanden?" rief sie aus.

Diahann erfand einen Freund in Atlanta, und Gloria schien ihr zu glauben und freute sich, wenn die kleine Liberty ab und zu auch in den Club kam. An einem solchen Abend erschien Zippy, sah das neunjährige Mädchen neben der Bühne, überschüttete es mit Komplimenten, behauptete, der beste Freund seiner Mutter zu sein, und dann fragte er: „Wo ist dein Daddy?"

„Ich habe keinen Daddy", antwortete Liberty.

„Wie alt bist du?"

„Neun."

„Neun also? Und wann wirst du zehn?"

„Am ersten Mai", sagte sie stolz.

„Ich werde dir was schenken", versprach Zippy.

Als Diahann von der Bühne kam, war sie außer sich und begann einen lauten Streit mit Zippy, der erst endete, als Gloria ihn hinauswarf. Doch Diahann ahnte, dass das letzte Wort noch nicht gesprochen war. Eine Woche später tauchte er in ihrer Wohnung auf. „Ich weiß, wessen Kind das ist", sagte er. „Der Termin passt, also mach mir nichts vor. Weiß Red, dass du ein Kind von ihm hast?"

Diahann war sicher, dass er nur bluffte, denn woher hätte er die Wahrheit wissen sollen? Und vor allem, warum interessierte es ihn überhaupt? Sie forderte ihn auf, zu gehen und drohte mit der Polizei.

Zippy lachte ihr ins Gesicht. „Du blöde Schlampe. Kapierst du nicht, wie viel Kohle da drin streckt? Wir werden Partner und nehmen den alten Kerl aus."

Diahann rief die Polizei. Doch sie war eine schwarze Frau, Zippy ein weißer Mann. Die Polizei unternahm nichts.

Ein paar Tage später sprach Zippy Liberty vor der Schule an, sagte wieder, dass er ein guter Freund ihrer Mutter wäre und er das versprochene Geschenk für sie dabei hätte. Er ging mit ihr in ein nahe gelegenes Café, bestellte ihr ein Erdbeereis und schenkte ihr dann ein billiges Maniküre-Set aus Plastik. „Gib mir deine Hand“, sagte er und nahm die Schere heraus. „Onkel Zippy zeigt dir, wie man das macht.“

Er begann, ihr die Nägel zu schneiden, wobei ihm wie aus Versehen die Schere ausrutschte und ihr Handgelenk aufschürfte.

„Autsch!“ kreischte Liberty.

Blitzschnell förderte er ein Taschentuch zutage, tupfte das Blut ab und steckte es in eine kleine Plastiktüte.

„Du hast mir weh getan“, beschwerte sie sich. „Ich will nach Hause.“

„Warte eine Sekunde. Du hast da was im Haar.“ Und damit riss er ihr eine Strähne heraus.

„Autsch!“ schrie sie schon wieder.

„Ist doch nicht so schlimm.“ Er packte die Strähne zu dem Taschentuch. „Willst du noch ein Eis?“

Als Diahann später von Liberty erfuhr, wo sie gewesen war, rastete sie aus. Wie konnte er es wagen! Zwar wusste sie nicht, wo sie ihn erreichen konnte, war sich aber sicher, dass er wieder bei ihr auftauchen würde. Sie besorgte sich eine Pistole und lernte, wie man damit umging. Wenn Zippy das nächste Mal seine Nase in ihre Angelegenheiten steckte, wollte sie ihm klarmachen, dass sie ihm das Hirn wegblasen würde, wenn er es noch einmal wagte, ihrer Tochter nahe zu kommen.

Zwei Wochen später, an einem Samstagabend, stand er vor

ihrer Tür. Begleitet von Red Diamond. Die beiden Männer marschierten in ihre Wohnung, als ob sie ihnen gehörte, und Diahann war zu überrascht, um sie davon abzuhalten. Zum Glück verbrachte Liberty das Wochenende bei einer Klassenkameradin.

„Wo ist das Kind?" wollte Zippy wissen.

Red Diamond starrte sie mit kalten, harten Augen an. „Du hast es tatsächlich gewagt, mein Kind zu bekommen", donnerte er los. „Wie konntest du? Was glaubst du, wer du bist?"

Er war gealtert, seit sie ihn das letzte Mal gesehen hatte, er schien kleiner und faltiger. Sie hätte niemals mit ihm schlafen dürfen. Doch andererseits hätte sie dann Liberty nicht bekommen.

„Was willst du?" fragte sie tonlos.

„Nein, die Frage ist, was du willst? Was für einen Erpressungsversuch haben du und dein Kompagnon euch überlegt?"

„Eine Million Dollar sollten reichen." Zippy zwinkerte ihr verschwörerisch zu. „Eine Million, dann hören Sie nie wieder was von uns."

„Das ist alles?" fragte Red sarkastisch. „Nicht mehr?"

„Wie?" Zippys rechtes Auge begann unkontrolliert zu zucken. „Wollen Sie das Kind? Es ist ein hübsches kleines Ding – für zwei Millionen können Sie es haben."

Diahann starrte Zippy entsetzt an. Das war doch Wahnsinn.

„Meine Anwälte werden dafür sorgen, dass Ihnen dieser Erpressungsversuch noch sehr Leid tut", sagte Red ruhig. „Ich bin nur gekommen, um zu sehen, ob ich mich an diese schwarze Schlampe noch erinnere. Ja, ich erinnere mich. Sie war damals ganz gut, und das ist sie heute noch." Eine lange Pause entstand. „Habt ihr beiden Idioten wirklich geglaubt, dass ihr Red Diamond erpressen könnt? So blöd kann doch niemand sein."

Endlich fand Diahann ihre Stimme wieder. „Raus aus meiner Wohnung. Beide. Sofort!"

Zippy warf ihr einen zornigen Blick zu. Er hatte gehofft, sie würde die Klappe halten, wenn sie erst mal begriff, um wie viel Geld es hier ging. Aber nein, selbst dazu war sie zu blöd.

„Oh", zischte Red. „Ihr macht hier auf Gut und Böse. Doch dafür ist es jetzt ein bisschen zu spät, oder nicht?"

Diahann sah ihn an. „Ich will dein Geld nicht. Ich will überhaupt nichts von dir." Sie deutete auf Zippy. „Dieses Stück Dreck spricht einfach in meinem Namen, dabei haben wir nichts miteinander zu tun. Nichts." Tränen schossen in ihre Augen.

„Entschuldige, Süße." Zippy versuchte, die Situation zu retten. „Ich habe dich immerhin entdeckt. Du verdankst mir alles. Also sei nicht so verdammt undankbar und nimm das Geld von Mr. Diamond. Dann wird niemals jemand etwas von seinem kleinen schwarzen Bastard erfahren."

„Liberty gehört mir, und sie ist nicht zu verkaufen", schrie Diahann. „Und jetzt raus, alle beide."

Zippy machte einen Schritt auf sie zu. „Frauen!" rief er und verdrehte die Augen. „Immerzu ändern sie ihre Meinung. Wir hatten eine Absprache." Er packte ihr Handgelenk. „Halt die Klappe", flüsterte er so, dass nur sie ihn hören konnte. „Du machst alles kaputt, wenn du deine verdammte Klappe nicht hältst."

Diahann war erschüttert. Wie hatte das alles passieren können? Womit hatte sie das verdient?

„Eine Million Dollar", wisperte Zippy. „Er zahlt, wir teilen, und du behältst dein Kind."

Da überkam sie eine derart blinde Wut, dass ihr beinahe die Worte fehlten. „Raus!" zischte sie.

„Ich geh nirgendwo hin, Honey, nicht, bis wir uns geeinigt haben. Und wenn du nicht mitspielst, sorge ich dafür, dass das Leben deines kleinen Mädchens keinen Pfifferling mehr wert ist."

Sehr ruhig entzog sie ihm ihr Handgelenk und lief zu dem Regal, auf dem sie hinter Zeitschriften die Pistole versteckt hielt.

„Ich glaube, wir haben uns auf eine Million geeinigt", wandte sich Zippy zuversichtlich an Red.

„Ich verhandle nicht mit …", begann Red, doch noch bevor er den Satz beenden konnte, sah er, wie Diahann mit zitternden Händen auf Zippy zielte. „Raus", wiederholte sie.

Zippy wurde blass. „Nun mal langsam, Süße", stammelte er, „leg das Ding weg."

„Was für eine Masche zieht ihr beiden da eigentlich ab?" brüllte Red und trat zwischen sie. „Glaubt ihr wirklich, ich falle auf dieses Theater rein?"

„Dieses Weib ist wahnsinnig", rief Zippy. „Eine durchgedrehte Schlampe. Sie sollten ihr das Kind wegnehmen. Sie ist nichts als eine Nutte, und was anderes wird aus dem Kind auch nicht werden, wenn es bei ihr bleibt. Rücken Sie einfach zwei Mille für das Mädchen raus, das ist doch ein Schnäppchen. Ich persönlich werde dafür sorgen …"

Diahann schob Red zur Seite und ging auf Zippy los, die Pistole hatte sie völlig vergessen. Red ging dazwischen, alle drei kämpften miteinander und dann löste sich plötzlich ein Schuss. Und Zippy stürzte zu Boden.

Diahann warf einen letzten Blick in den Spiegel. Ich bin noch immer attraktiv, dachte sie, wenn ich will, kann ich nach wie vor die Aufmerksamkeit von Männern auf mich ziehen.

Aber das wollte sie nicht.

Sie war achtunddreißig und hatte neun lange Jahre sehr zurückgezogen gelebt. Neun Jahre, in denen sie sich um Red Diamond kümmerte und dafür sorgte, dass er alles hatte, was er brauchte. Niemals hatte sie das Haus in der 68. Straße verlassen.

Dort war es am sichersten.

Red Diamond wollte einen Teil ihres Geheimnisses lüften. Allerdings nichts über Zippy, das würde außer ihnen beiden niemals jemand erfahren.

Diahann reckte das Kinn und machte sich auf den Weg ins obere Stockwerk. Was immer als Nächstes geschah, sie war entschlossen, es mit Würde zu tragen.

64. KAPITEL

Zunächst hatten sie heftig gestritten und sich dann versöhnt, und die Versöhnung war so herrlich, dass Amy, als sie vom Telefon geweckt wurde, fast glücklich war. Es war Donnerstagmorgen, die Sonne schien, Max hatte die Wahrheit über sie und Jett herausgefunden, und es gab keinen Grund mehr für Schuldgefühle.

Nun … sie hatte schon noch ein schlechtes Gewissen, nachdem der gestrige Abend nicht sonderlich gut verlaufen war. Max hatte eine Seite von sich gezeigt, die sie nicht kannte – eine erschreckende Seite.

Jett lag leise schnarchend neben ihr. Sie nahm mit einem Lächeln auf den Lippen den Hörer ab und wurde unvermittelt von einer zornigen Tirade ihrer sonst so kontrollierten Mutter getroffen.

„Hast du diese ekelhaften Schlagzeilen gesehen?“ Nancy kochte vor Wut. „Unser Name wird durch den Dreck gezogen. Was für eine Schande! Ich werde jeden einzelnen dieser so genannten Journalisten verklagen!“

„Beruhige dich, Mutter.“

„Du solltest dich beruhigen.“

„Ich bin es nicht, die hier schreit.“

„Das wirst du aber, sobald du diesen Müll gelesen hast“, sagte Nancy drohend.

„Warum liest du es überhaupt?“

„Wie könnte ich das nicht lesen, wenn unsere Bediensteten sich in der Küche versammeln und sich über uns totlachen“

„Das kann ich mir nicht vorstellen.“

„Unsere Beziehung zu der Diamond-Familie ist ab sofort

beendet. Beendet!“ wiederholte Nancy streng. „Hast du mich verstanden, Amy?“

„Ja, Mutter“, entgegnete Amy geduldig. „Ich rufe dich später an.“

Sie legte auf und warf einen weiteren Blick auf Jett. Im Schlaf hatte er sich einen Arm über die Augen gelegt, sein Waschbrettbauch war zu sehen und die feinen Haare auf seinen Armen. Das musste Liebe sein, dieses Gefühl, das sie überkam, wenn sie ihn schlafen sah.

Was nur hatten die Zeitungen geschrieben, dass ihre Mutter dermaßen außer sich war? Diesen Quatsch glaubte doch sowieso niemand, warum regte sie sich überhaupt so auf?

Gestern Abend, nachdem sie sich geliebt hatten, lagen sie und Jett noch stundenlang Arm in Arm und unterhielten sich, bis sie irgendwann einschliefen. Und heute Morgen fühlte sie sich, als sei ihr eine riesige Last von den Schultern genommen worden. Was für eine Erleichterung, sich endlich frei zu fühlen!

Je länger sie darüber nachdachte, desto klarer wurde ihr, dass sie und Max nie zueinander gepasst hatten. Das würde er bestimmt auch begreifen. Sie mochten nicht dieselben Filme, nicht dieselbe Musik, nicht dieselben Bücher. Sie hatten einen vollkommen unterschiedlichen Geschmack. Mit Jett war alles anders, auch er mochte Abenteuerfilme, die Musik von Coldplay und den Black Eyed Peas, und was Bücher betraf, nichts konnte es mit einem guten alten John Grisham- oder James Siegal-Thriller aufnehmen. Sie hatten sogar dieselbe Lieblingssendungen – Alias und Seinfeld.

Das war doch unglaublich. Nun hatte sie einen Mann, mit dem sie sogar fernsehen konnte, was Max als eine komplette Zeitverschwendung betrachtete.

Doch nun musste sie eine weitere wichtige Entscheidung treffen. Sollte Sie Jett ein Frühstück machen? Was er wohl mochte? Tee? Kaffee? Nahm er Milch und Zucker? Aß er lieber Müsli oder Eier?

Sie wusste einerseits so wenig von ihm, andererseits glaubte sie, ihn besser zu kennen als irgendjemanden sonst. Er hatte ihr von seiner Alkohol- und Drogenkarriere erzählt, von den verlorenen Jahren, in denen er wie ein Zombie durch New York gestreift war, mit jeder Frau geschlafen hatte, die ihm über den Weg lief, stockbesoffen oder mit Drogen vollgepumpt.

Und dann hatte er einige schreckliche Geschichten aus seiner Kindheit erzählt. Von seinem brutalen Vater. Der alkoholsüchtigen Mutter. Er sprach von Italien und seinem Entzug und von Gianna, die er, wie er schwor, nicht liebte. „Ich liebe dich, Amy“, sagte er. „Du bist die Richtige für mich. Andere Frauen interessieren mich nicht mehr. Das ist vorbei.“

„Wirklich?“

„Ja, wirklich“, antwortete er sanft mit einem strahlenden Lächeln.

Auch sie musste lächeln, als sie jetzt an seine Worte dachte. *Andere Frauen interessieren mich nicht mehr. Das ist vorbei.*

Wie früher in der Schule. So süß. Und wie sehr sie ihn liebte!

Chris wachte mit einem kneifenden Schmerz im Magen auf. Er hatte nicht viel geschlafen, höchstens ein paar Stunden. Max hatte ihn in der Nacht angerufen, und als Chris in seiner Wohnung ankam, traf er dort auch auf Elliott Minor und Detective Rodriguez.

Wie sich herausstellte, hatte Max einen Mord entdeckt und ihn nicht umgehend der Polizei gemeldet. Und zu allem Übel gab es ja auch noch die Kiste von Mariska, ein Beweisstück, das Max aus ihrer Wohnung entfernt hatte.

Was für ein Durcheinander. Aber Elliott war offensichtlich ein Anwalt mit besten Kontakten. Nachdem er ein paar Leute angerufen hatte, wurde Max von jeglichem Verdacht freigesprochen und nur strengstens ermahnt, künftig keine Informationen zurückzuhalten.

„Du hast Glück gehabt", erklärte Chris ihm, als alle anderen die Wohnung verlassen hatten. Doch da legte Max schon mit einer Hetzrede gegen Amy und Jett los. Irgendwie hatte er das mit den beiden herausgefunden, also verbrachte Chris die nächsten Stunden damit, Max zu beruhigen und davon abzuraten, Jett in den East River zu werfen.

Was für eine Nacht! Und dazwischen hatten Birdy Marvel, Lola Sanchez, Gregory Dark und Jonathan Goode angerufen – vier seiner wichtigsten Mandanten. Birdy plapperte von ihrer bevorstehenden Hochzeit, Lola wollte einen Paparazzo verklagen, der absichtlich auf ihren neuen Ferrari aufgefahren war, Gregory wollte im Nachhinein doch mehr Geld für den Film, und Jonathan behauptete, er habe sich in ein Mädchen verliebt, das er in den nächsten Tagen heiraten wollte.

Wahnsinnig. Die waren allesamt wahnsinnig!

Und jetzt stand auch noch das Treffen mit Red bevor. Dabei wollte er nichts anderes, als endlich nach Los Angeles zurückfliegen. Er erwog sogar, Verona doch nicht zu verlassen, die, wenn sie wollte, einen sehr beruhigenden Einfluss auf ihn haben konnte. Und genau das brauchte er jetzt – ein wenig Ruhe und Frieden. Davon abgesehen musste sein Haus neu eingerichtet werden, und wer könnte sich besser darum kümmern als Verona?

Der Haken war, dass sie dann damit rechnen würde, bei ihm einziehen zu dürfen. Andererseits, warum denn nicht? Zumindest für ein paar Monate, bis sie alles organisiert hatte.

Elliott Minor war wirklich jeden Cent seines unverschämten Honorars wert. Max hatte wenigstens damit gerechnet, ein paar Stunden auf dem Polizeirevier verbringen und Fragen beantworten zu müssen, aber nach einem Anruf bei Detective Rodriguez' Chef hatte sich alles in Wohlgefallen aufgelöst. Max schluckte ein paar Schlaftabletten und legte sich ins Bett. Er brauchte dringend seinen Schlaf.

Als er am nächsten Morgen aufwachte, musste er sofort an Amy denken, an seine ehemals perfekte Amy. Es war vorbei, sie hatte ihn hintergangen. Niemals hätte er Amy zugetraut, dass sie ihn betrog – noch dazu mit seinem Bruder. Das hinterließ einen besonders bitteren Geschmack. Jett konnte er ja noch verstehen. Aber Amy? Doch nicht Amy, seine unschuldige zukünftige Frau!

Nun, jetzt nicht mehr zukünftige Frau. Er war fertig mit ihr, nachdem sie mit seinem Bruder geschlafen hatte, gab es kein Zurück mehr.

Er griff nach dem Telefon, rief Mrs. Conner an und fragte nach Lulu. Wenn er nur an sein kleines Mädchen dachte, brach ihm Schweiß aus sämtlichen Poren. Was, wenn sie nicht seine Tochter war? Wenn Vladimir oder Alex oder weiß der Teufel wer Lulus Vater war?

Himmel! Das wäre unerträglich.

Was sollte er jetzt tun? Einen Vaterschaftstest machen?

Nein! Lulu war seine Tochter, daran gab es keinen Zweifel.

Oder?

Nur weil er so reich war, hatten die Menschen immerzu die idiotische Vorstellung, er wäre erpressbar. Kapierten die nicht, dass er es nicht so weit im Leben gebracht hätte, wenn er sich so leicht hätte hinters Licht führen lassen? Gestern erst hatte so eine miese russische Nutte es versucht. Was ihn am meisten ärgerte war, dass die Leute ihn behandelten wie ein leichtes Opfer. Vor allem Frauen. Vor allem Nutten.

Die Wahrheit war, dass sich alle Frauen früher oder später wie Nutten benahmen. Alle hatten ihren Preis. Man musste nur herausfinden, wie hoch er war. Und er wusste, wovon er sprach. Er hatte vier davon geheiratet.

Vier Ehefrauen, und keine war etwas wert gewesen.

Und was Lady Bentley betraf – sie stellte sich als teuerste Hure von allen heraus. Dabei konnte sie einem nicht mal anständig einen blasen. Er würde sie ausbezahlen, und dann – auf nimmer Wiedersehen. So viel, wie sie forderte, war er allerdings nicht willens zu geben, auf keinen Fall.

Er war Red Diamond. Ein Selfmademan, mit dem man rechnen musste. Niemand hatte ihn jemals übers Ohr gehauen, egal, wie viele es versuchten. Im Geschäftsleben war er unschlagbar. Und im Privatleben auch. Nur die Stärksten konnten in Red Diamonds Welt überleben.

Er dachte einen Moment über dieses rothaarige Callgirl nach. Sie sah spektakulär aus. Ein russisches Vollweib, so, wie er es mochte. Und dann erzählte sie diesen Mist über Mariska. Was scherte es ihn? Mariska war tot, und schließlich war er nicht so dumm gewesen, sie zu heiraten. Sondern Max. Sein ältester Sohn. Sein ältester Idiot.

Warum waren seine Söhne nicht mehr nach ihm gekommen? Nein, sie waren wie ihre nutzlosen Mütter. Keine von ihnen hatte so viel Mumm in den Knochen gehabt, wie er. Sie alle waren nur auf seine Dollars aus gewesen.

Red freute sich auf das Treffen, das würde mal wieder ein richtiges Ereignis werden. Seine drei Söhne, Lady Jane und Diahann. Was für eine Mischung!

Sie alle konnten ihre Neugier kaum zügeln, warum er dieses Treffen einberufen hatte.

Nun … bald würden sie es herausfinden.

Es war höchste Zeit.

65. KAPITEL

Lady Jane betrat als Erste die Bibliothek, einen prunkvollen Raum mit dunklen Holzregalen, steifen Ledersesseln und kostbaren persischen Teppichen.

Sie fuhr über die Bücher und betrachtete den Staub an ihrem Finger. Diese verdammten Zimmermädchen taten einfach gar nichts. Als sie noch mit Red zusammen war, hatte er nicht zugelassen, dass sie eines von ihnen 'rauswarf. Das Personal unterstand allein ihm, er stellte ein und feuerte ganz nach Lust und Laune und genoss jede Sekunde.

Jetzt wusste sie ja, warum er diese unverschämte Haushälterin Diahann behalten hatte. Die Mutter seines unehelichen Kindes – ein Kind, von dem sie erst wusste, seit sie den Brief in seinem Safe gefunden hatte.

Es war der Brief eines Anwalts, in dem vereinbart wurde, dass Diahann niemandem, auch nicht ihrer Tochter Liberty, enthüllen würde, wer der Vater war. Außerdem trat sie alle Ansprüche ab für eine einmalige Zahlung von einhundertfünfzigtausend Dollar, die allerdings erst nach seinem Tod fällig war. Zudem wurde ihr eine lebenslange Stellung zugesichert und eine eigene Wohnung im Keller des Hauses. Der Brief war von Diahann und zwei unabhängigen Zeugen unterschrieben worden.

Aber, fragte sich Lady Jane, warum sollte jemand eine solche Vereinbarung unterschreiben? Diese Frau hatte Red Diamonds Kind zur Welt gebracht – ein guter Anwalt hätte vermutlich alles aus Red herausholen können, was sie nur wollte. Das war unerklärlich. War Diahann wirklich so blöd?

Vermutlich. Blöd und ungebildet und ohne Selbstwertgefühl.

Sonst hätte sie niemals ihre Unterschrift darunter gesetzt. Egal, jetzt war es an der Zeit, dass die Jungs die Wahrheit erfuhren, Lady Jane freute sich schon darauf, ihnen von ihrer Schwester zu erzählen.

Red würde ausflippen, aber das war ihr egal. Sobald sie von ihrem Anwalt hörte, dass die Abfindung festgesetzt war, wollte sie hier verschwinden, aber zuvor noch ein wenig für Aufregung sorgen. Nachdem Red sie zu diesem Treffen eingeladen hatte, konnte sie genauso gut das Beste draus machen.

Ihr Anwalt hatte sie gemahnt, nicht hinzugehen. „Je weniger Sie mit ihm zu tun haben, umso besser ist Ihre Position in dieser unerfreulichen Geschichte."

Aber sie konnte dem Drang nicht widerstehen, Reds mürrisches altes Gesicht zu sehen, wenn sie seinen Söhnen etwas verriet, das sie nie herausfinden sollten. Für diesen Anlass hatte sie sich entsprechend gekleidet: Chanelkostüm, Guccischuhe. Zweireihige Perlenkette. Dezente Ohrringe mit Perlen und Diamanten. Diamantuhr von Cartier. Elegante Hochsteckfrisur.

Den Morgen hatte sie damit verbracht, die Angebote einiger Grundstücksmakler durchzusehen. Ein Penthouse in der Park Avenue klang perfekt, schließlich wollte sie, wenn sie endlich dieses Mausoleum verlassen hatte, jede Menge vornehme Dinnerpartys geben.

Nun, sie hatte noch genügend Zeit, sich zu entscheiden, und bis dahin würde sie eben eine Hotelsuite im St. Regis beziehen. Schließlich war sie nun eine reiche Frau. Eine sehr reiche Frau, um genau zu sein.

„Warum willst du dich mit deinem Vater treffen – einem Mann, der nie irgendetwas für dich getan hat?" fragte Amy. „Solltest du nicht langsam die Hoffnung aufgeben, dass es zwischen euch jemals eine Art Beziehung geben wird?"

Jett zuckte mit den Schultern. Natürlich konnte sie das nicht begreifen. Niemand konnte das. Es war zu kompliziert.

„Ich gehe, weil meine Brüder sich das wünschen." Er saß an der Küchentheke und starrte Amy an, die wahrscheinlich das schönste Mädchen war, das er je gesehen hatte. Und damit meinte er nicht nur ihr Aussehen, es war noch etwas anderes, was sie umgab, diese Anmut und, ja, Güte. Er war verrückt vor Liebe – etwas, das er noch nie zuvor empfunden hatte.

„Max wohl eher nicht", sagte sie.

„Jedenfalls ist es das letzte Mal, dass ich dort hingehe."

Sie nickte. Und ihm war klar, dass sie hinterher mit ihm darüber würde sprechen wollen. So war Amy nun mal.

Er duschte, zog sich an und machte sich auf den Weg. Warum ging er wirklich zu dem Treffen? Das war eine gute Frage. Max würde vermutlich kein Wort mit ihm sprechen – was er ihm nicht verübeln konnte. Und Chris, Sternzeichen Waage, würde sich weigern, Stellung zu beziehen.

Egal … es handelte sich um ein Familientreffen, und deswegen hatte er ein Recht darauf, dabei zu sein. Später würde er dann Beverly anrufen und bitten, ihm einen Termin bei einer New Yorker Modellagentur zu besorgen. Keinesfalls wollte er von Amys Geld abhängig sein, es war ungeheuer wichtig, sich in Amerika eine neue Karriere aufzubauen.

Dafür war die Courtenelli-Kampagne ein fantastischer Anfang. Sobald die Anzeigen in allen amerikanischen Zeitschriften erschienen waren, würde sich alles weitere ergeben. Und sobald er wieder Geld verdiente, wollte er Amy bitten, seine Frau zu werden.

Zwar überkam ihn bei dem Gedanken ein klein wenig Furcht, aber er wusste einfach, dass es genau das war, was er wollte. Endlich sesshaft werden.

Als Jett die Wohnung verlassen hatte, begann Amy laut singend zu putzen. Jett war der Richtige für sie. Aus irgendeinem Grund hatte es einfach Klick gemacht. Im Bett. Außerhalb des Bettes. Sie war verliebt, kein Zweifel.

Dann fiel ihr der Anruf ihrer Mutter ein. Schnell schlüpfte sie in ein Paar Jeans, rannte zum Kiosk an der Ecke und kaufte alle einschlägigen Zeitungen. Wieder in der Wohnung, breitete sie sie auf der Küchentheke aus und sah sich die Titelseiten an. Ihre Mutter hatte Recht, die Berichte waren furchtbar, verleumderisch, schmutzig. Und die Fotos waren ebenfalls entsetzlich – vor allem eines von Jett, auf dem er völlig betrunken mit mehreren halbnackten Mädchen zu sehen war.

Sie konnte nicht begreifen, warum Jett in diese Geschichte hineingezogen wurde. Er hatte doch nichts mit der ermordeten Frau seines Bruders zu schaffen. Das war einfach nicht fair.

Mein Gott, wenn Nancy erst einmal herausfand, dass sie einen Bruder gegen den anderen eingetauscht hatte! Gütiger Gott, das würde vielleicht ein Geschrei geben!

Zu dumm. Es war höchste Zeit, dass sie ihrer Mutter einmal die Stirn bot.

In der Stadt herrschte dichter Verkehr, und so beschloss Chris, zum Haus seines Vaters zu laufen. Er hatte daran gedacht, Jett auf dem Handy angerufen, sich aber dagegen entschieden. Möchte ich mich wirklich zwischen meine beiden Brüder stellen? fragte er sich. Das müssen die beiden miteinander klären.

Auf seinem Weg erledigte er einige andere Anrufe. Zunächst redete er seiner Latina-Diva Lola Sanchez aus, den Fotografen zu verklagen, dann versicherte er Gregory Dark, dass er sein Bestes täte, um noch ein paar Prozente mehr für ihn herauszuschlagen. Birdy rief er nicht an, weil es in Los Angeles noch zu früh war, dafür meldete er sich bei Jonathan Goode, der mit seiner neuen Freundin beziehungsweise Verlobten – einer naiven achtzehnjährigen Schauspielerin – in Paris war.

„Das ist verrückt", rief Chris. „Das geht viel zu schnell."

„Mann, ich habe mich verliebt", erklärte Jonathan. „Dieses Mädchen ist unglaublich!"

„Heißt das, ich soll einen Ehevertrag aufsetzen?"

„Ich möchte sie nicht kränken."

Klar, dachte Chris. Wenn sie herausfindet, dass du schwul bist, wird sie ganz bestimmt auch nicht gekränkt sein.

„Warten Sie, bis sie unterschrieben hat", wies Chris ihn an. „Ich lasse Ihnen gleich morgen früh die Unterlagen zukommen."

Verona war die Nächste auf seiner Liste. Sie reagierte kühl und spröde auf seine Erklärungen, warum er sich nicht gemeldet hatte.

„Wie wäre es, wenn du mich am Flughafen abholst? Dann können wir zu Koi's gehen und eine Kleinigkeit essen", schlug er unter Aufbietung seines ganzen Charmes vor.

„Ich habe eine Freundin von dir kennen gelernt", entgegnete sie eisig.

„Tatsächlich? Wen denn?"

„Inez Fallon."

Verflucht! Inez. Die Schauspielerin aus dem Flugzeug, mit der er eine aufregende Nacht verbracht hatte.

„Ach ja, Inez. Nettes Mädchen.“

„Sie mag dich auch.“ Wenn es überhaupt möglich war, wurde Veronas Stimme noch eisiger. „Sie informierte mich darüber, was für ein Hengst du im Bett seist und dass sie davon ausgeht, du würdest sie bald anrufen.“

Erwischt! Was für ein Pech.

„Hör mal. Du und ich, wir waren sozusagen getrennt, oder?“

„Falsch.“ Sie machte eine bedeutungsvolle Pause. „Also Chris, ich würde Folgendes vorschlagen: Leck mich am Arsch.“ Verona legte auf, und somit war er wieder Single.

Verdammt. Er hatte sich doch ziemlich auf Veronas tolle Massagen und ihre ruhige Art, ihm einen zu blasen, gefreut. Und darauf, dass sie ihm das Haus einrichtete. Zu dumm.

Als er vor Reds Haus angekommen war, rief er seinen Assistenten Andy an.

„Soll ich Ihnen die Anrufliste von gestern vorlesen?“ fragte Andy. „Sie ist ziemlich lang.“

„Schicken Sie mir eine E-Mail. Die kann ich mir dann im Flugzeug durchsehen.“

„Eine Frau namens Gianna hat aus Italien angerufen. Sie sagte, sie würde nach L.A. kommen und Sie gern treffen.“

„Ach, Gianna?“ Schon hellte sich die Zukunft wieder auf. Normalerweise war er nicht gerne die zweite Wahl, aber in diesem Fall …

„Hat sie eine Nummer hinterlassen?“

„Ja.“

„Schicken Sie mir die als erstes.“

„Mach ich sofort.“

„Wie sieht mein Haus aus?“

„Es ist zu retten. Die Arbeiten haben bereits begonnen."

„Danke, Andy. Die Gehaltserhöhung habe ich nicht vergessen." Er sah auf. Jett kam auf ihn zu. „Ich muss los. Bis bald."

Sonja lauerte Max in der Tiefgarage seines Hauses auf. Wenn Red Diamond nicht zahlen wollte, dann war jetzt eben Max Diamond an der Reihe. Er würde doch bestimmt sein Kind beschützen wollen.

„Mr. Diamond", rief sie, als er endlich auftauchte.

„Wer sind Sie?" fragte er knapp. Er hatte gerade mit Elliott Minor telefoniert. Angeblich hatte Detective Rodriguez neue Beweise und war kurz davor, den Mörder von Mariska zu verhaften. Das war eine überraschende und zugleich alarmierende Neuigkeit. Allerdings nicht zu überraschend, denn nachdem er dem Detective von Vladimir erzählt hatte, hatte ja etwas geschehen müssen.

„Er möchte mit Ihnen Kontakt aufnehmen, wenn die Verhaftung stattfindet", sagte Elliott. „Wo kann man Sie erreichen?"

„Ich bin auf dem Weg zu meinem Vater."

„Wir bleiben in Verbindung."

„In Ordnung."

„Das mit den Schlagzeilen tut mir Leid", fügte Elliott hinzu. „Wir können diese Dreckskerle verklagen, wenn Sie wollen."

Max hatte keine Ahnung, wovon Elliott sprach. Bisher hatte er die Zeitungen nicht gesehen, und daran wollte er auch nichts ändern.

„Ich bin eine Bekannte Ihres Vaters", erklärte Sonja. „Er sagte, Sie hätten vielleicht Interesse an gewissen ... Informationen, die wichtig sein könnten."

„Worüber?" Er runzelte die Stirn.

„Über Ihre Frau."

„Meine Frau?"

„Ihre Frau ist tot."

„Wer sind Sie?"

„Ich heiße Sonja. Ich kenne auch Ihren Bruder."

Irgendwie kam sie ihm bekannt vor. Flammendrotes, langes Haar, herrlicher Körper, er hatte sie schon einmal gesehen. Dann fiel es ihm wieder ein. Diese Live-Sex-Show bei seinem Junggesellenabschied. Grundgütiger! Was zur Hölle wollte sie von ihm?

„Wir müssen uns unterhalten", sagte Sonja.

„Nicht jetzt. Ich bin auf dem Weg zu einem Termin."

„Es ist aber dringend." Sonja leckte sich über die Lippen.

„Es wird warten müssen."

„Bis wann?"

Max' Geduld ließ nach. „Hören Sie, Miss", zischte er, „was wollen Sie?"

„Fünfhunderttausend Dollar. Dafür werde ich niemandem erzählen, dass Mariska mit einem Russen verheiratet war und sich nie hat scheiden lassen. Geld für mein Schweigen. Guter amerikanischer Deal, oder?"

Erst Vladimir, jetzt diese Frau. Nun, sie kam zu spät, denn inzwischen interessierte es ihn nicht mehr. Sobald Vladimir verhaftet war, wusste sowieso die ganze Welt, wie er von Mariska gefoppt worden war. Dann sollte es eben so sein. Er lief, diese Frau dicht auf den Fersen, zum Wagen.

Er drehte sich zu ihr um. „Hat Vladimir Sie geschickt?"

Es überraschte sie, dass er Vladimirs Namen kannte.

„Was ist", drängte Max, „hat er?"

„Sie ... Sie kennen Vladimir?"

„Hauen Sie ab, bevor ich die Polizei rufe", sagte er scharf. „Erpressung ist strafbar. Sie könnten ins Gefängnis wandern. Also gehen Sie mir verdammt noch mal aus den Augen."

Sonja starrte ihn verdutzt an. Was stimmte mit diesen Diamonds nicht? Die hatten doch genügend Geld, wieso wollten sie nicht zahlen? Sie runzelte die Stirn. Na bitte, dann musste sie sich eben an die Medien wenden. Das schmutzige kleine Geheimnis würde ihr viel mehr als fünfhunderttausend Dollar einbringen. Zumal sie noch eine gute Prise Sex zu bieten hatte, schließlich hatte sie mit Vater *und* Sohn gevögelt.

Red Diamond – Milliardär und Perverser. Chris Diamond … gut, er hatte keine seltsamen Vorlieben gezeigt, aber dann musste sie eben etwas erfinden.

Genau, das war's. Wer sollte ihre Geschichte denn anfechten?

Famka.

Ach ja, Famka. Es war vielleicht klüger, sie einsteigen zu lassen. Nicht als vollwertige Partnerin, schließlich war das alles Sonjas Idee gewesen, aber mit Famka im Boot war ihre Story noch glaubwürdiger.

Jede Menge Geld, darum geht es doch in Amerika, nur darum, dachte Sonja.

Detective Rodriguez hatte eine anstrengende Nacht hinter sich. Ein solch Aufsehen erregender Mord setzte die Polizei noch mehr als sonst unter Druck, den Fall so schnell wie möglich zu lösen. Als ob das so leicht wäre. Ein Mordfall erinnerte ihn immer wieder an ein Puzzle, Stück für Stück musste man das Bild zusammensetzen, bis sich auf einmal alles wie von selbst fügte.

Die Kiste, die Max Diamond ihm letzte Nacht um ein Uhr übergeben hatte, war eine große Hilfe gewesen – auch wenn Detective Rodriguez eine zivilisiertere Uhrzeit vorgezogen hätte. Nun gab es noch einen zweiten Mordfall, er hatte, nachdem Max Diamond ihm alles erzählt hatte, ein Ermittlungsteam in Irenas Wohnung geschickt, in der er selbst gegen drei Uhr morgens ankam.

Nun war es neun, und nachdem er die ganze Nacht durchgearbeitete hatte, wusste er, wer Mariskas Mörder war.

Bald, sehr bald, würde er der Held des Polizeireviers sein.

Warum auch nicht? Er hatte verdammt hart für diesen Moment gearbeitet.

„Hallo", sagte Chris.

„Hallo", antwortete Jett. Sie umarmten sich ein wenig umständlich. „Also ... danke wegen gestern Abend. Schätze, du hast mich vor mir selbst gerettet. Tut mir Leid, dass ich so ein Vollidiot war. Keine Ahnung, was ich mir dabei gedacht habe, es war ein Riesenfehler. Und es wird nicht mehr vorkommen."

Sie standen vor Reds Haus, beide nicht sonderlich erpicht darauf, hineinzugehen.

„Du hast keine Tasche dabei", bemerkte Chris.

Jett schob sich die Haare aus den Augen. „Eine Tasche?"

„Los Angeles. Schon vergessen? Ich habe dir ein Flugticket besorgt."

„Ach so." Kurzes Schweigen. „Hör mal, Chris, danke für dein Angebot, aber ich kann jetzt nicht weg. Weißt du, gestern Nacht ..."

„Ich weiß alles über gestern Nacht", unterbrach Chris ihn. „Max hat mich angerufen. Ich ging zu ihm, und er erzählte mir die ganze Geschichte."

„Ist er am Ende?"

„Möchtest du das denn?“

„Aber nein. Ich habe nichts gegen Max. Ich wünschte, ich würde ihn besser kennen.“

„Das wird nicht geschehen, Brüderlein. Zumindest nicht solange du ihm erklärst, dass er genauso wie Red sei.“

„Ach, verdammt.“ Jett schüttelte den Kopf. „Das wollte ich nicht sagen.“

„Warum hast du es dann gesagt?“

„Weil er mir eine verpasst hat. Weil er mich Versager genannt hat“, erklärte Jett. „Ich wollte nicht zurückschlagen, er hätte keine Chance gegen mich und deshalb wollte ich ihn mit meinen Worten verletzen.“

„Verstehe“, sagte Chris. „Du nimmst ihm seine Verlobte weg und dann sagst du ihm, er sei wie unser Vater, den wir alle hassen. Nur weiter so. So erreichst du es bestimmt, dass er dich mag.“

„Verflucht!“

„Ja, verflucht. Lass uns reingehen.“

Red beobachtete von seinem Fenster aus, wie seine beiden jüngsten Söhne das Haus betraten. Lady Jane befand sich bereits in der Bibliothek. Diahann hingegen sollte erst dazustoßen, wenn er nach ihr klingelte. Jetzt wartete er nur noch auf Max, dann konnte die Party beginnen.

66. KAPITEL

Max erreichte das Haus in der 68. Straße zehn Minuten nach seinen beiden Brüdern, weil ihn diese Frau in der Tiefgarage aufgehalten und versucht hatte, ihn zu erpressen. Es war ihm egal, dass er sich verspätet hatte, im Moment war ihm eigentlich so ziemlich alles egal. Von Lulu einmal abgesehen – und wer wusste, ob sie überhaupt seine Tochter war?

Irena hätte es ihm sagen können, aber nun war sie tot. Wer hätte gedacht, dass nur eine Woche das gesamte Leben eines Menschen auf den Kopf stellen konnte? Seine Firma hatte er wieder im Griff, sein Privatleben aber lag in Trümmern.

Als ihm der Butler öffnete, lief er direkt in die Bibliothek. Lady Jane saß steif auf einem der Ledersofas, während Jett und Chris am Fenster standen.

Chris kam zu ihm, um ihn zu begrüßen. „Harte Nacht, schätze ich“, flüsterte er. „Hast du überhaupt geschlafen?“

„Nicht viel.“ Max fragte sich, ob sein kleiner Bruder den Mut aufbrächte, auch mit ihm zu sprechen. „Wo ist Red?“ Er wandte sich an Lady Jane und wiederholte die Frage.

Sie zuckte mit den Schultern. „Er wird sicher gleich kommen.“ Dann fügte sie hinzu: „In Zukunft werden euer Vater und ich getrennte Wege gehen. Das wollte ich euch sagen, bevor ihr es aus den Klatschkolumnen erfahrt.“

Chris hob eine Augenbraue. „Wann ist das denn passiert?“

„Du weißt doch, wie Red ist. Er war schon immer ein Egoist, niemand ist ihm wichtig. Ich kann ihn nicht ändern. Niemand kann das.“

Das beantwortete zwar Chris’ Frage nicht, doch er ließ es dabei bewenden.

„Wo bleibt er?“ fragte Max ungeduldig. „Wenn er seinen Auftritt vom letzten Mal wiederholen will, dann verschwinde ich. Und diesmal werde ich *nicht* zurückkommen.“

„Ha!“ Red platze herein. „Habt wohl nicht erwartet, dass ich noch komme, wie? Nun, hier bin ich. Ich wünsche euch allen einen guten Morgen.“

Der alte Herr schien gut gelaunt, gerade so, als ob er vor kurzem wunderbare Neuigkeiten erfahren hätte. Zu diesem Anlass hatte er einen blauen Nadelstreifenanzug gewählt, ein weißes Hemd und eine knallrote Krawatte. Noch immer hatte er volles, graues Haar, das er mit Gel nach hinten frisiert hatte, offenbar in der Meinung, dass es ihm schmeichelte. Seine blassen blauen Augen blickten wach und listig wie immer, ein selbstgefälliges Lächeln umspielte seine dünnen Lippen.

Red Diamond war offensichtlich wirklich bester Laune.

Max Diamond hingegen nicht. „Warum sind wir hier?“

„Geduld! Aber das ist eine Eigenschaft, die du nie gehabt hast.“ Er räusperte sich, bevor er seine Aufmerksamkeit auf Lady Jane richtet. „Wo sind die Getränke, Frau? Ruf das Mädchen, verdammt noch mal.“

Lady Jane warf ihm einen kühlen Blick zu. „Ich führe diesen Haushalt nicht mehr. Vielleicht hast du es vorgezogen, das zu vergessen.“

Red nahm den Telefonhörer ab, rief in der Küche an und bestellte Kaffee, Tee, kalte Getränke und Kekse.

„Ich habe morgens gerne einen Keks“, verkündete er, als ob das irgendjemanden interessierte.

Chris trat einen Schritt nach vorne. „Während du deinen Keks genießt, muss ich ein Flugzeug erreichen“, sagte er. „Am Telefon erwähntest du, dass du mir die Wahrheit über den Flugzeugabsturz meiner Mutter erzählen willst. Was hast du damit gemeint?"

„Himmel!" murrte Red. „Hat denn keiner von euch verdammt noch mal Manieren? Ich habe dieses Treffen in *meinem* Haus einberufen, und ich bestimme die Tagesordnung."

„Tagesordnung?" fragte Max. „Mir war nicht klar, dass wir uns in einer geschäftlichen Sitzung befinden."

„Ich habe heute einiges zu sagen, was euch alle betrifft. Wenn du es hören willst, halt die Klappe und setz dich." Wieder ging er ans Telefon. „Komm rauf, und zwar auf dem schnellsten Weg", rief er gebieterisch.

„Du solltest wissen, dass nächste Woche Mariskas Beerdigung ist", sagte Max. „Lulu zuliebe solltest du etwas Respekt zeigen und kommen. Ich gehe davon aus, du weißt, dass Mariska vor vier Tagen brutal ermordet wurde?"

„Wie könnte ich das nicht wissen? Man sieht es in jeder gottverdammten Zeitung, genauso wie mein Foto, das übrigens auch noch ein schlechtes ist."

Jett stand noch immer vor dem Fenster und rührte sich nicht. Er bedauerte es, dass er Max mit dieser verabscheuungswürdigen menschlichen Kreatur verglichen hatte. Er hatte das dringende Bedürfnis, zu gehen, solange er noch konnte. Aber irgendetwas hielt ihn hier, nämlich das Verlangen zu hören, was der alte Mann zu sagen hatte.

„In zwei Wochen werde ich achtzig", verkündete Red. „Achtzig Jahre jung." Er lachte über seinen schwachen Versuch, humorvoll zu sein. „Habe mich selbst nie als alt betrachtet, und bestimmt seid ihr alle erfreut zu hören, dass ich so gesund wie ein Dreißigjähriger bin. Hab mich untersuchen lassen, und auch, wenn es vielleicht nicht so aussieht, ist mein Körper kräftiger denn je. Das sind die guten Bauerngene, die ich von meinem verblödeten Vater bekommen habe, eurem Großvater, den ihr glücklicherweise nie kennen gelernt habt." Er hielt inne, um sich eine dunkle Zigarette anzuzünden, bekam einen Hustenanfall und fuhr dann fort: „Ich beginne mit dir, Max, meinem ältesten Sohn. Meinem ältesten Trottel. Du bist nicht halb so clever, wie du glaubst. Trotzdem hast du dir ein kleines Imperium aufgebaut – ein Imperium, das ich dir mit ein paar wohl gewählten Telefonaten beinahe weggenommen hätte." Er lachte in sich hinein. „Irgendwas hast du wohl doch von mir gelernt, weil du deinen Hintern gerade noch durch diese verdammten Japsen hast retten lassen."

„Jedenfalls nicht mit deiner Hilfe." Max hätte seinem Vater am liebsten ins Gesicht geschlagen.

„Du hast genug Geld", sagte Red. „Von mir brauchst du keines."

„Hast du mich kommen lassen, um mir das zu sagen?"

„Nein. Bleib, es wird noch viel besser. Aber erstmal wenden wir uns Chris zu, der sich für Mister Hollywood hält und nicht für einen kleinen, armseligen Winkeladvokaten mit einem großen Spielproblem."

„Deine Meinung interessiert mich nicht." Chris schluckte seine Verärgerung hinunter. „Erzähl mir lieber von meiner Mutter."

„Ah …" Red seufzte. „Die liebliche Olivia. Was für eine Schönheit. Was für eine traurige Geschichte. Es war dumm von ihr, sich von mir scheiden zu lassen. Hätte sie das nicht getan, dann wäre sie heute hier bei uns."

„Was willst du damit sagen?" Chris' Herz schlug ihm bis zum Hals.

„Du hättest deinen Stiefvater fragen sollen, als er noch lebte." Red zog ein Taschentuch hervor und putze sich lautstark die Nase. „Der Flugzeugabsturz war kein verdammter Unfall. Peter Linden – ihr widerlicher zweiter Ehemann – war der Anwalt von einigen Leuten, die zu allem in der Lage waren. Und nachdem Mr. Linden ganz wild auf irgendeine Schauspielerin war, wurde ihm deine Mutter ziemlich ungemütlich. Er wollte sie loswerden, um diese andere zu heiraten, was er ja auch getan hat."

„Wie bitte?" Chris war wie erstarrt. „Woher weißt du das?"

„Verdammtes Pech hatte er allerdings." Red pustete Rauch in die Luft. „Sechs Wochen nach seiner Hochzeit hatten er und seine Frau einen tödlichen Autounfall auf ihrem Weg nach Palm Springs. Ich bin sicher, du hast davon gehört." Er machte eine lange bedeutungsvolle Pause. „Schon merkwürdig, wie sich das Glück so schnell wandeln kann, was?"

Die Tür wurde geöffnet, zwei Dienstmädchen rollten einen Servierwagen mit Erfrischungen herein. Hinter ihnen betrat Diahann das Zimmer. Alle Blicke waren auf sie gerichtet. Die unansehnliche Haushälterin hatte sich auf einmal in eine ziemlich gut aussehende Frau verwandelt.

„Ihr alle kennt Diahann." Red winkte sie näher heran. „Meine Haushälterin Diahann."

Lady Jane betrachtete sie böse, während die beiden Mädchen eilig das Zimmer verließen, darauf erpicht, allen in der Küche zu berichten, was in dem Haus vor sich ging. Diahann setzte sich so weit wie möglich von Lady Jane entfernt auf die Couch.

„Nun, lasst mal sehen." Red genoss jede Sekunde. „Wir haben festgestellt, dass ich bei bester Gesundheit bin, und das ist eine gute Nachricht. Nicht für euch, wie ich vermute, aber für mich. Aber ihr freut euch bestimmt zu hören, dass ich tatsächlich nicht der Jüngste bin und eines Tages nicht mehr hier sein werde, um auf euch aufzupassen." Stille. „Das war ein Witz." Stille. „Niemand lacht. Schade." Er drehte den Kopf zu seiner ehemaligen Geliebten. „Jane. Ich habe über deine völlig überzogene und im Grunde lächerliche Forderung von fünfunddreißig Millionen Dollar nachgedacht und sie für inakzeptabel befunden. Deshalb bin ich bereit – unter der Voraussetzung, dass du und alles, was dir gehört, bis heute Abend um sechs Uhr verschwindet – dir großzügigerweise eine Million Dollar für die Zeit anzubieten, in der du mich zu Tode gelangweilt hast. Das ist ein einmaliges Angebot, und ich rate dir dringend, es anzunehmen. Denn wenn nicht, dann wirst du gewaltsam aus diesem Haus entfernt, und falls du vorhast, mich zu verklagen, dann kannst du dein restliches stumpfsinniges Leben in Gerichtssälen verbringen. Und du wirst, das verspreche ich, keinen einzigen Penny zu sehen bekommen. Also noch mal, du solltest mein Angebot akzeptieren."

„Du Bastard", zischte Lady Jane.

„So werde ich nicht zum ersten Mal genannt. Und wenn wir schon beim Thema Bastard sind ..."

Diahann zuckte hoch. „Stop!" rief sie.

„Wie bitte?" fragte Red scharf.

„Aber nein. Fahr doch fort", sagte Lady Jane höhnisch. „Es wird Zeit, dass sie erfahren ..."

„Halt verflucht noch mal die Klappe!" Red stierte sie zornig an. „Das geht dich einen Scheiß an. Dass du in meinen privaten Unterlagen 'rumgeschnüffelt hast, kostet dich eine Menge Geld, also verhalte dich einmal im Leben klug und sei still."

„Nun, ich ..."

„Hast … du … mich … verstanden?“ fragte er gefährlich leise.

Lady Jane schloss den Mund.

„Jett.“ Red sah seinen jüngsten Sohn an. „Wie geht es denn *deiner* Mutter? Lässt sie sich jeden Abend bis zur Besinnungslosigkeit vollaufen?“

„Wem sie das wohl zu verdanken hat.“ Jett versuchte mit aller Kraft, sich von seinem Vater nicht drangsalieren zu lassen.

„Vermutlich willst du damit andeuten, dass es an mir lag“, röhrte Red. „Ich hab' Neuigkeiten für dich: Ich war es nicht. Edie war eine Nymphomanin, sie hat mit jedem gevögelt, der einen Schwanz hatte. Mit dem Gärtner in der Toskana, dem Chauffeur in Südfrankreich, mit zwei meiner Geschäftspartner …“

„Warum tust du das?“ unterbrach Chris ihn. „Fühlst du dich dann wie ein richtiger Mann? Glaub mir, in unseren Augen bist du das nicht.“

„Danke Chris, dass du mich auf meine Abschweifungen aufmerksam machst. Ich möchte schließlich langsam zu dem wahren Grund kommen, aus dem ihr hier seid.“ Er schwieg einen Moment. „Wegen Geld. Dem Erbe. Der Kohle. Nicht wahr, meine liebe Familie?“

Schweigen.

Jett dachte an seine Mutter und spürte, wie ihm die Tränen in die Augen stiegen. Verdammt. Er durfte jetzt nicht weinen. Auf keinen Fall. Das war unmännlich, wie Red ihm schon im Alter von drei Jahren erklärt hatte, kurz nachdem er ihn zum ersten Mal mit seinem Gürtel verdroschen hatte.

„Jett“, sagte Red. „Ich werde dir ein Bankkonto eröffnen und fünf Millionen Dollar einzahlen. Es ist nicht in Ordnung, dass deine Brüder dir so weit voraus sind. Du brauchst etwas mehr Ehrgeiz. Wenn du die fünf Millionen in fünf Jahren verdoppelst, dann bekommst du von mir noch mehr. Und wenn du auch nur einen Cent für Drogen ausgibst, wirst du feststellen, dass das Geld auf mysteriöse Weise einfach wieder verschwindet."

Jett fand die Sprache wieder. „Ich will dein Geld nicht. Du kannst es behalten."

„Ich habe dich einen Versager genannt, nicht einen Idioten. Du hast vierundzwanzig Stunden Zeit, darüber nachzudenken. Sprich mit deinen Brüdern, die werden dir raten können."

Lady Jane sprang auf. „Du machst mich krank." Sie zitterte vor Wut.

„Alles macht dich krank", konterte Red, „vor allem Sex."

„Ich gehe", verkündete sie würdevoll.

„Ich schlage vor, du solltest bleiben." Red hob gebieterisch eine Hand. „Ich werde jeden Moment verraten, warum ich euch tatsächlich hier versammelt habe. Das willst du doch bestimmt nicht verpassen? Man könnte es ein überraschendes Ende nennen."

„Wenn wir hier schon auf Wahrheit machen – wie ist *meine* Mutter gestorben?" fragte Max. „Wurde ihr Tod auch von jemandem verursacht?"

„Tut mir Leid, dich enttäuschen zu müssen. Rachel hatte einen angeborenen Herzfehler. Sie starb eines natürlichen Todes – und überließ es mir, mich um dich zu kümmern. Ziemlich rücksichtslos von ihr, findest du nicht? Offenbar habe ich ein gutes Händchen bei Frauen, wie?"

„Du hast dich nicht um mich gekümmert", rief Max hitzig. „An jedem Tage der Woche kam ein anderes Kindermädchen. Und dich habe ich nie zu sehen bekommen, es sei denn, du hattest einen Gürtel in der Hand. Oder warst gerade dabei, meine Freundin zu vergewaltigen."

„Buhu", höhnte Red, „armer kleiner reicher Junge! Nachdem du es deiner Freundin nicht besorgen konntest, musste das eben ein anderer übernehmen."

Max machte einen Schritt auf Red zu, doch Chris packte ihn am Arm.

„Hast du keine Eier in der Hose?" stichelte Red. „Wenn du mir eine verpassen willst, bitte schön."

„Was immer du zu sagen hast, sag es *jetzt*", zischte Chris, „oder wir verschwinden."

Red nickte. „Du hast Recht. Warum sollen wir dieses Zusammentreffen geistiger Nullen unnötig hinauszögern? Aber Chris, lass mich noch sagen, dass du vielleicht doch was auf die Beine stellen kannst, wenn du erstmal deine Spielsucht in den Griff bekommst. Es gefällt mir, wie du versuchst, hier die Führung zu übernehmen. Das ist wirklich rührend."

Diahann, die das Gespräch zwischen Red und seinen Söhnen verfolgte, wurde schlecht. Wie war es möglich, dass in einem einzigen Raum so viel Spannung war – und wieso nur hasste Red seine Söhne so leidenschaftlich?

Gott sei Dank hatte sie Liberty von ihm fern gehalten. Wobei sie auch keine andere Wahl gehabt hatte, Red wollte seine Tochter sowieso nie kennen lernen. Nur ein einziges Mal, als Liberty zwölf war, hatte er sie gesehen – an diesem schicksalhaften Tag, als er sie in seinem Bett erwischte und sie ihre Tochter fortschicken musste.

Diahann fragte sich, warum Red sie bei dem Treffen dabeihaben wollte. Und wieso hatte er sie gebeten, Liberty mitzubringen? Wenn Liberty erst einmal erfuhr, dass Red Diamond ihr Vater war, würde sie durchdrehen. Immer schon hatte sie zu verstehen gegeben, wie sehr sie diesen Mann verabscheute.

„Lasst mich zum Punkt kommen." Red räusperte sich. „Leider Gottes werde ich trotz meiner prächtigen Gesundheit nicht immer hier sein. Das bedeutet, dass ich mein Vermögen irgendjemandem hinterlassen muss."

„Such dir eine Wohltätigkeitsorganisation, wir sind nicht interessiert", murrte Max.

„Wenn ich tot bin, werdet ihr eure Meinung ändern. Geld hat es an sich, dass die Leute ihre Meinung ändern. Also ... um zu verhindern, dass irgendwelche ungerechtfertigten Ansprüche auf mein Vermögen erhoben werden, habe ich in meinem Testament unanfechtbar bestimmt, dass alles – und ich meine *alles* – an eure beiden Schwestern geht."

„Schwestern?" fragte Chris. „Wir haben keine Schwestern."

„Ich wusste doch, dass ich etwas zu erwähnen vergessen hatte." Red grinste. „Diahann", befahl er. „Steh auf und erzähle ihnen von deiner Tochter. Entschuldige Jane, ich weiß, du hättest es gern verkündet, aber wir bekommen nun mal nicht immer, was wir wollen, nicht wahr?"

Lady Jane spießte ihn mit ihrem Blick auf. Sie wollte nur endlich gehen und ihren Anwalt anrufen. Auf der anderen Seite befürchtete sie aber, dass sie etwas Wichtiges verpassen könnte.

Diahann fühlte sich schrecklich. Warum tat er ihr das an? Nach Zippys Tod hatte sie ihr Geheimnis für sich behalten und alles getan, was Red von ihr verlangt hatte. Bis heute war sie nicht sicher, ob sie oder Red Zippy erschossen hatte. Sie alle hatten miteinander gekämpft, als sich der Schuss löste. Red wollte einen Skandal vermeiden, deswegen sorgte er dafür, dass Zippys Leiche verschwand und Diahann bei ihm arbeitete, indem er ihr Kost und Logis und eine große Summe Geld irgendwann in der Zukunft versprach. Zugleich gab er ihr unterschwellig zu verstehen, dass Zippys Leiche jederzeit gefunden werden könnte, wenn sie sein Angebot nicht annahm. „Wem werden die Cops wohl glauben?“ fragte er. „Einer schwarzen Frau oder einem weißen Mann? Dein Kind wird in ein Heim gesteckt und du in den Knast.“

Müde und verängstigt hatte sie allem zugestimmt. Damals kam es ihr dieses Arrangement gar nicht so schlimm vor, eher wie ein sicherer Hafen. Vorbei war es mit den finanziellen Nöten, sie musste nicht länger singen, um ihre Rechnungen zu bezahlen. Red schickte Liberty auf eine teure Privatschule in Manhattan, also tröstete Diahann sich mit dem Gedanken, dass ihre Tochter unter anderen Umständen niemals eine so gute Ausbildung bekommen hätte.

Und jetzt, fast zehn Jahre später, saß sie hier in dieser Bibliothek, und er wollte verraten, dass er Libertys Vater war, einfach so, weil es ihm in den Kram passte. Ja, dachte sie, Red Diamond ist so schlimm, wie jeder sagt. Grausam, arrogant und er liebte es, Menschen zu manipulieren. Wie viel länger konnte sie ihn noch ertragen?

Jedenfalls würde sie ihnen nichts von Liberty erzählen. Sollte er das doch tun, wenn er so wild darauf war.

„Wie es scheint, hat es Diahann die Sprache verschlagen“, sagte Red. „Sie sieht heute ganz schön hübsch aus, nicht wahr? Und sie kann sehr gut putzen. Ihr hättet sie damals sehen sollen, als sie all meine Lieblingslieder gesungen hat – damals war sie eine echte Schönheit. Eine schwarze Schönheit.“ Er lachte laut. „Kann man einem Mann nicht vorwerfen, dass er mal Schokoladeneis probiert. Aber leider Gottes hat sie mich hinters Licht geführt und ist schwanger geworden. Nachdem ich nun mal der bin, der ich bin, habe ich sie und ihr Kind bei mir aufgenommen.

Für den Fall, dass ihr euch fragt, ob es wirklich mein Kind ist, ja, ich habe einen Vaterschaftstest gemacht. Ein Mann kann sich ja nie sicher sein."

Diahann hätte ihm am liebsten ins Gesicht gelacht. Er hatte sie und ihr Kind also aufgenommen? Ach ja?

„Sprich schon, Diahann", befahl Red. „Wir alle warten. Wie heißt das Mädchen?"

„Ich sehe, du stehst deiner Tochter genauso nah wie uns", sagte Chris, der sich noch vage an das dürre kleine Mädchen erinnerte, das die Haushälterin damals mitgebracht hatte. „Du weißt nicht einmal ihren Namen."

„Wenn ich eine Schwester habe, dann möchte ich sie kennen lernen", sagte Jett.

„Wieso?" fragte Red. „Oh, kapiert. Ich habe euch gesagt, dass sie mein Geld bekommt, also warum nicht schnell Freundschaft mit ihr schließen?"

„Du sagtest zwei Schwestern", unterbrach Max ihn. „Welche Überraschung hast du also noch auf Lager?"

„Oh, das wird dir überhaupt nicht gefallen." Red rieb sich die Hände. „Es geht um Lulu."

„Was ist mit ihr?"

„Mariska und ich standen einander sehr nah, weißt du?"

„Das ist nicht wahr."

„Doch. Es *ist* wahr."

„Was ist mit Lulu?"

„Tut mir Leid, Max, dass du es ausgerechnet von mir erfahren musst, aber Mariska und ich standen einander viel näher, als du denkst. Lulu ist *meine* Tochter."

Max schüttelte den Kopf. Das konnte nur ein schrecklicher Albtraum sein. „Was sagst du da?" würgte er hervor.

„Wer sich mit Hunden schlafen legt, bekommt Flöhe. Wer eine Hure heiratet, bekommt auch, was er verdient. Hast du denn gar nichts von mir gelernt?“

Bevor noch irgendjemand etwas sagen konnte, entstand vor der Bibliothek ein Tumult, dann wurde die Tür aufgerissen.

Detective Rodriguez, seine Partnerin und zwei uniformierte Polizisten platzten in den Raum, gefolgt von dem sehr bestürzten Butler.

„Was zum Teufel ist hier los?“ bellte Red. „Wer sind Sie? Und wie können Sie es verdammt noch mal wagen, einfach so in mein Haus einzudringen?“

„Wir haben einen Haftbefehl, Mr. Diamond“, sagte Detective Rodriguez und wedelte mit einem Stück Papier vor seiner Nase herum.

„Einen Haftbefehl“, schrie Red, sein Gesicht verfinsterte sich. „Für welchen von meinen nutzlosen Söhnen?“

„Für Sie, Mr. Diamond.“ Detective Rodriguez sprach langsam und betont. „Ich verhafte sie wegen des Verdachts, Mariska Diamond ermordet zu haben.“

67. KAPITEL

Nach Reds Enthüllungen und seiner Verhaftung war es Chris, der das Gespräch leitete. Max war am Boden zerstört; Jett stand unter Schock. Und Diahann flehte Chris an, Liberty aufzuspüren, bevor die Zeitungen über das uneheliche Kind von Red Diamond berichteten.

„Sagen Sie mir, wo sie sich gerade aufhält, dann sorge ich dafür, dass sie auf dem schnellsten Wege hierher nach New York kommt“, versprach Chris.

Diahann konnte ihm nichts Genaueres sagen, sie kannte nur den Namen des Hotels in Los Angeles, in dem Liberty wohnte. Aber zumindest hatte sie ein Foto ihrer Tochter dabei, das Chris sofort per E-Mail an Andy schickte und ihn bat, im Hotel Shutters nach Liberty zu fragen.

Andy erreichte das Hotel genau in dem Moment, in dem Liberty und Damon in eine Limousine einsteigen wollten. Es gelang ihm, Liberty davon zu überzeugen, dass sie sofort nach New York kommen müsse, auch Damon sah es nach anfänglichem Zögern ein, und so flog die Privatmaschine statt nach Cabo direkt nach New York.

„Ich habe keine Ahnung, was bei euch los ist“, sagte Damon bei der Landung. „Aber was immer es ist, L.L., du weißt, dass du auf mich zählen kannst.“

Als Liberty schließlich die Wahrheit erfuhr, brach ihre Welt entzwei. Red Diamond war ihr *Vater.* Red Diamond, ein Mann, den sie verabscheute und hasste. Red Diamond, der Mann, der sie aus seinem Haus vertrieben und ihre Mutter gezwungen hatte, als Dienstmädchen zu arbeiten.

„Er hat mich nicht gezwungen“, seufzte Diahann, die die

Geschichte mit Zippy bewusst ausgelassen hatte. „Es war meine eigene Entscheidung."

„Und jetzt wurde er unter Mordverdacht festgenommen?" fragte Liberty entsetzt.

„Es tut mir Leid, Libby. Ich weiß, ich hätte dir schon früher von Red erzählen müssen. Ich … ich weiß nicht, wieso ich es nicht getan habe."

Liberty ging sofort zu Damon. Er war der einzige Mensch, dem sie noch vertrauen konnte.

„Du solltest weggehen", sagte er, „'raus aus New York. Ich habe ein Haus auf Paradise Island auf den Bahamas. Ein Haus mit Aufnahmestudio. Ich habe schon mit Parker gesprochen, er wird mit dir hinfliegen, dann könnt ihr zusammen an deiner Musik arbeiten."

„Warum tust du das für mich?" fragte sie. „Du hast doch gar nichts davon."

„Oh doch, Babe." Er warf ihr diesen berühmten Blick zu. „Du wirst ein Star werden, also enttäusch' mich bitte nicht."

Jett rief umgehend bei Amy an und bat sie, ihn in Sams Wohnung zu treffen. Dort erzählte er ihr alles, bevor sie es aus den Nachrichten erfuhr.

„Und was ist mit Max?" fragte sie. „Sollten wir ihm jetzt nicht beistehen?"

„Schon, falls er das will", stimmte Jett zu.

Doch sie erreichten Max nicht mehr, er saß bereits in seinem Auto auf dem Weg nach Montauk. Als er dort ankam, nahm er Lulu lange in den Arm, dann ging er mit ihr in den Garten, um zu spielen. Sie hatte bereits ihre Mutter verloren, nun durfte sie ihn nicht auch noch verlieren.

Chris wartete, bis Red gegen eine Kaution von zehn Millionen Dollar auf freien Fuß gesetzt wurde, dann flog er zurück nach Los Angeles und weiter nach Las Vegas. Birdy Marvel hatte sich von ihrem Verlobten getrennt, und so musste er die Hochzeit absagen und die bereits entstandenen Kosten bezahlen.

In ein paar Tagen wollte er wieder nach New York fliegen, vor allem, um sich um seine Brüder zu kümmern. Sie durchlebten gerade schwere Zeiten, und er wollte sicherstellen, dass es ihnen trotzdem einigermaßen gut ging.

Aber seit wann war er eigentlich für diese merkwürdige Familie verantwortlich?

Nun, er war Anwalt. Es war sein Beruf, sich um andere zu kümmern.

Die Verhandlung gegen Red Diamond wäre ein Großereignis geworden. Ein mehrfacher Milliardär, der die Exfrau seines Sohnes aus Eifersucht erstach, als er herausfand, dass sie noch weitere Liebhaber hatte. Solch eine Geschichte war für die Journalisten geradezu ein Gottesgeschenk.

Doch so weit kam es nicht. Nachdem Red Diamond gegen die immense Summe frei gekommen war, erlitt er einen schweren Herzinfarkt und starb zwei Wochen später.

Detective Rodriguez war unglücklich darüber, auf seinen großen Auftritt vor Gericht verzichten zu müssen. Immerhin war er es gewesen, der mühsam die ganzen Puzzleteilchen zusammengesetzt hatte. Wer außer ihm hätte es gewagt, einen so mächtigen Mann wie Red Diamond zu verdächtigen?

Schon ganz zu Anfang der Ermittlungen, als Red Diamond sich weigerte, mit ihm auch nur ein paar Worte zu sprechen, hatte er sich seine Gedanken gemacht.

Erstens: Seine Schwiegertochter war ermordet worden, und doch weigerte sich Red Diamond, Fragen zu beantworten. Weshalb?

Zweitens: Er hatte über Red Diamond im Internet recherchiert und unter anderem von seinem Interesse an Schwertern und Dolchen erfahren – er musste eine ganz ansehnliche Sammlung besitzen. Die Untersuchungen ergaben, dass Mariska mit einem ziemlich altmodischen Dolch ermordet worden war.

Drittens: Laut Aussagen des Pförtners und zwei Parkwächtern hatte Mariska regelmäßig drei Männer empfangen. Einen von ihnen beschrieben sie als älteren Herrn, der sich immer hinter einem Schal versteckte und eine Sonnenbrille trug, ob es regnete oder die Sonne schien. Der Pförtner erinnerte sich daran, diesen Mann zur Tatzeit auch gesehen zu haben.

Detective Rodriguez hatte sich schon immer auf sein Bauchgefühl verlassen können, und von Anfang an erschien ihm Red Diamond verdächtig. Er wusste nicht weshalb, es war einfach so, und deshalb verfolgte er jede noch so flüchtige Spur. An Mariskas Leiche hatte man Fingerabdrücke entdeckt. Nachdem Red beschlossen hatte, ein Spielcasino in Las Vegas zu kaufen und er für die Lizenz seine Fingerabdrücke hatte abgeben müssen, konnte Detective Rodriguez sie bequem vergleichen.

Sie stimmten überein, und die anderen DNA-Spuren, daran hatte Detective Rodriguez keine Zweifel, würden ebenfalls übereinstimmen: Sperma, Haare, Hautpartikel. Alles war da.

Was den Mord an Mariskas Mutter Irena betraf, da versagte sein Bauchgefühl. Doch so schwer konnte der Fall nicht zu lösen sein.

Er begann mit Mariskas Adressbuch.

EPILOG

Ein Jahr später

Manche Karrieren brauchen lange, um überhaupt zu beginnen, in anderen Fällen geht es blitzartig schnell. Liberty mit ihrem fantastischen Aussehen und ihrem Talent gehörte zur zweiten Kategorie.

Ihre erste CD stieg wenige Wochen nach Erscheinen in die Charts ein. Aus dem unbekannten Titelmädchen wurde ganz plötzlich die heißeste Sängerin des Jahres. Die Kritiker waren begeistert. *Entertainment Weekly* schrieb: *Ihre exotisch schöne Stimme passt perfekt zu ihrem Aussehen. Liberty ist eine Kombination aus Alicia Keys, Norah Jones und einem weiblichen Usher. Ihr heißblütiger, souliger Stil wird Sie umhauen. Diese Frau ist eine Offenbarung. Der Titel* Married Man *ist ein unverschämter und zugleich ergreifender Appell an alle Frauen, sich nicht mit verheirateten Männern einzulassen. Liberty wird es ganz nach oben schaffen.*

Cindi las ihr die Kritik am Telefon vor, sie war gerade mit Slick Jimmy in Cleveland. Ihre Beziehung hatte sich tatsächlich gefestigt. Zwar war Cindi noch immer nicht *Mrs.* Slick Jimmy, doch sie hatte inzwischen einen kleinen Sohn, den sie – zum Entsetzen ihrer Mutter Aretha – Baby Rap nannte. Cindi war glücklich.

„Unglaublich, Mädchen!“ rief sie begeistert. „Was hat Damon dazu zu sagen?“

„Ich weiß nicht, ob er es schon gelesen hat“, antwortete Liberty. Sie wollte nicht erwähnen, dass sie Damon kaum noch zu sehen bekam.

„Dann ruf ihn an. Ist dir eigentlich klar, wie viele CDs sich allein durch den Artikel verkaufen werden?“

„Ich bin gerade auf dem Weg zum Flughafen.“

„Wohin fliegst du?“

„Nach Los Angeles. Ich bin Gast in der *Tonight Show.*“

„Weiter so, Mädchen!“ rief Cindi beeindruckt. „Du bist ein Star!“

Liberty fühlte sich nicht wie ein Star. Im Gegenteil, sie war einsam. Ja, natürlich war sie dank Damon immer von Leuten umgeben, aber all die Manager und Produzenten und Journalisten trösteten sie nicht darüber hinweg, dass es nicht den einen, den besonderen Menschen an ihrer Seite gab.

Die ersten Tage in Damons Haus auf den Bahamas war sie sicher gewesen, dass er bald nachkommen würde. Seit Los Angeles hatte sie das sichere Gefühl, dass ihre Geschichte noch nicht zu Ende war. Aber nein, er kam nicht, rief nur gelegentlich an, um ganz geschäftsmäßig zu fragen, wie es mit Libertys Arbeit voranging.

Nach ein paar Monaten fragte sie ihn am Telefon, ob er etwas dagegen hätte, wenn ihr Freund sie besuchte.

„Wenn du das möchtest“, entgegnete er.

Sie legte wütend auf. Das war’s – nun brauchte sie nicht mehr länger über Damon nachzudenken, schließlich war ganz offensichtlich, dass er auch nicht mehr an sie dachte. Er war zu sehr mit anderen Dingen beschäftigt, mit anderen Mädchen. Der konnte sie mal. Und sie überzeugte sich selbst davon, dass er sie nicht mehr interessierte.

Kev wollte sie eigentlich eine Woche lang besuchen, reiste aber schon nach drei Tagen ab. Sie versuchte, sich freundschaftlich von ihm zu trennen. An dem Abend, an dem er zurückflog, schrieb sie den Titel *Married Man* – ein Abschiedsgruß an Damon.

In letzter Zeit dachte sie oft darüber nach, endlich ihre Mutter anzurufen. Nach den Enthüllungen hatte sie nichts mehr mit Diahann zu tun haben wollen. Und auch mit niemandem von der Diamond-Familie, obwohl sie natürlich wusste, wie unvernünftig sie sich benahm. Von ihnen konnte niemand etwas dafür, dass Red sich als ihr Vater herausgestellt hatte.

Und doch … bestimmt hassten sie sie, die uneheliche schwarze Halbschwester, die mit fünfundzwanzig die Hälfte von Reds Vermögen erben sollte. Wobei sie nicht vorhatte, das Geld anzunehmen. Es stand ihr nicht zu, sie weigerte sich, auch nur einen Gedanken daran zu verschwenden.

An einem langen, heißen Wochenende wurden in Manhattan drei Morde begangen. Bei einem handelte es sich um einen Überfall, der tödlich endete. Beim zweiten um eine Schießerei in einem abgelegenen Hinterhof. Beim dritten war das Opfer ein russisches Callgirl.

Detective Rodriguez stand in dem Hotelzimmer, in dem die Leiche von einem Zimmermädchen entdeckt worden war, und starrte den nackten Körper auf dem Bett an. Sie war eine Schönheit mit flammend rotem Haar und zarter blasser Haut. Jemand hatte sie mit bloßen Händen erwürgt, die Quetschungen am Hals hatten sich bereits dunkelrot verfärbt.

Detective Rodriguez konnte sich an die Frau erinnern. Er hatte sie während der Ermittlungen im Mordfall von Mariska Diamonds Mutter kennen gelernt, die in ihrer Wohnung in Brighton Beach erschossen worden war. Damals hatte er einen Ring entdeckt, der ihn letztendlich auf die Spur von Alex

Pinchinoff brachte, der längere Zeit der Liebhaber von Mariska gewesen war.

Als Detective Rodriguez ihn in seiner Wohnung aufsuchen wollte, öffnete eine rothaarige Frau die Tür, erklärte sehr freundlich, dass sie Alex' Freundin sei, der sich gerade auf Geschäftsreise in Europa befände. Er brauchte ziemlich lange, um herauszufinden, wer sie wirklich war. Sonja Sivarious – eine Prostituierte.

Detective Rodriguez gelang es nicht, Alex Pinchinoff eine Mittäterschaft zu beweisen, stattdessen nahm einer seiner Handlanger alle Schuld auf sich, ein gewisser Igor, der behauptete, Irena ohne Auftrag erschossen zu haben.

Na klar. Ohne Auftrag. Sicher.

Detective Rodriguez ging davon aus, dass Alex Pinchinoff Igor losgeschickt hatte, um Irena die Kiste mit dem Bargeld und den Juwelen abzunehmen. Danach sollte er die Frau umbringen, damit sie ihn nicht verraten konnte. Nur hatte er sie dann getötet, ohne die Kiste zu bekommen.

Seit diesem Tag hatte Detective Rodriguez Alex Pinchinoff nicht mehr aus den Augen gelassen. Er würde ihn für irgendetwas drankriegen. Eines Tages.

Detective Rodriguez starrte den Hals der Rothaarigen an.

Vielleicht hatte sie zu viel gewusst.

Vielleicht hatte Alex sie loswerden müssen.

An ihrem Hals befanden sich natürlich Fingerabdrücke.

Er spürte, wie sich seine Nackenhaare aufrichteten.

Nun hatte er wieder einmal so ein Bauchgefühl …

Chris gelang es, Jett dazu zu überreden, das Geld, das Red ihm hinterlassen hatte, anzunehmen. „Wieso denn nicht? Du bist mit einem Mädchen zusammen, das eines Tages ein Vermögen erben wird, da kann es nicht schaden, wenn du fünf Millionen auf dem Konto hast. Nach allem, was wir durchgemacht haben – das hast du doch verdient, oder?"

Nachdem er das Thema mit Amy durchgesprochen hatte, war Jett schließlich einsichtig. Es wäre idiotisch gewesen, das Geld abzulehnen.

Nun konnte er sich ein Loft in Tribeca kaufen. Außerdem unterschrieb er bei einer Modelagentur. Und als die Courtenelli-Anzeigen erschienen waren, bekam er lukrative Angebote, unter anderem für das neue Dolce & Gabbana-Parfüm.

Amy behielt ihren Posten bei Courtenelli, verkaufte ihre eigene Wohnung und zog bei Jett ein. Ihre Mutter, außer sich vor Wut, eilte zu Grandma Poppy, um die alte Dame davon zu überzeugen, ihre Enkelin zu enterben.

Grandma Poppy forderte Nancy auf, sich zu beruhigen und bat sie dann, zu gehen. „Ich vererbe mein Geld, wem immer ich es vererben will, und du wirst es garantiert nicht sein, meine Liebe. Du hast sowieso mehr als genug."

Grandma Poppy konnte es kaum erwarten, Amy am Telefon von dem Zusammentreffen mit Nancy zu erzählen. Beide amüsierten sich königlich, und später kamen Amy und Jett zum Abendessen vorbei.

Grandma Poppy war entzückt. „Das ist der Richtige, Liebes."

Amy lächelte. „Ich denke auch."

„Dann lass ihn nicht wieder gehen."

„Ich habe den Eindruck, dass er das gar nicht will, Grams."

Nach einigen glücklichen Monaten meinte Jett, dass es doch eine großartige Idee wäre, zu heiraten, doch Amy zögerte. So sehr sie ihn auch liebte, sie wusste nicht, ob sie schon soweit war, und nachdem sie ein paar Wochen darüber diskutiert hatten, beschlossen sie, nur für den Fall der Fälle die Papiere zusammenzusuchen. Eine Woche später heirateten sie im Rathaus.

Amys Ansicht nach war das die perfekte Art und Weise, eine Hochzeit zu feiern.

Max behielt Lulu bei sich. Sowohl Jett als auch Chris hielten es für das Beste, wenn das kleine Mädchen nichts von dem Drama erfuhr, bis es alt genug war.

Red Diamond war noch viele Monate lang Thema in den Schlagzeilen, doch schließlich ließ das Interesse der Öffentlichkeit langsam nach. Von den beiden unehelichen Töchtern erfuhr die Presse zum Glück nie etwas. Dies würde für immer ein Familiengeheimnis bleiben.

Die Brüder einigten sich darauf, das Haus in der 68. Straße, das ihnen treuhänderisch gehörte, zu verkaufen. Diesen Vermögenswert hatte Reed offenbar übersehen – oder vielleicht hatte er ihnen doch zumindest *etwas* hinterlassen wollen.

Aus dem Verkaufserlös bezahlten sie Lady Bentley eine anständige Summe für ihr Schweigen. Diahann hatte zwar bereits versichert, dass niemals ein Wort über ihre Lippen kommen würde, aber nachdem Red ihr nur einen sehr geringen Betrag hinterlassen hatte, überwiesen sie ihr den Rest des Geldes.

Max stürzte sich in die Arbeit und ignorierte den ganzen Aufruhr um sich. Sein Millionen-Bauprojekt war beinahe beendet. Die japanischen Banker waren so zufrieden, dass sie gerne noch mehr investieren wollten, und Max schmiedete bereits Pläne, mehrere Hochhäuser am Flussufer zu bauen.

Zudem wurde er zu allen wichtigen Empfängen eingeladen. Reich und erfolgreich wie er war, stand er ganz oben auf der

Liste der begehrtesten Junggesellen. Bisher hatte er noch keine Frau getroffen, die ihn interessierte, aber das würde schon noch geschehen. Er war zuversichtlich, dass es irgendwo auch für ihn die Richtige gab.

Endlich frei verließ Diahann das Haus in der 68. Straße und schlüpfte eine Weile bei ihrer Schwester unter. Ihre Tochter sprach nicht mehr mit ihr, aber wenigstens erfuhr sie von Aretha, wie es Liberty ging.

Als sie eines Nachmittags einkaufen war, ging sie in einen Secondhand-Plattenladen und durchstöberte die LPs mit den glamourösen Fotos von Stars wie Aretha Franklin und Diana Ross auf den Covern. Dabei dachte sie an ihre Zeit im Gloria's und fragte sich, ob es den Club noch gäbe und Gloria nicht vielleicht nach einer etwas eingerosteten Jazzsängerin mit dem richtigen Feeling suchte.

Warum denn nicht, dachte sie. Singen konnte sie noch immer, außerdem sah sie ganz gut aus, sie war noch nicht einmal vierzig. Also, warum nicht?

„Die hier gibt's auch auf CD", verkündete die Verkäuferin.

„Das sollten Sie in einem Laden, der Platten verkauft, nicht gerade sagen", rief der Besitzer, der gerade aus dem Büro kam. Er war groß und gut aussehend – sehr schwarz und kam ihr sehr bekannt vor.

„Leon?" fragte Diahann.

„Diahann?" Sein Gesicht hellte sich auf.

Sie nickte.

Er strahlte.

Es war zwölf Jahre her, doch nach zwei Wochen wohnten sie wieder zusammen.

Vor Chris lagen mehrere anstrengende Monate, bis sein Haus wieder bewohnbar war. Wenige Wochen später erreichte ihn ein Anruf von Gianna.

„Ich bin in Hollywood", verkündete sie mit ihrem charmanten Akzent. „Ich habe eine Rolle in einem Kinofilm. Ich spiele die Italienerin."

Was für eine Überraschung.

„Du hast schon einmal vor langer Zeit angerufen", sagte er. „Und dann habe ich nichts mehr von dir gehört."

„Ich wollte dich nicht belästigen, Chris, nach all den ... wie sagt man ... Schwierigkeiten in deiner Familie. Mein Englisch ist wirklich *bene, si?*"

„*Si*", antwortete er lächelnd. Er war wirklich ehrlich erfreut, von ihr zu hören.

Ein paar Tage zuvor – er saß gerade mit Birdy Marvel in seinem Büro, die derzeit mit einem abgerissenen Rocker verlobt war – beugte sich die junge Sängerin über den Schreibtisch und sagte: „Was dir fehlt, Kumpel, ist mal etwas Spaß. Du wirst auf deine alten Tage so furchtbar ernst."

Auf seine alten Tage! Er war erst dreiunddreißig.

Und nun war sie da. Gianna. Am Telefon. Und sie versprach Spaß der Extraklasse.

„Wie wäre es heute mit Abendessen?" schlug er vor.

„Gute Idee."

„Sehr gute Idee. Wo wohnst du?"

„L'Hermitage."

„Ich hole dich ab. Passt dir zwanzig Uhr?"

„*Bene,* Chris. *Molto bene.*"

Das war vor ein paar Monaten gewesen, und seit dem waren sie zusammen. Nicht ernsthaft. Nur so zum Spaß.

Liberty saß in der Garderobe und wartete auf ihren Auftritt in der *Tonight Show,* als sie beschloss, ihre Mutter anzurufen. Sie hatte erfahren, dass Diahann wieder mit Leon zusammen war, und freute sich für ihre Mutter. Zwar hatte sie Leon nicht mehr gesehen, seit sie sieben war, erinnerte sich aber noch sehr gut daran, wie sehr sie ihn gemocht hatte.

Ein Mann meldete sich.

„Leon?" fragte sie vorsichtig.

„Ist das mein kleines Mädchen?" sagte er mit warmer Stimme. „Mit dem ich stundenlang durch den Park marschiert bin und den Zoo besucht habe?"

„Ja, genau." Sie lächelte. „Und stell dir vor, inzwischen bin ich erwachsen."

„Das habe ich bemerkt. Deine Mutter hat das Coverfoto von deiner CD ganz stolz überall in unserer Wohnung aufgehängt."

„Ich freue mich wirklich, dass ihr wieder zusammen seid."

„Wenn du dich schon freust", rief er warmherzig, „was meinst du, wie froh ich erst nach all den Jahren ohne sie bin?"

„Nun, du hast sie doch verlassen."

„Sie hat mich rausgeworfen, Kleines, weil ich keine Lust hatte, zu heiraten."

„Und hast du jetzt Lust, zu heiraten?"

„Darauf kannst du wetten. Aber deine Mutter nicht."

„Ist sie da?"

„Warte. Sie wird sich freuen, von dir zu hören."

Penny, eine Mitarbeiterin der Plattenfirma, kam in die Garderobe.

„Gib mir noch eine Minute", bat Liberty.

„Klar. Ich schau mal, wer die anderen Gäste sind."

Liberty wartete geduldig, bis ihre Mutter ans Telefon kam. Das kurze Gespräch mit Leon hatte Erinnerungen in ihr geweckt. Daran, wie sie zu dritt Musik gehört hatten – Marvin Gaye, Aretha Franklin, Al Green. Nur das Beste. Und dann diese besonderen Abende, wenn Leon und ihre Mutter gemeinsam für sie gesungen hatten. Sie hatten dabei immer so glücklich gewirkt.

„Libby? Bist du's wirklich?"

Als sie die Stimme ihrer Mutter hörte, hätte sie sie am liebsten umarmt. Es war höchste Zeit, die Vergangenheit ruhen zu lassen.

„Ja, Mama", sagte sie mit weicher Stimme. „Ich bin's."

Amy und Jett saßen in der Limousine auf ihrem Weg zur *Tonight Show.* Sie waren zu Besuch in Los Angeles, und Chris hatte sie eingeladen, weil Gianna zu Gast in der Sendung war.

„Ich bin derart überhaupt nicht neidisch", sagte Amy.

„Sicher?" fragte Jett.

„Warum sollte ich? Ich mag sie."

„Wirklich?"

„Nun, ich mochte sie damals jedenfalls. Natürlich ist das über ein Jahr her, aber sie hat sich bestimmt nicht verändert."

„Ich mochte sie auch."

„Augenblick mal!"

„Was?" fragte er unschuldig. „Es ist doch nicht falsch, jemanden zu mögen. Außerdem ist sie jetzt mit Chris zusammen, also ist doch alles in Ordnung. Oder?"

„Sollte es besser", sagte Amy streng. „Lass uns nicht vergessen, dass du jetzt ein verheirateter Mann bist, Mr. Diamond."

„Stimmt, Mrs. Diamond."

„Du hast Verpflichtungen."

„Auf jeden Fall."

Sie mussten beide grinsen und nahmen sich fest in den Arm.

„Ich schätze, sie ist jetzt so 'was wie ein Filmstar", bemerkte Amy.

„Nicht nach einem Film, der noch nicht mal angelaufen ist."

„Jedenfalls ist sie schön genug für einen Filmstar", murmelte Amy sehnsüchtig.

„Du bist schöner", behauptete Jett.

„Lügner." Amy errötete.

„Ich meine das ernst."

Sie betrachtete den Chauffeur, der steif wie ein Stock hinter dem Lenkrad saß. „Wie schließt man diese getönte Scheibe?" flüsterte sie Jett zu.

„Hm?"

„Kannst du sie schließen?"

„Ach so, kapiert." Er beugte sich vor und drückte auf einen Knopf. „Jetzt können wir auf dem Rücksitz einer Limousine knutschen."

„Im Ernst, Jett."

„Was denn?" Er zog sie an sich, während die dunkle Scheibe nach oben glitt. „Willst du knutschen?"

„Ja."

„Also?"

„Ich muss dir erst etwas sagen."

„Schieß los."

„Wir sind schwanger", wisperte sie.

„Sag das noch mal!"

„Schwanger. Du, Mr. Diamond, wirst bald Vater werden."
„Heilige Scheiße!" rief er und grinste breit. „Daddy Jett."
„Ja." Sie küsste ihn sanft. „Daddy Jett."

Penny erschien fünf Minuten später wieder in der Garderobe.
„Ich muss los, Mama", sagte Liberty, „vergiss nicht, einzuschalten." Sie machte das Handy aus.
„Nervös?" fragte Penny.
„Ich versuche, es nicht zu sein."
„Die Probe war doch gut", sagte Penny munter. „Kevin Eubanks scheint sehr nett zu sein."
„Hm." Liberty war so glücklich über das Gespräch mit ihrer Mutter. Sie hatten beschlossen, sich sofort zu treffen, wenn sie wieder in New York war, und Liberty konnte es kaum erwarten. Außerdem würde sie endlich Leon wiedersehen, war das nicht großartig?
„Ich habe einen Typ getroffen, der dir Hallo sagen will." Penny nahm sich eine Dose Cola Light.
„Wen denn?" Liberty zupfte an ihrem Lederkleid.
„Er ist mit seiner Freundin Gianna da – sie ist auch Gast in der Show."
„*Wer* ist es, Penny?"
„Ein Chris Diamond. Er sagt, ihr kennt euch."
Chris Diamond. Das war eine Überraschung! Sie schwieg einen Moment, während sie darüber nachdachte, was sie tun sollte. Nun, nachdem sie gerade alte Beziehungen wieder aufleben ließ, warum sollte sie nicht auch mit ihm sprechen?
„Gut." Sie seufzte. „Wo ist er?"
„Ich hole ihn."
Dies schien ein interessanter Abend zu werden – erst das

Gespräch mit ihrer Mutter und jetzt Chris Diamond. Im vergangenen Jahr hatte sie oft über ihre drei Halbbrüder und ihre kleine Halbschwester nachgedacht, und doch immer wieder beschlossen, dass sie nichts mit ihnen und der verzwickten Familiengeschichte zu tun haben wollte.

Nun war Chris Diamond hier und wollte sie sehen. Was sollte sie ihm sagen?

Chris platze in ihre Garderobe und gab ihr gar nicht die Gelegenheit, etwas zu sagen. „Weißt du, es ist einfach albern", rief er, „und ich will jetzt, in dieser Sekunde anfangen, dich kennen zu lernen!"

Penny, die hinter ihm stand, rollte mit den Augen.

„Ist schon gut, Penny", sagte Liberty schnell. „Lass uns bitte allein."

Penny runzelte die Stirn, ging dann aber hinaus und schloss die Tür.

„Also", sagte Chris. „Wir sind Blutsverwandte. Unglücklicherweise handelt es sich um Reds Blut, aber darüber kommen wir schon hinweg."

„Meinst du?" fragte sie unsicher.

„Ja. Und du sollst gleich wissen – hier geht es nicht um Geld."

„Ich will das Geld nicht", rief sie. „Ich wollte es nie."

„Nun, es gehört dir und Lulu, ihr könnte damit anstellen, was ihr wollt."

„Ich möchte es einem guten Zweck spenden. Schließlich verdiene ich inzwischen mein eigenes Geld – seines brauche ich nicht."

„Ist mir Recht."

„Wirklich?"

„Red wäre stinksauer, also bin ich dafür."

„Gut."

„Dann ist das geklärt. Und bald würde ich gern die Schwester kennen lernen, die ich nie hatte. Wie wäre das?"

Sie lächelte, ein kleines Lächeln zwar, aber es war ein Anfang. „Ich glaube, das würde mir auf jeden Fall gefallen."

Sobald Chris gegangen war, streckte Penny den Kopf durch die Tür. „Kann ich 'reinkommen?"

„Natürlich."

Penny schien vor Neugier zu sterben, aber weil Liberty in keiner redseligen Stimmung war, hielt sie sich zurück. „Gutaussehender Kerl", bemerkte sie nur.

Liberty nickte.

„Ich habe gerade gehört, dass Jay Leno vielleicht in der Garderobe vorbeikommt", erklärte Penny. „Er versucht meist, seine Gäste persönlich zu begrüßen, bevor die Sendung beginnt."

Na wunderbar! Diese Vorstellung machte sie nur noch nervöser!

„Würde es dir etwas ausmachen, mich noch einen Augenblick allein zu lassen?" fragte Liberty leise.

„Natürlich nicht. Entspann dich noch etwas. Du hast noch mindestens eine Stunde Zeit, bis es losgeht. Ich bin auf meinem Handy zu erreichen, ruf einfach an, wenn du mich brauchst."

Liberty nickte erneut.

Sobald sie allein war, betrachtete sie sich in dem großen Spiegel. Mehrere Stylisten hatten versucht, sie zu einem neuen Look zu überreden, aber sie wollte so natürlich wie möglich bleiben. Ihr langes dunkles Haar fiel bis über die Schultern, ihr Make-up war dezent und verführerisch. Sie trug das Lederkleid von Versace, das sie seinerzeit bei dem Fototermin mit Chip getragen und sich von ihrer ersten Gage gekauft hatte. Sie betrachtete es als ihren persönlichen Glücksbringer.

Fünf Minuten später klopfte es an ihre Tür. Sie stellte sich darauf ein, nun Mr. Leno persönlich kennen zu lernen. *Den* Jay Leno, mit dessen Sendung sie und Cindi praktisch aufgewachsen waren.

„Herein", rief sie.

Die Tür ging auf. Nur war es nicht Jay Leno. Es war Damon. Und er trug eine riesige Vase mit rosafarbenen und weißen Orchideen.

„Blumensendung", sagte er ungerührt. „Wo soll ich sie hinstellen?"

„Damon!" keuchte sie. „Was machst du denn hier?"

Er stellte die Orchideen auf den Tisch. „Du bist meine Künstlerin, du erscheinst unter meinem Plattenlabel. Also sollte ich derjenige sein, der dir mitteilt, dass deine CD nächste Woche Spitzenreiter sein wird. Du hast Eminem *und* Mariah Carey geschlagen – ich schätze, man könnte sagen, dass du es geschafft hast. Hier." Er drückte ihr einen großen Umschlag in die Hand. „Lies das."

„Ein weiterer Vertrag?" Sie versuchte, sich nicht von ihren Gefühlen überwältigen zu lassen.

„Sozusagen. Irgendwie. Lies es."

„Nicht jetzt", antwortete sie. Sie war sowieso schon nervös genug.

„Doch jetzt." Er sah sie lange an. „Ich bitte dich freundlichst darum."

Sie starrte ihn einen Moment lang an. Er sah noch genauso gut aus wie damals. Heute trug er Weiß – einen weißen Anzug, ein weißes Seiden-T-Shirt, einen schwarzen Ledergürtel mit

Diamantschnalle und die üblichen Niketurnschuhe. Damon hatte seinen eigenen Stil.

„Wenn du darauf bestehst." Sie riss den Umschlag auf.

„Danke", bemerkte er.

„Was ist *das?*" fragte sie ein paar Minuten später.

„Verstehst du nicht?"

„Nein."

„Eine notariell beglaubigte Vereinbarung zwischen mir und Tash."

„Deiner Frau?"

„Jetzt hast du es begriffen." Er sah sie zärtlich an.

„Und warum zeigst du mir das?" Sie war verwirrt.

„Das ist eine Vereinbarung über die Aufteilung unseres Vermögens."

„Ja?"

„Weißt du, als ich Tash geheiratet habe, fand ich es nicht gerade romantisch, einen Ehevertrag und diesen ganzen Mist aufzusetzen. Nachdem ich mich jetzt aber scheiden lassen werde, will ich schon vorher alles geklärt wissen. Ich gebe ihr die Hälfte von allem. Und deswegen stimmt sie der Scheidung auch zu."

„Das tut sie?"

„Aber ja. Kein Streit. Keine negativen Gefühle."

„Darf ich fragen, warum du das tust?"

„Willst du wirklich behaupten, dass du das nicht weißt?"

„Nein, ich weiß es nicht." Sie konnte nur einen Gedanken fassen: Damon lässt sich scheiden!

„Deinetwegen, Baby."

„Meinetwegen?" fragte sie atemlos.

„Ja. Ich hab's irgendwie kapiert."

„Also, was genau?"

„Dass es mit dir nicht so läuft. Dass man mit dir, L.L., nur absolut verbindlich zusammen sein kann. Also, wenn du noch interessiert bist … ich bin nun zu haben. Und diese Papiere beweisen, dass ich keinen Unsinn rede. Sind wir uns einig?“

„Ja, wir sind uns einig“, flüsterte sie. Ihr Herz raste.

„Dann ist ja gut. Wenn du mit dieser Sendung fertig bist, dann wartet mein Flugzeug auf uns und Cabo auch. Ich finde, wir sollten dort weitermachen, wo wir aufgehört haben.“ Er schwieg einen Moment. „Verstehst du, was ich sage? Du und ich … Cabo …“

„In getrennten Zimmern?“ zog sie ihn auf.

„Auf gar keinen Fall!“

„Dann, Damon“, rief sie lachend, „bin ich dabei.“

– ENDE –

Deutsche Erstveröffentlichung

Emilie Richards

Irische Ballade

Der Whiskey Island Saloon ist mehr als eine irische Kneipe. Hier werden Geschichten erzählt, Geheimnisse aufgedeckt und Schicksale zusammenführt – wie das der Amerikanerin Peggy Donoghue und des irischen Arztes Finn O'Malley.

Band-Nr. 25174

7,95 € (D)

ISBN: 3-89941-232-X

Mary Alice Monroe

Dem Himmel entgegen

Fliegen kann nur, wer sich traut. Das müssen ein kleines Mädchen, ein wortkarger Falkner und eine junge Pflegerin im Herzen begreifen, wenn sie die Liebe neu finden wollen Eine wunderbare Parabel von Mary Alice Monroe.

Band-Nr. 25175

7,95 € (D)

ISBN: 3-89941-233-8

Deutsche Erstveröffentlichung

Elizabeth Flock

Ich & Emma

Nach Alice Sebolds „In meinem Himmel“ hat es kein so ergreifendes, anrührendes Buch mehr über ein dramatisches Kinderschicksal gegeben wie das Romandebüt von Elizabeth Flock. Direkt nach Erscheinen schnellte es von Platz 0 auf 14 der New York Times Bestsellerliste.

Band-Nr. 25182
7,95 € (D)
ISBN: 3-89941-240-0

Heather Graham

Das Geheimnis von Melody House

Es spukt. Doch weder Darcy noch der attraktive Hotelbesiter Matt Stone ahnen, was die Botschaften aus dem Jenseits mit dem grauenhaften Fund zu tun haben, der auf dem Grundstück gemacht wird …

Band-Nr. 25176
7,95 € (D)
ISBN: 3-89941-234-6